KB181750

나는 혼자 여행 중입니다

나는 혼자 여행 중입니다

사무엘 비외르크 | 이은정 옮김

Ｔaurus

무당벌레야, 무당벌레야, 어서 집으로 날아가.
너의 집이 불타고 네 새끼들은 사라졌어.

2006년 8월 28일 회네포스에 위치한 링게리케 병원 산부인과 병동에서 한 여자아이가 태어났다. 아기 엄마는 카트리나 올슨이라는 스물다섯 살의 유치원 교사로 출산 도중 혈우병으로 사망했다. 산파와 그 자리에 있었던 간호사 몇 명이 나중에 진술한 바에 의하면 아기는 유난히 예뻤다. 잘 울지도 않았고, 병동에서 일했던 사람들 모두가 탄성을 자아낼 만큼 초롱초롱한 눈을 가진 아기였다. 입원할 당시 카트리나 올슨은 아기 아빠의 이름을 적지 않았다. 산모가 죽은 후 링게리케 병원 행정실은 지역 사회복지 단체와 협력해 베르겐에 살고 있는 아기의 외할머니를 추적했다. 딸의 임신 사실을 몰랐던 외할머니가 병원에 도착했을 때 산부인과 병동에 있던 갓난아기는 사라지고 없었었다. 링게리케 경찰은 아기를 찾기 위해 전담수색반을 즉시 가동했지만 아무 소득도 얻지 못했다. 그로부터 2개월 후, 요하임 비크룬이라는 스웨덴 출신 간호사가 회네포스 시내의 자기 아파트에서 죽은 채로 발견되었다. 목을 매 자살한 비크룬의 시신 아래 바닥에는 이렇게 타이핑한 쪽지가 놓여있었다. "미안합니다."

아기는 끝내 발견되지 않았다.

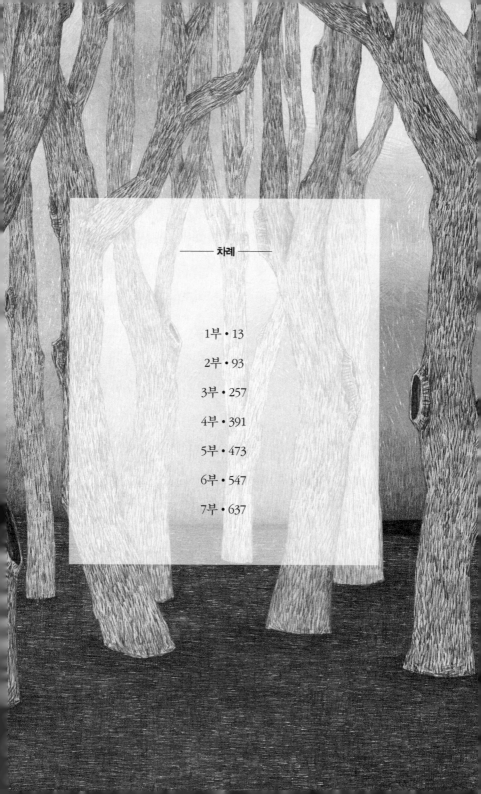

차례

1부

1장

발터 헨릭센은 식탁에 앉아 아내가 만들어둔 아침식사를 억지로라도 조금 삼키려고 애썼다. 베이컨과 계란, 청어와 연어, 갓 구운 빵. 아내가 늘 꿈꿔온 자신만의 텃밭에서 손수 가꾼 허브를 우려낸차 한 잔. 그들이 오슬로 한복판에서 멀리 떨어진 이 집을 산 이유도 근처에 외스트마르카 숲과 텃밭이 있기 때문이었다. 부부는 이곳에서 건강한 취미생활을 추구할 수 있었다. 숲에서 산책하기. 손수 채소 길러먹기. 야생 베리와 버섯 따기. 게다가 최소한 자신들이 기르는 개에게 더 많은 자유를 줄 수 있었다. 발터는 그 코커스패니얼 녀석이 꼴도 보기 싫었지만 아내를 사랑하기에, 위에 열거한 모든 것에 동의했다.

그는 청어 얹은 빵을 한 조각 삼키고는 자신의 몸과 사투를 벌였다. 그저 음식을 토하고만 싶었다. 오렌지주스를 크게 한 모금 들이켠 그는, 해머로 얻어맞은 것처럼 머리가 지끈거렸지만 웃으려고 애썼다. 지난밤 회식은 계획대로 되지 않았다. 이번에도 술자리를 피하는 데 실패했다.

등뒤에서 뉴스가 나지막이 흘러나왔다. 발터는 아내의 표정을 읽으려고 애썼다. 아내의 기분을. 새벽녘 고꾸라지듯 침대로 기어 들어가 누웠을 때 그녀가 깨어있었는지 아닌지 가물가물했다. 몇 시였는지는 정확히 모르지만 늦어도 너무 늦은 시각이었다. 옷을 벗은 기억이 났고, 아내가 잠들어있던 게 어렴풋이 떠올랐다. 하느님 감사합니다! 가슴을 쓸어내리며 아내가 요통 때문에 한사코 사야 한다고 고집을 부렸던 딱딱한 매트리스 위에 뻗어버렸었다.

발터는 가볍게 기침을 하고 냅킨으로 입가를 닦은 뒤 맛있게 배불리 먹었다는 듯 거짓으로 배를 두드렸다.

"레이디를 데리고 산책을 갈까 해." 자신이 미소 비슷하게라도 지었기를 내심 바라며 발터가 말했다.

"어머, 잘 생각했어." 그녀는 남편의 제안에 짐짓 놀라며 고개를 끄덕였다. 비록 말한 적은 없지만 남편이 세 살짜리 암캐에 별 관심이 없다는 사실은 그녀도 잘 알고 있었다. "이번에는 집 주변 말고 좀 더 멀리 가는 게 어때?"

발터는 아내가 화났을 때 종종 쓰는 묘하게 공격적인 어조라든지 미소(미소라기보다는 비아냥 섞인 정반대의 표정)를 찾았지만 그 어떤 것도 없었다. 아내는 다만 흡족해했다. 휴! 이번에도 무사히 넘어가는 것 같았다. 발터는 이번이 정말로 마지막이라고 스스로 다짐했다. 이제부터는 건전하게 살 것이다. 더 이상 회식자리에 끼지 않으리라.

"그렇지 않아도 마리달렌, 아니 잘 하면 다우 호수까지도 가볼까 생각했어."

"완벽해." 아내가 웃었다. 그녀는 개의 머리를 쓰다듬고 이마에 입을 맞춘 뒤 귀 뒤를 손으로 긁어주었다. "레이디, 아빠와 산책하러 갈 거야. 정말 좋겠다. 그치, 그렇지? 귀여운 것."

마리달렌까지는, 드물지만 개를 데리고 산책할 때마다 보통 가던 길로 갔다. 발터 헨릭센은 개를 결코 좋아하지 않을 뿐만 아니라 개에 대해 아무것도 몰랐다. 만일 자신이 결정할 수만 있다면 개가 없는 세상을 만들 것이다. 이 멍청한 짐승이 가죽끈을 세게 잡아당기며 더 빨리 가고 싶어할 때나 멈추려고 할 때 또는 주인의 심기를 거스르며 다른 방향으로 가려고 할 때마다 그는 짜증이 밀려왔다.

마침내 다우 호수로 가는 길에 이르렀을 때, 이제는 목줄을 풀어주어도 될 것 같았다. 그는 쪼그려앉아 다정하게 머리를 쓰다듬으며 개의 목줄을 풀었다.

"다 왔다. 이제부턴 너 혼자 돌아다녀."

개는 멍한 눈으로 혀를 길게 빼고 그를 쳐다보았다. 발터는 담배에 불을 붙이며 문득 이 작은 짐승에게 연민을 느꼈다. 어쨌든 개의 잘못은 아니었다. 개는 아무 문제가 없었다. 신선한 공기 덕분인지 어느새 두통도 가라앉은 것 같았다. 그는 이제부터 개를 좋아하기로 했다. 순둥이 녀석. 발터는 숲을 어슬렁거렸다. 어쩌면 삶은 더 나쁠 수도 있었다. 그에게 개는 친구나 다름없었다. 녀석이 지금 얼마나 얌전하게 행동하는지 보라. 이만하면 착한 개였다. 더 이상 목줄에 매여있지 않는데도 옆에서 점잖게 걷고 있었다.

그때였다. 코커스패니얼이 갑자기 길을 벗어나 날 듯이 숲속으로 달려 들어갔다. 빌어먹을!

"레이디!"

발터 헨릭센은 길에 서서 개를 한참 불렀지만 소용없었다. 그는 나지막이 욕설을 내뱉으며 담배를 던지고는 개가 사라진 방향의 언덕을 오르기 시작했다. 200~300미터쯤 올라갔을 때 그는 걸음을 멈췄다. 개는 작은 공터에 너무도 조용히 누워있었다. 그리고 나무에 매달린 작은 여자아이가 눈에 들어왔다. 두 발이 땅 위에서 달랑거렸다. 등에는 책가방을 메고, 목에 걸린 종이에는 무언가가 적혀있었다.

나는 혼자 여행 중입니다I'm travelling alone.

발터 헨릭센은 무릎을 꿇었다. 그리고 잠에서 깨어난 후 줄곧 원했던 것을 하기 시작했다.

먹은 것을 죄다 토한 뒤 그는 울음을 터뜨렸다.

2장

미아 크뤼거는 끼룩끼룩 갈매기 소리에 잠에서 깼다.

피오르 초입에 위치한 이 집을 사서 이사온 지도 4개월이 흘렀
다. 이제는 갈매기 소리에 익숙해졌을 법한데도 오슬로는 아직 그
녀를 놓아주지 않았다. 보그스가테의 아파트에서는 늘 버스나 트
램, 경찰사이렌, 앰뷸런스 따위의 소리가 들렸지만 어느 것도 신경
을 건드리지 않았는데(그러기는커녕 마음이 차분해지곤 했다) 갈매기
의 불협화음은 도무지 무시할 수가 없었다. 아마도 이곳은 모든 게
너무 조용하기 때문인 것 같았다.

미아는 침대 옆 탁자에 놓인 알람시계로 손을 뻗었지만 시간을
읽을 수가 없었다. 안개에 가려 시곗바늘이 흐릿했다. 2시 15분이
나 25분쯤 되는 듯 보였다. 간밤에 먹은 알약 기운이 아직 가시지
않고 있었다. *마음이 진정되며 감각이 둔해짐: 알코올과 함께 복용
하지 말 것.* 그랬다. 바로 그 때문이었다. 어쨌든 그녀는 12일 동안
천천히 죽어갈 것이다. 부엌에 있는 달력에 표시를 해왔는데, 이제

열두 개의 빈 칸이 남았다.

열두 날. 4월 18일.

미아는 침대에서 일어나 아이슬란드 풍 스웨터를 걸친 뒤 어기적
어기적 걸어 거실로 내려갔다.

알약을 처방해주는 사람은 동료였다. 미아가 모든 것을 잊고 일
을 처리한 뒤 다음 단계로 넘어가도록 도와주는, 법률에 의해 위
임받은 '친구' 경찰심리학자, 아니 정신과의사였던가? 미아는 그래
서 그가 처방전을 발행할 수 있을 거라고 추측했다. 어쨌거나 원하
는 것은 무엇이든 손에 넣을 수 있었다. 세상에서 멀리 떨어진 이
런 촌구석에서는 그러는 데도 꽤 노력이 필요했다. 우선 옷을 챙겨
입어야 했다. 그런 다음 보트에 달린 선외모터를 가동시켜야 했다.
15분 동안 얼음공기를 가로지른 배는 그녀를 히트라 본섬으로 데
려다주었다. 이제 자동차 시동을 걸 차례였다. 40분쯤 도로를 달리
면 마침내 이 근방에서 가장 가까운 시내인(시내라고 할 것까지도 없
었다) 필란에 도착했다. 그곳의 히요르텐 쇼핑센터에는 약국도 있
고 허가받은 주류판매점도 있었다. 처방전은 미리 준비되어 미아를
기다리고 있었다. 오슬로에서 전화 연락을 받았을 것이다. 니트라
제팜, 디아제팜, 라믹탈, 시탈로프램. 어떤 약은 지역 보건의가, 또
어떤 것은 정신과의사가 처방해주었다. 그들은 모두 친절하게 그
녀를 도와주었다. *자, 너무 많이 복용하지 말고, 부디 조심해요.* 하
지만 미아는 조심하고 싶은 마음이 전혀 없었다. 그녀는 낫기 위해
여기에 오지 않았다. 망가지려고 왔다.

12일 남았다. 4월 18일.

미아 크뤼거는 냉장고에서 패리스 생수를 한 병 꺼낸 다음 옷을 입고 바닷가로 나갔다. 바위에 걸터앉아 스웨터를 단단히 여미고는 오늘의 첫 알약을 먹기로 했다. 바지주머니에 손을 넣었다. 색색의 알약들이 있었다. 머리는 아직도 멍하고 무슨 약부터 먹어야 할지 기억나지 않았지만 아무래도 상관없었다. 미아는 단숨에 들이켠 물과 함께 약도 씻겨내려가게 했다. 두 발이 물 위에서 달랑거렸다. 물끄러미 부츠를 내려다보았다. 몽롱했다. 자신의 발이 남의 발이고 아주 멀리 있는 것만 같았다. 미아는 바다를 쳐다보았다. 바다 역시 또렷하게 분간이 안 되었다. 미아는 고개를 들어 멀리 수평선에 떠있는 이름 모를 작은 섬을 바라보았다.

별 생각 없이 이곳을 택했다. 노르웨이 중서부 해안에서 떨어진 트뢴델라그의 작은 섬, 히트라. 사실 혼자 머물 수 있는 곳이라면 어디라도 괜찮았다. 미아는 부동산중개소에 모든 걸 일임했다. *제 아파트를 팔고 아무 데나 구해주세요.* 중개인은 고개를 갸웃거리며 미친 사람이나 단순한 어린아이를 대하듯 바라보았다. 하지만 그로서는 수수료만 챙기면 그뿐, 더 이상 신경 쓸 이유가 없었다. 그는 환하게 웃으며 친절하게 대답했다. *그러죠. 당연히 급매를 원하시겠죠? 혹 특별히 염두에 두고 있는 곳이라도?* 사무적으로 예의를 갖췄지만 미아는 남자의 본심을 알아차렸다. 지금도 그 생각을 하면 구역질이 났다. 사기꾼, 역겨운 눈초리. 미아는 자신이 상대하는 사람의 속마음을 읽는 데 명수였다. 양복에 넥타이 차림을 한 뱀장어처럼 미끈거리는 부동산중개인이었다. 미아는 자신이 보고 있는 상대가 마음에 들지 않았다.

타고난 재주를 이용해. 보이지 않아? 그걸 사용해. 바로 이럴 때 그걸 사용해야 하는 거야.

아니. 미아는 절대로 그러지 않을 작정이었다. 더 이상은 싫었다. 다시는 그러지 않을 것이다. 그런 생각을 하자 이상하게 마음이 차분해졌다. 그러고 보니 여기 히트라로 이사온 후 마음이 편안해졌다. 부동산중개인이 제 역할을 톡톡히 한 셈이었다. 그에게 고마운 마음까지 생기려고 했다.

미아 크뤼거는 바위에서 일어나 집으로 돌아가기 위해 걸었다. 오늘의 첫 음주를 해야 할 시간이었다. 몇 시쯤 되었는지 모르지만 지금이 그때인 것은 확실했다. 값비싼 술도 특별히 주문해서 사두었다. 이 말에 모순이 있을지 모르지만 남은 시간도 얼마 안 되는데 까짓 사치 좀 부리면 안 되나? 이건 왜 안 되고, 저건 또 왜 안 된단 말인가? 사소한 일로 고민하는 짓은 오래 전에 관두었다. 미아는 씻지도 않은 채 부엌 선반에 올려두었던 찻잔에 1965년산 라베이리 도멘 드 판타낭 아르마냑을 4분의 3쯤 따랐다. 지저분한 찻잔에 800크로네짜리 아르마냑이라. *봐, 난 이런 것쯤 아무렇지도 않아. 내가 신경이나 쓰는 줄 알아?* 희미하게 웃던 그녀는 바지주머니에 알약이 남아있다는 사실을 깨닫고 다시 바위로 나갔다.

미아는 치아가 유난히 하얗던 부동산중개인에게 다시 한 번 고마운 마음이 들었다. 만약 어딘가에 살아야 한다면 여기가 좋았다. 신선한 공기에 바닷가 전망. 흰구름 아래 한가로움. 트뢴델라그에는 아무런 연고도 없었지만 처음 보는 순간 이 섬이 마음에 들었다. 셀 수 없이 많은 사슴이 떼를 지어 사는 것도 강한 호기심을 불러일으켰다. 영화에서는 알래스카 어딘가에 사슴이 살았다. 사람들은 이 아름다운 짐승을 어떻게든 사냥하려 했다. 미아는 경찰학교에서 사격을 배웠지만 총을 좋아하지는 않았다. 총은 취미가 아니라 달리 선택할 여지가 없을 때만 사용해야 했다. 아니, 설령 그렇더라도 사용하면 안 되었다. 히트라의 사슴 시즌은 9월부터 11월까지였다. 한번은 약사를 만나러 가는 길에 한 무리의 청년들이 트럭 화물칸 바닥에 널브러진 사슴을 줄로 묶는 광경을 목격했다. 사냥 시즌도 아닌 2월이었다. 순간 미아는 차를 세우고 그들의 이름을 적어 합당한 벌을 받게 할까 생각했지만 결국 못 본 체했다.

한때 경찰이었지, 지금도 경찰인가?

이제는 아니야, 절대.

12일 남았어. 4월 18일.

남은 아르마냐을 마신 뒤 바위에 머리를 누이고 눈을 감았다.

3장

홀거 뭉크는 베르네스 공항 도착장에서 렌터카를 기다리며 땀을 흘렸다. 비행기는 여느 때처럼 가르덴모엔 공항의 안개 때문에 연착을 했다. 홀거는 기상조건이 나쁘다며 오슬로 주요 공항의 확장 계획을 비난한 뒤 코펜하겐에서 자살한 도시공학자 얀 프레드리크 비요르그를 떠올렸다. 무려 18년이나 지난 일인데도 그의 몸이 통과하기에는 턱없이 작은 호텔방 창문 밑에서 발견된 남자 어른의 몸뚱이가 생생하게 기억났다. 노르웨이 의회 스토르팅에서 예정되어 있던 공항법 토론회가 열리기 직전의 일이었다. 그런데 왜 네덜란드와 노르웨이 경찰은 그의 죽음을 제대로 수사하지 않았을까?

생각이 꼬리에 꼬리를 물고 이어질 즈음 유로카 카운터에 앉은 금발 여인이 그의 차례가 되었음을 알리듯 가볍게 기침을 했다.

"뭉크라고 합니다. 차를 예약해둔 걸로 알고 있는데요." 그가 공손하게 말했다.

"네. 오슬로에 있는 신축 박물관까지 가시죠?" 초록색 유니폼을 입은 여자가 눈을 찡긋해 보였지만 뭉크는 농담을 받아들일 기분이 아니었다. "혹시 예술가세요?" 그녀가 앞에 놓인 키보드를 경쾌하게 누르며 미소지었다.

"네? 아니요, 예술가는 아닙니다. 그쪽과는 아무런 관련도 없습니다." 뭉크가 사무적으로 대답했다.

만약 그런 재능을 물려받았다면, 여기에 이렇게 서있겠소? 뭉크가 이런 생각을 하고 있을 때 여자가 서명하라며 서류를 내밀었다.

홀거 뭉크는 비행기 여행을 싫어했다. 기분이 저기압인 것도 그 때문이었다. 비행기 추락사고가 두려워 그런 것은 아니었다. 아마추어 수학자인 그는 비행기 사고 확률이 같은 날 번개를 두 번 맞을 확률보다 낮다는 사실쯤은 잘 알고 있었다. 그보다는 좌석에 겨우 몸을 쑤셔넣어야 하는 현실 때문이었다.

"여기요." 초록 유니폼을 입은 여자가 친절하게 웃으며 열쇠를 건넸다. "멋진 대형 볼보 V70이에요. 돈은 모두 지불하셨고 대여 기간과 마일리지는 무한이며, 원하실 때 돌려주시면 돼요. 그럼, 즐거운 여행이 되시길."

대형이라고? 저 아가씨가 농담을 하는 건가, 아니면 그저 안심시켜주려고 하는 말인가? 손님을 위해 크고 멋진 차를 준비했어요. 당신은 자기 발도 잘 볼 수 없을 만큼 뚱뚱하잖아요.

다층식 주차장으로 향하던 홀거는 도착장 바깥 커다란 창문에 자신을 흘끗 비춰보았다. 아무래도 때가 된 것 같았다. 운동을 시작하자. 좀 더 건강한 음식을 먹자. 살을 빼자. 최근 들어 이런 구호들이 자주 생각났다. 그는 더 이상 범인을 잡기 위해 도로를 질주하지 않아도 되었다. 그런 일을 대신 해줄 사람들이 생겼으니 그래야 할 이유가 없었다. 아니, 지난 몇 주간 그는 별로 쓸모 없는 사람이 된 기분이었다.

와, 홀거, 새 점퍼 입었네요? 와, 홀거, 재킷 새로 사입었어요? 홀거, 수염을 말끔히 밀었군요.

그는 볼보에 올라탄 뒤 휴대전화 전원을 켰다. 안전벨트를 매고 트론헤임 시내를 향해 차를 몰 때 휴대전화의 메시지가 뜨기 시작했다. 한숨이 나왔다. 겨우 한 시간 휴대전화를 꺼놓았는데 이제 다시 시작이었다. 이 세상에 숨을 곳은 없었다. 그의 기분이 우울한 게 순전히 비행기 여행 때문이라고 말하는 것은 옳지 않았다. 최근 그에게는 직장과 가정에서 많은 일이 있었다. 홀거는 손가락으로 스마트폰 화면을 옆으로 밀었다. 사람들이 그에게 구입하라고 권했던, 최첨단 기술이 집약된 바로 그 모델이었다. 과거 그는 회네포스에서도 21세기형 경찰서인 링게리케 경찰서에서 18개월 동안 근무한 적이 있었다. 그리고 그곳으로 다시 발령받아 근무중이었다. 트뤼반 사건 때문이었다.

그륀란에 있는 오슬로 경찰청에서 일곱 통의 전화. 전처로부터 두 통. 딸의 전화 한 통, 양로원에서 두 번. 무수한 문자메시지.

홀거 뭉크는 조금 더 세상을 외면하기로 마음먹고 라디오를 켰다. NRK 클라시스크 방송이었다. 그는 창문을 열고 담배에 불을 붙였다. 흡연은 그의 유일한 악취미였지만(물론 마구잡이 식습관은 별도로 하고) 매력 면에서 차원이 달랐다. 그는 정치인들이 어떤 법안을 만든대도, 이 렌터카의 대시보드를 비롯해 노르웨이 전역에 아무리 많은 금연표지판을 세운다고 해도 담배를 끊을 마음이 추호도 없었다. 담배 없는 삶은 상상할 수도 없거니와 담배를 피우며 생각에 빠지는 것보다 그가 더 좋아하는 일은 세상에 없었다. 두뇌를 사용하는 일 말이다. 뇌만 작동한다면 몸뚱이는 아무래도 상관없었다. 라디오에서 헨델의 메시아가 흘러나왔다. 좋아하는 곡은 아니었지만 그런대로 들어줄 만했다. 홀거는 바흐라는 인물 자체가 좋았다. 대부분의 감상적인 작곡가들과 달리 바흐는 음악의 수학성을 선호했다. 호전적인 아리안 템포를 표현한 바그너라든지 풍경에 대한 인상과 감정을 묘사한 라벨은 그의 취향이 아니었다.

뭉크는 그런 인간적인 감정을 피하기 위해 클래식 음악을 신중하게 골라 들었다. 만약 사람들이 수학 등식과 같아진다면 삶은 더욱 단순해질 것이다. 그는 문득 결혼반지를 만지며 전처 마리안네를 생각했다. 벌써 10년이 흘렀는데 아직도 반지를 빼지 못하고 있었다. 그녀가 전화를 걸었다. 혹시….

아니. 틀림없이 결혼 문제일 것이다. 그녀는 결혼 문제를 의논하고 싶어했다. 그들에게는 결혼을 앞둔 미리암이라는 딸이 하나 있었고, 실무적으로 의논할 일이 생겼다. 그뿐이었다. 홀거 뭉크는 창밖으로 담배를 던진 다음 새 담배에 불을 붙였다.

난 커피도 안 마시고, 알코올은 한 방울도 입에 대지 않지. 이 담배라는 놈만 피워.

홀거 뭉크는 지금까지 단 한 번 술을 마셔보았다. 열네 살 때 휴가 간 라르비크에서 아버지의 체리브랜디를 마셔본 뒤 한 방울도 입에 대지 않았다. 그냥 술은 끌리지 않았다. 술에 대한 환상도 없었다. 뇌세포를 손상시킬 수 있는 것은 그 무엇도 하고 싶지 않았다. 백만 년이 흘러도 그런 일은 없을 것이다. 반면 지금 피우는 이 담배와 이따금 먹는 햄버거는 그렇지 않았다.

그는 스타브 예스테고르드 옆 쉘 주유소에 차를 세우고 베이컨 버거 세트를 주문한 다음 트론헤임 피오르가 내려다 보이는 벤치에 앉았다. 만약 그의 동료들에게 홀거 뭉크를 한 단어로 표현해보라고 하면 그 중 하나가 '괴짜'일 것이다. 두 번째는 '깍쟁이'쯤 되는데, '자신의 이익'을 위해서라면 지나치리만큼 영리하기 때문이었다. 아무튼 '괴짜'임에는 분명했다. 술은 입에도 대지 않고 수학과 클래식 음악을 사랑하며 낱말맞추기와 체스를 즐기는 뚱뚱하고 유쾌한 괴짜. 다소 둔감하지만 정말로 유능한 수사관. 게다가 공정한 상관. 퇴근 후 동료들과의 술자리에 절대 끼지 않는다고 해서 그게 어떻다는 건가? 8주간의 연례휴가를 받아 휘럼에서 온 교사와 바람이 나버린 아내와 헤어진 후 데이트 한 번 하지 않았고, 오밤중에 일어나 아내에게 어디 가는지 통보하지 않은 채 집을 나왔다고 해서 그게 뭐 어떻단 말인가. 모두가 인정하듯 홀거 뭉크만큼 뛰어난 수사관도 없었다. 모두가 홀거 뭉크를 좋아했다. 그럼에도 그는 다시 회네포스로 발령받아 근무 중이었다.

자넨 좌천된 게 아니야. 전근을 하는 거야. 내가 보기에는 말이야, 자넨 잘리지 않은 것만으로도 행운이라고 생각해야 해.

그는 그날 그뢴란에 있는 미켈손의 집무실을 나와 사표를 던질 뻔했지만 꾹 참았다. 이 일 말고 뭘 하겠는가? 경비 일을 할 것인가?

홀거 뭉크는 차로 돌아와 트론헤임으로 가는 E6번 도로를 탔다.

새 담배에 불을 붙인 후 시내를 둘러싼 환상도로를 따라 남쪽으로 차를 몰았다. 렌터카에 네비게이터가 있었지만 작동시키지 않았다. 어디로 가야 하는지 잘 알았다.

미아 크뤼거.

아련히 전직 동료에 대한 생각에 젖어있을 때 다시 휴대전화 벨이 울렸다.

"예."

"도대체 어디야?"

평소와 다름없이 심장마비 걸리기 직전으로 흥분한 미켈손이었다. 어떻게 저런 자가 그뢴란의 최고위직에서 내려오지 않고 10년이나 버티고 있는지, 대다수 사람들에게는 미스터리였다.

"차 안이에요. 그러는 분은 어디신데요?" 뭉크가 되받아쳤다.

"차 안 어디? 아직 도착하지 않은 건가?"

"네, 아직 도착 전입니다. 방금 비행기에서 내렸어요. 아실 텐데요. 전화는 뭣 때문에 하신 겁니까?"

"자네가 계획을 잘 수행하고 있는지 확인하고 싶어서."

"파일은 저한테 있는데, 혹시 이것 때문이라면 인편으로 보낼 걸 그랬군요." 뭉크가 한숨을 내쉬었다. "고작 이것 때문에 저를 여기까지 보낼 필요가 있었습니까? 심부름꾼이나 지역 경찰을 이용할 수 있지 않았습니까?"

"자네가 왜 거기 가는지 잘 알고 있잖아. 지시받은 대로 잘 해주길 바라네." 미켈손이 대답했다.

"첫째," 뭉크는 담배꽁초를 창밖으로 던지며 말했다. "전 청장님에게 빚진 거 없습니다. 둘째 역시, 전 청장님에게 빚진 거 없습니다. 셋째, 의도하는 목적에 더 이상 제 두뇌를 이용하지 못하게 된 것은 청장님 잘못입니다. 그러니 부디 입 다물어주시죠. 제가 요즘 무슨 사건을 맡고 있는지 알고 싶지 않습니까? 네? 제가 지금 무슨 일을 하는지 알고 싶지 않으시냐고요?"

수화기 저편에서 잠깐 침묵이 흘렀다. 뭉크는 통쾌해서 웃음이 나왔다. 미켈손으로서도 도움을 청할 수밖에 없는 상황이 못마땅할 것이다. 뭉크는 미켈손의 속이 얼마나 부글부글 끓을지 짐작이 갔다. 전직 상관이 표현은 못한 채 참고 있는 상황이 뭉크는 고소했다.

"시키는 대로 하게."

"아, 예, 당연히 그래야죠." 뭉크는 싱긋 웃으며 차 안에서 경례를 했다.

"뭉크, 그만 비아냥대게. 뭔가 알게 되면 연락하고."

"그러죠. 아, 그런데 조건이 있습니다."

"뭔가?" 미켈손이 날카롭게 대꾸했다.

"미아가 들어와야 저도 들어갑니다. 더 이상 회네포스에 있지 않을 거고요. 마리뵈스가테의 예전 사무실을 주시죠. 경찰청과는 독립적으로 일할 겁니다. 그리고 예전의 그 팀을 원합니다."

정적이 흐른 후 대답이 돌아왔다.

"불가능하네. 그건 어려워, 뭉크. 그건…."

뭉크는 웃으면서 미켈손이 더 말하기 전에 빨간색 통화종료 버튼을 눌렀다. 그는 담배에 다시 불을 붙이고 라디오를 켠 다음 오르캉게르 행 도로를 탔다.

4장

미아 크뤼거는 담요를 뒤집어쓴 채 난롯가 소파에 앉아 꾸벅꾸벅 졸았다. 꿈에서 시그리를 보았는데, 깨어난 뒤에도 쌍둥이 여동생이 여전히 거기에 있는 기분이었다. 살아서 자신과 함께 하는 것 같았다. 언제나 그랬던 것처럼 둘은 다시 함께 있었다. 시그리와 미아. 미아와 시그리. 2분 간격으로 태어난, 한 꼬투리 속에 든 콩 두 알. 한 명은 금발이고, 한 명은 검은 머리였다. 그렇게 달랐지만 또 그렇게 비슷했다.

미아는 다시 꿈으로 돌아가 시그리와 함께 머물고 싶은 마음을 다독이며 몸을 일으켜 부엌으로 갔다. 아침밥을 좀 먹어야 했다. 술에서 깨어나려면. 이런 상태로 계속 간다면 일찍 죽을 거라고 미아는 생각했다. 거기에는 의심의 여지가 없었다.

4월 18일.

열흘 남았다.

다시 열흘을 버텨야 했다. 미아는 크리스프브레드(밀이나 귀리를

29

재료로 써서 바삭바삭하게 구운 것으로 흔히 치즈와 함께 먹거나 빵 대신 먹음—주) 두 조각을 입으로 밀어넣고 우유를 마실까 생각하다 대신 물을 선택했다. 물 두 잔과 알약 두 개. 바지 주머니에서 알약을 꺼냈다. 어느 것을 먹을지는 중요하지 않았다. 오늘은 흰색 한 개와 옅은 파랑색 한 개였다.

시그리 크뤼거.

몹시 사랑하고 그리워하는

여동생이며, 친구이자 딸.

1979년 11월 11일에 태어나 2002년 4월 18일 사망.

미아 크뤼거는 소파로 돌아와 약효가 나타날 때까지 기다렸다. 온몸이 무감각했다. 그녀와 세상 사이에는 막이 생겼다. 그녀에게는 지금 그게 필요했다. 자신의 모습을 마지막으로 본 지도 3주일이 다 되어갔다. 더 이상은 미룰 수 없었다. 샤워를 해야 했다. 욕실은 2층에 있었다. 전 주인이 욕실 문 안쪽에 붙여놓은 커다란 전신거울을 보고 싶지 않아서 지금까지 미뤘다. 저, 빌어먹을 물건을 제거하려고 스크루드라이버를 찾으려고 했었다. 지금으로도 충분히 나쁜데, 눈으로 확인할 필요까지는 없었다. 하지만 기운이 하나도 없었다. 무얼 하려고 해도 힘이 없었다. 단지 알약과 술을 먹을 기운 밖에는 남아있지 않았다. 혈관 속 리퀴드 바리움(중추신경계용약, 정신신경용제—주), 혈류 속 작은 미소들이 오랫동안 몸속을 헤엄쳐다녔던 뾰족한 미늘로부터 다정한 방패막이 되어주었다. 미아는 단단히 마음을 먹고 계단을 올라갔다. 욕실 문을 열었다. 드디어 거울에 비친 자신의 모습을 보았을 때 적잖이 충격을 받았다.

자신이 아니었다. 다른 사람이 서있었다. 늘 호리호리한 몸매였지만 지금은 수척해 보였다. 언제나 건강했던 자신의 모습은 남아있지 않았다. 스웨터와 바지를 벗고 속옷 차림으로 다시 거울 앞에 섰다. 팬티가 헐렁헐렁했다. 배와 엉덩이 살은 온데간데 없었다. 튀어나온 갈비뼈 위로 조심스럽게 손을 가져갔다. 오톨도톨한 뼈가 하나하나 만져졌다. 미아는 곧장 거울 가까이 걸어가 녹이 슬기 시작한 귀퉁이의 은색 표면에다 눈을 슬쩍 비춰보았다. 사람들은 그녀의 푸른 눈을 보고 말이 많았다. "미아, 너만큼 노르웨이 사람같은 눈을 가진 애도 없을 거야." 누군가는 그렇게 말했다. 그때 얼마나 뿌듯했는지. "노르웨이 사람의 눈"이란 말이 그렇게 듣기 좋았다. 다르지 않고 비슷해지고 싶을 때는 더욱 그랬다. 시그리는 언제나 미아보다 예뻤다. 아마도 그래서 그 말이 그토록 기분이 좋았던 게 아닐까? 반짝이는 푸른 눈. 그러나 지금은 그 눈도 남아있지 않았다. 이미 죽은 것처럼 보였다. 생기도 윤기도 없고 하얘야 할 곳은 붉게 충혈되었다. 미아는 바지를 주워들다가 주머니에서 알약 두 개를 발견하고는 수도꼭지에 입을 대고 그것마저 먹어치웠다. 그리고 다시 거울로 돌아와 허리를 곧게 폈다.

꼬마 인디언, 할머니는 미아를 그렇게 부르곤 했다. 푸른 눈만 빼면 그렇게 부를 만했다. 아메리칸 인디언. 키오와 족이나 수우 족 또는 아파치 족. 미아는 어릴 때부터 줄곧 인디언에 매료되었다. 자신이 어느 부족에 속하든 그 점을 의심한 적이 없었다. 카우보이는 악당이지만 인디언은 선하다. *오늘은 기분이 어때, 미아 문빔*(달빛이라는 뜻의 인디언식 이름—주)? 미아는 거울에 비친 자신의

얼굴을 어루만지며 그리운 할머니에 대한 기억을 떠올렸다. 거울에 비친 긴 머리카락을 바라보았다. 까마귀처럼 까맣고 부드러운 머리카락이 가녀린 어깨 위로 흘러내리고 있었다. 이 정도의 길이로 길러본 것도 오랜만이었다. 경찰대학에 들어가면서부터 줄곧 짧은 머리를 고수했다. 미용실에 가지도 않고 집에서 혼자 머리를 잘랐다. 가위를 손에 쥐고 머리카락을 싹둑 잘랐다. 예쁘게 보이려 애쓰지 않는다는 걸 알려주고 싶었다. 돋보이는 데 관심 없다는 것을. 그래서 화장도 하지 않았다. "넌 태어날 때부터 예뻤어, 꼬마 인디언." 어느 날 저녁 할머니는 오스고르드스트란의 고향집 난로 앞에서 미아의 머리를 땋아주면서 이렇게 말했다. "네 눈꺼풀이 얼마나 예쁜지 알아? 속눈썹은 또 얼마나 예쁜데? 자연이 널 이렇게 만들어준 거야. 화장 같은 건 할 필요도 없지. 우린 남자한테 잘 보이려고 꾸미지 않아. 때가 되면 남자들이 올 거야." 할머니가 있는 인디언 아이. 게다가 부족部族이 있는 노르웨이인. 무엇이 이보다 완벽할 수 있을까? 알약으로 인해 갑자기 구역질이 났다. 알약은 망각과 행복만 가져다주는 게 아니었다. 어떤 약을 섞어 먹었는지 확인하지 않기 때문에 가끔 이런 일이 일어났다. 미아는 한 손으로 벽을 짚고 최악의 순간이 지나가기만 기다렸다. 이윽고 시선을 들고 거울 앞에 힘겹게 서서 자신을 바라보았다. 마지막으로.

열흘 남았다.

4월 18일.

미아는 그게 어떨지 딱히 관심이 없었다. 자신의 마지막 순간. 고통스러울까. 내려놓기 힘들까. 죽으면 눈앞에서 삶이 순식간에 사라진다는 이야기는 믿지 않았다. 혹시 그게 *사실이라면?* 아무래도 상관없었다. 미아 크뤼거의 삶은 몸에 그대로 새겨져 있었다. 거울로 자신의 삶을 비춰볼 수 있었다. 노르웨이인 눈을 가진 인디언. 짧게 잘랐던 검은 머리카락은 이제 길게 자라 하얗고 연약한 어깨로 쏟아져 내려와 있었다. 미아는 머리카락을 귀 뒤로 넘기고 왼쪽 눈 근처에 난 상처를 살펴보았다. 3센티미터쯤 찢어진 상처 자국은 완전히 사라지지 않을 것이다. 라트비아 출신 소녀가 아케르 강에서 변사체로 떠오른 후 살인용의자를 추적하던 중이었다. 미아는 방심한 탓에 칼을 발견하지 못했다. 다행히 몸을 틀어 실명은 면했지만 그후로 여러 달 동안 눈에 안대를 착용하고 다녔다. 울레볼 병원의 의사들 덕분에 양쪽 눈의 시력을 보존할 수 있었다. 미아는 거울 앞으로 왼팔을 들어올려 잃어버린 손가락을 비춰보았다. 모스 외곽의 농장에서 또 다른 용의자를 추적하던 중이었다. *개 조심해.* 로트와일러 개(경비·경찰견으로 쓰이는 독일산 개)가 목을 덮칠 때 미아는 손을 들어 막으려고 했다. 개의 이빨이 손가락을 물던 때의 느낌이 아직도 생생하게 기억난다. 순식간에 공포감이 온몸으로 퍼졌다. 몇 초쯤 흘렀을 때 권총을 꺼내 미친개의 머리를 총으로 쐈다. 미아는 시선을 내려 엉덩이의 속옷라인 바로 위에 문신한 작은 나비를 내려다보았다. 세상 이치를 터득했다고 자신했던 열아홉 시절, 프라하에서 지내던 때의 일이었다. 미아는 스페인 출신의 남자를 만나 여름 한 철 가볍게 사귀고 헤어졌다. 어느 날 베체로브카를 과음한 후 술에서 깨어나보니 둘 다 문신을 하고 있었다. 미아의 문신은 자주색과 노란색, 초록색이 어우러진 작은 나비였다. 미아는 웃고 싶었다. 그후 어린시절의 치기 어린 행동이 부끄러워 여러 번 문신을 지우려고 했지만 시간을 낼 수가 없었고 지금은 더 이상 신경 쓰지 않게 되었다. 미아는 오른쪽 손목에 찬 가느다란 은팔찌를 어루만졌다. 시그리와 그녀가 견진성사 때 선물로 받은, 하트와 닻 문양과 이니셜 장식이 달린 팔찌였다. 미아의 팔찌에는 M이, 시그리의 팔찌에는 S 장식이 달려 있었다. 그날 저녁, 파티가 끝나고 손님들이 집으로 돌아간 후 둘은 오스고르드스트란 고향집 침실에 함께 앉아있었다. 갑자기 시그리가 팔찌를 교환하자고 제안했다.

넌 내 걸 갖고 난 네 걸 갖는 거야, 어때?

그날 이후 미아는 한 번도 은팔찌를 벗지 않았다.

약 기운 때문에 더욱 몽롱해지는 느낌이었다. 이제는 더 이상 거울에 비친 자신의 모습을 참을 수가 없었다. 몸뚱이가 마치 유령 같았다. 저만큼 멀어져 보였다. 왼쪽 눈 옆의 흉터. 마디 두 개가 사라진 새끼손가락. 속옷 허리라인 바로 위의 체코 나비 문신. 가느다란 팔다리. 생기 없는 파란 눈의 슬픈 인디언. 미아는 더 이상 볼 수가 없어서 시선을 돌렸다. 비틀거리며 샤워부스로 들어가 쏟아지는 온수가 차가워질 때가지 한참 물을 맞고 서있었다.

이윽고 미아는 밖으로 나왔다. 알몸인 채로 거실로 가서 난로 앞에서 몸을 말렸다. 누구도 불을 피운 적이 없는 난로였다. 잠시 후 부엌으로 가 다시 물을 한 잔 따르고, 서랍에서 더 많은 알약을 찾아냈다. 옷을 입는 동안 알약을 씹어 먹었다. 이제 더욱 멍해졌다. 겉을 씻었으니 속도 씻으리라.

미아는 편물 비니를 쓰고 재킷을 걸친 다음 집을 나섰다. 바닷가로 걸어 내려갔다. 바위에 앉아 수평선을 바라보았다. 바닷가에서의 사색. 이 표현을 전에 어디에서 들었더라? 그래, 축제, 그랬다. 노르웨이 영화계가 액션을 기반으로 새로워져야 한다고 주장하는 명사들이 개최한 노르웨이 영화제에서였다. 미아는 영화를 사랑했지만 바닷가에서 사색하는 장면을 뺀다고 해서 노르웨이 영화가 어떻게 더 좋아지는지 이해할 수가 없었다. 그녀는 형편없는 얼치기들의 경찰영화를 볼 때마다 절로 신음이 흘러나왔다. 대본을 받아들고 이렇게 저렇게 감독이 지시한 대로 움직이는 배우들의 연기를 보노라면 얼굴이 화끈거려서 영화관을 떠날 수밖에 없었다. 그저 민망했다. 바닷가에서의 사색은 더 이상 없었다. 미아 크뤼거는 슬며시 웃으며 나올 때 가져온 물병의 물을 마셨다. 만약 죽기 위해 히트라에 오지 않았다면 이곳에서 사는 것도 좋을 듯했다.

4월 18일.

그것은 어느 날 일종의 예지처럼 다가왔고, 그 이후부터 모든 것이 딱 맞아떨어졌다. 시그리는 2002년 4월 18일 변사체로 발견되었다. 오슬로 퇴옌에 있는 어느 지하실의 썩어가는 매트리스 위에서 팔에 바늘을 꽂은 채였다. 팔에 묶은 고무줄을 풀 시간조차 없었다. 과용량을 주사하는 바람에 그 자리에서 즉사했다. 열흘 안에 10년 전과 똑같은 일이 일어날 것이다. 상냥하고 예쁜 시그리는 더러운 지하실에서 헤로인 과다 투여로 죽었다. 미아가 발드레 재활 클리닉에서 데려오고 나서 겨우 일주일 만의 일이었다.

하지만 미아는 수용시설에서 4주일을 보낸 후 건강해진 시그리를 보았다. 뺨에는 생기가 돌고, 미소도 되찾았다. 오슬로로 돌아오는 차 안에서 자매는 예전 오스고르드스트란 고향집 마당에서 그랬듯이 웃고 떠들며 농담을 주고받았다. 옛날로 돌아간 기분이었다.

"넌 백설공주, 난 잠자는 숲속의 공주."

"나 잠자는 숲속의 공주 할래! 왜 항상 나만 백설공주 해야 해?"

"왜냐면 미아 네 머리는 검으니까."

"그게 이유야?"

"응, 그게 이유야. 아직까지 그걸 몰랐어?"

"응. 몰랐어."

"바보."

"나 바보 아냐."

"그래, 넌 바보 아니야."

"그건 그렇고 꼭 백설공주, 잠자는 숲속의 미녀 놀이를 해야 해? 그럼 둘 다 백 년 동안 잠을 자면서, 왕자님을 기다려야 하잖아. 재미없어. 우리가 놀이를 만들 수는 없는 거야?"

"언젠가는 왕자님이 올 거야. 미아, 그냥 기다리면 알게 돼. 왕자님이 올 거야."

시그리의 왕자님은 호르텐 출신의 멍청이였다. 음악가를 자처하며 밴드 비슷한 곳에서 연주도 했지만 콘서트를 연 적은 없었다. 그가 하는 짓이라고는 공원을 싸돌아다니며 마리화나를 피우거나 마약주사를 맞고 해롱거리는 게 전부였다. 그는 삐쩍 마르고 고집센 흔해빠진 루저였다. 미아는 그의 이름을 입에 올리는 것조차 견딜 수가 없었고, 그를 생각만 해도 구역질이 나서 허리를 쭉 펴고 심호흡을 해야 했다. 미아는 바위 옆 길을 따라 걸어 보트 정박지를 지난 다음 방파제에 걸터앉았다. 먼 해안에서 무언가 움직이는 게 보였다. 사람처럼 보이는 것들이 뭔가를 하고 있었다. 지금 몇 시쯤 되었을까? 미아는 하늘을 올려다보았다. 태양을 보니 12시나 1시쯤 된 것 같았다. 미아는 다시 물 한 모금을 마시고 나서 약효가 발휘되어 감각이 무뎌지고 얼얼해지는 것을 느꼈다. 방파제 밑으로 두 발을 달랑거리며 고개를 돌려 태양을 쳐다보았다.

마르쿠스 스코그.

시그리는 열여덟 살이었고, 앙상한 멍청이는 스물두 살이었다. 그는 오슬로로 온 후 플라타(오슬로 중앙역 외곽 마약중독자들의 거리—주)에서 지냈다. 시그리는 몇 달 후 그와 동거하기 시작했다.

마약중독 클리닉에서 보낸 4주. 미아가 재활센터에서 시그리를 퇴원시킨 것은 그때가 처음이 아니었지만 이번에는 좀 달랐다. 무엇보다 시그리의 동기가 완전히 달랐다. 입원 후에 일상적으로 마약중독자들이 웃음을 짓는다든지 거짓말을 반복한다든지 단지 퇴원하고 싶어 안달하다가 나온 후에 다시 주사를 맞는 식의 패턴을 보이지 않았다. 그녀는 눈빛부터 달랐다. 예전의 자신으로 돌아가기 위해 굳게 마음먹은 것처럼 보였다.

미아는 시그리가 마약으로 황폐해지는 동안 동생에 대해 많은 생각을 했다. 시그리는 왜 저렇게 되었을까? 따분해서? 부모님의 죽음 때문에? 아니면 그저 그 말라깽이 멍청이 때문에? 만약 누군가 사랑으로 보살펴줬더라면 그렇게 되지 않았을까?

엄마는 엄격했지만 가혹한 분은 아니었다. 아빠는 딸들을 응석받이로 키웠지만, 사실 그게 꼭 나쁜 것만은 아니지 않은가? 에바와 퀴레 크뤼거 부부는 태어난 지 얼마 안 되는 쌍둥이를 입양했다. 생물학적인 어머니와는 미리 약속을 했다. 생모는 나이 어린 미혼모에다 자포자기한 상태였다. 아이들을 기를 마음도 없고 형편도 되지 않았다. 자식이 없던 부부에게 쌍둥이는 하늘이 준 선물이었다. 특히 부부는 딸을 원했기에 자매를 입양함으로써 그들의 행복은 완성되었다. 엄마 에바는 오스고르덴 초등학교 교사였다. 아빠 퀴레 씨는 페인트 판매상으로, 호르텐 시내에 '올레 크뤼거의 계승자'라는 페인트 가게를 소유하고 있었다.

미아는 시그리가 마약쟁이로 삶을 끝낸 이유를 알기 위해 백방으로 돌아다녔지만 끝내 밝혀내지 못했다.

마르쿠스 스코그.

그 자 때문이었다.

재활클리닉을 나온 지 겨우 일주일 만이었다. 시그리와 미아는 보그스가테의 아파트에서 행복하게 지낼 수도 있었다. 백설공주와 잠자는 숲속의 미녀. 한 꼬투리 속으로 돌아온 두 개의 콩. 얼마나 길어질지 모르지만 미아는 처음으로 며칠간의 휴가를 내기도 했다. 그런데 어느 날 저녁 식탁에서 쪽지를 발견했다.

M한테 할 말이 있어.

금방 돌아올게. S

미아 크뤼거는 방파제에서 일어나 집을 향해 터벅터벅 걸었다. 벌써 비틀거리고 있었다. 약을 더 먹을 시간이었다. 그리고 물도.

5장

　운전에 싫증이 난 홀거 뭉크는 잠깐 쉬어가기로 했다. 이윽고 차를 대기에 좋은 곳을 발견하고는 다리를 쭉 뻗었다. 가야 할 곳이 얼마 남지 않았지만(히트라 해협에서 몇 킬로미터밖에 떨어져 있지 않았다) 서두를 필요가 없어졌다. 그 섬까지 배로 데려다주기로 한 사람이 일이 생겨 2시가 넘어야 가능하다고 전해왔기 때문이다. 뭉크는 이유를 물어볼 기운도 남아있지 않았다. 진작 지역 경찰관에게 문의해보았지만 그는 특히 무능해 보였다. 지역 경찰에 편견을 가진 것은 아니지만 홀거는 오슬로 경찰의 속도에 익숙해져 있었다. 뭐, 요즘 들어서는 특별히 그렇지도 않지만 말이다. 시민들은 오슬로의 민완한 경찰들에게도 좀 더 신속히 움직이라고 요구하고 싶은 마음이 간절할 것이다. 뭉크는 나지막이 미켈손에게 저주를 퍼붓다가 이내 후회했다. 알고 보면 미켈손의 잘못이 아니었다. 수사가 늦게 시작되고, 그로 인해 차질이 생겼지만(그는 너무도 잘 알고 있었다) 사실 거기에는 한계가 있었다.

뭉크는 벤치에 앉아 담배에 불을 붙였다. 올해는 트뢴델라그에 봄이 일찍 찾아왔다. 나무에 초록 잎이 돋아나고 눈은 거의 녹아서 없어졌다. 트뢴델라그에 보통 언제 봄이 오는지 잘 모르지만 지역 라디오에서 그렇게 말하는 것을 들었다. 그는 듣고 있던 음악방송 채널을 돌려 뉴스를 틀었다. 그들이 언론 모르게 일을 잘 처리했는지, 아니면 경찰청의 어느 멍청이가 뉴스에 굶주린 기자로부터 돈을 받고 수사 상황을 누설했는지 궁금했다. 다행히 아무 일도 없었다. 마리달렌에서 살해된 어린 소녀가 나뭇가지에 매달린 채 발견되었다는 사실 외에 어떤 언급도 없었다.

차를 몰고 오는 동안 휴대전화에서 줄곧 벨소리와 알림음이 들렸지만 못 들은 체했다. 운전 중에 문자메시지를 보내거나 전화를 받고 싶지 않았다. 그는 사람들이 몇 초 다른 데 정신을 팔다 차선을 이탈하거나 교통사고를 내는 사건을 수없이 접했다. 그 경우 급한 전화나 문자메시지는 거의 없었다. 무엇보다 그는 이 짧은 시간만이라도 자유를 만끽하고 싶었다. 인정하고 싶지 않았지만 그도 가끔 일과 가정생활의 영향을 받았다. 요양원에 있는 어머니를 방문하는 일은 기꺼이 했다. 딸의 결혼 준비도 얼마든지 도울 의향이 있었다. 게다가 이제 막 여섯 살이 된 손녀와 놀아주는 일은 언제나 대환영이었다. 그럼에도, 가끔 삶이 너무 버겁게 느껴졌다.

그와 마리안네. 그는 결코 다른 어떤 것은 상상한 적이 없었다. 이혼한 지 10년이 지난 지금도 여전히 내면의 무언가가 깨져 결코 붙여지지 않은 느낌이었다.

그는 진저리를 치며 휴대전화를 확인했다. 미켈손으로부터 받지 않은 전화 두 통이 더 와있었다. 뭉크는 그들이 어떻게 하려는지 잘 알았다. 답신할 이유가 없었다. 딸 미리암이 보낸 문자는 평소처럼 간결하고 담담했다. 그리고 전처 마리안네의 전화. 이런, 양로원에 전화하는 걸 깜빡 잊고 있었다. 오늘은 수요일이었다. 다시 운전하기 전에 그 일부터 해결해야 했다. 그는 연락처를 찾은 다음 허리를 꼿꼿이 세우고 다리를 모았다.

"회비크바이엔 요양원의 카렌입니다."

"안녕하세요, 카렌. 홀거 뭉크입니다."

"잘 지내시죠? 홀거 씨?"

수화기 전편에서 들려오는 상냥한 목소리에 뭉크의 얼굴이 발갛게 상기되었다. 그는 평소처럼 나이 많은 요양사가 전화를 받을 줄 알았다.

홀거 씨, 웬일로 새 점퍼를 입었어요? 홀거 씨, 못 보던 재킷인데요? 홀거 씨, 수염을 말끔히 밀었군요.

"예, 잘 지냅니다. 한데 염치없게 또 부탁해야 할 것 같군요."

"말해보세요, 홀거 씨. 자꾸 부탁하셔도 돼요." 전화 받은 여자가 웃었다.

그들은 몇 년째 눈인사를 하는 정도로만 알고 지내왔다. 카렌은 양로원의 요양사였다. 그의 어머니는 처음에 양로원에서 지내는 것을 꺼려했지만 지금은 잘 적응하고 있는 듯했다.

"어느새 또 수요일이군요." 그가 한숨을 내쉬었다.

"오실 수 없으신 거죠?"

"예, 안타깝게도 그렇게 됐습니다. 지금 시내에 없거든요."

"알겠어요." 카렌이 키득거렸다. "이곳에서 어머니를 모셔다드릴 수 있는 분이 계신지 찾아볼게요. 만약 없으면 택시를 부르죠."

"당연히, 대가는 지불하겠습니다." 뭉크가 얼른 말을 받았다.

"걱정 마세요."

"고마워요, 카렌."

"천만에요, 홀거 씨. 다음 수요일에는 오실 수 있죠?"

"예, 그럼요."

"좋아요. 그럼 그때 만날 수 있는 거죠?"

"아마 그럴 겁니다." 뭉크가 헛기침을 했다. "정말 고마워요. 그리고 어머니께 안부 전해주세요."

"그럴게요."

뭉크는 전화를 끊고 벤치로 돌아왔다.

그녀에게 데이트 신청이라도 하는 건 어때? 그래서 나쁠 건 없잖아. 커피라도 한 잔? 아님 영화라도 한 편?

그때 휴대전화기에서 이메일 도착을 알리는 신호음이 들리며 그런 생각을 산산조각냈다. 한때는 여러 기능이 한데 모인 최신 유행의 휴대전화를 갖는 것에 강한 거부감을 보였다. 그렇게 되면 어떻게 한시라도 평화를 누릴 수 있겠는가? 그래도 지금은 꽤 편리하게 이용하고 있었다. 그는 미소 띤 얼굴로 이메일을 열어 몇 년 전 인터넷상에서 만난 러시아인 유리가 보낸 도전과제를 읽기 시작했다. 전 세계 괴짜들이 Math2.org 사이트의 게시판에 모였다. 유리는 민스크에 사는 60대 노교수였다. 뭉크는 오래 지나지 않아 그를 친구라고 부르며(그들은 실제로 만난 적이 없었다) 이메일 주소를 교환하고 가끔 연락을 했다. 주로 체스에 관해 토론하거나 바로 지금처럼 어려운 문제를 두고 서로 도전을 하곤 했다.

탱크로 물을 흘려보낸다. 물의 부피는 분당 2배가 된다. 한 시간 내에 탱크에 물이 가득 찼다. 탱크의 물이 절반 찰 때까지 시간이 얼마나 걸렸을까?

뭉크는 새 담배에 불을 붙인 뒤 정답을 궁리하다 마침내 해답을 알았다. 하하. 그는 유리가 좋았다. 언젠가는 그를 만나러 가야겠다고 생각했다. 멋지지 않은가? 그는 러시아에 한 번도 가본 적이 없었다. 뭉크는 이처럼 인터넷을 통해 여러 친구를 사귀었다. 미국에 사는 mrmichigan40. 스웨덴에 사는 margrete—08, 남아프리카의 버어드맨. 모두 체스와 수학 괴짜들이었지만 그보다 더 중요한 점은 모두가 뭉크를 좋아한다는 사실이었다. 그렇다. 이렇게 여행 계획을 짜고, 새 친구들을 사귀고…, 정말로 근사하지 않은가? 게다가 자신은 많이 늙지도 않았다. 그런데 어디로든 마지막 여행을 한 게 언제였더라? 뭉크는 휴대전화 화면에 비친 자신을 흘끔 보고는 벤치 옆에 내려놓았다.

쉰네 살. 뭉크는 그 숫자가 적절하게 여겨지지 않았다. 실제로는 훨씬 늙은 기분이었다. 마리안네가 휴럼 출신 교사 이야기를 꺼낸 날로부터 10년이 흘렀다. 그때 그는 침착하려고 애썼다. 그런 날이 올 줄 알았어야 했다. 하루 종일 직장에 머물렀고 대체로 넋이 나가있었다. 드물게 집에 있는 날에도 정상이 아니었다. 그는 궁극적으로 대가를 치르리라는 것을 알았다. 지금처럼 이렇게? 그녀는 마치 여러 번 리허설을 한 것처럼 담담하게 말했다. 그들은 만나는 중이었다. 그후로 죽 연락을 하며 지내고 있었다. 서로에 대한 감

정이 무르익었다. 몇 번 몰래 만났는데 더 이상 거짓 삶을 살고 싶
지 않다고 했다. 뭉크는 끝까지 냉철함을 유지하지 못했다. 그 누
구에게도 손 한 번 날려본 적이 없는 그가 고함을 지르고 접시를
벽에 던졌다. 소리를 지르며 아내를 추궁하고 집안 곳곳으로 내몰
았다. 지금 돌이켜봐도 그때의 행동이 부끄럽다. 미리암은 울면서
자기 방을 뛰쳐나왔다. 그때 열다섯 살이었던 딸은 이제 스물다섯
이 되어 결혼을 앞두고 있다. 열다섯 살 아이는 제 엄마 편을 들었
다. 사실 놀랍지 않았다. 그 전까지 그가 집에서 쓸모 있는 사람이
었던 시간이 얼마나 되었던가?

그는 딸 미리암이 보낸 메시지에 선뜻 답을 하지 못했다. 그들의
관계가 과거에 어떠했고 지금 어떤지 상징적으로 보여주듯 메시지
가 너무 간결하고 냉담했다. 임대한 자동차에 들어있는 서류철보
다 더한 압박감이 느껴졌다.

2,000~3,000 더 보태줄 수 있으세요?

사촌들을 초대하기로 했어요. M

결혼. 돈 걱정은 하지 마라. 그는 메시지를 입력하고 나서 웃는 얼굴
이모티콘을 덧붙였다가 이내 삭제했다. 메시지가 전송되는 신호를
보면서 손녀 마리온을 떠올렸다. 미리암은 마리온을 출산한 직후
그의 면전에서 아버지가 손녀를 볼 자격이나 있는지 의문이라고 잘
라 말했다. 다행히 미리암은 마음을 바꾸었다. 그는 지금도 그 순
간을 가장 소중하게 여긴다. 사랑스럽고 천진난만한 마리온과 보
내는 시간은 그의 일상에서 가장 빛나는 순간이었다. 솔직히 회네

포스로 다시 발령을 받은 이후 그의 일상은 암흑처럼 어두워졌다.

그는 이혼하면서 마리안네에게 집을 주었다. 마땅히 그래야 할 것 같았다. 그렇지 않으면 미리암이 친구들과 학교, 핸드볼을 포기하고 이사해야 할 판이었다. 대신 그는 모녀와 적당히 가깝고 직장에서도 별로 멀지 않은 비슬레트에 작은 아파트를 마련했다. 회네포스로 전근한 후에도 아파트는 팔지 않았고, 지금은 회네포스 경찰서 근처 링바이엔에 원룸을 얻어 살고 있었다. 짐은 아직 이삿짐 상자에 들어있었다. 애초에 짐을 많이 가져오지도 않았다. 일단 시민들의 원성이 잦아들면 오슬로로 돌아갈 수 있을 거라고 기대했기 때문이다. 하지만 거의 2년이 흐른 지금까지도 그 원룸을 뜨지 못했고, 집처럼 느껴지지 않아 짐을 풀지 않은 상태였다.

기죽을 것 없어. 너보다 더 못한 사람들도 많아.

뭉크는 담배를 비벼 끄고 차 안에 있는 서류에 대해 생각했다. 여섯 살 여자아이가 죽은 채로 나무에 매달려 개와 함께 산책하던 시민에게 발견되었다. 이런 사건이 일어난 것도 오랜만이었다. 따라서 저들이 그뢴란에서 식은땀을 흘리는 것도 이상할 게 없었다.

뭉크는 휴대전화를 집어들고 유리의 이메일에 답변을 했다.

59분. J J☺ HM

인정하기 죽기보다 싫었지만 조수석에 놓여있는 서류철을 생각하자 등줄기가 오싹해졌다. 그는 차에 시동을 걸고 큰 도로로 진입해 히트라를 향해 동쪽으로 차를 몰았다.

6장

목덜미에 독수리 문신을 한 남자는 그 일을 위해 롤넥 스웨터를 입었다. 한때는 오슬로 중앙역을 애용했지만(행인이 많은 곳이 이런 일을 하는 사람에게는 완벽한 장소였다) 요즘 들어 카메라가 지나치게 많이 설치되는 바람에 어느 곳도 안전하지 못했다. 그는 오래전부터 영화관이나 케밥가게 같은 곳에서 만나 거래하는 일을 해왔다. 사람들 눈에 덜 띄거나 사업상 조사를 받게 될 가능성이 적은 곳이라야 했다. 그럴 일은 드물겠지만 (그는 더 이상 대규모로 거래하지 않았다) 여전히 위험한 것보다는 안전한 쪽이 나았다.

독수리 문신을 한 남자는 머리에 비니를 푹 눌러쓰고 역 중앙홀로 들어갔다. 장소는 아직 정해지지 않았지만 받기로 한 금액이 많아서 지시를 따르는 것도 즐거웠다. 고객이 자신을 어떻게 알아볼지도 잘 알지 못했다. 어느 날 그에게 사진과 지시사항과 돈의 액수가 적힌 MMS 문자가 날아왔다. 그는 언제나 그렇듯 아무것도 묻지 않고 'ok'라고 답변했다. 그것은 그가 한 번도 경험해보지 못한 이상한 지시사항임에 틀림없었지만, 지금껏 살아오면서 그가 배운 진리는 따질 것 없이 시키는 대로 하고 돈만 받으면 그뿐이었다. 어둠의 세계에서 신용을 쌓고 살아남으려면 그럴 필요가 있었다. 나이가 들면서 돈의 액수와 더불어 일감도 줄고 있지만 가끔 수상쩍은(그렇다, 사실 몹시도 수상한) 것에 비례해 충분한 대가가 주어지는 일을 하면 거액이 떨어지기도 했다. 그가 지금 하려는 일이 바로 그랬다.

양복 상의에 날렵한 바지, 번쩍거리는 구두와 사무용 가방, 롤넥스웨터, 심지어 가짜 안경까지 썼다. 그의 처지와 정반대로 보이게 해주는 이 모습은 그가 정확히 의도한 대로였다. 직업상 언제 경찰이 모든 CC TV 기록을 철저하게 검토하라고 명령할지 모르기에 주변 사람들 속에 잘 섞이는 게 최선이었다. 그는 영락없는 은행원이나 비즈니스맨처럼 보였다. 설령 사람들이 그렇게 생각하지 않는다고 해도 남자는 자신에게 자부심을 느꼈다. 하기야 사람들이 멋지게 차려입은 그를 엘리트 특권층의 일원으로 오해할 리도 없었다. 그는 자신의 거친 외모와 문신, 가죽재킷을 좋아했다. 이 역겨운 바지는 사타구니를 쓰라리게 했고, 꼭 끼는 재킷과 너무 번쩍거리는 갈색 구두는 그로 하여금 부속품이 된 것처럼 느끼게 했다. 하지만 상관없었다. 그냥 웃으면서 참으면 됐다. 보관함 안에서 기다리는 돈은 그만한 가치가 있었다. 충분한 가치가 있었다. 한동안 무일푼이었던 그에게는 현금이 필요했다. 이제 파티에도 갈 것이다. 그는 익숙지 않은 안경 아래 희미하게 웃으며 침착하게, 그러나 역 건물을 통과할 때는 경계심을 늦추지 않으면서 걸었다.

첫 번째 문자메시지를 받은 것은 일년 전이었고, 그후로도 몇 번 더 이어졌다. MMS 문자에는 사진과 금액이 적혀있었다. 처음에는 요구가 너무도 특이해서 반쯤 장난처럼 받아들였지만 그럼에도 시키는 대로 했다. 그러자 돈이 들어왔다. 그렇게 다음번으로 이어지고, 또 다음번으로 이어졌다. 그러는 사이에 그는 더 이상 이게 무엇일까 궁금해하지 않게 되었다.

그는 나르베센 편의점 진열대 앞에 서서 신문과 담배 한 갑을 샀다. 어딜 봐도 사무실에서 하루 일과를 마치고 퇴근하는 평범한 남자의 모습이었다. 이 은행원에게 수상한 점은 보이지 않았다. 그는 신문을 겨드랑이에 끼고 보관함을 향해 걸어갔다. 그러고는 보관함으로 들어가는 입구에서 걸음을 멈추고 문자메시지를 보냈다.

도착했습니다.

얼마 기다리지 않아 답장이 왔다. 여느 때처럼 즉각적이었다. 휴대전화에서 웅웅 소리가 나더니 보관함의 번호와 비밀번호가 화면에 떠올랐다. 그는 주위를 두리번거리다 원하는 보관함을 찾기 위해 길게 줄지어있는 보관함을 따라 걷기 시작했다. 오슬로 중앙역에서 보관함 한 가지는 인정해줄 만했다. 좁은 도로나 뒷골목에서 손으로 열쇠를 주고받는 시절은 이제 끝났다. 요즘은 보관함의 비밀번호만 있으면 됐다. 독수리 문신을 한 남자는 키패드의 숫자를 눌렀다. 보관함 문이 철커덕 소리를 내며 열렸다. 안에는 평소처럼 익숙한 갈색 봉투가 놓여있었다. 그는 주위를 두리번거리거나 사방이 카메라에 노출된 공간을 덜 의식하려 애쓰면서 자연스럽게 봉투를 꺼낸 다음 민첩하게 가방을 열어 안에 넣었다. 이번에는 더

두둑하다는 생각에 자신도 모르게 입꼬리가 올라가며 웃음이 스쳤다. 이제 마지막 업무, 정산만 하면 됐다. 그는 보관함을 벗어나 계단을 올라간 뒤 역을 빠져나가 버거킹 매장으로 들어섰다. 신사전용 칸막이 테이블이 보이자 그곳에 자리를 잡았다. 가방을 열고 봉투를 꺼냈다. 흥분을 참기가 힘들었다. 그는 봉투 안을 힐끗 들여다보고는 입이 귀에 걸리도록 싱글거렸다. 그가 평소 요구하는 200크로네짜리 지폐가 합의한 액수보다 더 많아 보였다. 게다가 흰색 가루가 든 작은 비닐봉지도 들어있었다. 독수리 문신을 한 남자는 투명한 비닐봉지를 열고 조심스럽게 그 안에 든 것을 맛보았다. 얼굴에 더 환한 웃음이 걸렸다. 고객이 누구인지 모르지만 그의 계약이나 정보에는 틀림이 없었다. 그는 독수리 문신을 한 남자가 이 물질 또한 얼마나 사랑하는지도 알고 있었다.

휴대전화를 꺼내 평소와 같은 답변을 보냈다.

ok. 고맙습니다.

좀처럼 고맙다는 말을 하지 않는 그였지만(이건 사적인 일이 아니라 어디까지나 비즈니스였다) 이번에는 보너스로 들어있는 것 때문에라도 고맙다는 말을 하지 않을 수 없었다. 몇 초 후 답장이 왔다.

좋은 시간 보내시길.

독수리 문신을 한 남자는 돈봉투와 비닐봉지를 가방에 넣으며 미소지었다. 그리고 다시 역 중앙홀로 발걸음을 옮겼다.

7장

미아 크뤼거는 길고 검은 머리카락 위로 흰색 편물 폼폼 비니를 눌러쓰고 담요를 두른 채 바위에 앉아있었다. 약국에서 누군가 올해에는 트뢴델라그에 봄이 일찍 찾아왔다고 말하는 것을 들었다. 하지만 그녀는 아직 추웠고, 봄의 온기를 느낄 수 없었다.

이제 엿새 남았다. 부엌 달력에는 빈 네모 칸이 여섯 개 남았다. 미아는 마치 그 날을 손꼽아 기다리는 듯한 기분이었다.

죽음은 위험하지 않아.

최근 며칠 새 이 진리를 더욱 확신하게 되었다. 자신은 이제 곧 자유로워질 것이다. 그녀는 방한용 점퍼주머니에서 알약 몇 개를 꺼내 가져온 알코올과 함께 입안에 털어넣었다. 그리고 자신도 모르게 웃으면서 바다 저편을 바라보았다. 낚싯배가 미끄러지듯 수평선을 지나고 있었다. 4월의 태양은 구름을 금색으로 물들이고 바위 아래 물결에 반짝반짝 어른거렸다. 미아는 지난 며칠간 많은 생각을 했다. 자신이 사랑했던 사람들, 자신을 사랑했던 사람들에 대해. 이제 단 한 명만 남은 여기, 이 세상에 자신은 오랫동안 머물 생각이 없었다. 할머니가 입버릇처럼 말씀하셨던 *이 현실*에. 미아는 웃으면서 술을 한 모금 마셨다.

시그리는 언제나 사람들의 사랑을 독차지했다. 긴 금발의 시그리. 학교성적도 좋았던 아이. 플루트도 잘 연주하고, 핸드볼도 잘하고, 친구도 많았던 아이. 미아는 시그리가 받던 관심을 샘낸 적이 없었다. 시그리는 자신의 유리한 점을 이용하는 아이가 절대 아니었다. 좀처럼 남을 험담하지도 않았다. 시그리는, 그저 멋진 시그리였다. 대신 할머니는 미아를 한쪽 구석으로 데려가 특별한 아이라고 말씀해주셨다. 그럴 때마다 미아는 기분이 좋았다.

미아, 너 그거 알고 있니? 넌 특별한 아이야. 다른 아이들도 훌륭하지만 넌 뭔가를 볼 수 있어. 넌 다른 사람들이 못 보는 것을 볼 수 있어.

생물학적인 할머니는 아니었지만 미아는 할머니와 통하는 데가 있다고 믿었다. 유대감이랄까, 동지의식을 느꼈다. 어쩌면 할머니 역시 미아처럼 남과 다르다는 점에서 동지나 친구처럼 대해주셔서 그랬는지도 모른다. 할머니는 미아에게 인생 이야기를 들려주셨는데, 얼굴이 붉어지는 내용도 감추지 않았다. 할머니는 남자를 많이 만났다, *너는 남자를 두려워해서는 안 된다, 남자는 몸집이 작은 토끼처럼 전혀 해롭지 않아,* 라고 말씀해주었다. 그리고 당신은 미래를 내다볼 줄 아는데, 이 현실보다 더 많은 현실이 있으니 죽음을 절대로 두려워할 필요가 없다고 말씀하셨다. 할머니 말씀에 따르면 기독교는 죽음을 부정적인 개념으로 만들어 우리로 하여금 평생 신을 두려워하며 살아가고, 죽으면 지옥이나 천국으로 가게 된다고 믿게 했다. *기독교인은 죽으면 모든 것이 끝난다고 믿지만 미아, 넌 알고 있지? 할머니는 죽음이 끝이라고 믿지 않는단다. 할머니는 결코 죽음을 두려워하지 않아.*

고향 오르고르드스트란에서 악담하는 사람들은 할머니를 '마녀'라는 별명으로 불렀지만 할머니는 결코 언짢아하지 않았다. 미아는 그들이 무슨 뜻으로 그렇게 말했는지 잘 알았다. 할머니의 진남색 눈동자 위로 헝클어진 잿빛 머리카락은 여느 할머니들과 달라 보였다. 가게에 가면 할머니는 큰 소리로 이상한 말을 하고 종종 마당에 나가 달을 보며 밤새 혼자 깔깔 웃곤 했다. 할머니는 중세 사람들이 마법이라고 부르는 것을 틀림없이 알고 있었고, 미아를 제자처럼 여겼다.

미아는 스스로 운이 좋다고 생각했다. 안정된 환경에서 성장했다. 다정한 엄마와 멋진 아빠를 두었고, 몇 집 건너에는 할머니가 사셨다. 할머니는 미아를 귀하게 여겨주셨다. 미아의 장점을 알고 특별한 존재라고 말해주셨다.

딱정벌레처럼 훨훨 날아라, 미아. 그걸 잊지 말아라.

임종할 때 할머니는 눈을 찡긋하며 이렇게 말씀하셨다.

미아는 구름을 향해 술병을 높이 들었다.

죽음은 위험하지 않아.

이제 6일 남았다.

방한재킷에서 꺼내 먹은 알약 탓에 노곤함이 밀려왔다. 미아는 알약을 몇 개 더 먹은 뒤 바위에 등을 기댔다.

미아, 넌 특별해. 알고 있지?

혹시 경찰대학에 진학한 것도 그 때문이 아닐까? 뭔가 달라 보이기 위해서? 미아는 지난 며칠 동안 그런 생각을 했다. 내가 왜 그 학교에 지원했더라? 더 이상 생각의 조각이 맞춰지지 않았다. 시간이 자꾸만 흘러갔다. 그녀의 뇌는 정상이 아니었다. 시그리는 더 이상 금발의 어린 시그리가 아니었다. 이제 쓰레기 시그리, 악몽이 되었다. 큰 충격을 받은 부모님은 세상은 물론이고 서로에게, 나아가 미아에게도 등을 돌렸다. 미아는 오슬로로 거처를 옮겼고, 아무 열정도 없이 블린데른 대학에 진학했다. 하지만 기운이 없어서 시험을 치러 가지 못하기 일쑤였다. 혹시 경찰대학이 나를 선택한 것은 아닐까? 마르쿠스 스코그같은 자들을 세상에서 제거하라고?

미아는 자리에서 일어나 비틀거리며 방파제로 걸어갔다. 병에 든 것을 깨끗이 비우고 재킷주머니에 쑤셔넣었다. 그러다 주머니에서 알약을 두 개 발견하고는 물도 없이 씹어먹었다. 갈매기도 그녀를 버려둔 채 낚싯배로 날아가고, 들리는 건 바위를 부드럽게 핥는 파도 소리뿐이었다.

미아는 그를 쏘았다.

마르쿠스 스코그.

가슴에 두 발.

그것은 우연한 만남이었다. 한 소녀의 실종사건 때문에 결성된 특별수사반은 다른 사건 때문에 외근을 하고 있었다. 홀거의 표현을 빌리면 그냥 여기저기 쑤시고 다니며 냄새를 맡던 중이었다. *지금 당장은 할 게 별로 없어. 내 생각에는 이 사건부터 확인해보는*

게 좋겠어.

홀거 뭉크. 미아는 방파제 난간에 걸터앉아 부츠 신은 발을 달랑거리며 옛 동료를 애틋하게 떠올렸다. 그 사건은 처음부터 끝까지 이상했다. 미아는 사람을 죽였음에도 전혀 죄책감을 느끼지 않았다. 결과에 대해서는 유감으로 생각했다. 언론은 들끓고 그뢴란은 시끄러웠다. 수사반을 지휘했으며 미아를 경찰대학에서 선발한 홀거 뭉크는 다른 지역으로 발령받았고 팀은 해체되었다. 미아는 그 점이 마음 아팠다. 게다가 자신의 행동으로 홀거가 대가를 치렀다는 사실에 깊은 자책감을 느꼈다. 하지만 결단코 살인사건은 아니었다. 절대로. 그들은 지시를 받고 트뤼반으로 가던 중이었다. 마약쟁이인지 히피인지 (경찰서에 전화를 걸어 불평하는 시민들은 그 둘을 구별하지 못했다) 모를 누군가가 트뤼반에 캠핑카를 세워놓고 마약파티를 벌이며 난동을 부리고 있다는 신고가 들어온 것이다. 홀거는 실종 소녀가 거기에 있을지도 모른다고 생각했다. 그리고 실제로 거기에서, 실종 소녀는 아니지만 소녀를 찾아냈다. 캠핑카 안에서 눈이 흐리멍덩하고 팔뚝에 주사자국이 여러 개인 소녀가 발견되었는데 뜻밖에 그 자리에 마르쿠스 스코그가 함께 있었다. 그때 미아는 독립경찰권 불만처리위원회IPCC의 보고서에 나와있는 것처럼 '공권력을 남용하여 부주의하게 행동했다.'

미아는 자신이 저지른 행위에 고개를 저었다. 뭉크는 스코그가 먼저 공격을 했다며 미아의 편이 되어주었지만 (범죄현장에서 스코그의 칼과 도끼가 발견되었다) 미아는 좀 더 신중하게 행동했어야 했다. 그녀는 제정신이 아닌 마약쟁이가 칼이나 도끼를 휘두를 때 스스로 방어하는 훈련을 받았다. 상대방의 발쪽에 총을 쏠 수도 있었다. 아니면 팔에. 하지만 그러지 않았다. 그의 가슴을 겨누었다. 순간적으로 증오가 치밀어 세상 다른 것은 보이지 않았다. 그녀는 스코그의 가슴에 두 발을 명중시켰다.

홀거 뭉크가 없었다면 미아는 교도소에 갔을 것이다. 그녀는 방한재킷에서 빈 술병을 꺼내 남은 몇 방울까지 핥아먹은 후 다시 한번 구름을 향해 병을 높이 쳐들었다. 지금은 아무래도 상관없었다. 이제 곧 모든 게 끝날 테니까.

마침내.

6일 남았다.

그녀는 거친 방파제에 드러누워 뺨을 대고 눈을 감았다.

8장

토비아스 이베르센은 아래층에서 들려오는 시끄러운 소리를 듣지 못하게 동생의 귀를 손으로 막았다. 직장에서 퇴근한 엄마는 새아빠가 해야 할 일을 하지 않았을 때 난폭해지는 경향이 있었다. 애들 먹을 저녁을 해놔야지. 집안 좀 정리해두면 안 돼? 당신도 일자리를 구하라고. 토비아스는 동생이 이런 말을 듣지 못하게 하려고 게임을 고안해냈다.

내가 네 귀를 막을 테니 머릿속에 떠오르는 장면을 말해봐. 응?

"불길에 휩싸인 빨간색 대형트럭이 보여." 토르벤이 웃자 토비아스는 고개를 끄덕이며 또 뭐가 보이는지 물었다. "용과 싸우는 기사." 동생은 싱글거렸고 토비아스는 다시 고개를 끄덕였다.

아래층에서 들려오는 소리가 점점 커졌다. 벽 사이로 기어 올라온 화난 목소리가 피부 속으로 스며들었다. 토비아스는 다음에 일어날 일을 감당할 수 없을 듯하자 (벽으로 물건들이 내동댕이쳐지고 비명 소리는 커질 것이다. 아마도 최악으로) 동생을 데리고 나가기로 했다. 그가 두 손을 모아 동생 귀에 대고 속삭였다.

"우리 들소사냥하러 밖으로 나갈까?"

동생은 웃으면서 열렬히 고개를 끄덕였다.

들소사냥이란, 인디언이라도 된 듯 들판을 뛰어다니는 놀이를 말했다. 동생이 좋아하는 놀이였다. 이 동네에 사는 아이들이 거의 없는 까닭에, 열세 살 토비아스와 일곱 살 동생은 나이 차가 꽤 났음에도 함께 놀았다. 집에서 시간을 보내는 것은 현명하지 않았다. 밖이 훨씬 나았다.

토비아스는 동생에게 외투를 입히고 운동화를 신겨준 다음 콧노래를 부르고 쿵쿵 발소리를 내며 뒤쪽 계단을 내려가 밖으로 나갔다. 동생은 형을 우러러보았다. 형은 언제나 시끄럽고 우스꽝스러운 소리로 동생을 즐겁게 해주었다. 토르벤은 형과 함께 하는 모든 것이 즐거웠다. 형을 많이 따르며 형과 함께 하는 신나고 이상한 모험에 기꺼이 동참했다.

토비아스는 장작 헛간으로 가서 끈과 칼을 찾는 동안 토르벤에게 혼자서 먼저 가라고 했다. 형제에게는 숲속에 정해놓은 비밀장소가 있었다. 동생이 마음껏 돌아다녀도 되는 완벽하게 안전한 곳이었다. 더 깊숙이 들어가면 가문비나무 사이 공터에 둘이 지어놓은 오두막도 있었다. 집에서 멀리 떨어진 작은 집이었다.

토비아스가 오두막에 도착했을 때 토르벤은 벌써 만화책을 찾아내어 낡은 매트리스에 앉아있었다. 토르벤은 학교와 형의 도움으로 이제 겨우 알아가기 시작한 흥미로운 글자와 단어에 푹 빠져있었다.

토비아스는 적당한 버드나무 가지를 골라 칼로 밑동을 자르고 나뭇가지 중간의 껍질을 벗겨냈다. 활 손잡이가 될 부분이었다. 나무껍질을 벗겨 살짝 말리면 손으로 잡았을 때 촉감이 훨씬 좋았다. 이어서 버드나무 가지를 무릎에 올려놓고 휘게 한 다음 양쪽 끝에 가느다란 줄을 묶었다. 짜잔! 새 활이 완성됐다. 그는 활을 바닥에 내려놓고 다음 화살을 만들기 위해 적당한 재료를 찾으러 나섰다. 반드시 버드나무일 필요는 없었다. 가문비나무만 빼면 어떤 나무든 괜찮았다. 가문비나무 가지는 너무 힘없이 휘어졌다. 그는 곧고 가느다란 나뭇가지를 가지고 돌아와 껍질을 벗기기 시작했다. 앞에 앉아있는 나무 그루터기 옆으로 새 화살들이 쌓여갔다.

"형, 여기 뭐라고 쓰여있어?"

동생이 만화책을 든 채 오두막에서 뚜벅뚜벅 걸어나왔다.

"크립토나이트." 토비아스가 대답했다.

"슈퍼맨이 그거 싫어해." 동생이 말했다.

"맞아." 토비아스는 스웨터 소매로 동생의 콧물을 닦아주었다.

"잘 맞을 것 같니?" 토비아스는 자리에서 일어나 시위에 화살을 걸고 한껏 잡아당겼다. 손을 떼자 화살은 나무 사이로 날아갔다.

"대단하다! 나도 하나 만들어줘, 응?" 동생이 소리쳤다.

"이건 네 거야." 토비아스는 동생에게 눈을 찡긋해 보였다.

토르벤의 뺨이 붉어지며 눈빛이 부드러워졌다. 토르벤은 활시위를 힘껏 당겨 화살을 몇 미터쯤 날린 뒤 형을 쳐다보았다. 토비아스는 잘 쏘았다고 칭찬하듯 고개를 끄덕인 뒤 화살을 주우러 갔다.

"우리 기독교인 여자애들 쏠까?" 토비아스가 돌아왔을 때 토르벤이 물었다.

"무슨 말이야?" 토비아스가 놀라서 되물었다.

"숲에 사는 기독교인 여자애들 말이야. 우리 그애들 쏠까?"

"우린 사람은 쏘지 않아." 토비아스가 단호히 동생의 팔을 잡아채며 말했다. "그런데 넌 기독교인 여자애들 얘기 어떻게 알았어?"

"학교에서 들었어. 그 기독교인 여자애들이 이 숲에 사는데 사람들을 잡아먹는대."

토비아스가 키득거렸다. "숲에 새로운 사람들이 들어와서 살고 있는 것은 사실이야. 하지만 그들은 위험하지 않고 사람들은 잡아먹는 건 더욱 아니야."

"그럼 왜 우리 학교에 다니지 않아? 여기에 산다면 말이야." 동생의 눈이 휘둥그래지며 궁금해했다.

"나도 잘 몰라. 내 생각에는 자기들만의 학교가 있을 거야."

토르벤의 표정은 몹시 진지해졌다. "틀림없이 형 말이 맞을 거야. 그래서 우리가 다니는 학교에 다니지 않는 거야."

"아마도." 토비아스가 다시 동생에게 눈을 찡긋했다. "오늘은 어디로 들소사냥을 떠날까? 룬드반?" 토비아스가 동생의 머리카락을 흐트러뜨렸다.

"아마도." 형처럼 되고 싶은 토르벤이 따라했다. "그게 좋겠어."

"자, 룬드반이다. 너 가서 형이 아까 쏜 화살 좀 주워올래? 찾을 수 있다면 말이야."

동생이 고개를 끄덕였다. "찾을 수 있을 거야."

그는 자신만만한 미소를 지으며 나무 사이로 달려갔다.

9장

히트라에서 작은 모터보트를 타고 저 멀리 더 작은 섬으로 들어가는 홀거 뭉크의 마음이 편치 않았다. 뱃멀미를 하는 것은 아니었다. 천만에. 그는 바다를 사랑했다. 그는 방금 미켈손의 전화를 받았다. 미켈손의 목소리는 아주 이상했다. 평소의 퉁명스러운 말투는 온데간데 없었다. 그러기는커녕 지극히 정중하게 행운을 빌어주며 그가 최선을 다하기를 바란다고 말했다. 한 팀이 되어 일하는 경찰에게 그런 말을 해주는 것은(전혀 미켈손답지 않게 사기를 북돋워주는) 중요했지만 뭉크는 조금도 기쁘지 않았다. 틀림없이 무슨 일이 있었다. 뭉크에게 말해주고 싶지 않은 어떤 일이.

바람이 불자 뭉크는 재킷을 단단히 여미고는 담배에 불을 붙이려고 했다. 배는 계속해서 피오르의 초입을 향해 통통거리며 가고 있었다. 보트를 운전하는 부스스한 머리카락의 청년은 경찰이 아니라 일종의 지역봉사자인 것 같았다. 그가 2시까지 뭉크를 저 섬에 데려다주지 못하겠다고 한 이유는 여전히 불분명했다. 뭉크는 그 이유를 알아낼 기운이 없었다. 그는 선착장에서 청년을 만났을 때 섬이 어디에 있는지 아느냐고 물어봤다. 용모가 단정치 못한 청년은 고개를 끄덕이며 손짓을 했다. 보트로 15분이면 갈 수 있다고 했다. 그곳에 리그모르 부인의 옛집이 있는데, 아들과 함께 살던 부인이, 아들이 여자를 따라 호주로 이민 간 후 어쩔 수 없이 이사 하면서 노르웨이 동부에서 온 어떤 여자에게 집을 판 게 분명하다 고 했다. 그 여자에 대해서는 잘 모르지만 두세 번 필란에 가는 걸 본 적이 있다고. 나이는 서른쯤이고 긴 머리에 얼굴이 예쁘며 언제 나 선글라스를 쓰고 있었다고 했다. *그 여자가 어디에 가는 길이었 냐고요? 그게 중요한가요?*

청년은 이 모든 이야기를 엔진 소리 너머로 소리치듯 말했다. 홀거 뭉크는 청년을 선착장에서 만난 후 한 마디도 하지 않고 잠자코 듣 기만 했다. 청년이 세 번째로 떠들기 시작했을 때는 그러거나 말거나 손으로 바람을 가린 채 담배에 불을 붙이려고 했지만 실패했다.

섬이 가까워졌을 때 뭉크는 미켈손과의 통화 후 시작된 미세한 구역질이 가라앉는 것을 느꼈다. 이제 곧 미아를 만나게 될 거라는 사실이 실감났다. 그동안 많이 그리워했다. 그녀를 마지막으로 본 게 일년 전이었다. 요양원에서였다. 아니, 정신병원. 사람들이 요 즘 뭐라고 부르는지 모르지만 그곳에서 그녀를 봤다. 미아는 예전 모습이 아니었다. 그는 미아와 거의 접촉하지 못했다. 그후 전화와 이메일로 몇 번인가 연락을 취해보았지만 답장이 없었다. 지금 눈 앞에 펼쳐진 작고 아름다운 섬을 바라보니 뭉크는 그 이유를 짐작 할 수 있을 듯했다. 그녀는 연락하고 싶지 않았던 것이다. 혼자 있고 싶었던 것이다.

모터보트가 작은 선착장에 다다르자 뭉크는 해안으로 펄쩍 뛰어내렸다. 10년 전만큼 민첩하지는 않았지만 체력은 주변 사람들의 말처럼 형편없지 않았다.

"여기에서 기다리고 있을까요, 아니면 필요한 때 제게 연락을 주시겠습니까?" 머리가 부스스한 청년은 기다리라는 말을 듣고 싶은 듯 들뜬 말투로 물었다. 뭉크는 여기에서 많은 일이 일어나지 않을 것 같은 예감이 들었다.

"내가 연락하죠." 뭉크가 간단히 대답하고 작별인사를 하듯 이마에 손을 갖다댔다.

그는 돌아서서 집이 있는 쪽을 바라보았다. 엔진 소리가 등뒤 바다를 가로지르며 사라질 때까지 그렇게 서서 기다렸다. 아름다운 곳이었다. 미아는 감각을 잃지 않았다. 틀림없었다. 완벽하게 숨을 수 있는 장소를 골랐다. 그녀만의 작은 섬은 피오르 초입 쪽에 있었다. 선착장에서 작고 고즈넉한 흰색 집까지는 좁다란 길이 나있었다. 뭉크는 전문가는 아니었지만 1950년대에 지어진 집이라고 짐작했다. 아마 여름휴가용 별장이었던 것을 나중에 사계절 거주용 주택으로 개조했으리라. 미아 크뤼거. 그녀를 다시 만나면 반갑겠지.

뭉크는 처음 미아를 만난 때를 떠올렸다. 특별수사반이 꾸려진 직후였다. 옛 동료이자 당시 경찰대학 학장이었던 마그나르 위트레가 전화를 걸어왔다. 몇 년 만의 통화였지만 옛 동료는 1초도 신변잡기를 늘어놓느라 시간을 낭비하지 않았다. "자네를 위해 딱 알

맞은 인재를 한 명 찾았네." 그는 부모에게 자기가 그린 그림을 보여주는 아이처럼 의기양양하게 말했다.

"이봐, 마그나르. 오래만이야. 뭘 어쨌다고?"

"자네를 위해 인재를 찾았다고. 그녀를 꼭 만나보게."

위트레가 워낙 빠르게 설명하는 통에 자세한 내용을 일부 놓쳤지만 요약해서 말하면 다음과 같았다. 경찰대학 2학년 학생이 UCLA의 심리학연구소 과학자들이 개발한 테스트를 받았다. 그 테스트의 전문적인 명칭은 잘 듣지 못했지만 학생에게 범죄현장을 찍은 여러 장의 사진과 범죄 피해자의 사진을 보여주는 것으로 구성되었다. 학생들은 그 사진을 보며 자유롭게 연상하고 사진을 관찰하고 느낀 의견을 말하게 되어있었다. 게임과 다름없이 편안하게 진행되는 테스트이기 때문에 학생들은 자신이 중요한 테스트에 참여하고 있다고 의식하거나 압박감을 느끼지 않았다.

"우리가 이 테스트를 몇 번이나 시행했는지 정확히 헤아릴 수는 없지만 이런 결과는 처음일세. 이 여학생은 특이해." 위트레는 여전히 흥분을 감추지 못했다.

홀거 뭉크는 경찰청 밖 카페에서 격식 없이 그녀를 만났다. 미아 크뤼거. 20대 초반에 흰색 스웨터와 검은 스키니 바지를 입고 검은 머리카락을 들쭉날쭉 짧게 자른 그녀는 뭉크가 지금껏 본 적이 없는 지극히 투명한 푸른 눈동자를 갖고 있었다. 뭉크는 한눈에 그녀가 마음에 들었다. 그녀의 행동이나 말투에는 남다른 데가 있었다. 그녀의 눈은 자신이 테스트를 받고 있다는 사실을 알기라도 하듯 질문에 반응했다. 이를테면 *도대체 나를 뭘로 보는 거예요? 바보라*

*든지 뭐 그쯤으로 보는 거예요?*라고 묻듯 반짝이는 눈으로 한결같이 정중하게 대답했다.

몇 주일 후 뭉크는 위트레의 축복을 받으며 경찰대학에서 미아를 선발했다. 서류절차도 완벽하게 정리된 터라 더욱 흡족했다. 미아는 더 이상 학교에 머물 필요가 없었다. 이미 경찰로서 자격이 충분했다.

뭉크는 빙긋 웃으면서 집을 향해 걷기 시작했다. 현관문이 조금 열려있었지만 인기척은 없었다.

"여보세요, 미아?"

그는 문을 두드린 뒤 조심스럽게 복도 안으로 두세 걸음 들어갔다. 문득 수 년간 함께 일한 가까운 동료였음에도 그녀의 집에 한 번도 가본 적이 없다는 사실을 깨달았다. 침입자가 된 것 같아 더 이상 들어가지 못하고 복도에서 서성거렸다. 그러다 반쯤 열려있는 다른 문을 다시 두드린 다음 거실로 발걸음을 옮겼다. 방에는 가구가 드문드문 놓여있었다. 테이블과 낡은 소파, 등받이가 막대로 된 의자 몇 개, 한쪽 구석에 설치된 난로가 보였다. 묘하게도 집이라기보다는 그저 잠깐 묵는 곳 같은 분위기가 풍겼다. 사진도 없고, 사람이 살고 있는 흔적은 어디에도 없었다.

혹시 내가 잘못 알았나? 미아가 여기에 없으면 어떡하지? 혹시 다른 어떤 곳에 은신처를 마련해두고 이곳에 잠깐 머물렀던 것은 아닐까?

"여보세요. 미아?"

뭉크는 천천히 부엌으로 갔고, 그제야 안도의 한숨을 쉬었다. 부엌 창문 아래 선반에 커피머신이 놓여있었다. 일반 가정에서 쓰는 게 아니라 커피전문점에서 볼 수 있는 크고 복잡한 커피머신이었다. 자신도 모르게 웃음이 나왔다. 이제야 제대로 찾아왔다는 확신이 들었다. 미아 크뤼거에게는 몇 가지 나쁜 습관이 있는데 커피가 없으면 아무것도 못한다는 점이었다. 한번은 미아가 일하는 동안 커피를 마시면서 코를 찡그리는 행동을 몇 번이나 하는지 세다가 관두었다. "도대체 이 구정물을 왜 마시는 거야? 이렇게 마시고도 몸이 괜찮아?"

뭉크는 조리대로 다가가 번쩍거리는 기계를 매만졌다. 차가웠다. 한동안 사용하지 않은 듯했다. 그 사실이 반드시 무언가를 의미하는 것은 아니었다. 아직 집 근처에 있을 수도 있었다. 다만 꺼림칙했다. 딱 꼬집어 말할 수는 없지만 무언가가 있었다. 그는 충동을 누르지 못하고 벽장과 서랍을 뒤지기 시작했다.

"이봐, 미아? 어디 있는 거야?"

10장

미아 크뤼거는 퍼뜩 잠에서 깨어나 침대에 앉았다.

집안에 누군가 있었다.

자신이 어떻게 계단을 올라왔는지도 생각나지 않았지만 (옷을 벗고 침대에 누운 것도 전혀 기억나지 않았다) 그것은 지금 중요하지 않았다. *집안에 누군가 있었다.* 부엌에서 소리가 들려왔다. 선반에 놓아둔 병들이 내려져 바닥에 놓이는 소리였다. 미아는 침대에서 내려와 바지와 티셔츠를 입고 속옷서랍을 열어 총을 꺼냈다. 소형 글록 17 권총이었다. 총을 좋아하지 않지만 바보는 아니었다. 미아는 맨발의 발끝으로 침실을 걸어나와 복도 쪽 창문을 연 다음 몸을 웅크린 채 작은 지붕으로 갔다. 맨 어깨에 찬바람이 스치자 정신이 번쩍 들었다. 그녀는 깊이 잠들었었다. 시그리 꿈을 꾸었다. 꿈속에서 둘은 누런 밀밭을 가로질러 뛰었다. 앞서 달려가는 시그리의 머리카락이 슬로모션으로 휘날렸다.

어서 와, 미아, 어서 와.

미아는 고개를 저어 남은 잠을 털어내고 총을 허리춤에 끼운 뒤 고양이처럼 날렵하게 풀밭으로 뛰어내렸다. 도대체 누가 여기 있지? 여기? 내 집에? 문명사회로부터 최대한 멀리 떨어진 곳까지 왔는데? 그녀는 몸을 낮춘 채 모퉁이를 돌아서 재빨리 거실 창문을 살폈다. 아무도 없었다. 계속해서 뒷문으로 발걸음을 옮겼다. 그곳에 난 작은 창문으로도 보이는 게 없었다. 미아는 조심스럽게 문을 열고 들어가 문가에서 잠깐 기다리다가 발끝으로 살금살금 복도로 갔다. 거실 입구 벽에 등을 찰싹 붙이고 심호흡을 한 뒤 권총을 앞으로 겨누면서 안으로 들어갔다.

"옛 친구를 맞는 방법이 그것뿐인가?" 홀거 뭉크가 탁자에 발을 올려놓은 채 소파에 앉아 그녀를 보며 웃었다.

"이런 멍청이. 하마터면 쏠 뻔했잖아요." 미아가 한숨을 쉬었다.

"난 그렇게 생각하지 않았어. 설마 나처럼 하찮은 표적을 쏠까." 뭉크가 싱글거리며 자리에서 일어났다.

그는 배를 툭툭 치며 짧게 웃었다. 미아는 창 턱에 총을 내려놓고 옛 동료에게 다가가 포옹을 했다. 그 전까지는 추운 줄도, 맨발에 옷도 제대로 챙겨입지 않았다는 것도 몰랐다. 간밤에 복용한 약의 효과가 아직 가시지 않고 있었다. 그녀는 본능에 굴복했다. 만약 조금이라도 힘이 남아있다면 그러지 않았을 것이다. 미아는 소파에 털썩 주저앉아 담요로 몸을 감쌌다.

"괜찮아?"

뭉크의 물음에 미아가 고개를 끄덕였다.

"놀라게 할 생각은 없었어. 내가 놀라게 했나?"

"조금요." 미아가 인정했다.

"미안하군." 뭉크가 사과했다. "차를 좀 만들었는데 마시겠어? 커피를 만들 걸 그랬나. 실은 저 우주선을 어떻게 작동하는지 몰라서 말이야."

미아가 웃었다. 오랫동안 그를 만나지 못했지만 정감 어린 농담은 여전했다.

"차도 좋아요." 미아가 다시 웃었다.

"잠깐만 기다려." 뭉크가 따라 웃으면서 부엌으로 사라졌다.

미아는 곁눈질로 탁자에 놓인 두툼한 서류철을 보았다. 전화, 인터넷 사용은 물론이고 신문도 읽지 않았지만 바깥세상에 무슨 일이 일어났음을 추측하기는 어렵지 않았다. 뭔가 중대한 일일 것이다. 얼마나 중대한 일이면 홀거 뭉크가 비행기와 자동차와 보트를 차례로 갈아타고 그녀를 만나러 왔을까.

"단도직입적으로 일 얘기부터 할까, 아니면 가벼운 신변잡기부터 말할까?" 뭉크가 웃으면서 탁자에 찻잔을 내려놓았다.

"저에게 더 이상 사건 얘기 하지 마세요."

미아는 고개를 저으며 차를 한 모금 마셨다.

"알아, 나도 알고 있어." 뭉크는 한숨을 쉬며 스핀들백 의자에 털썩 앉았다. "미아가 여기에 숨어있는 것도 그 때문이지. 알고 있어. 휴대전화도 없이. 추적하기 어렵게."

"그것도 어느 정도 맞아요." 미아가 심드렁하게 대꾸했다.

"알아, 알고 있어." 뭉크가 다시 한숨을 쉬었다. "지금 당장 내가 여길 나갈까?"

"아니요. 잠깐이라면 계셔도 돼요."

미아는 두 마음 사이에서 갑자기 확신이 서지 않았다. 그 전까지는 완강하고 단호했다. 주머니를 뒤졌지만 알약을 찾을 수 없었다. 그녀는 아무것도 원하지 않았다. 홀거 뭉크와 함께 일하는 것도 원하지 않았다. 하지만 차 한 잔 마시는 것쯤은 괜찮을 것 같았다.

"그건 그렇고 이걸 어떻게 생각해?" 뭉크가 고개를 살짝 기울이며 물었다.

"뭘 어떻게 생각해요?"

"살짝 보겠어?" 그는 둘 사이 탁자에 놓인 서류철을 향해 고갯짓을 했다.

"아니요, 안 봐요." 미아가 담요를 한 번 더 여몄다.

"좋아." 뭉크는 이렇게 대답하고 휴대전화를 꺼냈다.

그는 머리카락이 부스스한 청년의 전화번호를 눌렀다.

"나 뭉크라고 하는데. 데리러 와줄 수 있겠소? 여기서 볼 일은 다 끝냈소."

미아 크뤼거가 고개를 절레절레 흔들었다. 뭉크는 조금도 달라지지 않았다. 어떻게 하면 자기 목적을 달성할 수 있는지 정확히 알고 있었다.

"고집불통 같은 면은 여전하시군요."

뭉크는 손으로 휴대전화의 마이크를 가렸다. "뭐라고 했어?"

"알겠어요. 알겠어. 잠깐 들여다볼게요, 그럼 됐죠?"

"아, 데리러 올 필요가 없게 됐소. 나중에 연락하겠소."

뭉크는 전화를 끊고 의자를 테이블로 잡아당겼다.

"그럼 이제 어떻게 할까?" 그는 서류철에 손을 올려놓았다.

"우선 양말을 신고 두꺼운 스웨터를 입어야겠어요. 내 침실에 가면 있을 거예요. 그리고 한 잔 마시고 싶어요. 부엌 싱크대 아래 선반에 코냑이 한 병 있어요."

"술 마시기 시작한 거야? 미아답지 않아." 뭉크가 의자에서 일어났다.

"조용히 좀 해줬으면 좋겠어요." 미아가 탁자 위의 서류철을 펼쳤다.

그곳에는 스물다섯 장의 사진과 범죄현장 기록이 들어있었다. 미아 크뤼거는 탁자에 사진을 늘어놓았다.

"어때? 처음 본 인상이?" 뭉크가 부엌에서 소리쳤다.

"반장님이 왜 여기까지 오셨는지 알겠어요." 미아가 나지막이 중얼거렸다.

뭉크가 그녀 옆 바닥에 술잔을 내려놓고 다시 사라졌다.

"필요하면 얼마든지 봐. 원하는 게 있으면 무엇이든 대령하지. 난 내려가서 바다 좀 보고 싶은데, 괜찮겠지?"

미아는 그의 말을 귀담아듣지 않았다. 이미 세상에 대해 문을 닫아걸었다. 술을 크게 한 모금 들이켠 뒤 숨을 내뱉고 나서 사진들을 살펴보기 시작했다.

11장

뭉크는 바위에 걸터앉아 수평선으로 떨어지는 해를 바라보았다. 조용한 곳이라면 언제나 회네포스가 가장 먼저 떠올랐지만 (밤에 침대에 누워 있으면 아무 소리도 들리지 않았다) 이곳에 비할 바는 아니었다. 이곳은 그야말로 정적만 흘렀다. 게다가 아름다웠다. 이런 광경을 본 게 얼마만인지 몰랐다. 그는 왜 미아가 이곳을 선택했는지 이해가 갔다. 고요함. 그리고 깨끗한 공기. 그는 코로 한껏 공기를 들이마셨다. 정말로 독특했다. 문득 휴대전화를 들여다보았다. 벌써 두 시간이 흘렀다. 긴 시간이지만 미아는 세상의 시간을 모두 누리고 있었다. 그나저나 자신도 갈 데가 없었다. 혹시 나도 여기에 머물러야 하는 것은 아닐까? 미아처럼 휴대전화도 버리고. 세상을 등질까? 완전히 놓아버릴까? 생각해보니 그에게는 손녀 마리온이 있었다. 마리온은 절대 포기할 수 없었다. 다른 사람들은 아무래도 상관없었다. 하지만 문득 죄책감이 밀려왔다. 예배모임에 가기 위해 휠체어에 앉아있는 어머니 모습이 떠올랐다. 어머니가 교회에 무사히 도착했기를 빌었다. 그것은 그가 해야 할 일이었다. 매주 수요일 어머니를 모시고 교회에 가는 것. 그는 도대체 왜 어머니가 교회에 나가겠다고 고집을 피우는지 이해할 수가 없었다. 과거 어머니는 그 정도로 독실한 분은 아니었다. 지금 그런다고 달라지는 것은 없었다. 뭉크는 그런 상황이 편치 않았지만 어머니도 당신의 마음을 알기에는 너무 늙어버렸다.

"반장님?"

미아의 목소리에 꼬리에 꼬리를 물고 이어지던 생각이 끊겼다.

"끝났어?"

"그런 것 같아요."

뭉크는 벌떡 일어나 뻣뻣해진 몸뚱이를 한껏 늘인 뒤 집을 향해 성큼성큼 걸어가 미아에게 물었다. "어떻게 생각해?"

"뭣 좀 먹어야겠어요. 제가 수프 좀 데워놨어요."

뭉크는 거실로 들어와 다시 스핀들백 의자에 앉았다. 탁자에 흩어져 있던 사진은 서류철에 철해져 있었다.

미아가 말 없이 나타나 김이 오르는 수프 접시를 내려놓았다. 미아의 머릿속이 복잡한 게 틀림없었다. 뭉크는 그녀의 표정을 보고 단번에 눈치챘다. 그녀는 지금 생각에 빠져있고, 어떤 방해도 받고 싶어하지 않았다. 뭉크는 조용히 수프를 먹으며 그녀가 생각을 정리하게 내버려두었다. 잠시 후 그는 미아의 주의를 환기시키기 위해 가볍게 기침을 했다.

"파울리네 올슨. 여섯 살 아이에게는 좀 구식 이름이네요." 미아가 중얼거렸다.

"그 아이는 줄곧 리네라고 불렸어." 뭉크가 말했다.

"네?"

"본명은 외할머니의 이름을 딴 것이고, 그냥 리네로 불렸다고."

미아 크뤼거는 도무지 속을 헤아릴 수 없는 표정으로 뭉크를 응시했다. 그녀는 여전히 자신만의 생각에 빠져있었다.

"리네 올슨." 뭉크가 말을 이었다. "올 가을 학교에 입학하는 여섯 살 아이. 마리달렌에서 산책하던 행인에 의해 나무에 매달린 채로 발견되었지. 성폭행 흔적은 없고. 메토헥시탈 과다 투여로 살해되었어. 어깨에 가방을 메고 있었고, 가방에는 교과서가 잔뜩 들어 있었는데, 그 아이 것은 아니었어. 아까 말했듯이 아직 학교에 다니지 않으니까. 필통, 자도 발견되었고, 교과서는 모두 종이로 포장이 되었는데 지문은 발견되지 않았어. 그리고 어떤 이유에선지 희생자의 이름이 아닌 토니 J.W. 스미스라는 이름이 적혀있었어. 옷은 깨끗하게 잘 다려진 것이었는데, 아이 엄마에 따르면 아이 옷이 아니라 모두 새 옷이라더군."

"그 옷은 인형 거예요." 미아가 말했다.

"뭐라고?" 뭉크가 놀라 물었다.

미아는 멍한 눈으로 천천히 잔에 술을 따랐다. 그녀는 뭉크가 밖에 나간 사이 부엌에서 코냑을 병째 가져와 거의 비운 상태였다.

"인형옷이라고요. 입고 있는 것 죄다. 그 옷 어디에서 났죠?"

뭉크는 미안한 듯 어깨를 으쓱했다.

"미안해. 난 보고서에 적혀있는 내용만 알아. 아직 본격적인 수사는 들어가지 않았어."

"미켈손이 보냈어요?"

뭉크는 고개를 끄덕였다.

"더 생길 거예요." 미아가 나지막이 읊조렸다.

"무슨 말이야?"

"희생자가 더 나올 거라고요. 그 아이는 첫 번째일 뿐이에요."

"확신해?" 미아는 그를 가만히 응시하기만 했다. "미안해."

"아이의 새끼손가락 손톱에 숫자가 새겨져 있어요." 미아는 이렇게 말하며 서류철에서 사진 한 장을 꺼냈다. 소녀의 왼손을 클로즈업한 사진이었다. 미아는 뭉크 앞에 사진을 내려놓고 손짓했다. "보이세요? 새끼손가락 손톱에 새겨진 숫자? 얼핏 긁힌 흔적처럼 보이는데 아니에요. 숫자 1이에요. 다른 희생자가 더 나올 거예요."

뭉크는 수염을 쓰다듬었다. 그의 눈에는 그냥 긁힌 것처럼 보였고, 보고서에도 그렇게 적혀있었다. 하지만 그는 아무런 반박도 하지 못했다.

"몇 명이나?" 그가 재촉하듯 물었다.

"아마도 손가락 숫자만큼."

"열 명?"

"장담할 수 없어요. 그럴 수도 있다는 거니까."

"확신해? 다른 희생자가 더 나올 거라는 말?"

미아는 눈알을 굴리며 술잔을 기울였다.

"어디까지나 추리예요. 살인범은 전혀 서두르지 않았어요. 그나저나 전 범인이 남자라고 확신할 수도 없어요. 남자일 수도 있지만 아닐 수도 있어요. 음…."

"뭐라고?"

"모르겠어요, 정상인지. 만약 남자라면 정상이 아니에요."

"성적인 경향을 말하는 거야?"

"그러면 말이 되지 않아요. 하지만 그럴 수도 있어요, 제 말이 무슨 뜻인지 아신다면. 그래요, 말이 될 수도 있고 안 될 수도 있는 게…, 뭔가 이상하지만, 달리 생각하면 그럴 듯도 해요."

미아는 다시 자기 생각 속으로 침잠했다. 더 이상 뭉크는 신경 쓰지 않고 자신만의 생각 속에 묻혀버렸다. 뭉크는 그녀를 방해하지 않고 그대로 내버려두었다.

"메토헥시탈이 뭐죠?"

뭉크는 서류철을 펼쳐놓고 해답을 찾기 위해 범죄현장 보고서를 훑어 내려갔다. 미아는 당연히 보고서를 읽지 않았을 것이다. 늘 그렇듯이 사진만 보았을 것이다.

"바르비투르 유도제인데 브레비탈이라는 상표로 판매되고 있어. 마취제로 사용된다는군."

"마취제라." 미아는 이렇게 말한 뒤 다시 생각 속으로 돌아갔다.

뭉크는 담배 생각이 간절했지만 꾹 참았다. 실내에서 피우고 싶지 않았거니와 지금 당장은 미아 곁을 떠나고 싶지 않았다.

"그 아이를 해칠 생각은 없었나봐요." 그녀가 불쑥 말했다.

"무슨 뜻이야?"

"살인범은 아이를 해치고 싶지 않았어요. 아이를 씻기고 옷을 입히고 나서 마취제를 주사했어요. 아이가 고통받지 않게. 아이를 좋아했으니까요."

"아이를 좋아했다고?"

미아 크뤼거는 가볍게 고개를 끄덕였다.

"그럼 왜 줄넘기로 나무에 매달았지?"

"아이가 곧 학교에 다닐 거니까."

"가방과 교과서는 왜?"

미아는 멍청이를 바라보듯 그를 쳐다봤다.

"같은 이유예요."

"그럼 왜 교과서에 파울리네 올슨이 아닌 토니 J. W. 스미스라고 적었지?"

"나도 몰라요." 미아가 한숨을 쉬었다. "그래서 맞지 않는다는 거예요. 그 점만 빼면 모든 게 맞아떨어져요. 안 그래요?"

뭉크는 대답하지 않았다.

"아이 옷 뒤에 자수를 놓은 레이블이 붙어있어요. M 10:14라고."

"마르코복음 10장 14절. 성경인가? 고통받는 아이들이여, 내게로 오라?"

뭉크는 보고서에서 이 부분을 읽은 기억이 났다. 보고서는 실제 꽤 자세하게 적어놓았지만 손톱에 새겨진 줄의 의미까지는 간파하지 못했던 것이다.

미아가 고개를 끄덕였다. "하지만 그건 중요하지 않아요. 마르코복음 10장 14절이라. 단지 우리를 혼란스럽게 하려는 의도예요. 더 중요한 건 따로 있어요."

"책에 쓰여있는 이름보다 더?"

"저도 몰라요." 미아가 말했다.

"미켈손이 돌아오길 원해."

"이 사건을 맡으라고요?"

"그냥 돌아와."

"싫어요. 전 돌아가지 않아요."

"진심이야?"

"예. 전 돌아가지 않아요!" 갑자기 그녀가 폭발했다. "못 들으셨어요? 전 돌아가지 않는다고요."

뭉크는 미아의 이런 모습을 보는 게 처음이었다. 그녀는 부들부들 떨었다. 게다가 눈물까지 글썽거렸다. 뭉크는 의자에서 일어나 소파로 걸어갔다. 그리고 미아 옆에 앉아 팔로 감싸주었다. 미아의 머리를 자신의 품에 기대게 하고 머리를 쓰다듬었다.

"자, 미아. 오늘은 여기까지만 하지. 정말 고마웠어."

미아는 아무 대답이 없었다. 홀거는 자신에게 기댄 미아의 가녀린 몸이 떨고 있는 것을 느꼈다. 정말로 건강이 나빠 보였다. 이런 일은 처음이었다. 그는 미아를 부축해 일으켜세운 뒤 함께 계단을 올라갔다. 그리고 침대에 누인 후 이불을 덮어주었다.

"오늘 밤 함께 있어줄까? 그래도 괜찮겠어? 아래층 소파에서 잘까 하는데? 아침에 뭣 좀 먹겠어? 내가 그놈의 우주선을 작동시켜보지. 커피 한 잔으로 아침을 시작하는 거 어때?"

미아 크뤼거는 아무 말이 없었다. 그가 그토록 아끼던 예쁜 처녀는 죽은 듯 미동도 없이 이불 속에 누워있었다. 홀거 뭉크는 침대 옆 의자에 앉았다. 몇 분 후 미아의 거친 호흡이 잔잔한 템포로 바뀌었다. 그녀는 잠이 들었다.

미아. 어쩌다 이 지경이….

과거에도 그녀가 지쳐서 녹초가 된 모습은 보았지만 결코 이 정도는 아니었다. 이건 완전히 달랐다. 뭉크는 인자한 눈으로 미아를 바라보며 그녀가 행여 감기에라도 걸리지 않도록 다독여준 다음 아래층으로 내려갔다. 그는 선착장으로 가는 길을 찾아내고는 주머니에서 휴대전화를 꺼냈다.

"네, 미켈손입니다."

"접니다, 뭉크."

"아, 그래?"

"가지 않겠대요."

수화기 저편에서 침묵이 흘렀다.

"빌어먹을." 한참 후 그가 말했다. "그래, 미아가 뭔가 쓸 만한 얘기 좀 하던가? 우리가 놓친 것?"

"더 생길 거래요."

"무슨 뜻이야?"

"말 그대로예요. 희생자가 더 생길 겁니다. 아이의 새끼손가락 손톱에 긁힌 자국이 있어요. 그쪽 사람들은 그걸 못 봤더군요."

"빌어먹을." 미켈손은 욕설을 내뱉고는 다시 침묵했다.

"나한테 더 할 말 있어요?" 뭉크가 마침내 물었다.

"자네가 돌아와줬으면 좋겠어." 미켈손이 대답했다.

"내일까지 여기 머물 거예요. 내가 있어줘야 해요."

"내 말은 그게 아니고. 자네가 복귀했으면 좋겠다는 뜻이네."

"수사반을 재개하라는 겁니까?"

"그래. 자네는 나한테 직접 보고하게 될 거야. 내일 다시 전화하겠네."

"그러시죠. 내일 저녁에 뵙죠."

"좋아." 미켈손이 대답했다. 그리고 다시 침묵이 흘렀다.

"아, 그리고 미아는 돌아가지 않을 겁니다." 뭉크는 해결되지 않은 질문에 대답했다.

"확실한가?"

"확실합니다." 그가 다시 대답했다. "마리뵈스가테, 같은 사무실이겠죠?"

"이미 준비해놨네. 수사반은 비공식적으로 재개되었어. 자네가 오슬로로 돌아오면 직원을 뽑도록."

"그러죠." 뭉크는 이렇게 대답하고 재빨리 전화를 끊었다.

뭉크는 속으로 쾌재를 불렀지만 미켈손이 눈치채는 것을 원치 않았다. 이제 과거에 몸담았던 곳으로 돌아가게 된다. 오슬로로. 수사반이 결성되고 다시 가동된다. 그는 예전 업무를 다시 맡게 되었지만 기쁨은 아직 미완성이었다. 그는 지금 같은 미아 크뤼거를 본 적이 없었다. 너무 멀리 와버렸다. 아마 다시는 그녀를 데려가지 못할 것이다. 여간해서는 냉정을 잃지 않는 수사관이었지만 나무에 매달린 어린 소녀 생각을 할 때마다 뭉크는 등골이 오싹했다.

뭉크는 하늘을 바라보았다. 수평선에 어둠이 내려앉았다. 별들은 차가운 빛으로 정적을 감쌌다. 그는 담배를 바다에 던지고 천천히 집으로 걸어갔다.

12장

　토비아스 이베르센은 동생을 기다리는 동안 다른 나뭇가지로 화
살을 더 만들기 시작했다. 그는 칼을 가지고 뭐든 만드는 것을 좋
아했다. 칼날을 나무에 꽂아 얇게 베어내는 것도 좋아했고, 화살이
움푹 파이지 않게 칼날을 나무껍질과 속살 사이에서 일정한 각도
로 기울여 껍질을 벗겨내는 것도 좋아했다. 토비아스 이베르센은
손재주가 좋았다. 미술시간이나 목공시간에 최고의 칭찬을 들었
다. 다른 과목 특히 수학은 겨우 평균을 유지했지만 손을 써야 하
는 수업시간이 되면 마음껏 재주를 발휘했다. 노르웨이어 수업시간
또한 그랬다. 토비아스는 책읽기를 좋아했다. 지금까지는 판타지
와 과학소설을 좋아했는데 지난 가을에 노르웨이어를 가르치는 멋
진 에밀리에 선생님이 부임해오셨다. 웃음소리가 쾌활하고 주근깨
가 많은 선생님은 선생님이 아니라 멋진 여자 어른처럼 느껴졌다.
게다가 그 전 선생님과는 달리 무척이나 재미있게 수업을 진행했
다. 그리고 보니 그 전 수업시간에는 무엇을 배웠는지 기억도 나지

않았다. 에밀리에 선생님은 토비아스에게 긴 필수 도서목록을 주었다. 토비아스는 추천목록에 들어있는 《파리 대왕》을 거의 다 읽었을 때 어서 집으로 돌아가 침대에 누워 책을 읽으면 좋겠다고 생각했다. 아니, 침대에 누워 책 읽는 것만 좋아했다. 사실 집에 있는 것 자체는 싫었다. 토비아스 이베르센은 서류상으로 겨우 열세 살이었지만 내면은 훨씬 성숙했고, 다른 아이들은 겪지 못한 일을 많이 겪었다. 종종 가방을 싸서 어두운 집을 벗어나 멀리 떨어진 세상으로 도망칠까 생각도 했지만 그것은 꿈같은 이야기였다. 어디로 가지? 생일과 크리스마스에 받은 돈을 모아두었지만 어디든 가기에는 충분하지 않았다. 더구나 동생을 두고 갈 수 없었다. 내가 없으면 누가 동생을 돌봐줄까? 토비아스는 다른 생각을 하려고 칼날을 나무껍질 속으로 능숙하게 밀어넣었다. 나무껍질이 중간에 끊기지 않고 한 번에 길게 벗겨지자 뿌듯한 웃음이 나왔다.

토르벤은 돌아오지 않고 있었다. 토비아스는 숲을 흘끔거렸지만 별로 걱정하지 않았다. 워낙 호기심이 많은 녀석이라 흥미로운 버섯이나 개미언덕 주위를 서성대고 있을 것이다.

"왜 기독교인 여자애들은 쏘면 안 돼?"

토비아스는 웃음이 나왔다. 아이들은, 너무 순진했다. 아무것도 모르면서 생각나는 대로 말했다. 교실이나 학교 운동장에서는 정반대가 되어야 했다. 그곳에선 말 한 마디 한 마디 골라서 하고 대다수 아이들과 의견이 맞는지 아닌지 생각해야 했다. 토비아스는 그런 일을 여러 번 겪었다. 《파리 대왕》에서도 비슷했다. 만약 누군가 약한 모습을 보이면 그는 곧장 희생양으로 낙인찍힌다. 요즘 토비아스는 체육시간이 가장 싫었다. 다행히 운동을 잘해서 달리기도 빠르고 높이뛰기도 잘하고 축구 실력도 뛰어났지만 문제는 체육수업 준비물이었다. 오슬로에서 이사온 전학생 두 명은 비싸고 특이한 준비물을 가지고 왔다. 하나같이 아디다스나 나이키, 퓨마 또는 리복 제품이었다. 토비아스는 요즘 들어 자신의 허름한 운동화라든지 바지, 조깅팬츠, 그리고 로고도 없고 모양도 촌스러운 낡은 티셔츠를 불평한 적이 가끔 있었다. 다행히도 아이들 사이에서 더 중요한 한 가지가 있는데, 여자애들한테 인기가 있느냐 하는 점이었다. 만약 여자애들한테 인기가 있으면 어떤 체육복을 입었고, 머리가 얼마나 똑똑하며, 음악은 무엇을 듣는지 따위는 중요하지 않았다. 여자아이들은 토비아스 이베르센을 좋아했다. 토비아스가 운동을 잘해서라기보다는 정말로 착한 친구이기 때문이었다. 그래서 축구화에 줄이 하나뿐이고 신발바닥에 구멍이 났어도 그건 중요하지 않았다.

기독교인 여자아이들에 대한 소문은 오래 비어있던 리티엔나 근처의 낡은 농장으로 새로운 사람들이 이사온 때부터 돌기 시작했다. 그들은 농장을 개조했다. 지금 그곳은 완전히 달라졌고, 모두가 매우 수상하게 여겼다. 지역 사람들 중 일부는 새로 이사온 사람들이 브런스타드 교회(20세기 초반 노르웨이 동부에서 시작되었고, 지금은 전 세계로 확장된 복음주의 초교파 교회—주)에 속해있다고 생각했지만 그것은 오해였다. 그들은 한때 브런스타드 기독교교회에 속해있었지만 거기에 동조하지 않기로 결정하고 사람들이 뭐라고 부르든 자신들만의 종교를 세우기로 했다. 마을 사람들은 저마다 뭔가를 안다고 생각했지만 제대로 아는 사람은 없었다. 다만 그 곳에 사는 아이들은 학교에 가지 않고, 오직 신과 관련된 것만 배우는 독실한 기독교인이라는 사실은 분명했다. 토비아스는 그들이 이사와서 기뻤다. 친구들이 자신의 옷이라든지 전반적인 초라함에 대해 쑥덕거릴 때마다 얍! 하고 대화의 주제를 기독교인 여자애들한테 돌리면 유명 디자이너의 상표 따위에 대해서는 금세 잊어버렸다. 한번은 체육시간이 끝난 후 오슬로에서 전학온 두 아이의 자랑질을 멈추게 하려고 그 아이들을 직접 보았다고 거짓말을 했다. 효과가 있었다. 그는 게슴츠레한 눈이 거의 다 가려질 만큼 이상한 옷을 입은 여자애들한테 들켜서 도망친 이야기를 생생하게 꾸며냈다. 그 여자애들을 직접 본 적도 없고 아는 바도 없기 때문에 분명 그릇된 행동이었지만 달리 무슨 방법을 쓸 수 있겠는가?

토비아스는 칼을 내려놓고 시계를 보았다. 토르벤이 지금쯤 꽤 멀리 갔을 텐데, 슬슬 걱정이 됐다. 집에 돌아가야 하기 때문은 아니었다. 그들에게는 통행금지 시간도 없을 뿐더러 집을 나가고 들어오는 것을 확인하는 사람도 없었다. 토비아스는 그저 냉장고에 먹을 게 있어서 동생에게 저녁을 차려줄 수 있기만 바랐다. 그는 대부분의 집안일을 혼자서 배웠다. 침대보도 갈 줄 알고 식기세척기도 사용할 줄 알며 동생 책가방도 싸줬다. 먹을거리를 사는 일 말고는 실제로 대부분의 일을 했다. 먹을 것을 사는 데 자기 돈을 쓰는 것은 공정하지 않다는 생각이 들었다. 대개의 경우 부엌 선반에는 인스턴트 수프라든지 빵이나 잼 같은 먹을거리가 있었다. 그 래서 어떻게든 배고픔을 해결할 수 있었다.

토비아스는 나무 그루터기 옆 땅바닥에 화살을 쏘고 나서 몸을 일으켰다. 만약 룬드반 근처로 들소사냥을 떠날 시간이 된다면 지금 서둘러야 했다. 적어도 학교에 가는 평일에는 동생을 9시 전에 재우고 싶었다. 동생과 자신 모두를 위해서였다. 동생과 다락방을 함께 쓰는 토비아스는 동생을 재운 뒤 독서등을 켜놓고 혼자 몇 시간쯤 책 읽기를 좋아했다.

"토르벤." 토비아스는 화살과 동생이 사라진 숲을 향해 걸음을 옮기며 소리쳤다.

어디선가 살살 불어오는 바람에 주위의 나뭇잎이 살랑거렸다. 바람이 더 거세고 흐린 날에도 혼자서 여기에 온 적도 많기 때문에 겁은 나지 않았다. 오히려 자연이 모든 것을 손아귀에 넣고 뒤흔드는 것을 보면 흥미로웠다. 하지만 동생은 쉽게 겁을 먹었다.

"토르벤, 어디 있니?"

토비아스는 또다시 기독교인 여자애들에 대해 거짓말을 했던 것에 죄책감을 느꼈다. 남학생 탈의실에서도 거짓말로 이야기를 꾸며낸 적이 있었다. 문득 《파리 대왕》에 나오는 소년들처럼 어른 없이 탐험을 떠나야겠다는 생각이 들었다. 비상식량과 손전등을 챙겨 몰래 집을 빠져나와 리티엔나로 떠나는 거다. 길은 훤히 꿰고 있었다. 사람들이 새로 만든 농장과 울타리, 그밖의 것들에 대해 말하는 내용이 사실인지 아닌지 직접 확인하리라. "흥미롭고 교육적인." 문득 예전 노르웨이어 선생님이 입버릇처럼 말했던 글귀가 떠올랐다. 그분에 따르면 아이들이 배워야 하는 모든 것은 흥미롭고 교육적이기 때문에 가만히 앉아서 경청해야 했다. 하지만 전혀 흥미롭지도 교육적이지도 않았다. 그 수업에서 배운 것은 어떤 것도 기억나지 않기 때문이었다. 갑자기 할아버지의 빨간색 낡은 볼보를 타고 드라이브를 하던 때, 할아버지가 들려주셨던 말씀이 기억났다. 누구나 아이를 기를 수 있는 것은 아니다. 절대 부모가 되어서는 안 되는 사람도 있다. 당시 그 말이 마음에 와닿았다. 어쩌면 그 말은 선생님에게도 해당되는 게 아닐까? 누구나 선생님이 될 수 있는 것은 아니었다. 교실에 들어올 때마다 떨떠름한 표정을 짓는 것만 봐도 알 수 있었다.

바로 앞에서 나뭇가지 꺾이는 소리가 들리는 바람에 꼬리에 꼬리를 물던 생각은 달아나버렸다. 그리고 이상한 표정에 바지에는 젖은 얼룩을 커다랗게 묻힌 동생이 불쑥 나타났다.

"토르벤, 어떻게 된 거야?"

동생은 멍한 눈으로 형을 바라보며 중얼거렸다. "숲속에 천사가 혼자 매달려 있어."

"무슨 말이야?"

"숲속에 어떤 천사가 혼자 매달려 있다고."

토비아스는 부들부들 떨고 있는 동생을 팔로 감싸안았다.

"지어낸 얘기지, 토르벤?"

"아니. 거기에 여자애가 있어."

"나한테 보여줄 수 있어?"

동생은 형을 올려다보았다. "날개는 없지만, 정말 천사야."

"형한테 보여줘." 토비아스는 진지하게 말한 뒤 동생을 앞세워 가문비나무 숲으로 들어갔다.

13장

미아 크뤼거는 바위에 걸터앉아 마지막으로 히트라에 지는 해를 바라보고 있었다.

4월 17일. 이제 하루만 있으면 떠난다. 내일이면 시그리에게 갈 것이다.

피곤함이 느껴졌다. 잠이 필요할 정도로 몸이 피곤한 게 아니라 그저 모든 게 피곤했다. 삶도 사람도. 그동안 일어난 모든 일도. 홀 거가 서류철에서 사진을 꺼내 보여주기 전까지만 해도 모종의 평화 가 있었다. 하지만 그가 떠난 후부터 다시 스멀스멀 올라왔다. 이 런 고약한 기분이.

이런 악마 같으니.

미아는 병에 든 술을 한 모금 들이켠 다음 편물 비니를 귀까지 내려썼다. 더욱 추워지고 있었다. 봄은 아직 오지 않았다. 그저 사 람들로 하여금 봄이 왔다고 믿도록 속임수를 썼을 뿐이다. 몸을 데 워줄 술병을 가져온 게 다행스러웠다. 미아가 상상했던 마지막 날은 이게 아니었다. 그녀는 인생의 마지막 스물네 시간 동안 할 수 있는 것을 최대한 만끽하리라 계획했다. 새와 나무들, 바다와 햇빛. 마지막으로 사물을 느끼고 자신을 의식하기 위해 그 하루 동안만은 약을 먹지 않으리라 마음먹었다. 그러나 생각대로 되지 않았다. 홀거가 떠난 후 감각을 잃어버리고 싶은 욕망은 커져만 갔다. 그래서 술을 더 마셨다. 알약도 더 많이 먹었다. 잠들었던 기억도 없이 잠에서 깨어났다. 깨어있었다는 기억도 없이 잠이 들었다. 서류철에서 본 내용에 대해 신경 쓰지 않겠다고 스스로 약속했다. 하지만 어리석은 생각이었다. 그녀가 언제 이런 사건들로부터 스스로 거리를 둔 적이 있었던가? 그녀의 직업이었다. 하지만 그것은 다른 사람들을 위한 일인지는 몰라도 미아 크뤼거 자신을 위한 일은 아니었다. 사건 하나하나가 너무도 깊이 영향을 끼쳤다. 자신의 이야기인 양, 마치 자신이 희생자인 양 영혼에 곧장 도달했다. 납치되고 강간당하고 철봉으로 얻어맞고 담뱃불에 데이고 마약 과다투여로 목숨을 잃고 여섯 살밖에 안 되는 아이가 줄넘기 줄에 묶여 나무에 매달리고.

왜 교과서에 파울리네 올슨의 이름이 쓰여있지 않은 걸까?

그밖에 모든 상세한 범죄행위는 언제 계획된 것일까?

제길.

미아는 나무에 매달려있는 어린 소녀의 모습을 지우려고 애썼지만 허사였다. 그 모두가 연출된 것처럼 보였다. 너무나도 연극적이었다. 게임과 비슷했다. 일종의 메시지였다. 하지만 누구한테? 아이를 발견한 사람 누구에게나? 아니면 경찰한테? 미아는 혹시 토니라는 이름이 자신이 수사했던 사건과 연관이 있나 해서 기억을 뒤져보았지만 아무것도 찾지 못했다. 이번 사건은 미아가 두각을 나타내곤 했던 부류의 사건이었지만 그녀는 잘 해낼 자신이 없었다. 그럼에도 이 사건에는 뭔가, 딱 꼬집어 말할 수 없는 뭔가가 있었고 그것 때문에 미아는 괴로웠다. 미아는 바다로 지는 태양을 보며 집중하려고 애썼다. 메시지라? 경찰한테 보내는 메시지일까? 혹시 과거의 사건과 관련된 걸까? 미제 사건? 다행하게도 그녀가 경찰로 일하는 동안 해결하지 못한 사건은 별로 없었다. 그럼에도 한두 건 마음에 걸리는 사건은 있었다. 부유한 노부인이 보그스타 바이엔의 아파트에서 숨진 채 발견된 사건이 있었다. 미아는 딸들 중 한 명이 노부인의 죽음에 책임이 있다는 확신이 들었음에도 범행을 입증하지 못했다. 그 사건과 토니라는 이름의 관련성은 좀처럼 찾을 수 없었다. 그 사건이 있기 몇 년 전에는 링게리케 경찰을 도와 실종자 수색에 참여한 적이 있었다. 산부인과 병동에서 아기가 실종되었는데, 스웨덴 남자가 자신의 책임을 암시하며 자살했고 아기는 끝내 찾지 못했다. 미아는 그 사건을 계속 수사해야 한다고 주장했지만 결국 보류되었다. 그 사건에도 미아가 기억하는 한 토니라는 이름은 등장하지 않았다. 파울리네. 나무에 매달린 여섯 살 여자아이. 그 아기가 실종된 지 6년이 되지 않았나? 미아는 술병을 비운 뒤 수평선을 응시하며 자신의 내면으로 시선을 유도하려고 애썼다. 시간을 거스르고 거슬러 6년 전으로 돌아갔다. 거기에 뭔가 있었다. 무언가가 감지되는 듯했다. 하지만 좀처럼 수면 위로 떠오르지 않았다.

제길.

미아는 알약을 찾으려고 바지주머니를 뒤졌지만 헛수고였다. 더 가져오는 것을 깜빡 잊었다. 약은 지금 식탁에 놓여있었다. 남은 약은 꽤 많았고 바로 사용할 수 있게 준비해뒀다. 미아는 새벽이 되고 동이 틀 때까지 기다리는 상상을 했다. 빛이 있을 때 떠나는 게 나을 거라고 생각했다. 어두울 때 떠나면 아마 어둠 속에서 끝날 것이다. 그러나 지금 당장은 아무래도 상관없었다. 이제 해야할 일은 시계가 자정을 지날 때가지 기다리는 일뿐이었다. 4월 17일이 18일로 가는 순간을.

어서 와 미아, 어서 와.

이것은 미아가 상상했던 최후는 아니었다. 미아는 자리를 박차고 일어나 화가 난 듯 빈병을 냅다 바다에 던졌다. 그러고는 즉시 후회했다. 쓰레기를 버리면 안 되었다. 어린시절부터 쭉 지켜온 철칙이었다. 아름다운 정원. 부모님. 할머니. 차라리 메시지를 적어 병에 넣는 게 나을 뻔했다. 지구상에서 보내는 마지막 몇 시간 동안 아름다운 일을 해. 나를 필요로 하는 누군가를 도와줘. 사건을 해결해. 집으로 돌아가고 싶었지만 다리가 움직이지 않았다. 그녀는 도로 바위에 앉아 언 몸을 팔로 감쌌다.

토니 J.W. 스미스. 토니 J.W. 스미스. 토니 J.W. 스미스. 파울리네. 아니 파울리네는 아니야. 토니 j.W. 스미스.

이런, 맙소사.

미아는 정신이 번쩍 들었다. 그녀의 얼굴과 다리, 팔, 혈관 그리고 호흡과 감각도 마찬가지였다.

토니 J. W. 스미스.

그래, 그거야. 이런, 맙소사, 왜 진작 몰랐지? 이렇게 뻔한데. 뻔하기 짝이 없는데. 미아는 집으로 달려가 (어두워서 넘어질 뻔했지만 이내 중심을 잡았다) 현관문도 닫지 않고 곧장 거실로 뛰어들었다. 그리고 부엌으로 갔다. 싱크대 아래 선반 옆에 무릎을 꿇고 앉아 쓰레기통을 뒤지기 시작했다. 분명히 여기에 버렸는데, 그렇지 않았나? 그가 미아를 위해 두고 간 휴대전화였다.

마음이 바뀔 때를 위해서야.

쓰레기통에서 휴대전화를 발견한 뒤에는 함께 받은 종이쪽지를 찾았다. 핀코드와 홀거의 전화번호가 적힌 노란색 포스트잇이었다. 거실로 돌아오자 더는 기다리지 못하고 휴대전화의 전원을 켰다. 떨리는 손가락으로 작은 화면에 비밀번호를 입력했다. 그래, 그거야. 맞지 않는 게 당연했다. 모든 게 맞아야 했다. 그리고 이제 맞아떨어졌다. 토니 J.W. 스미스. 그거였다. 그녀는 바보였다.

미아는 홀거의 전화번호를 누른 뒤 그가 전화 받기를 초조하게 기다렸다. 신호음이 음성메시지로 넘어가자 다시 전화번호를 눌렀다. 그리고 다시. 또다시. 마침내 저편에서 잠에 취한 듯한 홀거의 목소리가 들려왔다.

"미아?" 홀거가 하품을 했다.

"알았어요." 미아가 다급하게 말했다.

"뭘 알아? 지금 몇 시야?"

"지금 몇 시인 게 뭐가 중요해요? 내가 알아냈다니까요."

"뭘?"

"토니 J.W. 스미스."

"정말이야? 그게 뭔데?"

"J.W는 요하임 비크룬의 약자예요. 회네포스 사건의 스웨덴인 용의자요. 그 남자 기억나요?"

"물론 기억나지." 뭉크가 중얼거렸다.

"토니 스미스는, 내 생각에 그건 애너그램(철자의 순서를 바꿔서 숨겨진 문장(단어)를 찾는 것—주) 같아요. It's not him(Toni Smith라는 이름의 철자를 바꾸면 It's not him이라는 문장이 만들어 진다—주). 요하임 비크룬은 그 짓을 하지 않았다는 뜻이 돼요. 동일범이에요. 회네포스 사건이랑."

뭉크는 한동안 말이 없었다. 미아의 귀에는 그의 머릿속에서 돌아가는 톱니바퀴 소리가 들리는 것 같았다. 사실이라고 단정하기에는 너무 나간 면도 없지 않았지만 그래도 그래야 맞았다. 애너그램이어야 했다.

"그런 것 같지 않아요?" 미아가 재차 물었다.

"좀 엉뚱하지만," 뭉크가 마침내 입을 열었다. "최악의 경우에는 당신 말이 옳을 수도 있다고 생각해. 그래, 이리로 올 거야?"

"그래요. 하지만 이번만이에요. 이거 끝나면 그만둘 거예요. 다른 할 일이 있어요."

"물론이지. 그건 미아가 알아서 결정해." 뭉크가 말했다.

"마리뵈스가테로 돌아가는 건가요?"

"응."

"내일 비행기를 탈게요."

"좋아, 그럼 거기에서 봐."

"그러죠."

"운전 조심하고."

"전 항상 조심해요."

"미아, 당신은 한 번도 조심한 적 없어."

"아, 훌륭하세요. 정말."

"다시 돌아와서 기뻐. 내가 얼마나 아끼는지 알지? 그럼, 내일 보자고."

미아는 전화를 끊고 멍하니 서서 조심스럽게 웃었다. 이제야 진정된 마음으로 거실로 걸어가 식탁에 죽 늘어놓은 알약을 바라보았다.

어서 와, 미아. 어서 와.

미아는 마음속으로 쌍둥이 동생에게 사과했다. 시그리는 조금 더 기다려야 할 것 같았다. 미아에게는 먼저 해야 할 일이 있었다.

2부

14장

가브리엘 뫼르크는 마리뵈스가테에서의 만남을 기다리는 동안 왠지 초조했다. 그가 알기로 오슬로 경찰청은 그뢴란에 있으니 그곳에서 만나겠지 기대했는데 결과는 달랐다. 그는 짧은 문자메시지를 받았다. 마리뵈스가테에서 봅시다. 오전 11시에 데리러 가겠습니다. 발신번호도 없었다. 아무것도 없었다. 참으로 이상했다. 그러고 보니 지난 일주일 내내 이상했다. 어느 정도는 장난이었다. 그는 지금도 자신이 정확히 무슨 일에 지원했는지 모르고 있었다.

취직이라. 그는 한 번도 취직을 해본 적이 없었다. 상사에게 보고하기. 팀의 구성원으로 업무 처리하기. 현실세계에 동참하기. 아침에 일찍 일어나기. 사회의 책임 있는 일원이 되기. 스물네 살의 청년에게는 익숙하지 않은 일이었다.

가브리엘 뫼르크는 온 세상이 잠든 늦은 밤까지 깨어있는 것을 좋아했다. 그때 사고가 더 잘 됐다. 밖은 어둡고 모니터에서 흘러나오는 불빛만이 그의 원룸을 비추었다. 원룸이라는 표현은 다소 미화한 것이다. 그는 아직까지 부모님 집에 얹혀살고 있다는 사실을 인정하고 싶지 않았다. 그랬다. 그의 방에 출입구와 화장실이 따로 있기는 했지만 그래도 어머니와 한 집에 살았다. 이것은 실업수당에 관련된 문제도 아니거니와 모르는 사람을 만나거나 드물지만 학창시절 친구와 우연히 마주쳤을 때 꺼낼 수 있는 말은 분명 아니었다. 사실 부모님 집에 얹혀산다는 점은 큰 문제가 아니었다. 자신과 같은 일을 하는 해커를 몇 명 아는데 그들도 여전히 부모님과 함께 살았다. 그렇더라도 자랑할 만한 일은 아니었다.

하지만 그의 상황이 바뀌려 하고 있었다. 정말이지 뜬금없었다. 모든 일이 일사천리로 일어났다. 아니 평생 이 순간을 기다려왔던 게 아닐까? 겨우 7개월 전에 온라인으로 만난 그녀는 지금 그의 아이를 임신 중이었다. 두 사람은 함께 지낼 곳을 물색 중이었고, 그가 경찰을 보조하는 일자리를 얻어서 지금 이 거리에 서있었다. 가브리엘 뫼르크는 컴퓨터라면 썩 잘한다고 생각했지만(둘째가라면 서러울 정도로 잘한다고 자부했다) 인생의 다른 측면에 있어서는 그렇지도 않았다. 학창시절에는 친구들과 거의 어울리지 않았다. 여자애들이 뭔가를 함께 하자며 다가오면 언제나 얼굴이 빨개졌다. 식스폼(유럽 학제에서 16~18세 사이의 학생들이 다니는, 2년간의 대학 입시 준비과정—주) 시절에는 친구들이 트뤼반에서 무절제하게 술에 빠져 지낼 때 저녁 내내 집에서 숙제를 했다. 식스폼을 졸업한 후에는 몇 가지 컴퓨터 강좌를 신청했지만 강의에는 전혀 참석하지 않았다. 그게 무슨 소용이 있단 말인가? 그는 이미 그곳에서 배우는 것을 알고 있었다.

가브리엘 뫼르크는 초조하게 주변을 두리번거렸지만 자신을 만나러 온 것처럼 보이는 사람은 없었다. 혹시 모든 게 속임수였나? 경찰에서 일한다는 것? 처음에는 사이버 친구들한테 당한 거라고 생각했다. 재미로 이런 장난을 치는 몇 명을 알고 있었다. 사람들 골탕 먹이기. 병력기록 해킹하기. 변호사 사무실 해킹하기. 낯선 사람한테 임신통보 문자보내기. 거짓으로 숨겨놓은 자식이라고 주장하기. 가능하면 혼란을 크게 일으키는 게 목적이었다. 가브리엘 뫼르크는 그런 부류의 해커는 아니었지만 그런 해커를 여러 명 알고 있었다. 누군가 자신을 함정에 빠뜨렸을 가능성도 있지만 그런 느낌은 들지 않았다. 일단 전화를 걸어온 사람은 믿을 만해 보였다. 그들은 영국의 GCHQ(정보통신본부)에서 그의 이름을 알아냈다고 했다. 정확하게는 해외정보국 MI6이었다. 대다수 친구들과 마찬가지로 가브리엘 뫼르크도 Canyoucrakit(영국의 감청기관인 정부통신본부GCHQ가 유능한 요원 확보를 위해 만든 사이트. 누구라도 암호 해독 능력을 과시할 수 있다. 이 웹사이트에 비밀 암호를 푸는 게임을 올려놓고 암호를 풀어 게임에 이기는 사람에 한해 GCHQ에 지원할 수 있다—주)에 지원했다. 그리고 지난 가을 인터넷에 도전과제가 올라왔다. 보통 사람들은 도저히 해독할 수 없는 코드였다. 160개의 숫자와 문자로 구성된 코드에는 남은 시간이 0이 될 때까지 알려주는 시계가 달려있어서 긴장을 고조시켰다. 그는 코드를 첫 번째로 해독하지도 않았을 뿐더러 2~3일 만에야 해독해냈다. 맨 처음 해독한 주인공은 러시아인 블랙 해커로 넷 상에 문제가 업로드된 지 겨우 몇 시간 만에 코드를 풀었다. 하지만 그 러시아인이 코드 자체를 해독한 게 아니라는 사실을 가브리엘 뫼르크는 알고 있었다. 그는 단지 canyoucrackit.co.uk 웹사이트를 해킹하여 역조작한 다음 해답이 있을 거라고 추정되는 HTML 파일을 찾아냈을 뿐이었다. 일종의 재미로 했을 뿐 실제로 도전한 것은 아니었다.

가브리엘 뫼르크는 그것이 기계어 X86이고, RC4 알고리즘을 시행했다는 것을 단번에 알아챘다. 결코 쉬운 과제가 아니었다. 코드 생성자가 PNG파일에 데이터 블록을 숨겨놓는 식으로 많은 장애물을 곳곳에 심어놓아서 단순히 숫자를 해독하는 것만으로는 충분하지 않았지만 그럼에도 불구하고 2~3일밖에 걸리지 않았다. 재미난 도전이었다. 사실 암호해독 자체는 흥미를 위한 행사만은 아니었다. 테스트며, 입사지원 양식 등이 처음부터 끝까지 영국 정보부의 한 부서인 CGHQ에서 마련한 홍보용 스턴트인 것으로 밝혀졌다. *이 코드를 해독할 수 있는 사람은 우리 조직에서 일할 수 있을 만큼 똑똑하다.*

가브리엘은 자신의 이름을 입력하고 어떻게 코드를 해독했는지 설명했다. 왜 안 된단 말인가? 그도 얼마든지 도전할 수 있었다. 결국 그의 해답이 정답이라는 우호적인 대답을 들었지만 안타깝게도 영국 국적자만 그 자리에 지원할 수 있었다.

그러고 나서 그 일에 대해 까맣게 잊고 있었다. 지난주 금요일 휴대전화로 연락이 오기 전까지는. 오늘은 목요일이었다. 그는 지금 업무를 맡기 전 낯선 사람을 만나기 위해 노트북을 겨드랑이에 낀 채 이곳에 서있었다. 경찰을 위한 보조업무였다.

"가브리엘 뫼르크?"

가브리엘은 몸을 곧추세우고 뒤를 돌아다보았다.

"그런데요?"

"반가워요. 난 킴이라고 합니다."

이름을 밝힌 남자가 손을 내밀었다. 가브리엘은 그가 어디에서 나타났는지 몰랐다. 지극히 평범해 보이는 외모 때문인 듯했다. 왠지 모르지만 번쩍거리는 푸른 경광등을 켜고 사이렌을 울리며 제복차림으로(아니 적어도 무뚝뚝한 목소리로) 등장할 거라고 기대했는데, 지금 앞에 서있는 남자는 그런 것과 거리가 멀었다. 무엇보다 눈에 잘 띄지 않았다. 평범한 바지에 평범한 신발, 어떤 식으로든 대중 속에서 튀어 보이지 않는 색깔의 스웨터. 가브리엘에게는 그런 점이 특이하게 여겨졌다. 상대는 평복 경찰이었다. 그는 그렇게 주위와 섞이도록 훈련을 받았다. 눈에 띄어서는 안 되고, 느닷없이 불쑥 나타나야 한다고.

"따라와요. 이쪽으로." 킴이라는 남자는 가브리엘을 길 건너 노란색 건물로 데리고 갔다.

경찰관은 카드를 꺼내 현관문에 갖다댔다. 문이 열렸다. 가브리엘은 경찰관을 따라 엘리베이터로 갔다. 여기에서도 절차가 같았다. 엘리베이터를 작동시키는 데도 카드가 필요했다. 가브리엘은 남자가 암호를 넣을 때 그를 슬그머니 훔쳐보았다. 무슨 말을 해야 할지, 아니 말을 해야 하는지 어떤지 몰라 당혹스러웠다. 난생 처음 경찰관과 말을 섞었다. 그뿐만 아니었다. 암호가 필요한 엘리베이터를 탄 것도 처음이었다. 킴이라는 경찰관은 이런 일이 자주 있는 듯 지극히 편안하고 자연스러웠다. 거리에서 처음 보는 신입 직원을 안내하는 일이며 엘리베이터를 타기 위해 암호를 넣는 일. 두 사람의 키는 비슷했지만 경찰관은 더 호리호리하고 평범한 몸매에 대단히 다부져 보였다. 바짝 자른 검은 머리에 최근에는 면도를 통하지 못한 듯했다. 의도적인지 아니면 그저 시간을 낼 수가 없었는지 그로서는 알 수 없었다. 대놓고 쳐다보지는 않았지만 곁눈질로 경찰관이 하품을 참는 모습을 보며 후자일 거라고 짐작했다. 근무시간이 길고 업무량이 과중할 거라는 추측이 가능했다.

엘리베이터가 3층에서 멈추자 경찰관이 먼저 내렸다. 가브리엘은 그를 따라 기다란 복도를 걷다가 어떤 문 앞에서 걸음을 멈췄다. 그곳 역시 카드가 필요했고, 키패드가 붙어있었다. 어디에도 설명을 해주는 푯말은 없었다. '경찰서'가 아니면 다른 어떤 부속기관이라고 알려주는 표식도 없었다. 철저하게 익명이었다. 경찰관이 마지막 문을 열었다. 드디어 도착했다. 크지는 않지만 툭 트여있고 채광이 좋은 사무실이었다. 칸막이 없는 몇 개의 책상이 눈에 들어왔다. 드문드문 흩어진 작은 방들은 대부분 유리벽이거나 블라인드가 드리워져 있었다. 그들이 방금 도착했는데 그 누구도 주목하지 않았다. 모두 자기 일을 하느라 바빴다.

가브리엘은 경찰관을 따라 사무실을 가로질러 작은 방으로 갔다. 유리벽으로 된 작은 방 중 한 곳이었다. 밖에서 들여다 보이기는 하겠지만 적어도 자기만의 방을 갖게 될 모양이었다.

"이곳이 자네가 머물게 될 방이네." 킴이 가브리엘을 앞세워 들여보내며 말했다.

여기저기 가구가 놓여있었다. 책상. 스탠드램프. 의자. 모든 게 새것처럼 보였다.

"필요한 집기 리스트를 제출했지?"

가브리엘이 고개를 끄덕였다.

"이케아 제품의 책상과 램프였던가?"

킴이라는 경찰은 처음으로 감정을 드러냈다. 그는 윙크를 하며 가브리엘의 등을 가볍게 쳤다.

"아니요, 그것 말고 더 있습니다." 가브리엘이 말했다.

"그저 농담을 한 거네. 인터넷은 설치하러 오는 중이네. 오늘 중으로 쌩쌩 달릴 수 있게 해줄 거야. 그나저나 내가 더 데리고 다니면서 팀원들을 소개해줘야 하는데, 5분 브리핑이 기다리고 있어서 시간이 없을 것 같군. 혹시 흡연하나?"

"흡연요?"

"응. 담배?"

"아, 네. 아니요."

"잘 됐군. 지켜야 할 규칙은 별로 많지 않지만 한 가지 꽤 중요한 게 있네. 홀거 뭉크 반장님이 테라스에서 담배를 피우고 있을 때 누구도 방해해서는 안 되네. 그곳은 반장님이 생각을 정리하는 곳이거든. 그는 방해받는 것을 아주 싫어해. 알았지?"

경찰관은 가브리엘을 데리고 테라스로 갔다. 가브리엘은 홀거 뭉크로 추정되는, 자신의 상관이 서있는 것을 보았다. 그가 바로 가브리엘에게 직접 전화를 걸어 10분 남짓 대화를 나눈 끝에 일자리를 제의한 당사자였다. 그는 경찰을 위해 일해볼 의향이 있는지 물었다. *그가 담배를 피울 때는 방해해선 안 되네.* 걱정 마세요. 가브리엘은 그 누구를 방해하거나 지시받은 일 외에는 어떤 일도 할 마음이 없었다. 그때 흘거 옆에 서 있는 여자가 눈에 들어왔다.

"오, 이런!"

가브리엘은 혼잣말을 했다고 생각했는데 킴이 돌아다보았다.

"왜 그래?"

"미아 크뤼거 아닙니까?"

"미아를 알아?"

"네? 아니요. 그런 건 아니고, 제가 수강했던 강좌에서 그녀에 대해 얘기를 들었죠."

"그렇군. 모르는 사람이 없을 수밖에." 킴이 키득거렸다. "미아가 유능한 것에 대해서는 의문의 여지가 없지. 게다가 특별하고."

"그녀가 흰색과 검정색 옷만 입는다는 게 사실인가요?"

가브리엘은 자신도 모르게 물어봤지만(호기심을 누를 수가 없었다) 곧 후회했다. 전문가답지 않았다. 아마추어 같은 행동이었다. 가브리엘은 자신이 경찰에 채용됐다는 사실을 깜빡 잊었다. 킴은 자신을 경찰 팬이나 뭐 그 비슷한 부류로 생각할 것이다. 일부 사실이지만 자신이 근무 첫날 동료에게 보여주고 싶은 인상은 아니었다.

킴이 가브리엘을 잠깐 처다보다 대답했다. "글쎄, 그러고 보니 다른 옷을 입은 모습은 본 적이 없는 것 같군. 그런데 왜?"

가브리엘은 살짝 얼굴이 붉어지며 바닥을 응시했다.

"아니요. 인터넷에서 그런 글을 읽은 적이 있어서요."

"읽은 대로 믿어서는 안 되네." 킴이 웃으며 윗옷주머니에서 봉투를 꺼냈다. "이건 자네 카드야. 암호는 자네 생일이고, 긴급상황실은 복도 맨 끝에 있어. 5분에서 10분 안에 시작할 거야. 늦지 마."

킴은 윙크를 하고 가브리엘의 어깨를 다시 한 번 툭 친 뒤 그를 작은 방에 남겨두고 나갔다.

가브리엘은 난감했다. 여기에 이대로 서있어야 하나, 아니면 앉아있을까, 아니 그냥 집으로 달아나 지금까지 일어난 일은 모두 잊어버릴까? 다른 직업을 구하고 다른 일을 할까? 그는 물 밖으로 나온 물고기가 된 기분이었다. 5분에서 10분 안에 시작되는 미팅 시간에 제대로 가서 앉아있을 수 있을까?

킴이 준 봉투를 열자 자신의 사진이 박힌 카드가 보였다. 순간 조금 놀랐다.

가브리엘 뫼르크.

강력범죄반.

갑자기 자부심이 밀려왔다. 비밀의 문. 암호. 특수수사반. 그런데 자신이 지금 그 안에 있었다. 게다가 테라스에는 미아 크뤼거가 있었다. 그는 5분 안에 긴급상황실에 가기로 결심했다. 이 수상한 공간에서 무엇을 하게 되든 늦는 것보다는 일찍 도착하는 게 나을 것이다.

15장

탕엔의 돼지사육농 톰 라우리츠 라르센은 본래 인터넷에 거부감이 컸다. 하지만 젊은 인부 요나스가 빈 방으로 이사오면서 예순 살의 이 농부에게 고속 데이터통신망을 깔아주지 않으면 일을 관두겠다고 선포했다. 톰 라우리츠 라르센은 화가 났지만 별 말 없이 그렇게 해주었다. 퉁명스럽게 구는 것은 웃을 일 별로 없는 그가 보일 수 있는 정상적인 반응이었다. 당시 그는 폐에 병이 들어 애면글면 지내고 있었다. 휴식을 취하라고? 말도 안 되는 소리! 집안 대대로 몸이 아프다고 농장 일을 놓은 사람은 없었다. 그 돌팔이의사가, 뭐라고? 이 천하의 톰 라우리츠 라르센이 농장을 꾸려가기엔 힘이 부치다고?

탕엔에서 3대째 돼지를 사육해오고 있지만 지금껏 아프다고 농장 일을 쉬거나 나라에서 병자를 위한 지원금을 타먹은 적은 없었다. 도대체 세상이 어떻게 되려고 이러나? 하지만 전조증상도 없이

어지럼증이 찾아왔다. 장소를 가리지 않고 자주 그랬다. 지난번에는 돼지우리의 문을 열어놓은 상태에서 어지럼증이 시작되었다. 의식이 돌아왔을 때는 그의 주변을 이웃사람들이 빙 둘러싸고, 돼지들은 탈출하여 동네를 활개치고 돌아다녔다. 톰 라우리츠 라르센은 당황한 나머지 이튿날 의사를 찾아갔다. 그리고 하마르 병원에 진료를 예약했다. 농장 일을 쉬기로 결심하고 구인센터를 통해 인부를 구했다.

스탕게 출신의 열아홉 살 요나스는 특출난 일꾼이었다. 톰 라우리츠 라르센은 처음부터 이 청년이 마음에 들었다. 그는 고된 노동의 의미를 모르고 취미로 농사를 짓는 부류는 아니었다. 천만에, 요나스는 싹수가 보였다. 인터넷으로 비즈니스인가 뭔가를 한다고 하는 것만 빼면 그랬다. 톰 라우리츠 라르센은 인터넷으로 거래할 생각이 전혀 없었다. 그래도 어쩔 수 없이 인터넷을 설치했다. 한 집에 살게 된 열아홉 살 청년이 그것을 강력히 요구했기 때문이다. 청년은 베스틀란데에 사는 여자친구와 연락해야 하는데 전화요금이 어마어마하게 나올 거라고 겁을 주었다. 하지만 인터넷으로 통화를 하면 공짜인데다 얼굴도 볼 수 있다고 말하지만, 그거야 어찌 알겠는가. 제깟 녀석이 뭘 안다고. 아무튼 하마르에 있는 텔레노르 통신사에서 기술자가 파견되었고, 몇 개월째 이 작은 농장에는 인터넷이 작동되고 있었다.

톰 라우리츠 라르센은 모닝커피를 한 잔 더 따른 뒤 노르웨이 양돈조합의 웹사이트를 검색하기 시작했다. 어젯밤 잠깐 훑어본 흥미로운 기사를 자세히 읽기 위해서였다. 종돈협회 노르스빈에 따르면 2007년 이후로 헤드마르크의 양돈농가 넷 중 하나 꼴로 양돈을 포기했으며, 돼지사육은 더 이상 수익이 나지 않는다고 했다. 남은 양돈농가의 평균 사육두수는 작년 한 해 53.2두에서 51.1두로 줄었다. 앞으로 어떻게 될 것인지는 바보라도 알 수 있었다. 대규모 양돈농가는 더욱 커지고, 작은 농가는 사업을 접게 될 것이다.

커피를 더 마시기 위해 의자에서 일어난 톰 라우리츠 라르센은 커피잔을 든 채 부엌 창가에서 걸음을 멈췄다. 요나스가 발뒤꿈치에 악마라도 붙은 듯 돼지우리를 뛰쳐나오고 있었다. 이번에는 또 무슨 일이지?

라르센이 현관문을 열고 막 밖으로 한 걸음 떼었을 때였다. 땀을 비오듯 흘리며 유령이라도 본 것처럼 사색이 된 얼굴로 요나스가 그에게 달려왔다.

"도대체 무슨 일이냐?" 라르센이 물었다.

"저기…, 크리스티…, 크리스티가…."

청년은 말을 잇지 못하고 미치광이처럼 팔을 펄럭거리며 손짓을 했다. 그러고는 라르센의 팔을 잡아끌었다. 라르센은 슬리퍼를 신은 채 커피잔을 들고 마당을 가로질러 돈사로 갔다. 요나스는 돈사로 들어가 어느 한 곳의 우리로 갈 때까지 라르센의 팔을 놓지 않았다. 그리고 마침내 맞닥뜨린 광경이 얼마나 놀라웠는지, 양돈업자는 그후 만나는 사람마다 두고두고 자신이 본 것을 말하지 않고는 못 배겼다.

라르센은 들고 있던 커피잔을 떨어뜨렸고, 뜨거운 커피에 허벅지가 데이는 것도 몰랐다.

암퇘지 크리스틴이 죽은 채 우리 바닥에 널브러져 있었다. 돼지의 몸 전체가 아니었다. 몸뚱이뿐이었다. 누군가 돼지의 목을 자른 것이다. 체인톱으로. 목이 깨끗하게 잘려나가 있었다. 돼지 머리가 없었다. 몸뚱이만 있었다.

"경찰에 연락해." 톰 라우리츠 라르센은 간신히 요나스에게 소리쳤다. 그것이 그가 기억하는 기절하기 전의 마지막이었다.

이번에 기절한 것은 폐병 때문이 아니었다.

16장

사라 키에세는 퇴옌에 위치한 변호사 사무실 접수대에 앉아 치밀어오르는 짜증을 누르고 있었다. 그녀는 죽은 남편의 재산에 조금도 관여하고 싶지 않다고 변호사에게 분명히 말해두었다. 재산은 무슨 놈의 재산? 다른 여자들 사이에서 난 자식들? 돈을 주지 않으면 그녀의 재산을 압수하겠다고 협박하는 빚받이꾼의 편지? 완벽함과는 거리가 먼 그녀였지만 죽은 남편에 비하면 성자였다. 그 형편없는 루저의 아이를 낳은 것은 일생일대의 실수였다. 그녀는 그때도 수치스럽게 여겼지만 지금도 마찬가지였다. 그 남자의 아이를 가진 것도 모자라 결혼까지 했다니. 맙소사. 어떻게 그런 바보 같은 짓을 했을까? 그의 꾐에 넘어갔다. 그뢴란의 바에서 그를 처음 만났을 때, 보자마자 반한 것은 아니었지만 그는 술에 약한 그녀에게 맥주와 술을 권했고…, 그랬다. 그녀는 어리석었다. 하지만 어쩌라고? 이제 다 끝난 일이었다. 그녀는 딸을 영원히 사랑할 테지만 그 쪽과는 얽히고 싶지 않았다. 그 남자가 언제 찾아온 적이 있었던가? 돈이 필요할 때나 왔다. 자신의 계획을 위해 돈을 빌려야 할 때나 찾아왔다. 본인은 건축업자라고 주장했지만 한 직장에서 꾸준히 일한 적도 없었다. 자기 사업을 한 것도 아니었다. 천만에, 그런 일은 없었다. 계획도 없고 야망도 없고, 그저 임시직을 전전하며 하루 벌어 하루 사는 신세였다. 그것도 모자라 언제나 다른 여자 냄새를 풍기며 집에 왔다. 금방 빨래한 이불 안으로 들어오기 전에 샤워도 하지 않았다. 사라 키에세는 그런 기억을 떠올리는 것만도 진저리가 났지만 이제는 모두 끝났다. 그는 오페라극장 근방 신축건물 10층에서 추락했다. 현금을 만질 수 있는 일자리를 얻은 게 틀림없었다. 야근을 하는 임시직을 얻는 일은 그에게 일상적이었다. 건축현장 10층에서 추락하다니 얼마나 끔찍했을까, 생각하던 사라 키에세는 히죽히죽 웃었다. 그 소식을 들었을 때 그녀는 통쾌해서 킬킬거렸다. 50미터 높이에서 떨어져 죽었다고? 인과응보야. 추락할 때 극도의 공포를 느꼈겠군. 추락할 때까지 시간이 얼마나 걸렸을까? 8초, 10초? 굉장했겠다.

그녀는 초조하게 접수대 위의 시계를 보고 나서 변호사 사무실 문을 쳐다봤다. "싫어요. 정말로 싫어요." 변호사가 전화를 걸어왔을 때 그녀는 단호하게 거절했다. "난 그런 멍청한 인간과 더는 얽히기 싫어요." 하지만 추잡한 변호사는 한사코 우겼다. 상어떼 같이 더러운 인간은 어디에나 널려있었다. 왕자님이라면 모를까, 그녀의 인생에 남자는 더 이상 없을 것이다. 아니 왕자님이라도 싫었다. 그녀에게 남자 따위는 더 이상 필요 없었다.

지금 그녀는 카를 베르네르의 작은 아파트에서 딸과 함께 살고 있었다. 완벽했다. 이불에선 악취 나는 입냄새와 싸구려 향수 냄새 대신 자신의 체취만 났다. 그런데 왜 내가 여기 오겠다고 약속했지? 싫다고 말하지 않았던가? 사회복지 단체에서 주선한 강의에서 숱하게 훈련받았던 것도 그게 아니었던가? "싫으면 싫다고 말해요. 싫다고 말해야 해요. 여러분 주변에 울타리를 쳐요. 여러분은 자신의 가장 친한 친구예요. 다른 사람은 필요 없어요."

"사라? 어서 와요. 와줘서 고마워요."

머리카락이 위로 비죽 솟게 빗은 변호사가 집무실로 들어오라고 손짓했다. 그를 본 사라는 작은 생쥐를 떠올렸다. 작은 눈과 구부정한 어깨, 왜소한 체격. 아니, 시궁쥐가 더 어울렸다. 시궁창에 사는 비겁하고 구역질나는 쥐.

"제가 싫다고 말했잖아요." 사라가 말했다.

"알아요, 알아." 시궁쥐가 알랑거렸다. "여기까지 와줘서 정말 고맙게 생각하고 있어요. 아시다시피 그게…," 그가 흠흠 헛기침을 했다. "제가 유산을 정리할 때 빠뜨린 게 있어서요. 사소한 건데, 어디까지나 제 실수입니다. 명백하게."

"빚받이꾼이 또 있나요? 법원 소환장이 또 있어요?"

"하하. 아니에요." 시궁쥐는 양 손바닥을 마주 누르며 기침을 했다. "바로 이거예요."

그가 서랍에서 메모리스틱을 꺼내 그녀 앞에 내려놓았다.

"이게 뭐죠?"

"당신 거예요. 세상을 떠난 남편이 얼마 전에 이걸 주면서 당신에게 전해달라고 부탁했어요."

"왜 직접 주지는 않고요?"

시궁쥐는 희미하게 웃었다. "지난번 당신 아파트에 갔을 때 얼굴에 뜨거운 다리미 세례를 받아서 그런 게 아닐까요?"

사라는 통쾌했다. 남편이 아파트에 쳐들어온 적이 있었다. 갑자기 거실에 나타난 통에 그녀는 깜짝 놀랐다. 남편은 도움이 필요할 때마다 다정하게 그녀를 만지려고 했다. 그런데 그 얼빠진 얼굴에 뜨거운 다리미가 엄청난 힘으로 떨어졌다. 다리미가 날아오는 것을 보지 못한 그는 그 자리에 쓰러졌다. 그날 이후로는 그를 보지도, 어떤 소식을 듣지도 못했다.

"진작 전달해야 했는데, 우리 둘 다 너무 바빴군요." 시궁쥐가 미안한 투로 말했다.

"그 말은 그 남자가 사례를 약속했는데, 당신이 돈을 받지 못했다는 뜻인가요?" 사라가 물었다.

변호사가 그녀를 보며 웃었다. "뭐, 그 말이 맞기는 하죠."

사라 키에세는 메모리스틱을 주워 핸드백에 넣고 문으로 향했다. 시궁쥐가 더러운 의자에서 반쯤 일어나며 헛기침을 했다.

"그럼요. 그랬어야죠. 그건 그렇고 어떻게 지내요? 당신이나 딸은 별일 없고…."

"닥쳐주세요." 사라 키에세는 문도 닫지 않고 집무실을 나왔다.

사라는 카를 베르네르의 신축 주택조합 아파트로 돌아가는 길에 여러 번 메모리스틱을 내버릴까 생각했다. 쓰레기통에 버리면 그와의 관계도 끝나는 것이지만 어떤 이유에선지 그러지 않았다. 호기심 때문은 아니었다. 그녀는 메모리스틱에 무엇이 담겼는지 전혀 관심이 없었다. 그보다는 깔끔하게 매듭짓고 싶었다. 변호사는 시궁쥐였지만 그래도 변호사였다. 남편이 멍청했던 것은 맞지만 그에게도 마지막 소원은 있었다. 사라에게 메모리스틱을 전해주는 것, 오직 그녀에게.

사라 키에세는 아파트로 돌아와 컴퓨터를 켰다. 이런 문제는 즉시 처리하는 게 나았다. 검정색 랩톱이 천천히 돌아가기 시작했다. 그녀는 메모리스틱을 꽂고 하드디스크에 내용을 복사했다. 메모리스틱 안에는 Sarah. mov라는 이름의 파일 하나만 들어있었다. 동영상. 아하? 그러니까 그 지겨운 낯짝을 또 한 번 보라는 말인가? 무덤 속에서도 그녀를 괴롭히려고 했다. 사라는 파일을 더블클릭해서 동영상을 재생했다.

그는 소형카메라로 자신을 찍었다. 아니 휴대전화로 찍었을 수도 있다. 정확히 알 수는 없었다. 렌즈 가까이에 있는 역겨운 얼굴은 낯이 익었지만 표정은 예전에 본 적 없는 것이었다. 몹시 겁을 먹은 듯했다.

사라, 시간이 많지 않지만 이 얘길 꼭 해야겠어. 누군가에게든 말해야 해. 뭔가 불길한 느낌 때문이야.

그는 주변의 광경을 찍었다.

난 일자리를 얻어서 지금 이걸 짓고 있어. 난 멀리 떨어진 곳에 있는데….

그때 소음 때문에 그의 음성이 들리지 않았다. 마치 휴대전화의 마이크로폰을 손으로 가린 것 같았다. 사라는 그가 무슨 말을 하는지 알아들을 수 없었다. 죽은 남편은 더듬더듬 말하면서 떨리는 손으로 계속해서 주변을 찍었다. 그러니까 뭘 지었다는 거 아냐, 그 래서 어쩌라고?

난 무서워. 내가 뭘 지었는지 알아? 이것 봐. 난 깊은 지하실에 있어. 처음에는 패닉룸(안전실)인 줄 알았는데, 아니었어. 저기 작 은 해치문이 있고….

목소리는 드문드문 들렸지만 동영상은 계속해서 돌아갔다. 그곳 은 일종의 지하 은신처였다.

그런데 뭔가 찜찜해. 이곳에서 무슨 일인가 일어나고 있어. 무슨 일이. 이걸 봐, 이거. 물건을 위아래로 들어올릴 수 있어. 음식을 운반하는 구식 승강기, 뭐 그런 것 같아….

죽은 남편이 갑자기 움찔하더니 주변을 두리번거렸다. 그 모습 은 몇 년 전에 본 영화의 한 장면을 떠오르게 했다. 10대들이 겁에 질려 숲을 뛰어다니는 자신들의 모습을 영상에 담은 〈블레어 위치 프로젝트〉라는 영화였다.

이런, 빌어먹을, 내가 뭘 하고 있는지는 잘 알지만 내게 무슨 일 이 일어날까 두려워. 예감이 그래. 내가 얼마나 멀리 떨어져 있는지 알아? 사라, 부디 내가 지금 하는 말을 받아 적어줘. 내가 지금 어 디에 있고 어떻게 이 일자리를 구했는지. 그리고 내게 무슨 일이 일 어나면 경찰서에 가줘. 내가 이 일을 하게 된 건 어떤 사람이….

갑자기 영상이 뒤죽박죽되었다. 사라 키에세는 남편이 하는 말 을 한 마디도 알아들을 수가 없었다. 다만 무어라고 중얼거리는 그 의 놀란 눈과 떨리는 입술만 눈에 들어왔다. 그 상태로 1분 넘게 지 속되고 나서 동영상이 끊겼다.

그러니까 일자리를 구하려고 누구와 잘 수밖에 없었다는 말이야, 뭐야? 그녀는 생각했다. 섹스의 대가로 일자리를 얻었다는 건가? 난 그놈의 돈을 한 푼도 구경하지 못했는데, 나보고 도와달라고? 어림도 없지.

짧은 동영상 필름은 보기만 해도 불쾌했지만 그녀는 더 이상 신경 쓸 힘도 없었다. 그녀가 보기에는 도통 말이 안 되는, 멍청한 장난일 뿐이었다. 사라는 이 멍청한 남자가 무슨 말을 하든 믿지 않기로 오래 전에 마음먹었다.

사라는 컴퓨터에서 동영상을 삭제한 뒤 메모리스틱을 뽑아 쓰레기통에 버렸다. 그리고 쓰레기봉투를 들고 계단통으로 나가 외부 쓰레기통에 던져버렸다. 그랬다. 집은 다시 깨끗해졌다. 그녀만의 집. 그의 흔적은 어디에도 없었다.

조금 있으면 딸이 학교에서 돌아올 시간이다. 인생은 아름다웠다. 이 아파트에선 그녀가 주인이었다. 그녀는 테라스로 나가 담배에 불을 붙였다. 테이블에 발을 올려놓고 빙긋 웃으면서 눈을 감고 마침내 찾아온 짧은 봄 햇살을 만끽했다. 마침내 누구의 삶도 아닌 그녀 자신의 삶을 살게 되었다.

17장

가브리엘 뫼르크가 비상상황실로 가려는데 노크 소리가 났다.

"예." 그가 소리쳤다.

"아, 가브리엘."

홀거 뭉크가 방으로 들어오며 문을 닫았다. 가브리엘은 목례를 한 뒤 크고 따뜻한 그의 손을 잡고 악수를 했다.

"그래, 그래. 자네 비품은 아직 도착하지 않았지?" 홀거 뭉크가 머리를 긁적였다.

"네. 그런데 그 분이… 그…."

"킴 말인가?"

"네, 킴. 그 분 말이 지금 배송 중이라고 하더군요."

"잘 됐군." 홀거 뭉크는 이제 수염을 긁적였다. "자네 업무를 해 오던 친구가 있었는데 유혹에 넘어가고 말았지. 유감이지만, 사는 게 다 그런 거지."

가브리엘은 전임자가 어떤 유혹에 굴복했는지 물어볼까 생각하다가 이내 포기했다. 뭉크의 눈에 뭔가가 있었다. 킴의 눈에서 보았던 것과 똑같은 표정이었다. 머릿속에 생각이 가득 차있는 사람의 무겁고 부담스러운 표정.

"채용 과정이 다소 비정상적이었던 것을 미안하게 생각하네. 채용하기 전에 당사자를 면담하는 게 정상이지만, 유감스럽게도 이번에는 그렇지 못했어."

"괜찮습니다." 가브리엘이 대답했다.

"자네 칭찬이 자자하더군." 뭉크가 고개를 끄덕이더니 가브리엘의 어깨를 툭 쳤다. "너무 급하게 추진했던 거 다시 한 번 사과하겠네. 그게 말이야. 조금, 참, 킴한테 얘기 들었나?"

가브리엘이 고개를 저었다.

"좋아. 업무를 시작하다보면 차차 알게 될 거야. 자네 오늘자 신문 읽어봤나?"

"네, 인터넷으로." 가브리엘이 고개를 끄덕였다.

"뭔가 눈에 띄는 뉴스가 없었나?"

"여자아이 둘이 죽은 사건요?"

뭉크가 고개를 끄덕였다.

"미아와 내가 간단히 설명할 거야. 그럼 자네도 우리가 하는 말을 이해하게 될 걸세. 자네 경찰에서 일한 경력은 없지?"

가브리엘이 고개를 끄덕였다.

"그건 걱정 말게. 자네의 특기를 보고 선발한 거니까. 아까 말했듯이 시간이 있었으면 자네에게 경찰대학의 단기코스 오리엔테이션을 받게 했을 텐데. 하지만 그게 여의치 않으니 업무를 처리하면서 배워갈 거야. 질문이 있으면 나에게 직접 오고, 알았지?"

"네, 그러겠습니다." 가브리엘이 동의했다.

"좋아." 뭉크는 다시 멍한 표정으로 중얼거렸다. "그건 그렇고, 자네 생각은 어떤가?"

"뭐가 말입니까?" 가브리엘이 물었다.

"오늘자 신문을 읽었을 때 무슨 생각이 들었나?" 뭉크가 계속해서 물었다.

"아, 네." 가브리엘은 상관이 무엇을 물어보는지 더 빨리 파악하지 못한 것을 자책하며 얼굴을 살짝 붉혔다. "다른 사람들과 비슷하지 않을까 생각하는데, 좀 충격적이었습니다. 저는 두 실종 소녀에 대한 기사를 처음부터 죽 읽어왔습니다. 아이들이 살아있기를 바랐는데."

가브리엘은 신문에 난 헤드라인을 떠올렸다.

파울리네와 요한네 시신으로 발견

나뭇가지에 두 개의 인형처럼

슬픔에 잠긴 가족들

흰색 시트로엥 발견

이 옷을 본 적이 있는 사람은

"그게 무슨 뜻인가?"

"네?" 뭉크는 자신의 생각 속에 빠져있었다. 그래서 가브리엘이 다시 물었다. "제가 질문을 잘 못 이해했나요?"

"아, 아니. 됐네." 뭉크는 가브리엘의 어깨를 살짝 친 다음 문을 향해 몸을 돌리다가 말을 이었다. "아, 아니. 좀 더 말해보게."

뭉크는 가브리엘에게 앉으라는 손짓을 하고 자신은 계속해서 유리벽에 기대어섰다.

"사실 전 잘 모릅니다." 가브리엘이 입을 열었다. "오늘 아침 잠에서 깨어났을 때만 해도 저는 평범한 청년이었습니다. 제가 그 사건을 맡게 될 줄은 꿈에도 생각하지 못했습니다."

가브리엘은 사건을 맡는다느니 사건 수사라느니 하는 말이 입에 붙지 않고 낯설게만 느껴졌다. 게다가 신문은 그 외에 별 다른 내용을 보도하지 않았다. TV도 마찬가지였다. 모두 지난 몇 주 사이에 실종된 소녀 두 명이 시신으로 발견되었다는 얘기만 전했다. 노르웨이 전역에서 그들에 대한 수색이 이루어졌다. 경찰은 언론이 보도하는 것보다 더 많은 사실을 아는 게 분명한데도 그 옷에 대해 알고 있는 제보자가 나타나주기를 기대했다.

드레스. 두 소녀 모두 인형 드레스를 입은 채 발견되었다. 물론 아직까지 노골적이지는 않지만 행간에는 유사한 표현이 등장하기 시작했다. 이곳은 그런 일이 왕왕 일어나는 미국이나 다른 나라가 아닌 노르웨이이기 때문이었다. 그 표현이란 다름 아닌 '연쇄살인범'이었다. 신문 어디에도 그 단어가 구체적으로 등장하지 않았지만 모두가 그렇게 유추했다.

"제 생각에는 동일범의 소행임이 틀림없습니다." 가브리엘이 조심조심 말을 이었다.

"그래, 계속해봐."

"범인이 노르웨이인처럼 보이지는 않습니다."

"옳거니. 계속해봐."

"그 아이들이 제가 아는 사람의 아이가 아니라서 다행스러웠습니다." 가브리엘이 계속 이야기를 했다. 뭉크는 계속하라는 손짓을 했다. "둘 다 이제 곧 학교에 들어갈 아이라는 점이 이상했습니다. 처음에는 교사와 관련된 게 아닐까 의문스러웠죠. 그 다음에는 더 많은 아이가 실종되지 않을까 두려웠고요. 만약 저에게 여섯 살짜리 딸이 있다면 지금 당장 딸을 더 철저하게 보호해야겠다고 생각했습니다."

"뭐라고 말했지?" 뭉크는 잠깐 딴 데 정신이 팔렸던 것 같았다.

"제게 여섯 살 난 딸이 있다면 더욱 신경을 써야 할 거라고요."

"아니, 그 전에."

"더 많은 여자아이가 실종될지 모른다는 말요?"

"그 전에는?"

"교사가 관련된 것일지도 모른다고 했습니다."

"음." 뭉크가 다시 수염을 긁적였다. 그가 문으로 걸어가다가 돌아보며 물었다. "그건 그렇고 자네 코드 해독 잘 하지?"

가브리엘이 빙긋 웃으며 대답했다. "그래서 제가 채용된 걸로 알고 있는데요."

"그래, 참 그랬지." 뭉크가 웃었다.

그는 바지주머니에서 뭐라고 휘갈겨쓴 종이쪽지를 꺼냈다.

"급한 건 아니네. 내 개인적인 일이야. 하지만 자네가 도와주었으면 좋겠어." 뭉크는 가브리엘에게 종이쪽지를 건넸다. "나에게 도전하려는 괴짜 친구들이 몇 명 있는데 그 중 한 명이 내게 이걸 보냈네. 하지만 나에겐 해독불가야."

가브리엘은 뭉크가 건넨 쪽지를 들여다보았다.

Bwlybjlynwnztirkjoa=5

"자네, 무슨 말인지 알 수 있겠나?" 뭉크가 흥미진진한 표정으로 물었다.

"첫눈에 봐선 모르겠는데요." 가브리엘이 대답했다.

"그 친구가 며칠째 나를 시험하는군." 뭉크가 한숨을 내쉬었다. "아무래도 포기해야 할 것 같아. 혹시 뭔지 알게 되면 알려주게. 이 친구들이 나를 이용하려고 들 때마다 정말 난감해." 뭉크는 빙그레 웃으며 가브리엘의 어깨를 툭 쳤다. "급한 건 아니네. 그냥 개인적인 일이야, 알겠나?"

"물론이죠." 가브리엘이 고개를 끄덕였다.

뭉크가 마침내 떠났나 싶었는데 다시 문 사이로 얼굴을 들이밀었다. "정식 브리핑이 연기되었네. 한 시간 내에 있을 예정이야."

"알겠습니다." 가브리엘은 고개를 끄덕인 뒤 의자에 앉아 뭉크가 건네준 쪽지를 골똘히 들여다보았다.

18장

오늘자 〈VG〉 신문을 휙휙 넘기던 벤야민 바케는 끝내 자신의 이름을 발견하지 못하자 실망감을 감추지 못했다. 작년에는 올해의 베스트드레서 남자 부문에서 모르텐 하켓과 아리 벤에 이어 3위에 선정되었는데 올해는 후보 리스트에도 오르지 못했다. 제기랄! 배우는 주먹으로 분장실 벽을 내리쳤다가 금세 후회했다. 아프기도 했지만 소리가 너무 컸다. 잠시 후 노크 소리가 들리더니 조감독 주자네가 나타났다.

"잘 돼가요, 벤야민? 무슨 소리가 들리는 것 같던데?"

벤야민 바케는 아직 얼얼한 손을 주머니에 넣으며 애써 미소를 지었다. 어쨌든 그는 배우였다. "아주 완벽해. 혹시 트론드 에스펜의 방에서 나는 소리가 아니었을까?"

"알았어요." 주자네가 웃었다. "15분 안에 리허설 시작이에요. 처음부터 3막까지예요."

"사느냐, 죽느냐, 그것이 문제로다." 벤야민이 윙크를 하며 대사를 읊조렸다.

조감독은 피식 웃고 사라졌다. 그랬다. 그는 아직 먹히는 배우였다. 하지만, 제기랄! 작년에는 명단에 올랐는데, 이번에는 뭐가 잘못된 거지? 그는 외모에 꽤나 공을 들였다. 심지어 PR회사와 스타일리스트까지 고용해 조언을 받았다. 순전히 멋있어 보이기 위해서였다. 그럴 듯한 행사에는 모조리 참석해서, 그것도 온갖 좋은 각도에서 사진을 찍었다.

그는 한숨을 내쉬며 드레스룸 테이블에 걸터앉았다. 일년 사이에 그렇게 많이 늙지도 않았다. 눈가에 주름이 몇 개 생기고, 관자놀이가 약간 더 높아졌을 수도 있다. 몸을 앞으로 기울이고 헤어라인을 살펴보았다. 거기에 우려할 만한 원인이 있었다. 지난번 체크한 후로 2~3밀리미터쯤 후퇴한 것 같았다. 머리카락을 옆으로 쓸어내리자 숱이 더 많아 보였다. 그는 발성훈련을 시작했다. 목구멍을 워밍업하고 거울 앞에서 입술을 쑥 내밀었다.

그가 국립극단에 들어온 지도 거의 8년이 되었다. '스타 탄생.' 〈다그블라뎃〉지는 그가 에스트라곤을 연기한 사무엘 베케트의 〈고도를 기다리며〉 공연후기 기사에서 이렇게 표현했다. 그때부터 그는, 적어도 초창기에는 거의 주연만 맡았다. 로미오 역할도 하고, 페르귄트도 연기했다. 지금은 메인 무대에서 셰익스피어의 〈햄릿〉을 공연하고 있었다. 그는 내심 주인공 역할을 기대했다. '죽느냐 사느냐.' 그러나 햄릿이 아닌 호레이쇼 역을 맡게 되었다. 햄릿 역은 트론드 에스펜에게 돌아갔다, 그 이유야, 뭔가 있었겠지. 그렇지 않겠는가? 그는 사실 이유를 알지 못했다. 그러나 분명 그 전까지는 누구보다 훌륭한 배우였다.

빌어먹을….

생각할수록 화가 치밀었다. 트론드 에스펜의 그림자 안에서 연기를 하다니. 그것도 모두에게 무시당하는 하찮은 호레이쇼 역을. 그가 대사를 전하는 상대는 햄릿뿐이었다. 무대에 서서 고개를 조아리며 트론드 에스펜을 왕처럼 대접하는 일은 정말이지 성미에 맞지 않았다. 벤야민 바케는 일어서서 거울에 자신을 비춰보았다. 정말로 잘생겨 보였다. 기분이 조금 나아졌다. 최근 들어 일과처럼 운동을 열심히 했더니 조금씩 결과가 나타나고 있었다. 요가도 했다. 피부관리도 받고 있었다. 어디를 봐도 흠잡을 데가 없었다.

그는 다시 의자에 앉아 발성연습을 했다. 그때 인터콤으로 무대감독의 음성이 날카롭게 울려퍼졌다.

"여러분, 이제 3막 들어갑니다. 햄릿, 5분 안에 햄릿, 3막을 처음부터 시작합니다." 벤야민 바케는 발성연습을 중단하고 분장실을 떠나 메인 스테이지로 향했다.

19장

가브리엘 뫼르크는 비상상황실 뒤쪽에 앉아 브리핑을 기다렸다. 그는 팀원들과 눈을 맞추고 악수를 나눴으며 이름도 잘 기억하지 못하면서 '안녕하세요, 처음 뵙겠습니다'를 연발했다. 그를 여기까지 데려온 남자는 킴이고, 긴 금발 여자는 아네트, 이름이 기억나지 않는 젊은 남자 셋과 루드비라고 불리는 듯한, 나이 들어 보이는 남자가 팀원이었다.

잠시 후 홀거 뭉크가 들어오고 미아 크뤼거가 뒤따라 들어왔다. 홀거가 프로젝터를 켠 뒤 자신의 랩톱과 연결하는 동안 미아는 앞쪽의 좌석에 앉았다.

"자, 모두들 반갑군. 오늘은 전원이 참석한 첫 번째 브리핑이다. 모두 한 자리에 모이는 것, 우리에겐 바로 이런 것이 필요하다. 새로운 얼굴이 몇 명 보이는데, 환영한다. 전에 이 일을 했던 사람들은 신참자가 잘 적응할 수 있도록 도와주면 고맙겠다. 그래야 우리 모두 최대한 역량을 발휘할 수 있다. 파울리네 올슨의 시신이 발견된 지 열흘이 지났고, 요한네 랑게의 경우 여드레가 흘렀다. 그동안은 보도 통제를 요구했지만 이제부터 언론을 유리하게 이용하기로 결정을 내렸다. 이미 알고 있겠지만 우리는 오늘 발견 당시 소녀들이 입고 있었던 드레스의 사진을 언론에 공개했다."

홀거는 잠시 말을 멈추고 모인 사람들을 빙 둘러보았다. 가브리엘 뫼르크는 홀거의 진지한 눈빛 뒤로 희미한 미소를 읽었다.

"우리가 다시 여기 마리뵈스가테로 돌아온 것을 축하해야겠지만," 뭉크가 덧붙였다. "알다시피 당장 더 중요한 일이 있어서 그건 좀 기다려야 할 것 같다."

가브리엘이 방안을 흘끔거렸다. 분위기는 무거웠지만 저마다 미소를 짓거나 만족스러워하는 표정을 짓고 있었다. 이 팀이 다시 모인 것을 기뻐하는 게 역력했다.

"여러분 중에는 처음부터 함께 한 사람도 있지만 오늘 처음 참석한 경우도 있으니 정식브리핑을 하려고 한다. 이 브리핑 내용은 서버에서 PDF파일로 확인할 수 있게 할 예정이다. 오늘 오후 늦게부터 가능할 테니 정보를 공유하기 바란다. 수사과정 중 알게 된 모든 내용을 전원이 공유하라는 뜻이다. 부디 자기가 아는 내용을 서버에 올려서 다른 사람도 접근할 수 있도록 하길 바란다. 이런 식으로 일을 빨리 진행시키면 나중에 보고서 쓰기도 수월할 것이다."

뭉크가 랩톱의 버튼을 누르자 파워포인트 프레젠테이션의 첫 번째 슬라이드가 나타났다. 신문 1면에 실린 두 벌의 인형 드레스와 같은 사진이었다. 실종 소녀들이 나무에 매달려 있을 때 입었던 옷이었다. 가브리엘 뫼르크는 그와 비슷한 옷을 본 적이 없었다. 문득 자신이 지원한 곳이 어디인지 실감이 났다. 이것은 영화가 아니었다. TV 프로그램도 아니었다. 엄연한 현실이었다. 두 소녀는 더 이상 세상에 존재하지 않았다. 누군가에게 살해당했다. 실제로. 그들은 더 이상 숨을 쉬지 않는다. 다시는 말을 할 수 없다. 웃을 수도 없다. 학교에 다니지도 못할 것이다. 가브리엘 뫼르크는 뱃속이 부글거렸지만 담담하게 사진을 보려고 애썼다. 한편으로 자신의 이런 모습을 들킬까봐 두려웠다. 첫 브리핑 때 기절하는 것은 좋게 보일 리 없었다.

"파울리네 올슨과 요한네 랑게. 두 아이 모두 여섯 살이다. 올 가을 학교에 입학할 예정이었지. 파울리네는 4주 전, 요한네는 3주 전에 실종신고가 보고되었다." 뭉크가 자판을 누르자 더 많은 사진과 지도가 보였다. "파울리네는 스코엔 유치원에서 실종됐는데 마리달렌에서 발견되었다. 요한네는 릴레 에케베르 유치원에서 실종되었는데 하델란스바이엔 근처 크로크스코겐에서 발견되었다. 사망 시각은 특정하기 어렵지만 증거로 추정하건대 범인이 한 동안 시신을 보관했다 이 옷들로 갈아입힌 뒤 우리가 발견한 장소에 갖다놓았을 가능성이 높다."

뭉크가 컴퓨터의 자판을 누르자 새로운 이미지가 나타났다. 가브리엘은 차마 볼 수가 없어서 곁눈질로 바닥과 신발을 응시했다.

맙소사. 도대체 내가 어쩌다 여기에 있게 된 거지? 이 아이들은 죽었어. 실제로. 어떤 기괴한 게임의 희생자야.

가브리엘은 진심으로 지금 당장 자신의 침대로 돌아가고 싶었다. 몇 분 사이에 자신의 인생이 완전히 뒤바뀐 것처럼 느껴졌다.

이런 사진을 보지 않았으면 얼마나 좋을까. 그는 이런 사람들이 존재한다는 사실도 몰랐다. 이런 짓을 할 수 있는 사람들. 갑자기 절망스러워졌다. 전에는 몰랐던 슬픔이 밀려왔다. 물론 이런 일이 일어난 줄은 알고 있었지만 마음 한편으로 믿고 싶지 않았다. 비현실적이었다. 아니 너무나도 현실적이었다. 잔인하고 야만적인 현실, 그것은 사실이었다. 가브리엘은 심호흡을 한 뒤 미동도 없이 앉아서 집중했다.

"성폭력 흔적은 없다." 뭉크의 설명이 이어졌다. "아이들은 죽기 바로 전에 씻겨졌고, 손톱도 깨끗하게 깎여있다. 머리카락도 잘 빗질되었고, 두 소녀 모두 노르웨이 항공사에서 제공하는 푯말을 목에 걸고 있었다. '나는 혼자 여행 중입니다.' 두 아이 모두 가방을 메고 있었고. 마취제 과다 투여로 사망했다. 동일범의 소행이라는 데 의심의 여지가 없다. 두 사건 모두 유괴와 살인이 치밀하게 계획된 것 같다. 파울리네를 발견한 발터 헨릭센이란 남자는 한 번의 전과기록이 있지만 이런 범죄와 무관한 음주운전으로 적발되었다. 그가 관련되었다고 의심할 만한 정황은 아직까지 없다. 요한네의 시신을 발견한 사람은 토비아스와 토르벤 이베르센이라는 형제로, 각각 열세 살, 일곱 살이다. 그 아이들의 계부 미카엘 프랭크는 경범죄로 6개월 복역한 적이 있다. 하지만 그 역시 이 사건과 관련되었다고 의심할 만한 이유가 없다. 범죄현장 근처 집들을 조사했지만 별다른 단서는 나오지 않았고 모두 알다시피 범인의 것으로 추정되는 자동차가 발견되었다. 생산연도를 알 수 없는 흰색 시트로엥으로, 관심을 가져야 할 만한 것으로 밝혀졌다." 뭉크가 다시 자판을 누르자 신문에 실렸던 사진이 나타났다. 뭉크는 책상에 놓인 물을 한 모금 마신 뒤 설명을 계속했다. "이 드레스는 인형옷을 본 뜬 것으로 특별히 아이들의 몸에 맞게 만들어졌다. 만약 범인이 손수 만들었다면 이 옷으로부터 어떤 유용한 단서도 얻지 못할 것이다. 하지만 이 옷이 어디에 쓰일지 모르는 제3자에게 부탁해서 만들었을 가능성도 있다. 우리가 언론에 공개한 이유도 누군가 그 옷을 알아보는 사람이 있을지 모르기 때문이다. 현재까지는 아무 소식도 듣지 못했지만, 아네트, 그렇지?"

뭉크가 금발 여자를 돌아다보았다.

"네. 하지만 아직 단정하기는 일러요." 아네트가 대답했다.

"당연하지." 뭉크가 고개를 끄덕였다. "아직 모르는 사람들을 위해 일러두는데, 아네트는 우리와 그뢴란에 있는 경찰청과의 연락통이다. 그들과의 의사소통은 아네트를 통하게 되어있다. 우리는 우리의 목표가 새어나가는 것을 원치 않는다. 우리가 여기에 비밀리에 모여서 일하는 것도 그 때문이고. 그렇지 않나, 킴?"

"저는 반장님이 테라스에서 담배를 피우려고 그런 줄 알고 있는데요." 킴의 대답에 킥킥 웃음소리가 여기저기서 터져나왔다.

"고맙네, 킴. 밖으로 나갈 때 문에 부딪히지 않길 바라네. 그건 그렇고 진지하게 당부한다. 이건 아무리 강조해도 부족한데, 우린 철저히 비밀로 해야 한다. 언론은 물론이고 그뢴란에 있는 동료, 가족, 친구, 아내, 여자친구, 룸메이트, 내연녀, 내연남, 그리고 킴, 자네의 경우에는 기르는 개한테도."

다시 한 번 웃음이 터져나왔다. 멍하니 주위를 둘러보던 가브리엘은 어떻게 이런 상황에서 웃을 수 있는지 이해가 되지 않았다. 그러다 이 정도가 그들이 할 수 있는 전부일 거라는 생각이 스쳤다. 감정에 휘말리지 말 것. 스스로 거리를 둘 것. 그렇게 하지 않으면 냉철하게 사고하지도, 업무를 제대로 해낼 수도 없으리라.

너무 깊이 생각하지 마. 감정에 휘둘리지 마.

가브리엘은 심호흡을 한 뒤 웃음에 동참해보려고 애썼지만 입밖으로 소리도 낼 수 없었다.

"우리가 아는 것은 우리만 알게 한다. 필요한 건 무엇이든 지원한다. 원하는 게 있으면 무엇이든 아네트에게 말하도록. 무한대로 지원해주겠다는 약속을 받았으니."

"무한대라니 무슨 뜻입니까?" 킴이 물었다.

"말 그대로 제한이 없다는 뜻이지. 차량, 기술, 인력지원 게다가 초과근무까지. 이번 수사는 우리와 그뢴란에게만 중요한 게 아니다. 온 국민이 초미의 관심을 갖고 있는 사건이다. 저기 높은 곳에서 명령이 내려오고 있다. 미켈손을 말하는 게 아니다."

"법무장관입니까?" 가브리엘이 아직 이름을 듣지 못한 남자가 뭉크에게 물었다. 머리를 면도한 폭력배 같은 인상의 남자였다. 당장 영화에서 악당 역할을 맡아도 될 것처럼 보였다.

"그도 그 중 한 명이네." 뭉크가 고개를 끄덕였다.

"총리입니까?" 그 남자가 계속해서 물었다.

"총리 관저에도 정보가 들어가고 있네." 뭉크가 다시 답했다.

"올해 선거가 있지 않습니까?" 머리 면도한 남자가 싱긋 웃었다.

"선거야 매해 있잖나. 쿠리." 킴이 웃으며 받았다.

쿠리. 그 남자의 이름이었다.

"총리에 대해 자네 둘이 어떤 생각을 갖든 관심 없다." 뭉크가 무뚝뚝한 목소리로 말했다. "이 소녀들은 우리의 딸일 수도 있다. 그렇게 느끼는 사람이 우리만은 아닐 것이다. 온 국민이 그렇게 생각하지. 인터넷이나 뉴스를 봐라. 온 나라가 충격으로 슬퍼하고 있다. 우리는 소녀의 가족에게 정의를 보여주기 위해 이 사건을 수사하는 것만은 아니다. 국가 전체가 비상사태고, 사람들은 자기 아이의 안전을 걱정하고 있다. 쿠리, 난 자네가 정치적으로 어느 편에 서있든 개의치 않아. 지금 정부가 전방위로 이 수사를 지원해주고 있다. 정치적 동기를 의심하는 것은 우리 임무가 아니라고 본다. 우리는 범인을 잡는다. 그것이 우리의 임무다, 알겠나?"

순간 방안에 긴장이 흘렀다. 쿠리는 더 이상 말하지 않고 가볍게 목례한 뒤 무릎 위에서 손가락을 놀렸다. 가브리엘은 뭉크의 이런 면을 처음 보았다. 전화통화를 할 때나 사무실에서 그는 믿을 수 없을 정도로 다정하고 침착하고 빅테디처럼 사근사근했다. 그런데 지금은 회색 곰 같았다. 어두운 것은 그의 눈이었고, 어둠은 그의 목표였다. 가브리엘은 다른 누구도 아닌 뭉크가 왜 이곳에서 보스인지 서서히 이해되기 시작했다.

"여러분이 알다시피 미아도 돌아왔다." 뭉크가 다시 평소의 유쾌한 말투로 미아를 소개했다.

"다시 만나서 반가워요." 프레젠테이션 내내 조용히 앉아있던 미아 크뤼거가 의자에서 일어나 인사하며 스크린 앞으로 걸어나갔다. 여기저기 박수가 터져나오고 어디에선가 휘파람 소리도 들렸다.

"고마워요, 모두들. 돌아오길 잘한 것 같아요."

가브리엘은 미아를 흘끔흘끔 쳐다보았다. 너무 자주 쳐다봐서 내심 놀라고, 계속 그럴까봐 걱정스러웠다. 그에게는 모든 것이 더욱 감당하기 힘들어졌다. 죽은 채로 나무에 매달려있던 파울리네와 요한네. 그리고 지금은 겨우 몇 미터 앞에 서있는 미아 크뤼거까지. 가브리엘 뫼르크만 미아 크뤼거에게 열광하는 것은 아니었다. 미아 크뤼거는 페이스북에 자신만의 팬 페이지를 갖고 있었다. 요즘도 페이스북을 운영하는지 모르지만 과거에는 그랬다. 그는 몇 번인가 '좋아요'를 누르고 싶었지만 클릭 한 번으로 모든 온라인 활동이 추적가능하다는 사실을 잘 아는 해커이기에 극도로 조심했다. 한때 미아 크뤼거가 여동생의 마약쟁이 남자친구를 총으로 살해했다는 소문이 돌았다. 신문들은 다른 사건이 터지기 전까지 여러 주일에 걸쳐 이 사건을 도배하다시피 보도했다. 가브리엘은 미아 크뤼거에게 아무 잘못도 없다고 결론 내린 최후 경찰조서를 믿었지만 그럼에도 그녀는 한동안 멀리 떠나있었던 게 분명하다.

검은 머리에 호리호리한 몸매의 여자는 검은색과 흰색이 섞인 롤넥 스웨터에 허벅지에 지퍼가 있는 검정색 바지 차림이었다. 퀭한 눈은 몹시 지쳐보였고, 신문 사진에서 보았던 것보다 훨씬 말랐다. 미아 문빔. 그것이 인터넷 상에서 그녀를 부르는 별명이었다. 가브리엘이 태어나기 전에 발간되어 잘 알지 못하는 만화에서 따온 별명인데, 그가 알기로는 〈은색 화살〉이라는 만화였다. 등장인물 중 아주 아름다운 아메리카 원주민 소녀가 문빔으로, 1980년대 소년들은 너나할 것 없이 그녀를 사모했다.

그렇더라도 가브리엘은 그녀를 쳐다보지 않고는 배길 수가 없었다. 미아 크뤼거. 노르웨이에는 유명한 범죄수사관이 많지 않았다. 어쩌면 그 때문일 수도 있었다. 아메리칸 원주민처럼 생긴, 젊고 아름다운데다 유능한 푸른 눈의 여형사는 거대한 스캔들에 휘말리고 말았다. 그녀는 타블로이드 신문이 원하는 완벽한 먹잇감이었다. 가브리엘은 이제야 그녀에 대해 미안한 마음을 금할 수가 없었다. 그녀는 정말로 지쳐 보였다. 가느다란 다리에 신고 있는 버클 달린 커다란 바이커 부츠는 움직일 때마다 철커덕거렸다. 또 한 쪽 손목에는 은장식 팔찌를, 다른 쪽 손목에는 가죽 끈을 차고 있었는데, 언젠가 인터넷 토론방에서 그 두 가지 물건을 두고 갑론을박이 벌어졌다. 은팔찌는 마약 과다투여로 숨진 여동생이 준 선물로 추정되었다. 가죽 팔찌는 젊은 여자를 노르웨이로 데려와 매춘부로 팔아먹고 살해한 혐의까지 받고 있던 라트비아인 남자한테 뺏은 것으로 알려져 있었다. 그녀가 경찰이 되고 얼마 지나지 않았을 때 일어난 사건이었다. 피의자인 라트비아 남자는 거짓말과 거짓된 행동으로 미아의 동정을 샀다. 미아는 수갑을 채우지 않고 그를 심문했다. 그런데 남자는 부츠에 숨겼던 공예 칼로 미아를 공격했다. 미아는 얼굴에 피를 흘리며 가까스로 그를 제압한 뒤 칼을 빼앗아 그의 손목에 차고 있던 가죽 끈을 잘랐다. 그 후로 미아는 자신의 약점을 잊지 않기 위해 그 끈을 차고 다닌다는 소문이 돌았다. 그 때의 공격으로 미아는 한쪽 눈을 잃을 뻔했다. 가브리엘이 앉은 자리에서도 그 상처가 선명하게 보였다. 온갖 소문과 일화들. 어떤 것이 사실인지 확인할 순 없지만 그렇더라도 대단히 흥분되었다.

그녀가 바로 앞에 서있다니. 게다가 앞으로 함께 일하게 된다니.

미아 크뤼거는 한 팔로 상반신을 감싼 채 나직하게 입을 열었다. 가브리엘은 그녀의 말을 듣기 위해 귀를 쫑긋 세웠다.

"여러분 대부분은 이 사건과 관련된 정보를 공유하고 계실 거예요. 그래서 여러분이 잘 모르는, 중요한 사실 몇 가지만 말씀드리려고 해요." 미아가 홀거의 랩톱 키보드를 누르자 스크린에 다른 사진이 떴다. "발견 당시 소녀들은 가방을 메고 있었어요. 가방에는 교과서가 들어있었죠. 책 겉장에는 이름이 쓰여있었어요. 요한네 랑게의 책에는 '요한네 랑게' 그런데 파울리네의 책에는 '토니 J.W. 스미스'라고 적혀있었어요." 스크린에 다른 사진이 떴다. "이유가 뭘까요?" 미아 크뤼거가 가볍게 미소지었다. "고마워요, 쿠리, 여느 때처럼 참아줘서요. 다시 만나서 반가워요."

"어서 끝내지." 뭉크가 다급하게 말했다.

"네, 요한네의 교과서에는 '요한네 랑게'라고 적혀있지만 파울리네의 교과서에는 '토니 J.W. 스미스'라는 이름이 적혀있어요. 여러분이 알다시피 이 사건에는 우발적인 요소가 없어요. 아주 작은 부분까지 계획된 것으로 보여요. 범인은 자신이 무엇을 하려는지, 그리고 소녀들의 이름까지 알고 있어요. 아이들을 유괴하기 전에 오랫동안 지켜봤다고 생각할 수밖에 없는 이유에요. 그 점은 나중에 다시 얘기할 거예요. 그런데 내가 말했듯이…."

미아 크뤼거는 말을 멈추고 헛기침을 한 다음 한 팔로 더 단단히 자기 몸을 감쌌다. 뭉크가 일어서서 미네랄워터를 한 병 건넸다. 미아는 고개를 저으며 낮은 목소리로 말을 이어나갔다.

"모두 예상하듯 이 두 사건이 연관되어있다는 점에는 의심의 여지가 없지만 제3의 사건과도 연관되었을 거라고 추측할 만한 이유가 있어요. 몇 년 전 우리가 해결하지 못한 사건이에요." 그녀가 다시 자판을 눌렀다. "2006년 회네포스 병원에서 한 아기가 사라졌어요. 그리고 몇 주 후 요하임 비크룬이라는 이름의 스웨덴 출신 간호사가 자신의 셋방에서 목매달아 죽은 채로 발견되었죠. 시신 아래 바닥에서 그가 유괴에 책임이 있는 듯 타이핑한 유서도 발견되었고요. 실종된 아기는 끝내 찾지 못했고, 사건은 보류되었죠."

미아 크뤼거가 다시 말을 멈췄다. 물을 마셔야겠다고 생각한 것 같았다. 그녀의 건강이 좋지 않다는 것은 누구라도 알 수 있었다. 체력도, 건강도 정상이 아닌 여자는 가볍게 몸을 떨었다. 그녀는 두뇌를 제대로 작동시키려 안간힘을 쓰고 있었다.

"반장님과 전," 미아가 잠시 멈췄다가 다시 말을 이었다. "파울리네의 책에 적힌 '토니 J.W. 스미스'라는 이름이 범인이 보내는 메시지라고 확신해요. 왜 그랬는지는 잘 모르겠지만 J.W.는 요하임 비크룬의 약자고, 토니 스미스는 'it's not him'의 애너그램이에요."

방안에 낮은 웅성거림이 퍼졌다. 모두들 미아 크뤼거의 추리력에 경외심을 품고 있음이 분명했다.

뭉크가 다시 말을 받았다. "결론을 말하면 우리는 회네포스 사건 수사를 재개할 것이다. 당시 우리가 수사한 내용을 재검토할 거야. 모든 사건기록과 면담 내용, 그 사건과 관련된 인물들을 다시 조사할 필요가 있다. 루드비, 당신은 그때 우리와 함께 수사에 참여했으니 이 일을 맡아주시오. 쿠리를 데리고. 쿠리는 잘 모르니까, 노런한 시각에 신선한 시각이 더해지면 훨씬 효과적일 겁니다."

루드비라는 나이든 남자와 정치인에 대해 언급하고 싶어했던 빡빡머리 쿠리가 고개를 끄덕였다.

"그럼 첫 번째 단서인 2006년 회네포스 사건은 루드비와 쿠리가 맡고 두 번째 단서인 드레스에 관해서는, 아네트가 그뢴란에서 받은 비밀정보를 취합해 나와 미아한테 보내줘. 출소한 수감자와 다른 용의자 관련 여부는…," 홀거가 고개를 들어 사람들을 보며 호명했다. "퀴레?"

검은 머리를 짧게 자르고 커다란 안경을 쓴 키 크고 마른 남자가 보고서에서 고개를 들어 대답했다. "네. 트론과 제가 맡죠. 하지만 명단이 별로 길지 않습니다. 지금까지 만든 명단은 성범죄자와 폭행사건 관련자입니다. 솔직히 말씀드리면, 누굴 조사해야 할지 잘 모르겠습니다. 과거에도 이런 사건이 있었나요? 진지하게 묻는 겁니다. 저로서는 처음 봅니다. 유럽, 특히 벨기에 경찰 동료들과도 마르크 뒤트루(1995~1996년에 여섯 명의 여자아이를 납치하여 성적으로 학대하고, 그 중 네 명을 사망에 이르게 한 벨기에의 연쇄살인자로, '샤를르루와의 괴물'이라는 별명으로도 불린다─주)를 연상시키는 전과자들의 명단을 공유했습니다. 하지만 다시 말씀드리는데 그 사건은 이번과 달리 중대한 성폭력 범죄입니다. 사실 다른 나라의 경찰들은 고개를 젓더군요. 그래도 당연히 계속해서 조사할 겁니다."

"좋아." 뭉크가 고개를 끄덕였다. "참, 깜빡했는데 우리에게 새로운 데이터베이스 시스템이 생겼다. 오늘 늦게 자료를 올리고 가동할 거야. 우리가 입력하는 모든 정보, 이름과 수사기록을 포함한 그 무엇이든 그 즉시 다른 사람들의 데이터베이스와 비교, 참고할 수 있게 될 거야. 이용하는 데 문제가 생기면 새로 온 천재 가브리엘 뫼르크에게 문의하게. 모두 가브리엘과 인사 나눴지?"

가브리엘은 자신의 이름이 불리자 몸을 벌떡 일으켰다. 그는 고개 들어 자신을 주목하는 사람들을 바라보았다.

"처음 뵙겠어요, 가브리엘." 그 중 몇 사람이 동시에 말했다.

"모두, 반갑습니다." 가브리엘이 상기된 목소리로 대답했다.

가브리엘은 다시 학생이 된 기분이 들었다. 당장 일어서서 뭐라도 말해야 할 것 같았지만 다행히 그러지 않아도 되는 상황이었다. 그들이 말하는 데이터베이스에 대해 아는 바가 없었기 때문이다.

뭉크가 그를 보고 윙크하며 말했다. "그 프로젝트에 대해 설명할 시간이 없었군. 차차 하겠네, 오케이?"

"좋습니다." 가브리엘은 고개를 끄덕였고, 미아 크뤼거가 다시 말하기 시작하자 비로소 안도했다.

"여러분 중 몇 명이나 이걸 봤는지 모르지만." 미아가 랩톱의 키보드를 클릭했다. "파울리네 왼쪽 새끼손가락 손톱에서 숫자를 발견했어요. 1이라는 숫자예요. 보시다시피…," 스크린에 다른 사진이 떴다. "요한네의 손톱에도 숫자가 나있어요. 여기 왼쪽 약지에 2라는 의미로 두 줄이 새겨져 있어요."

"미쳤군!" 루드비가 자기도 모르게 소리쳤다. 그는 둥근테 안경을 쓴 나이든 남자였다.

"그래요." 미아가 맞장구를 치며 그를 쳐다봤다.

"도대체 뭐죠?" 쿠리가 소리쳤다.

"희생자가 더 생기겠군요." 아네트의 말에 방안이 조용해졌다.

"파울리네와 요한네는 시작에 불과하다는 두려움을 갖게 되는 이유가 이거예요. 안타깝지만 희생자가 더 나올 거예요."

미아의 설명에 이어 뭉크가 말을 받았다. "그래서 우리는 다른 실종 사건에 대해서도 각별히 관심을 가져야 한다. 여섯 살짜리 여자아이들은 30분 정도만 보이지 않아도 갱버스터처럼 출동해야 해, 무슨 말인지 알겠나?"

모두가 고개를 끄덕거렸다.

"난 담배 한 대 피워야겠네. 10분쯤 휴식하고 이곳에서 다시 만나지." 뭉크가 주머니에서 담뱃갑을 꺼내 흡연용 테라스로 나가고 그 뒤를 미아가 바짝 따랐다.

가브리엘은 혼자서 무엇을 해야 할지 난감했다. 두 소녀의 사진을 본 것만으로도 충분히 압도된 기분이었다. 도대체 무슨 말을 더 한다는 걸까? 그는 흥분을 가라앉히려고 두세 번 심호흡을 한 뒤 커피를 마시러 복도로 나갔다.

20장

루카스는 교회에서 평소 자신이 앉는 의자에 앉아있었다. 벽에 바짝 붙여놓은 이 의자는 다른 의자보다 높아서 설교단과 신자들이 한눈에 들어왔다. 시몬 목사는 제단 앞에서 뭔가 중요한 문제를 생각하는 듯 아직 설교를 시작하지 않고 있었다. 루카스와 신자들은 미동도 없이 앉아있었다. 커다란 흰색 예배당은 바늘 떨어지는 소리도 들릴 정도로 조용했다. 모두가 시몬 목사의 설교를 듣기 위해 숨죽여 기다리고 있었다. 머리가 하얗게 센 목사는 설교 전에 뜸을 들이는 것으로 알려져 있었다. 신과 접촉하고, 신과 자신과 신도 사이에 소통창구를 열되 천상의 대화를 방해하는 어떤 것이 들어오지 못하게 하려는 의도였다. 이런 의식 전체는 아름답고 천사처럼 우아하며 명상적이라고, 루카스는 두 손을 무릎 위에 포개고 차분히 앉은 채 생각했다.

루카스는 시몬 목사의 설교를 듣는 게 좋았다. 12년 전 쇠르란데의 캠핑장에서 우연히 그의 설교를 처음 들었다. 휴가를 맞은 양부모는 캠프에 가는 이웃에게 아들을 달려 보냈다. 양부모는 그를 휴가여행에 데리고 갈 형편이 안 될 뿐만 아니라 그러고 싶지도 않았다. 그들이 어디로 여행을 떠났는지 기억나지 않았지만(지중해라던가, 뭐 그런 곳이었다) 그것은 더 이상 중요하지 않았다. 열다섯 살이었던 루카스는 처음에 캠핑장이 몹시 불편했다. 사람들은 그에 비해 나이도 한참 많았다. 하긴 아웃사이더처럼 느낀 것도 그때가 처음은 아니었다. 평생 그랬다고 해도 과언이 아니었다. 어렸을 때 그는 집으로 추정되는 곳에서 사회복지관으로 옮겨진 후 여러 곳의 위탁가정을 들락날락했고, 한 번도 정착하지 못했다. 학교에서도 마찬가지였다. 공부에 어려움을 겪지는 않았지만 문제는 친구들이었다. 그리고 선생님, 아니 대부분의 사람들과 그랬다. 시몬 목사는 여전히 눈을 감고 하늘을 향해 두 손바닥을 펼친 채 서있었다. 루카스는 목사를 우러러보았다. 온몸에 열기가 느껴졌다. 열기가 점점 뜨거워지고 은은하고 밝은 빛이 몸에 충만하자 마음이 편안해졌다. 이런 기분을 처음 느꼈을 때가 기억났다. 12년 전 쇠르란데에서 열린 캠프에서였다. 처음부터 그런 것은 아니었다. 처음에는 주위 사람들이 자신만 빼고 비밀을 공유한 듯, 물 밖에 나온 물고기처럼 느껴졌다. 불안과 초조함은 그에게 나쁜 영향을 끼쳐 그럴 때면 언제나 그렇듯 머릿속에서 어떤 목소리가 뭐라고 말하기 시작했다. 그가 차마 소리 내어 말할 수 없는 어떤 것을. 그런데 그때, 마치 신이 직접 그를 위해 불을 밝히고 인도하듯 캠프 외곽에 있는 작은 천막으로 가는 길이 눈에 보였다. 기둥 같은 불빛이 흰색 천막으로 가는 길을 비추고 어떤 목소리가 그곳으로 가라고 속

삼켰다. 크지도 않고 그가 싫어하는 고함도 아니었다. 다음과 같은 외국어로 부드럽고 달콤하게 속삭이는 말이었다. *세쿠에레 비아 애 드 케룸Sequere via ad caelum.* 다정한 음성과 강렬한 불빛은 그를 더욱 잡아끌었다. 세쿠에레 비아 애드 케룸. 하늘로 가는 길을 따르라. 얼마 후 루카스는 그 음성과 온기, 불빛에 넋이 나가 천막 안에 서 있는 자신을 발견했다. 그리고 천막 한가운데 단상 위에 시몬 목사 가 서있었다. 목사의 눈은 빛나고 목소리는 강렬했다. 그날 이후로 루카스는 구원을 받았다.

루카스는 회중을 둘러보았다. 신도들은 설교가 시작되기를 조용 히 기다리고 있었다. 목사는 신도의 얼굴을 모두 알아보았다. 대부 분 몇 년째 교회에 다니는 이들이었지만 그래도 루카스만큼은 아 니었다. 루카스는 그해 여름 양부모의 집으로 돌아가지 않았다. 그 래도 누구도 개의치 않았다. 그후 12년이 흐르는 동안 루카스의 서 열은 올라가서, 스물일곱 살밖에 되지 않은 지금 그는 시몬 목사 의 오른팔이었다. 이를테면 부사령관이었다. 그는 시몬 목사의 사 적인 용무와 교회에 관련된 모든 행사를 보조했다. 루카스는 시몬 목사를 보조하는 일을 일생의 사명으로 삼았다. 목사를 위해서라 면 못할 일이 없었다. 목사가 없는 삶은 무의미했고, 만약 그런 날 이 온다면 목사를 위해 기꺼이 죽을 수도 있었다. 시몬 목사의 추 종자들에게 죽음은 끝이 아니라 천국에 가까워지는 길이었다. 열기 와 아름다운 불빛이 다시 가슴 속에 차오르자 루카스는 새어나오 는 미소를 애써 참았다.

지금은 한동안 머릿속에서 그 목소리를 듣지 못할 때도 있었다.

사실 가끔 들리기는 했지만 어렸을 때와 달리 크지도 않고 자주도 아니었다. 어렸을 때는 특히 고함치는 목소리가 그에게 해서 안 되는 일을 하라고 강요했다. 아무리 거부해도 소용없었다. 그 *고함소리*는 절대 포기하지 않을 것처럼 꼬드겼다. 그래서 복종할 수밖에 없었다. 빨리 해치워버려. 걱정 마, 잘 될 거야. 루카스는 속삭임과 고함소리가 마치 신과 악마 같다는 생각이 들었다. 언젠가 시몬 목사는 그 두 목소리가 어째서 상대 없이 존재할 수 없는지 설명해주었다. 우주와 영원에서 그 두 기둥은 떼어놓을 수가 없지만 빛의 길이 언제나 너를 인도할 테니 두려워할 필요는 없다. 가끔 악마의 명령에 굴복한다고 해서 치명적인 죄는 아니며, 오히려 신이 존재함을 증명하게 된다. 이따금 신이 악마의 목소리로 가장하고 너를 시험하는데, 그것이 심판이다. 설령 그렇더라도 루카스는 요즘 들어 *고함소리*가 자주 들리지 않아서 다행스러워했다.

Deo sic per diabolum

신에게 가는 길은 악마를 통한다.

루카스는 이것이 교회의 공식적인 입장이 아님을 잘 알았다. 초심자들은 잘 이해하지 못할 것이다. 이해하려면 입회자가 되어야 했다. 초심자들은 지금 저 앞에 앉아서 경건하게 침묵하고 있는 사람들처럼 이용당하기 위해 거기에 있을 뿐이었다. 중요한 사람은 입회자였다. 시몬 목사가 말하는 빛에 이르는 길이 무슨 뜻인지 아는 사람들이었다. 루카스도 곧 그 중 한 명이 될 것이었다.

지금은 초심자들을 위한 밤이었다. 루카스는 숲으로 가서 다른 입회자들을 만나게 될 다가오는 주말을 잔뜩 기대하고 있었다. 목사가 왜 계속해서 풋내기를 위한 집회를 여는지 루카스는 이해되지 않았지만 (어쨌든 그들도 중요했다) 절대로 목사에게 반박하지는 못할 것이다. 신과 접촉하는 목사만이 어떻게 해야 하는지 잘 알고 있었다. *Lux domus.* 주말까지 기다려. 또다시 온기와 빛이 온몸을 관통할 때 루카스는 분출하는 기쁨의 한숨을 쉬지 않으려고 입술을 꼭 다물었다.

마침내 시몬 목사가 입을 열었다. 주님이 교회에 임하셨다. 신도들은 아교로 붙인 듯 의자에 꼼짝 않고 앉아서 환희를 느꼈다. 루카스는 초심자들을 위한 설교를 전에도 들은 적이 있었다. 간결하고도 훌륭했다. 게다가 그의 정신은 다가오는 주말에 팔려있었다. *Lux domus.* 자신은 천국으로 한 걸음 더 다가가게 되리라. 그는 눈을 감고 목사의 설교를 온몸으로 받아들였다. 설교가 끝난 뒤 목사는 출입구에 서있었다. 예배당을 떠나는 신도들의 감사악수와 목례가 한참 이어졌다. 이윽고 모두가 떠나고 커다란 흰색 예배당에 다시 두 사람만 남았다.

루카스는 목사를 따라 집무실로 들어가서 성직복 벗는 것을 도왔다. 목사의 속옷이 보일 때면 시선을 살짝 돌렸다가 다시 일상복을 입도록 도왔다. 그런 다음 갓 내린 커피를 한 잔 따랐다. 그는 목사가 커다란 책상에 앉을 때까지 아무 말도 하지 않았다. 목사가 의자에 앉으면 비로소 신이 교회를 떠났다는 의미였고 그제야 서로 대화를 나눌 수 있었다.

"새로 들어온 이름입니다." 루카스는 헛기침을 한 뒤 예배시간 동안 재킷주머니에 넣어두었던 봉투를 꺼냈다.

"아하."

목사는 그를 올려다보며 봉투를 받았다. 그 안에는 흰색 종이가 한 장 들어있었다. 루카스는 이름만 봤을 뿐 그 안에 뭐라고 쓰여 있는지 몰랐다. 이름이 무엇을 의미하는지도 몰랐다. 그것은 목사만 알았다. 그는 봉투를 수거해 목사에게 전해줄 뿐이었다. 열어보지도 않았다. 그저 천사처럼 심부름만 했다.

목사는 평소처럼 아무 말도 하지 않았다. 조용히 이름을 흘낏 보고 나서 종이를 접어 다시 봉투에 넣은 다음 창가의 작은 테이블 밑에 넣었다.

"고맙네, 루카스. 그 밖에 다른 건?" 목사가 그를 쳐다보았다. 목사의 온화하고 빛나는 눈빛에 루카스는 미소로 답했다.

"없습니다. 참, 동생분께서 와계십니다."

"닐스가? 지금 여기?"

루카스가 고개를 끄덕였다. "예배 직전에 오셨습니다. 제가 뒤뜰에서 기다리라고 말씀드렸습니다."

"잘했어, 루카스. 이제 들어오라고 해."

루카스는 목례를 하고 방문자를 데리러 갔다.

"뭐가 그렇게 오래 걸렸나? 중요한 일이라고 말했는데."

시몬의 동생 닐스가 루카스에게 퉁명스럽게 말했다. 그 또한 교회 고위직의 일원이었다. 루카스는 그를 쇠르란데의 천막 안에서 처음 만났다. 그렇게 오래 그들과 함께 보냈지만 닐스는 목사 옆자리까지 올라가지 못했다. 루카스는 자신이 부사령관 역할을 맡게 되었을 때 불평하고 항의하는 목소리가 나왔다는 사실을 잘 알고 있었다. 많은 사람들은 그 자리가 닐스의 것이라고 생각했지만, 언제나 그렇듯 목사에게 도전하는 사람은 없었다. 목사로 말할 것 같으면 천국행 열쇠를 맡고 있는 사람이었다.

"아시다시피 목사님은 초심자들 돕는 일을 중요하게 생각하십니다. 이제 만나실 준비가 되셨습니다."

"럭스 도무스" 머리를 짧게 자른 목사의 동생이 중얼거렸다.

"럭스 도무스" 루카스도 웃으며 그에게 길을 안내했다.

두 사람이 들어가자 목사가 자리에서 일어났다. 방문객은 목례를 한 뒤 형에게 다가갔다. 그리고 형의 손과 뺨에 키스했다.

"앉아라." 목사가 다시 책상 뒤 의자로 돌아갔다.

닐스가 루카스를 흘끔 보았다.

"나가있을까요?" 루카스가 즉시 목사에게 물었다.

"아니, 그냥 있어."

목사는 루카스에게 그냥 앉아있으라고 가볍게 손짓했다. 입회자가 될 루카스는 밖에 나가있어야 할 이유가 없었다. 루카스는 닐스가 형의 말에 실망한 것을 눈치챘지만 아무 내색도 하지 않았다.

"그래 그쪽은 별일 없고?" 세 사람이 모두 자리에 앉았을 때 목사가 물었다.

"모두 잘 돼가고 있어요." 동생이 고개를 끄덕였다.

"울타리는?"

"반 이상 끝났어요."

"우리가 말한 대로 높이 올렸느냐?"

"예." 동생이 다시 고개를 끄덕였다.

"거기에 더 있지 못할 이유라도 있는 거냐?"

"무슨 말씀이신지?"

"그곳에 할 일이 쌓였을 텐데 여기는 어쩐 일이냐고?"

닐스가 다시 루카스를 흘끔거렸다. 마치 할 말이 있는데 루카스 때문에 꺼려지는 것처럼 보였다. "하마터면 한 명을 잃어버릴 뻔했어요." 그가 고개를 숙인 뒤 한참 만에 입을 열었다.

"무슨 말이냐, 잃어버리다니?"

"나이 어린 회원에게 사고가 생겼어요."

"사고라니?"

"그냥 사고예요. 실수였어요. 조심했어야 했는데."

"누군데?"

"라켈요."

"라켈이라면 훌륭한 회원 아니냐? 내가 아끼는 라켈?"

동생은 고개를 더욱 조아리며 끄덕였다.

"어느 날 밤 사라졌습니다. 지금은 다시 돌아왔지만요."

"그럼 별일 없다는 거냐?"

"예. 아무 일도 없습니다."

"그럼 다시 묻겠다. 그쪽에 할 일이 많을 텐데 왜 온 게냐?"

닐스는 자신의 형, 목사를 올려다보았다. 쉰 살이 훌쩍 넘은 그였지만 마치 아버지한테 꾸지람을 듣는 어린아이 같았다.

"계속해서 보고하라고 하셨잖습니까?"

"특별한 일이 없으면 별일 없는 거야, 그렇지 않느냐?"

닐스는 고분고분 고개를 끄덕였다.

"이럴 때 전화가 있으면 좋을 텐데." 잠시 말이 없던 목사가 이렇게 덧붙였다. 목사는 의자에 기댄 뒤 양손가락 끝을 맞대고 힘껏 밀었다. "달리 제안할 건 없느냐? 다른 의견은? 신이 네게 주신 것에 만족하지 못하느냐?"

"아니요. 그럴 리가요. 그게 아니고…, 제가 원하는 건 그저…."

닐스는 할 말을 찾느라 안간힘을 썼고 얼굴은 빨개졌다. 목사가 고개를 절레절레 흔들었다. 방안에 묘한 침묵이 흘렀다. 루카스는 목사 곁이 어색하지 않았지만(그는 언제나 목사 곁을 지켰다) 동생의 행동은 적잖이 불편했다. 그도 그럴 것이 어떻게 감히 목사의 말에 토를 달 수 있단 말인가? 동생은 바닥에서 시선을 떼지 못한 채 자리에서 일어났다.

"토요일에 오실 거죠?"

"가야지."

"잘 됐네요. 그럼 거기에서 뵐게요." 동생은 고개를 끄덕인 뒤 방을 나섰다.

"럭스 도무스." 목사와 단 둘이 남겨졌을 때 루카스가 중얼거렸다. 루카스는 이런 상황을 가장 좋아했다. 목사와 둘만 있는 것.

목사가 미소 띤 얼굴로 루카스를 바라보았다.

"우리가 잘 했다고 생각하느냐?"

"물론입니다." 루카스가 대답했다.

"가끔 확신이 서지 않는다." 목사는 말을 하면서 양 손가락 끝을 맞대고 다시 밀었다.

"목사님, 드릴 말씀이 있습니다." 루카스가 입을 열었다.

"그래?"

"아시다시피 제 임무는 목사님을 보좌하는 겁니다."

"그야 두 말하면 잔소리지."

루카스의 얼굴이 살짝 붉어졌다. 그는 목사를 잘 알았다. 목사의 목소리로 기분을 읽었다. 자신이 언제 칭찬을 받는지 잘 알았다.

"목사님이 알고 계실지 모르겠지만 신자와 관련해서 문제가 생겼습니다."

"이 사람들 말인가?"

"그렇습니다. 초심자들요."

"문제가 뭔데?"

"목사님이 결정하실 문제지만, 저야 알고 있는 것을 말씀드리고 목사님을 보좌하기 위해 이 자리에 있는 거니까요."

"알고 있네, 루카스. 고맙게 생각해."

루카스는 가볍게 헛기침을 한 뒤 말을 이었다. "정기적인 후원자 한 명이 우리와 다소 껄끄러운 관계더군요."

목사가 고개를 절레절레 흔들었다. "루카스, 지금 방언을 하는 건가? 어서 단도직입적으로 말해봐."

"휠체어를 타고 안경 쓰신 노부인이…, 언제나 뒷자리에 앉아계시는 그분이."

"힐더 말인가?"

루카스가 고개를 끄덕였다.

"그녀가 왜?"

"그녀가 홀거 뭉크의 어머니랍니다."

"누구?"

"홀더 뭉크요. 경찰관이죠."

"그래? 난 몰랐네."

목사가 홀거 뭉크에 대해 들은 것으로 기억하는 루카스는 다소 놀랐다. 하지만 아무 대꾸도 하지 않았다.

"힐더 부인이 그의 어머니입니다." 그가 다시 말했다.

"그게 무슨 문제라는 건가?"

"그저 알고 계셨으면 해서요."

"자네 지금 봉투에 든 내용물에 대해 생각하고 있나?"

루카스는 다시 조심스럽게 고개를 끄덕였다.

"고맙네. 루카스. 하지만 홀거 뭉크에 대해 걱정할 일이 없다고 생각하는데. 우리에겐 더 중요한 문제가 있어. 그렇지 않은가?"

"그렇습니다." 루카스가 자리에서 일어났다.

"럭스 도무스. 루카스." 목사가 친근하게 웃었다.

"럭스 도무스." 루카스도 그를 향해 웃어보였다.

루카스는 정중하게 인사하고 말없이 목사관을 나섰다.

21장

미아 크뤼거는 사무실에 앉아 바지주머니에 든 알약을 만지작거렸다. 애초 이 사건을 해결하고 다시 필요해질 때까지 섬에 있는 집에 알약을 두고 한 알도 가져오지 않겠다고 마음먹었지만 그러지 못했다. 만약의 경우를 대비해 주머니에 몇 개 가지고 왔다. 미아는 지금 그 알약을 한 개 먹고 싶었다. 온몸이 근질거렸다. 현실 사회에 노출된다는 게 어떤 것인지 잠시 잊었다. 그동안 너무 멀리 떨어져 있었다. 어쨌든 약을 오래 먹을 필요가 없을 줄 알았는데, 뭉크가 나타나서 그 계획을 망쳐놓았다.

미아 크뤼거는 오슬로로 돌아온 후 4일 동안 술 한 잔도 마시지 않았다. 여러 번 호텔방의 미니바를 공략하고 싶었지만 꾹 참았다. 홀거는 정부가 제공하는 관사에서 지내라고 했지만 미아는 호텔에서 지내겠다고 고집하며 기꺼이 자기 주머니에서 호텔비를 지불했다. 그녀는 돌아오고 싶지 않았다. 사실 돌아온 게 아니었다. 누구와도 관련이 없는 호텔방만 있으면 됐다. 임시거처이자 대기실. 가능한 한 일상적인 생활에 가까이 가기 싫었다. 자신은 그저 이 사건을 해결하러 왔을 뿐이다. 그러고 나면 돌아갈 것이다. 히트라로. 시그리에게. 미아는 상징적인 새 날짜를 찾고 있었다. 열 번째 기념일인 4월 18일은 지나갔다. 다음은 그들의 생일이었다. 11월 11일. 둘이 서른세 살이 되는 날. 하지만 11월은 너무 멀게 느껴졌다. 날짜가 한참 남았다. 더 가까운 날짜를 찾아야 할 것 같았다.

아니 정해진 날짜 따위는 필요 없었다. 아무 때라도 상관없었다. 중요한 것은 정말로 그렇게 되는 것이다. 이 상황에서 벗어나는 것. 이 사람들에게서. 미아는 주머니에 손을 넣어 알약 한 개를 꺼내 혀에 물었다. 하지만 이내 마음을 바꿨다. 알약을 뱉어 다시 주머니에 넣었다.

"옷에 대해 제보가 들어왔어요." 아네트가 미아의 방에 들어오며 말했다.

"뭐라고요?"

"인형옷을 발견했어요."

"그렇게 빨리?"

"그래요." 금발 여인이 웃으면서 손에 쥔 종이쪽지를 흔들었다. "산드비카에서 제니의 바느질가게를 운영하는 제니라는 부인이에요. 좀 더 일찍 연락하지 못한 것을 사과하더군요. 신문을 읽을 짬이 없어서 오늘에야 읽었대요. 나랑 함께 가겠어요?"

"좋아요. 반장님은 어디 계세요?"

"양로원에 어머니를 모시러 가야 한대요. 당신이 운전할래요, 아니면 내가 할까요?" 아네트가 자동차 열쇠를 흔들며 말했다.

"당신이 하는 게 낫겠어요." 미아가 웃으면서 동료를 따라 지하 주차장으로 갔다.

"제보자가 뭐라고 했어요?" 시내를 벗어나 드람멘스바이엔으로 가는 길에 미아가 물었다.

미아는 과거에 여러 사건을 아네트와 함께 수사했지만 그리 가까운 관계는 아니었다. 이유는 딱히 생각나지 않았지만 아네트한테 잘못이 있는 것은 아니었다. 아네트는 두뇌회전이 빠르고 언제나 다정했다. 변호사 교육을 받은데다 명석하여 특별수사반에 절대적으로 필요한 존재였다. 그보다는 아마도 미아가 동료들 누구와도 그리 가깝지 않기 때문일 것이다. 물론 홀거 뭉크는 예외였지만. 사실을 말하자면 미아에게 친한 사람이 있었던가? 오스고르드스트란 출신의 친구들과도 몇 년째 연락을 하지 않았다. 시그리가 떠난 후 미아는 더욱 외톨이가 되었다. 어쩌면 그것은 별로 현명한 태도가 아니었을 것이다. 직장 업무 외에 사생활도 그녀에게 중요했을지 모른다. 하지만 지금은 아무래도 상관없었다. 이 사건만 해결하면 히트라로 돌아갈 것이다. 시그리에게 갈 것이다. 팔찌의 달랑거리는 S자 장식을 만지작거리자 미아의 마음이 편안해졌다.

"제보자와 직접 통화한 건 아니에요. 경찰청 동료가 말해준 거예요. 하지만 제대로 찾았을 거예요."

"그녀가 칼라에 쓰인 글씨를 알던가요?"

아네트는 고개를 끄덕이며 차선을 바꿨다. "마르코복음 10장 14절. '고통받는 아이들이여, 내게로 오라.' 우리가 광신도를 상대하고 있는 거죠?"

"단정하기에는 아직 일러요." 미아는 선글라스를 썼다.

바깥 햇빛이 눈부셨다. 사람들은 봄햇살이 부드럽다고 느꼈지만 미아는 그렇지 않았다. 미아의 몸은 아무 감각도 느끼지 못했다. 지난밤에는 텔레비전을 보려고 애썼는데 두통만 찾아왔다. 심지어 사무실에 있는 라디오도 꺼달라고 홀거에게 부탁했을 정도였다. 그들은 말 없이 드람멘스바이엔을 달렸다. 미아는 아네트가 뭔가 물어보고 싶어한다는 것을 눈치챘지만 무시했다. 다른 사람들도 마찬가지였다. 친절한 미소 뒤에는 호기심 어린 시선이 있었다. 그녀의 사정을 아는 쿠리와 킴, 루드비만 빼고, 아니 그들도 그럴지 모른다. *좀 어때요? 그동안 어떻게 지냈어요? 기분은 좀 나아졌어요, 미아? 신경쇠약에 걸렸다는 소문은 들었는데. 머리도 밀었다면서요? 바다 한가운데 섬에서 자살하려고 했다면서요?*

미아는 자신을 흘끔거리는 아네트를 곁눈질로 보았다. 마리뵈스가테의 사무실에서처럼 차 안도 대답 없는 질문들로 가득했다. 하지만 미아는 지금 그들을 배려할 힘이 없었다. 나중에 제대로 답해주리라 결심했다. 미아는 아네트의 마음을 잘 알았다. 어쩌면 하루저녁 함께 맥주를 마실 수도 있을 것이다. 아니, 아마 그런 일은 없을 것이다. *이건 왜 그렇고 저건 왜 그렇죠?*

어서 와, 미아, 어서.

왜 거기에 너 혼자 있는 거야?

산드비카로 가기 위해 큰 길을 벗어났을 때 비가 내리기 시작했다. 비가 후두둑 창문을 두드렸지만 미아는 선글라스를 벗지 않았다. 렌즈 너머로 눈을 감고 빗소리를 감상했다. 창문을 두드리는 빗방울 소리. 웅웅 엔진 소리. 미아는 잠시 열한 살 소녀가 되어 어느 토요일 호르텐의 페인트 가게 문을 닫고 귀가하는 아빠의 자동차 뒷좌석에 앉아있었다. 아빠의 미소, 콧노래를 부르는 아빠의 목소리, 엄마가 없을 때면 자유롭고 한가하게 한 손으로 핸들을 돌리던 아빠의 가죽장갑을 떠올렸다.

우리 노래 부를까?

좋아요. 노래 불러요!

아빠는 에이나르 로세(1898~1979. 노르웨이의 인기가수이자 배우, 시사미술가, 가수, 레스토랑 경영자—주)의 옛노래를 즐겨 불렀다.

또요, 또요!

또, 또 부를까?

네!

어린아이가 된 것처럼 느껴져서 미아는 선글라스 뒤로 미소를 지었다. 그 시절의 가슴 뻐근한 기억은 언제나 소름이 돋고 뺨이 붉어지게 했다. 그 시절에는 삶이 단순했다. 지금은 모두가 떠났다. 그녀 혼자만 남았다. 차가 멈추는 바람에 미아가 화들짝 놀라 몽상에서 깨어났다.

"도착했어요." 아네트가 이렇게 말하고 차에서 내렸다.

미아는 선글라스를 계기판 위에 내려놓고 뒤따랐다. 국지성 소나기였는지 비는 어느새 그쳐있었다. 구름 사이로 다시 내민 부드러운 봄햇살이 산드비카 변두리 노란색 페인트를 칠한 작은 가게로 가는 길을 비춰주었다.

창문에 '제니의 바느질 가게'라고 쓰여있고 그 안쪽에는 구닥다리 팻말이 걸려있었다. '금일휴업.' 미아가 노크를 했다. 커튼 뒤로 인자하지만 근심 어린 노파의 얼굴이 나타났다.

"뉘시오." 노인이 문틈으로 말했다.

"오슬로 경찰청, 강력반의 미아 크뤼거입니다." 미아가 창문으로 신분증을 들어보이며 노파를 안심시켰다

"경찰이요?" 노파는 두 사람을 수상쩍게 바라보았다.

"네. 좀 들어가도 될까요?" 미아가 정중하게 대답했다.

가게 문을 닫은 것으로 보아 노파는 신문을 읽고 충격을 받은 게 틀림없었다. 늙고 떨리는 손가락이 힘겹게 열쇠를 돌려 문을 열었다. 미아는 조용히 안으로 들어가 신분증을 다시 보여주었다. 노파는 문을 닫자마자 다시 잠갔다. 알록달록한 방 한가운데 서서 그녀가 안절부절 못했다.

"제니 할머니이신가요?" 미아가 물었다.

"그렇다오. 이런, 미안해요. 내가 예의를 깜빡했네요. 휴, 무슨 날이 이 모양인지. 하루 종일 덜덜 떨었어요. 난 제니 미드턴이라고 해요." 그녀는 자신을 소개하고 나서 작고 야윈 손을 미아에게 내밀었다.

"할머니 가게인가요?" 아네트가 주위를 둘러보며 물었다.

창가에는 수제 옷을 입은 재단사의 인체모형이 놓여있었다. 벽과 선반에는 제니가 손수 만든 물건들로 가득했다. 식탁보, 드레스. 한쪽 벽은 조각보 퀼트로 뒤덮여 있었다. 가게 전체가 정성들여 만든 구식 수예품 분위기를 풍겼다.

"그렇다우. 1972년부터 지금껏 가게를 열고 있어요." 제니 미드

턴이 고개를 끄덕였다. "남편과 함께 시작했는데 그이는 이제 이 세상에 없다우. 1989년에 세상을 떠났지. 제니의 바느질 가게로 이름을 지은 건 남편의 생각이었어요. 난 제니와 아릴드의 가게라고 부르는 게 맞다고 했지만 남편이 우겼지. 그래서…."

제니 미드턴의 목소리가 점점 작아졌다.

"이 드레스를 직접 만드셨어요?"

미아가 안주머니에서 사진을 꺼내 선반에 내려놓았다. 제니 미드턴은 목에 건 돋보기를 쓰고 사진을 살펴본 뒤 고개를 끄덕였다.

"맞아요. 둘 다 내가 만들었어요. 그런데 이게 왜? 내가 곤경에 처하는 건가요? 내가 잘못이라도 한 건가요?"

"아니에요. 할머니는 잘못하신 거 없어요. 그런데 어떤 손님이었나요?" 미아가 다시 물었다.

제니 미드턴이 선반 뒤로 가더니 링 바인더를 꺼냈다. "모두 여기에 있어요." 그녀가 손가락으로 바인더를 툭툭 쳤다.

"거기에 뭐가 있죠?"

"내가 주문받은 내용, 여기에 죄다 기록해놓았다오. 치수와 천, 가격, 완성 날짜까지 모두 여기에 있어요."

"제가 빌려가도 괜찮을까요?" 미아가 물었다.

"물론이에요. 원하면 가져가요. 오! 이런 끔찍한 일이…, 내가 그러니까…, 내가 얼마나 놀랐는지 모를 거예요. 그래요. 이웃사람이 신문을 가지고 왔어요…."

"누가 그 드레스를 주문했나요?" 미아가 재차 물었다.

"어떤 남자였어요."

"이름을 아세요?"

"아니. 이름은 말하지 않았어요. 그 남자는 사진을 가지고 왔어요. 인형 사진. 그러면서 아이들의 몸에 맞게 드레스를 만들어달라고 청했어요."

"누구한테 입힐 드레스라고 하던가요?"

"그런 건 나도 물어보지 않았어요. 내가 알았더라면…, 하지만 난, 아무것도 몰랐어요."

제니 미드턴이 머리를 감싸쥐었다. 그녀에게는 안정이 필요했다. 아네트가 민첩하게 뒷방으로 사라지더니 물을 한 잔 가지고 왔다.

"고마워요." 노인의 목소리가 떨렸다.

"언제 주문을 했나요?"

"일년 전쯤이었어요. 작년 여름. 그러니까 첫 번째 옷 말이우."

"그후 다시 왔나요?"

"그래요." 제니가 고개를 끄덕였다. "여러 번 왔지요. 지불에 문제가 있었던 적은 한 번도 없어요. 언제나 제때 현금을 줬어요. 그것도 값을 꽤 잘 쳐줬다우. 거기엔 전혀 문제가 없었어요."

"몇 벌이나 만들어주셨어요?"

"열 벌." 대답을 하면서 노인은 바닥을 응시했다.

아네트는 미아를 바라보며 눈을 치켜떴다.

앞으로 더 있을 것이다. 드레스 열 벌이라니.

"그를 마지막으로 본 게 언제죠?"

"그렇게 오래되지 않아요. 그래요. 6주 전쯤일 거요. 그쯤 됐어요. 3월 중순이니까. 그때 마지막 두 벌을 찾으러 왔어요."

"그가 어떻게 생겼는지 말씀해주실 수 있으세요? 기억할 수 있으시겠어요?" 아네트가 물었다.

"그야말로 평범했어요."

"평범하다는 게 어떤 의미죠?"

"잘 차려입었어요, 단정하게. 정장에 모자, 번쩍번쩍 광이 나는 새 구두를 신고. 키는 그리 크지 않았어요. 내 남편 아릴드만했어요. 175미터 정도. 뚱뚱하지도 마르지도 않고, 그냥 평범했어요."

"혹시 지역 사투리를 쓰던가요?"

"아니요."

"노르웨이 동부 출신 같지 않던가요? 그가 우리처럼 말하지 않던가요?" 아네트가 물었다.

"노르웨이인이었어요. 오슬로 출신이라고 직접 말했어요. 마흔다섯 살쯤 되었을까. 정말로 평범했어요. 단정하고. 옷도 잘 차려입고. 그러니 내가 어떻게 의심했겠수. 그러니…, 만약 내가 알았더라면…."

"할머니 말씀이 큰 도움이 되었어요." 미아는 노파의 손을 부드럽게 어루만졌다. "정말 큰 도움이 되었어요. 자, 이제 자세히 생각해보세요. 그에게 이상한 점은 없었나요? 뭔가 눈에 띄는?"

"무슨 뜻인지 모르겠지만, 혹 문신 같은 걸 말하나요?"

아네트는 다시 미아를 보며 빙긋 웃었다.

"그에게 문신이 있었나요?" 미아가 얼른 물었다.

제니 미드턴이 고개를 끄덕였다. "여기요." 그녀가 자기 목을 만지면서 말했다. "평소에는 롤넥 스웨터를 입어서 볼 수 없었어요.

한 번인가 그 옷을 입지 않았는데, 아니면 목을 가리지 않았을 수도 있어요. 무슨 말인가 하면 칼라를 풀어헤쳤다든지 그랬을 수도 있다는 뜻이지요." 제니 미드턴이 자신의 칼라를 펼치며 설명했다.

"문신이 컸나요?" 아네트가 궁금해했다.

"그래요. 여기부터 이 아래까지 뒤덮여 있었어요."

"어떤 문신인지 보셨어요?"

"그게 독수리 문신이었다우."

"목에 독수리 문신을 했다고요?"

제니 미드턴이 머뭇거리며 고개를 끄덕였다.

"당장 연락해요." 미아가 소리쳤다.

아네트는 고개를 끄덕이며 휴대전화를 꺼냈다. 그녀는 전화를 걸기 위해 밖으로 나갔다.

"이 늙은이가 도움이 되긴 한 건가요?" 제니 미드턴이 놀란 눈으로 미아를 쳐다보며 물었다. "혹 나도 감옥에 가는 거 아닌지?"

미아는 그녀의 어깨를 쓰다듬었다. "아니요. 그런 일은 없어요. 하지만 할머니한테 정식 진술을 들어야 하기 때문에 시내로 가셔야 할 것 같아요. 당장은 아니고 며칠 내로. 괜찮으시겠어요?"

제니 미드턴은 고개를 끄덕인 뒤 문까지 미아를 배웅했다. 미아는 바지 뒷주머니에서 명함을 꺼내 할머니에게 건넸다.

"혹시 다른 게 기억나시면 저에게 연락주세요. 아시겠죠?"

"그러지요. 헌데 내가 곤경에 처하는 건 아닐까 무서워요."

"절대로 그런 일은 없어요, 할머니. 도와주셔서 정말 감사해요." 미아가 웃었다.

미아는 등뒤로 문 잠기는 소리를 들으며 거리로 나왔다. 불쌍한 할머니. 그녀는 정말로 겁에 질려있었다. 미아는 커튼 뒤로 내다보는 할머니에게 인사하며 그녀가 남은 하루를 혼자 지내지 않기를, 전화를 걸면 와줄 누군가가 주위에 있기를 바랐다.

미아가 다가왔을 때 아네트가 막 전화를 끊었다.

"반장님에게 말했어요?"

"전화를 받지 않아서 대신 킴에게 말했어요. 그가 반장님께 보고할 거예요."

"잘했어요." 미아가 웃었다.

두 경찰관은 차에 올라타고 신속하게 오슬로로 차를 몰았다.

22장

홀거 뭉크는 스토르팅스가타에 위치한 페페스 피자에 앉아서 인형 머리카락 빗는 법을 배우고 있었다. 그와 마리온은 이제 막 음식을 다 먹었다. 정확히 말하면 그가 다 먹었고, 마리온은 피지팝 음료수를 마시고 놀이를 하느라 대부분의 시간을 보냈다.

딸이 실망하겠지만 그로서도 어쩔 도리가 없었다. 손녀의 귀여운 눈과 애교 섞인 목소리에는 당해낼 재간이 없었다. 절대로 불가능했다. 그는 마리온이 태어나는 날부터 선물을 안겨줬다. 곰인형, 온갖 인형들…. 손녀의 침대는 장난감 가게를 방불케 했다. 미리암은 결국 더 이상의 선물은 해주지 말라고 단호하게 거절했다. 딸부부는 아이를 버릇없는 아이가 아닌 독립적이고 배려심 많은 아이로 키우고 싶어했다.

"할아버지, 보세요. 몬스터 하이예요!"

"몬스터 뭐라고?"

"몬스터 하이. 인형들이 다니는 학교예요. 보세요. 저건 잭슨 제킬이에요. 남자아이에요. 멋진 노란색 셔츠를 입었어요. 그건 잭슨 제킬이 몬스터이기 때문이에요. 나 저거 사도 돼요?"

"오늘은 사지 않는 게 좋겠다, 마리온. 엄마가 한 말 기억 안 나? 생일 때까지 기다려야 해."

"하지만 생일이 되려면 억만 밤 자야 해요! 그리고 할아버지랑 있을 때 엄마의 규칙은 지키지 않아도 돼요."

"그래? 누가 그런 말을 해?"

"제가요. 지금."

"그래?"

"전 여섯 살이고 조금 있으면 릴레보르 학교에 다니게 될 거니까 제 마음대로 할 수 있어요. 누구든 이래라 저래라 할 수 없어요. 제가 알아서 해요."

그런 손녀를 보자 생각나는 사람이 있었다. 귀엽고 사랑스럽지만 무척이나 고집스럽고 제멋대로인 누군가.

"와, 저거 드라큘로라예요! 보세요, 할아버지, 보세요, 드라큘로라예요! 그리고 저건 프랭키 스타인! 프랭키 스타인이에요, 할아버지! 할아버지 저거 사면 안 돼요?"

마리온은 언제나 그렇듯 결국은 제 뜻을 관철시켰다. 두 개의 인형, 잭슨 제킬과 프랭키 스타인. 둘 다 일종의 몬스터 학교에 다니는 학생이었다. 홀거 뭉크는 거기에 대해 아무것도 몰랐지만 그것은 중요하지 않았다. 마리온의 눈웃음과 그의 목에 두른 따뜻하고 보드라운 팔이 중요했다. 두 인형이 어느 학교에 다니든, 제 엄마가 짜증을 내든 말든 내가 알게 뭐람.

"잭슨 제킬은 프랭키 스타인의 남자친구가 되고 싶어하는데, 프랭키 스타인은 그와 데이트하는 것을 싫어해요. 왜냐하면 장래에 큰 계획을 가진 터프걸이기 때문이에요."

"독립적이라는 뜻이냐?"

마리온은 반짝거리는 푸른 눈으로 할아버지를 응시했다.

"맞아요. 제 말이 그거예요."

홀거는 빙그레 웃었다. 또다시 딸의 목소리를 듣는 것 같았다. 마리온은 정말이지 제 엄마 미리암을 빼박았다. 홀거 뭉크는 미리암이 학교에 처음 등교하던 날 아침을 회상했다. 그는 얼마나 자랑스러웠는지 모른다. 그 어린 것이 어느새 자라서 세상 밖으로 나가려 하고 있었다. 두 갈래로 땋은 머리에 새 옷을 입고 새 가방을 멘 모습은 얼마나 귀여웠는지. 처음 학교에 가게 된 아이는 즐거우면서도 모든 것이 낯설어 두려워했다. 그와 마리안네는 학교 운동장에서 서서 교실 안으로 들어가는 딸의 뒷모습을 지켜보았다. 아이들이 부모의 참관 없이 친구들을 만나는 게 더 좋다는 학교 방침에 따라 그들은 따라 들어가지 않았다. 미리암은 아빠 손을 꼭 쥔 채 혼자 들어가지 않으려고 했다. 아직은 아빠의 딸이었다.

그러던 아이가 어쩌다가 열다섯 살이 되자 짙은 화장을 하고 방문을 걸어잠근 채 시끄러운 음악을 들으며 더 이상 아빠의 딸이 아니게 되었을까? 스물다섯 살이 되었을 때는 말할 필요도 없었다. 어떻게 이럴 수 있을까? 다른 아이들을 두려워하며 아빠의 다리에 매달렸던 어린 딸이 이제 결혼을 하기 위해 웨딩드레스 가봉을 하고 있었다. 사윗감은 자격증을 갓 취득한 프레드릭스타 출신의 의

사로, 홀거는 그를 자세히 알지 못했다. 홀거 뭉크는 다시 손녀에게 주의를 돌렸다. 그는 여전히 자신이 세상에서 가장 좋은 할아버지라 생각했고, 손녀를 번쩍 안아 무릎에 앉히고 싶었다.

"이제 할아버지가 잭슨 제킬이에요." 마리온이 말했다.

"뭐라고 했니?"

"이제 할아버지가 잭슨 제킬이라고요. 저는 프랭키 스타인이고."

"피자 좀 더 먹지 않을래?"

"프랭키 스타인은 아무것도 안 먹어요. 다이어트 중이거든요. 자, 어서 인형 잡아요, 할아버지."

홀거는 마지못해 인형을 받아들며 휴대전화에 도착한 메시지에 신경 쓰지 않으려고 노력했다. 같은 실수를 두 번 하지 않겠다고 마음먹은 터였다. 마리온과 있을 때는 온전히 손녀에게만 집중할 것이다. 죽 이런 식으로 나가기로 했으니 세상의 나머지는 그냥 기다려야 할 것이다.

"뭐라고 말해봐요, 할아버지." 마리온이 남은 피자 조각 사이에 날씬한 몬스터 인형을 세워놓고 보채듯 말했다.

"내가 뭐라고 하면 되는데?"

"그건 할아버지 맘이에요. 어떻게 노는 건지 몰라요, 할아버지?"

"허 허." 뭉크는 부디 옆 테이블의 손님이 듣지 않기를 바라며 목소리를 바꿔 잭슨 제킬 연기를 했다.

"안녕, 잭슨. 잘 지내지?" 마리온이 인형 목소리를 흉내냈다.

"나랑 영화 보러 갈래?"

"좋아. 재밌겠다. 무슨 영화?"

"삐삐 롱스타킹." 홀거 뭉크가 말했다.

"그건 애들 영화야." 프랭키 스타인이 한숨을 쉬었다. "그리고 할아버지, 그 목소리는 아까 냈던 목소리가 아니잖아요."

"미안, 미안." 홀거는 손녀의 머리카락을 쓰다듬었다.

"괜찮아요." 손녀가 고개를 끄덕였다. "할아버지는 늙어서, 아이들이 어떻게 노는지 모르는 거니까요."

마리온은 인형 두 개를 손에 쥐고 어떻게 대화를 해야 하는지 시범을 보여주었다.

"안녕, 프랭키."

"안녕, 잭슨."

"너 금요일에 학교에서 하는 파티 갈래?"

"좋아. 하지만 데이트는 안 돼. 우린 그냥 친구니까."

"키스해도 돼?"

"안 돼. 키스는 안 돼. 그냥 포옹만 해."

"그럼 포옹해도 돼?"

"좋아."

마리온은 두 인형을 서로 맞닿게 했다. 홀거는 그 틈을 타 휴대전화를 확인했다. 아네트가 전화를 걸었고 문자메시지를 보냈다. 킴은 문자메시지를 두 통 보냈다. 그리고 집안 변호사 커트 에릭센이 여러 번 전화를 했다. 용건이 뭘까 궁금했다. 마리온이 놀이에 빠져있는 틈을 타 아네트가 보낸 메시지를 확인했다.

드레스 만든 여자를 만났어요. 손님이라는 남자 목덜미에 독수리 문신이 있대요. 킴한테 말해놨어요. 연락주세요.

이렇게 빨리? 홀거 뭉크는 심박동이 빨라지는 것을 느꼈다. 이런 미디어도 가끔은 유용했다. 거의 실시간으로 의사소통이 됐다. 그는 재빨리 킴한테 온 두 통의 메시지도 훑어보았다.

독수리 문신을 한 사내의 정보를 알아냈어요. 쿠리가 짐작 가는 사람이 있대요. 전화주세요.

그리고 바로 그때였다.

"저 왔어요. 마리온은 어디 있어요?"

홀거는 흠칫 놀라 정신을 차렸다. 딸이 짜증난 얼굴로 앞에 서있었다.

"아, 미리암. 마리온 말이냐? 마리온은⋯."

마리온이 보이지 않았다.

"마리온은⋯."

그는 말을 끝맺을 필요가 없었다. 미리암은 벌써 마리온을 데리러가고 있었다. 마리온은 레스토랑을 돌아다니며 장난을 치는 중이었다.

"마리온한테 장난감 사주지 마시라고 말씀드렸잖아요?"

"그랬지. 하지만⋯."

"네 장난감 챙겨, 마리온. 집에 가게."

"벌써? 나 할아버지랑 아이스크림 먹으러 갈 거란 말이야."

"그건 나중에 먹고. 자, 어서."

미리암은 마리온의 물건을 주섬주섬 챙기기 시작했다. 홀거가 도와주려고 일어섰다.

"드레스 가봉은 잘 했니? 다 잘 돼가고 있지?"

"제가 원하는 스타일이 아니었어요." 미리암이 한숨을 내쉬었다. "하지만 재단사가 있어서 고칠 수 있을 것 같아요. 제시간에 맞추기만 해줬으면 좋겠어요."

"그래, 5월 12일이면 멀지 않았구나."

"네. 자, 마리온, 우린 지금 집으로 가야 해. 아빠가 밖에 불법으로 주차를 해놨거든. 할아버지한테 작별인사하렴."

"할아버지, 안녕." 어린 손녀는 미소 띤 얼굴로 할아버지를 포옹했다. "다음번에 인형놀이해요, 약속?"

"그래, 약속." 홀거가 웃었다.

"혼자 오실 거죠?" 미리암이 물었다.

"어디?"

"결혼식요. 혼자 오실 거예요, 아님 누구와 함께 오실 거예요?"

결혼식에 누구를 데려간다? 그런 생각은 해보지 않았다. 왜 그래야 하는지도 알 수 없었다. 하지만 문득 양로원의 카렌이 생각났다. 그가 방문할 때마다 그녀는 환한 얼굴로 맞아주었다. 하지만 첫 데이트 때 결혼식에 데려간다? 그것은 말도 안 되는 일이었다.

"혼자 갈 거야." 홀거가 대답했다.

"왜, 미아를 데려오시죠? 미아가 돌아왔다는 소식 들었어요. 그녀가 돌아와서 기뻐요. 통화하려고 했는데 휴대전화가 꺼져있더라고요."

미아를 데려간다, 그 생각은 지금에야 했다. 뭉크는 미리암과 미아가 서로 친한 사이라는 것을 알고 있었다.

"미아는 새 휴대전화를 장만했다. 그럼 내가 직접 물어보지. 사실 매우 좋은 아이디어 같구나."

"좋아요. 그럼 미아도 리스트에 추가할게요." 미리암이 살짝 미소를 지었다가 금세 평소의 뚱한 표정으로 돌아갔다. "참, 다음주에 요하네스와 프레드릭스타에 가야 할 것 같아요. 아빠가 마리온 좀 맡아주실래요?"

"물론이지."

"예전 살던 아파트로 들어가셨어요? 회네포스의 집에서 이사하셨어요?"

"그래. 이제 돌아왔다. 마리온은 주말 내내 내가 돌보마. 그럼 좋을 거야."

"좋아요. 제기 연락드릴게요."

미리암이 마리온을 출구로 몰았다.

"안녕, 할아버지."

"잘 가라, 마리온."

홀거 뭉크는 문이 닫힐 때까지 손을 흔든 다음 청구서의 비용을 지불하러 갔다.

밖으로 나오자 경찰 동료의 전화를 더이상 모른 체할 수가 없었다. 세상 밖의 휴식은 충분히 즐겼다. 그들은 드레스에 관한 소식을 갖고 있었다. 첫 번째 신호음이 울리자 킴이 전화를 받았다.

"여보세요?"

"우리가 뭘 알아냈다고?" 뭉크가 물었다.

"아네트와 미아가 드레스 만든 노부인을 찾아냈습니다. 산드비카에 있는 재봉사예요."

"그리고?"

"손님은 40대 중반의 남자예요. 목덜미에 독수리 문신이 있구요. 드레스를 열 벌 만들어갔대요."

"열 벌?"

"네."

맙소사.

"그가 누구인지 안다고?"

"쿠리가 짐작 가는 사람이 있답니다. 말씀드렸듯이 100퍼센트 확신하는 건 아니지만 40대 중반에 목덜미에 독수리 문신을 한 남자가 몇 명이나 되겠어요? 그 남자의 인상착의가 설명과 맞아떨어져요. 이름은 로게르 바켄이에요. 전과기록은 없지만 쿠리가 마약수사반에 있을 때 만난 적이 있답니다."

"도대체 뭐하는 자야?"

"마약운반책요. 마약 꾸러미를 받아서 전달하는 역할이죠."

"우리가 기다려온 행운일 수도 있겠는데."

"제 생각도 그렇습니다."

"주소는 알고 있나?"

"최근 주소는 그뢴란에 있는 호스텔로 알려져 있습니다. 만약 우리가 말하는 남자가 로게르 바켄이라면요."

"사람 보냈나?"

"미아와 아네트가 지금 거기에 있습니다."

"내가 5분 내로 가겠네." 홀거는 이렇게 말하고 전화를 끊었다.

23장

미아는 문을 열어 아네트를 들여보낸 뒤 자신도 따라서 어두운 접수대로 들어갔다. 경찰생활을 하면서 꽤 많은 호스텔을 봐왔는데, 이곳도 여느 호스텔처럼 벽과 벽 사이에 예의 익숙한 절망감이 배어있었다. 종착역 바로 전에 거쳐가는 마지막 정거장이랄까. 누구도 나를 원하지 않을 때 최후로 가는 곳.

"계십니까?" 아네트가 쇠락한 로비 카운터에 대고 소리쳤지만 인기척이 없자 미아에게 물었다. "그냥 올라갈까요?"

미아는 위층으로 통하는 듯한 문으로 걸어가서 손잡이를 돌렸다. 잠겨있었다.

"벨을 누를까." 아네트가 접수대 책상 너머를 흘끔거렸다. "이런 곳은 보통 현관 인터폰이 있지 않아요? 드나드는 사람들을 통제할 뭔가가 틀림없이 있을 텐데."

미아 크뤼거는 주위를 둘러보았다. 로비에는 가구가 드문드문 놓여있었다. 작은 테이블과 의자 두 개. 구석에는 말라비틀어진 종려나무 화분이 놓여있었다.

"계십니까?" 아네트가 다시 소리쳤다. "경찰이에요. 아무도 없어요?"

마침내 카운터 뒤쪽 문이 열리며 호리호리하고 나이든 남자가 나타나 물었다. "뭐 하러 오셨죠?"

"경찰이에요. 강력범죄반." 미아가 카운터에 신분증을 내밀었다.

남자는 손에 쥐고 있는 샌드위치를 우적우적 씹으며 의심에 찬 눈길로 미아의 사진을 흘끔거렸다. "아하? 뭘 도와드릴까요?" 그가 손가락으로 이빨을 쑤시며 물었다.

"로게르 바켄이란 남자를 찾고 있어요." 아네트가 말했다.

"바켄이라, 음." 남자가 앞에 놓여있는 숙박부를 힐끗 보았다.

"로게르 베켄이라고 해요." 미아가 조바심을 내며 설명했다. "40대 중반이에요. 목덜미에 커다란 독수리 문신이 있어요."

"아하, 그 친구." 호리호리한 남자는 이제 혀로 이빨 사이를 훑었다. "아무래도 너무 늦은 것 같은데."

"무슨 말씀이에요?"

비쩍 마른 남자가 히죽히죽 웃었다. 상대방을 약 올리는 게 재미있다는 표정이었다. 경찰에 열광하는 부류는 분명 아니었다.

"한 달 전쯤 체크아웃했어요."

"체크아웃이요?"

"죽었어요. 아주 갔다고. 자살이었수다." 남자가 카운터 뒤 의자에 앉았다.

"지금 장난치는 거예요?" 미아가 짜증스럽게 말했다. "그건 그렇고 여기 모든 것은 문제 없겠죠? 묵어서는 안 되는 사람이 묵고 있는 건 아니겠죠? 혹시 마약을 허용하지는 않겠죠?"

호리호리한 남자는 더욱 싱글거리며 고분고분한 태도로 자리에서 다시 일어났다. "물론. 그 친구는 자살했어요. 지붕에서 떨어져 아스팔트에 부딪혔죠. 댁들이 찾는 사람이 그 친구가 맞다면."

"로게르 바켄이에요. 40대 중반. 목에 문신이 있어요."

"그렇다니까요." 남자는 고개를 끄덕였다. "안됐지만 그런 사람이 어디 한둘입니까. 사는 게 다 그렇죠. 특히 그런 친구들한테는."

"어떻게 된 거죠?" 아네트가 끼어들었다.

"8층 라운지 발코니에서 뛰어내렸어요."

"호스텔에 발코니가 있어요? 도대체 이곳은 어떤 곳이죠?"

호리호리한 남자는 어깨를 으쓱했다. "우리보고 어쩌라고요? 창문에 못이라도 칠까요? 뭐, 그들에게는 자기 생명을 결정할 권리도 없는 겁니까?"

미아는 그런 빈정거림은 무시하기로 마음먹으며 물었다. "그의 방 좀 볼 수 있을까요?"

"유감입니다. 다른 투숙객이 묵고 있어요. 여기 묵으려면 줄을 서야 해요. 몇 개월치 대기자 명단이 있다니까요."

"가족이 있던가요? 누가 그의 소지품을 가지러 오지 않았나요?"

"아니요. 경찰에 신고했더니 그들이 시신을 수습해갔어요. 여기 투숙객들은 대체로 가족이 없어요. 설령 있다고 해도 가족은 이들에 대해 별로 알고 싶어하지 않죠."

"그의 물건을 아직도 갖고 계세요?"

"지하실 상자에 있을 거요, 내가 알기로는."

"고마워요." 미아가 초조하게 말했다.

"뭘요." 비쩍 마른 남자가 껄렁하게 대답했다.

미아는 손가락으로 카운터를 톡톡 쳤다. 그동안 이런 것을 완전히 잊고 있었다. 이 일이 어떤 것이며, 대도시의 경찰관이라는 존재가 어떤 것인지, 또 세상으로 돌아간다는 게 어떤 의미인지 잊고 있었다. 미아는 자신의 집이 그리웠다. 섬. 그리고 바다 풍경이.

어서 와, 미아. 어서 와.

"도와주셔서 고마워요." 미아가 불쑥 말했다.

"뭐가요?"

"우리가 하루를 낭비하지 않게 남자의 물건을 가지고 있어줘서."

호리호리한 남자는 심술맞아 보였지만 이내 고개를 끄덕이고 뒷방으로 어기적어기적 걸어갔다.

"젠장." 미아가 나지막이 중얼거렸다.

"왜 그래요?" 아네트가 물었다.

"네?"

"당신은 저런 사람들한테 열 받지 않는 줄 알았는데."

"잠을 잘 못 자서요." 미아는 변명하듯 대꾸했다.

그때 문이 열리더니 홀거 뭉크가 나타났다.

"뭘 알아냈다고?" 카운터로 걸어오는 그의 목소리는 숨이 찼다.

"나쁜 소식이에요."

"뭔데?"

"로게르 바켄이 5주일 전에 죽었대요." 아네트가 한숨을 쉬었다.

"파울리네가 실종되기 전인가?"

미아가 고개를 끄덕였다.

"빌어먹을!" 홀거가 소리치는데 휴대전화가 울렸다. 그는 휴대폰 화면을 본 후 전화를 받기로 했다.

그때 뒷방에서 호리호리한 몸매의 남자가 상자를 들고 나타났다. "이거요. 그 친구가 갖고 있던 건 이게 전부요."

그가 상자를 카운터에 내려놓았다.

"혹시 휴대전화가 있나요? 아니면 컴퓨터는?"

호리호리한 남자는 다시 어깨를 으쓱하면서 대답했다. "확인해 보지 않았어요."

미아는 뒷주머니에서 명함을 꺼내 카운터에 내밀며 말했다. "이건 우리가 가지고 갈게요. 혹시 문제가 있으면 저에게 연락하세요."

"도대체 왜요?" 바로 그때, 홀거가 휴대전화에 대고 갑자기 폭발하는 통에 아네트와 미아는 고개를 돌렸다. "이게 전부야?" 전화를 끊고 어두운 표정으로 다가온 홀거가 상자를 향해 고갯짓을 하며 물었다.

"예."

"누구와 통화하셨어요?" 미아가 호기심이 나서 물었다.

"우리 집안 변호사."

"무슨 일이에요?"

"당장 그를 만나러 가야 할 것 같아. 이따 사무실에서 봐."

홀거 뭉크는 휴대전화를 더플코트 주머니에 넣은 다음 두 동료를 위해 문을 열어주었다.

24장

　루카스는 자전거를 타면서 얼굴에 닿는 사랑스러운 봄 공기를
만끽했다. 그는 오늘 기분이 최고였다. 일찍 일어나 아침기도와 집
안일도 끝내고 허드렛일까지 모두 처리했다. 교회를 쾌적하고 깨
끗하게 관리하는 일은 그의 책임이었다. 그가 가치 있게 여기는 중
요한 업무였다. 아침기도를 일로 취급한 것은 실수다. 그에게 아침
기도는 기쁨이었다. 어떨 때는 옷을 갈아입고 아침식사를 마친 후
에야 아침기도가 시작되는데 루카스는 눈을 뜨자마자 침대에서 기
도를 할 때도 있었다. 그때까지 기다릴 수가 없기 때문이었다. 아
니 그렇게 해야 마땅했다. 하느님에게 말 걸기는 눈을 뜨자마자 가
장 먼저 해야 하는 게 맞았다. 루카스는 우선 감사를 표한 뒤 기도
를 올렸다. 자신과 가장 가까우며 사랑하는 이를 보살펴주는 신에
대한 감사였다. 바로 시몬 목사였다. 숲에 있는 사람들을 위한 기
도도 했다. 가끔 예전의 가족을 위해서도 감사기도를 할까 생각했
지만 솔직히 그들의 얼굴도 기억나지 않았다. 그를 낳았지만 포기

한 가족, 별로 돌봐주지 않은 양부모 가족. 하지만 루카스는 그들 누구도 미워하지 않았다. 도대체 왜 미워해야 한단 말인가? *주님, 그들을 용서하여 주시옵소서. 그들은 저희가 한 짓을 모르옵니다.* 루카스에게 그런 결정은 어렵지 않았다. 만약 자신이 그런 환경에서 자라지 않았더라면 결코 쇠르란데 캠프에 가지 않았을 것이고, 그랬으면 하나님과 시몬 목사의 품에서 완전한 행복을 누릴 수도 없었을 것이다. 루카스는 입이 귀에 걸리도록 활짝 웃으며 자전거 페달을 힘껏 밟았다. 내가 왜 불만을 가져야 하는데? 그에게는 그럴 만한 이유가 없었다. 인생은 아름다웠다. 완벽했다. 그는 혼자서 싱글거리며 짧게 기도를 중얼거렸다. 감사합니다. 감사합니다, 하나님, 봄과 또 다른 계절을 주셔서 감사합니다. 감사합니다. 하나님, 저를 중요한 존재로 여기게 해주시고 시몬 목사님이 저를 찾게 해주셔서 감사합니다. 저는 매일 기쁨을 느끼며 깨어나고 잠이 듭니다. 혈관에 서서히 따뜻한 빛이 번지는 것을 느끼며 기도 후반부는 큰 소리로 외쳤다. 뒤따라오던 차가 그를 지나 마리달스바이엔으로 쌩 달려갔다. 신을 섬기지 않고 방향감각 없이 사는 가엾은 인간들은 언제나 저렇게 서둘렀다. 루카스는 하마터면 자전거에서 굴러떨어질 뻔했다. 하지만 화를 내지 않기로 했다. 그가 이교도들에게 에너지를 소비하지 않게 된 지도 오래였다. 하층 계급의 사람들에게 그럴 이유가 없었다. 처음에는 자신이 그랬던 것처럼 불운한 사람들이 안쓰러웠지만 이제는 그러지 않았다. 누구나 자신의 인생을 선택할 자유가 있다. 행복에 이르는 열쇠는 자기 손에 쥐여져 있다. 시몬 목사가 말하듯 그 사실을 깨닫는 게 중요했다. 루카스도 그런 말을 자주 인용했다. 목사의 설교를 듣는 것만으로는 성에 차지 않았다. *네가 허락하지 않는 한 누구도 너를 해칠 수 없다. 네가 하지 못한다고 생각하는 것을 하라. 슬픔이라는 식물은 물을 주지 않으면 살지 못한다. 그것을 살릴 것인가 죽일 것인가는 너에게 달렸다.* 루카스는 다시 빙그레 웃었다. 목사는 이런 식의 격언을 더 많이 알고 있었다. 목사는 신과 직접 소통했고, 루카스는 얼마든지 증언할 수 있었다. 헛소리가 아니었다. 루카스는 그런 광경을 여러 번 목격했다. 방에서 하나님을 본 적도 있었다. 주님, 저를 정화시켜주셔서 고맙습니다. 주님, 길가에 아름다운 야생화를 주셔서 고맙습니다. 주님, *속삭임*을 듣게 해주셔서 고맙습니다. 주님, *고함소리*를 듣게 해주셔서 고맙습니다, 주님. 제 삶을 완전하게 만들어주셔서 고맙습니다.

루카스는 자전거에서 내려 스탠드를 발로 차 세워놓은 뒤 바위에 걸터앉았다. 두 사람은 여러 곳에서 만났다. 이번이 여덟 번째이던가? 그녀는 차를 타고 왔다. 지난번 만남은 2~3주일 전이었다. 보통 차를 세우고 창문을 열어 봉투를 내민 다음 말 없이 차를 타고 사라졌다. 하지만 지난번에는 달랐다. 그녀는 차에서 내려 담배를 한 대 피우고 그에게 잠깐 말을 걸었다. 그리 중요한 얘기는 아니었다. 그저 날씨라든가 뭐 그런 것에 관한 이야기였다. 루카스는 여자의 나이가 서른다섯 살 정도라는 것밖에는 몰랐다. 그녀는 언제나 잘 차려입었다. 앵클부츠에 코트나 스마트 재킷을 입고 연한 빨강색 립스틱을 발랐다. 그리고 미소가 아름다웠다. 검은 머리를 길게 기르고 코는 일직선이었으며 날씨에 상관없이 항상 선글라스를 썼다. 입회자가 아닌 것은 분명했다. 루카스는 그 점을 의심하지 않았다. 옷차림을 보면 알 수 있었다. 립스틱과 앵클부츠, 선글라스는 그렇다 쳐도, 담배를 피웠다. 성경에서 그런 여자는 매춘부밖에 없을 것이다. 하지만 시몬 목사도 그렇게 말했다. *간혹 적막한 어둠 속에 빛에 이르는 길이 있다.* 루카스는 한 쪽에 그녀가 있고 다른 한 쪽에 자신이 있음으로써 그 여자와 자신이 서로 균형을 이룬다는 생각을 했다. 둘 다 신에 의해, 신을 위해 맺어진 메신저였다. 그는 바위에서 일어나 두 팔을 뻗은 다음 땅바닥의 자갈을 발로 차 숲으로 날려보냈다. 콧노래도 가볍게 불렀다. 최근 들어 이런 행동을 하기 시작했다. 큰 소리로 부르는 것은 아니고 속으로 조그맣게 성가를 읊조렸다. 음, 음, 음, 음. 그는 눈을 들어 이제 막 밖으로 나온 태양을 보았다. 다람쥐 한 마리가 이 나무에서 저 나무로 날아올랐다. 주님, 감사합니다, 다람쥐와 다른 동물, 저희에게 축복을 주셔서 감사합니다. 루카스는 올 가을에 스물일곱이 되지만 마음은 훨씬 어리게 느껴졌다. 마치 시간이라는 게 존재하지 않는 것 같았다. 그는 나이를 먹지 않았다. 하나님에게도 나이라는 게 없었다. 시간은 시작도 없고 끝도 없었다. 시간이란 건 초심자에게나 해당되었다. 시계와 전화에 집착하는 사람들, 언제나 남보다 앞서가려고 서두르는 사람들에게. *영원한 것은 이미 시작되었다.* 루카스는 시몬 목사가 그 말을 처음 했던 때를 똑똑히 기억했다. 시몬 목사는 그렇게 말했다. 쇠르란데 캠프에서 3일째 되는 날 루카스가 구원을 받고 신을 만난 때였다. 영원한 것은 이미 시작되었다. 그는 콧노래를 흥얼거리며 다시 나무를 올려다보았다. 동고

비가 날개를 부풀리고 있었다. 더 안쪽에선 딱따구리의 나무 쪼는 소리가 들려왔다. 지난 토요일에는 숲에 있는 집에서 올빼미를 보았다. 럭스 도무스. 사람들은 올빼미를 싫어하고 불길한 징조라고 여겼지만 루카스는 잘 알고 있었다. 주말은 기대만큼 보람이 있었고, 어쩌면 더욱 좋았다. 닐스는 숲에서 자신이 맡은 임무를 잘 해냈다. 덕분에 그곳은 정말로 낙원이 되었다.

그때 차 한 대가 미끄러지듯 다가오더니 얼마 멀지 않은 곳에 멈춰섰다. 지난번과 같은 차는 아니었지만 그녀였다. 앞 차창으로 그녀가 보였다. 길고 검은 머리를 뒤로 묶고 립스틱을 발랐지만 이번에는 선글라스를 쓰지 않았다. 오늘은 차에서 내릴 생각이 없는 것처럼 보였다. 그녀가 루카스를 부르더니 창문을 내리고 봉투를 내밀었다. 그녀는 뭔가 잘못되기라도 한 듯 초조하게 주변을 두리번거렸다. 급한 일이 있어서 되도록 빨리 이 용건만 처리하고 싶은 듯 보였다. 루카스는 봉투를 받기 위해 손을 내밀었다. 그때 여자가 고개를 돌려 이쪽을 잠깐 응시하다 이내 고개를 돌렸다.

루카스의 심장이 덜컹 내려앉았다. *여자의 두 눈은 서로 다른 색이었다. 하나는 갈색이고, 하나는 푸른색이었다.* 난생 처음 보는 눈이었다. 그는 봉투를 받아쥔 채 그 자리에 얼어붙어 한 마디도 할 수가 없었다. 아주 오랜만에 엄습하는 공포를 느꼈다. 행복한 혈관에 시커먼 방울이 떨어진 기분이었다. 눈 색깔이 다른 여자는 창문을 닫고 마리달스바이엔으로 가는 차량들 속에 섞여 올 때처럼 빠르게 떠나버렸다.

25장

미아 크뤼거는 커다란 종이상자를 끌다시피 사무실로 가지고 들어온 뒤 문을 닫았다. 다른 때 같으면 분주했을 시무실이 웬일인지 조용했다. 아무도 보이지 않았다. 미아는 오는 길에 아네트와 헤어졌다. 아네트는 딸을 도와줄 일이 있어서 집에 들렀다가 나중에 오겠다고 했다. 미아는 내심 혼자서 물건을 살펴볼 수 있게 되어 기뻤다. 아네트는 가정과 일 사이에서 압박받는 모든 직장인들이 그러하듯 미안해했지만 미아는 괜찮다고 안심시켰다. 그리고 뭔가 중요한 단서를 발견하면 연락해주기로 했다. 사실 미아는 혼자 일하는 것이 좋았다. 그럴 때 훨씬 머리가 잘 돌아갔다. 집중도 잘 되고, 그러다 보면 어떤 연관성이 보였다. 아네트가 싫어서는 결코 아니었다. 사실 어느 동료도 싫어하지 않았지만(그들 모두 최고의 능력자였다) 가끔은 사람들에게 둘러싸여 있는 것이 부담스러웠고, 그러지 말아야 하는데도 두뇌가 사고를 거부했다.

미아는 상자를 비상상황실로 가져가 테이블 위에 올려놓았다.

그리고 의자에 앉아 벽을 바라보았다. 언제나 그렇듯이 그곳에는 루드비가 붙여놓은 두 사건과 관련된 사진과 포스트잇 쪽지, 각종 화살표와 이름, 의문사항들로 도배돼 있었다. 파울리네와 요한네. *드레스? 누가?* 비록 목덜미에 독수리 문신을 한 남자의 유품상자 외에는 아무것도 얻지 못했지만 최소한 그 문제의 해답은 알아냈다. 미아는 상자 뚜껑을 열고 내용물을 커다란 테이블에 늘어놓았다. 별로 많은 게 들어있지 않았다. 사진 몇 장, 그 중에 개 사진이 있었다. 골든 리트리버였다. 그리고 낚시하는 남자 사진. 얼굴 없이 손에 들고 있는 커다란 연어만 찍힌 사진이었다. 또 자동차 사진. *도대체 자동차를 찍는 사람이 어디 있단 말인가?* 미아는 그런 생각을 하며 더 깊숙이 상자를 뒤졌다. 상자 밑바닥에 청구서가 쌓여있었다. 랩톱과 아이폰도 발견했다. 아이폰의 전원을 켜려고 했지만 배터리가 방전된 상태였다. 충전기도 없었다. 랩톱 충전기 역시 보이지 않았다. 랩톱 전원을 켜려고 했으나 그 또한 배터리가 남아있지 않았다.

미아는 자신의 충전기를 가지러 사무실로 가다 복도 저편에서 달그락거리는 소리를 들었다. 모두가 퇴근한 것은 아니었다. 신입 직원이 아직 남아있었다. 이름이 뭐였더라? 가브리엘? 가브리엘, 그랬다. 두뇌가 아직 제대로 작동하지 않는다는 생각에 짜증이 났다. 섬에서 약과 술을 남용했더니 그 영향이 가시지 않고 있었다. 구역질과 현기증, 식욕부진에다 마구 헝클어져 똑바로 펴지지 않는 사고력까지. 미아는 복도를 따라 가브리엘의 방까지 걸어가며 다시 운동을 시작해야겠다고 마음먹었다. 한때는 남부럽지 않은 체력을 자랑했는데, 그것도 옛 이야기였다. 문득 켄이 아직도 시내에 있을까 궁금했다. 아마 그럴 것이다. 하지만 그는 미아에게 화가 나있었다. 아니 미아가 그에게 화가 나있었던가? 혹시 잊어버릴지 몰라서 머리에 새겨두었다. 켄에게 연락할 것. 다시 운동을 시작할 것. 근육에 피가 돌게 할 것. 다시 두뇌가 작동하게 할 것.

"저기요? 아직 거기 있었네요."

미아는 노크하지 않고 문틈으로 얼굴만 들이밀었다. 금발의 젊은 남자가 몸을 벌떡 일으켰다.

"아, 소리를 못 들었어요." 사과를 하는 그의 뺨이 붉어졌다.

"미안해요. 내 잘못이에요." 미아가 웃으며 말을 이었다. "혹시 날 좀 도와줄 수 있나 해서요."

"물론이죠. 이것만 연결하고요." 그가 바닥에 놓인 케이블 선을 가리키며 대답했다.

"편할 때 도와줘요."

"경찰도 기술자가 되어야 하나보다고 생각했어요." 가브리엘이 웃으면서 케이블 선을 가지고 책상 밑으로 기어들어갔다. "하지만 이걸 설치한 사람은 자기가 무엇을 하는지 몰랐겠죠."

"나한테 물어보지 말아요. 난 컴퓨터에 대해 아무것도 몰라요. 비상상황실에 있을 게요."

"좋아요. 1분 안에 그리로 가죠."

미아는 돌아가는 길에 자신의 방에 들러 랩톱과 아이폰 충전기를 모두 챙겼다. 세상에, 자동차와 개 사진을 보관하는 사람이 어디 있담? 미아의 사무실에는 사진 한 장 붙여져 있지 않았다. 히트라로 이사할 때 짐을 모두 보관소에 맡겼다. 3년치 보관료를 선불로 지불했다. 지금 개인적인 물건 따위는 생각하고 싶지 않았다. 자신의 사진이라든지 부모님 또는 시그리의 사진. 그런 생각을 접어두려 애쓰며 비상상황실로 향했다. 우선 로게르 바켄의 랩톱과 아이폰에 충전기를 연결하고 나서 신선한 공기를 마시러 뭉크의 테라스 흡연실로 나갔다. 저녁노을이 내려앉으면서 기온도 더욱 내려갔다. 가죽재킷을 단단히 여미자 편물 비니가 그리워졌다. 난 왜 이럴까? 왜 응석받이 아이처럼 행동할까? 왜 나한테 안쓰러운 감정이 들지? 그녀는 평생 단 하루도 불평한 적이 없었다. 갑자기 담배를 피우고 싶은 충동이 일었다. 담배를 피우지는 않지만 여기에서는 꼭 그래야 할 것 같았다. 홀거는 생각을 정리하기 위해 담배를 피웠다. 그나저나 그는 어디에 있을까? 미아는 시계를 들여다보았다. 그가 변호사를 만나러 간 지 두 시간이 지났다. 심각한 일이 아니어야 할 텐데. 그들에게는 지금 해결해야 할 일만으로도 충분했다.

"흠흠, 들어가도 될까요?"

가브리엘이 인기척을 내며 비상상황실에 나타났다. 미아는 그를 맞으러 안으로 들어갔다. 문득 경찰에서 일하게 된 그가 안됐다는 생각이 들었다. 그에게 어떤 일을 하게 될지 누가 귀띔이라도 해주었을까? 그에게 여기에서 무엇을 하게 될지 말해줘야 하나?

"하루 지내보니 할 만해요?" 미아가 큰 테이블에 걸터앉으면서 물었다.

젊은 해커는 시선을 돌렸다가 이내 바닥을 응시했다. 그는 분명히 얼굴을 붉히고 있었다. 참으로 섬세한 작은 꽃잎 같다는 생각을 하며 미아는 주머니에서 목캔디 패킷을 꺼냈다.

"할 만해요." 가브리엘이 대답했다.

"적응이 좀 되요? 필요한 건 다 준비됐고요?"

"방금 장비 설치를 마쳤어요. 잘 된 것 같아요. 사실, 이따가 그 뢴란에서 미팅이 있어요. 신입을 위한 환영식이래요. 뮐러라고 하던가, 그 사람이 연락했어요."

"아, 그렇군요. 우리는 그를 해트트릭이라고 부르죠. 좋은 사람이에요."

"대단해요. 경찰 데이터베이스는 처음 봤는데, 그것들이 어떻게 작동되는지 보면 재미있겠어요."

미아가 웃었다. "해커가 우리 데이터베이스를 본 적이 없다니, 이거 믿기 힘든데요. 그럼 인터폴은 몰래 들여다봤어요? 틀림없이 그랬겠죠?"

가브리엘은 얼굴이 다시 빨개지며 주춤거리다가 대답했다. "아니요. 이쪽은 잘 몰라요."

"농담이에요. 마음 편히 가져요. 난 신경 안 쓰니까. 내가 신경 쓰는 것처럼 보여요?"

미아는 윙크를 하고 그에게 목캔디를 건넸다. 가브리엘은 그것을 받아들고 의자에 앉았다. 미아는 이 청년이 마음에 들었다. 순수하고 똑똑했다. 상냥하고 수줍음이 많았다. 이런 사람이 주위에 있다는 것은 반가운 일이었다. 실제로도 미아는 기분이 나아지고 있었다. 두뇌도 재정비되고 있었다.

"제가 뭘 도와야 하죠?"

"두 가지예요." 미아가 충전 중인 랩톱과 휴대전화를 가리켰다.

"저건 누구 건가요?"

"로게르 바켄. 그 소녀들이 입고 있던 드레스를 주문한 남자죠."

"문신을 했다는 그자요?" 가브리엘이 물었다.

"그래요. 얘기 들었군요."

가브리엘이 웃었다. "전 여기 팀원들의 통화내역과 문자메시지, 대화 기록을 모두 갖고 있어요. 제 컴퓨터로 모든 게 보이죠."

미아가 목캔디를 입에 넣으며 물었다. "그래요? 뭐 새로운 내용이 있어요?"

가브리엘이 미심쩍은 표정으로 바라보았다. "저한테 묻는 건가요? 제가 여기 온 지 얼마나 됐다고." 이렇게 대답하면서 그가 웃었다.

"내가 사무실을 나간 후로 시간이 꽤 흘렀잖아요." 그녀가 윙크했다. "그런데, 정말이에요? 사람들의 통화 내용과 문자메시지 모두 컴퓨터에 남는다는 거?"

"네. 게다가 모두의 휴대전화에 추적장치가 있어서 당신들이 어디에 있는지 알 수 있어요. 보안과 하이퍼커뮤니케이션(관련된 사람들이 동시에 커뮤니케이션을 하는 것―주)을 위해서죠."

"놀랍네요. 그래도 정말 유용하겠어요."

"그렇죠."

"그럼 쿠리가 한밤중에 게이 전화 대화서비스를 이용하면 다음 날 모두가 그걸 알게 되는 거네요, 그렇죠?"

가브리엘은 당혹스러웠다. 미아가 농담을 하는 건지 아니면 무슨 심산이 있는지 알 수가 없었다.

"이론적으로는 그렇죠." 가브리엘의 얼굴이 다시 붉어졌다.

"농담이에요."

미아는 일어서서 가브리엘의 어깨에 손을 얹었다. 가브리엘은 랩톱과 휴대전화가 있는 곳으로 가서 바닥에 털썩 주저앉아 두 기계의 전원을 켰다. 그리고 서서히 살아나는 동안 뚫어지게 바라보았다. 아이폰이 먼저 구동되더니 비밀번호를 요구했다. 잠시 후 전원이 들어온 랩톱도 패스워드를 요구했다.

"접속할 수 있어요?"

"그럼요."

"가능해요?"

"지금요?"

"그래요."

가브리엘은 바닥에서 일어나 자기 방으로 가서 메모리스틱을 가지고 돌아왔다. 젊은 해커가 컴퓨터와 씨름하는 하는 동안 미아는 그 모습을 지켜보았다.

"여기에 Ophcrack이라는 프로그램이 들어있어요." 가브리엘이 메모리스틱을 랩톱에 넣으며 말했다.

그는 랩톱의 시작버튼을 눌렀다가 꺼질 때까지 다시 계속해서 눌렀다. 그런 다음 다시 켰다.

"스타트업 순서를 바꿔 하드 드라이브를 읽기 전에 메모리스틱을 먼저 읽게 하면 되요. 이해되세요?"

미아가 고개를 끄덕였다. 컴퓨터에 관한 한 똑똑하다고 할 수는 없지만 이 정도는 충분히 이해가 갔다. 가브리엘이 랩톱을 끄고 나서 다시 켰다.

"자, 이제 메모리스틱을 읽고 나서 Ophcrak을 로딩하기 시작할 거예요."

미아는 가브리엘이 작업하는 모습을 가만히 지켜보았다.

"보세요. 이 기계의 유저는 두 명이에요, 로게르와 란디."

"란디가 누구죠?"

가브리엘이 어깨를 으쓱했다. "아마도 여자친구가 아닐까요?"

"나한테 잊지 말고 확인해보라고 말해줘요. 란디."

"그러죠." 가브리엘이 고개를 끄덕였다. "그런데 제가 열어야 할 건 어떤 패스워드죠?"

"로게르부터 시작해요."

"좋아요." 가브리엘이 모니터를 가리키며 말했다. "LM Pwd 1과 LM Pwd 2라고 쓰인 컬럼을 잘 보세요. 만약 패스워드가 일곱 글자보다 길면, 아마 그럴 것 같은데, LM Pwd 1 컬럼에서 처음 일곱 글자, 그리고 나머지는 LM Pwd 2에 나타날 겁니다. 이제 저는 유저를 선택하기만 하면 됩니다."

가브리엘이 이렇게 설명하면서 로게르를 선택한 뒤 프로그램의 명령어 'Crack'을 클릭했다. "짜잔."

프로그램이 작동하는 몇 초 동안 미아는 긴장 섞인 기대를 하며 기다렸다. 눈앞의 모니터에 금세 패스워드가 나타났다.

"FordMustang67."

사진 속 자동차였다. 만약 이 젊은 천재한테 도움을 청하지 않앉으면 미아 스스로 풀어야 했을 것이다. 아마 몇 초는커녕 영원히 풀 수 없었으리라.

"이거 누구나 할 수 있는 건가요?" 미아가 궁금해서 물었다.

"Ophcrack은 프리웨어에요. 인터넷 상에서 누구나 구할 수 있죠. 당신이 뭐가 필요한지만 알면요. 네, 누구나 가능해요." 가브리엘이 고개를 끄덕이며 컴퓨터를 켰다가 다시 껐다.

로그인 화면이 나타나고 가브리엘이 패스워드를 입력하려는데 미아의 전화벨이 울렸다. 화면에 '홀거 뭉크'라는 이름이 찍혀있었다. 미아는 전화를 받기 위해 테라스 흡연실로 나갔다.

"미아, 나 홀건데."

"어디 계세요?"

"차 안이야. 음, 할 말이 있어."

"듣고 있어요. 말씀하세요."

"전화로는 안 되고 맥주나 한 잔 하지."

"맥주요?"

"아니, 딱히 맥주가 당기는 건 아니고 긴히 할 말이 있어. 개인적인 일이야. 업무가 아니고. 미아는 맥주 마셔. 난 미네랄워터를 마실 테니."

"좋아요. 어디에서 볼까요?"

"지금 사무실이야?"

"네."

"그럼 몇 분 내로 유스티센 어때?"

"좋아요. 거기에서 만나요."

"그래. 잠시 후에 봐." 홀거는 이렇게 말하고 전화를 끊었다.

미아는 이상하다고 생각했다. 홀거는 전화로 의논하는 것을 절대 꺼리는 사람이 아니었다. 그때 가브리엘이 조금 전에 들려준 말이 기억났다. 팀원 간 전화통화는 안전 때문에 감청당하고 있었다. 미아는 다시 한 번 심각한 일이 아니기를 빌었다.

"잠깐 나가봐야 할 것 같아요." 미아가 실내로 들어와 가브리엘에게 말했다.

"그러세요." 해커가 고개를 끄덕였다. "랩톱이 작동되고 있어요. 아이폰도 비밀번호를 풀 건가요?"

"그러면 좋죠. 한데 오늘 너무 늦지 않았어요?" 미아가 웃었다.

"당분간은 여기 있으려고요. 어차피 밤에 일하는 걸 좋아하거든요. 게다가 아직 배워야 할 것도 많고."

"뭔가 대단한 걸 발견하면 연락해줘요. 그렇지 않으면 내일 함께 들여다봐요."

"그러죠." 가브리엘이 선선히 대답했다.

"도와줘서 고마워요." 미아는 이렇게 말하고 재킷을 단단히 여미며 계단을 내려가 묄레르가타로 발걸음을 옮겼다.

26장

홀거 뭉크는 유스티센 맥주집의 뜨거운 히팅램프 아래 앉아있었다. 그는 담배에 불을 붙인 뒤 걱정스런 얼굴로 문자를 보내려다 미아를 발견하고 멈췄다.

"어서 와, 미아."

"예, 반장님."

"밖에 앉아도 괜찮겠지? 주문은 내가 미리 해두었어."

"그럼요." 미아가 의자를 잡아당겨 앉으며 대답했다.

4월 말 오슬로의 저녁은 솔직히 실외에 앉아있기에는 추웠지만 히팅램프가 도움이 되었다. 홀거와 실내에 앉아있는 것도 별로 달갑지는 않았다. 그는 줄기차게 담배를 피울 테고 차라리 처음부터 밖에 앉는 편이 나았다. 미아는 러그를 꺼내 무릎을 덮었다.

"뭘 주문하셨어요?"

"패리스와 샌드위치와 그리고 미아를 위해 맥주. 달리 마시고 싶은 거 있어?"

"아니, 됐어요. 맥주 좋아요." 미아가 말했다.

홀거는 통나무로 만든 투박하면서도 매력적인 맥주집을 흘깃 보면서 화제를 돌렸다. "여기 온 지도 오랜만이군."

"저도요." 미아가 웃었다.

두 사람 모두 마지막으로 왔던 때를 기억했지만 아직은 말할 준비가 되어있지 않았다. 그저 흘끗 보고 고개만 끄덕였다. 2년 전에도 그들은 여기 같은 테이블에 앉아있었다. 미아가 경찰조사를 받던 때였다. 난생 처음 바닥까지 추락한 미아에게 홀거는 유일하게 믿고 털어놓을 수 있는 사람이었다. 그때 어찌된 영문인지 〈다그블라데〉지의 사진기자가 들이닥쳐 두 사람의 사진을 찍으며 좀처럼 가만 내버려두지 않았다. 홀거는 정중하지만 단호하게 사진기자를 술집 밖으로 끌어냈다. 미아는 웃으면서 그때를 회상했다. 홀거는 정말로 기사도정신이 투철했다. 그 당시 미아에게는 그런 홀거가 필요했다. 그리고 지금은 그에게 미아가 필요했다.

"이렇게까지 야단법석 떨 생각은 아니었어. 전화로 얘기할 힘이 없었을 뿐이지. 심각한 문제는 아니야, 내 말은, 지금 우리 사건만큼 중요한 문제는 없다는 뜻이지. 그저 미아의 조언이 필요해."

그때 종업원이 주문한 음료를 가지고 나타났다. 홀거에게는 미네랄워터 한 병과 새우 샌드위치, 미아에게는 맥주가 건네졌다.

"맛있게 드세요. 필요하신 거 있으면 말씀해주시고요." 종업원이 미소 띤 얼굴로 말했다.

"게다가 우리의 복귀도 축하할 겸." 홀거가 웃으며 안경을 추켜올렸다. "자, 건배."

"건배." 미아가 웃으면서 맥주를 한 모금 마셨다.

인정하기 싫었지만 맥주 맛이 참 좋았다. 가슴이 뻥 뚫리는 것 같았다. 조심해야 한다는 것을 잘 알고 있었지만 이 순간 사는 게 다 그렇지, 별 건가 하는 생각이 들었다. 자신은 긴장을 풀 자격이 있었다. 홀거는 아무 말 없이 새우 샌드위치를 먹었다. 음식을 다 먹자 접시를 한쪽으로 치우고 담배에 불을 붙였다.

"바켄의 유품에서 뭐 쓸 만한 거라도 찾았어?"

"랩톱과 아이폰요." 미아가 고개를 끄덕였다.

"잘 됐군. 그 밖에 흥미로운 건?"

"아직 몰라요. 가브리엘이 지금 확인하고 있어요."

"그 친구 어때?"

미아는 어깨를 가볍게 으쓱한 뒤 맥주를 한 모금 더 마셨다.

"많이 얘기해보지는 않았지만 좋은 친구 같아요. 좀 어리기는 하지만 뭐, 나쁜 건 아니죠."

"난 그 친구 느낌이 좋아." 홀거는 허공으로 담배 연기를 내뿜었다. "가끔 외부에서 사람을 채용하는 것도 현명한 방법이야. 경찰의 사고방식에 물들지 않은 신선한 시각을 얻을 수 있거든. 조직 안에 있으면 시야가 좁아지는 경향이 있지."

"그래요." 미아가 고개를 끄덕였다. "확실히 유능해 보여요."

홀거가 웃었다. "하하, 그래. 아무리 박하게 말해도 그 정도면 자격은 충분해. 런던에 있는 해외정보국(M16)에서 이름을 알아냈지. 작년에 그들이 인터넷 상에서 도전과제를 냈는데, 그 친구가 암호를 풀었다더군."

미아는 말 없이 어깨를 으쓱했다.

"참 미아는 그 사이에 현실세계에 없었지. 혹시 총리가 누구인지는 알아?"

"그게 중요해요?" 미아가 피식 웃었다.

홀거 뭉크는 싱긋 웃으며 손짓으로 종업원을 불렀다.

"뭐 더 드릴까요?" 종업원이 웃으면서 물었다.

"아이스크림 얹은 애플케이크를 한 조각을 더 먹어야겠어. 맥주 더 마시겠어?"

미아가 고개를 끄덕였다.

"애플케이크와 맥주요." 종업원은 이렇게 말하고 다시 사라졌다.

"어쨌든 컴퓨터에 관한 자신의 임무는 잘 알고 있어. 문제는, 좋은 경찰관이 될 수 있느냐 하는 거지."

"음, 누구나 그렇지 않아요?" 미아가 웃었다.

"당신 말이 맞아. 어쨌든 난 오슬로로 돌아와서 기뻐. 그리고 미아, 당신도 여기에 있고. 오늘 일찍 미켈손과 통화했어. 이번 사건은 하나부터 열까지 주목을 받고 있어. 국가의 안전이라든지 경찰의 명예, 게다가 알겠지만, 가능하면 신속히 해결하라고 고위층에서 보내는 압력이 거세. 내가 보기에는 총리가 매일 전화를 걸어 수사상황을 확인하는 것 같아."

"그 사람 입장이 불편한 건 관심 없어요." 미아가 대꾸했다.

미아는 잔을 비우고 주머니에서 목캔디를 꺼냈다. 여종업원이 애플케이크와 맥주를 가지고 왔다. 미아는 홀거가 케이크를 먹을 때까지 맥주를 입에 대지 않았다. 알코올에 열광하는 것처럼 보이고 싶지 않았다. 어쨌든 이곳에 술을 마시러 온 것은 아니었다. 홀거가 뭔가 하고 싶은 이야기가 있다고 해서 왔을 뿐이다.

"변호사는 만나셨어요?"

"응, 빌어먹을." 홀거가 한숨을 내쉬었다. "뭣부터 말해야 할지 모르겠군. 그게 말이야, 어려운 건 아닌데, 그렇더라도 최근에 내가 너무 바빴어. 미리암도 결혼하고, 또…."

"어머나, 잘 됐네요. 전 몰랐어요." 미아는 진심으로 기뻐했다.

그녀는 미리암을 좋아했다. 두 사람은 만나는 순간부터 죽이 잘 맞았다. 미리암이 자기 아버지와의 관계가 팽팽하다는 것을 눈치챘지만 시간이 흐르면 잘 해결될 거라고 믿었다.

"응, 잘 된 일이지."

"아직 요하네스랑 살고 있는 거 맞죠? 그 친구 의대 졸업했어요?"

홀거가 고개를 끄덕였다. "요즘은 인턴과정 밟고 있어. 울레볼 병원 1년차야."

"와, 운이 좋네요. 전 의대생은 대부분 오슬로에서 멀리 떨어진 오지에서 최후를 맞는 줄 알았는데."

"그러게. 난관을 잘 헤쳐나온 편이지." 홀거가 쓴웃음을 지었다. "아니, 정말로 대단한 녀석이야. 괜찮은 친구지. 그 녀석의 행운이 미리암에게도 옮겨가기를 바랄 뿐이야."

"무슨 뜻이에요?"

홀거 뭉크가 머뭇거렸다. "미리암은 처음에 영어를 전공하다 때려치우고 노르웨이 문학을 전공했지. 하지만 그것마저도 적성에 안 맞는다고 포기하고."

"저널리즘 공부하고 있지 않아요?"

홀거는 고개를 끄덕이고는 케이크를 집어들었다. "과정을 거의 다 마쳤는데, 그마저도 휴학 중이야. 요즘은 도대체 뭘 하는지 모르겠어."

"제 생각에는 미리암에게 여유를 주었으면 좋겠어요." 미아가 맥주를 한 모금 들이켜고 나서 이야기를 계속했다. "미리암은 열다섯 살 때 부모의 이혼을 겪었어요. 또 열아홉 살에 엄마가 됐고요. 그런 애한테 뭘 기대하세요? 미리암에게 시간을 좀 주세요."

"듣고 보니 그런 것 같군." 홀거가 다시 한숨을 내쉬며 담배에 불을 붙였다.

"미리암한테 무슨 일 있어요?"

"아니, 그건 왜?"

"지금 스무고개 놀이하고 있는 거 아닌가요?" 미아가 웃었다.

"무슨 뜻이야?"

"제게 하실 말을 제가 추측해서 먼저 해주기를 바라는 게 아닌가 해서요. 그런 거 아니에요?"

홀거가 싱긋 웃었다. "하나도 변하지 않았군. 건방진데다 존경심 따위는 없고, 응? 난 당신 상관이야, 알잖아. 안 그래? 입 다물고 내가 시키는 대로 해, 이렇게 돼야 하는 거라고."

"반장님이 설마 그렇게 하시겠어요?" 미아가 웃었다.

"좀 난감한 일이야. 어떻게 말해야 할지 모르겠는데, 정말로 짜증나는군."

"좋아요. 처음부터 말씀해보세요." 미아가 재촉했다.

"좋아." 홀거가 새 담배를 꺼내며 말했다. "우리 어머니 알지?"

"네. 어머니께 무슨 일이라도?"

"알다시피 몇 년 전 양로원에 들어가셨지."

"그런데 왜요? 어머니가 안 좋으세요?"

"아, 아니. 어머니에게 문제가 생긴 건 아니야. 다리가 아파서 가끔 휠체어를 이용하는데, 그건 문제될 것 없고."

"어머니가 거기 계시는 걸 싫어하세요?"

"처음에는 그랬지만 금세 바뀌셨어. 같은 처지의 노인들을 만나 친구도 사귀고 바느질 클럽에도 들어가고, 지내실 만한가봐. 문제는 그게 아니고, 어머니가 갑자기 독실한 기독교인이라는 망상을 품게 되신 것 같아."

"무슨 말씀이에요? 기독교인이요? 신을 발견하셨어요?"

홀거가 말 없이 고개를 끄덕였다.

"전 반장님이 무신론자 가정 출신인 줄 알았어요."

"그래서 이상한 거야. 난 한 번도 어머니가 종교라든지 뭐 그런 것에 대해 말씀하시는 걸 못 들었거든. 그런데 어느 날 갑자기 바뀌셨어. 바느질 모임 친구들과 교회에 나가기 시작하셨어."

"연세 때문일 거예요. 나이 들어가는 것에 대해 우리가 어떻게 알겠어요? 어머니가 워낙 정정하셔서 실감 못하지만 그래도 살아온 날보다 살 날이 많지 않다는 사실이 달라지는 건 아니죠. 나쁜 건 아니잖아요? 뭔가 믿고 의지할 만한 것을 갖는다는 거?"

"그럴 수도 있지만, 그 반대일 수도 있어. 처음에는 나도 전혀 나쁘게 생각하지 않았어. 연세가 여든이신데 당신 스스로 결정할 수 있지. 하지만….” 홀거가 머뭇거렸다.

“그런데 왜요?”

“내가 처음 생각했던 것보다 더 많은 일이 있었더군. 커트가 나한테 전화한 것도 그 때문이야.”

“커트라면 집안 변호사?”

“응.”

“뭐가 문젠데요?”

홀거는 담배를 비벼 끄고 다시 새 담배에 불을 붙였다.

“어머니가 전 재산을 교회에 헌납하기로 결심하셨대.”

“정말요?”

“그래.” 홀거는 절망스럽다는 듯 두 손을 들어올리며 말했다. “그런데 내가 거기에 동의해야겠어?”

“재산이 많아요?”

“아니, 그렇지는 않지만, 그래도 그렇지. 마요르스투아에 어머니 명의로 아파트가 한 채 있고, 라르비크에 작은 별장이 있고, 은행에 현금도 꽤 있어. 아버지가 남겨준 돈을 한 푼도 안 쓰셨지. 내가 돈 때문에 이러는 게 아니야. 나는 언제나 그 재산이 우리 마리온한테 상속될 거라고 생각해왔어. 만약 어머니가 물려주신다면. 우리 가족 유산은 그게 다야.”

미아는 고개를 끄덕였다. 홀거는 손녀에게 위태로울 정도로 애착을 보였다. 만약 누가 손녀를 위해 팔을 자르라고 하면 망설이지 않고 그럴 사람이었다. 마취제 없이도. 자, 여기 팔 있소. 다른 팔도 필요하시오?

"정말 골치 아픈 문제네요."

"그렇지? 이러니 내가 동의할 수 있겠어?"

"네, 머리가 복잡하시겠어요."

"그 문제뿐이면 말도 안 해. 우리한테는 더 골치 아픈 문제가 생겼어. 여섯 살 난 여자아이 둘이 죽었고, 나머지 여덟 벌의 드레스가 남아있어. 끔찍한 악몽을 꾸는 것 같아. 오죽하면 어머니 문제는 잊고 싶다니까. 하루 종일 신경을 곤두세우고 있어. 잠도 오지 않을 지경이야. 또 다른 여자아이가 실종되었다고 전화를 걸어올까 뜬 눈으로 밤을 새우기 일쑤야. 무슨 말인지 알겠어?"

미아가 다시 고개를 끄덕였다. 그녀도 똑같이 느끼고 있었다.

"내가 전화로 이런 얘기를 하고 싶지 않은 것도 그 때문이야. 더 큰 계획에 지장을 줄까봐. 게다가 미친놈을 잡는 것 말고 다른 일로 내 시간을 쓴다는 것을 누가 아는 게 싫어."

"그냥 하나에 대해서만 말할 수 있기를 기도해야죠." 미아가 위로했다.

"더 있을 거라고 생각해?"

"모르겠어요. 하지만 없을 거라고 단정해서는 안 돼요."

"그야 물론이지."

홀거는 잠깐 침묵하며 미아가 방금 한 말을 곰곰이 생각했다.

"어머니께 말씀드리는 거 어때요?"

"뭘?"

"어머니한테 말씀드려요. 방금 저한테 하신 대로 말씀드리세요. 마리온에 관한 것."

"그래, 그래야지. 당신 말이 맞아." 홀거가 한숨을 쉬었다. "하지만 어머니의 생각이 완강할 수도 있어. 난 가끔 어머니를 양로원에 보낸 게 어머니의 선택이 아니었기 때문에 이런 대가를 치르는 게 아닌가 하는 생각이 들어."

"어머니는 아파트에 불을 지르겠다고 협박을 하셨어요. 그럴 수밖에 없었어요."

"나도 알아. 하지만 설령 그렇더라도."

미아는 갑자기 그가 안쓰러워졌다. 고집 센 여자들에게 층층이 둘러싸인 마음 약한 남자. 물론 본인은 그렇게 생각하지 않았다. 그는 여전히 이혼에 대해 죄책감을 가졌다. 미아는 여러 번 그의 잘못이 아니라고 말해주었지만 귀담아듣지 않았다.

"더 있을 거라고 확신하는 쪽이지?"

"살해당할 아이들이요?"

홀거가 고개를 끄덕였다.

"꼭 그렇지도 않아요."

"같은 생각이야. 하지만 생각을 열어놓을 필요가 있어."

"전 사실 지금까지…." 미아가 뭔가 말하려다 입을 다물었다.

"지금까지 뭐?"

"아, 반장님이 그걸 뭐라고 부르는지 모르지만…, 초점이 맞지 않아요. 안이 들여다 보이지 않아요. 일정한 패턴 뒤에 뭐가 있기는 한데, 그게 저한테 소리쳐요, 뻔한 거라고요. 그런데 그 그림을 볼 수가 없어요. 제가 무슨 말을 하는지 이해하시겠어요?"

"곧 가능하게 될 거야. 그동안 너무 떨어져 있어서 그런 것뿐이야." 뭉크가 위로해주었다.

"그럴지도 몰라요." 미아가 가볍게 고개를 끄덕였다. "그랬으면 좋겠어요. 솔직히 말씀드리면 제가 쓸모 없이 느껴져요. 실망스러워요. 응석받이처럼 행동하는 것 같고. 저 같지가 않아요. 이런 저 자신이 싫어요. 만약 제가 끝내 보지 못하게 되면 이 사건에서 빼겠다고 약속해주세요."

"미아가 필요해. 내가 다시 부른 것도 그 때문이야."

"반장님 가족의 문제를 정리하라고요?"

"그걸 알았어? 대단해, 정말."

"뭐, 반장님도, 나을 것 없어요. 저는 제 심정을 말했을 뿐이에요."

두 사람은 동료로서 더 이상 설명이 필요 없는 신뢰와 애정이 어린 표정으로 서로 바라보았다.

홀거는 새 담배에 불을 붙이고, 미아는 맥주를 한 모금 마신 뒤 러그로 몸을 단단히 감쌌다.

"회네포스에서의 그 사건이 2006년이었죠?"

"8월이었지. 그건 왜?"

"만약 그 아기가 살아있다면 올해 학교에 들어갈 나이예요. 그 사건 기억나세요?"

"물론이지. 가브리엘의 말을 듣고 또렷하게 생각났지."

"뭐라고 했는데요?"

"선생님에 관해서 말했어. 일련의 사건으로 볼 때 선생님을 찾아야 한다고."

"나쁜 아이디어는 아니네요. 그 친구 경찰이 될 자질을 갖고 있는지도 모르겠어요."

"그 아기가 여태 살아있다고 믿는 건 아니겠지?" 홀거가 물었다.

"무슨 뜻이에요?"

"미아가 그런 식으로 말했잖아. '만약 그 아기가 아직 살아있다면.' 실종된 아기는 우리가 찾지 못했지만 살아있을 수도 있다고."

"아니요." 미아가 대답했다.

"확신해?"

"그 아기는 살아있지 않아요."

"내 생각도 같아, 하지만 가능성은 있지 않을까?"

"아기는 살아있지 않아요." 미아는 단호했다.

"선생님 추리는 어떻게 생각해?"

"나쁘지 않아요. 기억해두기로 해요."

홀거는 고개를 끄덕인 뒤 휴대전화를 흘끔 보았다.

"서둘러야겠어. 자기 전에 서류작업 할 게 있어. 미켈손한테 들볶이는 중이야."

"그런 일은 아네트가 처리하는 줄 알았는데요."

"아네트는 최선을 다하고 있어."

홀거는 자리에서 일어나 지갑을 꺼냈다.

"제가 낼게요." 미아가 고집했다.

"정말이야?"

"물론이에요. 반장님 가족이 파산 직전이라는 걸 아는 이상, 이 정도는 제가 낼 수 있어요."

"하하." 홀거는 웃으면서 윙크를 했다.

"내일 아침 전체 브리핑이 있나요?"

"아직 계획은 없는데. 랩톱과 아이폰에서 뭐가 나오는지 먼저 보자고."

"제가 계속 보고할게요."

"그래, 부탁해. 그럼 나중에 봐."

미아는 뭉크가 떠난 후에도 혼자 남아 빈 맥주잔을 앞에 두고 생각에 잠겼다. 맥주를 한 잔 더 할까 생각했지만 현명한 일인지 확신이 서지 않았다. 호텔방으로 돌아가 깨끗한 시트에서 일찌감치 잠이나 자는 게 나을 것 같았다. 미아는 손가락으로 맥주잔 테두리를 톡톡 치며 두뇌를 깨우기 위해 사건을 정리했다.

"다른 거 더 주문하시겠어요?" 여종업원이 미소 띤 얼굴로 물었다.

"맥주 한 잔 더 줘요. 라체푸츠 슈납스(독일에서 인기 있는 증류주인 슈납스의 한 종류—주) 한 잔도."

"네." 종업원이 고개를 까닥 하고 사라졌다.

"미아?" 그때 담배 불빛 뒤로 낯익지만 선뜻 기억나지 않는 얼굴이 비쳤다. 미아 또래의 여자가 테이블로 다가왔다. "나 기억 안나? 오스고르드스트란에서 온 주자네."

여자는 허리 굽혀 미아를 포옹했다. 주자네 발이었다. 몇 집 건너에 살았고, 시그리와 미아보다 한 살 어렸다. 오래 전에 셋은 친한 친구 사이였다.

"어머, 주자네. 미안. 내가 뭣 좀 생각하느라 그만 몰라봤어."

"이해해. 내가 방해하지 않았으면 좋겠는데. 좀 앉아도 될까?"

"그럼, 물론이지."

"누가 생각이나 했겠어?" 주자네가 웃었다. "이게 얼마 만이야?"

"정말 오래만이네."

옛 친구는 환하게 웃으며 미아를 응시했다.

"너를 마지막 본 게 언제더라…, 음, 신문에서 본 적이 있는데. 그 얘기 꺼내서 기분 상한 거 아니지?"

"아니, 괜찮아." 미아가 웃었다.

"그래서 어떻게 됐어? 경찰 수사랑 이것저것 끝나고?"

"휴가 갔었어."

"내가 방해한 거 아니면 좋겠다."

"천만에 정말 반가워." 미아는 홀거가 조금 전까지 앉았던 의자를 손으로 가리켰다.

미아는 살아오면서 몇 번인가 주자네를 떠올렸다. 특히 시그리가 죽은 후에는 더욱 그랬다. 시그리의 장례식에서 본 적이 있지만 그후로는 만나지도 연락을 하지도 못했다. 그저 할 일이 너무 많았다. 이렇게 옛 친구를 다시 만나니 반가웠다.

여종업원이 맥주와 라체푸츠 슈납스를 가지고 왔다.

"뭣 좀 먹을래?"

주자네는 고개를 저었다. "맥주를 잔뜩 마셨어. 동료들과 왔어."

뒷문장을 말할 때 그녀의 목소리에는 자부심이 넘쳤다.

"오슬로에 살아?" 미아가 물었다.

"응, 4년 전부터."

"그랬구나. 지금 무슨 일하는데?"

"국립극장에 있어." 주자네가 대답했다.

"와, 축하해."

미아는 주자네가 호르텐에 있는 아마추어 극단에 자신을 들어오게 하려고 애를 썼던 기억이 어렴풋이 났다. 다행스럽게도 미아는 거기에서 벗어났다. 무대에 서는 것은 미아한테 맞지 않았다. 생각만 해도 몸이 떨렸다.

"난 조감독일 뿐이야. 그래도 재미있어. 우린 〈햄릿〉 공연을 준비 중이야. 스타인 비네가 감독이지. 아마 크게 히트할 거야. 너도 꼭 와. 첫날 밤 공연 티켓 줄게. 올 거지?"

미아는 희미하게 웃었다. 지금과 똑같았던 예전의 주자네 모습이 떠올랐다. 생기 넘치고 누구에게나 사랑받는 명랑한 소녀였다. 게다가 따스한 눈빛은 언제나 거절을 어렵게 했다.

"아마도. 일이 바쁘면 어쩔 수 없지만 시간 나면 꼭 보러 갈게."

"그래. 만나서 정말 반가웠어." 주자네가 웃었다. "가서 내 맥주 가지고 올까? 배우들은 자기 생각만 하기 때문에 나 하나 빠져도 신경 쓰지 않을 거야."

"그래." 미아가 웃었다.

"여기에서 기다려. 어디 가지 말고." 주자네는 재빨리 담배를 비벼 끄고 자신의 맥주를 가지러 바로 달려갔다.

27장

새벽 6시에 알람을 맞춰놓았던 토비아스 이베르센은 자명종이 울리자마자 잠에서 깼다. 그리고 재빨리 침대 옆 테이블로 손을 뻗어 알람을 껐다. 식구들이 날카로운 소리에 깨는 것을 원치 않았다. 동생 토르벤은 친구네 집에서 자고 오느라 집에 없었다. 토비아스는 침대를 빠져나와 최대한 조용히 옷을 입었다. 준비는 모두 끝냈다. 벌써 며칠 전부터 이 여행을 준비해왔다. 배낭은 침대 발치에서 기다리고 있었다. 얼마나 오랫동안 집을 떠나있을지 모르지만 만약을 대비해 생필품을 챙겼다. 2인용 텐트와 침낭, 캠핑용 스토브, 식량, 칼과 여벌의 양말, 기온이 떨어질 경우를 대비해 스웨터, 그리고 다락에서 발견한 나침반과 고지도. 탐험 떠날 준비가 되자 어서 집을 나가고 싶어 조바심이 났다.

동생이 숲속에서 나무에 매달린 소녀를 발견한 후 며칠간은 집에 있는 것도 그리 나쁘지 않았다. 엄마와 새 아빠는 대부분이 경찰인 방문객을 자주 맞았다. 그들은 끊임없이 질문하고 확인했고,

엄마와 새 아빠는 한껏 점잖게 행동했다. 심지어 집안 청소까지 했다. 거실은 이제 완전히 달라보였다. 향기로운 냄새가 났다. 경찰들은 정말로 친절했다. 토비아스를 영웅처럼 대해주었고, 그가 얼마나 대단하고 훌륭한 행동을 했는지 칭찬해주었다. 지금껏 칭찬을 그리 받아본 적 없는 토비아스로서는 어리둥절할 지경이었다. 경찰들은 여러 날 동안 집에 들렀다. 밤에도 예외는 아니었다. 이른 아침부터 늦은 밤까지 찾아왔다. 또 집 주변에 흰색과 빨간색 비닐테이프로 저지선을 치고 꼬치꼬치 캐묻는 사람들이 접근하지 못하게 막았다. 사실 마을이나 다른 곳에서나 그런 사람들은 많았다. 길을 따라 더 내려가면 방송국에서 나온 자동차가 서있고 공중에는 헬리콥터가 떠있었으며 많은 기자와 사진기자들이 토비아스에게 말을 걸려고 했다. 숲에서 그것을 발견한 후 며칠 동안 집 전화도 쉴새없이 울려댔다. 토비아스는 엄마가 누군가와 돈 얘기하는 것을 들었다. 그쪽에서 소년들을 인터뷰하게 허용하는 조건으로 거액을 주겠다고 제안했지만 경찰은 안 된다고 금지시켰다. 솔직히 토비아스는 그 말을 듣고 마음이 놓였다.

학교에서도 친구들이 예전과 다르게 대하기 시작했다. 아이들 대부분, 특히 여자애들은 그를 멋있다고 생각했는데(토비아스는 일종의 유명인사가 되었다) 그 때문에 문제가 생겼다. 남자애들, 특히 오슬로에서 전학온 두 아이가 질투심이 폭발해 토비아스에 대한 험담을 늘어놓은 것이다. 토비아스는 엄마에게 기자들이 학교까지 찾아와 축구하는데 사진을 찍고 울타리로 잠깐 와보라고 소리를 질렀다면서, 며칠 학교를 쉬고 싶다고 했다. 토비아스는 당연히 울타리로 가지 않았다. 경찰로부터 아무한테나 목격한 내용을 말하지 말라는 지시를 들은 터였고, 토비아스 역시 경찰이 지시한 대로 하고 싶었다.

경찰들은 아래위가 붙은 흰색 비닐옷을 입고 숲을 수색했다. 토비아스는 숲 밖에 놓아둔 의자에 앉아 그 모습을 지켜보았다. 토비아스 외에는 누구도 그렇게 하지 못하게 되어있었다. 심지어 NRK와 TV2 기자들조차 저지선 뒤편 도로에서 대기해야 했고, 누가 차를 타고 지나갈라 치면 소리를 질러댔다. 토비아스로 말할 것 같으면 소녀의 시신을 발견한 주인공이자 숲에 있는 그루터기 하나하나까지 훤히 꿰고 있으며 경찰한테 가장 먼저 신고한 당사자였다. 킴이라는 남자, 쿠리라는 이름의 사람, 아네트라는 여자 경찰, 그리고 그들의 상관인 수염 기른 홀거라는 남자도 왔다. 상관은 딱 한 번 찾아왔는데, 토비아스를 면담한 뒤 누구에게든 숲에서 본 것을 발설하지 못하도록 결정한 것도 그였다. 토비아스는 주로 킴이라는 경찰과 대화를 나누었고, 쿠리라는 경찰과도 많은 이야기를 했다. 토비아스는 두 경찰이 무척 마음에 들었다. 그들은 그를 어린아이가 아니라 어른처럼 대해주었다. 그들은 종종 숲을 나와 토비아스가 앉아있는 공터로 걸어와서 질문을 했다. 평소에 숲에 사람들이 많이 다니느냐? 숲 안에 있는 오두막은 네가 지었느냐? 이웃 사람들과 관련해서도 최근 수상한 장면을 목격한 적이 있는지 물었다.

첫날 저녁에는 형제를 상담하러 온 심리학자와 잠깐 이야기를 나누었다. 그녀는 괜찮은지 걱정했지만 사실 소녀를 발견했을 때

그리 놀라지 않았다. 며칠 지나서야 자신이 목격한 광경의 실체를 깨닫고 충격을 받았다. 계단에 앉아있다 문득 깨달았다. 그것은 현실이었다. 숲에서 본 요한네라는 이름의 소녀에게는 부모도 있고, 여동생과 이모, 삼촌, 조부모님, 친구, 이웃도 있었다. 그런데 지금 그애는 죽었고, 그들은 다시는 아이를 볼 수 없었다. 더구나 일부러 그런 짓을 한 누군가는 자신과 멀리 떨어지지 않은 곳에 있었다. 이런 생각을 하자 소름이 끼쳤다. 나무에 매달린 아이는 자신일 수도 있었다. 아니면 동생이든가. 갑자기 배가 아파진 토비아스는 계단을 올라가 침대에 누웠다. 그리고 그날 밤 끔찍한 악몽을 꾸었다. 사람들이 자신의 목을 줄넘기로 묶어 나무에 매단 다음 날카로운 화살로 쏘는 꿈이었다. 토르벤이 도와달라고 소리쳤다. 하지만 스스로 줄을 풀 수가 없었다. 올가미에 걸린 채 미친 듯이 몸부림을 쳤고, 숨 쉬기가 힘들었다. 그는 땀에 푹 전데다 베개에 머리를 처박은 채 잠에서 깼다.

경찰은 그 지역에서 여러 날 머물렀다. 그러고는 마치 모든 것을 끝낸 것처럼 보였을 때 떠났다. 길에 쳤던 저지선도 걷혔다. 기자들은 이제 집으로 찾아와 초인종을 눌러댔지만 엄마는 들여보내지 않았다. 토비아스는 사실 엄마가 그들을 들어오게 하고 싶을 거라고 생각했다. 그들 중에는 돈을 제시했던 기자도 끼어있었을 것이다. 하지만 수염을 기른 서글서글한 뚱보 홀거 경찰은 대단히 엄격했다.

오랫동안 이 여행을 계획해온 토비아스에게는 지금의 타이밍이 기가 막히게 완벽했다. 학교에 가지 않아도 되는데다 동생은 집에 없었다. 비로소 마음의 준비까지 마쳤을 때 그는 배낭을 메고 소리 없이 뒷문으로 몰래 빠져나왔다.

리트엔나는 예전에 가본 적이 있어서 길을 잘 알았다. 다만 안전을 위해 지도와 나침반도 챙겼다. 도중에 에움길로 돌아가기로 결심했다. 성냥은? 내가 성냥을 챙겼던가? 그는 배낭을 내려 작은 주머니를 확인했다. 그 안에 있었다. 성냥은 중요했다. 밤에는 모닥불을 피우지 않으면 추웠다. 밤을 지새울 계획은 없었지만 세상일은 어떻게 될지 모르는 법이다. 어쩌면 음울한 집으로 돌아가지 않고 숲에서 지내게 될지도 모른다. 그러면 어떨까? 끝까지 집으로 돌아가지 않는다면. 그들에게는 그 정도 보복도 괜찮았다. 하지만 바보 같은 생각이라는 것을 그도 알았다. 내일이면 동생이 집으로 돌아올 것이다. 토비아스는 동생을 사랑했다. 하지만 가끔 혼자서 지내는 것도 나쁘지 않았다.

토비아스는 다시 배낭을 메고 문을 살며시 닫았다. 마당으로 내려오자 신선한 봄 공기가 느껴졌다. 재빨리 공터를 가로질러 숲으로 들어갔다. 동생과 함께 만든 오두막이나 그 소녀를 발견한 장소를 지나가지 않아도 되도록 평소 다니던 길과 다른 길을 택했다. 지금 당장은 그 일을 떠올리고 싶지 않았다. 다시 무서움을 겪고 싶지 않았다. 지금은 강인해질 필요가 있었다. 혼자인데다 모험을 시작하는 것이니만큼 무서워할 여유가 없었다. 토비아스는 꽤 장거리를 가야 하는 길에 도착하기 전까지는 강을 따라 가는 경로를 택했다. 한 시간쯤 걸었을 때 배낭을 내리고 아침을 먹었다. 에너지를 일정한 수준으로 유지하는 게 중요했다. 부엌에서 시끄러운 소리가 날까봐 집에서 아침을 먹지 않았다. 숲은 상쾌하고 메말랐다. 한동안 비가 내리지 않은 것 같았다. 토비아스는 나무 그루터기에 앉아 샌드위치를 우물거리고 주스를 따라 마시며 경치를 감상했다. 토비아스는 봄이 좋았다. 겨울의 손아귀가 느슨해지는 것을 보노라면 새로운 가능성이 열리는 것처럼 느껴졌다. 뭔가 새로운 일이 일어나고 다른 세상이 열릴 것 같았다. 그래서 새해 첫날이 한 겨울이 아닌 봄에 있으면 좋겠다고 생각했다. 12월 31일이 지나고 다음날이 되어도 달라지는 것은 없지만 봄에는 모든 게 달라졌다. 나무에선 보드라운 연두 싹이 돋아나고 숲속 땅바닥에는 꽃과 식물이 자라고 새들도 돌아와서 나뭇가지에서 지절거렸다. 아침식사를 마치자 콧노래가 절로 나왔다. 토비아스는 산등성이를 향해 여행을 계속했다.

그는 기독교인 여자아이들에 대해 더 많은 것을 알아보기로 자신과 약속했다. 더 이상 거짓으로 꾸며내지 말고 실제 어떤 일이 일어나고 있는지 혼자서 알아내고 싶었다. 그리고 마침내 여행길에 올랐다. 야영하게 될 경우를 대비해 책을 챙겨오지 않은 것을 후회하기 시작했다. 숲속에서 모닥불을 피우고 책을 읽으면 근사할 것 같았다. 에밀리에 선생님의 독서리스트에서 고른 두 번째 책을 막 읽기 시작한 터였다. 《파리 대왕》은 완독했다. 처음부터 끝까지 한 글자도 빠뜨리지 않고 읽었다. 그 책을 완전히 이해했는지 알 수 없지만 아무래도 상관없었다. 그것만으로도 좋았다. 행복했다. 새로 고른 책은 더 이해하기 어려웠다. 《뻐꾸기 둥지 위로 날아간 새》. 그 책은 어른의 언어로 쓰여있었다. 에밀리에 선생님은 어려우면 다른 책으로 바꾸라고 하셨지만 끝까지 읽을 작정이었다. 지금까지는 꽤 흥미로웠다. 정신병원에 입원한 뒤 퇴원하지 못하고 갇힌 아메리칸 원주민 브롬덴 인디언 추장의 이야기였다. 정신병원의 수간호사는 엄청나게 엄격한 그야말로 마녀였다. 브롬덴 추장은 듣지 못하고 말하지 못하는 귀머거리인 척했다. 그 이유는… 음, 토비아스는 브롬덴 추장이 왜 그렇게 행동하는지 정확히 몰랐지만 책은 어쨌거나 재미있었다. 그 책을 가져왔어야 했다. 책을 두고 온 것은 실수였다.

산등성이 정상에 이르자 경치가 훨씬 잘 보였다. 멀리 리트엔나도 보였다. 한두 시간 더 걸어가면 닿을 것이다. 가고 싶어서 가는데도 토비아스는 왠지 가슴이 울렁거렸다. 저마다 저 기독교인들에 대해 수군거리지만 제대로 아는 사람은 없었다. 혹시 위험한 사람들은 아닐까? 아니 위험하지는 않아도 방문객을 환영하지 않으면 어쩌지? 반대로 친절하게 대해준다면? 어쩌면 두 팔 벌려 환영하고 치킨과 거품 나는 음료도 대접하며 묵어가라고 할지도 모른다. 게다가 토르벤도 함께 갈 수 있게 된다면, 모든 게 잘 될 수도 있었다. 그저 손가락 한 번 딱 튕겨서 우리의 문제가 한꺼번에 해결되는 건 아닐까?

그들에게 무작정 다가가지 않는 편이 최선일 것이다. 어쨌든 섣불리 판단할 수는 없었다. 아무래도 적당히 떨어져서 잘 보이는 곳에 텐트를 쳐야 할 것 같았다. 위장하고 땅바닥에 누워 쌍안경으로 그들을 몰래 훔쳐볼 것이다. 때를 기다릴 것이다.

토비아스는 빙그레 웃었다. 훌륭한 계획이었다. 잘 보이는 곳에 캠프를 마련하는 것. 몰래 엿보는 것. 이럴 줄 알았으면 책을 가지고 오는 건데. 하지만 되돌아가기에는 너무 늦었다. 대신 인디언이 되어야 할 것 같았다. 비밀 사명을 띤 토비아스 브롬덴 추장.

날씨가 점점 따뜻해졌다. 태양이 구름 뒤에서 빼꼼 얼굴을 내밀어 앞에 난 길을 환히 비춰주었다. 좋은 징조였다. 토비아스는 웃옷을 벗어 배낭에 넣고 계속 길을 걸었다.

토비아스는 가까이 가서야 울타리를 발견했다. 자기만의 세상에 너무 빠져있었던 탓이다. 그의 머릿속은 어떻게 위장을 하고 야영할 것인지에 관한 궁리로 가득 차있었다. 예전에 이 농장에 와본 적이 있는 터라 훔쳐보기에 좋은 장소를 알고 있었다. 지방의회는 마약중독자 수용시설로 사용했던 정부 소유의 오래된 농장과 토지를 팔았다. 마약중독자들은 그곳에서 농사도 짓고 숲속을 산책했다. 그러면 건강에 좋을 거라고 여겨졌기 때문이다. 하지만 그후 의회 재정이 고갈되었는지 아니면 다른 데 쓸 돈이 필요해졌는지 그로서는 알 길이 없지만, 결국 마약중독자들을 위한 공간은 폐쇄되었다. 농장은 한동안 비어있었다. 그리고 지금은 기독교인들이 농장을 사들였다. 토비아스는 이곳에 두 번 온 적이 있었다. 한 번은 마약쟁이들이 수용되었을 때이고, 다른 한 번은 비어있을 때였다. 친한 친구인 욘 마리우스와 함께 왔는데, 슬프게도 그 아이는 6학년 중반에 엄마랑 스웨덴으로 이민을 갔다. 어쨌든 그들은 스파이놀이를 하기에 완벽한 장소를 찾아냈고, 그곳이 바로 농장에서 그리 멀지 않으면서 농장에서 어떤 일이 일어나고 있는지 훤히 보이는 언덕이었다.

하지만 이 울타리는 본 기억이 없었다. 그는 지금 그곳을 향해 곧장 걸어가고 있었다. 꼭대기에 미늘 철사를 빙글빙글 감아놓아야 마땅한 철조망 울타리였다. 토비아스는 재빨리 뒤로 물러나 나무 뒤로 몸을 숨겼다. 그리고 이 뜻밖의 장애물을 자세히 살펴보았다. 꼭대기에 미늘 철사는 없었지만 너무 높았다. 자신의 키보다 훨씬 높았다. 키의 두 배가 넘어 보였다. 울타리는 완전히 새것이었다. 세운 지 얼마 안 된 듯했다. 토비아스는 울타리를 올려다보며 높이를 가늠해보았다. 올라갈 수는 있어도 들키지 않을 도리가 없었다. 울타리 너머로 멀리 농장이 보였다. 무슨 천지개벽이 일어났는지 농장은 몰라볼 정도로 바뀌어있었다. 새로운 건물이 들어서고, 밖으로 위로 확장을 해서 더 이상 농가처럼 보이지도 않았다. 오히려 작은 교회 같았다. 첨탑이 있었다. 그 옆에 있는 것은 비닐하우스인가? 눈 위에 손을 대고 살펴보았지만 그렇게 멀리까지 보이지 않았다. 울타리와 건물 사이 공간은 빈터여서 숨을 곳은 없었다. 그는 농장 맞은편 언덕에서 스파이처럼 엿볼 계획이었는데, 거기까지 가려면 울타리를 따라 빙 돌아가야 했다. 곧장 언덕으로 기어 올라가면 빠르겠지만 선택지를 검토한 결과 위험을 무릅쓰지 않기로 결정했다. 울타리 너머의 사람들이 친절하지 않을 거라고 생각했기 때문만은 아니었다. 설령 친절하다고 해도 만약 들키면 뭐라고 할 것인가? 게다가 그는 이곳에서 멀리 떨어지지 않은 숲에서 목에 팻말을 단 채 나무에 매달려 죽은 소녀를 발견한 당사자였다. 그러니 매사 조심하는 편이 좋았다.

언제든 집으로 돌아가는 것도 또 하나의 선택지였다. 이제 어느 정도 보았다. 기독교인들은 새 건물을 짓고 울타리를 쳤다. 일종의 기독교인 캠프였다. 그것만으로도 친구들에게 들려줄 이야깃거리는 됐다. 토비아스는 그만 돌아갈까 생각했지만 호기심이 두려움보다 컸다. 이야깃거리가 많아지면 더욱 흥미진진할 것이다. 그때 농장에 살고 있는 사람들이 얼핏 보였다. 토비아스는 다시 숲으로 들어갔다. 몸을 숨기되 울타리가 보이는 나무 뒤로 들어갔다. 왼쪽으로 돌면 가장 짧은 거리로 갈 수 있을 듯했고(거기에 있는 울타리 끝이 보였다) 오른쪽으로는 울타리가 그저 죽 이어져 있어서 얼마나 걸어가야 할지 가늠이 되지 않았다. 토비아스는 셔츠에 달린 모자를 끌어올려 쓰고 다음 행동을 고민했다. 모자 안으로 얼굴을 숨기자 기분이 좋아졌다. 짜릿함도 느꼈다. 사명을 띤 비밀요원이 된 기분이었다. 배낭 속에 칼과 손전등도 들어있고, 풀어야 할 수수께끼도 있었다.

토비아스는 몸을 최대한 작게 웅크린 채 울타리를 따라 숲을 통과했다. 최대한 조용히 단거리를 전력질주하여 움직였다. 몸을 앞으로 기울인 채 뛰다시피 해서 수백 미터쯤 숲을 통과한 뒤에는 바닥에 몸을 붙이고 지형을 살폈다. 아무도 보이지 않았다. 울타리 안쪽에 누군가 파놓은 구덩이가 보였다. 탈 것도 보였다. 저 멀리 트랙터가 서있었다. 토비아스는 다시 아까처럼 움직였다. 몸을 웅크린 채 뛰다시피 해서 적당한 지점까지 간 뒤 풀밭으로 몸을 날렸다. 이번에는 더 잘 보였다. 제대로 자리를 잡았는지 비닐하우스가 한눈에 들어왔다. 실제로 두 동인 비닐하우스는 꽤 컸다. 토비아스는 거기에 사는 아이들이 학교에 다니지 않는다는 사실을 알고 있었다. 혹시 그애들은 가게에도 가지 않는 게 아닐까? 자기들이 먹을 것은 모두 길러 먹어서 어디든 갈 필요가 없는 게 아닐까? 배낭에서 망원경을 꺼냈다. 비닐하우스가 훨씬 잘 보였다. 트랙터는 낡은 초록색 매시 퍼거슨이었다.

뷰파인더에 사람이 들어왔다. 토비아스는 심장이 뛰기 시작했다. 남잔가, 아니 여자였다. 회색 드레스를 입고 머리에는 흰색의 뭔가를 쓰고 있었다. 그녀가 비닐하우스 안으로 들어갔다. 시야에서 사라졌다. 토비아스는 망원경으로 사람들이 더 있는지 살펴보았지만 사방이 적막했다. 망원경을 내려놓자 목에 건 끈에 매달려 달랑거렸다. 그는 자리에서 일어났다. 이제 더 긴 거리를 달리기로 했다. 이번에는 더 잘 보이는 위치를 찾기 위해 기다리지 않았다. 두려움이 완전히 증발해버린 듯했다. 지금은 호기심이 더 컸다. 그때 비닐하우스 문이 열리며 사람들이 나타났다. 두 명이었다. 토비아스는 다시 풀밭으로 몸을 던졌다. 아까 그 여자와 함께인가? 더 자세히 보려고 망원경을 눈에 갖다댔다. 여자와 남자 어른이었다. 남자 역시 회색 옷차림이었는데 머리에는 아무것도 쓰지 않았다. 그것만으로 재미있는 이야깃거리였다. 왜 아니겠는가? 여자들은 모두 흰색 모자를 쓰고 남자들은 아무것도 쓰지 않았다. 아니, 아마 그럴 것이다. 그게 무엇을 뜻할까? 좀 더 가까이 가야 했다. 이 정도에서는 아무것도 안 됐다.

토비아스는 몸을 일으켜 다음 코스로 뛸 준비를 했다. 그 순간, 울타리 안쪽에 있는 여자애가 갑자기 눈에 들어왔다. 너무 놀라서 바닥에 엎드리는 것도 까맣게 잊었다. 그저 여자애 앞에서 움직이지도 못하고 우뚝 서있었다. 그의 또래거나 더 어려 보였다. 비닐하우스 옆에 서있던 여자와 똑같이 두꺼운 회색 울드레스를 입고 머리에는 흰색 보닛을 쓴 모습이었다. 그애는 채소밭에 무릎을 꿇고 앉아있었다. 풀뽑기를 하는 것 같았다. 아마도 채소밭에 당근이나 상추 따위를 기르는 듯한데, 무엇인지는 알기 힘들었다. 토비아스는 엉덩이를 내리고 쪼그려앉아 최대한 몸을 숨겼다. 여자아이가 일어서더니 허리를 죽 펴고 무릎에 묻은 흙먼지를 털었다. 지친 모습이었다. 이쪽에서 별로 멀지 않은, 겨우 10미터쯤 거리에 있었다. 토비아스는 숨을 죽였다. 여자아이는 다시 무릎을 꿇고 앉아 풀을 뽑기 시작했다. 간간이 목덜미를 문지르고 이마를 닦았다. 토비아스는 자신이 스파이라는 것도, 몸을 숨겨야 한다는 사실도 까맣게 잊었다. 여자애는 피곤하고 갈증이 나는 것처럼 보였다. 저애한테 물을 주면 어떨까? 그의 배낭에는 커다란 물병이 들어있었다.

토비아스는 흠흠 헛기침을 했다. 여자애는 눈치채지 못하고 계속해서 김을 맸다. 토비아스는 주위를 둘러보다 바닥에 떨어져 있는 오래된 솔방울 두세 개를 발견했다. 그 중 하나를 조심스럽게 주워 그 아이 쪽으로 던졌다. 하지만 그리 멀리 가지 못했다. 심지어 울타리에도 닿지 못했다. 다시 반쯤 몸을 일으켜 두 번째 솔방울을 더 세게 던졌다. 이번에는 성공했다. 솔방울은 소리를 내며 울타리 가운데를 맞혔다. 그 소리가 어찌나 컸던지 금세 후회했다. 토비아스는 풀밭으로 몸을 던진 뒤 잠자코 엎드렸다.

다시 위를 올려다보았을 때 소녀는 울타리 근처에 서있었다. 솔방울 소리를 들은 게 분명했다. 더구나 토비아스를 내려다보고 있었다. 그애의 눈이 보였다. 이쪽을 곧장 보고 있었다. 토비아스는 자신의 입술에 손가락을 갖다댔다. 소녀는 놀란 눈치였지만 그의 지시대로 아무 소리도 내지 않았다. 소녀가 주위를 둘러보았다. 이쪽 그리고 저쪽. 그러고는 조심스럽게 고개를 끄덕였다. 토비아스도 주위를 둘러본 뒤 울타리로 가까이 다가갔다. 배낭을 열고 물병을 꺼내 울타리 밑으로 넣어준 뒤 재빨리 자신의 은신처로 돌아왔다. 회색 옷을 입은 소녀가 다시 주위를 두리번거렸다. 아무도 없었다. 소녀는 재빨리 몸을 일으켜 물병이 있는 곳으로 뛰어오더니 물병을 낚아채 드레스 주름 사이에 숨기고 밭으로 돌아갔다. 토비아스는 소녀가 뚜껑을 열고 물 한 병을 거의 다 마시는 것을 보았다. 목이 말랐던 게 틀림없었다. 흰 보닛을 쓴 소녀는 계속해서 주위를 살폈다. 초조해 보였다. 누군가 올까봐 겁을 먹은 것 같았다. 토비아스는 용기가 무럭무럭 솟아나서 울타리로 곧장 걸어갔다. 소녀 역시 조용히 다가왔지만 줄곧 어깨 뒤를 살폈다. 이제 소녀의 얼굴이 더욱 분명히 보였다. 푸른 눈에 주근깨가 많았다. 이상한 보닛과 두꺼운 드레스 때문에 옛날 사람처럼 보였지만 사실 그렇지 않았다. 평범한 옷을 입었다면 학교에 있는 다른 여자애들처럼 보였을 것이다. 소녀가 병을 들어 내밀었다. 그에게 돌려받기를 원하는지 묻는 것 같았다. 토비아스는 고개를 저었다. 이윽고 소녀는 무릎을 꿇고 앉아 드레스 주머니에서 무언가를 꺼냈다. 공책과 작은 연필이었다. 소녀는 종이에 뭐라고 쓴 뒤 조심스럽게 접었다. 그리고 일어서서 울타리로 달려와 쪽지를 밖으로 내밀었다. 다시 초조하게 주위를 살핀 뒤에는 재빨리 원래의 자리로 돌아가 풀을 뽑았다. 토비아스는 팔꿈치로 울타리까지 기어가서 쪽지를 손에 넣었다. 다시 기어서 돌아와 쪽지를 펼쳤다. '고마워.' 그렇게 쓰여있었다. 그는 소녀를 향해 미소를 지었다. 소리내어 말하지 않고 '괜찮아.'라는 말을 어떻게 표현할까 궁리했지만 쉽지 않았다. 소녀가 어깨 너머를 살핀 뒤 다시 공책에 뭐라고 썼다. 그리고 다시 울타리로 달려왔지만 이번에는 쪽지가 아닌 공책과 연필을 통째로 울타리 밑에 내려놓았다. 토비아스는 얼른 몸을 구부려 울타리로 달려가 공책과 연필을 가지고 은신처로 돌아왔다. '내 이름은 라켈이야.' 공책에 이렇게 쓰여있었다. '난 말을 할 수 없어. 네 이름은 뭐야?' 토비아스는 소녀 쪽을 쳐다보았다. 말을 하면 안 되는 걸까? 일종의 규칙일까? 저애는 왜 목이 말랐던 걸까? 왜 여기 혼자 나와있을까? 토비아스는 그런 생각을 하다 답변을 적었다. '내 이름은 토비아스야. 너 여기에 살아? 왜 말을 하면 안 돼?' 그는 공책을 들고 다시 울타리로 기어가 공책을 내려놓고 제자리로 돌아왔다. '너 여기 살아?'라고 쓴 것은, 소녀가 분명히 이곳에 사는 듯하기 때문에 바보같은 질문이었다. 물으나마나 한 질문이었는데, 사실은 달리 어떤 질문을 해야 할지 생각이 나지 않았다. 소녀가 공책을 보더니 살짝 웃으면서 재빨리 답변을 적었다. 여전히 지쳐 보였다. 그애는 여러 번 뒤를 흘끔거리다 위험을 무릅쓰고 울타리를 통해 새로운 메시지를 보냈다. '난 여기 살아. 럭스 도무스. 왜 그런지는(말을 하지 않는 것)는 말 못 해.' 토비아스가 공책을 읽고 있을 때 소녀는 뭔가 덧붙이고 싶은 듯 손으로 신호를 보냈지만 이해할 수가 없었다. 토비아스는 소녀에게 웃어보이며 대답을 적었다. '난

이 숲 언덕에 살고 있어. 우린 이웃이야.' 그리고 웃는 얼굴을 그려 넣은 뒤 덧붙였다. '럭스 도무스가 뭐야?' 소녀는 공책을 다시 가져갔다. 그애가 희미하게 웃으며 다시 아무도 보고 있지 않은지 확인한 다음 대답을 적고, 울타리로 달려와 공책을 내려놓고 채소밭으로 돌아갔다. '럭스 도무스=빛의 집. 나를 도와줘서 고마워.' 토비아스는 그 메시지의 두 번째 문장을 보고 얼굴을 찌푸렸다. 자신은 대단한 도움을 주었다고 생각하지 않았다. 물을 주었을 뿐이다. 뭐라고 대답할까 고민했다. 입 밖으로 소리내어 말할 수 없어서 단어 하나하나가 정말로 중요하게 여겨졌다. 더욱 신중하게 생각해야 했다. 그는 연필 끝을 입에 물고서 쓰고 싶은 말을 생각했다. '내가 더 도울 일 없어?' 이렇게 쓴 다음 울타리 너머로 공책을 밀어넣었다.

그때 본 건물 옆에서 갑자기 무슨 일인가 일어났다. 소녀는 초조하게 어깨 너머를 살피더니 재빨리 답변을 적었다. 이번에는 처음처럼 종이를 찢어서 접었다. 사람들이 보이기 시작했다. 집에서 여러 명이 몰려나왔다. 꽤 많았다. 마치 교회에서 어떤 의식을 마친 것처럼 보였다. 소녀는 재빨리 일어나 울타리 틈으로 쪽지를 내밀었다. 이때 목소리가 들려왔다. 사람들이 소녀의 이름을 불렀다.

"라켈!"

소녀는 천천히 일어나 드레스의 먼지를 털었다. 토비아스는 더이상 소녀의 눈을 보지 못했다. 그녀는 가볍게 목례를 하고는 괭이를 집어들고 조용히 자신을 부르는 목소리 쪽으로 걸어갔다. 토비아스는 사람들이 흩어지기 전까지 꼼짝 않고 엎드려 있었다. 소녀는 이제 사람들 사이에 섞여서 보이지 않았다. 모두가 비닐하우스 안으로 들어갔다. 농장이 다시 조용해졌다. 토비아스는 은신처에서 나와 마지막 쪽지를 손에 넣었다. 그 쪽지를 주머니에 넣고 숲으로 더 깊숙이 들어가 좋은 은신처를 찾기 전까지 꺼내지 않았다. 종이쪽지를 열어볼 때 손가락이 떨렸다. 그리고 거기에 쓰인 글을 보고 충격을 받았다.

'나 좀 도와줘, 제발.'

토비아스는 몰래 울타리 쪽으로 가보았다. 그쪽은 여전히 정적만 감돌았다. 토비아스는 어떻게 해야 할지 막막했다. 비밀 미션을 수행하기로 계획을 세웠지만 어디까지나 머릿속에 들어있는 유치한 생각이었다.

이것은 달랐다.

이것은 현실이었다.

회색 옷을 입은 소녀는 실재했다. 목이 말라도 말을 하지 못했다. 그리고 지금 그에게 도움을 청하고 있었다.

토비아스는 배낭을 메고 더 잘 보일 만한 언덕으로 조용히 걸어갔다.

28장

미아 크뤼거는 누군가 호텔방에 있는 느낌이 들어 잠에서 깼다. 제대로 눈을 뜨기 어려웠다. 잠이 덜 깬데다 안개에 에워싸인 느낌이었다. 하지만 자신이 혼자라는 사실을 확인하기 위해 억지로 눈을 떴다. 자신 말고는 아무도 없었다. 왠지 실망스러웠다. 어쩌다 내 인생이 이렇게 됐지? 호텔방과 살인사건. 사실 이것은 중요하지 않았다. 어디까지나 임시일 뿐이었다.

어서 와, 미아. 어서 와.

곧 갈 것이다. 그런데 왜 조바심을 칠까? 왜 자꾸 생각하지? 왜 이 생각, 저 생각을 하지?

이해가 안 되는 이유로 머리가 아팠다. 지난 6개월 동안 다양한 약을 먹은 터라 이렇게 작은 통증에는 면역이 됐을 거라고 생각했다. 주자네와 보낸 저녁시간은 계획보다 더 길어졌다. 계획했다는 것은 과장이고, 어디까지나 우연한 만남이었다. 요점은 술을 너무 많이 마셨다는 것이다. 미아는 눈을 감고 잠 속으로 돌아가려고 애썼다. 꿈에 로게르 바켄이 나왔다. 그는 호스텔 지붕 위에 알몸으로 서있었다. 독수리 문신은 목덜미에만 있지 않았다. 거의 전신을 뒤덮고 있었다. 그는 미아에게 뭔가를 말하려는 듯 소리를 질렀지만 알아들을 수가 없었다. 차 소리가 너무 시끄러운데다 누군가 미아의 귀에 대고 속삭였다. 알아들을 수 없는 이상한 말을 속삭이는 사람이 누구인지 보려고 고개를 돌렸지만 아무도 없었다. 로게르 바켄은 계속 팔을 휘두르며 뭐라고 떠들었지만 끝내 알아들을 수 없었다. "이리로 내려와요. 이리로." 미아가 소리쳤다. 그때 로게르 바켄이 뛰어내렸다. 천천히 허공을 가르며 그녀를 향해 떨어졌다. 어느 순간 그의 문신이 쭉 펴졌다. 이제는 몸도 모자라 주변의 허공까지 문신으로 뒤덮였다. 그의 팔은 독수리 날개가 되고, 다리는 발톱이 되었다. 머리는 부리가 되었다. 그의 몸이 미아를 덮치려는 순간 날개가 쭉 펴지며 멀리 날아갔다. 미아는 그가 무슨 말을 하는지 듣지 못했다. 그러고 나서 무덤이 보였다. 시그리의 묘비. 얼굴 없는 누군가가 다시 미아의 귀에 대고 속삭였다. 멀리 교회 종소리가 울려퍼졌다. 섬이었다. 히트라에서 교회 종소리가 울려퍼졌다. 영원에서 들려오던 금속성 소리가 침대 옆에 벗어둔 바지주머니 속 휴대전화 벨소리로 변했다. 미아는 잠이 덜 깬 채 소리가 나는 쪽으로 손을 뻗었다. 그리고 스크린을 누른 다음 흐릿한 정신으로 전화를 받았다.

"네." 미아가 말했다.

"미안해요. 제가 깨웠어요?"

가브리엘 뫼르크였다. 신입직원. 얼굴 붉히는 모습이 귀여운 청년. 해커.

"아니에요." 미아가 침대에서 몸을 일으키며 말했다. "그나저나 지금 몇 시죠?"

"9시."

'맙소사. 이렇게 일찍 출근했어요?"

미아는 이제 완전히 깨어났다. 꿈도 사라졌다. 갑자기 호텔방이 실감났다.

"집에 가지 않았어요."

"사무실에서 살림 차릴 작정이에요?"

가브리엘이 살짝 웃었다. "아, 그런 건 아니고요. 그냥 아직 배울 게 많아서요. 왠지 책임감이 느껴져서요."

"이해해요." 미아가 말했다.

그녀는 침대에서 내려와 블라인드를 걷었다.

오슬로 시내에도 새 봄이 찾아왔다. 스피케르수파 공원에서 뛰어노는 아이들과 칼 요한 거리를 거니는 연금생활자들. 성 안에 있는 왕과 의회의 정치인들, 모두가 일상을 시작하고 있었다. 그리고 그들이 그렇게 할 수 있도록 하는 게 미아의 임무였다. 미아는 무엇이 젊은 신입 해커를 움직이게 하는지 이해하고도 남았다.

"그래도 잠은 자야죠."

"괜찮아요. 워낙 밤에 일하는 게 익숙해서요." 가브리엘이 대답했다. "내가 무엇을 발견했는지 당신이 알고 싶어할 것 같아서요."

"물론이에요." 미아는 다시 블라인드를 내렸다.

그녀는 아직 하루를 시작할 준비가 되지 않았다. 잠을 더 자고 싶은 마음이 간절했다. 로게르 바켄은 무슨 말을 하려고 했을까?

"제가 제대로 된 경찰관이 아니라는 거 알고 있어요." 가브리엘이 미안한 듯 말했다. "이게 중요한지 어떤지 확신이 서지 않아요."

"가브리엘, 지금도 잘 하고 있어요. 뭔지 말해봐요." 미아가 하품을 했다.

"좋아요. 랩톱의 유저가 두 명이라는 거 아시죠?"

"로게르와 란디."

"맞아요, 로게르와 란디. 그런데 이게 기괴해요."

"왜요?"

"일단 로게르부터 시작할게요. 그에게는 딱히 특이한 점이 보이지 않아요. 랩톱을 많이 사용하지 않았더군요. 컴퓨터 중독자는 아니었어요."

"어떤데요?"

"보통 사람들이 사용하는 정도예요."

"뭘 사용했죠?"

"이메일이라든지 자동차, 오토바이 검색. 뭐, 우리가 예상할 수 있는 거죠."

"누구한테 이메일을 보냈어요? 흥미로운 사람이라도 있나요?"

"사실 그렇지 않아요. 사적인 이메일은 별로 없었어요. 그러니까 개인적으로 아는 사람한테 받은 메일은 없었어요. 바이커 잡지를 주문한 적이 있고. 청구서라든지 이메일 영수증. 스팸메일뿐이에요. 이메일 내용만으로 보면 꽤 쓸쓸하게 살다 갔어요."

"사람들에게 인터넷 상의 삶만 있는 게 아니죠." 미아가 말했다.

"그 말도 맞지만 아무튼 그래요. 개인적인 내용이 없다는 게 이 상하지만 그건 별로 흥미로운 점이 아니죠."

"잠깐만 기다려줄래요?"

"그러죠."

미아는 휴대전화를 내려놓고 호텔 인터폰이 있는 테이블로 갔 다. 리셉션에 전화를 걸어 방으로 아침식사를 갖다달라고 주문했 다. 어제 호텔 식당에서 아침식사를 해결하려고 했는데 실수였다. 사람이 너무 많았다.

"됐어요."

"네. 이 로게르 유저에 대해서는 제가 좀 더 확인해볼게요. 그리 고 또 한 사람에 대해 알아낸 내용도 알려드릴게요."

"란디?"

"네."

"그 여자는 누구죠?"

"그게 좀 이상해요."

"뭐가요?"

가브리엘은 잠시 침묵했다.

"좀 더 조사해봐야겠지만 그 여자는 틀림없이 동일인물이에요."

"무슨 말이에요?"

"로게르와 란디요. 그들이 동일인물이라고요."

"로게르 바켄과 란디가 한 사람이라는 거예요?"

"그렇기도 하고 아니기도 해요. 아니, 그래요. 그는 여자일 가능 성이 있어요."

"농담하는 거예요?"

"아니요. 사실이에요."

"그걸 어떻게 알았죠?"

"로게르라는 유저명 하에서 그는 남자예요. 오토바이와 자동차 사진을 즐겨 찍었어요. 낚시도 하고 술도 마셨죠. 하지만 란디일 때는 전혀 딴판이에요. 여자예요. 검색해서 즐겨찾기한 블로그를 보니 코바늘뜨기라든가 실내디자인에 관한 것들이었어요. 여성복 차림으로 사진도 찍었어요. 그는 이중생활을 했던 것 같아요."

"그걸 어떻게 확신하죠?"

저편에서 가브리엘의 한숨소리가 들려왔다.

"제가 프로페셔널 경찰관이 아니라는 것 알아요. 하지만 여장한 남자는 나도 알아맞힐 수 있어요."

"미안해요. 그냥 하도 이상해서요."

"저도 그래요. 하지만 그 남자가 맞아요. 백퍼센트. 여기에 와서 직접 확인하면 알 거예요."

"되도록 빨리 갈게요. 참, 휴대전화는 확인해봤어요?"

"그것도 좀 이상해요."

"무슨 뜻이에요?"

"사실상 메시지가 모두 삭제되었어요. 저장된 전화번호도 없고요. 왠지 모르지만 자신에 대한 흔적은 최대한 지운 것 같아요."

"여장한 사진은 빼고요."

"그래요, 그것만 빼고. 말씀드렸듯이 그 사진은 랩톱에도 남아있었어요."

"사실상 문자메시지가 모두 삭제되었다고 했는데, 혹시 몇 개는 남아있다는 말인가요?"

"네, 아리송한 것 몇 개요."

"말해줄 수 있어요?"

"지금요?"

"그래요. 지금." 미아는 자기도 모르게 빙그레 웃었다.

"좋아요." 가브리엘은 목소리를 가다듬은 뒤 자신이 발견한 것을 큰 소리로 읽었다. "문자메시지가 세 개예요. 모두 3월 21자 메시지예요."

"그가 죽은 날이군요."

"그런가요?"

"그래요. 어서 읽어봐요."

그때 호텔방을 노크하는 소리가 들렸다. 미아가 가운을 걸치고 아침식사를 건네받는 사이 가브리엘은 문자메시지를 열었다.

"좋아요. 첫 번째는 짧아요."

"누가 보냈죠?"

"발신자는 익명이에요."

"어떻게 그게 가능하죠? 메시지를 보낼 때 전화번호를 감출 수 있나요?"

"그럼요. 그건 쉬워요." 가브리엘이 대답했다.

"지금 내 질문이 한심하게 들린다는 거 알아요. 그런데 어떻게 그렇게 하죠?" 미아가 묻고 나서 커피를 한 모금 마셨다.

커피가 썼다. 미아는 커피를 도로 뱉었다. 욕설이 흘러나왔다.

어떻게 커피를 제대로 내릴 줄도 모르지? 접시 위 스크램블드 에그와 베이컨도 식욕을 달아나게 했다.

"TxtEmNow.com라든지 비슷한 사이트를 이용해 인터넷 상에서 메시지를 보내면 가능해요. 전화번호를 기록하지 않아도 되는 사이트는 많아요. 수신자 전화번호와 메시지만 타이핑한 다음 보통 광고와 함께 전송하죠. 그쪽에서 비용을 대는 방식이에요."

"메시지 내용이 뭐예요?"

"세 가지예요."

"어서 말해봐요."

"태양에 너무 가까이 날아가는 것은 현명하지 못하다."

"다시 말해줄래요?" 미아는 도저히 아침을 먹을 수가 없어서 쟁반을 들고 창가로 가며 물었다.

"태양에 너무 가까이 날아가는 것은 현명하지 못하다. 이게 첫 번째 문자고요."

"그가 뭐라고 답장했나요?'

"답장하지 않았어요. 발신인이 없으면 답장을 할 수 없어요."

미아는 침대에 걸터앉아 벽에 머리를 기댔다. 다시 두통이 시작됐다. 태양에 너무 가까이 날다. 독수리 문신. 날개. 날개를 가진 이카루스. 이카루스는 태양에 너무 가깝게 날아갔다가 날개가 녹았다. 자만심. 오만함. 로게르 바켄은 규칙을 어겼다.

"여보세요?"

"아, 미안해요, 가브리엘. 생각 좀 하느라."

"다음 메시지도 읽을까요?"

"그래요."

"거기 누구냐?"

"그게 다예요?"

"네. 마지막 문자도 읽을까요?"

"그래요."

"잘 가라, 새야."

미아는 눈을 감았지만 아무것도 떠오르지 않았다. '거기 누구냐?' '잘 가라, 새야.' 지금 당장은 아무것도 떠오르지 않았다. 그녀는 침대에서 내려와 욕실로 갔다. 거울에 비친 자신의 모습이 마음에 들지 않았다. 피곤에 절어 보였다. 시체처럼 보였다. 유령 같았다. 허리를 굽혀 욕조의 수돗물을 틀었다.

"미아? 아직 거기 있어요?"

"아, 미안해요. 가브리엘. 마지막 두 메시지 좀 생각했어요."

"그런데요?"

"모르겠어요, 지금 당장은. 내가 나중에 들를게요. 괜찮죠?"

"그럼요. 전 여기 계속해서 있을 거예요."

"좋아요. 가브리엘. 지금까지 잘했어요."

미아는 전화를 끊고 욕실로 돌아왔다. 휴대전화를 창 턱에 올려놓고 아침식사를 하려고 노력했지만 좀처럼 먹을 수 없었다. 상관없었다. 카페 브렌네리에서 빵과 스콘으로 때우면 됐다.

'거기 누구냐?'

'잘 가라, 새야.'

미아는 옷을 벗고 욕조로 들어갔다. 따뜻한 물에 몸을 담그자 기분이 좋아졌다. 주자네와 함께 보낸 시간은 즐거웠다. 정말로 즐거웠다. 다시 만나기로 약속도 했다. 그랬지 않았나? 기억이 가물가물했다. 막바지로 갈수록 술에 많이 취했다.

욕조 난간에 머리를 기대고 눈을 감았다.

'거기 누구냐?' '잘 가라, 새야.'

대단한 단서는 아니지만 적어도 출발점은 되어주었다.

29장

세실리에 뮈클레는 어찌나 곤히 잠들었던지 일어나기가 힘들었다. 습관의 힘으로 시계에 손을 뻗었지만 웬일인지 알람 소리는 들리지 않았다. 눈을 뜨려고 애를 쓰는데도 영 떠지지 않았다. 몸이 묵직하면서도 편안하고 따뜻하게 느껴졌다. 마치 부드러운 구름 위에 누워 또 다른 구름 이불을 덮은 듯했다. 그녀는 이불을 더 끌어당겨 단단히 덮고 모로 누웠다. 얼굴을 베개 깊숙이 묻었다. 몸이 원하는 대로 따르리라 생각했다. *다시 잠들어, 다시 잠들어. 머리와 이성이 하는 말은 잊어. 넌 지금 더 자야 해. 세실리에, 어서 자.* 의사가 알약을 처방해준 것도 이 때문이었다. 처음에는 꺼려했었다. 평생 한 번도 수면제를 먹은 적이 없기 때문이다. 그녀는 약을 좋아하지 않았다. 정신이 맑은 게 좋았다. 자신의 몸이 무언가에 조종당하는 것이 싫었다. 스스로 조종하고 싶었다. 이불 속에서 다시 손을 뻗어 여느 때처럼 6시 15분에 맞춰진 알람 스위치를 끄려고 했지만 여전히 울리지 않았다. 머릿속 일부에서 왜 그럴까 의문이 일었지만 나머지 부분이 얼른 의문을 물리쳤다. 수면제 후유증으로 신경이 무뎌졌다. 그녀는 다시 이불에 파묻혀 부드러운 베개에 머리를 뉘었다.

"이건 권유가 아닙니다. 지시예요. 환자분은 잠이 필요하기 때문에 이 알약을 먹어야 해요. 잠을 자야 합니다. 내가 몇 번을 더 말해야 알아들으시겠어요?"

세상에서 가장 고마운 의사였다. 다소 엄격했지만 그녀에게 뭐가 필요한지 알고 건강을 챙기라고 말해주는 사람이 이 세상에 누가 있던가? 세실리에 뮈클레는 그런 것에 서툴렀다. *스스로 건강을 챙겨.* 사람들은 늘 이렇게 말했지만 그것이 말처럼 쉽지 않았다. 그런 것을 잘 하지 못하는 어머니 밑에서 자란 탓일까. 어머니는 언제나 당신보다 다른 사람의 필요가 우선이었다. 그 패턴은 참으로 깨기 힘들었다.

세실리에는 걱정이 많은 편이었다. 쉽게 잠을 이루지 못하는 이유도 그 때문이었다. 잠을 푹 자본 지가 언제인지 기억도 나지 않았다. 거의 언제나 불면으로 보냈다. 설핏 잠이 들었다가 일어나 심야 TV를 시청하고 차를 한 잔 마신 뒤 몇 분쯤 고양이 잠이 들었다가 알람을 끄고 시계를 보면 6시 15분이었다. 세상일은 언제나 잘못될 수 있는 법인데도 세실리에는 보통 사람들보다 걱정이 많았다.

"당신은 필요 이상으로 걱정이 많아." 스컬러루드에 테라스 딸린 집을 샀을 때에도 남편은 이렇게 말했다.

"당신은 우리가 그 집을 살 능력이 된다고 확신해?"

"어떻게든 해봐야지." 남편은 이렇게 대답했고, 그의 말은 옳았다. 그럭저럭 해냈고, 생각지도 않게 남편이 북해 석유굴착장치에서 일하기 시작하면서 한층 순조로워졌다.

6주 근무에 6주 휴가. 남편이 몇 주일씩 집을 떠나있으면 물론 그리웠지만 경제적으로는 큰 도움이 되었다. 남편은 휴가 중일 때 온종일 집에 있었다. 세실리에는 성실한 남편을 사랑했다. 그는 완벽했다. 그보다 더 좋은 친구나 연인은 바랄 수 없었다. 그는 석유굴착장치에서 일하는 다른 동료들과 달랐다. 그들은 주머니에 돈을 넣고 돌아오자마자 그 돈을 시내에서 탕진했다. 6주 동안 일을 하면 그 6주일만큼 술독에 빠져 지냈다. 남편은 달랐다. 집에 오면 밖에 나가는 법이 없었다.

세실리에 뮈클레는 천장을 향해 두 팔을 뻗어 한껏 기지개를 켜고 나서야 겨우 눈을 떴다. 정신이 맑아질 때까지 조금 더 침대에 누워있기로 했다. 나른했지만 푹 자고 났더니 원기가 회복된 느낌이었다. 피부는 따뜻했고 몸은 유연하고 편안했다. 요 며칠 흥분상태에서 끔찍한 악몽을 꾸었다. 하지만 간밤에는 꿈도 꾸지 않았다. 완벽하게 휴식을 취했다.

그녀는 이제 완전히 잠을 털어냈다. 어두운 침실에서 일어나려는데 왠지 다시 불안함이 엄습했다. 도대체 지금 몇 시지? 그녀는 손을 뻗어 침대 옆 스탠드등의 스위치를 켰다. 불이 들어오지 않았다. 왜 사방이 컴컴할까? 게다가 춥고? 전기가 나갔나? 이번에는 작은 알람시계의 조명 버튼을 눌렀다. 그녀는 시간을 확인하고 깜짝 놀랐다. 10시 15분이었다. 맙소사, 한 시간 전에는 일어났어야 했다. 지금쯤이면 카롤리네를 유치원에 데려다줬어야 했다. 침대 밖으로 다리를 내렸지만 두 손으로 머리를 감싼 채 그대로 앉아 있어야 했다. 납덩어리가 된 느낌이었다. 눈을 뜨고 있기가 힘들었다. 그녀는 비틀거리며 문 옆 전등스위치로 걸어갔다. 천장의 전등 또한 불이 들어오지 않았다. 집안이 춥고 이상하리만치 조용했다. 비틀거리며 창문으로 걸어가 커튼을 걷었다. 방안이 한눈에 보일 정도로 봄 햇살이 환하게 쏟아져 들어왔다.

세실리에는 비틀거리며 복도로 나갔다. 카롤리네를 깨워야 했다. 다리가 무거웠다. 어두운 복도를 걸어가는 동안 몸을 지탱하기조차 힘들었다. 양말 신는 것도 잊었다. 바닥이 차가웠다. 몽롱한 의식 사이로 자신이 벽을 짚고 카롤리네 방으로 가는 것을 느꼈다.

"카롤리네?"

목소리가 작고 힘이 없었다. 자신의 목소리가 누군가를 깨우기 에는 역부족이었다.

"카롤리네, 일어났니?"

딸의 침실에서 아무 대답이 없었다. 10시 15분인데? 카롤리네는 좀처럼 늦잠을 자는 법이 없었다. 보통 7시에는 일어났다. 종종 곰 인형을 안고 부모의 침실로 살금살금 걸어오기도 했다. 세실리에 가 하루 중 가장 좋아하는 때였다. 그랬다. 딸과 곰 인형과 침대에 누워 조용한 아침을 맞는 것.

"카롤리네?"

세실리에는 계속 손으로 주변을 더듬었다. 눈이 서서히 어둠에 적응이 됐다. 그때 발밑으로 축축하고 끈적끈적한 것이 느껴졌다.

도대체 뭐지? 그녀는 걸음을 멈추고 발을 들어올렸다. 조심스럽게 발바닥을 만져보았다. 청소한 지 며칠 안 됐는데 바닥에 뭔가 역겨운 게 묻어있었다. 세실리에는 천천히 끈끈한 바닥을 지나 카롤리네의 방으로 들어갔다.

"카롤리네?"

그녀는 얼른 바닥을 가로질러 가서 커튼을 열었다. 햇빛이 방안에 스며들었다. 본격적으로 걱정이 밀려든 것은 그때였다.

"카롤리네?"

눈을 믿을 수가 없었다. 카롤리네가 침대에 없었다. 바닥에는 피가 고여있었다. 순간 아득해졌다. 그녀는 고여있는 핏물에 발을 디뎠다. 이건 틀림없는 꿈이었다. 아직 잠에서 깨어나지 않은 것이다. 의사가 아무리 권해도 수면제를 먹지 말아야 했는데. 그녀는 잠에서 완전히 깨어날 때까지 딸의 침실을 떠나지 않았다. 이런 꿈이 싫었다. 카롤리네가 침대에 없다니. 오전 10시가 넘었는데. 바닥에는 피가 묻어있었다. 전기도 들어오지 않았다. 집안은 어두웠다. 스웨터 안 팔뚝에 소름이 돋았다. 이제 정말로 깨어나고 싶었다. *이제 곧 알람이 울릴 거야.* 그녀는 이런 생각을 하며 입술을 깨물었다.

이건 꿈일 뿐이야.

충격에 빠진 세실리에 뮈클레는 멀리서 전화벨 소리가 울리는 것도 듣지 못했다.

30장

미아 크뤼거는 스토르가테의 카페 브렌네리에 창가에 앉아 두 번째 코르타도(따뜻한 우유와 함께 제공되는 에스프레소 커피—주)를 마시고 있었다. 이미 스콘도 먹고 오렌지주스도 한 잔 마셨다. 간밤에 주자네와 과음을 한 후 지독한 숙취는 아직 남았지만 그래도 천천히, 확실히 회복되고 있었다. 미아는 어떤 이유에선지 보통 때 같으면 거들떠보지도 않는 신문을 오늘 읽었다. 비록 앞쪽 몇 면은 아무런 감흥도 없었지만 말이다. '숲속 아이들 살해되다(숲속 아이들babes in the wood은 '잘 속는 사람, 순진해서 위험에 처하기 쉬운 사람'을 뜻하는데, 1595년 영국에서 출간된 《숲속의 아이들The Children in the Wood》이란 옛날이야기에서 유래된 말이다. 두 아이를 둔 아버지가 죽어가면서 동생에게 아이들을 잘 돌봐달라고 유언을 남기지만 동생은 형의 유산에 눈이 멀어 두 아이를 깊은 숲속으로 끌고 들어가 그곳에 버려둔 채 도망치고, 아이들은 숲을 방황하다가 결국 죽고 만다. 여기에서 유래되어 어린이 살인사건이 났을 때 언론은 흔히 '숲속 아이들이 살해되다'

라고 표현한다─주).' 신문은 아이들을 그렇게 부르기로 작정한 듯했다. 미아는 언론이 살인사건 수사라든가 실종자 수색, 시민의 불안, 전쟁 등 정말로 비극적인 상황을 명칭이나 상징으로 만들어 표현하는 게 불쾌했다. 그게 독자들에게 미치는 영향을 모르는 걸까? 사람들의 두려움을 증폭시키고 섬뜩하게 만들어도 개의치 않는 걸까? 빌어먹을, 모두 지옥에나 떨어져라. 그런 행위를 막는 법은 왜 없을까? 처벌은 왜 없을까? 더 나쁜 점은 이 멍청한 언론들이 범인이 원하는 것을 그대로 제공하고 있는 줄도 모른다는 사실이었다. 대중의 관심이라는 산소 말이다. 그들은 모를까? 범인이 바라는 것은 사람들의 관심인 경우가 많았다. 신문마다 기사 분량이 늘어났다. '숲속의 아이들.' 미아는 가끔 기자들이 기사를 어떻게 썼는지 궁금했다. 이웃이나 친구, 유치원 관계자들을 면담했을 것이다. '경찰은 단서를 찾지 못하고 있다.' 언론이 그 사실을 어떻게 알았는지 궁금했다. 생일에 가족과 해변에서 찍은 파울리네 사진들. 요한네가 수영장에서 할아버지와 놀거나 스케이트 타는 사진들. 미아는 고개를 가로저으며 기사를 읽었다. '용의자 없음.' '전 국민이 애도.' 장례식 사진들. 범죄현장에 놓인 꽃과 초들. 희생된 아이들에게 보낸 편지와 카드. 우는 아이들. 눈물짓는 어른들.

신문을 내려놓고 남은 코르타도를 마실 때 휴대전화가 울렸다.

"네. 미아예요."

"나야, 홀거. 어디 있어?"

"스토르가테에 있는 카페 브렌네리에요. 왜 그러시죠?"

"또 한 아이가 실종됐어."

미아는 자리에서 벌떡 일어섰다. 팔에 소름을 돋았다. 얼른 가죽 재킷을 입고 밖으로 나오며 물었다. "사무실에 계세요?"

"난 지금 막 나가려고."

"플륀스가테 7—11번지에서 기다리고 있을 게요."

"알았어."

미아는 전화를 끊고 융스토르베로 달려갔다. 빌어먹을. 세 번째 였다. *아이의 왼쪽 새끼손가락 손톱에 줄이 세 개 그어졌겠군.* 아니, 이번에는 그렇지 않았다. 이번에는 이쪽이 빨랐다. 소녀는 실종되었지만 자신들은 이미 수사 중이었다. 더 이상 손톱에 줄은 그어지지 않을 것이다. 이번에 실종된 소녀가 누구인지 모르지만 인파를 헤치며 달려가는 동안 결심했다. 이번에는 너무 늦지 않게 찾아내리라.

그녀가 융스토르베 도로 모퉁이에 도착했을 때 홀거의 검정색 아우디가 막 플륀스가테에 도착했다. 미아는 재빨리 조수석에 올라탄 뒤 문을 닫았다.

"우리 어디로 가는 거예요?" 미아가 숨을 헐떡였다.

"디센." 뭉크가 짧게 대답했다. "디센바이엔. 10분 전에 신고가 들어왔어. 소녀의 이름은 안드레아 링. 아버지가 아침에 깨어나보니 딸이 침대에서 보이지 않더래."

뭉크는 지붕의 푸른색 경광등을 켜고 액셀러레이터를 밟았다.

"아빠라는 사람은 그때 막 일어난 건가요?"

"그런 것 같아." 뭉크가 중얼거렸다.

"거기 누가 있어요?"

"킴과 아네트. 쿠리는 지금 가는 중이야."

뭉크는 길을 가로막는 트램과 보행인 몇 명에게 짜증스럽게 경적을 울려댔다. "멍청한 것들."

"아이가 집에서 사라졌대요?"

뭉크는 고개를 끄덕였다.

"이상하네요. 다른 두 아이는 유치원에서 사라졌는데."

"길 좀 비켜라. 멍청이들 같으니." 뭉크는 다시 경적을 울렸고, 마침내 차량 행렬에서 벗어나 신센으로 방향을 틀었다.

"집에는 아빠밖에 없었나요? 엄마는 어디에 있고요?"

"나도 몰라." 뭉크가 중얼거렸다.

그때 뭉크의 휴대전화 벨이 울렸다. 그가 전화를 받았다. 목소리가 무뚝뚝했다. 기분 좋은 날 나오는 목소리는 아니었다.

"그래? 빌어먹을! 그래. 저지선을 쳐. 당장 감식반을 보내고. 뭐라고? 아니, 난 그런 거 신경 안 써, 우리에게 우선권이 있어. 아니, 당연히 사건현장으로 취급해야지. 5분 안에 그리로 갈 거야."

그는 전화를 끊고 고개를 저었다.

"아네트예요?"

"킴."

"뭘 발견했대요?"

"혈흔." 뭉크가 우울하게 대답했다.

"어쩌면 우리가 생각하는 범인이 아닐지도 몰라요. 범행 수법이 완전히 달라요." 미아가 추측했다.

"그렇게 생각해?"

그는 미아를 쳐다보지 않은 채 아까 하던 말을 계속했다. 여섯 살 난 여자아이가 디센의 자기 집 침실에서 실종되었다. 미아는 가죽재킷 주머니를 뒤져 목캔디를 찾아냈다. 부디 앞의 두 사건과 관련이 없기를 바랐다. *왼쪽 새끼손가락 손톱에 난 세 개의 줄. 제발, 그런 일이 또 일어나선 안 돼. 이번에는 너무 늦지 않았기를.*

뭉크가 다시 경적을 울렸다. 신호등이 파란불로 바뀌었는데도 빨리 걸어야 할 이유를 모르는 듯 유유자적 횡단보도를 건너는 펑크로커 한 쌍 때문에 차를 세울 뻔했다.

"그 아이의 피예요?" 미아가 물었다.

"단정하기에는 일러. 감식반이 가는 중이야."

"바켄에 대해 새로운 얘기 들으셨어요?"

"독수리 문신? 응. 로게르와 란디 얘기? 그가 복장도착자라지?"

"그런 것 같아요."

"지금 당장 나에게 필요한 건 아니야. 사실 내겐 필요도 없고."

후자의 말은 미아에게 들으라고 한 말이 아니었다. 뭉크는 꾹 다문 입술 사이로 혼잣말을 중얼거리며 트론헤임스바이엔에서 디센으로 향했다. 테라스가 있는 빨간색의 작은 집들로 이루어진 디센바이엔 전체가 평소와 달리 그 시간에 깨어있었다.

"뭘 알아냈나?" 차에서 내리자마자 뭉크가 말했다.

"안드레아 링. 나이는 여섯 살. 침실에서 실종됐어요. 계단 아래부터 침실까지 혈흔이 떨어져 있고, 침대에도 피가 묻어있습니다."

킴이 머리를 긁적이며 심각한 표정을 지었다.

"아이 아빠는 어디 있나?"

"거실에요. 완전히 제정신이 아니에요." 킴이 집안을 가리켰다.

"여기 의사가 있나?"

킴이 고개를 끄덕이며 다시 현관문을 가리켰다. 그들이 집으로 이어지는 자갈길에 막 들어섰을 때 아네트가 나타났다.

손에 휴대전화를 든 그녀가 걱정스러운 표정으로 말했다. "또 한 명 늘었어요."

"뭐? 또 아이가 실종됐대?" 뭉크가 버럭 소리를 질렀다.

"네. 방금 전화 받았어요. 이름은 카롤리네 뮈클레. 여섯 살. 스컬러루드의 침실에서 사라졌어요."

"젠장!"

"피는요?" 미아가 물었다.

아네트가 말 없이 고개를 끄덕였다.

"알았어. 미아와 아네트, 당신들 둘은 스컬러루드로 가. 킴과 나는 여기에 남을 거야. 그리로 감식반을 보낼게."

"이미 감식반이 가고 있는 중이에요." 아네트가 말했다.

뭉크가 미아를 흘끔 쳐다봤다. 뭉크는 아무 말도 하지 않았지만 미아는 이미 그의 생각을 읽고 있었다.

하루에 두 명이?

그것도 같은 시간에 두 명이?

"우린 제 차를 타고 갈게요." 아네트가 앞장서서 길가에 주차해 둔 빨간색 푸조로 발걸음을 옮기며 말했다.

31장

〈아프텐포스텐〉지 기자 미켈 볼드는 이제 막 인터넷에 기사 하나를 올리고는 뿌듯해했다. 요즘은 모든 일이 너무 빨리 일어나서 발표 전에 사실 확인을 할 시간도 없었다. 그는 온라인으로 기사를 두세 번 훑어보았다. 오탈자는 없었다. 휴! 그런대로 괜찮아 보였다. '파울리네에게 작별인사를.' 그는 전날 동료 두 명과 파울리네의 장례식을 취재했다. 그들이 인쇄판 신문의 메인 기사를 책임지는 반면 볼드의 임무는 다른 관점을 찾는 것이었다. 〈아프텐포스텐〉의 인쇄판과 인터넷판 기자들은 각기 독립적으로 취재했지만 이번 사건의 경우에는 달랐다. "뭐든지 하고 최초로 하라."가 지금의 행동강령이었다. 경쟁사들도 이미 그렇게 하고 있었다.

스코옌 교회는 추모객들이 서까래까지 가득 차 있었다. 유가족은 전 언론사에 밖에 있어달라고 요청했지만 누구나 그들의 바람을 존중하는 것은 아니었다. 미켈 볼드는 다른 신문사의 기자들이 유가족과 이웃, 친구들 틈에 섞여 요령껏 교회로 들어가는 것을 보았다. 그랬다. 너나할 것 없이 경쟁구조 속에서 일하는데 솔직히 거기에 어떤 경계가 있어야 할까? 〈아프텐포스텐〉은 뉴스 보도에 있어 팀워크가 탁월했다. 재능 있는 편집팀, 유능한 기자들. 그들은 공개적으로 논의한 적은 없어도 절제된 기조를 유지하는 데 있어 암묵적으로 동의하고 있었다. 이를테면 관객이 가득 찬 극장에서 "불이야!"라고 소리치지 않았다. 배려를 보여주었다. 더럽고 거친 손가락으로 상처를 깊이 후벼파지 않았다. 몇몇 경쟁지들과는 달랐다.

미켈 볼드는 몇 달 전 경쟁 신문사로부터 이직을 제안받았다. 마흔이 가까워오는 그는 〈아프텐포스텐〉에서 12년째 근무하고 있었다. 제안은 솔깃하게 들렸고, 자신이 또 언제 이런 제의를 받을지 장담할 수 없었지만 거절한 것을 스스로 다행스러워했다. '파울리네에게 작별인사를.' 그는 파울리네의 유치원 친구와 부모를 인터뷰했다. 이도저도 아닌 무미건조한 기사일까? 그럴 수도 있지만 그는 책임 있는 저널리즘이라고 판단했다. 적절했다. 친구를 잃은 깊은 슬픔. 그들은 한 손에 꽃다발을 들고 다른 손에 파울리네를 위해 그린 그림을 든 채 우는 여자아이의 사진을 찍었다. 아름답고 가슴 뭉클했다. 언론 규범을 벗어나지 않는 한도에서, 그렇지 않은가? 아니 혹시 벗어났나? 미켈 볼드는 한숨을 쉬며 기지개를 켰다. 소녀들의 시신이 발견된 후 제대로 잠을 잔 적이 없었다. 내가 균형감각을 잃어버리기 시작한 것은 아닐까? 10년 전에 이런 기사를 썼더라면 어땠을까? 5년 전에는? 그는 도덕적인 꺼림칙함을 떨쳐버리고 커피를 마시기 위해 탕비실로 갔다. 사무실은 북적거렸다.

이런 기삿거리를 만난 지도 오랜만이었다. 사실 이런 비슷한 사건을 본 적이 있었던가? 여자아이들에게 인형처럼 옷을 입히고 등에 가방을 메게 한 다음 나무에 매단 연쇄살인범? 그는 고개를 가로저으며 커피를 한 모금 마셨다. 모든 것이 비현실적으로 느껴졌다. 미국에서나 일어나고 TV에서나 볼 수 있을 법한 사건이었지 여기 노르웨이에서는 좀처럼 보기 힘들었다. 교회에서 추모객 인파를 목격했을 때 감정을 억제하려고 안간힘을 썼다. 작고 하얀 관. 침울한 얼굴들. 슬픔. *파울리네에게 작별인사를.* 그는 가이드라인을 벗어나지 않으려고 노력했다. 그랬다. 그는 그랬다. 이만하면 좋은 기사였다.

"그들이 다시 출발했대요." 실예가 탕비실 안으로 얼굴을 빠끔 들이밀며 말했다.

"이번에는 어디로 간대?" 미켈은 커피잔을 선반에 내려놓고 젊은 기자를 따라 옆방으로 갔다. 그곳에서는 기자들이 조금이라도 놓치지 않으려고 하루 종일 경찰 라디오에 귀를 기울이고 있었다.

"스컬러루드요."

"다른 아이야?"

"그건 아직 몰라요." 실예는 볼륨을 더 높였다.

"뭣 좀 알아낸 거야?" 편집장 그룽이 평소처럼 불그레한 얼굴에 면도도 하지 않은 모습으로 들어오며 물었다. 그 역시 최근 들어 잠이 부족한 듯 보였다.

"스컬러루드로 여러 팀이 파견됐어요." 실예가 그룽에게 말했다.

"스컬러루드? 난 디센바이엔으로 간 줄 알았는데?"

"두 군데 다예요."

"디센바이엔?" 미켈 볼드가 되물었다. 그는 아직 그 건에 대해서는 모르고 있었다.

"몇 분 됐네." 그룽이 고개를 끄덕였다. "에리크와 토브는 지금 거기에 있어." 그러고는 다시 실예를 돌아다봤다. "스컬러루드 주소 좀 알 수 있을까?"

"벨딩 올센스 베이. 스컬러루드 학교에서 멀지 않아요."

"내가 가죠." 미켈이 나섰다.

"좋아. 뭣 좀 알게 되면 그때그때 알려주게." 그룽이 고개를 끄덕였다.

미켈 볼드는 자기 책상으로 가서 낚아채듯 가방을 집어들었다.

"사진기자 없나?" 그룽이 방 저편을 향해 소리쳤다.

"에스펜이 함께 갈 수 있을 거예요."

"안 돼요, 그 친구는 디센에 갔어요."

"니나한테 연락해봐. 연락되면 거기에서 만나자고 전해줘." 미켈 볼드가 출입구로 걸어가며 말했다.

그는 엘리베이터를 타고 1층으로 내려간 다음 택시정류장에서 택시를 탔다. 그리고 휴대전화를 꺼내 디센으로 떠난 동료 기자 에리크 뢰닝에게 전화를 걸었다.

"에리크입니다."

"어떻게 된 거야?"

"저지선을 쳐서 우리는 접근 불가예요. 아수라장이에요. 어떻게 된 건지 아무도 몰라요."

"거기에 우리만 있는 거야?"

"그건 선배님 희망사항이죠." 후배 기자는 혼자서 낄낄거렸다. "이런, 경찰들이 나타났어요. 미아예요! 미아!" 에리크의 목소리가 잠시 사라졌다가 돌아왔다.

"무슨 일이야?" 미켈 볼드가 물었다.

"뭉크와 크뤼거가 방금 도착했어요. 우리가 제대로 찾아온 모양이에요. 미아예요! 미아!"

에리크의 목소리는 다시 사라져 끝내 돌아오지 않았다. 미켈 볼드는 택시기사에게 속력을 높여달라고 부탁했다. 부디 자신이 스컬러루드에 첫 번째로 도착하는 기자이기를, 다른 기자들은 경찰 라디오로 호출명령이 떨어진 것을 듣지 못했기를 바랐다. 미켈은 에리크와 다시 통화하려고 했지만 그의 전화는 곧장 음성메시지로 넘어갔다. 홀거 뭉크와 미아 크뤼거가 나타났다면 뭔가 중대한 일이 벌어진 것임에 틀림없었다.

벨딩 올센스 베이에 도착했을 때 경찰이 이미 그곳에 저지선을 쳐놓은 것이 보였다. 그는 차비를 지불하고 택시에서 내려 구경꾼 무리가 있는 곳으로 걸어갔다. 저지선을 너무 일찍 친 거 아냐? 요즘 들어 그런 일이 잦았다. 경찰 라디오를 듣는데도 불구하고 그들은 여전히 한 발짝 늦었다. 다른 기자들이 그에 대해 의논하는 것을 들은 적이 있다. 우리가 감각을 잃어버린 것일까? 경찰이 뭔가 새로운 통신수단을 시도하고 있다는 소문은 나돌았지만 아직까지는 그게 무엇인지 아는 사람은 없었다.

미켈 볼드는 곧장 저지선으로 걸어다가 〈VG〉지 소속 기자를 발견하자 물었다. "어떻게 돼가고 있습니까?"

"아직 몰라요." 〈VG〉 기자는 담뱃불을 붙이고는 도로 쪽을 가리켰다.

"3호 아니면 5호 집 같아요. 저기 테라스 딸린 노란 집들 중 한 곳이에요. 아직 지휘관은 나타나지 않고, 보병들만 왔다갔다 하고 있죠. 어떤 일이 일어났는지 아직 몰라요."

미켈 볼드가 주변을 둘러보았다. 새로운 얼굴들이 속속 도착하고 있었다. NRK와 TV2 방송국 기자들도 보였다. 〈닥스아비센〉에서 나온 기자를 발견하고 목례를 하려는데 휴대전화 벨이 울렸다.

"미켈입니다."

"나야, 그룽. 뭘 좀 알아냈나?"

"아직입니다. 하지만 모두 여기 모였어요."

"빌어먹을, 왜 우리는 항상 꼴찌인 거야?" 그룽이 딱딱거렸다.

"그게 문제입니다. 우리도 뭔가 대책을 세울 필요가 있어요."

그룽은 말이 없었다. 편집장은 자신에게 이래라저래라 훈수 두는 것을 좋아하지 않았다.

"뭉크와 크뤼거는 디센으로 갔답니다." 미켈이 얼른 화제를 바꿨다. 그룽의 노여움을 사고 싶지 않았다. 그룽에게 미운털이 박힌 사람들이 어떻게 되는지 목격했는데, 별로 좋은 모습은 아니었다. 미켈은 좌천되어 산드비카에서 실종 고양이 따위의 이야기나 취재하고 싶지 않았다.

"크뤼거는 방금 디센을 떠났어. 틀림없이 스컬러루드로 가는 중일 거야." 그룽이 말했다.

"니나와는 연락됐어요?"

"그렇네, 지금 그리로 가는 중이야. 방금 다른 선으로 에리크한 테 전화가 왔네. 나중에 다시 연락하지."

"그러시죠." 미켈이 전화를 끊었다.

그는 저지선으로 돌아와 상황을 파악하려고 애썼다. 경찰은 어느 한 집이 아니라 온 도로에 저지선을 쳐놓았다. 뭉크와 크뤼거는 디센에 있었는데 크뤼거가 지금 이리로 오는 중이었다. 뭔가 중대한 사건이 일어났다. 희생자 소녀가 한 명이 아닌 것이 분명했다. 동시에 두 명? 장담하건대 내일자 신문 1면에 실릴 것이다. 미켈은 거리를 둘러보며 몰래 숨어 들어갈 틈이 없는지 살폈다. 틀림없이 들어가는 또 다른 길이 있지 않을까? 그는 택시에서 내렸던 자리로 돌아왔다. 있던 자리에 그냥 있을까, 아니면 탐험을 시도해봐야 하나? 그때 휴대전화 벨이 울리면서 생각이 달아났다. 이번에는 모르는 전화번호였다.

"네, 미켈입니다."

저편에서는 침묵만 흘렀다.

"미켈 볼드입니다. 누구시죠?"

그는 더 잘 듣기 위해 손으로 다른 쪽 귀를 막았다. 그 사이 더 많은 기자들이 도착했다. 그곳은 차량들과 호기심 많은 구경꾼들로 시끄러웠다.

"이건 공평하지 않아, 안 그래?"

목소리가 이상했다. 삑삑거리는 소리가 났다. 일종의 변조된 목소리였다. 발신자가 누구인지 알 수 없었다.

"누구세요?" 그가 다시 물었다.

"이건 공평하기 않아, 안 그래?" 그 목소리가 다시 말했다.

미켈은 인파로부터 떨어져서 길 건너 조용한 곳을 찾았다.

"뭐가 공평하지 않죠?" 그가 물었다.

저편에서 다시 침묵이 흘렀다.

"여보세요?" 볼드는 초조해졌다. "여보세요? 누구신지 모르지만 난 아직 이 사건을 파악하지도 못했어요."

"이건 공평하지 않아, 안 그래?" 낯선 목소리가 다시 중얼거렸다.

"뭐가 공평하지 않죠? 도대체 누구세요?"

"당신이 이렇게 멀리 떨어져 서있어야 하는 게 공평하지 않단 말이야." 그 목소리가 말했다.

그때 빨간색 푸조가 도착했다. 미켈의 눈에 미아 크뤼거와 그녀의 동료가 얼핏 보였다. 푸조는 저지선을 향해 곧장 달려간 뒤 그곳에 있던 경찰관의 안내로 저지선 안으로 들어갔다.

"빌어먹을!" 미켈이 중얼거렸다.

사진기자는 어디 있는 거야? 이런 사진은 꼭 찍어야 하는데.

"여보세요. 다른 사람을 찾아봐요. 난 바쁘니까." 미켈이 퉁명스럽게 내뱉었다. 종료버튼을 누르려고 하는데 삑삑거리는 목소리가 다시 들렸다.

"3번이야." 그 목소리가 말했다.

"무슨 말이에요?"

"세 번째라고." 그 목소리가 다시 알렸다. "아이의 이름은 카롤리네야. 이래도 전화를 끊을 셈인가?"

이 말로 발신자는 미켈 볼드의 관심을 사로잡았다. "누구세요?"

"도날드 덕. 내가 누군지 알고 까불어?" 목소리가 도날드 덕 흉내를 냈다.

"그게 아니고 난⋯."

그 목소리가 짧게 웃었다. "다른 기자들한테 전화 걸까? 〈다그블라데〉의 퇴닝이나 〈VG〉의 룬드? 그런 기자들한테?"

"아니요. 아닙니다. 제가 여기 있습니다." 미켈이 대꾸했다.

미켈 볼드는 인파로부터 더 멀리 떨어졌다.

"잘했어." 그 목소리가 말했다.

미켈은 수첩을 꺼낸 뒤 주머니에서 펜을 찾았다.

"내 친구가 되어주겠어?" 삑삑거리는 목소리가 물었다.

"아마도." 미켈이 대답했다.

"아마도?"

"좋습니다. 당신의 친구가 되어드리죠." 그가 더듬거리며 말했다. "카롤리네가 누구죠?"

"카톨리네가 누굴까?"

"그 아이는⋯, 3번?"

"아니, 카롤리네는 4번. 안드레아가 3번이야. 집중하지 않았군? 디센바이엔에 갔다가 오지 않았어?"

저지선 옆에서 무슨 일인가 일어나고 있었다. 새로운 차량이 안으로 들어갔다. 검시관이었다.

"내가 어떻게 알죠?"

"뭘 어떻게 알아?" 목소리가 말했다.

"내 말은…." 미켈은 다른 말이 생각나지 않았다. 이마는 뜨거웠고 손바닥은 땀으로 축축했다.

"아이들은 잠이 들면 아주 귀엽지, 안 그래?" 목소리가 말했다.

"누구요?"

"아이들."

"당신이 나를 골탕 먹이려는 게 아니라는 것을 내가 어떻게 아느냐고요?"

"우편으로 손가락을 하나 보낼까?"

미켈 볼드는 등줄기가 서늘해졌다. 침착하자고 애쓰고 있지만 점점 더 힘들어졌다.

"아, 아니, 그럴 것 없어요." 그가 더듬거렸다.

목소리는 그 말에 낄낄거렸다. "질문을 하려면 제대로 해."

"무슨 말이죠?"

"기자회견 때 왜 제대로 질문을 하지 않지?"

"제대로 된 질문이 뭐죠?" 볼드가 물었다.

"왜 바닥에 온통 돼지 피가 묻어있느냐?" 목소리가 물었다.

"왜 돼지 피가…? 무슨 말입니까?" 미켈은 수첩을 손에 쥔 채 휴대전화를 떨어뜨리지 않으려고 안간힘을 썼다.

"똑딱." 삑삑거리는 목소리가 말했다. 그리고 전화가 끊어졌다.

32장

홀거 뭉크는 얇은 라텍스 장갑을 벗고 담배를 피우기 위해 테라스로 나왔다. 빌어먹을, 하루를 이렇게 시작하다니. 어젯밤 침대에서 밤새 뒤척이며 잠을 제대로 이루지 못했다. 아직 어머니와 유산 문제도 의논하지 못했다. 당장 처리해야 할 더 중요한 문제가 산적한 마당에 그 일까지 골칫거리가 될 것 같아 머릿속이 복잡해졌다. 하루에 두 아이가? 그는 담배에 불을 붙인 뒤 창문으로 집안을 들여다보았다. 범죄현장 감식반원들은 아직 작업 중이었고 소녀의 아빠는 그뢴란에 있는 경찰청으로 차를 타고 갔다. 아이 엄마의 행방은 아직 추적하지 못했다. 아이 아빠가 충격에 빠져 제정신이 아니었다. 부부는 함께 살지 않는 듯했다. 어쩌면 별거 중이고 이번에는 아빠가 딸과 지내는 주일이었을지도 모른다. 혹시 엄마는 친구들과 휴대전화가 터지지 않는 산골로 여행을 떠나지 않았을까. 테라스로 통하는 프랑스 풍 창문은 박살나 있었다. 1층 바닥과 계단, 그리고 아이의 침실에는 피가 묻어있었다. 누군가 소녀를 침실에서 데려간 것이다. 뭉크는 담배를 깊이 한 모금 삼키며 조금 전부터 시작된 두통과 싸웠다. 미아에게 전화를 걸었다. 몇 초 지나지 않아 미아가 전화를 받았다.

"뭣 좀 알아낸 거 있어?" 뭉크가 물었다.

"카롤리네 뮈클레. 나이는 여섯 살. 집에서 실종됐어요."

"누가 침입한 흔적은?"

"없어요. 열쇠는 매트 밑에 그대로 있었어요."

이런, 뭉크는 한숨을 쉬었다. 매트 밑이라니. 요즘도 그러는 사람이 있나?

"피는?"

"층계참부터 침실까지 피가 묻어있어요."

"아이 부모는?"

"세실리에와 욘 에리크 뮈클레. 둘 다 전과기록은 없어요. 아빠는 석유굴착장치에서 일해요. 그와 연락을 취하고 있어요. 엄마는 교사예요."

"교사?"

"예. 하지만 그녀는 아니에요. 충격이 너무 심해서 제가 울레볼 병원으로 보냈어요. 그녀는 자신이 어디에 있는지도 몰라요. 계속해서 우리와 말할 시간이 없다는 말만 반복해요. 카롤리네를 유치원에 보내야 한다고요."

"알겠어." 뭉크가 대답했다.

"혹시 목격자는 없는지 집집마다 조사를 시작하려고요."

"그래. 여기도 그것부터 하려고." 뭉크가 말했다.

"알파값 1(설문조사의 신뢰도를 분석할 때 그 값을 0~1까지 크롬바흐 알파값으로 분류하는데, 이 값이 높으면 신뢰도가 높다—주)이 나오도록요?"

뭉크가 말 없이 고개를 끄덕였다.

"반장님?"

"왜? 그래, 나는 모두가 여기에 매달렸으면 좋겠어. 모두. 내가 모두라고 한 건 말 그대로 모두야. 모두가 도로 하나, 빌어먹을 오솔길 하나까지 확인했으면 좋겠어. 이해해?"

"이해해요." 미아가 대답하고 나서 전화를 끊었다.

홀거가 다시 담배를 길게 한 모금 삼켰다. 복수심에 머리가 지끈거렸다. 목도 탔다. 그에게는 수분이 필요했다. 그리고 음식도. 그때 다시 휴대전화 벨이 울렸다.

"네, 뭉크입니다."

"가브리엘 뫼르크예요. 통화 괜찮으세요?"

"용건에 따라 달라. 왜?" 뭉크가 퉁명스럽게 말했다.

"제게 지시한 개인적인 일, 기억하시죠?"

뭉크가 이마를 문질렀다.

"암호 말입니다." 가브리엘이 계속했다.

뭉크는 기억을 뒤적이다 겨우 깨달았다. 그가 풀지 못한 수학퍼즐이었다. 스웨덴 여자가 인터넷으로 보내준 과제였다.

"풀었나?"

뭉크는 실내로 들어왔다. 피든 뭐든 묻어도 개의치 않았다. 감식반원들은 아직 작업 중이었다.

"뭔지 알 것 같습니다. 그런데 더 있어야 할 것 같습니다."

"'더'라니 무슨 뜻이야?"

"혹시 원하시면 나중에 다시 말씀드릴까요?"

뭉크는 집 앞으로 걸어와 밖으로 나가며 다시 담뱃불을 붙였다. 폴리스라인이 도로에서 더 아래쪽으로 옮겨져 있었다. 언론의 접근을 막기 위해서였다. 그는 최근의 상황이 미켈손에게 보고되는 게 두려웠다. 사망한 소녀 두 명. 용의자 없음. 그런데 두 명이 더 실종되었다. 그뢴란에서 지옥 같은 대가를 치르게 될 것이다.

"제 생각에는 그론스펠트 같습니다." 가브리엘이 말했다.

"그게 뭔데?"

"그론스펠트 암호입니다. 암호문이죠. 비제네르 암호의 변형인데, 이건 문자보다 숫자를 이용하죠. 하지만 좀 더 필요합니다. 혹시 다른 거 받으신 건 없으십니까?"

뭉크는 집중을 하려고 애썼다.

"더? 잘 모르겠는데. 그게 대체 뭐야?"

"문자와 숫자입니다. 그론스펠트는 발신인과 수신인 양쪽이 똑같은 문자와 숫자의 조합을 갖는 방식입니다. 외부인은 암호를 해독하기 불가능하게 하려고요."

"무슨 말인지 전혀 알아듣지 못하겠군." 뭉크가 말했다. 그때 킴이 대문으로 들어왔다. "나중에 다시 이야기해야겠네."

"알겠습니다." 가브리엘이 전화를 끊었다.

"뭣 좀 알아냈나?" 뭉크가 물었다.

킴이 고개를 가로저었다.

"대부분 주민들은 출근해서 없습니다. 저녁 일찍 한 번 더 돌아봐야겠습니다."

"아무도 없다고? 빌어먹을. 틀림없이 누군가 목격한 사람이 있을 텐데?"

"지금까지는 없습니다."

"다시 한 번 해봐." 뭉크가 재촉했다.

"하지만 우린 이제 막….."

"다시 해보라고 분명히 말했네."

젊은 경찰관은 고개를 끄덕인 뒤 대문 밖으로 나갔다.

뭉크가 다시 집안으로 들어가려고 할 때 미아에게서 전화가 왔다.

"그래, 왜?"

뭉크는 그녀의 목소리에서 뭔가 알아냈음을 짐작했다.

"여자예요." 미아의 말은 그게 다였다.

"목격자가 있어?"

"맞은편에 사는 연금생활자예요. 불면증을 앓고 있대요. 우연히 창밖을 내다봤는데, 그때가 새벽 4시쯤인 것 같대요. 누군가 우체통 주위에서 서성이는 것을 보고 확인하려고 밖으로 나왔대요."

"용감한 사람이군."

"그러게요."

"그가 뭐라고 해?"

"그 여자한테 소리를 질렀더니 도망쳤대요."

"상대가 여자라고 확신하는 건가?"

"백퍼센트 확신한대요. 그 여자와 몇 미터 거리밖에 떨어져 있지 않았대요."

"이런."

"제가 지난번에 말씀드렸잖아요." 미아가 진지하게 말했다. "그럴 줄 알았어요."

"그래, 그렇게 말했지. 지금 그와 함께 있나?"

"우리가 데리고 가려고요."

"10분 내에 사무실에서 보지."

"예." 미아가 전화를 끊었다.

정확히 달려오지는 못했지만 그리 모자라지도 않았다. 용의자가 여자라는 사실은 알아냈다. 뭉크는 재빨리 차에 올라탄 뒤 저지선 쪽으로 차를 몰았다. 구름처럼 몰려든 기자와 리포터들의 인파를 뚫고 지나갈 때 플래시라이트가 물결을 이루었다. 적어도 자신들은 독수리에게 던져줄 최소한의 먹잇감은 갖고 있었다.

여자.

뭉크는 차 지붕에 푸른색 경광등을 올려놓고 최대한 빨리 시내를 향해 달렸다.

3부

33장

경찰차 두 대가 도로에 멈춰서고 바리케이드가 세워졌을 때 아프가니스탄 참전용사이자 노르웨이 퇴역군인인 톰 에리크 쇠를리에는 거실 창가에 앉아있었다. 그는 커피테이블에 올려놓은 망원경을 집어들고 경찰관에게 초점이 맞을 때까지 렌즈를 조절했다.

하루 종일 경찰 라디오를 듣는 그는 언제나 그랬듯 무슨 일이 일어났는지 알고 있었다. 여자아이 두 명이 살해되었고, 다른 두 명이 실종되어 경찰은 오슬로의 온 도로를 검문하기로 결정을 내렸다. 그가 다시 렌즈를 조절했다. 안전모와 자동권총 헤클러 앤 코흐 MP5(여러 번 사용해본 그는 그 총에 대해 잘 알았다)로 무장한 경찰관들이 보였다. 검문소 설치를 마친 무장경찰관들은 차량들을 불러세우기 시작했다. 다행스럽게도 운전자들에게는 아직 이른 시각이었다. 대부분 차량들은 수도로 들어가는 길이었고 나오는 차는 별로 없었다.

그는 망원경을 내려놓고 뉴스 볼륨을 높였다. TV는 항상 켜져 있었다. 컴퓨터와 경찰 라디오도 마찬가지였다. 그는 늘 이렇게 켜두는 것을 좋아했다. 끊임없이 정보를 들어야 직성이 풀렸다. 이제 더 이상 활동을 하지 않지만 이렇게라도 해야 살아있는 것처럼 느껴졌다.

애완견 럭스가 바구니 안에서 꿈틀거리더니 그에게 터벅터벅 다가왔다. 그러고는 주인의 발 한쪽에 머리를 기대앉아 혀를 날름거렸다. 알세이션(독일종 셰퍼드 개, 흔히 경찰견·맹도견 등으로 훈련함)은 산책을 나가고 싶은 모양이었다. 톰 에리크 쇠를리에는 개의 머리를 쓰다듬으며 TV 화면에서 눈길을 떼지 않았다. 마이크를 쥔 TV2의 기자가 카메라 앞에 나타났다. 뒤편으로 스컬러루드의 주택 단지가 보였다. 경찰 저지선도 보였다. 소녀는 저곳에서 실종됐다. 이미 한 시간 전에 들은 뉴스였다. 그는 의자에서 일어나 알세이션 개의 목덜미를 움켜쥐었다. 이윽고 개를 데리고 계단을 통해 정원으로 내려가 개에 목줄을 매주었다. 사실 그는 산책할 기운도 없었다. 머리가 지끈지끈 아팠다.

경찰이 도로에 친 바리케이드를 치우지도 않았는데 벌써 밖은 어두워지고 있었다. 하루 종일이었다. 정부로부터 재량권을 받은 게 틀림없었다. 그는 텔레비전 앞에서 저녁을 먹었다. 화면에 범인의 몽타주가 나왔다. 여자였다. 스컬러루드에서 그녀를 본 목격자가 나타났다. 하지만 누구라도 용의자가 될 수 있었다. 톰 에리크 쇠를리에는 부디 행운이 있기를 빌었다. 기자회견 장면이 나왔다. 여성 검사가 보였다. 소녀들은 아직 실종 상태였다. 단서가 없었다. 강력반 수사관 두 명이 차에 올라타는 장면도 나왔다. 베이지

색 더플코트 차림의 수염 기른 남자와 검은 머리를 길게 기른 여자 경찰관. 두 사람 모두 눈초리가 날카로웠다. 더플코트를 입은 남자가 손을 휘저어 기자들에게 길을 비키게 했다. 노코멘트.

그는 텔레비전 소리를 줄이고 커피를 마시려고 자리에서 일어났다. 방금 무슨 소리가 났는데? 정원에 누가 있나? 그는 신발을 신고 밖으로 나갔다. 알세이션이 줄에 매여있지 않았다.

"렉스?"

그는 집을 돌아 뒷밭으로 갔다가 사과나무를 보고 기겁을 했다.

누군가 죽인 다음 줄넘기로 목을 매달아 나무에 걸어둔 개가 보였다.

34장

미아 크뤼거는 도로를 건너 퇴옌가타로 걸어 올라갔다. 가는 도
중 주머니에서 목캔디를 찾으며 신문기사의 헤드라인을 잊으려고
애썼다. 그러나 한때 그녀의 삶을 보란 듯이 전시했던 신문 가판대
를 또 지나게 되었다. *의문의 여인: 아직 단서 못 찾아.* 연금생활자가 목
격한 여인의 몽타주가 신문 1면에 실려있었다. 몽타주에 잘못은 없
었다. 마찬가지로 목격자의 제보에도 잘못이 없었다. 문제는 그게
누구라도 될 수 있다는 점이었다. 하루 사이에 900통의 제보전화
가 쇄도했다. 누구는 그녀가 이웃사람이라고 하고 누구는 직장 동
료라고 했다. 조카라고 한 사람도 있고 전날 유람선을 타려고 줄을
섰을 때 봤다는 사람도 있었다. 경찰청의 교환원들은 눈코 뜰 새가
없었다. 업무를 폐쇄하고 휴식을 취해야 할 정도였다. 통화를 하려
면 대기시간이 두 시간이라는 소문이 돌았다. **카롤리네와 안드레아의
목격자를 찾습니다.** 두 소녀의 확대사진이 대문짝만하게 실린 오늘자
신문이 미아를 조롱하듯 바라보았다. *넌 네 임무를 제대로 못하고*

있어. 이건 너의 책임이야. 만약 그 소녀들이 죽으면 네 잘못이야.

그 피는 대체 어떻게 된 거지? 미아 크뤼거는 이해가 되지 않았다. 말도 안 돼. 다른 증거들과 맞지 않았다. 혈흔을 조사했더니 소녀들의 피가 아니었다. 사람의 피가 아니었다. 돼지 피였다. 범인은 그들을 조롱했다. 그 여자가 지금 그런 짓을 하고 있었다. 아니, 남자일 수도 있다. 미아는 의심이 피어오르기 시작했다. 뭔가 맞지 않는 점이 있었다. 스킬러루드에서 목격된 여자. 몽타주. 처음부터 끝까지 각본이 짜인 게임이라는 느낌을 지울 수가 없었다.

봐, 나한테는 얼마나 쉬운지 몰라. 나는 원하는 대로 할 수 있어.
내가 이겼어. 너희는 지고.

미아는 재킷을 단단히 여미고 다시 도로를 건넜다. 흰색 시트로엥에 관해서는 아무것도 알아내지 못했다. 이전의 사건 관계자 명단으로부터 아무것도 얻지 못했다. 루드비와 쿠리는 회네포스 사건을 면밀히 검토했지만 (마리뵈스가테의 사무실 벽 한 곳이 온통 사진과 포스트잇으로 뒤덮였다) 그럼에도 지금까지 아무것도 발견하지 못했다. 아기가 실종된 병원의 직원은 860명이나 됐다. 환자와 방문객, 친척처럼 쉽게 접촉할 수 있었던 사람들은 말할 것도 없었다. 그들까지 더하면 잠재적인 용의자는 수천 명에 이르렀다. 감시 카메라에 잡힌 사람들도 조사했지만 별 소득이 없었다. 그런데 당시 산부인과 병동에는 카메라가 없고 출입문 근처에만 있었다. 미아는 여러 시간 동안 기록물을 살폈지만 실패했다. 아무것도 없었다. 당시 면담기록과 진술서만 해도 몇 상자였다. 의사, 간호사, 환자, 물리치료사, 사회복지사, 친척들, 접수원, 청소부…. 그녀는 혼자서 거의 100명에 이르는 사람들을 면담했다. 모두가 똑같이 혼란스러워했다. 어떻게 이런 일이 일어날 수 있죠? 어떻게 산과병동에 들어와서 아무 제제도 받지 않고 아기를 데리고 나갈 수 있죠? 스웨덴 출신의 젊은 남자 간호사가 '자백'한 뒤 자살했다는 소식을 들은 경찰청의 고위직 간부는 기뻐서 펄쩍 뛰었다. 그들은 당장 사건을 보류시켰다. 보이지 않게 감추고 잊어버렸다. 경찰력에 오점을 남겼다. 그러니 당장 떠나보내야 할 사건이었다.

미아 크뤼거는 다시 길을 건너 마당으로 들어섰다. 오랜만의 방문이었지만 변한 게 없었다. 팻말 없는 초록색 문은 귀퉁이에 감춰져서 보이지 않았다. 미아는 노크를 하고 누군가 열어주기를 기다렸다. 두 소녀의 가족과 후원자들은 포상금을 걸기로 결정을 내렸다. 뭉크와 미아는 거기에 반대하는 입장이었다. 한가한 사람들의 전화 신고로 자칫 중요한 정보를 가진 사람들과 통화하지 못할 가능성이 높아질 뿐이었다. 하지만 그들은 변호사와 상의 끝에 그 방안을 밀고 나가기로 결정했다. 경찰로서는 그것까지 막을 방도가 없었다. 어쩌면 그로 인해 도움을 받을 수도 있었다. 거액의 포상금이 어둠 속에 있던 누군가를 유인해낼 수도 있었다.

문에 난 작은 해치문이 열리며 남자의 얼굴이 보였다.

"누구쇼?"

"미아 크뤼거라고 하는데, 카를리에 있나요?" 미아가 물었다.

해치문이 닫혔다. 2~3분이 흐르고 남자가 돌아왔다. 그는 문을 열어 미아를 들여보내 주었다. 전에 본 적이 없는 경비원이었다. 떡 벌어진 어깨에 허벅지보다 큰 문신투성이 이두박근을 가진 덩치 큰 보디빌더, 카를리에의 전형적인 선택이었다.

"그는 저 아래 있어요." 경비는 아랫방을 가리키며 고개를 까닥했다.

미아가 나타났을 때 카를리에 브룬은 환히 웃으며 바 뒤편에 서 있었다. 그는 변한 게 없었다. 더 늙었고 눈이 피곤해 보이는 것 말고는 언제나처럼 알록달록했다. 짙은 화장을 하고 연한 초록색 스팽글 드레스에 목에는 깃털 목도리를 두른 모습이었다.

"세상에나, 미아 문빔." 카를리에가 웃으며 포옹을 하기 위해 바 뒤편에서 걸어나왔다. "이게 얼마 만이야, 깍쟁이같으니, 응?"

"난 잘 지내요." 미아가 고개를 끄덕이며 의자에 앉았다.

클럽에는 예닐곱 명의 남자가 보였는데, 대부분 여장이었다. 표범무늬 바지에 하이힐, 흰색 드레스와 긴 실크장갑까지. 카를리에의 가게에서는 자신이 원하는 어떤 사람으로든 변신할 수 있었다. 아무도 상관하지 않았다. 조명은 은은했고. 분위기는 한껏 나른했다. 모퉁이의 주크박스에선 에디트 피아프의 노래가 흘러나왔다.

"안색이 나빠 보이는걸." 카를리에 브룬이 고개를 저으며 말했다. "맥주 한 잔 하겠어?"

"드디어 알코올 판매 면허증을 딴 거예요?"

"쯔쯧, 이 아가씨야. 이런 데서는 그런 단어 쓰지 않아." 카를리에가 윙크하며 맥주를 내밀었다. "작은 거 줄까, 아니면…?"

"대낮에 이런 곳에서 작은 잔이 웬 말이에요?" 미아가 웃으며 맥주를 한 모금 마셨다.

"크기야 원하는 대로 맞춰줄 수 있지." 카를리에가 거듭 윙크를 하며 행주로 카운터를 닦았다.

"슬프게도 이곳은 과거만큼 북적이지 않아. 우리도 늙어가고 있으니까. 적어도 이 카를리에는."

카를리에는 목에 두르고 있던 초록색 깃털 목도리를 빼서 내팽개치더니 선반에서 술병을 꺼냈다. "예거(독일의 마스트-예거마이스터 사에서 개발한 전통 리큐르—주) 어때?"

미아는 고개를 끄덕인 뒤 편물 비니와 가죽재킷을 벗었다. 따뜻한 실내에 있어서 좋았다. 잠깐 세상에서 숨어. 미아는 자신에 대한 온갖 수사 내용이 미디어를 뒤덮었을 때 카를리에의 등뒤에 숨어 시간을 보냈다. 우연히 발견한 이곳에서 집 같은 편안함을 느꼈다. 이곳은 호기심으로 흘끔거리는 시선도 없었다. 평안하고 안전한 게 집과 비슷했다. 다른 생활을 하는 지금은 그때가 아주 오래 전처럼 느껴졌다. 붉은 벽면 옆 칸막이에 앉아있는 여장남자들 중에는 아는 얼굴이 없었다.

카를리에는 술잔 두 개를 꺼내 각각 예거마이스터를 따랐다.

"자, 건배. 다시 만나서 반가워."

"나도요." 미아가 웃었다.

"두 말할 필요도 없이 자기는 하나도 늙지 않았어." 카를리에가 말했다.

그는 미아의 얼굴을 두 손으로 감싸고 자세히 들여다보았다.

"이 광대뼈. 자기는 경찰이 아니라 모델이 됐어야 해. 진지하게 조언하는데, 피부를 위해 좀 더 건강하게 사는 건 어때? 아직 젊지만 가끔 화장도 엷게 하고 그래. 난 하고 싶은 말 마음속에 담아두지 않아. 이 마마 카를리에는 없는 말은 하지 않지." 카를리에가 윙크를 하며 싱긋 웃었다.

"고마워요." 미아는 웃으면서 예거마이스터를 단숨에 들이켰다.

목구멍을 타고 넘어간 술이 온몸을 데워주었다.

"카를리에, 우리 샴페인 한 병 줘요."

"내가 그렇게 소리를 지르면 뭐라고 했지, 린다?"

카를리에는 테이블 한 곳에 앉아있는 남자와 이야기기를 나누고 있었다. 핑크색 미니드레스에 앵클부츠, 장갑과 진주목걸이를 한 남자는 40대로 보였지만 열다섯 살 소녀 같은 몸짓과 손짓을 했다.

"아이, 왜 그래, 카를리에. 좀 다정하게 굴라고."

"여긴 형편없는 터키식 사창가가 아니라 점잖은 술집이라고. 새 술잔 필요해?"

"아니. 그냥 쓰던 거 쓸게." 린다라는 이름의 남자가 씩 웃었다.

"품격 제로야." 카를리에는 한숨을 내쉬며 눈을 희번덕거렸다.

그는 뒷방으로 가더니 샴페인 한 병을 가지고 와서 테이블에 내려놓았다. 이윽고 딱 소리를 내며 뚜껑이 열리자 여장남자들이 박수를 치고 환호했다.

"우린 자기 다시는 못 보는 줄 알았어." 카를리에가 돌아와서 말했다.

"내가 죽었다는 소문은 엄청 과장된 거예요." 미아가 대꾸했다.

"가볍게 루즈를 칠하고 파운데이션을 좀 바른다면, 나도 동의하지." 카를리에가 낄낄거렸다. "이런, 내가 짓궂었지. 내가 이렇게 짓궂은 여자야!"

카를리에 브룬은 카운터 너머로 몸을 기울여 미아를 한껏 포옹했다. 미아는 웃을 수밖에 없었다. 여장한 곰과의 포옹도 오랜만이었다. 마음이 따뜻해졌다.

"내가 짓궂었지? 자기는 완전히 우아하게 보여. 정말이야! 백만 달러 걸게!"

"괜찮아요." 미아가 웃었다.

"2백만 달러."

"됐어요. 카를리에."

"천만 달러. 예거 한 잔 더?"

미아가 고개를 끄덕였다.

"그런데 어쩐 일이야?" 술잔이 비워졌을 때 카를리에가 물었다.

"도움이 필요해요." 미아가 재킷 안쪽 주머니에서 사진 한 장을 꺼내 카운터 너머로 내밀었다. 카를리에는 술잔을 내려놓고 사진을 들어 촛불 가까이 비춰보았다.

"아하, 란디." 카를리에가 고개를 끄덕였다. "자기가 관여할 거라는 느낌은 들었어. 슬픈 이야기지."

"그 남자가 여기 손님이었어요? 아, 미안해요. 그 여자."

카를리에는 술잔을 든 다음 사진을 카운터 너머로 건넸다.

"란디는 가끔 여기에 왔어." 그가 고개를 끄덕였다. "아주 가끔. 한때는 자주 왔지만 몇 달 만에 볼 때도 있었지. 로게르도 그런 부류였어. 뭐라고 말할까? 자기 정체성을 불편해하는 사람. 내가 알기로 그는 진심으로 란디가 되고 싶어하지 않았어. 하지만 알다시피 그게 마음대로 되나. 그는 억제하려고 했지만 어쩔 수 없었지.

괴로운 마음을 풀어버리려고 여기 와서 술을 진탕 마시곤 했지. 난 가끔 란디가 다른 손님들과 시비가 붙으면 나가달라고 부탁했어."

"왜 그랬는지 알아요?"

"왜 그가 뛰어내렸느냐고?"

미아가 고개를 끄덕였다. 카를리에는 한숨을 길게 내쉬었다.

"몰라. 이곳은 거친 세상이야. 내가 말할 수 있는 건 그게 전부 야. 정상적이 되는 것은 정말 괴로운 일이지. 자기 몸은 다르게 말 하는데 사회에서 어떤 사람이 되라고 강요할 때는 더 괴롭고."

"당신만큼 정상적인 사람도 없어요." 미아는 카운터에서 맥주잔 을 들어올렸다.

카를리에가 낄낄 웃었다. "내가? 맙소사, 난 30년 전에 모든 걸 내려놓았지만 모두가 나와 같지는 않아. 누군가는 죄책감과 수치 심, 양심의 가책으로 가슴이 벌집처럼 숭숭 뚫리지. 휴대전화로 인 터넷에 접속하고 화성에 우주선도 보내는 시대지만 정신적, 정서적 으로는 아직 중세를 살고 있어. 하지만 자기는 그런 거 다 이해할 거야."

"제가요?" 미아가 물었다.

"그래, 자기는 똑똑하니까. 그래서 내가 자기를 좋아하는 거야. 예쁘고(그 이유가 더 크지만, 정말이야) 똑똑하고. 자기한테 이런 것 까지 시시콜콜 설교할 필요도 없는데. 미아, 총리가 되는 건 어때? 총리가 되어 이 나라에 한두 가지만 교육시키는 거야. 어때?"

"별로 좋은 아이디어 같지는 않아요."

"그럴지도 몰라. 자긴 너무 착해서."

카를리에는 키득거리며 예거를 한 잔 더 따랐다.

"그 여자는 항상 여기 혼자 왔나요?"

"누구? 란디? 거의. 두세 번 여자 친구를 데려왔는데, 난 그 여자와 말을 해보지는 않았어."

"남자예요?"

"아니, 여자."

"어떻게 생겼어요?"

"강렬하게 생겼어. 허리가 꼿꼿하고, 검은 머리를 뒤로 말총처럼 묶고, 눈이 좀 이상했지."

"눈이 이상하다니요?"

"눈동자 색깔이 달랐어."

"정말요?"

카를리에가 고개를 끄덕였다. "한 쪽은 푸른색이고 한 쪽은 갈색. 약간 괴이해 보였지. 차갑고 진지하고. 솔직히 난 그 여자를 데려오지 않은 날에는 속으로 기뻐했어. 오싹하고 소름 끼쳤거든."

"그게 언제예요?"

"글쎄, 기억 안 나." 카를리에는 행주를 가지고 다시 바 카운터를 닦기 시작했다. "자기가 여기 발길을 끊고 나서 몇 달쯤 되었을 거야, 내 추측으로는. 그런데 지금까지 어디에 있었던 거야?"

"잠깐 세상을 등졌어요."

"돌아와서 반가워. 보고 싶었어." 카를리에가 윙크를 하며 작은 술잔을 들어올렸다. "그러지 말고 다른 손님들 모두 내보낼까? 예전처럼 제대로 한번 마셔보는 거야."

"나중에요, 카를리에." 미아가 재킷을 입었다. "지금은 할 게 많아요."

미아는 재킷에서 펜을 꺼내 냅킨에 전화번호를 끄적거렸다.

"다른 거 무엇이든 기억나면 제게 전화해주세요. 네?"

카를리에는 카운터 너머로 몸을 기울여 미아의 두 뺨에 작별 키스를 했다. "우리 연락하고 지내."

"약속해요." 미아가 웃었다.

그녀는 비니를 머리에 잘 당겨쓴 다음 비 내리는 오슬로 저녁을 향해 걸음을 옮겼다. 택시를 잡으려고 했지만 보이지 않았다. 상관없었다. 서두를 일도 없었다. 호텔에서 누가 기다리고 있는 것도 아니었다. 미아는 후드를 비니 위에 넛쓰고 시내로 걷기 시작했다. 그때 전화벨이 울렸다. 가브리엘 뫼르크였다.

"안녕, 가브리엘" 미아가 인사했다.

"가브리엘이에요. 지금 시간 괜찮으세요?"

"그럼요. 아직 사무실이에요?"

"네."

"24시간 중 7시간 넘게 거기 있을 필요 없어요. 언제든지 집에 가도 돼요. 반장님이 말씀해주지 않으셨어요?"

"저도 알고 있어요. 그런데 배울 게 너무 많아서요."

가브리엘의 목소리가 다소 피곤하게 들렸다.

"내게 전해줄 소식이라도 있는 거예요?"

"네. 있어요. 삭제된 메시지를 복원하는 방법이 있을 것 같아 친구에게 물어봤어요. 애플매니악이죠."

"그래서요?"

"간단해요. 알아냈어요."

"로게르의 휴대전화에 있던 메시지 모두?"

"넵."

"대단해요. 그래, 뭐라고 쓰여있던가요?" 미아가 물었다.

"좋은 소식도 있고 나쁜 소식도 있어요. 삭제된 메시지를 찾아내
기는 했는데 별로 많지 않아요. 휴대전화를 새로 산 지 얼마 안 되
는 게 분명해요. 지금 사팔뜨기가 될 지경이에요. 그걸 다 읽어드
릴 힘은 없고요. 내일 보러 올래요?"

"물론이에요. 방금 생각났는데, 이번에도 발신자가 없나요?"

"아니요. 번호가 있어요."

"누구의 전화번호죠?"

"연락처가 저장되어 있지 않아요. 그래서 제가 전화한 거예요.
그게 누구 전화번호인지 알려면 데이터베이스를 여러 개 해킹해야
할 것 같아요."

"얼마나 많이요?"

저편에서 잠시 침묵이 흘렀다. "필요한 만큼."

"그리고?"

"음, 그런데 이게 불법이에요. 법원 명령이 떨어져야 해요. 어떻
게 생각해요?"

"반장님한테 물어봤어요?"

"전화를 받지 않으시네요."

"마냥 대답을 기다릴 순 없죠. 그냥 진행해요." 미아가 말했다.

"정말요?"

"예."

"좋아요." 가브리엘이 대답했다.

"지금 시작할 거예요?"

"먼저 잠 좀 잘까 생각했는데요."

"좋을 대로 해요. 내일 아침까지 기다릴 수 있어요."

"아니 지금 할 수도 있어요."

"지금 하면 좋죠. 난 안 자고 깨어있을 거예요."

"좋아요."

미아는 전화를 끊고 계속해서 시내로 걸어갔다. 거리는 사실상 버려진 듯했다. 창문으로 사람들의 모습과 텔레비전 화면에서 흘러나오는 빛이 보였다. 갑자기 호텔이 전만큼 매력적으로 여겨지지 않았다. 거기로 갈 이유가 없었다. 어차피 잠도 잘 수가 없을 테니. 차라리 다시 술집으로 가는 편이 나을 것 같았다. 정신을 집중시켜 볼까.

다행히 유스티센은 별로 북적이지 않았다. 먼저 맥주 한 잔을 주문한 뒤 구석 테이블에 자리를 잡았다. 펜과 종이를 꺼낸 다음 빈 종이를 앞에 두고 가만히 응시했다. 여섯 살짜리 소녀 네 명. 여섯 살. 파울리네, 요한네, 카롤리네. 안드레아. 미아는 종이 위쪽에 그들의 이름을 적었다. 파울리네, 유치원에서 실종, 마리달렌에서 발견. 요한네, 유치원에서 실종. 하델란드바이엔 근처에서 발견. 카롤리네와 안드레아, 집에서 납치됨. 그들은 어디에서 발견될까? 미아는 일정한 패턴을 찾아낼 수가 없었다. 해답은 거기 어딘가에 있어야 했다. 로게르/란디 바켄. 문자메시지. '태양에 너무 가까이 날아가는 것은 현명하지 못하다.' '거기 누구냐?' '잘 가라, 새야.'

첫 번째 메시지. 이카루스. 로게르는 해서는 안 되는 어떤 짓을 했다. 두 번째 메시지. '거기 누구냐?' 문득 이렇게 이어지는 농담 시리즈가 떠올랐다. "똑똑." "누구세요?" "도리스예요." "도리스가 누구죠?" "도리스가 갇혔어요. 그래서 내가 노크하는 거예요." 이해가 잘 되지 않았다. '잘 가라, 새야.' 이것은 좀 쉬웠다. '잘 가라, 새야'는 게이들에게 인기 있는 뮤지컬 제목이었다. 독수리 문신. *나중에 또 만나, 새야.* 미아는 칼칼한 목구멍을 씻어내려고 예거를 한 잔 주문했다. 알코올을 마시자 기분이 나아졌다. 술을 마실수록 머리가 더 잘 돌아갔다. 미아는 종이를 한 장 더 꺼내 먼젓번 종이 옆에 나란히 놓았다. 책가방. 교과서. 푯말. 교과서에 적힌 이름. 인형 드레스. 나는 혼자 여행 중입니다. 여기까지는 이해가 됐다. 그녀는 재빨리 끼적였다. 돼지 피, '거기 누구냐?' 미아는 '뜬금없음. 이것들은 이해가 안 됨.'이라고 적었다. 두 아이는 유치원. 두 아이는 집. 열 벌의 드레스. 의문의 여자. 미아는 맥주를 한 잔 더 주문했다. 이제 두뇌가 돌아가는 듯했다. 머릿속이 맑아졌다. 복장도착자. 여자. 성별. 혹시 성별 가지고 장난치기? 성별의 혼란. 수치심. 죄책감. '나는 혼자 여행 중입니다.' 처음 몇 개의 상징들은 분명히 지능적이라는 증거였다. 책가방, 교과서의 이름. 인형 드레스. 그밖의 것들은 나머지와 어울리지 않았다. 그것들은 단지 잡음일 뿐이었다. 돼지 피? 거기 누구냐? 미아는 종이를 한 장 더 뜯어서 처음 두 장의 종이 옆에 내려놓았다. 맥주를 다 마신 뒤 한 잔 더 주문하고 체이서(약한 술 뒤에 마시는 독한 술 또는 그 반대—
주)도 주문했다. 이제 시작이었다. 뭔가 대단한 것을 발견할 것 같
은 기분이 들었다. 그녀는 세 번째 종이에 '여자'라고 썼다. 회네포
스. 산부인과 병동. 여자아이들을 씻겨서 준비시켜 두다. 마취약.
보살핌, 보육사? 몽타주. 남과 다른 용모. *투명인간?* 넌 이렇게 훤
히 보이는 곳에서 어떻게 숨었니? 미아는 종이의 빈 공간을 지나쳐
서 아래쪽에다 뭐라고 끼적였다. 차갑고 진지한. 색깔이 서로 다른
눈. 한 쪽은 갈색, 한 쪽은 푸른색. 정신분열증? 마리달렌에서 한
명. 하델란드바이엔에서 한 명. 숲. 숨겨져 있는. 수색해야 한다.
수사해야 한다. 체포해야 한다. 빤히 보여주지만 숨어있는. 그 여
자는 우리에게 자신이 하는 짓을 보여주고 싶어하지만 우리가 찾
지 않아도 될 정도로 명백히 보여주지는 않는다. 돼지 피? '거기 누
구냐?' 처음에는 왜 깨끗했을까? 진지했을까? 그런데 왜 나중에는
지저분하게 했을까? 미아는 술을 더 주문한 뒤 다른 종이를 꺼냈
다. 이제는 술술 흘러가기 시작했고, 거기에 뭔가 있었다. 뭔가 형
태를 갖추어가고 있기는 한데 아직 초점은 또렷이 맞지 않는다. 자
부심. 나를 봐. 내가 한 짓을 봐. 토니 J.W. 스미스. 너희가 쓸모없
다는 것을 내가 증명할 거야. 너희들의 맞상대는 나야. 이건 게임
이야. 왜 처음에는 깨끗하다가 나중에 지저분해졌을까? 피? 돼지
피? 일부러 연출한 것이다. 너무 극적이었다. 속임수였다. 그건 무
시해. 이제 머릿속에서 술술 풀려나오고 있었다. 생각이 멈추지 않
았다. 그래, 그거야, 속임수. 그건 무시해. 미아는 미친 듯이 적기
시작했다. 술을 마시는 것도 잊었다. 그건 무시해. 모든 게 중요한

건 아니야. 연출된 건 무시해. 극적인 것도 무시해. 그것은 정직하지 않아. 속임수야. 그건 이해되지 않아. 이해되는 것만 봐. 사실인 것만. 어떤 상징이 어디를 가리키는 걸까? 우리가 다뤄야 할 것은 무엇이고, 버려야 할 것은 무엇일까? 그건 게임일까?

그건 게임이야.

미아는 자신도 모르게 웃음이 나왔다. 그녀는 생각에 깊이 빠져있었다. 자신에게 몰두해있었다. 도시는 존재하지 않았다. 유스티센도 존재하지 않았다. 테이블도, 맥주도 존재하지 않았다. 줄넘기는 존재했다. 배낭도 존재했다. 그랬다. 인형옷도. '나는 혼자 여행 중입니다', 마취제도. 돼지 피는 아니었다. 속임수였다. '잘 가라, 새야.'도 중요하지 않았다. '태양 가까이 날아가면' 이것도 아니었다. 중요하지 않았다. '거기 누구냐?'

"미아?"

미아는 깜짝 놀라 의자에서 벌떡 몸을 일으켰다. 순간 자신이 어디에 있는지 몰라서 멍하니 주변을 두리번거렸다.

"미안해, 내가 방해한 건 아니지?"

서서히 현실로 돌아왔다. 먹다 만 맥주가 눈에 들어왔다. 앞에 서있는 사람은 주자네였다. 머리카락은 펌을 해서 곱슬곱슬하고 재킷은 비에 흠딱 젖은 채 난감한 표정을 짓고 있었다.

"안녕, 괜찮아?" 미아가 물었다.

"나 앉아도 돼? 지금 일하고 있는 것 같은데 방해가 안 된다면." 미아가 대답할 틈도 없이 주자네는 재킷을 벗고 물에 빠진 생쥐꼴로 의자에 털썩 앉았다.

"앉아." 미아가 웃으며 대답했다. "난 괜찮아. 밖에 비 와?"

"안에도 오고 밖에도 오고." 주자네는 한숨을 쉬며 두 손에 얼굴을 묻었다. "어디로 가야 할지 몰랐어. 어쩌면 네가 여기에 있을지 모른다는 생각이 들었어."

"그래 잘 왔어. 맥주 한 잔 할래?" 미아가 물었다.

주자네가 말없이 고개를 끄덕였다. 미아는 바로 걸어갔다. 잠시 후 맥주 두 잔과 예거마이스터 두 잔을 가지고 테이블로 돌아왔다.

"소설 쓰니?" 주자네가 희미하게 웃으며 물었다.

"아니, 그냥 일이야." 미아가 말했다.

"그랬구나. 그 구절을 가져다 썼길래." 주자네가 종이 한 곳을 가리키며 말했다. "거기 누구냐?"

"무슨 뜻이야, 가져다 쓰다니? 이게 어디에 나와?"

"〈햄릿〉의 오프닝 대사야."

주자네는 머리카락을 귀 뒤로 쓸어넘기며 맥주를 조금 마셨다.

"정말이야?"

주자네가 웃었다. "응. 당연하지, 내가 이래봬도 조감독 아니니. 실제로 대사를 모두 외워."

"미안. 그런 뜻이 아니었어." 미아가 대답했다. "정말 그래?"

주자네는 가볍게 헛기침을 하고 나서 순식간에 오스고르드스트란 출신의 주자네 감독이 되었다. "거기 누구냐? 이름을 대라, 거기 서서 정체를 밝혀라. 왕께서 만수무강하시기를!"

그녀는 맥주를 한 모금 마신 뒤 다소 쑥스러워했다.

"이건 독창적인 게 아니야. 이건 무시해." 미아가 중얼거렸다.

"뭘 무시해?" 주자네가 물었다.

"아니, 아무것도 아니야. 그런데 무슨 일이 있었니? 왜 그렇게 처량맞은 꼴을 하고 있어?"

주자네가 다시 한숨을 쉬었다. 그녀는 귀 뒤의 머리카락을 앞으로 내려 귀를 감췄다. "늘 하는 얘기지 뭐. 난 바보야."

미아는 그제야 친구가 이미 술을 꽤 마셨음을 눈치챘다. 발음도 불분명하고 맥주잔을 겨우 입에 갖다댔다.

"배우는 절대 믿어서는 안 돼. 하루는 널 사랑한다, 널 사랑한다고 했다가 다음날이 되면 사랑하지 않는다고 하고, 또 다음날이면 사랑한다고 하고, 그래서 믿을 만하면 다음날 조명팀 여자애랑 잠을 자고. 그들은 뭐가 잘못된 걸까?"

"두 얼굴인 것. 어떤 게 진짜 얼굴인지 알기 어려운 것." 미아가 대답했다.

두 얼굴?

성별 가지고 장난치기?

배우?

"거짓말쟁이 자식." 주자네가 큰 소리로 말했다.

그 말소리가 바 전체에 울리는 바람에 술꾼 몇 명이 돌아다봤다.

"다 지나갈 거야." 미아는 친구의 팔에 손을 얹었다.

"언제나 그렇지. 넌 그저 다시 말에 올라타야 해. 입센의 페르귄트처럼 끝없이 도는 회전목마에. 빙글빙글 돌다가 갑자기 인생이 끝날 거야, 넌 절대로 진정한 사랑을 만나지 못할 거야."

"너 취했어. 말도 안 되는 소리를 하고 있어. 침대로 데려다줄까?" 미아는 다시 친구의 팔을 토닥거렸다.

미아 자신도 취기가 오르는 것을 느꼈다. 미아는 맥주잔을 비우고 나서 남은 맥주를 마시려고 하는 주자네를 바라보았다.

"난 언제나 결국 혼자 집으로 가지." 주자네가 눈물을 닦으며 말했다.

그때 미아의 휴대전화가 울렸다. 가브리엘 뫼르크였다. 미아가 주자네를 쳐다봤다.

"전화 받아." 주자네가 고개를 끄덕였다. "그 정도로 나쁘지는 않아. 방금 내가 불쌍해지기 시작했어."

"정말?"

"그럼, 물론이지."

"잠깐만 나갔다 올게." 미아는 전화를 받으며 밖으로 나갔다.

"네?"

"가브리엘이에요."

"뭣 좀 알아냈어요?"

"다시 막다른 길이에요."

"아무것도 알아내지 못했어요?"

"아니요. 그 전화번호의 주인은 베로니카 바케예요."

"대단해요 가브리엘. 그녀가 누구죠?"

"저한테 그녀가 누구냐고 묻는 거죠? 베로니카 바케는 94살까지 살았어요. 2010년에 사망했고요."

"어떻게 그게 가능하죠?"

"그녀는 노인이었어요."

"알아요. 하지만 2010년에 사망했는데 어떻게 그녀의 전화는 두 달 전까지 살아있을 수 있죠?"

"모르겠어요, 미아. 지금은 너무 피곤해요. 머리가 제대로 돌아가지 않아요. 거의 서른 시간 동안 깨어있었더니."

"그럼 좀 자요. 내일 얘기해요."

미아는 전화를 끊고 안으로 돌아왔다. 주자네가 테이블에 앉아있지 않았다. 바 옆에 서서 자신이 술을 더 마실 수 있을 정도로 멀쩡하다는 것을 바텐더에게 보여주려고 비틀거리며 안간힘을 쓰고 있었다. 미아는 자신이 끼적여놓은 종이쪽지를 걷어 재킷주머니에 넣고 친구를 부축해 술집을 나왔다.

"나 안 취했어." 주자네가 우겼다.

"오늘 밤은 내 호텔방에서 자는 게 좋겠어." 미아가 말했다.

미아는 호텔로 가기 위해 친구의 팔을 잡고 촉촉하게 젖은 도로로 이끌었다.

35장

한 쪽은 푸른 눈, 다른 한 쪽은 갈색 눈의 여인은 욕실 거울 앞에 서있었다. 그녀는 욕실 캐비닛을 열고 렌즈를 꺼냈다. 오늘은 푸른색이다. 직장에서는 푸른색을 착용했다. 직장에서는 두 눈 색깔이 다르지 않았다. 그곳에서는 진정한 자신이 아니었다. *직장에선 내가 누구인지 아무도 몰라.* 어차피 그곳은 진짜 일자리도 아니었다, 그렇지 않은가? 단지 위장을 위한 것, 보여주기 위한 것일 뿐이었다. 그녀는 머리를 말총 모양으로 단단히 묶은 다음 거울 쪽으로 몸을 기울였다. 눈에 조심스럽게 렌즈를 낀 뒤 깜빡거렸다. 거짓 미소를 지어 보기도 하면서 자신을 꼼꼼히 살폈다.

안녕하세요, 말린이에요. 말린 스톨츠. 여기에서 일하죠. 당신들은 나를 안다고 생각하지만 진짜 내 모습은 모를 걸요. 내가 얼마나 거짓말을 잘하는지 모를 걸요. 미소 짓기. 상대의 말에 주의를 기울이는 척하기. 어머, 기르는 개가 아프다고? 딱하기도 해라. 지금쯤 나아졌기를 빌어. 스쿼시 한 잔? 당연히 좋지. 올슨 부인, 침대보를 갈아드리고 쾌적하게 만들어드릴게요. 깨끗이 빤 리넨보다 좋은 건 없어요.

눈 색깔이 푸른색과 갈색 짝짝이인 여인은 욕실을 나와 침실로 가서 옷장을 열고 유니폼을 꺼냈다. 직원은 흰색 옷을 입었다. 바람직한 규칙이었다. 모두가 똑같은 옷을 입으면 눈에 띄지 않게 된다. 눈 색깔이 다르지 않은 한 말이다. 지금은 눈 색깔이 다르지 않았다. 이제는 푸른색이었다. 바다처럼 푸른색. 노르웨이인다운 눈동자 색깔. 아름다운 눈. 정상적인 눈. 휴게실의 샌드위치 신세. 난 전적으로 당신 말에 동의해요. 그 여자 그런 쇼는 집어치워야 했어요. 난 그녀 편이 아니었어요. 그 여자 행동이 어설프기 짝이 없다니까요. 텅 비고 멍한 무표정한 얼굴. 공허한 말들. 표정 없는 눈 아래 기계적으로 움직이는 입술. 그가 정말로 그런 말을 했어? 전남편 주제에? 뻔뻔하기도 해라! 그럼, 당연히 페이스북 하지. 커피. 8시. 가끔 야근을 해. 차는 주차장에 세워두지. 하지만 그것은 나의 진짜 직업이 아니다, 그렇지 않은가? 실제가 아니지 않은가? 실제는 완전히 다르다.

한 쪽은 푸른색, 다른 쪽은 갈색 눈의 여인은 거실을 나가 가방과 코트를 챙겨들고 계단을 내려간 뒤 차에 올라탔다. 시동을 걸고 라디오를 켰다. 아이들은 여전히 실종 중이었다. 아무도 찾아내지 못할 것이다, 당연하지 않은가? 모두가 아이를 가질 수 있는 것은 아니다. 그것은 누가 결정할까? 아이를 갖는 것은 누가 결정할까? 어떤 사람들은 아이를 잃는다. 그것은 누가 결정하지? 아이를 잃어버리는 것은 누가 결정할까? 그것은 내 진짜 직업이 아니다. 이것은 아니다. 아니, 누구도 내가 진짜 무슨 일을 하는지 모른다. 그렇다. 몇 명은 알지만 그들은 말하지 않을 것이다.

푸른 눈과 갈색 눈의 여인은 라디오 방송채널을 돌렸다. 어느 것이나 똑같았다. 아이들은 아직 실종 상태고 아무도 그들의 행방을 몰랐다. 아이들은 어디에 있을까? 아직 살아있을까? 누군가 아이들을 감금하고 있다고? 당신은 얼마나 많은 자녀를 두길 원하십니까? 얼마나 많은 자녀를 두어야 만족하십니까? 2~3명, 그게 평균이라고? 평균? 만약 아이가 없으면 평균이 못 되는 거야? 만약 아이가 없으면 어떻게 되는데? 푸른 눈과 갈색 눈의 여인은 천천히 시내를 빠져나갔다. 남의 눈에 띄지 않으려면 천천히 운전하는 게 중요해. 혹시 누군가 네 차를 불러세우면, 네 치가 아니리는 것을 들키게 되니까. 네 이름은 말린 스톨츠가 아니야. 네 이름은 완전히 달라. 그러니까 그러지 않는 게 좋아. 천천히 하는 게 좋아. 이따금 넌 직장처럼 빤히 보이는 곳에서도 숨을 수 있어. 사람들은 일자리를 얻으려면 훈련을 받아야 한다고 생각하지만 너는 그렇지 않지. 넌 종이만 있으면 돼. 종이만 있으면 얼마든지 위장할 수 있지. 추천서만 있으면 되니까. 추천서는 위조하기 쉬워. 눈 색깔이 서로 다른 여인은 드람멘스바이엔 방향으로 달리다가 흰색 벽돌건물 앞에서 차를 세웠다. 차를 주차한 뒤 출입문으로 들어갔다. 8시 10분 전. 만약 네가 제시간에 도착해서 업무를 시작하면 누구도 특별히 질문하지 않지.

그녀는 문을 열고 직원용 탈의실로 들어갔다. 코트를 옷걸이에 걸고 가방을 벽장에 넣고 다시 한 번 거울을 보았다. 내 눈은 양쪽

다 푸른색이야. 난 푸른 눈의 소녀예요. 이건 그냥 웃자고 하는 이야기야. 내 진짜 직업은 완전히 달라. 아무도 말하지 않는 한 모든 게 잘 될 거야. 이따금 넌 훤히 보이는 데서도 숨을 수 있지. 푸른 눈과 갈색 눈의 여인은 말총머리를 단단히 조이고 요양보호사 대기실로 갔다.

"안녕, 말린."

"안녕, 에바."

"잘 지내지?"

"응, 잘 지내. 넌?"

"길고 지루한 밤이었어. 헬렌 올슨 부인의 상태가 다시 나빠졌어. 앰뷸런스를 불러야 했다니까."

"저런. 빨리 완쾌되셔야 할 텐데."

"괜찮을 거야. 오늘 돌아오실 거야."

"다행이네. 너희 개는 어때?"

"좋아졌어. 처음 걱정할 때만큼 나쁘지 않아."

나는 아프지 않아. 너는 아파.

"오늘은 누가 근무하지?"

"너랑 비르기트, 그리고 카렌."

난 아프지 않아. 너는 아파.

"이게 뭐야?"

두 눈이 짝짝인 여인은 커피머신 위에 써붙인 공지를 발견했다.

회비크바이엔 양로원 개원 10주년을 축하합니다.

"어머, 잘 됐다. 금요일에 빅파티하는 거야?"

"응, 재미있겠다, 그렇지?"

"너도 갈 거야?"

"물론이지. 난 꼭 갈 거야."

너는 온몸이 아파. 이건 현실이 아니야.

"다른 애들은 미리 모여 술 마실 거라고 하더라. 너는?"

"물론, 나도 가야지. 재미있겠다. 난 뭘 가져와야 하지?"

"브리기트에게 물어봐. 그녀가 계획을 세우고 있으니까."

"좋아. 그럴게."

"아, 기다리기 싫어, 빨리 그날이 왔으면 좋겠다!"

"나도 그래."

"그럼, 수고해. 말린."

"고마워. 운전 조심하고. 남편한테 안부 전해줘."

"고마워. 그럴게."

한 쪽 눈은 푸른색, 다른 쪽은 갈색인 여인은 커피를 한 잔 따른 뒤 의자에 앉아 신문을 읽는 척했다.

36장

미아 크뤼거는 선글라스를 쓰고 조식뷔페가 차려진 호텔 꼭대기 층에 앉아있었다. 머리는 지끈거리고 간밤에 어떻게 끝났는지조차 잘 기억이 나지 않았다. 주자네를 부축해서 술집을 나와 호텔로 오는 길에 비틀거리며 다른 바로 들어갔던 것 같았다. 거기가 어디더라? 오렌지주스를 한 잔 마시고 베이컨을 몇 조각 억지로 집어먹었다. 어린애처럼 아프고 후회가 밀려왔다. 술에 취해서 홀거에게 전화를 걸었던가? 자꾸만 뒤통수를 잡아당기는 듯한 느낌 때문에 자신이 알게 된 것을 기다리지 말고 당장 그에게 알려야 한다고 판단했던 것 같았다. 아아, 신경 쓰지 마.

그때 화장실을 나온 주자네가 기다시피 해서 테이블로 돌아왔다. 그녀는 미아보다 더욱 심각했다. 아직도 술이 깨지 않았다.

"우리 이런 짓 그만 하자." 주자네가 미아의 생각을 읽은 것처럼 말했다. 그녀는 고꾸라지듯 의자에 앉아 머리를 움켜쥐었다.

"그러게 말이야." 미아가 고개를 끄덕였다. "도움이 안 되는 자들이야."

"너 나더러 도움이 안 된다고 했어?" 주자네가 얼굴을 찌푸렸다.

"아니, 내 말은 우리가 도움이 안 되는 사람들과 교류하고 있다고. 우리 잘못은 아니야." 미아가 웃었다.

"맞아, 배우들. 자기도취에 빠진 침팬지들. 알게 뭐야? 서로서로 잠자리를 하고 서로서로 뒷말을 하는 배타적인 무리들. 자기는 안 그런 척 남들만 어떤 배역을 꿰찼는지 관심이 많다고 생각하고, 감독이 그 여자가 아닌 이 여자와 잔 것에 대해 이러쿵저러쿵 수군거리는 작자들."

"시원하게 쏟아내." 미아가 선글라스 뒤로 깔깔거렸다.

"온통 개소리뿐이야. '나 좀 봐! 나 좀 봐! 나 좀 보라고!' 아직까지 학교운동장에 있는 것 같다니까."

미아는 지난밤 돌파구 근처까지 갔었다. 조각들이 막 맞춰질 뻔했다. 생각 같아서는 호텔 방문을 닫아걸고 앉아 다시 증거자료에 몰두하고 싶었다. 그것이 미아가 가장 좋아하는 일이었다. 오로지 사건에만 몰두하는 것. 사건 속에 깊숙이 파묻힐 수 있는 곳. 그곳이 그녀가 있을 곳이었다. 그녀가 가장 좋아하는 곳이었다.

"어머나, 오늘 정오에 의상과 소도구 리허설이 있는데. 완전히 잊고 있었네." 주자네가 웃었다.

"의상과 소도구?"

"배우들이 의상을 입고 소도구를 제 위치에 놓고 하는 첫 번째 리허설이야."

미아는 고개를 끄덕이며 손목시계를 내려다보았다. "시간 맞춰

갈 수 있을 거야. 겨우 10시 반인데."

"어제 왜 〈햄릿〉의 첫 대사를 종이에 썼어?"

"사건에 관련된 거야. 아직은 말할 수가 없어."

"이해해." 주자네가 고개를 끄덕였다. "난 그저 좀 의아하다는 생각이 들었어."

"그랬을 거야."

"소녀 실종사건?"

"아직 말 못해, 주자네."

"내가 극단 사람 한 명에게 너를 안다고 말했는데, 잘못한 거 아니지?" 주자네가 얼른 고백했다.

"아니, 괜찮아. 그런데 왜?"

"페르닐레 링이라고 오필리아 역을 맡은 여배우가 있어. 그녀가 실종된 소녀 중 한 명의 고모야. 그 일로 완전히 실의에 빠져있어."

"그랬겠다." 미아가 거들었다.

"안드레이가 그녀의 조카야. 너도 알지?"

"그건 말 못해, 주자네."

"알아, 당연히 그렇겠지. 난 그저 이상하다는 생각이 들었어, 그뿐이야."

"무슨 뜻이야?"

"〈햄릿〉을 개막하려는데 안드레아가 사라졌어. 그런데 넌 종이에 〈햄릿〉의 첫 대사를 끄적거리고. 혹시 거기에 무슨 연결고리가 있지 않을까 생각했어."

미아는 웃으면서 친구의 손에 자기 손을 얹었다.

"더 이상 이런 얘기는 하지 말자. 네 인생은 충분히 드라마틱해. 이건 그저 우연의 일치야, 서로 아무 관련도 없어, 알겠어?"

"알았어." 주자네가 동의했다. "술을 마시지 말았어야 했어. 그것 때문에 피해망상증이 생겼나봐."

"나도 그래." 미아가 웃었다. "이제 한 방울도 마시지 않을 거야."

"내가 매번 아침에 나한테 하는 말이 그거라니까." 주자네가 킬킬거렸다. "하지만 다시 좋아지면 언제 그랬냐는 듯 잊어버리지. 이상해, 그렇지?"

"그래, 이상해." 미아가 웃었다.

"좋아, 서둘러야겠어." 주자네가 일어서며 말했다. "리허설 전에 집에 가서 옷을 갈아입어야 해. 어제 입었던 옷을 입고 나타나면 사람들이 눈총을 보낼 거야. 그리고 오래 걸리지 않아 모두가 방안을 둘러보며 지난밤에 누가 내 침대에서 잤는지 궁금해 하지. 상상이 가니?"

"응." 미아가 고개를 끄덕이며 일어서서 주자네를 포옹했다.

"여러 가지로 고마워. 또 만나, 응?"

"응." 미아가 웃었다. "하지만 맥주는 안 돼. 다음엔 차 마시자."

"좋아." 주자네도 웃었다.

금발의 친구는 핸드백을 집어들고 손을 흔들면서 최대한 멀쩡한 척 보이려 애쓰며 호텔 레스토랑을 나섰다.

37장

홀거 뭉크는 약간 짜증난 채로 그뢴란에 있는 미켈손의 집무실 밖에 앉아있었다. 문득 전화 감청에 동의했던 게 후회스러웠다. 결과적으로 모두가 이렇게 직접 면담만을 고집하게 되었다. 그는 이런 일로 시간 낭비할 여유가 없었다. 실종 소녀들은 아직 살아있지만 언제 죽을지 모르는 일이었다. 그러니까 상황이 이렇다는 것이다. 만약 범인이 동일인물이라면. 그렇다. 먼젓번 두 건과 범행 수법은 약간 차이가 있지만 이 여자는 두 소녀를 살해한 장본인이었다. 하지만 아직 그 여자의 신병을 확보하지 못하고 있었다. 제보 전화가 수 천통이나 왔지만 주의를 끌 만한 성과는 없었다. 전혀 없었다. 그러니까 만약 목격자가 본 내용이 맞다면 말이다. 그 연금생활자는 믿을 만해 보였다. 30~35세 사이의 여자로 키는 170센티미터 정도. 모자를 쓰고 머리카락을 뒤로 넘겼다. 코는 일직선이고 눈은 푸른색, 입술은 얇은 편이었다. 하지만 비슷한 사람은 얼마든지 있었다. 범인은 아이들을 어디에 감금했을까? 아이들은 이미 죽지 않았을까?

뭉크는 주머니에서 껌을 꺼내고 손가락으로 의자를 톡톡 쳤다. 어머니를 잠깐 보고 사태를 파악하기 위해 미아에게 양로원에 같이 가자고 약속했지만 취소하고 싶은 마음이 간절했다. 그에게는 시간이 없었다. 이런 쓸데없는 만남에 반나절을 허비해서는 안 되었다. 양로원에 잠깐 들러 어머니께 생각을 말씀드린 뒤 급히 빠져나올 것이다. 모든 게 잘 될 것이다. 너무 늦기 전에 그렇게 해야 한다. 어머니가 가진 것을 모두 갖다 바치기 전에, 집안의 재산이 천국에서의 영생을 약속하는 사기꾼의 손아귀에 들어가기 전에. 휴대전화로 시간을 확인하자 홀거는 짜증이 더욱 치밀어올랐다.

안드레아와 카롤리네가 실종되었다. 그가 수사를 지휘하기 시작해 감시하는 상태에서 실종되었다. 머잖아 누군가 그들을 마취시킬 것이다. 깨끗이 씻길 것이다. 인형옷을 입히고 가방을 메줄 것이다. 만약 아이들을 하루빨리 찾아내지 못한다면. 홀거는 안개에 둘러싸인 기분이었다. 지금 시점에 수사를 어느 방향으로 해야 할지 갈피를 잡을 수가 없었다. 다음에는 어떤 조치를 취해야 할까. 용의자가 여자라는 사실이 유일한 단서였다. 로게르 바켄, 복장도착자. 그들의 흔적 또한 남아있는 게 없었다. 지난밤에는 미아가 알아낸 것이 있다며, 잔뜩 취해서 전화를 걸어왔지만 발음이 어찌나 불분명한지 자고 나서 나중에 얘기하자고 했다. 그들의 전화통화는 감청당하고 있었다. 어쩌면 현명한 대처가 아닐 수도 있었다. 그는 조만간 가브리엘과 얘기를 해보리라 다짐했다. 명백하게 사적인 대화는 삭제할 수 있는지 알아볼 것이다. 그런 대화는 노출되지 않는 게 마땅했다. 지난밤 미아한테서 받은 전화를 포함해서.

"홀거, 들어오게."

미켈손은 근심이 가득했다. 잔뜩 찡그린 이마로 알 수 있었다.

"어떻게 되어가나?" 뭉크가 의자에 앉자 그가 물었다.

"어제와 같습니다." 뭉크가 대답했다. "몽타주의 여성에 대해 신뢰할 만한 제보는 아직 없습니다. 계속 확인하고 있지만 안타깝게도 막다른 길처럼 보입니다."

"알파 1 설문조사도 그렇고 소녀들에 대해 새로운 소식이 없다니, 어떻게 그럴 수가 있나?"

뭉크는 학창시절로 돌아간 느낌이었다. 교장실에서 불려가서 호되게 야단을 맞는 것 같았다. 기분이 나빴지만 그가 당장 할 수 있는 방법은 별로 없었다.

"저도 이해가 되지 않습니다. 상당히 치밀하게 계획한 것 같습니다. 지금 단계에서 말씀드릴 수 있는 건 이것뿐입니다. 그 여자가 충동적으로 범행했다면 오래 전에 잡았을 겁니다."

"그걸로는 부족해. 그걸로는 부족하다고." 미켈손이 으르렁댔다.

"저한테 그 말씀하려고 여기까지 부른 겁니까?" 뭉크가 빈정대듯 물었다. "전화로 족쳐도 됐을 뻔했는데요."

"그래. 아니, 미안하군." 미켈손이 안경을 벗고 눈을 비볐다. 좋은 징조가 아니었다. 뭔가 있었다. "나도 윗선에서 압박을 받고 있네." 그가 안경을 다시 콧등에 걸쳤다.

"누구요? 법무장관?"

"그건 중요하지 않네."

"우린 최선을 다하고 있습니다."

"알아. 그렇게 보고했고. 그것 말고."

"그럼 뭐가 문제죠?" 뭉크가 물었다. 그는 인내심을 잃기 시작했다. 뭉크에게는 더 시급한 할 일이 있었다.

"미아에 관한 거네." 미켈손이 뭉크를 응시했다.

"미아한테 무슨 문제라도?"

"음." 미켈손이 다시 안경을 벗었다. "그들은 미아를 위험하게 생각해. 사건에서 손을 떼게 하라는 말도 들었네."

"사건에서 손을 떼게 해요? 제정신입니까? 겨우 설득해서 오슬로로 데려왔어요. 미아는 원치 않았어요. 아시잖습니까? 미아는 오기 싫어하는데 우리가 억지로 데려온 거라고요. 우리의 이익을 위해서요. 그런데 지금 와서 내보내라는 겁니까? 말도 안 됩니다."

"자, 자, 뭉크. 내 말은 그런 뜻이 아니네."

"그럼 무슨 뜻이죠?"

"내 말은…." 미켈손이 다시 안경을 썼다. 이마의 찡그린 주름이 한층 더 깊어보였다. "음, 미아가 완전히…, 내 말은 혹시 미아가 다시?"

"이런 얘기 할 시간 없습니다." 뭉크가 의자에서 일어섰다. "두 아이가 어딘가에 감금되어있습니다. 법무장관이 지금 미아의 건강을 걱정하는 겁니까? 이것보다 더 건설적인 내용은 없습니까?"

"말 조심해, 뭉크. 자넨 지금 근무 중이야."

"닥치세요. 법무장관이요? 농담이죠? 공직? 공무원의 평판? 우리가 지금 그런 거 신경 쓰게 생겼습니까? 장관이 지금 그것 걱정해야 하는 거냐 말입니다. 법무부가 매번 미아가 우리의 체면을 세워준다고 칭찬했던 걸로 기억합니다. 매춘부를 죽이려고 했던 러시아 외교관. 그때 누가 우리의 체면을 세워주었죠? 경찰청장이었습니까? 그때 거기에 계셨죠? 콜소스의 자택에서 강도당하고 살해당한 두 명의 연금생활자. 그 사건을 청장님이 해결했습니까? 법무부는 거기에 대해 어떻게 생각했죠?"

뭉크는 의자에서 일어나 문으로 걸어갔다.

"미아가 우리를 위해 한 일은 잘 알고 있어." 미켈손이 말했다. "국가도 고마워해라. 이게 자네가 하고 싶은 말이지? '고마워, 고마워. 노르웨이도 고마워하고 있어.' 하지만 시절이 바뀌었어. 비외른 델리에와 베가르드 울방도 한때는 뛰어난 스키 선수였어. 메달도 수북하게 땄지. 하지만 그건 과거의 일이야. 요즘 그들은 대회에 참석하지 않잖아. 그렇지 않나? 내 말 뜻을 이해하겠나?"

"이런, 맙소사." 뭉크가 한숨을 내뱉었다. "아니요. 난 청장님이 무슨 말을 하는지 전혀 이해가 되지 않습니다. 크로스컨트리 스키 선수가 이것과 무슨 상관이 있습니까? 완전히 논리에서 벗어났어요. 우리는 지금 결승선을 일등으로 통과하려는 착 달라붙는 옷을 입은 어른이 아니라 생사에 관해 말하고 있어요. 생사란 말입니다. 그것도 여섯 살 난 여자아이 둘. 아셨습니까?"

뭉크는 문 손잡이를 움켜쥐었다. 분노가 폭발할 지경이었다.

"알았네, 알았어. 내가 꼭 그러겠다는 게 아니네. 미아는 당분간 그대로 있어도 돼. 하지만 사건이 종결되면 미아도 관둬야 하는 걸세. 알겠나? 어떻게 됐든 이 사건이 종결되면 *그때* 말이야. 그와 관련해서 내가 할 수 있는 일은 없네. 그리고…." 미켈손은 서랍을 열어 명함을 꺼냈다. "미아한테 진단을 받아보라고 해."

미켈손이 뭉크에게 명함을 내밀었다.

"정신과의사?"

미켈손이 고개를 끄덕였다. "법무부 장관의 요청이네."

"웃기지 말라고 그래요. 그럼 내가 미아를 섬에서 데려올 때 왜 진작 말하지 않았죠?"

미켈손이 두 팔을 휘저었다. "정치적인 거야."

"정치, 개나 줘버리라고 해요." 그는 미켈손의 책상에 명함을 내려놓았다. "미아는 이 따위 심리학자는 찾지 않을 겁니다."

"정신과의사네."

"닥치세요. 그게 그거죠. 미아에게는 할 일이 있어요. 게다가 이미 내가 책임진다고 말했어요."

"자네가 이래라저래라 할 사안이 아니야." 미켈손이 타일렀다.

경찰청장은 랩톱을 열더니 사운드파일을 열었다. 익숙한 목소리가 흘러나왔다. 그것은 지난밤 그와 미아 사이에 오갔던 전화 통화였다.

"네, 뭉크입니다."

"홀거, 홀거. 내 사랑 홀거."

"미아. 지금 도대체 몇 시야?"

"이건 현실이 아니에요. 단지 게임이에요. 로게르 바켄은 한 쪽 눈이 푸른색, 다른 쪽 눈은 갈색이었어요. 주자네, 우린 이리로 갈 거야. 그래, 그냥 누워. 내가 옷 벗는 거 도와줄게. 내 말 듣고 있어요, 반장님?"

혀가 꼬인 미아의 목소리였다. 미켈손이 파일을 끄자 뭉크는 한숨을 쉬었다.

"더 들을 필요가 있나?" 미켈손이 말했다.

"미아는 술에 취했어요. 그뿐이에요."

"언론에서 이걸 캐기 시작하면 어떤 일이 일어날 거라고 생각하나, 자네 생각에?"

미켈손이 의자에 등을 기댔다.

"좋습니다." 뭉크가 말했다. "정신과의사를 만나보라고 하죠, 됐어요? 이제 끝났죠?"

"끝났네." 미켈손이 대답했다.

뭉크는 책상에서 명함을 집어들고 다른 말 없이 사무실을 나왔다.

38장

미아는 뭉크에게 회비크바이엔 양로원으로 가겠다고 한 것을 후회하며 호텔 밖에 서있었다. 주자네와 아침을 먹은 후 곧장 침실로 돌아갔다. 물론 양심의 가책은 약간 느꼈지만 너무나 피곤했다. 히트라에서 스스로 처방을 내렸던 약의 후유증이 아직 몸에 남아있었다. 게다가 분주하게 뛰어다니느라 머리를 통 쉬지 못했다. 이불 덮고 누웠을 때나 차에 앉아있을 때, 사무실에 있을 때도 줄곧 일 생각뿐이었다. 그 생각에 한시도 마음 편하지 못했다.

문득 다시 섬으로 돌아갈까 생각했다. 해돋이와 바다. 미아에겐 잠이 더 필요했다. 그들은 늦게까지 못 자고 깨어있어야 했다. 어머니에게 말씀드리겠다고? 뭉크는 혼자 힘으로 그 문제를 해결할 수 있을까? 미아는 주머니에서 목캔디를 찾으며 뭉크에게 전화를 걸어 못 간다고 핑계를 댈까 생각했지만 너무 늦었다. 아우디가 도로 경계석에 다가와 멈춰섰고, 미아는 나지막이 욕설을 중얼거리며 차에 올라탔다.

뭉크의 표정이 어두워 보였지만 미아는 물어볼 기운도 없었다.

"휴대전화를 하나 더 장만해야겠어." 뭉크가 말했다.

"왜요?" 미아가 주머니에서 캔디를 찾으며 물었다.

"어젯밤에 나한테 전화했잖아."

"빌어먹을! 내가 그럴 줄 알았어."

"술 많이 취했었나?"

"오스고르드스트란에서 온 옛 친구를 우연히 만났어요."

"그랬군. 우리 전화통화 감청당하고 있는 거 알지?"

미아는 아무 대답이 없었다. 간밤에 자신이 한 말을 기억하려고 애썼지만 생각나지 않았다. 하지만 상관없었다.

"뭣 좀 알아냈어?" 뭉크가 궁금해했다.

"로게르 바켄에게 여자 친구가 있었어요. 그가 란디일 때 시간을 많이 보낸 누군가가 있었어요."

"우리가 아는 사람인가?"

미아가 고개를 저었다.

"아뇨. 그녀의 눈이 각각 다른 색깔이라는 것만 알아요."

"무슨 말이야?" 뭉크가 흥미를 느끼며 물었다. "그게 가능해?"

"예, 한 쪽 눈은 푸른색, 다른 한 쪽 눈은 갈색이에요. 유전변이 같아요."

"그 사실이 어떻게 도움이 될까?"

"모든 것을 조사해봐야죠, 그렇지 않아요?"

"그래, 맞아."

뭉크는 창문을 열고 담뱃불을 붙였다. 미아는 차 안에서, 특히 오늘처럼 몸 상태가 좋지 않을 때는 더욱 담배연기 맡는 게 싫었지만 아무 말도 하지 않았다. 뭉크는 지쳐 보였다. 그는 내성적인 사람이었다.

"다른 건 또 없어?"

"가브리엘이 바켄의 휴대전화에서 전화번호 하나를 찾아냈어요." 미아가 대답했다.

"나도 들었어." 뭉크가 고개를 끄덕였다. "2010년에 사망한 베로니카 바케의 전화번호라고?"

"그녀에 대해 뭣 좀 알아낸 거 없어요?"

"별로 없어. 마지막으로 알려진 주소는 비카였어. 증손자인 벤야민 바케와 함께 살았더군. 그는 배우라던데 혹시 누군지 알아?"

"아니요."

"국립극단 단원이더군. 〈헬로〉(유명인사의 동향이라든지 대중적인 관심사를 소개하는 주간지―주) 잡지에도 나오는 셀럽이라지?"

미아는 그 사실이 무엇을 암시하는지 곰곰이 생각했다. 오늘은 사고가 원활하지 않았다. 두뇌가 아직 잠에 빠져있었다. 다시는 술을 마시지 않겠다고 결심했다. 이 사건이 끝날 때까지는 절대로. 만약 한 번만 더 그러면…. 문득 주자네에게 휘둘린 자신에게 화가 났다. 그보다 증거를 더 깊이 파고들어야 했다. 한창 그러는 중이었다. 딱 꼬집어 말할 수 없는 뭔가가 거기에 있었다.

"누군가 2년간 그녀의 휴대전화를 사용했어요. 매번 요금을 냈기 때문에 계약이 유지된 거죠. 그랬으니 그런 일이 가능한 거죠, 그렇죠?" 미아가 설명했다.

"맞아. 그렇지 않고서야 불가능하지." 뭉크가 고개를 끄덕였다.

"그렇다면 어떻게 생각하세요? 증손자가 전화사용료 청구서를 받았겠죠? 배우 말이에요."

"그럴 가능성이 있지. 오늘 그와 접촉하려고 했는데 리허설인가 뭔가 가야 한다고 하더군. 조속히 만나서 확인해볼 필요가 있어."

"폐암 안 걸렸어요?" 미아가 자기 쪽 차창을 열며 말했다.

"누가 누굴 얘기하는 거야." 뭉크가 쏘아붙였다. "난 술도 안 마셔. 또…."

"커피는 입에도 안 대고. 그러니 제발, 담배는 피우게 내버려둬. 이 말씀이죠?" 미아가 웃었다.

"오늘 아주 즐거워 보이는데, 왜지?"

"이유는 없어요. 뭔가 알게 될 것 같아요. 어쩌면."

"뭔데?" 뭉크는 드람멘스바이엔을 벗어나 회비크바이엔으로 차를 돌리며 물었다.

"심볼리즘에 대해 잘 아시죠?"

"그건 왜?"

"그게 어느 정도 정확하다고 하지 않으셨어요?"

"그랬을 거야. 하지만 그거야 미아의 전문 분야지."

"아니요. 전 진지하게 말하는 거예요."

"그래, 알아. 다만 나는 미아의 두뇌에서 일어나는 온갖 반전을 따라갈 수 없어. 머리가 빙글빙글 돈다고."

뭉크는 회비크바이엔 양로원 밖에 차를 댔다.

"다 왔어." 그가 시동을 끄며 한숨을 내쉬었다.

만약 그가 기독교인이었으면 십자가를 그었을 거라고 미아는 확신했다. 홀거 뭉크는 이 대화를 두려워하고 있는 게 분명했다.

"잘 될 거예요. 마음 편히 가지세요."

"담배 한 대 더 피워야겠어." 뭉크가 차에서 내리며 말했다.

미아도 그를 따라 내리며 선글라스를 벗었다. 기분이 조금씩 나아지고 있었다. 게다가 회비크에 온 것도 좋았다. 어쨌든 뭉크와 함께 와서 기뻤다.

"자. 나한테 말해봐." 뭉크가 담배불을 붙였다.

"지금요?"

"응, 왜 안 돼? 미아의 머릿속을 보게 해줘."

"좋아요." 미아는 보닛에 걸터앉았다. "그가 우리에게 남긴 첫 번째 상징이 뭐였죠?"

"난 여자를 찾는 줄 알았는데."

"지금은 그런 거 신경 쓰지 마세요. 첫 번째 단서가 뭐였죠?"

뭉크는 어깨를 으쓱했다. "드레스?"

"아니요."

"가방?"

"아니요."

"마르코복음 10장 14절. '고통받는 어린 아이들'?"

"아니요."

"계속해봐, 나를 깨우쳐봐."

뭉크는 한숨을 내쉬며 담배를 한 모금 빨았다.

"토니 J.W. 스미스." 미아가 말했다.

"왜 그게 첫 번째 단서지?"

"왜냐하면 그것만 어울리지 않아요. 다른 건 모두 어울리는데, 그렇죠? 더 큰 그림의 일부일 수는 있지만 우리가 반드시 봐야 하는 것은 아니에요. 우리는 그 너머의 것을 봐야 해요."

"아하!" 뭉크는 더욱 흥미를 느끼며 감탄했다.

"그렇다면 어울리지 않는 첫 번째 단서는?"

"교과서에 적힌 이름."

"맞아요. 그건, 명백한 신호예요."

"무슨 신호?"

"의도가 있다는 신호. 자, 좀 더 깊이 생각해보세요."

"의도?"

"아, 포기할까봐요." 미아가 한숨을 내쉬었다.

홀거는 다시 담배를 길게 한 모금 삼킨 다음 봄 햇살을 향해 연기를 내뿜었다.

"좋아. 의도. 다른 상징들은 모두 위조야, 아이를 씻기는 것. 드레스. 학교와 관련된 물건들. 그런데 토니 J.W. 스미스는 의도를 가지고 꾸며낸 거란 말이지? 계획을 가진 누군가가?"

"잘했어요!" 미아는 다소 빈정거리듯 박수를 쳤다.

"그래, 그렇군. 난 전혀 몰랐어."

"그렇다면 토니 J.W 스미스는 무엇을 의미할까요?"

"회네포스"

"맞아요. 그럼 다른 상징들은요?"

"돼지 피?"

"아니요, 그건 세 번째예요."

"두 번째는 뭐지?"

"로게르 바켄의 세 번째 문자메시지 기억나세요?"

"응."

"그 중에 어떤 것이 어울리지 않죠?"

"그 중에 어울리는 게 있어?"

"물론이죠. 자. 보세요. 태양에 너무 가까이 날아간 이카루스. 독수리 날개, '잘 가라, 새야'는 게이 뮤지컬이에요. 로게르 바켄은 새 문신을 한 게이였어요. 이건 서로 어울리지만 '거기 누구냐?'는 그렇지 않아요. 생뚱맞은 것은 '아웃'이에요."

"그게 두 번째 단서인가? 거기 누구냐?"

미아가 고개를 끄덕였다.

"거기에는 무슨 의미가 있지?"

"정확하지는 않지만 그게 〈햄릿〉의 첫 대사라는 사실을 알았어요."

뭉크는 새 담배에 불을 붙이며 긴장된 눈으로 출입문을 흘끔거렸다. 미아는 웃음이 나왔다. 특수수사반의 반장인 다 큰 어른 남자가 아직도 자기 엄마와 대면하는 것을 겁내고 있었다.

"〈햄릿〉이 국립극단에서 개막될 예정이라지? 베로니카 바케의 휴대전화? 그녀의 증손자? 우리가 주목해야 하는 게 그거지?"

"확실하지는 않아요." 미아가 다시 생각에 잠겼다. "지금까지는 우리가 찾아야 하는 것을 수사했지 그 이유를 생각하지 않았어요. 여기까지가 제가 알아낸 거예요."

"그럼 돼지 피는 세 번째인가?"

미아가 고개를 끄덕였다.

"그건 무슨 의미인데?"

"거기까지는 잘 모른다고 말씀드렸잖아요." 미아가 주머니에서 캔디를 찾았다. "안으로 들어가셔야죠, 여기에 하루 종일 서계실 거예요? 지루해지면 언제든지 벨레루드 골프장에 가도 되겠어요."

미아는 길을 가로질러 간판을 가리켰다.

"무슨 말이야?" 뭉크가 물었다.

"재미있는 이름 같지 않아요? 벨레루드 골프장?"

뭉크는 고개를 절레절레 흔들었다. 미아가 왜 이토록 즐거워하는지 이해할 수 없었다. 그는 농담할 기분도 아니었고 골프장이 농담거리가 될 가치가 있다고 생각하지도 않았다. 그는 새로 불붙인 담배를 비벼끄고 양로원으로 이어지는 계단을 올랐다.

39장

회비크바이엔 양로원은 의심할 여지없이 부유층을 위한 시설이었다. 문을 열고 환기가 잘 되는 환한 접수대로 걸어 들어가며 미아는 서부 오슬로의 전형적인 시설이라는 생각을 했다. 먼지 하나 없이 청결하고, 산뜻한 가구에 현대적인 조명시설, 벽에 걸린 원화까지 고급스럽고 쾌적했다. 미아가 알고 있는 화가의 그림도 여러 점 보였다. 엄마 에바는 미술에 관심이 많아서 기회가 닿을 때마다 딸들을 여러 전시회에 데려가주었다.

벽에는 다양한 활동을 찍은 사진들도 전시되어있었다. 캐비닛 진열장은 트로피들로 가득 차있었다. 노르웨이뿐만 아니라 해외여행 기념품. 브리지대회와 볼링대회 트로피. 인생의 마지막 정거장임에도 이곳에는 그런 사실을 암시하는 것들이 전혀 보이지 않았다. 사해에서 수영을 하거나 호박 기르기 대회에서 우승하는 한 회비크바이엔 양로원에서의 삶은 끝나지 않았다.

"행운을 빌어줘." 홀거가 복도 끝으로 사라지며 한숨을 쉬었다.

개인 침실로 가는 거라고 미아는 추측했다. 욕실과 텔레비전, 라디오가 갖춰져 있고 24시간 서비스를 받는 양로원. 이곳 노인들은 음식이나 물을 거르고 지저분한 기저귀를 찬 채 며칠 동안 누워있는 일은 없으리라. 미아는 안락의자 한 곳에 앉아 잡지를 둘러보았다. *60플러스* '인생에서 최고의 시기를 보내는 당신을 위한 잡지.' '가벼운 운동이 치매를 예방한다.' '자동차와 어울리는 토벤 베크(1939~, 노르웨이의 여배우—주)의 립스틱.' 미아는 자신의 할머니가 살아계셔서 이런 곳이나 잡지를 보면 무슨 말씀을 하셨을지 짐작이 가고도 남았다. 문득 웃음이 나왔다. 이 잡지를 내려놓고 다른 잡지를 집어들다 벽에 붙어있는 증명서를 보았다. '회비크바이엔 양로원배 2009년 칸나스타 크리스마스 토너먼트. 우승자. 베로니카 바케.' 미아는 자세히 보려고 의자에서 일어났다. 그랬다. 정말로 베로니카 바케였다. 동일인물임이 분명했다. 그녀는 유리로 된 카운터로 가서 작은 벨을 눌렀다. 몇 초 후 요양사 한 명이 뒷방에서 나타났다.

"무엇을 도와드릴까요?"

요양원의 분위기와 잘 어울리는 요양사였다. 혈색 좋은 얼굴에 친절하고 아름다웠다. 아무래도 실내디자인과 어울리는 사람만 채용되는 것 같았다. 아마도 지친 표정으로 부엌 뒤편에서 담배를 뻐금거리며 모여있는 직원들은 없으리라. 이 여자 요양사는 미아 또래처럼 보였다. 자세가 반듯하고 연푸른색 눈동자에 검은 머리를 뒤로 끌어모아 말총처럼 묶은 매력적인 여자였다.

"저는 미아 크뤼거라고 하는데요." 미아가 입을 열었다.

미아는 신분증을 꺼낼까 생각하다 관두었다.

"저는 말린이라고 해요. 누구를 만나러 오셨어요?" 상냥한 여자가 물었다.

"동료 홀거 뭉크 씨와 함께 왔어요. 그는 어머니를 뵈러왔고요."

"아, 힐더 부인요? 잘 알아요." 푸른 눈의 여인이 미소지었다. "훌륭한 부인이죠."

"그래요." 미아가 끄덕였다. "힐더 부인의 친구 베로니카가 카나스타 토너먼트에서 우승한 걸 봤어요. 저기 상패에 그렇게 쓰여있더군요."

"맞아요." 여인이 미소지었다. "매년 크리스마스에 시합을 해요. 아마 그분은 돌아가시기 전 3년 연속 우승을 하셨을 거예요."

"전 카나스타를 한 번도 해본 적이 없죠." 미아가 말했다.

"저도 그렇답니다." 상냥한 말투의 여인이 눈을 찡긋했다. "하지만 노인들은 그 놀이를 즐겨 하시죠."

"그게 제일 중요하죠." 미아가 웃었다. "저기요, 갑자기 생각났는데 이런 거 물어봐도 될까요? 외부인에게 말할 수 없게 되어있는지도 모르지만 혹시 베로니카 바케 부인이 잘생긴 그 배우와 관련이 있나요?"

"벤야민 바케요?"

"네, 그 사람요."

푸른 눈의 여인은 잠깐 그녀를 응시했다.

"사실 아무 말도 할 수 없게 되어있어요." 그녀가 말했다.

"이해해요." 미아가 고개를 끄덕였다. "그런데 그가 여기 자주 왔나요? 그를 본 적 있어요? 실제로도 그렇게 잘생겼어요?"

말총머리의 여자가 웃음을 터뜨렸다.

"그렇게 자주 오지는 않았어요. 일년에 두세 번. 우리끼리 하는 말인데 TV에서 볼 때가 더 나아요." 그녀가 키득거렸다.

"그렇군요." 미아도 웃었다.

"기다리는 동안 커피 마실래요? 전 막 점심을 먹으려던 참이었는데 원하면 커피 한 잔 만들어드리죠."

"아니요, 괜찮아요. 사양할게요." 미아는 이렇게 말하고 의자로 되돌아왔다.

푸른 눈의 여자가 다시 웃으며 뒷방으로 사라졌다. 접수대 한쪽 구석에 작은 텔레비전이 놓여있었다. 리모컨을 찾으려는데 화면 옆에 보였다.

오늘 정오에 기자회견이 예정되어있었다. 미아 크뤼거는 그 임무를 맡지 않게 된 걸 가슴 쓸어내리며 다행스러워했다. 예전부터 언론사 기자들과 긴장된 관계를 유지해온 미아는 그들과 함께 있는 게 여간 불편하지 않았다. 마치 두 얼굴을 가지고 진짜 생각을 절대로 말하지 말아야 할 것처럼 여겨졌다. 바로 그 점이 문제였다. 미아에게는 체질적으로 맞지 않았다. 그녀는 솔직한 게 좋았다. 그런 일은 연극을 하는 것이나 다름없다고 생각했다. 남의 시선을 끌고 싶어하는 사람도 있는 반면 어떻게든 피하려는 사람도 있었다. 미아는 TV 볼륨을 약간 크게 한 다음 채널을 NRK로 돌렸다. '숲속의 아이들.' 이 채널의 헤드라인은 다른 매체만큼 노골적이지 않았지만 그래도 화면에 그 구절이 보였다. 미아 크뤼거는 고개를 가로

저으며 소리 크기를 한 단계 더 높였다. 스튜디오에 두 명의 앵커가 앉아있고, 그뢴란 경찰청 계단 앞에 서있는 기자가 보였다. 듣자하니 기자회견이 연기된 모양이었다. 미아는 TV를 끄고 밖으로 나가 가브리엘에게 전화를 걸었다.

"여보세요?" 청년이 전화를 받았다.

"왜 연기됐어요? 무슨 일이 있었어요?"

"조금 있다가 시작할 거예요."

"오늘 아네트가 나갈 거죠?"

"네. 그럴 거예요. 검사도 함께요. 머리가 짧은 남자."

"하이디?"

"아마 그럴 거예요."

"베로니카 바케에 관해 알아낸 거 더 없어요?"

"그래야 하는 건가요?"

"아니요. 내가 뭘 발견했어요. 그것 좀 확인해줄래요?"

가브리엘이 안도의 한숨을 쉬었다. "물론이에요. 뭔데요?"

"뭐 잘못되었어요?"

"아뇨. 그저 당신의 머리를 따라가려니 벅차네요. 그런데다….."

"그런데다, 뭐죠?"

"아니, 아무것도 아니에요. 제 여자친구가 임신을 했어요."

"그래요? 축하해요."

"아, 고마워요…, 저한테 뭘 알아보라고 하셨죠?"

"아직 확실하지는 않아요. 그냥 예감이에요. 회비크바이엔 양로원 사이트에 접속해서 알고 싶은 게 있어요, 거, 뭐라고 부르죠?"

"대기자 명단? 혹시 거기 들어가려고요?"

"맞아요. 당신은 거기 들어가려면 한참 멀었죠?" 미아가 웃었다.

"미안해요. 제가 오늘 좀 예민해요."

"나한테 화풀이하지 말아요. 여자친구가 임신한 게 내 잘못은 아니잖아요." 미아가 약을 올렸다. "잘못은 오직 당신한테 있어요."

"그렇겠죠. 한밤중에 뭔가 먹고 싶어하는 게 정상인가요?"

"뭔데요?"

"아이스크림."

"임신한 여자는 엉뚱한 걸 먹고 싶어한다는 얘기를 들었어요."

"한밤중에 소프트아이스크림을 구하는 게 얼마나 어려운지 모르실 거예요."

미아가 킥킥 웃었다.

"괜찮아요, 웃어야죠, 하하." 가브리엘이 다소 시니컬하게 받았다. 이 젊은 남자는 기분이 최상은 아닌 게 틀림없었다.

"그러니까 내가 보고 싶은 건 직원 명단이에요. 그리고 손님 명단도."

"손님요?"

"양로원에 사는 사람들 말예요. 수용자? 아님 입주자인가요?"

"무슨 말인지 알겠어요. 스태프와 클라이언트라고 부르는 것 같더군요."

"그래요. 그거 빼낼 수 있어요?"

"합법적으로요?"

"아니요."

"만약 제가 이 일로 곤경에 처하면 수습해주실 거죠?"

"학교에서 그런 기술을 배운 걸로 알고 있어요."

"맞아요. 그랬죠," 가브리엘이 한숨을 내쉬었다.

"물론. 내가 책임져요. 회비크바이엔 양로원 주소 필요해요?"

"아니요. 찾아보면 되죠. 제가 특별히 찾아야 할 게 있나요?"

"아직 몰라요. 말했듯이 그냥 직감이에요. 반장님의 어머니와 베로니카 바케가 같은 요양원에 있었어요. 그래서 확인해보면 좋을 것 같아서요."

"반장님의 어머니요?"

"이런, 내가 너무 거리낌 없이 말했나봐요."

"이제 반장님한테도 거짓말을 해야 하나요?" 가브리엘이 한숨을 내쉬었다. "반장님은 이런 것에 대해서는 전혀 알려고 하지 않으셨던 것 같은데요."

"이런, 착한 젊은이같으니라고. 나 이제 가봐야 해요. 브리핑은 언제 해요?"

"3시 정각에요."

"좋아요. 나중에 얘기해요."

미아가 전화를 끊었을 때 뭉크가 계단에 나타났다. 미아는 그에게 다가가려다 그가 혼자가 아님을 알고 걸음을 멈췄다. 아까 본 푸른 눈의 여자처럼 흰색 제복을 입은 여성 요양사가 옆에 서있었다. 날씬한 몸매에 구불구불하고 붉은 기운이 도는 긴 금발의 아름다운 여자였다. 그녀는 큰 소리로 웃으면서 뭉크를 가볍게 툭 치기도 했다. 뭉크로 말하자면 발갛게 달아오른 얼굴로 두 손을 바지주머니에 넣은 채 10대 소년처럼 행동했다. 미아는 목캔디를 입안에 넣고 한쪽에서 서성거렸다. 딸기빛 금발의 요양사는 뭉크와 몇 마디 나눈 뒤 다시 툭 치고 나서 웃으면서 계단 뒤편으로 사라졌다.

"어떻게 됐어요?" 뭉크가 차로 걸어왔을 때 미아가 물었다.

"말도 마." 뭉크가 담배에 불을 붙였다.

"그 여자는 누구예요?"

"누구?" 뭉크가 되물었다. "누구 말하는 거야?"

뭉크는 담배를 끄지 않고 차에 올라탔다.

"아하, 그 여자. 카렌을 말하는 것 같은데. 우리 어머니를 돌봐주는 요양사. 나는 그저…." 뭉크는 자동차에 시동을 걸고 회비크바이엔을 벗어나기 시작했다.

"네? 나는 그저 뭐요?"

"무슨 소식 없어?" 뭉크가 화제를 돌렸다.

"지금 기자회견이 열리고 있어요."

뭉크가 라디오를 켰다. 아네트의 음성이 들렸다. "아직 특별한 소식은 없고, 여전히 기다리는 중입니다. 어떤 제보라도 환영합니다." 경찰에겐 새롭게 발표할 내용이 없었다. 그래도 세상은 기자 간담회를 요구했다. 미아는 뭉크를 흘끔 쳐다봤다. 그는 아직도 자신만의 생각에 빠져있었다. 미아는 베로니카 바케가 그의 어머니와 양로원에서 함께 지냈다는 말을 꺼낼까 하다 당분간 입다물기로 결정했다. 가브리엘이 확인 중이고, 뭉크는 지금 닥친 일만으로도 벅찼다.

"정신과의사를 만나봐야겠어." 드람멘스바이엔으로 돌아왔을 때 뭉크가 느닷없이 말했다.

"무슨 말이에요?"

뭉크는 재킷주머니에서 명함을 꺼내 미아에게 건넸다.

"정신과의사를 만나보라고."

"누가 그러래요?"

"미켈손."

"집어치우라고 해요."

"나 쳐다보지 마. 그들이 어젯밤 당신 통화를 들었어. 그들은 미아가 제정신이 아니라고 생각해."

"흥, 아직 그 일을 잊지 않았군요." 미아가 으르렁거렸다.

"나도 그렇게 말했어."

"그럼 우리 생각은 같네요."미아는 사물함을 연 다음 명함을 쳐다보지도 않고 그 안에 던져넣었다. "미친 놈."

"그럼 뭘 기대했어?"

"조금이라도 존경심을 표하는 게 어때요?"

"행운을 빌어. 잘 해봐." 뭉크가 한숨을 내쉬었다. "돌아가는 길에 햄버거나 먹고 갈까?"

"좋아요." 미아가 대꾸했다.

뭉크는 출구를 찾았고, 주유소에서 차를 멈췄다. 그때 비가 내리기 시작했다.

40장

포스트기로뷔게에 위치한 〈아프텐포스텐〉 편집국 창밖에도 비가 내리고 있었다. 그들은 기자회견을 보기 위해 그룽의 방에 모였지만 정오에 열릴 예정이던 기자회견은 연기되었다. 참석자는 미켈볼드와 실예 올슨, 에리크 뢰닝, 그리고 편집장인 그룽이었다. 비록 미켈은 그런 문제를 생각하고 싶지 않았지만 그는 그룽의 바로 옆자리 가죽의자로 된 VIP석을 배정받은 터였다. 스컬러루드에서 전화를 받은 후로 그의 서열에는 변동이 생겼다. 서열이 수직상승했다. 갑자기 그가 행사의 중심이 되었다. 그룽은 TV 볼륨을 줄이고 회의를 시작했다.

그들은 살인범이 접촉해왔다는 사실을 조직 내 비밀로 부쳤다. 그에 대해 기사화하지 않았다. 아직은. 사실 오늘 회의의 의제는 그것이었다. 그것을 이용할 것인가 말 것인가? 만약 이용한다면 어떤 식으로 할 것인가?

"기다려야 한다고 말씀드리고 싶어요." 실예가 사과를 한 모금 베어물며 말했다.

"왜?" 그룽이 물었다.

"우리가 공개하면 범인이 지하로 숨어들지 않는다고 장담할 수 없어요."

"저는 기사화해야 한다고 생각합니다. 못할 이유가 뭐죠?" 에리크가 반문했다.

스물여섯 살의 재능이 출중한 기자는 입사하자마자 그룽의 총애를 한 몸에 받았고, 보통 때 지금 미켈이 앉아있는 의자에 앉았다. 젊은 기자는 행여 질투하거나 시샘하는 마음이 있다고 해도 잘 참아냈다. 적당히 다리를 벌린 채 편안히 앉아있지만 스트레스 해소용 고무공을 쉬지 않고 만지작거렸다.

"범인이 내일 〈VG〉지에 연락하지 말라는 법이 있습니까? 아니 당장 오늘밤에 〈다그블라뎃〉에 연락한다면요? 우린 특종을 터뜨릴 기회를 얻었습니다. 지금 당장 행동으로 옮겨야 합니다."

미켈 볼드가 눈을 희번덕거렸다. 에리크는 지난해 오슬로의 노숙자에 대한 연재기사로 특종상을 거머쥔 후 툭하면 '특종'을 언급했다.

"그런 마음이었다면 진작 그들에게 연락하지 않았을까?" 실예가 되받아쳤다.

실예와 에리크는 낮과 밤처럼 극과 극이었다. 실예는 목소리가 크고 입술에 피어싱을 했으며 자기주장이 강하고 좌파의 자유주의적 시각을 가진 20대로 순수하게 〈아프텐포스텐〉을 위해 일하는 기자였다. 반면 에리크는 침착하고 신중한 성격에 평소 정장차림에 머리를 적셔 단정하게 빗어넘긴 스타일을 고수하며, 호의적인 미소와 반짝거리는 눈빛까지 모든 장모들이 이상적인 사윗감으로 생각할 만한 기자였다. 사무실에서 논쟁이 벌어질 때면 두 사람은 늘 정반대에 섰다.

미켈 볼드는 전통적인 방식의 기자에 가까웠다. 수첩과 종이를 가지고 정보원에 접근했다. 그는 직접 만나지 않거나 적어도 접촉을 하지 않은 사람이나 사실에 대한 기사는 절대로 쓰지 않았다. 요즘은 대체로 보도자료라든지 신속한 전화통화의 형태로 취재가 이루어졌다. 어떤 경우에는 간단한 전화통화조차 하지 않았다. 옷 스타일에 대해 말하자면 그는 실예 쪽도 에리크 쪽도 아니었다. 두 사람의 중간쯤에 위치하며 다소 무뎌 보였다.

그도 가끔 그 점이 궁금했다. 혹시 자신이 좀 더 산뜻한 옷차림을 한다면 여동생이 늘 진열해놓는 잡지에서 읽은 것처럼 '그의 성격이 드러날까.' 하지만 그는 절대 그러지 않았다. 옷장의 옷들은 거의 10년쯤 된 것들이었다. 그 이유는(딱 꼬집어 말할 수는 없지만) 어떤 스타일을 선택하든 자신처럼 진지한 직업에는 어울리지 않았다. 따라서 헛된 짓일 뿐만 아니라 자칫하면 자기 세계에만 빠져있는 인상을 줄지도 모른다는 믿음 때문이었다. 게다가 그런 믿음이 옳다는 것을 스스로 증명해 보였다. 살인범이 그에게만 연락해오지 않았던가. 다른 누구도 아니라.

"실예, 네 말이 맞아. 그러니까 위험을 무릅써야 해." 에리크가 말했다.

"에리크, 제발, 수동공격적 주장은 우리 숙녀들의 전유물이야.

그렇지 않아?"

"내가 지금 수동공격적이란 말이야?"

"맙소사. 그만해." 실예가 웃었다.

"미켈, 자네 생각은 어때?" 그룽이 그를 돌아다보며 물었다.

이번에 다른 두 명은 침묵을 지켰다. 모두가 미켈의 의견을 궁금해했다. 그는 인정하기 싫지만 의문의 발신자가 우연히 그에게 호의를 베풀었다고 생각했다.

"글쎄요." 미켈이 목청을 가다듬었다. "한편으로는 기사를 쓸 수 있다고 생각합니다. 그 점에 대해선 의심의 여지가 없습니다."

"그럼 독점기사가 되는 거예요." 테이블에서 스트레스 공을 굴리던 에리크가 말을 가로챘다. "우리가요. 다른 누구도 아니고. 저는 해야 한다고 생각합니다."

"하지만 다른 한편으로는 한두 줄의 헤드라인으로 취재원을 영영 잃어버리는 우를 범할 수도 있습니다. 우린 사실상 도움이 될 수도 있습니다." 미켈이 말했다.

테이블에 침묵이 흘렀다.

"도움요? 무슨 뜻이에요, 짭새한테 알리자는 건가요?"

"경찰한테." 그룽이 한숨을 내쉬었다. "자네도 알다시피 우린 〈소셜리스트 워커〉(영국에 기반을 둔 혁명적이고 반자본주의 사회주의자 일간지―주)가 아니야. 우린 〈아프텐포스텐〉 지 기자라고."

"그럼 경찰한테 알리지 않겠다는 말씀이세요?" 실예가 다시 논쟁에 끼어들며 사과를 한 입 베어물었다.

"아무래도 상관없어. 다만 우리 선에서 결정할 게 있어." 그룽이 말했다.

"그게 뭡니까?" 에리크가 물었다.

"만약 우리가 알고 있는 내용을 가지고 경찰서에 간다면."

"그게 무슨 소용이 있을까요?" 에리크가 한숨을 내쉬었다. "첫째. 우리에겐 아무것도 없습니다. 구체적인 증거가 없다고요. 그러니 경찰이 이용할 수 있는 것도 없습니다. 하지만, 우리는 할 수 있어요. 그렇지 않습니까?"

"제가 이렇게 말하면 좀 이상해 보일지 모르지만 그 점에 있어서 저는 에리크에게 동의해요. 그렇다고 짭새한테 가지 말자는 건 아니고…." 실예가 고개를 끄덕였다.

"경찰." 그룽이 그녀의 말버릇을 다시 고쳐주었다.

"우리에겐 경찰이 쓸모 있어할 만한 게 없어요. 아직은."

"내 말이 그거라니까." 에리크가 고개를 끄덕였다.

"그렇다고 우리가 터뜨려야 한다는 뜻은 아니에요. 만약 우리가 지금 기사로 내보낸다면 무엇을 잃어버릴지 아무도 몰라요. 게다가 네! 벌써 사흘 전 일이에요. 지난 뉴스라고요."

"아니야, 그렇지는 않아." 에리크가 실예의 말을 가로챘다. "아직 따끈따끈해."

"쉿. 이제 시작한다." 그룽이 TV의 볼륨을 높였다.

오늘 기자회견을 하는 경찰은 아네트 골리였고, 검사인 하이디 시몬센이 함께 했다.

"골디와 시몬센." 에리크가 한숨을 쉬며 다시 스트레스 볼을 만지작거렸다. "왜 뭉크나 크뤼거를 내보내지 않았을까? 크뤼거에 대한 기사를 또 쓰고 싶었는데."

"하하. 우리 모두 네가 크뤼거에게 무슨 짓을 하려는지 알고 있지. 기사? 그걸 기사라고 부르고 싶은 거야?"

"쉿" 그룽이 실예의 말을 막아서며 볼륨을 더 높였다.

아네트 골리가 기자회견에 참석한 이들에게 인사말을 하고 있을 때 미켈 볼드의 전화벨이 울렸다. 회의실은 순간 조용해졌다.

모르는 번호였다.

"두 번 울릴 때까지 기다려!"

"받으세요!" 에리크와 실예가 동시에 외쳤다.

그룽은 리모컨의 음소거 버튼을 누르더니 미켈 볼드에게 '스피커폰을 켜라'는 시늉을 했다. 미켈은 자세를 고쳐앉은 뒤 헛기침을 하고 전화를 받았다.

"네, 여보세요. 〈아프텐포스텐〉의 미켈 볼드입니다."

저쪽에서 탁탁 소리가 났다. 그것 말고는 아무 소리도 들리지 않았다.

"〈아프텐포스텐〉의 볼드입니다." 미켈이 더 긴장된 목소리로 말했다.

여전히 아무 소리도 들리지 않았다. 그냥 쉿쉿, 소리만 났다.

"누구세요?" 에리크가 조바심을 내며 물었다.

그룽과 실예가 얼굴을 찡그렸다.

"입 다물어." 그룽이 소리나지 않게 입으로 말했다.

몇 초가 흘렀다. 그때 삑삑거리는 금속음이 들렸다.

"우리만 있는 게 아니군. 내 말이 맞지?"

에리크조차 이 말에 입이 다물어졌다. 눈은 휘둥그레지고 입은 떡 벌어진 채 고무공을 만지작거리던 손길도 멈췄다. 그들은 이 일이 대부분 장난일 거라고 생각했다. 살인범의 전화라, 도대체 말이 되냐 말이다. 그야말로 모든 기자들의 꿈인데, 설마 볼드가 이런 행운의 주인공이 되겠냐고? 하지만 이제는 그에 대해 일말의 의심도 없었다. 이건 현실이었다. 실예는 베어물었던 사과를 뱉어 조심스럽게 책상에 내려놓았다.

"아닙니다." 볼드가 말했다. "스피커폰을 써서 그래요."

"맙소사, 영광스럽기도 해라." 금속성의 목소리가 장난스럽게 말했다. "〈아프텐포스텐〉 신문이 독자의 말에 귀를 기울이는군. 어쨌든 좋아. 더 많은 사람들이 참여할 수 있으니."

"도대체 뭘?" 미켈 볼드가 목이 쉰 듯 꺽꺽거렸다.

"나중에 알게 될 거야. 그건 그렇고 난 당신이 기자회견에 가는 줄 알았는데. 물어보고 싶은 질문이 없었나?"

"왜 마루에 돼지 피가 묻어있었죠?" 볼드가 초조하게 물었다.

"대단하군. 그걸 기억하다니." 목소리가 말했다.

"나는 내 일을 어떻게 해야 하는지 압니다. 내가 찾아내지 않았고, 설명할 수 없는 것은 물어보지 않습니다." 볼드가 대꾸했다.

그는 맞은편의 그룽을 쳐다보았다. 그룽은 볼드의 대답이 틀렸다는 신호를 보내려고 머리를 미친 듯이 젓고 있었다. 그들은 발신자에게 반감을 불러일으키지 않으면서 협력해야 했다. 사전에 그렇게 합의를 했다. 저편에서 침묵이 흘렀다.

"진정한 기자군." 긴 침묵을 깨고 그 목소리가 웃었다.

"그래요." 미켈이 말했다.

"아주 대단하신 기자야." 그 목소리가 조롱하듯 말했다. "하지만 이 세상에 진실한 기자 따위가 있다고 믿는 사람은 없을걸. 당신은 자신이 그렇다고 믿지만 지난해 설문조사에서 기자가 꼴찌 한 사실 알고 있어? 직업군에 대한 신뢰도에서 말이야. 당신들은 변호사, 광고회사, 중고차 세일즈맨에게도 졌어. 그거 몰랐지?"

금속성의 목소리가 다시 한 번 웃어젖혔다. 이번에는 마음껏. 에리크 뢰닝이 고개를 절레절레 흔들며 테이블 위 휴대전화를 향해 손가락으로 무례한 욕을 했다. 그룽이 그를 엄하게 노려보았다.

"그렇다고 해서 우리가 지금 이러는 것은 아니야." 그 목소리가 냉담하게 말했다.

"그렇다면 우리가 왜 여기에 있는 거죠?" 미켈 볼드가 진심으로 궁금해하며 물었다.

"이런, 이런. 당신 오늘 저녁에는 컨디션이 괜찮군. 그 질문을 순전히 혼자서 생각한 거야?"

"우릴 그만 가지고 놀아." 에리크가 더 이상 참지 못하고 폭발했다. "당신이 게임광처럼 시간을 낭비하는 별난 사람이 아니라는 걸 우리가 어떻게 믿지?"

그룽의 얼굴이 벌겋게 달아올랐다. 그는 자제심을 잃고 테이블 밑으로 에리크에게 발길질을 했다. 다시 침묵이 이어졌지만 그 목소리는 사라지지 않았다.

"좋은 질문이야." 그 목소리가 담담하게 말했다. "그런데 내가 지금 누구와 대화를 하고 있는 거지?"

"에리크 뢰닝." 에리크가 대답했다.

"이런! 에리크 뢰닝이라니, 믿을 수가 없군. 2011년 특종상을 받은 친구. 축하해."

"고맙군." 에리크가 이죽거렸다.

"프로그너(오슬로 서쪽 끝에 위치한 부유한 주택가—주)에 있는 집에 가서 뜨거운 욕조에 몸을 담근 채 샤도네이 한 잔 마시기 전에 노숙자에 관한 기사를 쓰면서 어떤 기분이었지? 그것도 진정성 있는 기자정신이라고 부르나?"

에리크는 즉각 대꾸하려다 말고 더 나은 대답을 생각했다.

"당신은 틀림없는 뢰닝 같은데, 나라는 사람이 내가 맞는지 어떻게 믿느냐고? 그럼 우리 간단한 게임을 할까?"

"무슨 게임?" 에리크가 목청을 가다듬었다.

"1면 '뉴스에 나오기'라고 하지. 어때 게임 할 거야?"

테이블 주변에는 정적만 흘렀다. 아무도 말 한 마디 못했다.

"결정하기 전에 일단 룰을 설명해줄까? 당신들 언제나 비슷비슷한 뉴스를 보도하느라 지루했을 거야. 한동안 뉴숫거리가 될 만한 건데, 어때? 거 참 스릴 있지 않아?"

"어떻게 하는 거죠?" 미켈 볼드가 물었다.

"당신들이 결정해야지." 그 목소리가 말했다.

"우리가 뭘 결정하죠?"

"누가 살고 누가 죽을 것인지."

네 명의 기자는 서로 바라보았다.

"무슨 뜻이죠?"

"무슨 뜻이라고 생각해? 나는 아직 결정을 내리지 않았어. 안드레아냐, 카롤리네냐? 당신들이 결정해. 근사하지 않아? 당신들을 기꺼이 참여시켜주지."

"이봐요, 당신, 진심은 아니죠? 농담이죠." 실예가 물었다.

"아, 여자도 있었네. 당신은 누구지?"

"시—시— 실예 올슨." 실예가 더듬거리며 대답했다.

그녀는 사태의 중대함에 충격을 받은 게 틀림없었다.

"이봐, 실예 올슨, 당신은 어떻게 생각해?" 목소리가 말했다.

"내가 뭘 어떻게 생각해요?"

그 목소리가 잠깐 웃었다. "여자라는 것. 그거 믿어?"

"그래요." 실예가 머뭇거리며 대답했다.

"정말 순진하군. 너무 단순해. 정말 단순해. 난 따분해. 정말이야. 너무 따분하다고. 솔직히 난 더 큰 도전을 기대했어. 이봐, 미켈, 당신도 그걸 믿었나?"

"그래요." 미켈이 잠시 생각하느라 침묵한 뒤 대답했다.

"이런, 내가 남다른 사람보다 더 괜찮은 사람일 걸 그랬나? 여자라. 그 연금생활자는 여자로 생각한다고 주장하던데. 하지만 여장남자일 수도 있잖아? 누구 그렇게 생각한 사람 없어? 노숙자는 어때? 에리크, 그건 당신 분야잖아. 노숙자가 2천 크로네를 받고 그랬다고 생각하지는 않아? 모자를 뒤집어쓰고 한밤중에 스컬러루드 거리에 나타날 수 있잖아. 더구나 거기까지 차를 태워주고 데려온다면. 에리크, 만약 당신이 노숙자라면 '하겠다'고 말하지 않겠어?"

"그러니까 지금 그 말을 하는 당신은 여자가 아니라는 건가?" 에리크가 슬쩍 물었다.

"이런 맙소사. 당신은 생각했던 것보다 훨씬 멍청하군." 차가운 목소리가 말했다. "사실 당신은 믿었는데. 하지만 신경 쓰지 마, 괜찮아. 어차피 게임을 하는 거니까. 1분 줄 테니 어서 이름을 골라봐, 안드레아냐 카롤리네야. 당신들이 고르는 아이가 오늘 밤 죽을 거야. 나머지 한 명은 살고. 그 아이는 24시간 내에 집으로 돌아갈 거야. 하지만 이름을 말하지 않으면 둘 다 죽어. 누가 죽고 누가 살든 내게는 별 차이가 없지. 당신들이 결정해. 룰은 확실히 알았지?"

"그런 일이 일어나선 안 돼." 그룽이 반대했다.

"1분 안에 다시 전화하지. 그럼, 행운을 빌어."

"아니, 안 돼요." 실예가 더듬거리며 말했다.

"똑딱." 그 목소리는 이렇게 말하고 전화를 끊었다.

41장

　루카스는 천국에 있었다. 아니 적어도 그런 기분이었다. 그는 여러 날 동안 이 방문을 고대해왔다. 숲에 있는 이 집을 방문하는 것은 세 번째였다. '빛의 집'이라는 의미의 럭스 도무스, 또는 시몬 목사가 즐겨 말하는 '천국의 문'이란 뜻의 포르타 첼리라고 부르는 집이었다. 뭐라고 부르든 어쩌면 이렇게 아름다울 수 있을까? 포르타 첼리, 천국의 문. 루카스는 하루 종일 흥분되어 몸이 짜릿했다. 그리고 마침내 그곳에 도착했다. 루카스는 천국 가까이에 있다는 생각에 자제하기가 힘들었지만 목사가 아이들에게 설교하는 동안 창가 의자에 꼼짝 않고 앉아있었다.

　하나님이 목사에게 말씀하셨다. 이곳에 새로운 방주를 만들어라. 이번에는 동물을 태우지 말고 그의 선택을 받은 사람들만 태우라고 하셨다. 입회자들. 빛의 집. 천국의 문. 그들은 심판의 날에 함께 떠날 것이다. 다른 사람들은 떠나지 못한다. 오직 그들만 떠날 것이다. 40명, 그 이상은 안 된다. 하나님이 목사에게 말씀하시길 세상에는 방주가 여러 척 있다고 하셨다. 하지만 다른 방주가 어디에 있는지 그들은 듣지 못했다. 존재한다는 것만으로 충분했다. 그들은 천국에서 다른 선택받은 자들을 만나게 될 것이므로 서두를 필요가 없다. 천궁, 하나님의 왕국. 그곳은 깨끗한 시내에 청록색 물이 흐르며, 영롱하게 빛나는 흰구름 카페트 위에 있는 모든 것은 금으로 만들어졌다. 선택받은 자들은 영생을 누린다.

루카스는 눈을 감고 목사의 음성을 온몸으로 받아들였다. 신의 음성이란 바로 이런 것을 말했다. 하나님이 말씀하시길 아이들은 순수하기에 가장 귀하게 여겨야 한다. 아이들은 정결하고 깨끗하며 어머니 자궁에 있던 때처럼 순수하고, 이 땅에 온 후로 시간이 지나면서 때가 묻지 않는 게 중요하다. 아이들은 정화되어야 한다. 심지어 불을 붙여서라도. 지옥불. 목사는 차분하고 온화한 음성으로 겉은 강하지만 안은 부드러운 신의 손길처럼 단호하게 설교를 했다. 지금 루카스의 머릿속에는 물이 흐르고 있었다. 맑고 깨끗한 강물이 푸른 숲을 굽이굽이 돌아 금으로 만든 집 앞 흰 벌판을 가로질러 흐르고 있었다.

"나의 자녀들아. 나는 내 자녀를 어둠에서 빛으로 인도할 것을 여러분 앞에 맹세합니다. 나는 지옥의 실체를 드러냄으로써 여러분이 너무 늦기 전에 구원되고 악을 포기하게 할 것입니다. 나, 예수 그리스도는 너희의 육신으로부터 영혼을 거두어 지옥으로 보낼 것입니다. 또한 나는 여러분에게 천국의 비전과 다른 신들의 계시를 보여줄 것입니다."

목사가 입을 다물고 교인들을 죽 둘러보았다. 그는 이렇게 사람들의 눈을 응시하는 것을 좋아했다. 그것은 중요했다. 그렇게 함으로써 교인들은 목사의 등뒤에 있는 하나님의 눈을 볼 수 있었다. 루카스도 눈을 뜨고 미소를 지었다. 신이 약속한 대로 그의 집은 목사의 옆집이 될 것이다. 이곳에 아이들이 많이 있는 것은 아니었다. 단지 여덟 명뿐이었다. 목사가 직접 고른 아이들이었다. 거의 완벽하게 순수한 여자아이 다섯 명과 남자아이 세 명. 목사의 인자한 음성을 몇 번 듣는 것으로 그들은 준비가 되었다.

루카스는 특별한 아이, 라켈이 그 자리에 있는지 둘러보았다. 아이들은 모두 비슷해 보였지만 (그것이 핵심이었다. *우리는 모두 신 앞에서 평등하다*) 그는 마침내 한 아이를 발견했다. 푸른 눈에 주근깨 투성이 얼굴. 그 아이는 몇 번 문제를 일으켰다. 루카스는 목사가 왜 이 아이에게 그토록 안달하는지 이해할 수가 없었다. 이 아이는 무엇이 그렇게 특별할까? 만약 이 아이가 빛의 집에서 도망쳐 영원히 지옥에서 살고 싶어한다면 그러도록 내버려둬야 했다. 왜 이 아이에게 그렇게 시간을 낭비할까? 교인들 중에 다른 좋은 후보도 많았다.

물론 그런 의견을 입밖으로 낸 적은 없었다. 목사는 항상 무엇이 최선인지 잘 알았다. 애초에 내가 왜 이런 생각을 했지? 루카스는 자신의 어리석음에 고개를 절레절레 저으며 다시 눈을 감았다. 목사의 음성이 머릿속을 가득 채웠다. 루카스는 작은 한숨 소리도 새어나가지 못하게 입술을 꼭 다물었다.

"어느 날 밤 내 집에서 기도를 드리는데 주 예수 그리스도께서 방문하셨습니다." 목사가 설교를 계속했다. "몇 날 며칠 기도만 드리던 중에 갑자기 찾아오신 겁니다. 주님의 권능과 영광이 집안을 가득 채웠습니다. 밝은 빛이 방안을 환히 비추니 이 목사는 아름다움과 완전함에 압도되고 말았습니다. 빛이 파도처럼 밀려왔다 빠져나가기를 반복하며 점점 방안을 채웠습니다. 대단한 장관이었습니다. 그러고 나서 주님이 말씀하셨습니다. '나는 너의 주 예수 그리스도다. 나는 신도들에게 나의 귀환을 어떻게 준비해야 하고, 죄인을 어떻게 벌해야 하는지 알려줄 것이다. 어둠의 세력은 현실이며 나의 심판은 진리다. 나의 자녀여, 나는 성령의 힘으로 너를 지옥에 데려갈 것이며, 내가 세상에 보여주고 싶은 많은 것을 너에게 보여줄 것이다. 나는 너를 통해 여러 번 나를 드러낼 것이다. 나는 너의 몸에서 영혼을 거둘 것이며, 너를 지옥으로 데려갈 것이다.' 나는 울부짖었습니다. '오, 주님. 제가 어떻게 하길 원하십니까?' 나는 예수님의 존재하심에 감사하며 온몸으로 소리쳐 말하고 싶었습니다. 그것은 내가 지금까지 느꼈던 것 중에 가장 아름답고 경건하며, 더없이 기쁘고 강력한 사랑이었습니다. 내 입에서 주님에 대한 찬양이 흘러나왔습니다. 순간 나는 온 생애를 그분께 바침으로써 그분이 죄악으로부터 사람들을 구하는 도구로 쓰실 수 있게 하고 싶었습니다. 그의 성령으로 하나님의 아들 예수 그리스도가 나와 한 방에 계심을 알았습니다. '보아라, 나의 자녀여.' 예수께서 말씀하셨습니다. '나의 성령으로 너를 지옥에 데려갈 것이다. 네가 지옥을 설명함으로써 잃어버린 영혼들을 어둠으로부터 예수 그리스도 복음의 빛으로 인도하게 할 것이다!' 그 즉시 내 영혼은 몸에서 빠져나왔습니다. 그리고 나는 예수 그리스도와 함께 내 집을 떠나 천국으로 올라갔습니다."

목사가 일어서며 아이들에게도 똑같이 하라고 했다. 그들은 마루 한가운데 원을 만들었다. 목사가 고개를 까딱 하며 루카스에게 동참하라는 신호를 보냈다. 루카스는 의자에서 조용히 일어나 두 아이의 손을 각각 잡았다.

"우리 기도합시다." 목사가 말하며 고개를 숙였다.

이윽고 작은 방안이 웅얼거리는 목소리로 가득 찼다.

"하늘에 계신 우리 아버지, 이름이 거룩히 여김을 받으시오며, 나라가 임하옵시며, 뜻이 하늘에서 이룬 것 같이 땅에서도 이루어지이다. 우리에게 일용할 양식을 주옵시고, 우리가 우리에게 죄 지은 자를 사하여 준 것같이 우리 죄를 사하여 주옵시고, 우리를 시험에 들게 하지 마옵시고, 다만 악에서 구하옵소서. 나라와 권세와 영광이 아버지께 영원히 있사옵니다, 아멘."

"아멘." 루카스가 참지 못하고 다시 말했다.

포르타 첼리, 천국의 문. 그리고 지금 그들은 곧 도래할 그날을 준비하려고 여기에 모였다.

목사가 문을 열고 아이들을 모두 내보냈다. 라켈만 빼고 모두. 목사는 언제나 라켈을 남겨서 대화를 더 나누었다. 어떻게 보면 무리에서 떨어져나온 양과 같다고 할까? 물론 그랬다. 잃어버린 양과 목자. 하지만 루카스는 다시금 목사의 행동을 의심하는 자신에 대해 죄책감을 느꼈다.

"라켈은 하나님, 그리고 나와 좀 더 시간을 보내야겠구나." 목사가 이렇게 말하며 루카스에게 나가있으라는 신호를 보냈다.

루카스는 웃으며 고개를 끄덕이고 방을 나갔다.

"우리를 방해하지 않도록 그 누구도 들이지 말거라, 알았느냐, 루카스?"

"네, 알겠습니다." 루카스가 목례를 했다.

루카스는 등뒤로 살며시 문을 닫았다. 밖은 점점 어두워지고 있었다. 하늘에 별들도 보이기 시작했다. 그는 뿌듯한 웃음을 지으며 따뜻한 기운이 혈관을 통과하는 것을 느꼈다. 그들이 가려는 곳은 천국이었다. 그는 기다리기가 힘들었다. 하루 빨리 가기만 고대했다. 자신이 얼마나 흥분하고 있는지 설명하기 어려웠다. 정수리부터 손가락 끝, 그리고 발가락까지 쉬지 않고 찌릿함이 퍼져갔다. 청록색의 강물과 금으로 만든 집. 정말 가능할까? 정말 그런 축복을 받을 수 있을까? 루카스는 뿌듯한 미소를 지으며 팔짱을 낀 채 새로 독학한 찬송가를 흥얼거렸다.

42장

    지금까지 사는 동안 가장 길었던 1분이었다. 동시에 가장 짧기도 했다. 가장 길고도 짧은 1분. 마치 시간이 정지된 것 같았다. 그러면서도 그 1분은 손가락 사이로 빠져나가고 있었다. 시간은 새로운 의미를 얻은 동시에 아무 의미도 없었다. 그들은 처음 5초 동안 서로 쳐다보기만 했다. 미켈은 입을 떡 벌린 채 방금 UFO를 목격한 것 같은 눈을 하고 있는 실예를 쳐다보았다. 조직에서 가장 나이 어린 구성원은 위로를 받으려고 가장 나이 많은 구성원을 간절하게 쳐다보았지만 그릏이 도울 수 있는 것은 없었다. 평소 그토록 든든했던 편집장은 테이블 위의 휴대전화와 미켈 볼드만 번갈아 보고 있었다. 미켈 볼드는 다시 에리크 뢰닝을 응시했다.

    에리크는 삐걱대다 멈춰서, 지금은 더 이상 아무 기능도 하지 못했다. 그의 얼굴에는 어떤 표정도, 작은 움직임도 찾아볼 수 없었다. 고무공은 반쯤 눌린 채 손에 쥐여있고, 입도 반쯤 벌어졌다. 동료들에게 던지던 위트 넘치고 조롱 섞인 말들도 멈춰서 이제 그의 머릿속으로 돌아가고 있었다. 네 사람 모두 마찬가지였다. 말문이 막혀 꼼짝도 하지 못했다. 그저 충격에 빠져있었다. 그렇게 처음 5초를 흘려보냈다.

다음 15초는 정반대였다. 저마다 떠들어대기 시작했다. 화물열차가 달려오는 것을 알지만 철로 밖으로는 나갈 수 없고, 탈출하는 길은 오직 앞으로 뛰는 것뿐인데 뛴다고 해도 결국 비극적인 결말을 피할 수 없음을 알면서 본능적으로 뛰어야 하는 터널 속 아이들 같았다. 저마다 마구 내지르는 말들로 방안이 들썩였다.

"맙소사"

"우리가 하나를 골라야 한대."

"말도 안 돼."

"만약 거짓말이면 어쩌지?"

"토할 것 같아."

"도대체, 어떻게 우리보고 어떻게…."

"만약 우리가 한 명을 고르지 못하면 어떻게 되는 거야?"

"오, 하느님."

"우린 한 명을 골라야 해요."

"난 못해."

"그런 일이 일어나게 해선 안 돼."

"편집장님?"

"미켈?"

"우리 이제 어떻게 해야 하죠?"

"난 사람을 죽일 순 없어."

"아무래도 토하러 가야겠어. 진짜 나올 것 같아."

"우린 사람을 구할 수 있어."

"에리크?"

"실예?"

"우리가 아무것도 하지 않으면 어떻게 되는 거지?"

"둘 다 죽어."

"아이들을 죽게 할 순 없어."

"빌어먹을."

"이제 어쩌면 좋지?"

"제기랄."

이제 20초가 지났다. 초침이 없는 사무실 시계는 여전히 12시 16분을 가리키고 있었다. 시계는 도움이 안 됐다. 그 시계는 초를 계산하지 않았다. 그들에게 당장 필요한 것은 한 가지뿐이었다. 시침도 아니고 분침도 아니고 초침. 그 다음 10초는 시간이 얼마나 흘렀는지 확인하느라 보냈다. 방 전체에 공포심이 들불처럼 번지기 시작했다.

"얼마나 지났어요?" 실예의 얼굴은 사색이 되었다.

"얼마나 남았지?" 그룽이 손바닥으로 테이블을 짚고 일어섰다.

"누구 시간 적어놓은 사람 없어?" 미켈 볼드가 자신의 휴대전화와 벽시계를 보았다. 초침 없는 숫자는 벽시계의 시간과 같았다.

터널 안 철로 위의 네 아이들은 천둥 같은 열차 진동이 자신들을 향해 달려오는 것을 생생히 느꼈다.

"시간이 얼마나 흘렀는지 계산하느라 시간을 낭비하지 맙시다!"

에리크가 의자에서 일어나 주먹으로 테이블을 내리쳤다. 쾅, 쾅, 쾅. "시간 확인하느라 시간 낭비하지 말자구요!"

그룽은 테이블에 올려놓았던 두 손으로 머리카락을 쥐어뜯기 시작했다. "얼마나 지났어?"

10초가 더 지났다. 도합 30초가 지난 것이다.

"당장 결정해야 해요!" 에리크가 소리쳤다. "서로 소리 지를 때가 아니라고요."

"서로 소리 지를 때가 아니에요!" 실예가 소리쳤다.

"빨리 결정해야 해요!" 미켈 볼드가 소리쳤다.

"어떻게 해야 하지?" 그룽이 머리카락을 흩트리며 소리쳤다.

"모두, 침착해요!" 에리크가 소리쳤다.

"모두 침착하자고요!" 실예가 소리쳤다.

이제 40초가 흘렀다. 마지막 20초는 1초가 1분처럼 느껴졌다. 아니 한 시간, 아니 1년 같았다. 마치 초침이 움직임을 멈춰도 계속 시간이 흘러가는 것처럼 느껴졌다.

에리크가 처음으로 합리적인 제안을 했다. "투표로 정해요."

"뭘?"

"아무 말 마세요. 이제 투표해요. 뭔가 해야 한다고 생각하는 사람은 손드세요."

에리크가 손을 들었다. 그룽도 손을 들었다. 미켈 볼드도 이유는 모르지만 손을 들었다. 그의 반응은 순전히 반사적이었다. 실예의 손은 아직 테이블 위에 있었다.

49초가 흘렀다.

"3대 1일이에요."

"하지만." 실예가 반발했지만 에리크는 대꾸하지 않았다.

"카롤리네를 구해야 한다고 생각하는 사람 손 드세요."

"그럼 안드레아는 죽인단 말이야?" 실예가 울부짖었다.

"손 드세요!" 에리크가 소리쳤다.

이제 53초를 지나고 있었다.

"카롤리네를 구해야 한다고 생각하면 손 드세요!" 에리크가 이번에는 더욱 간절하게 외쳤다. 기차가 발뒤꿈치까지 다가왔다. 기차를 멈추거나 탈선시키거나 아니면 자신들이 도망칠 방법은 이것뿐이었다.

에리크가 손을 든 채 그룽을 노려봤다. 그룽은 몰래 에리크를 훔쳐본 뒤 애원하는 눈으로 실예를 쳐다봤다.

"안 돼요. 안 돼요." 실예가 흐느꼈다.

57초가 흘렀다. 그룽과 에리크는 허공을 향해 손을 들고 서있었다. 두 사람이 미켈 볼드를 바라보았다.

"예스예요, 노예요?" 에리크가 물었다.

미켈 볼드는 팔을 들고 싶었지만 그러지 못했다. 팔이 납덩이같았다. 이렇게 무겁게 느낀 적은 없었다. 팔이 주인의 말을 듣지 않았다. 어쩌면 팔이 그러고 싶은 건지도 몰랐다. 머리로는 어떻게 해야 할지 몰랐다.

59초가 지나갔다.

"어서요!" 에리크가 소리쳤다. "캐롤리네를 구해요, 말아요?"

"그럼 안드레아를 죽이는 거야. 그건 안 돼." 실예가 흐느꼈다.

"예스야, 아니면 노야? 그룅이 고함을 질렀다.

그는 허공에 들고 있던 손으로 머리카락을 움켜쥐었다. 미켈 볼드는 다시 손을 들려고 했지만 여전히 무릎에서 꼼짝 하지 않았다.

그때 미켈의 휴대전화 벨이 울렸다.

방안은 다시 조용해졌다. 시간이 다 됐다. 휴대전화 벨이 다시 울렸다. 미켈 볼드는 휴대전화를 보고 있었지만 그게 어디에 있는지 몰랐다. 또렷하게 보이지 않았다. 어쩌면 다른 방에 있을 수도 있었다. 달 속에. 그는 어떻게 해야 할지 종잡을 수가 없었다. 마침내 에리크 뢰닝이 허리를 굽혀 휴대전화 화면을 눌렀다.

"나야." 금속성 목소리가 말했다.

테이블 주변은 정적만 감돌았다.

"아주 흥미진진한걸. 그래 어떻게 결정했지?"

아무도 말을 하지 못했다.

"아무도 없어?" 그 목소리가 물었다.

실예는 그룅을 쳐다보고, 그룅은 에리크를 쳐다보고, 에리크는 미켈을 쳐다보고, 미켈은 자신의 손가락만 내려다보았다.

금속성 목소리가 킬킬거렸다.

"다들 꿀 먹은 벙어리가 됐어? 나는 지금 대답을 원해. 시간이 흐르고 있어. 똑딱."

에리크 뢰닝이 목청을 가다듬었다. "우린…."

"안드레이야?" 그 목소리가 차갑게 물었다. "아니면 카롤리네? 누가 집으로 가게 될까? 한 소녀는 죽고, 한 소녀는 살게 되는데. 그게 그렇게 어려워?"

"둘 다 살아야 해요." 실예가 울부짖었다.

금속성의 목소리가 다시 웃었다.

"이런, 올슨 양. 그건 우리의 게임 룰이 아니지. 한 명이 살면 한 명이 죽는 거야. 누가 살고 누가 죽을지 결정해야 해. 근사하지 않아? 생과 사를 결정하는 주인공이 된다니. 신처럼. 신이 되는 놀이 재미있지 않아, 뢰닝?"

방안이 다시 조용해졌다. 초침이 달팽이 걸음처럼 흘러갔다. 미켈 볼드의 뇌는 이제 완전히 작동을 멈췄다. 실예는 팔짱을 꼈다. 그룽은 두 손을 허공에 든 채 서있었다. 에리크 뢰닝은 입을 벌리고 뭔가 말을 하려고 했다.

"좋아. 둘 다 그러자는 거로군. 아쉽지만 그게 당신들이 원하는 거라면 내가 뭐라고 더 말하겠어? 게임해줘서 고마웠어."

"안 돼요." 실예가 소리치며 두 손으로 휴대전화를 움켜쥐었다. 얼음처럼 차가운 금속 같은 존재에게 일말의 동정심이라도 얻어보려는 마지막 간절한 시도였지만 너무 늦었다.

그 목소리는 벌써 사라져 들리지 않았다.

43장

미아 크뤼거는 흡연용 테라스에 앉아 스스로 폐를 망가뜨리는 뭉크를 지켜보고 있었다. 오늘의 브리핑이 막 끝난 지금 뭉크의 기분은 유난히 저기압이었다.

"어떻게 그럴 수 있지?" 뭉크는 눈을 비비면서 연신 중얼거렸다.

팀원들 모두 지난 주 내내 잠을 설쳤지만 뭉크는 더욱 수면이 부족한 듯했다. 뭉크에게 생각을 말하려고 기회만 엿보던 미아는 서서히 생각을 고쳐먹는 중이었다. 아직은 확신이 서지 않았다. 그저 직감이었다. 하지만 날이 갈수록 직감은 점점 더 강해졌다.

"어떻게 그럴 수 있냔 말이야?" 뭉크가 새 담배에 불을 붙이며 다시 혼잣말을 했다.

"무슨 말씀이에요?" 미아가 재킷주머니에서 목캔디를 꺼내며 물었다.

"응?" 뭉크는 무심하게 대꾸하며 미아를 돌아다보았다.

뒤늦게 미아의 존재를 의식한 뭉크의 눈빛이 부드러워졌다.

"전부 다." 그가 다시 눈을 비볐다. "틀림없이 본 사람이 있을 텐데. 여섯 살짜리 여자아이 둘이 그냥 공기 속으로 사라지지는 않았을 텐데."

"아직 포상금 요구는 없죠?"

"아주 골치 아프게 생겼어. 가족들이 50만 크로네의 사례금을 걸었어. 그만한 액수면 누군가 나타날 거라고 생각했겠지."

"백만 크로네까지 올리지 않을까요?"

뭉크가 고개를 끄덕였다. "내일 발표한대. 우리는 그저 행운을 빌 수밖에 없어."

"또 세상의 온갖 머저리들이 전화교환대를 혼잡하게 하지 않기를." 미아가 덧붙였다.

"위험을 무릅써야겠지" 뭉크가 담배를 길게 빨고 나서 한숨을 내쉬었다. "벤야민 바케한테 연락해봤어?"

미아가 고개를 끄덕였다. "4시 30분에 극장에서 만나기로 했어요. 30분밖에 시간을 내줄 수 없다고 하더군요. 〈햄릿〉을 리허설하면서 〈이빨 트롤 카리우스와 박투스*karius and Bactus*〉(노르웨이의 시인이자 만화가이며 동화작가 토호르비욘 아이네르의 1943년 작품─주) 공연도 하고 있대요. 함께 가실래요?"

뭉크는 고개를 저었다. "아니, 미아가 만나봐. 그 친구 증조모의 아파트에 살고 있지? 청구서가 거기로 갔을 수 있겠네. 어떤 식으로 해야 할지는 미아가 잘 알 거야."

"걱정 마세요." 미아가 말했다.

"난 아무래도 믿어지지가 않아. 틀림없이 누군가 본 사람이 있을 거야. 범인이 차에 탔다 내렸다 하지 않았겠어? 은신처에 드나드는 것도? 아니면 지하실에 드나들든가? 아이들에게 뭔가 먹여야 할 테고. 그러자면 먹을 것을 추가로 구입하지 않았겠어? 혹은⋯." 그는 담배 끄트머리를 응시하며 이야기를 이어갔다.

"만약 치밀하게 계획된 일이라면 우리에게는 더욱 행운이 필요해요. 그 점을 아셔야 해요." 미아가 조용히 덧붙였다.

"치밀하게 계획된 것 같아, 안 그래?" 뭉크가 한숨을 내쉬었다.

"그런 것 같아요. 우리가 갖고 있는 모든 증거를 수년 동안 준비했을지도 몰라요."

"게다가 우린 그 증거가 무슨 의미인지 알고 있지. 만약 빨리 찾아내지 못하면 그 아이들은 죽게 될 거야."

미아는 아무 대꾸도 하지 않았다. 그저 그 자리에 선 채 거리를 내려다보았다. 가끔 저 아래에 있는 사람들이 부러웠다. 평범한 사람들. 저 길모퉁이의 가게를 소유한 사람들이나 집에 있는 아이에게 신발을 사주는 사람. 이런 일을 해결하지 않아도 되는 사람들. 미아는 주머니에서 목캔디를 찾으며 마음을 다잡았다.

"반장님, 드릴 말씀이 있어요." 미아가 뭉크에게 말했다.

"말해봐."

미아는 적당한 단어를 찾느라 잠깐 머뭇거렸다.

"뭔데 그래?" 뭉크가 재촉했다.

"반장님과도 관련이 있어요." 미아가 한참 만에 입을 열었다.

"나와 관련 있다니?"

"제가 보기에는 반장님도 그 계획의 일부예요."

"무슨 말이야?"

그때 눈치 없는 가브리엘 때문에 대화가 끊겼다. 그가 갑자기 테라스 문을 열고 얼굴을 들이밀었다. "방해해서 죄송한데요."

"뭔데?" 뭉크가 고함치듯 물었다.

"아, 전 그냥…, 미아. 당신이 오늘 아침에 부탁한 정보를 찾아냈어요. 이제 어떻게 할까요?"

"킴과 루드비에게 명단 전체를 주고 회네포스 사건과 관련된 사람이 있는지 크로스체크 해보라고 해요. 거기에서 뭔가 찾아낼 것 같은 예감이 들어요."

"그러죠." 가브리엘은 이렇게 말한 뒤 뭉크에게는 눈길도 주지 않고 얼른 문을 닫았다.

"내가 그 계획의 일부라니 무슨 뜻이야?"

"제 생각에는" 미아가 생각에 잠긴 얼굴로 고개를 끄덕였다. "이 사건이 반장님을 겨냥하고 있어요."

"나에 관한 거라고?"

미아는 다시 고개를 끄덕였다. "그런 것 같아요."

그들의 대화는 다시 한 번 끊겼다. 이번에는 흥분한 아네트 골리의 목소리였다.

"반장님, 당장 와보세요." 그녀가 뭉크에게 말했다.

뭉크는 미아를 돌아다보았다. 미아는 뭉크를 가볍게 떠밀며 웃었다. "빨리 가보세요. 저는 벤야민 바케 만나러 갈게요."

"그 문제는 나중에 다시 얘기하지. 되도록 빠른 시일 내에. 난 미아가 도무지 무슨 말을 하는지 이해할 수 없어."

"나중에 유스티센에서 만나요." 미아는 서둘러 밖으로 나갔다.

"뭔데?" 아네트에게 가며 뭉크가 물었다.

"돌파구가 보여요. 방금 어떤 변호사한테 연락이 왔어요."

아네트는 손에 쥐고 있는 포스트잇을 흘끔 보았다.

"리볼이라는 이름의 변호사예요. 〈아프텐포스텐〉의 변호사인데 그들이 범인과 접촉했대요."

"맙소사." 뭉크는 몸을 벌떡 일으킨 뒤 급하게 담배를 비벼 껐다. "언제?"

"여러 번이래요. 며칠 전, 그리고 최근은 오늘 점심때요."

"그런데 이제 우리한테 연락한 거야? 이제? 멍청한 자식들." 뭉크는 화가 나서 씩씩거렸다.

"법률적인 조언을 받느라 하루이틀 보낸 게 분명해요."

"빌어먹을 멍청이들, 거기가 어디야?"

"포스트기로뷔겐. 지금 우리를 기다리고 있대요. 아래층에 제 차 대기시켜 놨어요."

"좋아." 뭉크는 아네트를 따라 뛰다시피 해서 사무실을 나갔다.

44장

미아가 도착했을 때 벤야민 바케는 국립극장 밖 계단에 앉아있었다. 그는 왠지 불안해 보였다. 연신 시간을 확인하고 휴대전화를 만지작거렸다. 담뱃불을 붙이고, 허벅지 위에서 손가락을 놀리다가 마치 누가 자신을 볼까 신경 쓰이는 듯 주변을 두리번거렸다. 하지만 그곳은 남의 눈에 띄기 싫은 사람이 서성거리기에 바람직한 장소는 아니었다. 미아는 그를 잠시 관찰하기 위해 헨리크 입센 동상 뒤에서 걸음을 멈추었다.

그를 처음 본 순간 어디선가 본 적이 있는 듯 낯이 익었지만 기억날 때까지 시간이 좀 걸렸다. 〈세 오그 회르*Se og Hør*〉(덴마크, 노르웨이, 스웨덴에서 발행하는 TV가이드이자 연예인 동향을 소개하는 잡지 ―주)는 아니었다. 그런 잡지는 한 번이라도 읽어보기는커녕 치과에 가서도 뒤적이지 않는 편이었다. 그들에게 반감이 있어서가 아니라 흥미를 느끼지 못했다. 그 잡지사는 미아에게 최악의 태풍이 휘몰아쳤을 때 관심을 보였다. 그 잡지사의 기자가 전화를 걸어 쓰겠다고 제안한 기사의 제목이 바로 '미아 트뤼거에 대한 진실'이었다. 그런 사람들도 기자라고 부를 수 있을까? 도대체 어떻게 그럴까? 만약 당신이 사람들의 가슴 크기라든지 그들이 어디에서 휴가를 보내는지에 대해 글을 쓴다면 당신은 기자인가? 직업을 규정하는 일정한 기준이 있어야 하는 게 아닌가? 기자는 '지금 만나는 사람 있어요? 남자친구와 햇살 아래에서 멋진 휴가를 보낼 수 있게 해줄게요'라고 제안했지만 미아는 거절했다.

그때 일이 기억나 혼자 키득거리며 미아는 오는 길에 나르베센 편의점에서 산 사과를 한 입 베어물었다. 햇살 아래서의 휴가. 그게 그들이 할 수 있는 최선이었을까? 그게 최선의 제안이었을까? 대가로 남의 사생활을 발가벗기면서? 햇살 아래서의 휴가?

벤야민 바케는 입꼬리에 담배를 물고 앉아 한 눈을 가늘게 뜨고 휴대전화 화면을 톡톡 쳤다. 그러고는 휴대전화를 주머니에 넣고 손가락 사이로 담배를 굴리다 허벅지를 손가락으로 가볍게 두드리다 다시 휴대전화를 꺼내 화면을 터치했다. 그 모습을 보자 미아는 머릿속에 뭔가 떠올랐다. 해변의 명상 축제 때 본 영화의 한 장면이었다. 생각해보니 그가 그 영화에서 경찰관 역을 맡았다. 그는 미아, 아니 킴이나 쿠리처럼, 지휘관이 아닌 남자 형사팀원 연기를 했다. 그 역할이 매우 어색했었다. 미아는 사과를 다 먹고 나서 쓰레기통에 던져버린 뒤 계단을 올라갔다.

벤야민 바케는 미아를 보자 얼굴 가득 미소를 지으며 다가왔다.

"아, 미아. 만나서 반가워요." 그는 미아의 손을 힘껏 쥐었다.

"안녕하세요?" 미아는 자신을 잘 아는 것처럼 행동하는 상대에게 당황했다.

아마도 그가 속한 서클의 방식 같았다. *TV나 일간지에 나오는 우리 같은 사람들은 한 배를 탄 것이나 마찬가지죠. 우리 같은 공동체이니 똘똘 뭉칩시다.*

"극장 카페를 예약해놨어요, 괜찮죠?" 벤야민이 담배를 비벼 끄며 말했다.

"네." 미아가 웃었다. "하지만 그렇게 오래 걸리지 않을 거예요."

"나에게 시간을 내줘요." 벤야민이 윙크를 하며 미아의 팔을 가볍게 끌었다. "난 몹시 배가 고프거든요. 하루 종일 리허설을 했어요. 이제 가서 아동극를 하고 밤에는 리허설을 더 해야 해요."

"그러죠." 미아가 고개를 끄덕였다. "전 배고프지 않지만 당신이 먹는 것을 지켜볼 수는 있어요."

"좋아요." 벤야민은 웃으면서 미아에게 자신을 따라 도로를 건너라고 손짓했다.

그는 테아트르 카페의 여종업원과 서로 이름을 부르고 잡담을 나누더니 예약해둔 창가 테이블로 갔다. 미아는 그 모습을 보고도 별로 놀라지 않았다. 심지어 그는 여종업원에게 미아를 소개하기까지 했다. 여종업원이 자기 소개를 하며 어색해하자 미아는 웃을 수밖에 없었다. 모두들 지나치게 다정했다. 모든 게 연출된 행동이었지만 벤야민 바케 스스로 그것을 깨달을 만큼 영리한지는 알 수 없었다. 어쩌면 그가 속한 세계에서는 일상적인 일인지도 몰랐다. 모든 것이 사적이고 친밀했다. 우리 서로 잘 알고, 한 팀이니 나를 캐스팅 해줘. 나 이 역할 잘 할 수 있어.

그가 엄청난 바람둥이라는 사실에는 의심할 여지가 없었다. 미아는 주자네가 저런 인간과 얽힐 만큼 멍청하지 않았기를 바랐다. 저런 남자 때문에 눈물 흘릴 필요는 없었다. 아니, 그럴 가능성은 높지 않아 보였다. 주자네는 나이 많은 남자를 좋아했다. 자신을 보듬어줄 수 있는 남자. 젊은 남자는 아니었다. 하지만 벤야민 바케도 필요에 따라 그런 타입이 되려고 애쓰고 강한 남자인 척 연기할지 모른다는 생각이 들었다. 그렇다면 지금 그가 하려는 연기는, 뭐라고 할까? 순진한 청년?

"당신 전화를 받고 솔직히 놀랐다는 말씀을 해야겠습니다." 벤야민이 음식을 주문하다 말고 이렇게 말했다. "정말 뭣 때문이죠?"

미아는 웃음을 참았다. 그는 미아가 본 영화에서 했던 대사와 거의 똑같이 말했다.

"순전히 일상적인 절차일 뿐이에요" 미아는 물을 한 모금 마셨다.

"자, 질문하세요." 벤야민 바케가 말했다.

그는 손가락으로 머리칼을 빗어올리며 윙크를 했다. 정말로 바람둥이였다. 미아는 다음번에 주자네를 만나면 잊지 말고 그를 멀리하라고 일러줘야겠다고 생각했다.

"당신의 증조모에 관한 거예요. 베로니카 바케."

"그래요?" 벤야민은 눈을 치켜뜨며 물었다.

"이분이 증조모 맞죠? 베로니카 바케. 한스틴스가테 20번지. 2년 전에 돌아가셨죠?"

"맞습니다." 벤야민이 대답했다.

"그분이 그곳에서 살다 돌아가셨나요?"

"아니요. 할머니는 여러 해 동안 양로원에서 지내셨어요."

"회비크바이엔 양로원이요?"

"네, 맞아요. 정말 무엇 때문에 이러시는 거죠?"

"한스틴스가테 20번지에는 누가 살고 있죠?"

"거긴 제 아파트예요. 제가 7년째 살고 있어요."

"증조모가 양로원에 들어가신 후로?"

"그래요."

"물려받았나요? 당신 명의로 되어있나요?"

"아니요. 아버지의 이름으로 되어있어요. 무슨 일이죠? 미아, 나한테 왜 그런 걸 묻죠?" 그가 또 성을 빼고 이름을 불렀다.

미아는 그에게 흉금을 털어놓고 싶은 충동을 느꼈다. 자신도 이따금 시도할 필요가 있는 참으로 효과적인 방법이었다.

"아까 말씀드렸듯이 그저 절차예요." 미아가 다시 물을 한 모금 마셨다. "지금 무슨 공연을 하시죠?"

"네? 아, 〈햄릿〉요. 아니, 그보다는 연습 중이라는 말이 정확하겠군요. 지금 당장은 아동극을 하고, 어떤 젊은 노르웨이 극작가의 대단히 흥미로운 작품도 연습하고 있어요. 스물두 살밖에 안 됐는데 재능이 뛰어나요. 우리는 출연료를 받지 않고 어디까지나 그녀를 후원하기 위해 모였죠. 짐작하시겠지만 원초적인데다 언더그라운드 풍이고 신랄하죠."

"알 것 같아요." 미아가 고개를 끄덕였다. "그분의 우편물은 어디로 배송되었죠?"

"누구요?"

"베로니카 바케."

"우편물이라뇨?"

"증조모에게 오는 우편물이 양로원으로 배송되었는지, 아니면 집으로 배송되었는지 물었어요."

벤야민 바케는 당황한 듯 보였다. "그야 대부분은 회비크바이엔 양로원으로 보내졌죠. 당신이 말하는 우편물은 어떤 종류죠? 일부는 내가 수령했어요. 하지만 내가 다시 양로원으로 보내거나 직접 가져갔어요. 당신이 말하는 우편물은 어떤 거죠?"

미아는 주머니에서 종이쪽지를 꺼내 흰색 테이블보 위에 내려놓았다. "이거 증조모의 휴대전화 번호죠?"

번호를 바라보는 벤야민의 표정이 복잡해졌다. "도대체 무슨 말을 하는지 감도 못 잡겠군요."

"이 전화번호. 증조모 명의로 된 전화번호죠?"

"할머니는 평생 휴대전화를 가져본 적이 없어요. 심지어 싫어하셨죠. 그런 분이 왜 휴대전화를 사용했겠어요? 더구나 양로원 입주자는 방마다 일반전화가 설치돼 있어요."

미아는 종이쪽지를 도로 주머니에 넣었다.

"고마워요." 미아가 일어서며 말했다. "내가 알고 싶었던 것은 이게 다예요. 시간 내줘서 고마워요."

"정말 이게 답니까?" 벤야민 바케가 실망한 표정으로 물었다.

"네. 아, 한 가지 더 있어요." 미아가 다시 앉으며 물었다. "증조모의 유산은 누가 물려받았죠?"

"아버지요." 벤야민이 대답했다.

"그때 아무 말도 없었나요. 뭐라고 말해야 할까? 혹시 할머니께서 재산의 일부를 교회에 헌납하지 않았나요?"

벤야민 바케는 이쑤시개를 입에 물고 말 없이 창밖만 응시했다.

"내가 꼭 대답해야 하나요?" 한참 만에 그가 물었다.

"꼭 그럴 필요는 없어요." 미아가 그의 손등을 두드렸다. "요즘 중대한 사건을 수사 중인데, 어디선가 증조모의 이름이 튀어나왔어요. 당신에게 이런 말까지 해선 안 되는데, 벤야민…." 미아가 그에게 몸을 기울였다. "거의 해결 단계에 와있어요. 만약 당신이 도와준다면, 오늘밤에라도 해결할지 몰라요."

"중대한 사건이요?" 벤야민 역시 몸을 앞으로 기울이더니 그녀에게 속삭이듯 물었다.

미아는 고개를 끄덕인 뒤 자신의 입술에 손가락을 갖다댔다. 벤야민은 고개를 끄덕였다. 그는 바로 앉으며 능숙한 배우처럼 아무 일도 없었던 듯 행동했다.

"우리끼리만 알아야 하는 건가요?" 그가 무심하게 주변을 둘러보며 말했다.

"절대적으로요." 미아가 속삭였다.

벤야민은 헛기침을 했다. "아버지는 자부심이 강한 분이에요. 그래서 만약 이 일이 밝혀지면 그땐…."

"당신과 나만 알 거예요." 미아가 윙크했다.

"우린 합의를 봤어요." 벤야민이 재빨리 말했다.

"무슨 합의요?"

"할머니는 돌아가시기 직전에 유서를 고치셨어요."

"교회에 얼마나 바칠 생각이셨는데요?"

"전부요." 벤야민이 또다시 헛기침했다.

"당신은 그걸 말리려고 했겠죠?"

그가 고개를 끄덕였다. "아버지는 직접 교회와 연락해 고소하겠다고 협박했죠. 결국 그들에게 얼마간 돈을 주고 해결을 봤죠."

"얼마나?"

"충분히요." 벤야민이 우물거렸다.

미아는 잠시 배우를 관찰했다. 진실하고 순진해 보였지만 어쨌거나 배우였다. 그가 베로니카 바케 명의로 된 휴대전화를 개통했을 수도 있었다. 게다가 자기 입으로 〈햄릿〉을 연습하고 있다고 말하지 않았던가?

거기 누구냐?

미아는 정식 조사를 위해 그에게 경찰서 출두 명령을 내릴까 생각했지만 은밀히 추적하는 편이 낫다고 결론내렸다. 벤야민 바케가 그 말을 한 장본인인지 아닌지는 곧 밝혀질 것이다.

"큰 도움이 되었어요." 미아는 다시 손을 내밀어 악수를 청했다. 그리고 의자에서 일어나 가죽재킷의 지퍼를 올렸다.

"이게 전부입니까? 뭐라도 먹지 않겠어요?"

"아니요. 말씀만이라도 고마워요. 또 만나요, 벤야민."

"그래요, 미아. 또 봐요."

미아는 비니를 쓴 뒤 입술에 미소를 머금고 카페를 나섰다.

45장

　토비아스 이베르센은 최대한 조그맣게 몸을 웅크리고 언덕을 향해 기어갔다. 그 위치에서는 숲속 농장이 한눈에 보였다. 그는 나무 사이, 누구에게도 들키지 않을 곳에 텐트를 치고 밤을 새웠다. 원래는 집으로 돌아갈 계획이었지만 회색 옷을 입은 소녀를 만난 후 무조건 머물기로 했다. 그 아이의 이름은 라켈이었다. 라켈은 그에게 도와달라고 적은 쪽지를 주었다. 아무도 반겨줄 리 없는 우울한 집으로 돌아가는 것보다는 이 숲에 머무는 쪽이 더욱 중요할 것 같았다. 토비아스는 겨우 열세 살이었지만 부쩍 어른이 된 기분이었다. 아니, 사실은 오래 전부터 어른이었다. 다른 아이들은 겪지 않아도 되는 일들을 겪으며 그렇게 되었지만 이제는 상관없었다. 여기에서는 자신이 하고 싶은 대로 할 수 있었다.

　토비아스는 나무들이 있는 곳까지 꼼지락거리며 간 다음 망원경으로 농장을 살폈다. 적막했다. 몇 시쯤 됐는지 모르지만 아직 전등불을 켜지 않은 것으로 보아 이른 시각임에 틀림없었다. 지금은 모든 것이 더욱 또렷하게 보였다. 지난밤에는 윤곽으로만 짐작했다. 저들은 여러 가지 건물을 짓느라 바쁜 게 분명했다. 곳곳에 자재가 쌓여있었다. 다양한 크기의 널빤지와 시멘트 포대들, 시멘트 혼합기, 작은 트랙터, 작은 삽 따위들이 보였다. 농장에 있는 일곱 동의 건물은 하나같이 흰색이었다. 가장 큰 본 건물과 지붕 꼭대기에 십자가가 달려있는 작은 교회, 비닐하우스 두 동, 좀 작은 건물 세 채 외에 헛간도 있었다. 토비아스는 지난밤 더 어두워져서 망원경으로 모든 것을 볼 수 없을 때까지 한 자리에 엎드려있었다. 그러고는 망원경을 보며 건물의 위치라든지 텃밭, 모래더미, 큰 장작더미, 출입문 등 농장을 대강 스케치했다.

지금까지 확인한 바로는 어제 라켈과 쪽지를 주고받았던, 농장 전체를 둘러싼 울타리 안으로 들어가는 문은 하나 있었다. 그 출입문은 잠겼는지 아닌지 알 수 없지만 굳게 닫혀있었다. 간밤에 그 문을 여는 남자를 보았다. 땅거미가 지기 전에 차가 한 대 도착했다. 검정색 대형차로, 차종은 랜드로버나 혼다 CR 같았다. 토비아스는 자동차에 관해 많이 알지 못했다. 별 관심도 없었다. 차보다는 크로스컨트리 타이어를 장착하고 도로 밖에서도 달릴 수 있는 모페드(모터 달린 자전거—주)나 모터바이크가 좋았다.

차에서 내린 두 사람 중 하나는 왕이나 총리라도 되는 듯한 대접을 받았다. 금발의 젊은 남자가 차에서 먼저 뛰어내려 나이가 더 많아 보이는 남자를 위해 차문을 열어주었다. 그 모습이 꼭 하인이나 경비원 같았다. 흰머리가 많은 남자는 《반지의 제왕》에 나오는 간달프처럼 지팡이 비슷한 물건으로 땅을 짚었다.

그때 건물에서 농장 사람들이 급히 달려나와 방금 도착한 사람들에게 정중하게 인사를 했다. 그들 중 한 사람은 특별히 앞으로 나와 덩치 큰 흰 머리 남자를 맞이했고, 모두가 십자가 달린 커다란 건물 안으로 들어갔다. 그러고 나서 밤이 더 어두워지는 바람에 토비아스는 많은 것을 보지 못했다. 창문 뒤로 전기불이 들어왔지만 창문이 유리 같은 것으로 가려져 있었다. 엄밀히 말하면 유리가 아니라 안이 들여다보이지 않는 재질인데, 토비아스는 그것을 뭐라고 부르는지 몰랐다. 아무튼 샌드위치를 먹고 텐트 안으로 들어가 캠핑용 스토브에 수프를 데웠다.

텐트 안에서는 프로판 가스를 절대 사용해서는 안 된다는 것을 알고 있었기 때문에 각별히 조심해야 했다. 자신의 모습이 드러날까봐 텐트 밖에서는 불을 피울 수 없었다. TV에서 북극탐험가 뵈르게 올란드(1962~ , 노르웨이의 북극탐험가, 사진가, 작가—주)도 그렇게 하는 모습을 본 기억이 났다. 밖이 너무 추워서인지 아니면 북극곰 같은 것 때문인지 올란드는 텐트 안에서 프로판 가스에 불을 붙였다. 어쨌든 그는 무사했다.

처음에는 쉽게 잠들지 못했다. 자꾸만 라켈이라는 소녀 생각이 났다. 그애는 학교에서 보는 여자애들과 달랐다. 노르웨이어를 가르치는 에밀리에 선생님에 따르면 요즘은 소녀 되기가 쉽지 않단다. 학교 수업시간에 몇몇 여학생들의 노출 심한 옷차림을 두고 토론을 벌였다. 에밀리에 선생님은 수업 대신 짙은 화장이나 배꼽이 드러나는 웃옷 또는 지나치게 짧은 치마를 입는 여학생들에 대해 토론을 하게 하셨다. 선생님은 그들이 겨우 열세 살밖에 되지 않았다는 사실을 기억하는 게 중요하다고 하셨다. 그럼에도 아이들이 열광하는 여자 연예인들이 브라와 팬츠, 망사스타킹 차림으로 TV에 나오기 때문에 그러는 것도 이해는 간다고 하셨다. 토론을 마치면서 학교에서 어떤 차림은 허용되고, 어떤 차림은 허용되지 않는지에 대해 규칙을 정한 뒤 상황이 조금 나아졌지만 그래도 그 여자애들은 라켈과 전혀 다른 옷차림을 했다.

'부탁해, 나 좀 도와줘.'

그애는 잔뜩 겁에 질린 것 같았다. 정말 그랬다. 동생과 인디언 놀이를 하며 들소사냥을 떠난 경우와는 달랐다. 들소는 존재하지 않고, 자신들 역시 진짜 인디언이 아니었다. 그런데 이건 현실이었다. 자신은 토비아스고, 그애는 라켈이었다. 그런데다 라켈은 정말로 두려움에 떨고 있었다. 이제 여기에서 그애를 도와야 한다. 토비아스 이베르센은 잔가지를 질근질근 씹으며 전날 밤 스케치한 지도에서 빠뜨린 게 없는지 망원경으로 샅샅이 살폈다.

일단 출입문 쪽으로 망원경을 겨누고 최대한 정확히 초점을 맞추었다. 울타리와 같은 재질(뭐라고 부르는지 잘 모르지만 철망 비슷했다)로 만든 출입문은 안으로 밀면 열리게끔 커다란 경첩이 달려 있었다. 출입문 가운데 보이는 체인처럼 생긴 물건은 자물쇠 같았다. 토비아스는 헤더(낮은 산이나 황야지대에 나는 야생화. 보라·분홍·흰색의 꽃이 핌—주) 꽃나무 사이에 망원경을 내려놓고 주머니에 넣어둔 점심을 꺼냈다. 포장지 안에 샌드위치 두 개가 남아있었다. 하나는 갈색 치즈 샌드위치, 다른 하나는 살리미를 넣은 샌드위치로 지난 저녁에 먹고 남은 것이었다. 갈색 치즈 샌드위치를 먹고 나서 강에서 새로 채워둔 물병의 물을 마셨다. 이제 작전을 세울 차례였다. 그게 중요했다. 먼저 그 지역을 머릿속에 정확히 담아둘 필요가 있었다. 영화에서 라스베이거스의 은행(아니면 카지노)을 털기 위해 모의하는 남자들을 본 적이 있다. 그들은 사전에 다양한 지도와 청사진을 가지고 여러 차례 만나 철저하게 의논을 했다. 그에게는 이미 지도가 있었다. 이제 필요한 것은 작전을 세우는 일이었다.

토비아스가 막 살라미 샌드위치를 먹으려고 할 때 아래편 농장에서 무슨 일이 일이난 기척이 느껴졌다. 그는 얼른 망원경을 움켜쥐었다. 문이 활짝 열리더니 한 사람이 밖으로 나왔다. 회색 옷을 입은 소녀였다. 토비아스는 스웨터 안에서 심장이 덜컹 내려앉는 것을 느꼈다. 라켈은 전날 토비아스와 대화를 나누었던 울타리 쪽으로 힘껏 달려왔다. 드레스자락에 발이 걸려 넘어졌지만 다시 일어섰다. 더 쉽게 달리려고 드레스자락을 들어 올렸지만 그다지 빠르지 못했다. 바로 뒤에 같은 문으로 나온 네다섯 명의 남자들이 쫓아왔다. 토비아스의 심장이 콩닥콩닥 뛰었다. 망원경을 제대로 쥐고 있기도 힘들었다. 라켈은 주위를 두리번거리고 뒤를 흘끔거리다 또다시 넘어질 뻔했다. 그녀를 잡으려고 뛰어오는 남자들이 이제 별로 멀지 않은 거리에 있었다. 그들이 뭐라고 소리치며 팔을 휘두르는 게 보였다.

드디어 울타리에 도착한 라켈은 이내 울타리를 오르기 시작했지만 어려워 보였다. 철조망의 구멍은 작은데다 두꺼운 드레스도 도와주지 않았다. 남자들은 전속력으로 달려왔다. 그 중 한 명이 울타리로 다가와 라켈의 발목을 잡았다. 이윽고 그들은 라켈을 밑으로 끌어내렸다. 라켈은 발버둥을 치며 비명을 질렀지만 결국 그들에게 붙잡혀 집안으로 끌려 들어갔다. 그리고 다시 사방이 조용해졌다.

토비아스는 차갑게 얼어붙는 것 같았다. 피부가, 피부 안쪽이 그랬다. 비록 꼼짝 않고 누워있었지만 머릿속에선 이런저런 생각이 미친 듯이 날뛰었고 식은땀이 흘렀다. 도대체 저기에서 무슨 일이 벌어지고 있는 걸까?

토비아스는 허둥지둥 일어났다. 작전을 세울 여유도 없었다. 짐을 꾸릴 시간도 없었다. 우선 텐트로 달려가서 칼과 지도를 챙긴 후 농장을 향해 언덕을 은밀히 내려갔다.

46장

미아는 유스티센에 앉아 맥주를 주문하려다 그냥 패리스를 마시기로 결정했다. 몇 분 후 홀거가 도착했다. 그는 미아의 맞은편 의자에 숨을 헐떡이며 풀썩 앉았다.

"무슨 일이에요?" 미아가 물었다.

"범인이 며칠 전에 〈아프텐포스텐〉에 연락해왔대. 목소리를 변조해서 미켈 볼드라는 기자에게 전화를 걸었어. 카롤리네에 관해 정보를 줬나봐."

"그런데 왜 우리한테 연락하지 않았대요?"

"신문 팔아먹으려는 데만 혈안이 된 이기적인 자들이기 때문이지." 뭉크가 불같이 화를 냈다.

"그런데 왜 지금 와서?"

"잘 모르겠어." 그가 분통을 터뜨렸다. "아무튼 변호사가 계속해서 그들은 잘못한 게 없고, 우리는 그에 대한 책임을 물을 수 없다는 점만 강조하더군."

"그렇더라도 우리가 그들을 소환할 수 있지 않아요?" 미아가 물었다.

"미켈손이 자기도 그럴까 생각했다고 하더군. 하지만 내가 면담하는 것으로 충분할 거야."

"정말이에요?"

"빌어먹을 정치인들. 언제나 자기 이익만 챙기려고 한다니까."

그는 새우 샌드위치와 콜라를 주문한 다음 재킷을 벗었다.

"그래서 뭘 얻었어요?" 미아가 물었다.

"진술서. 내일 작성해서 보내주겠대."

"쓸 만한 내용 있어요?"

"꼭 그렇지도 않아." 뭉크가 실망감에 고개를 저으며 말했다. "그나저나 바케는 뭐라고 해?"

"빙고." 미아가 외쳤다.

"무슨 뜻이야?"

"이 사건은 반장님과 관계가 있어요."

뭉크가 눈을 치켜떴다.

"그 얘기는 아까 했잖아. 도대체 무슨 뜻이야?"

"제 생각에 이 사건은 반장님과 관계가 있어요." 식사가 나오고 뭉크는 먼저 콜라를 한 모금 마셨다. 미아가 계속해서 말했다. "설명하기 좀 어려워요. 아까 말씀드렸듯이 순전히 제 예감이에요."

"알았어, 말해봐." 뭉크가 재촉했다.

"좋아요. 살인범은 우리한테 회네포스 아기 실종사건을 가리켜요. 그 수사를 누가 맡았죠?"

"내가 맡았지."

"맞아요."

"햄릿. 〈햄릿〉은 뭐에 관한 이야기죠?" 미아가 물었다.

"참된 사랑?" 뭉크가 떠오르는 대로 대답했다.

"그건 로미오와 줄리엣이고요. 다시 맞춰보세요, 햄릿은?"

"미아도 영문학 공부했어?"

"2학기 동안 세 과목을 들었어요. 시험 때문에 전공하지는 못했지만요." 미아가 대답했다.

"난 셰익스피어에 대해 잘 모르는데." 뭉크가 한숨을 내쉬었다.

"괜찮아요. 개의치 마세요. 정답은 복수예요. 〈햄릿〉은 복수에 관한 이야기예요. 그 외에도 더 있지만 큰 주제는 그거예요."

"좋아. 아이가 사라졌어. 나는 그 사건을 담당했고. 스웨덴 출신 용의자는 자살하고 수사는 보류되었지. 아기는 여전히 실종상태이지만 죽었을 걸로 추정돼. 그렇다면 범인은 우리한테 스웨덴 출신 용의자가 범인이 아니라고 말하는 거로군."

"토니 J.W. 스미스가."

"그래, 그러면서 우리한테 〈햄릿〉을 주목하라고 하는 거군. 이 사건이 복수에 관한 거라고?"

"이를테면 그런 거죠."

"그럼 이제 어떻게 되는 거지? 좋아. 어느 정도 미아의 의견을 받아들이겠어. 아기는 실종됐고, 난 수사를 맡았고, 그래. 햄릿, 복수, 좋아. 그런데 왜 열 명의 여자아이를 죽이겠다는 거지? 그게 나와 무슨 관련이 있다고? 좀 설득력이 떨어지는 것 같지 않아?"

미아는 미네랄워터를 마시며 생각에 잠겼다.

"벤야민 바케의 증조모요."

"베로니카 바케, 그녀가 왜?"

"그녀가 반장님 어머니와 같은 양로원에서 살았어요. 그 점에 대해 어떻게 생각하세요?"

뭉크의 눈이 휘둥그레졌다. "그녀가? 그건 어떻게 알았지?"

"오늘 일찍 알았어요. 루드비가 양로원의 전 직원과 입주자 명단, 그리고 우리가 말하는 회네포스 사건과 관련된 인물들 중에 양로원과 관련 있는 이름들을 크로스체크하고 있어요. 벤야민 바케가 의심스러워 보이지 않지만 베로니카 바케 명의로 등록된 휴대전화가 그 문자메시지를 보내는 데 사용되었다는 점은 기억할 필요가 있어요. 양로원에 있는 누군가가 사용했을까요? 아니면 우리가 속고 있는 걸까요? 지금 당장은 확실하지 않다는 거 인정해요. 루드비에게 좀 더 알아봐달라고 부탁했어요."

"그런데?"

"아직은 별 거 없어요. 그런데 반장님 어머니와 베로니카 바케가 오직 양로원으로만 연결되어있는 게 아니에요."

"또 있다는 거야?"

"교회요."

"바케 부인도 같은 교회 신도였어요."

"그뿐이 아니에요. 그녀도 자기 재산을 몽땅 교회에 바치려고 했어요."

"뭐라고?"

"이제 아시겠죠? 제가 왜 그런 말을 했는지 이해하시겠죠?"

"대단하군, 미아. 훌륭해." 뭉크가 중얼거렸다.

뭉크는 자기만의 생각 속으로 빠져들었다. 미아로부터 들은 정보를 정리하려고 애쓰는 중이었다.

"왜 그럴까요?" 미아가 물었다.

"뭐가?"

"아직은 잘 모르겠어요. 하지만 지난번에 우연의 일치가 너무 많다고 말씀하시지 않으셨어요?"

"그렇지만…." 뭉크가 얼굴을 찡그렸다.

"알아요, 전 사실 어느 것도 선뜻 이해가 안 가요. 너무 복잡해요. 핵심은 우리로 하여금 길을 잃게 만들려는 것 같아요. 막다른 골목이 수도 없이 많아요. 이상하게 들릴지 모르지만 그는 지금 아주 잘하고 있어요. 살인범 말이에요. 저라도 똑같이 했을 거예요." 뭉크는 미아를 곁눈질로 쳐다봤다. "제 말이 무슨 뜻인지 아실 거예요. 만약 제가 그 상황이라면 말이에요. 상징은 도처에 있고, 범죄수법은 계속 바뀌고. 우리는 원 안에서 빙글빙글 돌고 있어요. 속수무책으로 이리 갔다 저리 갔다. 마치 테니스를 하는 것처럼."

"테니스?"

"테니스에서 서브하는 선수는 언제나 유리하죠. 상대편이 그냥 공을 넘길 수밖에 없도록 서브를 강하게 하는 한 서브하는 사람이 상황을 주도하기 마련이에요. 그래서 실수하지 않는 한 이기죠."

"그럼 범인이 서브를 하고 있다는 거야?"

"예."

"내가 비교를 제대로 이해했는지 잘 모르겠군." 뭉크가 한숨을 내쉬었다. "테니스와 살인이라?"

"반장님은 제 말을 정확히 이해하고 있어요. 다만 무엇이든간에 제게 자질이 있다는 것을 인정하지 않으시죠. 반장님은 모든 생각을 혼자서만 하려고 해요."

"그래, 내가 원래 그래."

뭉크는 미아에게 윙크를 하고 남은 새우 샌드위치를 먹어치운 뒤 수염에 묻은 마요네즈를 냅킨으로 닦았다.

"담배 좀 피워야겠어."

"저도 담배 배워야겠어요." 미아가 한숨을 내쉬었다. "항상 반장님의 니코틴 욕구에 맞춰주는 것도 따분해요."

"미안해." 뭉크는 의도하지 않게 이렇게 말한 뒤 미아 앞을 지나 비어가든으로 나갔다.

"저도 제가 중구난방으로 추리한다는 거 알아요." 그들이 파티오의 히터 옆 의자에 앉았을 때 미아가 설명했다. "하지만 어떤 일이 일어나기를 기다리며 그냥 앉아있을 수만은 없어요."

"물론이야. 우리는 언제나 어떤 의견을 이쪽저쪽으로 던질 수 있어." 뭉크가 그녀에게 윙크했다.

"그만하세요." 미아가 웃었다. "알았어요. 더 이상 스포츠에 비유하지 않을게요. 하지만 제가 왜 그런 말을 했는지 아시잖아요."

"한마디로 카오스란 얘기지."

"맞아요."

"이 상황을 표현하는 데 테니스보다 카오스가 낫군."

"좋아요, 그럼 카오스라고 부르죠."

"카오스와 테니스 사이에는 큰 차이가 있어. 테니스는 포지셔널 게임이야."

"이 사건은 그렇지 않고요?"

뭉크가 담배에 불을 붙였다. "음, 내 생각은 어디까지나 그래."

"제 생각도 어느 정도는 옳아요."

"카오스가 훨씬 나아."

"반장님이 이렇게 유치해질 수 있군요. 그거 아셨어요?"

"미안." 뭉크는 웃으면서 눈을 비볐다. "긴 일주일이었어. 오늘 내 변호사 때문에 화를 내고 말았어. 왜 사람들은 자기 행동에 책임을 지지 않을까? 그럼 우린 이 문제를 가지고 어디로 가지?"

"제가 반장님께 물어보고 싶었던 거예요."

"교회?"

"그야 말할 필요도 없죠."

"내일 아침 미아와 내가?"

"물론이에요."

"가브리엘 아직 사무실에 있나?"

"그럴 거예요."

"그에게 문자메시지를 보내. 우리가 준비하고 교회에 갈 수 있게 정보 좀 달라고. 교회 이름은 잘 기억나지 않는데, 주소가, 뷜러의 보게루드바이엔이었어."

"좋아요." 미아가 휴대전화를 꺼냈다.

"그건 그렇고." 뭉크가 피우던 담배를 버리고 새 담배에 불을 붙였다. "조금 전에 뭐라고 했지?"

"테니스에 관해서요?"

"반장님이 서브를 하면 반장님이 이길 거라고요. 단 실수를 하지 않는다면."

두 사람은 잠시 침묵 속에서 서로를 응시했다.

"그거 멋진 생각이군, 안 그래?"

"당연하죠." 미아는 고개를 끄덕였다.

"살인범에게 계속 압박을 가해야겠군." 뭉크가 말했다.

"저도 뭘 할 수 있는지 생각해볼게요." 미아가 다시 한 번 고개를 끄덕였다.

"그럼, 미아가 그걸 해. 나는 그동안 내 돈을 원하는 놈들의 명단을 만들 테니." 뭉크가 일어섰다.

"벌써 가시려고요?"

"오늘밤 마리온을 돌봐야 해. 알다시피 결혼식 때문에. 그쪽은 할 일이 너무 많아서."

"당연히 그렇겠죠. 미리암에게 안부 전해주세요."

"그러지."

뭉크는 담배를 비벼 끄고 떠났다. 미아는 맥주를 한 잔 마실까 하다 패리스를 주문했다. 그리고 생각을 정리할 필요가 있을 때 늘 그러듯 펜과 종이를 꺼내 테이블에 펼쳐놓았다. 과거에는 뭐든지 더 정확히 보고 더 빠르게 처리했다. 전성기에는 눈을 감기만 해도 머릿속에서 잘 처리되었지만 오래 전의 일이었다. 트뤼반 사건. 히트라에서 보낸 몇 개월. 그 사이에 눈은 장막에 가려지고, 뇌세포에 안개가 끼어 흐릿해졌다. 미아는 휴식을 취하라는 처방을 받았다. 오래 휴식을 취하고 어떤 종류의 압박도 받지 않게 하라. 미아는 스스로 약을 먹는 방법을 택했다. 거의 죽도록. 지금 그 대가를 치르고 있었다.

미아는 앞에 놓인 종이에 메모를 시작했다. 펜이 제 역할을 하도록 애를 썼다. 뒤죽박죽 혼란 상태에 일종의 질서를 부여하기 위해서였다. 생각하는 일은 거의 고통에 가까웠다. 두 여자아이가 죽었다. 두 여자아이는 실종상태다. 그것은 자신의 책임이었다. 뭉크. 이유는 모르지만 뭉크가 이 사건과 연관이 있는 것은 분명했다. 미아는 그 점을 확신했다. 아니, 정말 그럴까? 몇 년 전까지만 해도 아주 쉬웠던 어떤 일이 지금은 불가능해보였다. 이럴 줄 알았으면 섬을 떠나겠다고 절대 동의하지 말았어야 했다. 자신의 계획을 고수했어야 했다.

어서 와, 미아, 어서 와.

미아는 다시 종이 맨 위에 이름들을 적었다. 파울리네. 요한네. 카롤리네. 안드레아. 여섯 살. 가을에 입학할 아이들. 마르코복음 10장 14절. '고통 받는 아이들아 나에게 오라.' '나는 혼자 여행 중입니다.' 줄넘기 줄. 나무. 숲. 깨끗한 옷. 갓 씻은 몸. 셰익스피어. 햄릿. 책가방. 교과서.

뭔가 잡히는 것 같았다. 토니 J.W. 스미스. 회네포스. 끝내 찾지 못한 아기. '나는 혼자 여행 중입니다.'

어서 와, 파울리네, 어서.

어서 와, 요한네. 어서.

어서 와, 카롤리네. 어서.

어서 와, 안드레아. 어서.

여종업원이 불쑥 나타나는 바람에 몽상에서 깨어났다. 젠장, 미아는 한창 가는 중이었다. 자신이 가야 할 곳으로. 오랫동안 가지 않았던 곳으로.

"더 주문하실 거 없으세요?"

"맥주 한 잔 줘요." 미아는 짜증스럽게 툭 말을 뱉었다. "라체푸츠 두 잔도."

있어야 할 곳으로 돌아가려면 무언가의 도움이 필요했다.

47장

미아 크뤼거는 술에 취했지만 쉽게 잠들지 못했다. 적당히 마셨으면 좋았을 텐데 과음한 탓이었다. 호텔방이 평소보다 더 춥고 심지어 비인간적으로 느껴졌다. 친구 같던 깨끗한 침대보는 적이 되었다. 애초 아무 생각도 나지 않을 것 같아서 호텔방을 선택했지만 지금은 집이 그리웠다. 익숙하고 안전한 집. 자신을 돌봐줄 수 있는 누군가가 그리웠다.

어쩌면 미켈손의 말이 맞을지 모른다. 정신과의사를 찾아가야 할지 모른다. 인정해야 할지 모른다. 미아는 오랫동안 칼날 위에서서 아슬아슬하게 균형을 잡으며 다소 회복되었고 긍정적으로 변했으며 강해졌다고 느꼈지만 이제 또다시 추락하고 있었다.

미아는 침대에서 몸을 뒤척이며 어떻게든 잠을 자려고 했다. 술을 마시지 말았어야 했다. 정말로 마시지 말았어야 했다. 사실 누구라도 그래선 안 됐다. 미아는 잘 가던 중이었다. 그렇지 않은가? 자신이 있어야 할 곳으로.

겉으로 보이는 모습의 이면 드러내기는 미아의 특기였다. 아무도 보지 못하는 것을 보는 일. 자신을 압박하지 말아요. 무조건 쉬어요. 어디로든 가요. 그래서 섬에 숨었고, 세상과 단절했다. 넌 네역할을 다했어. 하지만 그렇지 않았다. 현실이 계속해서 노크했다. 악이 자꾸만 그녀를 괴롭혔다. 갈매기가 있던 곳에 자동차가 보였다. 별 대신 가로등과 네온이 있었다. 미아는 지금 예민해져 있었다. 피부가 거의 들여다보일 지경이었다. 그녀는 이렇게 가혹한 것에 익숙했다.

결국 맨발로 침대에서 내려가 의자에 걸쳐둔 바지를 찾았다. 주머니에 아직 알약이 남아있었다. 그 중 한 개를 가지고 창가로 가서 물 한 모금과 함께 삼켰다. 그리고 오랫동안 앉아서 색깔이 더 이상 구분이 되지 않을 때까지 신호등을 바라보았다. 그러고는 비틀거리며 다시 차가운 침대로 걸어와 베개에 머리를 묻었다.

막 잠이 들려는데 휴대전화 벨이 울렸다. 무시하는 게 최선이었다. 쉬어. 아무 일도 일어나지 않았어. 휴대전화 벨이 계속 울렸다. 중요하지 않은 전화일 수도 있었다. 하지만 휴대전화 벨이 다시 울렸다. 이윽고 벨소리가 그쳤다.

미아는 흰색 시트에 납덩이 같은 몸을 뉘었다. 하지만 세 번째 벨이 울렸을 때 더 이상 모르는 체할 수가 없었다.

"미아?"

뭉크였다.

"지금 몇 시죠?" 미아가 중얼거렸다.

"5시." 뭉크가 대답했다.

"무슨 일이에요?"

"아이들을 발견했어."

"네?"

"내가 호텔 밖으로 차를 몰고 갈게. 10분 안에 준비할 수 있겠어? 가야 할 길이 멀어."

"빌어먹을. 준비할게요." 미아는 자신도 모르게 중얼거렸다.

48장

토비아스 이베르센은 나무 뒤편에 누워 어둠이 내리기만 기다렸
다. 마지막 남은 샌드위치는 오래 전에 먹어치웠고 슬슬 배가 고프
기 시작했지만 지금 집으로 돌아갈 수는 없었다. 그의 계획은 우선
출입문을 여는 것이었지만 불가능한 일로 밝혀졌다. 문은 사슬로
잠겨있을 뿐만 아니라 사방에서 빤히 보였다.

어떤 남자들이 라켈을 작은 집으로 끌고 들어간 후 농장은 조용
해졌다. 몇 번인가 몇몇 사람들이 교회를 나와 비닐하우스로 사라
진 것 외에는 인기척도 없었다. 그곳은 적막했다. 거의 무덤가 같
았다. 머리 위 나뭇잎이 바람에 살랑거렸다. 토비아스는 재킷을 단
단히 여민 다음 다시 망원경을 꺼내들었다. 집으로 돌아가는 게 더
나은 선택 아닐까? 경찰에 신고할까? 어쨌든 사람들이 라켈을 가
두는 것을 목격하지 않았던가. 그건 법에 어긋나는 일이 아닐까?
아니면 그렇지 않은가? 라켈을 해치지는 않고, 그냥 마당을 가로질
러 데리고 갔다. 그들이 말을 듣지 않고 시키는 대로 하지 않은 아

이라고 주장한다면? 경찰이 영장을 발부하려면 근거가 있어야 하는 게 아닌가? 미국 영화를 보면 경찰은 언제나 영장을 소지해야 했다. 영장이 없으면 남의 집을 수색하는 것도 허용되지 않았다. 노르웨이에서는 어떠한지 잘 모르지만 아마도 비슷할 거라고 생각했다.

토비아스는 어느 순간 힘들게 느껴지지 않았다. 게임이 시작되었다. 그가 애초에 원했던 것은 가까이 가서 농장을 관찰하는 것이었다. 그저 재미 삼아 모험을 하려고 했다. 도움을 필요로 하는 누군가를 만날 거라는 상상은 하지 않았다. 문득 토르벤 생각이 났다. 동생은 아마 지금쯤 집으로 돌아와 형이 어디에 있는지 궁금해할 것이다. 엄마와 새 아빠는 토르벤에게 뭐라고 설명해야 할지 모를 것이다. 자신이 없는 집에서 동생이 홀로 있는 광경은 상상하고 싶지 않았다. 그러자 점점 집으로 돌아가고 싶은 마음이 커졌다. 어차피 그 소녀는 잘 알지도 못하는 사이였다. 혹시 소녀가 그저 부모 말을 듣지 않는 버릇없는 아이라면? 어쩌면 작년에 같은 반이었던 엘린과 비슷한 아이일지도 모른다. 엘린은 교장실에 들어가서 돈을 훔치고, 쉬는 시간에 선생님 한 명의 손을 깨물었다. 운동장에서 담배 피우는 모습도 목격했다. 엘린 역시 겉으로 보면 착했다. 아니 적어도 자신에게는 착하게 굴었지만 학교에서 쫓겨난 후 아무도 그애를 보지 못했다. 어쩌면 라켈도 그애와 비슷할지 모른다.

혹시 내가 두더지 굴을 가지고 산을 만들고 있는 것은 아닐까. 엄마는 종종 이야기를 꾸미지 말라고 혼을 내셨다. 이야기를 꾸며서 말하는 것은 나쁜 짓이야. 기온이 점점 내려갔다. 봄이 왔다고 생각했는데 사실은 그렇지도 않았다. 저녁에는 특히 그랬다. 토비아스는 캠핑 장비를 가져오지 않은 것을 후회했다. 텐트와 침낭과 배낭은 간밤에 잠을 잤던 그 언덕에 아직 있었다. 손전등도 가져오지 않았다. 그걸 잊다니 어리석었다. "머리는 어디 두고 다니니? 멍청한 거야, 뭐야?" "거기 아무도 없지?" 엄마가 자주 하는 말씀이었다. 토비아스는 조금 창피했다. 바보처럼 행동한 것 같았다. 지금 텐트로 돌아가자니 금방 어두워질 것 같았다. 숲속에서 길을 찾기 어려울지 모른다. 하지만 당장 출발한다면 가능할 수도 있었다. 적어도 텐트에 도착할 수는 있을 것이다. 손전등만 있으면 집까지 걸어가는 건 가능했다. 짐을 챙겨 집으로 돌아가는 게 최선의 선택처럼 느껴졌다. 토르벤한테 돌아가는 것.

토비아스는 숨어있던 곳에서 몸을 일으켜 주변을 둘러보았다. 그때 문 하나가 열리더니 무슨 일이 벌어졌다. 토비아스는 얼른 망원경을 눈에 대고 조용히 서있었다. 남자 두 명이 누군가를 양쪽에서 붙든 채 집 밖으로 걸어나왔다. 라켈이었다. 머리에 무언가를 쓰고 있었다. 그들이 모자를 씌운 듯했다. 두 남자는 각각 라켈의 팔을 잡고 교회 뒤로 사라졌다가 조금 뒤에 다시 나타났다. 토비아스의 심장이 질주했다. 자신의 눈으로 보고 있는 광경을 믿기 힘들었다. 마치 영화의 한 장면 같았다. 남자들이 아이를 납치한다. 아이의 손을 앞쪽에서 묶고 머리에 두건을 씌운다. 두 남자는 양쪽에서 라켈을 끌다시피 해서 토비아스가 숨어있는 쪽을 향해 걸어왔다. 트랙터와 작은 헛간을 지나고 밭을 가로질러 왔다. 도대체 무엇을 하려는 거지? 토비아스는 용기 내어 울타리 쪽으로 움직였다.

두 남자가 걸음을 멈추더니 한 남자가 땅바닥으로 허리를 구부렸다. 그리고 무엇인가를 했다. 토비아스는 그게 무엇인지 알 수 없었다. 그러고 나서 갑자기 라켈이 보이지 않았다. 라켈은 사라지고 두 남자만 남았다. 그들은 다시 집으로 발걸음을 옮겼다.

토비아스는 즉석에서 결정을 내렸다. 애초에 완전히 어두워질 때까지 기다릴 계획이었지만 이제 그럴 시간이 없었다. 그는 곧장 울타리까지 기어가 오르기 시작했다. 어린아이를 그렇게 다뤄선 안 됐다. 아이들이 어떤 짓을 했든 그렇게 가혹하게 하면 안 됐다. 어른이라고 해서 그럴 수는 없었다. 토비아스는 어느 때보다 용기가 하늘을 찌를 듯했다. 분노가 치밀어올랐다. 손가락을 구멍 안으로 넣어 철조망을 단단히 잡았다. 그런 다음 디딜 만한 곳에 발을 디디고 이얏! 높은 울타리를 타고 넘었는데 의식하지 못하는 사이에 어느새 울타리 안이었다. 숨 죽여 바닥에 웅크리고 앉아 주변을 살폈다. 농장은 다시 조용했다. 땅바닥이 축축하고 차가웠다.

그애는 어디 있지? 그 어른들이 라켈을 끌고 공터 한가운데로 갔는데, 그후로 보이지 않았다. 겁이 날 법도 한데 토비아스는 그보다 화가 치밀었다. 아이들을 괴롭히는 어른들을 보면 무조건 격분했다. 아이들은 자유로워야 한다. 충분히 놀고 안전을 느껴야 한다. 부엌에서 고개를 숙이고 서있게 해서는 안 된다. 바보라는 말을 듣게 해서는 안 된다. 팔을 세게 붙잡히는 것도 안 된다. 내가 반항을 하면 동생한테 무슨 일이 일어날까봐 말대답을 못하게 하는 것은 바람직하지 않다. 토비아스는 바닥을 기어가기 시작했다. 아까 어른들은 100미터쯤 떨어진 곳에서 허리를 구부렸다. 그러고 나서 라켈이 사라졌다.

왜 어른들은 제대로 키우지도 못하면서 아이를 낳을까? 언젠가 노르웨이어 수업이 끝난 후 에밀리에 선생님은 토비아스에게 왜 목덜미에 멍이 들었느냐고 물으셨다. 팔에도 들어있었다. "선생님한테 털어놔도 돼." 선생님은 매우 다정하게 토비아스의 어깨를 쓰다듬어주었다. "선생님한테 말해. 선생님한테 말하는 것은 안전해." 하지만 토비아스는 아무 말도 하지 않았다. 선생님 잘못이 아니었다. 선생님은 그저 도우려 했을 뿐이다. 하지만 선생님은 그러면 어떻게 되는지 모르셨다. 토비아스가 집으로 돌아가고, 고자질한 것을 부모님이 알게 되었을 때쯤 선생님은 그 자리에 안 계실 것이다, 그렇지 않은가? 말해봤자 더 나빠질 뿐이었다. 모든 게 더 최악으로 치달을 뿐이다. 그랬다. 토비아스는 어떻게 될지 잘 알았다. 중요한 것은 인내였다. 참고 살아남는 것. 무슨 일이 있어도 동생은 자신처럼 두드려맞지 않도록 하는 게 중요했다. "거기 아무도 없지?" "멍청한 거야, 뭐야?"

토비아스는 최대한 몸을 작게 웅크린 채 젖은 풀밭을 기어갔다. 무릎이 젖었지만 상관없었다. 이까짓 것 얼마든지 참을 수 있었다. 힘들 때는 그저 입을 다물고 있는 게 나았다. 절대 말대꾸하지 마. 그러면 더 나빠질 뿐이야. 고개를 끄덕거려. 고개를 숙이고 알았다고 대답해. 토비아스는 두렵지 않았다. 더 이상 겁나지 않았다. 그들은 라켈의 머리에 두건을 씌웠다. 당신들, 그러면 안 되지. 어른은 아이한테 그런 짓 하면 안 돼. 토비아스는 앞으로 기어가다가 이따금 모든 것이 안전한지, 열려있는 문이 없고 아무도 자신을 발견하지 못했는지 확인했다. 5년만 지나면 그는 열여덟 살이 된다. 열여덟이 되면 모든 것을 혼자서 결정할 수 있었다. 그러면 집을 나가 일자리를 구할 것이다. 동생은 열두 살밖에 되지 않지만 함께 데리고 나갈 것이다. *토비아스, 집에 별일 없지? 엄마한테 학부모의 날에 오시라고 전해주겠니? 엄마한테 드릴 말씀이 있단다. 너희 엄마는 오랫동안 학부모의 날에 안 오셨는데, 이번에는 꼭 오셔야 해. 엄마한테 그렇게 전해드리렴. 손 다쳤니? 귀는 왜 그래? 혹시 내가 도울 일 없니, 토비아스? 선생님은 믿어도 돼.*

토비아스는 라켈이 시야에서 사라졌던 곳에 도착했다. 이제 바깥이 어두웠다. 교회는 하늘을 향해 솟아있고, 십자가는 달과 구름을 찌를 듯했다. 마치 진부한 공포영화의 한 장면 같았다. 프랑켄슈타인이나 드라큘라. 토비아스는 겁이 나야 하는데 그렇지 않았다. 화가 났다. 흰색 보닛 아래 라켈의 눈이 또렷하게 기억났다. 그들은 어른이고 라켈은 아이였다. 어른은 아이를 괴롭혀선 안 된다. 토비아스는 또다시 손전등을 가져오지 않은 것을 후회했다. 바로 앞 바닥도 잘 보이지 않았다. 달빛이 희미하게 비치기는 했지만 한 번에 몇 초 비추고 구름 속으로 사라졌다. 토비아스는 바보가 아니었다. 사람이 공기 속으로 사라질 수는 없었다. 땅바닥 어딘가에 구멍이 있을 것이다. 위로 젖히는 쪽문 같은 것. 도대체 어떤 어른이 땅 속에 아이를 넣는단 말인가?

몸을 구부리고 주변의 땅을 손으로 더듬었다. 갑자기 교회에 전등이 켜졌다. 토비아스는 본능적으로 몸을 굴려 젖은 풀밭에 납작 엎드렸다. 흙과 풀냄새가 났다. 한 동안 그렇게 누워있는데 아무도 밖으로 나오지 않았다. 다시 마음을 단단히 먹고 몸을 일으켜 두 팔과 무릎으로 땅을 짚었다. 창문에서 새어나오는 불빛 덕분에 훨씬 잘 보였다. 땅에 해치문이 있는지 찾았다. 사람은 그냥 사라지지 않는 법이다.

그것을 찾을 때까지 오래 걸리지 않았다. 새 널빤지를 서로 이어 가로 세로 1미터쯤 되는 사각형으로 만든 허여멀건한 문이었다. 문을 열면 곧장 땅 속으로 들어가게 되어있었다. 그런데 맹꽁이자물쇠로 잠겨 있었다. 커다란 자물쇠가 아니라 체육 선생님 허락 없이는 축구공을 가져가지 못하도록, 선반을 잠글 때 사용하는 자물쇠와 비슷하게 생긴 금색 자물쇠였다. 토비아스는 다시 주위를 두리번거렸다. 아무도 보이지 않았다. 지금은 교회 안에서 노래 부르는 사람들 목소리가 들렸다. 찬송가를 부르고 있었다. 그들은 노래 말고 다른 것도 했다. 주님, 제발, 뭐 그런 거였다.

그들은 여기 밖에 토비아스가 있다는 것을 몰랐다. 라켈을 도와주려고 누군가 여기 있다는 것을, 자물쇠를 따고 라켈을 풀어주리라는 것을 몰랐다. 토비아스는 웃음이 나왔다. 체육 선생님은 왜 자꾸 공이 분실되는지 모르셨다. 자물쇠를 여는 게 얼마나 쉬운지 모르셨다. 토비아스도 여러 번 해보았다. 반 남자아이들이 대부분 자물쇠를 열 줄 알았다. 시험 때 커닝하는 것보다도 쉬웠다. 금속 공예 시간에 선생님이 담배를 피우러 교실 밖으로 나간 틈을 타서 자물쇠 따는 도구를 만들었다. 여자애들이 사용하는 손톱 줄처럼 생긴 쇠붙이만 있으면 됐다. 줄칼을 가지고 끝이 가느다래질 때까지 갈았다. 작업은 까다로웠지만(누군가 시범을 보여줘야 했다) 어떻게 하는지 알면 쉬웠다.

토비아스는 재킷에서 지퍼락 봉지를 꺼냈다. 그 안에는 열쇠꾸러미와 함께 자물쇠 따는 도구가 들어있었다. 먼저 열쇠구멍에서 넓은 쪽이 오른쪽에 가도록 자물쇠를 손으로 쥐었다. 자물쇠 따는 도구를 구멍에 넣어 끄트머리가 안쪽 금속에 닿는 게 느껴질 때까지 왼쪽으로 힘껏 눌렀다. 그리고 재빨리 도구를 자신 쪽으로 당겨서 누른 채 오른쪽으로 힘껏 돌렸다. 조그맣게 찰칵 소리가 들리며 자물쇠가 열렸다. 토비아스는 쇠붙이를 빼고 육중한 문을 들어올렸다. 안으로 들어가는 사다리가 보였다.

조심스럽게 머리를 구멍 안으로 들이밀고 속삭였다. "이봐, 라켈? 거기에 있어?"

49장

　미아가 나타났을 때 뭉크는 벌써 호텔 밖에서 기다리고 있었다.
미아는 검정색 아우디에 올라탄 뒤 잠을 깨려고 안간힘을 썼다. 알
약 기운이 아직 몸속에 남아서 행동이 느릿하고 둔했다. 뭉크 역
시 잠을 푹 잔 것처럼 보이지 않았다. 게다가 어제와 똑같은 옷을
입고 있었다. 팔꿈치에 가죽 패치가 붙은 갈색 코듀로이 재킷에 지
저분한 셔츠. 눈 밑으로 다크서클이 지고 이마의 주름도 깊게 패여
보였다. 미아는 문득 그가　안쓰럽게 느껴졌다. 그에게는 정말로
동행이 필요했다. 인생의 동반자. 그가 다른 사람들을 돌봐주듯 그
를 돌봐주는 누군가가.

　"어디에서 발견됐어요?" 미아가 물었다.

　"이세그란 요새."

　"거기가 어디죠?"

　"프레드릭스타."

　미아가 미간을 찡그렸다. 다른 두 소녀가 오슬로 근처 숲에서 발

견되었다. 범인은 수법을 바꾸었다.

"누가 발견했어요?"

"학생 몇 명이." 뭉크가 한숨을 내쉬었다. "그곳에 울타리가 있는 걸로 알고 있는데, 비밀스러운 장소가 필요했는지 학생들이 거기로 기어 들어갔어."

"누가 연락해줬죠?"

"지역 경찰. 쿠리와 아네트가 그쪽으로 가는 중이야, 금방 도착할 거야."

"지금까지 들어온 내용은 뭐죠?"

"두 소녀가 말뚝 양 옆에 각각 누워있었어."

"말뚝요?"

뭉크가 고개를 끄덕였다.

"무슨 말뚝이죠?"

"나무로 된 말뚝. 그 위에 돼지 머리가 올려져 있고."

"무슨 말이에요?"

"말한 대로야. 소녀들은 돼지 머리를 올려놓은 나무 말뚝 양 옆 풀밭에 누워있었어."

"진짜 돼지 머리래요?"

뭉크가 다시 고개를 끄덕였다.

"맙소사." 미아는 한숨이 터져나왔다.

"그게 무슨 뜻이라고 생각해?"

뭉크는 히터를 켠 다음 시내를 빠져나가기 위해 로드후스플라센 옆 터널로 들어섰다.

"말뚝 위 돼지 머리요?"

"응."

"말하기 어려워요." 미아가 대답했다.

차 안이 후끈해지자 잠이 몰려왔다. 미아는 모닝커피 한 잔이 간절했지만 뭉크에게 차를 세워달라고 말하고 싶지는 않았다.

"뭔가 의미가 있을 텐데."

"《파리 대왕》이에요." 미아가 나지막이 읊조렸다.

"뭐라고?"

"《파리 대왕》이라는 책에 나와요. 아이들이 표류해서 어른이 없는 외딴 섬에 닿죠. 아이들은 그곳에 괴물이 살고 있다고 생각해요. 그래서 제물을 바치려고 쇠창살 위에 돼지 머리를 올려놓아요."

"맙소사." 뭉크가 소리쳤다. "우리가 지금 괴물을 상대하고 있군, 안 그래?"

"그럴지도 모르죠."

"거기에 피셔맨즈 프렌즈(각종 목의 불편증상을 완화시켜주는 일종의 목캔디—주) 봉지 있을 거야." 뭉크가 자동차 사물함을 가리키며 말했다.

"그리고요?"

"미아는 하나만 먹으면 될 거야." 뭉크가 드람멘스바이엔으로 차를 돌렸다.

쿡쿡 찌르는 듯하던 통증이 점차 사라졌다. 미아는 사물함을 열고 캔디 봉지를 꺼냈다. 두 알을 꺼낸 다음 봉지째 가죽재킷 주머니에 넣었다

"하고많은 장소 중 왜 프레드릭스타일까? 이해가 안 돼. 사람들 눈에 띄기 쉬운 곳인데." 뭉크가 큰 소리로 물었다.

"우리의 이해력이 떨어진대요." 미아가 휴대전화를 꺼내면서 불쑥 말했다.

"무슨 뜻이야?"

"범인이 우리가 수사를 너무 못한다고 말하고 있어요."

"맙소사." 뭉크가 탄식했다.

미아는 미수신 전화목록에 가브리엘 뫼르크가 있는 것을 발견하고는 전화를 걸었다.

"가브리엘이에요."

"안녕, 미아예요. 일하고 있어요?"

"네." 가브리엘이 저편에서 한숨을 내쉬었다.

"프레드릭스타에 있는 이세그란 요새에 관해 좀 알려주세요."

"지금 말예요?"

"그래요. 지금 반장님과 그곳으로 가고 있어요. 그 소녀들이 발견됐어요."

"그 얘긴 들었어요."

저편에서 침묵이 흘렀다. 가브리엘이 분주하게 자판 두드리는 소리만 들렸다.

"뭐 찾았어요?"

"지금 뭘 찾을까요?"

"아무거나."

"알았어요. 시작할게요." 젊은 남자는 하품을 참으며 말을 이었다. "이세그란 요새. 프레드릭스타 외곽의 작은 섬에 건설된 요새. 그 요새에 의해 글롬마 어귀가 둘로 나뉜다. 12세기 말에 보르그쉬셀 공작이 건설했다. 석조와 목재가 어우러진 건물이며, 1287년 어떤 왕이나 누군가에 의해 파괴되고 16세기에 새로운 요새가 지어짐. 페테르 베셀 토르덴스키올드(1690~1720, 덴마크·노르웨이의 귀족이자 저명한 로얄 덴마크·노르웨이 연합군 사령관—주)가 노르딕 해전 당시 기지로 사용함. 이세그란이라는 명칭은…, 전문가마다 의견이 분분하지만 '큰 섬'을 뜻하는 프랑스어 일레그랑에서 유래했다는 의견이 우세함. 이 정도면 도움이 됐나요?"

"사실 좀 부족해요." 미아가 대답했다. "다른 건 더 없어요? 좀 현대적인 내용으로. 요즘은 무엇으로 사용되죠?"

"잠깐만요."

미아는 휴대전화를 귀와 어깨 사이에 끼우고 캔디를 하나 더 먹었다. 아직도 목구멍 뒤에서 알코올 냄새가 넘어왔다.

"별로 많지 않아요. 이세그란 요새에서 찍은 결혼사진이 있네요. 연금생활자들의 당일치기 여행지로 인기가 있나봐요."

"그게 다예요?"

"네. 아니, 잠깐만요."

다시 침묵이 흘렀다.

"뭐가 있어요?"

"이게 유용할지 모르지만 2013년에 어떤 기념물의 제막식이 열린대요. 요새 안이 아니고 해안가 산책로에."

"어떤 기념물이에요?"

"뭉크의 *어머니들*이라는 제목의, 에드바르 뭉크의 어머니와 이모의 동상이에요."

"그렇군요." 미아가 혼잣말로 중얼거렸다.

"도움이 됐어요?"

"그럼요, 가브리엘. 정말 고마워요."

그녀가 전화를 끊으려는데 가브리엘이 제지했다.

"반장님도 함께 계시나요?"

"그런데, 왜요?"

"반장님 기분이 어때요?"

"그냥 그래요, 왜요?"

"잠깐 통화할 수 있을까요?"

"좋아요."

미아는 휴대전화를 뭉크에게 건넸다.

"응, 뭣 때문에 그러나?"

*뭉크의 어머니들*이라. 어쨌든 그녀가 옳았다.

"그래, 알겠어." 뭉크가 전화에 대고 말했다. "하지만 걱정하지 말게. 내가 말했듯이 개인적인 일이니까. 우리에겐 더 중요한 일이 있어. 뭐라고? 그래, 자네를 미치게 할 수도 있지만 난…, 뭐라고? 맞아, 온라인으로 친구한테 받았네. 스웨덴 친구. 뭐라고? 그녀의 닉네임이 margrete_08이야. 그 점은 걱정 말게. 응. 응. 알았어. 나중에 얘기하겠네."

뭉크는 혼자서 빙긋 웃으며 휴대전화를 건넸다.

"뭣 때문이에요?"

"중요한 거 아니야, 그냥 개인적인 일이야."

"좋은 친구예요." 미아가 중얼거렸다.

"누구? 가브리엘? 그래, 마음에 드는 친구야. 그 친구를 채용하길 잘했다는 생각이 들어."

미아는 캔디를 하나 더 입에 넣고 창문을 조금 열었다.

"뭣 좀 알아냈어? 이세그란 요새에 대해."

"네." 미아가 고개를 끄덕였다.

그녀는 가브리엘이 들려준 말을 반복해서 말했다.

"빌어먹을." 뭉크가 조그맣게 욕설을 내뱉었다. "그러니까 이게 나에 관한 거라고? 이 아이들의 죽음이 나 때문이라는 건가?"

뭉크는 눈을 가늘게 뜨고 핸들을 세게 내리쳤다.

"정확한 것은 몰라요." 미아가 말했다. "거기까지 가려면 얼마나 남았죠?"

"한 시간 반."

"저 잠깐 눈 좀 붙여야겠어요."

"좋은 생각이야." 뭉크가 고개를 끄덕였다. "나를 위해서라도 한숨 푹 자."

50장

경찰 저지선 앞에 도착했을 때 태양이 떠오르고 있었다. 뭉크가 신분증을 내밀자 방금 침대에서 나온 듯 머리가 부스스한 젊은 경관이 저지선을 통과시켜주었다. 그들은 카페 갈레이엔이라고 불리는 작고 붉은 건물 밖에 주차를 한 뒤 그곳에서 쿠리를 만났다. 쿠리는 그들을 고풍스러운 석조벽을 따라 안내했다. 가는 길에 동상이 세워질 맞은편 해안가 산책로가 보였다. 에드바르 뭉크의 어머니 로라 카트린 뭉크와 이모 카렌 뵐스타. 미아는 에드바르 뭉크에 대해 잘 알았다. 오스고르드스트란 출신이면 대부분 그랬다. 그 작은 마을의 주민들은 뭉크가 거기 살았다는 사실을 언제나 자랑스러워했다. 비록 당시의 점잖은 부인들은 평판 나쁜 예술가와 마주치면 언짢아하며 재빨리 양산으로 얼굴을 가렸지만 말이다. *언제나 그렇지 뭐. 안 그래?* 이런 생각을 하고 있을 때 경찰관들이 쳐놓은 범죄현장의 흰색 비닐천막이 눈에 들어왔다. 그 시절 사람들은 뭉크를 경멸했지만 요즘 사람들은 편의상 그런 사실은 완전히 잊어버렸다. 노르웨이의 위대한 예술가들은 모두 그랬을까? 그들은 제대로 평가받기 전에 죽었을까? 미아는 이런 생각을 자신이 먼저 하지 않았다는 사실을 깨달았다. 그것은 엄마한테 들은 이야기였다. 어린시절 집안에서는 언제나 예술과 문학을 높이 평가했다, 미아는 종종 식탁에서 엄마한테 이야기를 들었는데, 학교 강의와 다름없었다. 시그리와 미아는 포리지 그릇을 앞에 둔 학생이었고, 엄마 에바는 열성적인 교사였다.

쿠리는 잔뜩 긴장해서 천막으로 가는 내내 쉬지 않고 떠들었다. 경험이 많은데다 근육질 몸매에 머리칼을 면도한 탓에 차갑고 강인한 인상을 주는 그였지만 미아는 잘 알았다. 생김새나 행동은 불독 같지만 쿠리가 매우 유능한 강심장이라는 사실을.

"글렘멘 대학교 학생 두 명이 발견했습니다. 커플이에요. 충격이 커서 우리가 집으로 데려다줬습니다."

"이 사건과 무슨 상관 있나?" 뭉크가 물었다.

"아니요, 그들은 한 마디도 하지 못했습니다. 제 평생 그렇게 빨리 술에서 깨어나는 것은 처음 봤습니다. 그걸 발견하자마자 몸에서 알코올이 증발해버렸나봅니다."

"주변에 목격자는 없어요?" 미아가 물었다.

"아직 없어요." 쿠리가 말했다. "프레드릭스타 경찰이 집집마다 조사하고 있는데, 뭐라도 알아낼 수 있을지 회의적이에요."

"왜죠?" 미아가 물었다.

"진지하게 묻는 거예요?" 쿠리가 쓴웃음을 지었다.

"이건 아마추어 놀이가 아니에요, 안 그래요?"

그들이 천막에 도착했을 때 흰색 비닐작업복 차림의 나이든 남자가 막 그 안에서 나왔다. 미아는 낯익은 얼굴을 보고 놀랐다. 여러 건의 수사 때 함께 일했던 병리학자 에른스트 휴고 비크였다. 미아는 그가 지금쯤 은퇴한 줄로만 알았다.

"뭉크, 미아." 비크가 두 사람을 보며 고개를 끄덕였다.

"오랜만이에요. 이 사건 때문에 오슬로에서 끌려오셨군요."

"아니네." 비크가 한숨을 내쉬었다. "오두막에 숨어서 평안하게 살아볼까 했는데 별로 재미도 없더군."

"뭣 좀 밝혀졌나요?" 미아가 물었다.

비크는 흰색 비닐모자와 장갑을 벗고 담배를 한 대 피우며 말했다. "아이들이 저기에 오랫동안 버려져 있었던 것 같지는 않아. 기껏해야 발견되기 한 시간쯤 전인 걸로 추정되네."

"사망시간은요?"

"동일해." 비크가 다시 한숨을 내쉬었다.

"그럼 현장에서 살해된 건가요?"

"그래 보이는군." 비크가 말했다. "하지만 부검해보기 전까지는 단언할 수 없네. 어떻게 돼가나, 뭉크? 내가 지금까지 본 사건들 중 가장 기괴하다고 말할 수 있네. 하나부터 열까지."

"무슨 뜻인가요?" 미아가 냉큼 물었다.

"음." 비크는 다른 담배를 하나 더 꺼내며 설명했다. "뭐라고 말하면 좋을까? 의식용 살인? 아주 깔끔해. 시신이 깨끗하고 단정해. 옷을 차려입고 가방을 메고. 게다가 돼지 머리가 올려져 있던가? 아무튼 가서 직접 눈으로 보게. 난 좀 쉬어야겠어."

노인은 장갑을 주머니에 쑤셔넣고 주차장으로 어기적어기적 걸어갔다. 뭉크와 미아는 미리 준비해놓은 흰색 작업복을 입고 천막 안으로 들어갔다.

카롤리네 뮈클레는 두 손을 가슴에 모은 채 누워있었다. 노란색 인형옷을 입고, 발 옆에 가방이 놓여있었다. 안드레아 링은 겨우 몇 미터 떨어진 곳에 누워있었다. 그 아이 역시 두 손을 가슴에 모으고, 흰색 신발 옆에 가방이 놓여있었다. 두 소녀의 목에도 똑같은 푯말이 달려있었다. '나는 혼자 여행 중입니다.' 두 아이 사이에 기괴한 돼지 머리가 놓여있는 광경은 종교의식의 한 장면 같았다. 미아 크뤼거는 장갑을 끼고 안드레아 위로 허리를 구부렸다. 소녀의 작고 하얀 손을 들어올려 손톱을 살펴보았다.

"3." 그녀가 읊조렸다. 미아는 소녀의 가슴에 천천히 손을 내려놓고 카롤리네에게 다가갔다. "4."

그때 뭉크의 휴대전화가 울렸다. 뭉크는 화면만 확인하고 받지 않았다. 다시 벨이 울렸다. "도저히 믿을 수가 없군." 뭉크는 이렇게 중얼거리며 빨간색 통화종료 버튼을 눌렀다.

"받으세요." 미아가 말했다. 그녀는 소녀들을 향해 고개를 끄덕이고 나서 몸을 일으켰다.

"미안해." 전화벨이 세 번째 울렸을 때 뭉크가 대답했다.

그가 다시 빨간색 버튼을 눌렀다. 그런데 거의 동시에 미아의 휴대전화도 울렸다. 미아는 화면에 뜬 가브리엘의 이름을 발견했다.

"가브리엘?" 뭉크가 낮게 물었다.

미아는 고개를 끄덕인 뒤 빨간색 버튼을 눌러 전화를 끊었다.

"그가 방금 반장님께도 전화했어요?"

뭉크가 고개를 끄덕이는데 미아의 전화벨이 다시 울렸다. 미아는 전화를 받기 위해 천막을 나갔다.

"더 중요한 일이 아니기만 해봐." 미아가 낮게 으르렁거렸다.

가브리엘의 목소리는 숨이 넘어갈 듯 긴박하게 들렸다.

"반장님께 할 말이 있어요." 그가 숨을 헐떡이며 말했다.

"반장님은 바쁜데, 무슨 일이에요?"

"방금 메시지를 해독했어요." 가브리엘이 다급하게 말했다.

"무슨 메시지?"

"반장님이 메일을 하나 받았어요. 암호화된 메시지를 푸는 과제죠. 보낸 사람은 Margrete_08. 그런데 해독을 했어요. 그론스펠트 암호문인데 방금 해독을 했어요."

"기다리면 안 돼요?" 미아가 한숨을 내쉬었다.

"그럴 수 없어요." 젊은 해커는 사실상 고함을 질러댔다. "그럼 당신이 반장님께 전해주세요. 지금!"

"메시지가 뭔데요?"

가브리엘은 발설하기가 두려운 듯 듯 입을 열지 못했다.

"가브리엘?" 미아가 다그쳤다.

"똑딱. 어린 마리온=5."

"뭐라고요?"

"똑딱, 어린 마리온이 다섯 번째래요."

"이런!" 미아는 소리를 지르며 천막 안 홀거에게 달려갔다.

4부

51장

·

미리암 뭉크는 아버지의 승용차 뒷좌석에 앉아 감정을 억누르려 애썼다. 아버지가 명령해서 털모자를 귀까지 내려쓰고 커다란 선 글라스도 걸쳤다. 마리온은 웅크린 작은 몸을 담요로 감싼 채 옆자 리에 누워있었다. 이틀 전 아버지가 전화로 잠을 깨워 문이란 문은 모두 잠그라고 했을 때 미리암은 영문을 몰랐다. 아무나 집에 들이 지 마라. 마리온은 유치원에 보내지 말고 집에만 있게 해.

무슨 말씀이세요, 유치원에 보내지 말고 집에만 있게 하라뇨?

제발, 미리암, 아빠가 시키는 대로 해!

불현듯 어떤 생각이 떠올랐다. 미리암은 바보가 아니었다. 아니 정반대였다. 미리암은 학교에서 언제나 가장 똑똑한 학생이었다. 어릴 때부터 다른 아이들이 어려워하는 것을 놀랄 정도로 수월하게 해냈다. 아시아의 강이나 남미의 수도 이름 외우기. 분수. 대수학. 영어. 노르웨이어. 하지만 모든 시험에서 1등을 하지 않고, 수업시 간에 손을 너무 자주 들지 말며, 자신의 똑똑함을 지나치게 드러내지 말아야 한다는 것도 일찌감치 터득했다. 미리암은 감성지능도 뛰어났다. 친구와 사귀는 것을 좋아했고, 교만하지 않았다.

그런 생각은 진작 했다. 딸 마리온은 이번 가을에 학교에 들어갈 예정이었다. 게다가 아버지는 소녀 네 명이 살해된 사건 수사를 지휘하고 있었다. 그녀는 바보가 아니었다. 미리암은 그런 면에서 완강했다. 가만히 앉아서 위협당하지 않겠다고 결심했다. 어떤 미친 인간 때문에 삶이 파괴되도록 가만히 보고 있지 않겠다고 생각했다. 물론 매사에 조심했다, 누구라도 그렇지 않을까? 그래서 마리온을 손수 유치원에 데려가고 데려왔다. 마리온이 무척 실망했지만 친구의 생일파티에도 못 가도록 미리 못박아두었다. 그해 가을 학교에 입학하는 여자아이들의 부모는 물론 유치원 교사들과 함께 유치원 내 모임도 결성했다. 어떤 부모는 아이를 유치원에 보내는 게 두려워서 휴직을 했다. 유치원을 일시적으로 폐쇄하자는 의견도 나왔다. 어떤 학부모는 아이와 함께 유치원에 등원하기도 했다. 그 야말로 대혼란이었지만 미리암은 그들을 진정시키려고 갖은 노력을 했다. 무엇보다 아이들을 위해 가능한 정상적으로 생활하는 게 중요하다는 확신을 주려고 했다. 하지만 뒤통수에서는 항상 잔소리가 들려오는 것 같았다. 넌 엄청난 위험에 처할 수도 있어. 겁을 내야 해. 그런 일이 실제로 일어났다.

미리암은 담요로 딸을 단단히 감싸주었다. 마리온은 곤히 잠들어 있었다. 밖은 어둡고 검정색 아우디는 적막한 도로를 매끄럽게 달렸다. 미리암은 겁은 나지 않았지만 걱정스러웠다. 슬펐다. 절망스러웠다. 그리고 화가 났다.

"뒤에는 별일 없지?" 미아 크뤼거가 뒤를 돌아다보았다.

뭉크나 미아나 미리암에게 왜 다시 은신처를 옮기는지 설명하지 않았다. 이틀 사이 두 번이었다. 다만 미리암이 짐작할 거라 여겼다.

"우린 괜찮아요." 미리암이 고개를 끄덕였다. "이번에는 어디로 가는 거죠?"

"우리가 마음껏 사용할 수 있는 아파트." 뭉크는 백미러로 딸을 흘끗 보았다.

"나한테 무슨 일이 일어나고 있는지 누구든 설명해주실 때가 되지 않았어요?" 미리암이 말했다. 그녀는 단호하게 보이려고 애썼지만 지쳐있었다. 이틀 동안 거의 잠을 자지 못했다.

"너를 위해서야." 아버지가 다시 백미러를 보며 말했다.

"살인범이 마리온에게 위협을 가했어요? 그래서 안전한 곳으로 옮기려는 거예요? 저도 무슨 일이 일어나고 있는지 알 권리가 있어요, 그렇지 않아요?"

"내가 하라는 대로만 하면 안전해." 뭉크는 교차로에서 신호등이 빨간불로 바뀌는 바람에 급정거했다.

미리암은 아버지가 일단 마음먹으면 어떻게 하는 사람인지 알기에 더 이상 재촉하지는 않았다. 갑자기 자신이 열네 살로 돌아간 느낌이었다. 어렸을 때 아버지는 딸에게 무척 엄격했다. 나이가 들어서야 부드러워졌지 그 시절에는 아버지에게 무슨 말을 해도 소용이 없었다. 안 돼, 미리암. 학교 갈 때 그런 옷을 입으면 안 돼, 치마가 너무 짧아. 안 돼, 미리암, 10시까지는 귀가해야 한다. 난 네가 로베르토 만나는 거 마음에 들지 않는다. 그 녀석은 너한테 맞

지 않아. 경찰관 아버지의 편집증은 10대 딸의 일상생활을 세세한 부분까지 간섭했다. 덕분에 친구들 사이에서 지위는 올라갔다. 집에서 고달프게 지내는 아이들은 학교에서 친구들에게 동정을 많이 받았다. 게다가 미리암은 아버지가 얼마나 훌륭한 경찰이든 그의 눈을 속이는 방법을 알고 있었다. 세월이 흐를수록 아버지는 집을 비우는 일이 잦아졌고, 그건 딸에게 아버지가 문제될 게 별로 없어졌다는 의미였다. 어머니는 어머니대로 자신만의 관심사에 푹 빠져 있었다. 맙소사, 어른이나 부모나 그들은 정말로 아이들이 아무 눈치도 없는 줄 알까? 미리암은 집안에 폭발이 일어나기 전에 롤프라는 남자의 존재를 알고 있었다. 그 전만 해도 어머니의 일과는 오죽하면 거기에 시간을 맞출 수 있을 정도로 규칙적이었다. 그런 사람이 갑자기 '친구를 만나야 한다'고 나간다면 누군들 이상하지 않을까? 그토록 많은 전화를 받고도 그 전화가 모두 '잘못 걸려온 전화'라고 하면 누가 믿을까? 오, 이런.

"마리온 자니?" 미아 크뤼거는 고개를 돌려 마리온을 바라보았다. 마리온은 여전히 담요를 덮은 채 웅크리고 있었다.

미리암은 고개를 끄덕였다. 미리암은 언제나 미아가 좋았다. 미아의 성격에는 좀 특별한 데가 있었다. 카리스마가 강했다. 존재감이 대단했다. 다소 거리감을 느끼게 하고 별나 보이기도 했지만 미리암은 그렇게 생각하지 않았다. 미리암은 미아에게서 자신을 떠올렸다. 똑똑하고 강해 보이지만 쉽게 상처받는 성격이 비슷했다. 그래서 미아에게 끌리는지도 몰랐다.

"아버지가 웹사이트를 통해 암호화된 메시지를 받았어." 미아가 설명했다.

"미아!" 뭉크가 나지막이 경고했지만 미아는 무시했다.

"발신자는 마르그레테라고 스웨덴 수학자를 가장한 여자인데, 코드를 해독해보니 마리온에게 직접 위협을 가하려는 것 같아."

미리암은 아버지의 얼굴이 점점 붉어지는 것을 보았다.

"정말이에요?" 미리암이 물었다. 놀랍게도 미리암은 두렵기보다 강한 호기심이 생겼다. "그녀와 접촉한 지 얼마나 됐어요? 제 말은 온라인으로 말예요."

아버지는 대답하지 않았다. 그의 턱은 꽉 다물어져 있고 손등 관절이 하얗게 도드리지도록 운전대를 힘껏 쥐고 있었다.

"2년 가까이 됐어." 미아가 대신 대답했다.

"2년이에요? 꼬박 2년이에요?" 미리암은 자신의 귀를 믿을 수가 없었다. "2년 동안 그 여자랑 연락을 했단 말이에요, 아빠? 정말이에요? 그 2년 동안 상대가 살인자라는 사실도 모르고 연락을 주고받았다는 말이에요?"

아버지는 여전히 대답이 없었다. 얼굴빛은 암갈색으로 변해있었다. 그가 액셀러레이터를 힘껏 밟았다.

"아빠는 모르셨어." 미아가 설명했다. "웹사이트에서는 모두가 익명이야. 살인자가 아니라 더한 거라도 알 수 없어."

"그만해, 미아." 홀거 뭉크가 조용히 속삭였다.

"왜요?" 미아가 말했다. "미리암도 어느 정도 짐작하고 있을 거예요. 만약 살인범이 2년 동안 반장님과 연락을 해왔다면 혹시 미리암에게도 접근했을지 몰라요. 미리암도 알아야 해요."

뭉크는 경고도 없이 브레이크를 확 밟았다. "넌 여기에서 기다려." 갓길에 차를 주차한 뭉크가 백미러를 보며 딸에게 명령했다. "미아는 좀 내리고."

"반장님." 미아가 만류했지만 소용이 없었다.

"내려, 어서 내려."

미아는 내키지 않았지만 안전벨트를 풀고 차에서 내렸다. 뭉크는 운전석 문을 열고 미아를 따라 도로로 나갔다. 정확한 말은 들리지 않았지만 미리암은 아버지가 몹시 화가 났음을 알 수 있었다. 뭉크는 팔을 휘두르며 실제로 입에 거품을 물었다. 미아가 뭐라고 말하려고 해도 전혀 틈을 주지 않는 것을 눈치로 알 수 있었다. 미아의 얼굴에 대고 삿대질까지 했다. 미리암은 순간 아버지가 미아를 때릴까봐 두려웠다. 아버지는 그후로 한참 더 고함을 질렀고, 결국 미아는 반박하는 것을 포기하고 고개만 끄덕였다. 그러고 나서 두 경찰관은 차로 돌아왔다. 뭉크는 시동을 걸고 아무 말도 하지 않았다. 차 안에 긴장이 흘렀다. 미리암은 침묵하는 게 최선이라고 생각했다. 2년? 아버지가 살인자와 그렇게 오랫동안 접촉했다고? 아버지가 격분하는 게 이상하지 않았다. 누군가 아버지를 속인 것이다. 그리고 지금 네 소녀가 죽었다. 게다가 마리온이 다섯 번째가 될 거라는 메시지를 보냈다. 왜 우리가 숨어야 하지? 미리암은 딸에게 담요를 단단히 덮어주고 머리카락을 쓸어주었다. 검정색 아우디는 어디인지 모를 안가를 향해 밤을 가르며 달렸다.

52장

미아는 서부 오슬로에 위치한 잿빛 아파트단지 바깥 도로에 서서 누가 자신을 엿보지 않나 긴장을 늦추지 않았다. 그런 생각이 든 게 처음은 아니었다. 오슬로로 돌아온 후 줄곧 누군가에게 미행당하는 것 같아 오싹할 때가 많았다. 그녀는 피해망상이라 여기고 무시했다. 자신과 같은 처지에서는 지극히 정상적이었다. 너무 신경 쓰지 않는 편이 나았다. 미아는 평소 걱정이 많은 성격이 아니라서 크게 문제되지는 않았지만 그럼에도 가볍게 떨쳐버릴 수가 없었다. 연신 주변을 흘끔거렸지만 인기척은 없었다. 주변 도로는 완전히 적막했다.

그들은 미리암과 그녀의 딸을 프로그네르의 안전한 아파트로 옮겨놓았다. 이곳은 어디에도 올라있지 않다는 점에서 안심이 됐다. 공식적인 기록에 없었다. 전날 밤 엄마와 아이를 멀리 동쪽의 한 아파트로 옮겼지만 뭉크는 끝내 안심이 되지 않아 다시 옮기기로 결정했다. 지금 사용하는 아파트는 보호가 필요한 정치인이나 기타 중요한 방문객을 위해 마련해둔 안가이지만 몇몇 사람들만 알음알음으로 이용해왔기 때문에 극소수만 알고 있었다. 미아는 점점 더 강박적으로 변해가는 뭉크의 심정을 이해할 수 있었다.

미아는 주머니에서 박하사탕을 발견해 입에 넣고는 거리를 흘깃 쳐다보았다. 여전히 아무도 없었다. 다니는 차도 없었다. 신문 파는 소년조차 보이지 않았다. 오로지 자신뿐이었다. 미아는 미리암과 그녀의 딸이 아파트로 들어가는 것을 아무도 목격하지 못했을 거라고 확신했다.

몇 분쯤 후 뭉크가 도로에 나타났다. 그는 담뱃불을 붙인 뒤 손으로 머리를 쓸어올렸다.

"죄송해요." 미아가 말했다.

"사과할 것 없어. 내 잘못이야." 뭉크가 대꾸했다. "내가 원했던 건 단지…, 음. 미아도 이해할 거야."

"너무 걱정 마세요." 미아가 다독였다.

"우리뿐이지?"

"그런 것 같아요. 아무도 보지 못했어요. 저 위도 모두 괜찮죠?"

뭉크는 담배를 깊이 한 모금 빤 다음 건물의 3층을 흘깃 올려다보았다. "괜찮아. 미리암이 나 때문에 열받아있지만. 내가 자신을 도우려 애쓰고 있다는 것만 알아줬으면 좋겠어."

"당연히 알 거예요." 미아가 고개를 끄덕였다. "미리암도 지금 당장은 감당하기 힘들겠지요. 하지만 모든 게 끝나면 아빠한테 고마워할 거예요."

"그건 잘 모르겠어. 결혼식도 취소하라고 했으니."

"결혼식을 취소하라고 하셨어요?"

"물론, 그랬지."

"그건 너무 했어요." 미아가 반발했다.

"한 교회에 100명의 사람들이 모일 텐데? 그것도 모두 나와 연관된 사람으로? 그럴 순 없어." 뭉크는 완강했다.

살인범에게는 게임, 그 이상도 이하도 아니었다. 살인범은 지금 그들을 노리개처럼 가지고 놀았다. 살인범은 자신이 무엇을 하는지 잘 알고 있었다. 소녀 넷의 희생 그 이상의 무엇인가가 있었다. 설령 열 명이 희생된다고 해도. 누군가 뭉크를 오래 전부터 지켜봐 왔다. 그의 어디를 때리면 아픈지 정확히 알고 있었다. 어떻게 하면 최대한 혼란스럽게 만들지 알고 있었다. 대혼란. 테러. 지난 사흘 내내 네 시간도 수면을 취하지 못한 미아는 그 여파가 서서히 몸으로 나타나고 있음을 느꼈다. 논리적으로 사고하려고 애를 쓰는 중이었다.

"사무실에 누가 있지?" 주차된 차로 돌아왔을 때 뭉크가 물었다.

"루드비, 가브리엘, 쿠리가 있을 거예요." 미아가 말했다.

"미켈손이 조만간 나한테 사건에서 손을 떼라고 하겠군." 뭉크가 창문도 열지 않고 담배에 불을 붙이며 말했다.

"그걸 어떻게 아세요?"

"미아라면 어떻게 했겠어?"

그는 무표정하게 미아를 쳐다보았다.

"사건에서 손을 떼게 했을 거예요." 미아가 대답했다.

"당연히 그랬겠지." 뭉크는 이렇게 말하며 마리뵈스가테로 차를 몰았다.

"반장님은 어떻게 생각하세요?" 미아가 물었다.

"무슨 뜻이야?"

"이건 타당한 질문이에요. 우린 중대한 사건을 수사하고 있어요. 살인범은 직접 반장님을 겨냥하고 있어요. 그럴 때 반장님은 이성적으로 판단할 수 있을까요? 감정을 다스릴 수 있을까요? 전 그렇게 생각하지 않아요."

"미아가 어느 편인지 또다시 상기시켜주는군." 뭉크가 코웃음을 쳤다.

"명백히 반장님 편이에요. 하지만 누구라도 그런 질문을 할 수밖에 없어요."

"이제 개인적인 일이야. 누구도 내 가족을 뒤쫓거나 해치지 못해." 뭉크가 눈을 가늘게 뜨고 말했다.

"제 말이 바로 그거예요."

"뭐가?"

"미켈손 앞에서 그렇게 말씀하시면 반장님은 끝장이에요."

미아는 손가락으로 목을 가로질러 긋는 시늉을 했다.

"하." 뭉크는 코웃음을 쳤다. "그럼 누가 대신 그 사건을 맡지?"

"벤고르."

"그래, 좋지."

"클록케르볼."

"맙소사! 미아! 도대체 누구 편이야?"

"제가 말했잖아요. 사람들은 얼마든지 있어요. 반장님은 한 발

물러서게 될 가능성이 있어요."

뭉크는 곰곰이 생각한 뒤 입을 열었다. "미아라면 어떻게 하겠어? 만약 미아의 가족이라면?"

"반장님은 이미 어떤 대답이 나올지 알고 있어요."

"맞아. 그러니 더 이상 그 말은 하지 말자고."

"잠을 좀 자둬야 한다고 생각하지 않으세요?"

"알아. 하지만 그런 일은 없을 거야." 뭉크는 한숨을 쉬고 나서 창문을 열었다. "모두에게 연락해. 한 시간 안에 사무실에 모이라고. 나타나지 않는 사람은 새로운 일자리를 알아봐야 할지도 모른다고 해. 처음부터 다시 검토할 거야. 젠장! 바퀴벌레를 찾을 때까지 돌이란 돌은 모두 들춰볼 거야. 비록 그것이 나에게 마지막 일이 된다 해도."

미아는 고개를 끄덕인 뒤 휴대전화를 꺼냈다.

53장

"뭐 알아낸 거 없어?" 모두가 비상상황실에 모였을 때 뭉크가 물었다. "'없다'는 말은 하지 마. 왜냐하면 그건 불가능하니까. 거기에 있던 사람은 뭐라도 봤을 거야. 자네들이 밤낮으로 애쓴 사실은 잘 알고 있지만 지금부터는 두 배로 해야 해. 누구 먼저 시작할까? 루드비?"

미아는 방안을 둘러보았다. 피곤에 전 얼굴들이 저마다 미아를 바라보았다. 지난 몇 주일간 모두가 말도 안 되는 시간을 쏟아부었지만 여전히 내놓을 만한 게 없다는 것은 극도의 고통이었다. 쿠리는 수염이 덥수룩하게 자라있었다. 가브리엘 뫼르크의 얼굴은 죽은 사람처럼 핏기가 없고 눈 밑으로 다크서클이 내려와 있었다.

"회비크바이엔 양로원 관련자들의 이름과 회네포스 사건에 관련된 이름을 서로 체크해봤네. 지금까지 별다른 것을 발견하지 못했지만 아직 체크할 이름이 남아있네."

"그럼, 계속 진행해주세요. 거기에 뭔가 있을 겁니다." 뭉크가 말했다. "다른 건 또?"

"반장님이 말씀하신 교회의 배경을 조사했습니다." 가브리엘이 입을 열었다.

뭉크는 미아를 힐끔 쳐다보았다. 미아는 어깨를 으쓱하고 나서 고개를 끄덕였다. 그들은 리스트의 맨 밑에 교회를 끼워넣었다. 너무 늦게 시작한 감이 있었다. 이세그란 요새에서 소녀들의 시신이 발견되었을 때 교회에 가보려고 계획했는데, 바로 그 순간 마리온에 대한 위협을 알게 되었다.

"그래, 뭘 알아냈지?"

"좀 이상합니다." 가브리엘이 설명했다. "그들은 스스로 무드셀라 교회라고 부르는데, 그런 이름으로 등록된 회사나 종교집단을 찾지 못했습니다. 웹사이트라든지 뭐 그런 것도 없고요. 디지털 시대를 수용하지 못했거나 거부하는 것처럼 보입니다. 정확한 내용은 모르지만."

"그게 전분가?"

"아니요. 그 교회와 똑같은 주소로 등록한 개인이 있습니다." 가브리엘이 자신의 아이패드로 정보를 확인했다. "루카스 발네르라는 사람이에요. 대충 검색해봤는데, 그것 말고는 없었습니다."

"좋아." 뭉크가 수염을 긁적이며 말했다. "내가 직접 그 교회에 가본 적이 있는데, 내가 기억하는 한 최소한 두 명이 교회를 운영하고 있었어. 머리가 하얗게 센 나이든 남자와 20대 중반쯤 되어 보이는 짧은 금발 남자. 좀 더 깊이 캐봐야 하는데, 무엇보다 빨리 진행하는 게 중요하네. 살인범이 우리의 허를 찔렀어. 우리가 주도

권을 되찾아야 해. 우리 어머니가 그 교회에 다니고 있으니 어머니에게서 뭔가 알아낼 수 있을 거야. 오케이?"

"저도 이것 끝내자마자 알아보겠습니다." 가브리엘이 고개를 끄덕였다.

"좋아." 뭉크는 팀원들을 다시 둘러보았다. "다른 건 또 없나?"

"계속해서 벤야민 바케를 주목하고 있는데 지금까지는 이 사건과 관계 있다고 의심할 만한 것은 발견하지 못했습니다." 퀴레가 입을 열었다.

"좋아. 자료는 많으니까 확실해질 때까지 계속 조사하게. 또 다른 건? 다른 건 없나?"

"margret_08의 흔적을 계속 추적해봤는데요. 핫메일 계정이 있더라고요." 가브리엘이 다시 나섰다. 그리고 앞에 놓인 아이패드를 보았다. "2010년 3월 2일. 반장님이 첫 번째 메일을 받기 며칠 전입니다. 맞습니까?"

가브리엘은 뭉크를 흘끔 보았다. 뭉크의 심기가 불편해 보였다. 수사에 자신의 어머니 이름이 거론되는 것도 모자라 살인범과 개인적으로 연락했다는 사실이 알려졌기 때문이다. 게다가 이용당했다는 사실을 스스로 인정하고 있었다. 미아는 뭉크의 찡그린 이맛살 뒤편에서 어떤 일이 일어나고 있는지 충분히 짐작할 수 있었다. 뭉크는 팀원에게 자신이 그 말에 신경 쓰고 있다는 인상을 주지 않기 위해 애써 침착했다.

"맞네." 뭉크가 말했다.

"이 이메일 계정은 오로지 반장님에게 메일을 보내기 위한 용도

였습니다. 세 개의 다른 아이피 주소로 접속했고요."

"우리나라 말로 설명해줘 제발." 쿠리가 하품을 했다.

"아이피 주소 즉, 인터넷 프로토콜 어드레스는 인터넷에 접속하는 기기마다 갖는 고유한 주소예요. 그 주소는 여러분이 어디에 있는지 알려주죠. 국가, 지역, 초고속인터넷 공급업자 같은 정보를 알 수 있습니다 ."

"정확한 위치도?" 뭉크가 물었다.

"네." 가브리엘은 다시 아이패드를 내려다보며 고개를 끄덕였다. "말씀드렸듯 세 군데의 어드레스에서 접속했습니다. 칼 요한, 울레볼 스타디움, 그리고 오슬로 중앙역에 있는 버거킹 매장 랩톱을 사용했고요. 솔직히 더 이상의 추적은 불가능합니다. 제가 핑 테스트를 했는데 응답이 없는 걸로 봐서 더 이상 연결이 되지 않는 것 같습니다. 아마도 사용자가 내버린 것 같습니다. 제가 알아낸 건 여기까집니다."

"버거킹에서 인터넷 접속을 할 수 있다고?" 쿠리가 물었다.

"지금까지 약 2천 통의 전화를 받았어요." 아네트가 성가시게 구는 동료를 무시하고 말을 꺼냈다. "대부분 스컬러루드에 나타난 여자의 몽타주에 관한 것이었어요. 이런 말씀을 드려서 죄송한데 지금까지 이렇다 할 내용은 없어요. 합성사진이 너무 애매해서 누구와도 연관시킬 수 있어요. 사례금과 관련해서는 짐작이 가실 거예요. 얼마나 많은 사람들이 백만 크로네를 손에 넣는 환상에 빠져 이웃 사람을 수상하게 보는지 몰라요."

뭉크는 손가락으로 수염을 빗어내리며 물었다. "동종 수법의 전과자는?"

퀴레는 고개를 젓기만 했다.

"젠장! 자, 뭔가 알아내야 해! 틀림없이 뭔가를 본 사람들이 있을 거야! 소리를 들은 사람이!"

미아는 뭉크를 가만히 응시했다. *진정하세요.* 미아는 아무리 결속력이 좋은 조직이라도 해도 그 안에는 경력에 있어 남보다 앞서 가려는 사람이 있기 마련이라는 사실을 잘 알았다. 미켈손과 그들 사이에 핫라인이 있을 거라는 점은 충분히 짐작할 만했다.

흠흠 헛기침을 한 뒤 미아가 자리에서 일어났다. 그녀는 뭉크에게 쏠린 주의를 분산시키기 위해 칠판 앞으로 걸어나갔다.

"우리가 지금까지 파악한 내용을 모두 알고 있는지 몰라서 다시 한 번 정리해볼게요. 모든 것이 증명되지는 않았어요. 어떤 것은 그저 내 예감이에요. 직감이죠. 여러분 도움이 필요해요. 여러분의 생각이나 느낌을 말해주세요. 추측도 나쁘지 않아요. 뭐든지 유용할 수 있어요. 아시겠죠?"

미아는 방안을 둘러보았다. 조용했다. 모두의 시선이 그녀를 향하고 있었다.

"내가 아는 이야기는 이래요. 2006년, 누군가 회네포스 병원에서 아기를 납치했어요. 아기를 데려간 이유는 크게 두 가지 가능성이 있어요. 한 가지는 납치예요. 하지만 그후 어떤 요구도 없었기 때문에 무시해도 될 거예요. 두 번째 이유는 누군가 아기를 원해서 데려간 거예요. 난 그렇게 믿고 있어요. 아기를 원하는 누군가가 그랬을 거라고 줄곧 생각해왔어요, 그래서 범인이 여자일 거라고 생각해요. 아기를 원하는 여성이죠. 그럼 다음과 같은 시나리오가 나와요. 이 여성은 우리가 아는 것처럼 산부인과 병동에 접근해요. 그 시절에는 생각보다 아기, 특히 부모가 없는 아기를 훔치는 일이 얼마나 쉬웠는지 놀랄 정도예요. 이 여성은 쉽게 아기를 훔쳤어요. 거기에는 틀림없이 분노가 작용했을 거예요. 그리고 모두가 아기를 찾기 시작했어요. 언론과 우리 경찰, 다른 모든 사람들이. 그런 압박을 견딜 수 있는 사람은 드물죠. 그래서 그 여성은 요하임 비크룬이라는 희생양을 발견하죠. 마침 그는 목을 매 자살해요. 사실 우리에게도 아주 반가운 소식이었죠. 부검보고서에는 아무것도 적혀있지 않아요. 사후 검시가 제대로 이루어지지 않았기 때문이에요. 비크룬은 자살을 했고, 자백을 했어요. 그렇게 사건은 종료되고, 모두의 관심에서 멀어졌어요."

미아는 길게 한숨을 내쉰 뒤 패리스를 한 모금 마셨다. 미아가 무슨 말을 해야겠다고 계획한 것은 아니었다. 그저 팀원들과 자신을 위해 설명이 필요했다.

"지금 생각하기에 그때 부검을 충실히 했으면 비크룬의 목에서 주사 자국을 발견했을 가능성이 충분히 있어요. 그랬으면 간단하고 명백할 텐데, 그렇죠? 시신에 잔혹한 행위를 가했을 걸로 의심하지 않은 이상 목을 맨 밧줄 아래 약물을 투입한 흔적까지 발견하기는 힘들죠. 음, 이건 어디까지나 제 추리예요. 그러니까 범인은 여자예요. 아기와 관련되어있고 주사를 놓을 줄 알고 약물을 취급하는 여자."

"간호사?" 루드비가 추측했다.

"그럴 가능성도 있어요." 미아가 고개를 끄덕인 뒤 말을 이어나 갔다. "하지만 우린 회네포스 병원 간호사들 중에서 용의자를 찾지 못했어요. 그렇다면 아기를 훔친 여자가 되겠죠. 그후로는 매사가 순탄했어요. 언론은 더 이상 아기 납치에 관해 기사를 쓰지 않았 고, 경찰은 수사를 포기했죠. 그런데 뭔가 잘못된 거예요. 이를테 면 아기가 죽었다거나. 아기가 죽자 여자는 우리를 뒤쫓기로 결심 해요. 아기가 죽은 게 우리 잘못이라고 생각하는 거죠. 우린 진작 그녀를 찾아냈어야 해요. 그 아기도 찾았어야 해요. 그런데 반장님 이 그 사건 담당 수사관이었어요. 그래서 그녀는 반장님을 뒤쫓기 로 결심한 거죠."

미아는 목청을 가다듬은 뒤 미네랄워터를 한 모금 더 마셨다. 방 은 다시 조용해졌다. 모두들 미아가 이 사건을 잘 알고 있다고 믿 었다. 누구도 장광설을 늘어놓는 미아를 훼방놓고 싶지 않았다.

"이 여성은 아주 영리해요." 미아가 이야기를 계속했다. "어쩌면 정신분열 증세가 있을지도 몰라요. 그녀는 아기 훔치는 일을 아무 렇지 않게 여기고, 죽이는 것에도 별 죄책감이 없어요. 자신이 도덕 적으로 옳다고 믿죠. 이 여성에게는 아마 틀림없이 어떤, 어떤 특별 한 경험이 있을 거예요⋯."

그녀는 잠시 적당한 말을 찾으려고 애썼다.

"정확히 뭔지는 모르지만, 그런 경우는 얼마든지 있어요. 그녀는 논리적이지만 동시에 현실을 직시하지 못해요. 아니 적어도 우리가 보는 것처럼 세상을 보지는 않아요. 그녀는 아기를 사랑했지만, 이 제 아기는 죽었어요. 아마 그럴 거예요. 아기가 죽지 않았으면 가

을에 입학할 나이예요. 그런데 아이는 죽고 없어요. 제 생각에 그
녀는 그런 식으로 보는 것 같아요. '나는 혼자 여행 중입니다.' 그
푯말. 소녀들은 지금 여행을 하고 있어요. 그래요, 여행. 마르코복
음 10장 14절. '고통 받는 어린 아이들아 나에게 오라.' 아이들은 지
금 천국으로 여행하고 있어요."

미아의 말은 점점 혼잣말이 되었다. 꼬였던 생각들, 머릿속 뒤편
에 숨겨져 있던 모든 생각들이 술술 풀려나오고 있었다.

"이 여자는 몹시 헌신적이에요. 아이들을 사랑하고, 아이 돌보는
것을 좋아하죠. 그래서 아이들을 씻기고 떠날 준비를 시켜요. 그것
은 고통을 주려는 행위가 아니에요. 그리고 이제 두 가지." 미아는
가볍게 기침을 했다. 힘에 부쳤지만 계속해야 했다. "두 가지. 이것
때문에 처음부터 혼란스러웠어요. 카오스와 상징들…, 처음에는
많은 함정과 암시가 잘 보이지 않았어요. 네, 처음에는 보지 못했
어요. 하지만 지금 우리는 두 가지 이슈를 개별적으로 다루고 있다
고 생각해요. 한 가지는 소녀들이에요. 그 여자는 자기 아기가 혼
자 있는 것을 원치 않아요. 바로 그거예요, 바로 그거예요. 그녀는
아기가 죽은 것이 자기 잘못이라고 생각해요. 자기한테 책임이 있
다고 생각해요. 그래서 속죄하려고 아기를 위해 친구를 찾아요. 하
지만 그건 우리의 잘못이었죠. 우리는 그녀가 그러지 못하도록 막
았어야 했어요. 이런, 내가 무슨 말을 하려고 했더라."

"두 가지." 쿠리가 부드럽게 재촉했다.

"맞아요. 고마워요. 두 가지. 첫 번째로, 여자가 소녀들을 죽여서
지금 여섯 살이 됐을 그 아기는 천국에서 혼자 있지 않아도 돼요.

두 번째로, 그 여자는 반장님을 원해요. 죄송해요. 지금까지 정황 상 분명해요. 처음에 그토록 갈피를 잡지 못한 이유도 그 때문이에 요. 우리가 상황을 뒤죽박죽으로 만들게 된 이유이기도 해요. 비록 그녀가 우리를 헷갈리게 하려고 동기를 뒤죽박죽 만들었어도 우리 는 모든 것을 두 가지 각도에서 볼 필요가 있어요. 첫째, 그녀는 자 신이 훔친 아기가 천국에 혼자 가지 않아도 되게 또래 아이들을 죽 였어요. 둘째, 그녀는 경찰한테 복수하려고 해요. 반장님에게 앙갚 음을 하려고 해요. 어쩌다보니 아기를 죽였지만 그게 반장님 탓이 라고 생각하는 거죠. 제 생각에….”

미아 크뤼거는 이제 완전히 지쳤다. 말을 잇기가 힘에 부쳤다.

“무슨 생각인데, 미아?” 뭉크가 재촉했다.

“그녀는 붙잡히고 싶어해요.” 아네트가 미아 대신 대답을 했다.

“무슨 뜻이야?” 뭉크가 물었다.

“붙잡히고 싶어하는 것 같다고요. 그녀는 우리에게 자신이 하는 짓을 보여줘요. 토니 J.W. 스미스. 요새에서 발견된 소녀들의 시 신. 기자에게 전화한 것. 이들을 종합해보면 체포되고 싶어해요, 그렇지 않아요, 미아?” 아네트가 부연설명했다.

미아가 고개를 끄덕이며 말했다. “동의해요. 좋은 생각이에요. 그녀는 그만 하고 싶어해요. 거의 무모할 지경으로 점점 더 많은 것을 보여줘요. 자신도 천국으로 가려는 거죠. 다시 아기와 함께 있으려고. 그녀는….”

미아는 더 이상 계속할 수 없었다. 그녀는 지친 숨을 몰아쉬며 테이블에 몸을 기댔다. 뭉크가 다가가 어깨에 손을 얹었다.

"괜찮아?"

미아가 천천히 고개를 끄덕였다.

"이제 이해가 되는 것 같아." 뭉크가 팀원들을 바라보며 말했다. "아주 훌륭해. 범인이 여자라는 말, 나는 믿어. 이해가 돼. 우리 검토 대상에 오른 여자들이 누구지?"

"눈 색깔이 다른 여자." 루드비가 대답했다.

"그리고 교회 신도들요." 쿠리가 이어 말했다.

"회비크바이엔 양로원 직원요." 가브리엘도 거들었다

미아는 루드비 그륀리에를 바라보며 물었다. "베로니카 바케의 휴대전화와 연결고리가 있는 사람은 없어요?"

"아쉽지만 아직 없네. 찾아보고 있는 중이야." 루드비 그륀리에가 대답했다.

"이런, 멍청이, 이렇게 둔하기는!" 미아가 내뱉었다.

"왜 그래?"

"카를리에요. 카를리에 브룬."

"누구?" 뭉크가 물었다.

"친구예요. 퇴옌에서 복장도착자 전용 클럽을 운영하는 남자예요. 그가 눈 색깔이 다른 여인에 대해 말해줬어요. 그녀를 여러 번 봤다고 했어요. 이런, 멍청이!"

"그를 참고인으로 불러." 뭉크가 말했다. "그 여자를 찾아야 해. 또 알아? 그 여자가 몽타주의 인물과 일치하는지, 목격자가 스컬러루드에서 본 여자와 동일인물인지. 하느님만 아시지만, 한번 해봐야지. 나쁠 거 없잖아? 카를리에한테 수사선상에 올라있으면서 베로니카 바케가 죽은 후 그녀의 휴대전화 요금을 냈을 가능성이 있는 사람, 즉 요양원 직원이나 이 교회와 관련 있는 여자들을 모두 만나보게 해. 그리고 만약 찾아내면 그 여자가 맞는지 연금생활자한테 확인시키는 거야."

미아가 밖으로 나가려고 할 때 아네트가 옆으로 다가왔다.

"이거 확실해요?" 아네트가 속삭여 물었다.

"뭘요?"

"이 모든 상황 말이에요. 반장님이 너무 밀착돼 있다고 생각하지 않아요? 내 말은, 반장님의 손녀에게 위협이 가해졌잖아요. 어머니도 연루됐을지 모르는 일이고. 그러니 반장님이 사건에서 한 발 물러서야 하는 거 아니에요? 다른 사람이 맡아야 하는 거 아니에요?"

"어떻게 해야 하는지 반장님이 더 잘 알고 있어요." 미아가 날카롭게 쏘아붙였다.

"그랬으면 좋겠지만요." 아네트가 대꾸했다.

54장

"어때?" 카를리에가 침대에 걸터앉은 미아 앞에서 한 바퀴 빙그르르 돌며 물었다.

그는 진부한 꽃무늬 원피스에 무릎까지 오는 은광택 부츠, 팔꿈치까지 감싸주는 흰색 장갑, 그리고 초록색 깃털 목도리를 골랐다.

"평범한 스웨터에 평범한 바지를 입는 건 어때요?" 미아가 한숨을 쉬며 물었지만 카를리에는 개의치 않았다.

"자기는 지금 표현의 자유를 짓밟는 거야. 난 예술가야, 걸어다니는 예술품이라고, 그거 알아?"

카를리에는 옷 고르는 일이 얼마나 힘든지 보여주려는 듯 옷장을 샅샅이 뒤지며 과장해서 소란을 떨었다.

"알았어요, 알았어, 카를리에."

"생각났어!" 카를리에는 고개를 돌려 환하게 웃었다.

"프로이드 씨."

"누구요?"

카를리에는 손뼉을 치며 어린 소녀처럼 팔짝 뛰었다.

"프로이드 씨. 오랫동안 들르지 않았는데, 그는 카바레에 있었지. 2004년에 열린 It's Swinging Again, 자기도 알 거야. 스윙어클럽과 트랜스젠더 연합회에서 여러 번…."

"됐어요. 다 알 건 없고요. 프로이드 씨, 좋아요. 어서 움직여요."

카를리에는 옷장에서 수트가방을 꺼내 욕실로 사라졌다. 돌아왔을 때 그는 말끔한 검정색 정장에 핑크색 타이, 에나멜 가죽구두 차림이었다. 제임스 본드와 에곤 올슨을 합쳐놓은 것처럼 보였다.

"어때?" 카를리에가 웃으면서 한 바퀴 빙그르르 돌았다.

"환상적이에요." 미아가 맞장구쳤다.

"이제 충분히 남자 같지?"

"아주 멋져요. 양로원의 숙녀들이 장미꽃을 던지겠어요."

"그렇게 생각해?" 카를리에가 킬킬거렸다.

"그럼요. 이제 어서 가요." 미아가 말했다.

카를리에는 미아를 따라 대기해있는 차로 갔다. 회비크로 가는 길에 미아는 문득 카를리에한테 동행을 요청하지 말고 컴퓨터로 직원의 얼굴만 확인해달라고 할 걸 그랬나 후회했다. 그들은 미리 양로원에 전화를 걸어 전 직원의 사진기록을 보관하고 있다는 말을 들었다. 양로원의 안전수칙이 바뀌면서 전 직원이 사진 신분증을 착용하는 게 필수가 되었다. 덕분에 수사가 훨씬 수월해질 것 같았다.

도착했을 때 홀거 뭉크는 양로원 밖에서 기다리고 있었다.

카를리에는 목례를 한 다음 정중하게 그를 대했다.

"만나서 반갑습니다." 뭉크가 희미하게 웃으며 인사했다. "수트가 잘 어울리는군요. 왜 여기에 오셨는지 설명 들으셨죠?"

"제가 첩보활동을 하는 거죠, 맞죠?" 카를리에가 윙크를 했다.

"맞습니다. 이곳 컴퓨터에 있는 사진을 보고 로게르 바켄의 친구가 있는지, 있다면 누구인지 말씀해주시면 됩니다."

"그야 얼마든지 가능해요." 카를리에가 웃었다.

"그녀의 눈 색깔이 다르다던데, 맞나요?"

"네. 한 쪽은 갈색, 한 쪽은 푸른색이에요. 그래서 뭔가 신비스러운 분위기를 풍겼던 걸로 기억해요."

"음, 거기까지만 확인해주시면 될 것 같습니다. 그녀에게 몇 마디 묻고 싶은 게 있어서요. 그뿐입니다."

"이해해요." 카를리에가 다시 윙크했다. "1급 비밀경찰 업무죠."

그때 문이 열리며 지난번 왔을 때 홀거와 대화를 나누던 여자가 밖으로 나왔다.

"이쪽은 카렌 닐룬이라고 합니다." 홀거가 소개를 했다.

30대 후반쯤으로 보이는 여인은 딸기색 도는 긴 금발에 아름다운 미소를 지닌 날씬한 여자였다. 카를리에는 목례를 하고 그녀의 손을 잡았다.

"이쪽은 카를리에, 오늘 우리를 도와주실 분이죠. 그리고 이쪽은 미아, 내 경찰 동료죠."

미아가 카렌과 악수를 나누었다.

"만나서 반가워요." 카렌이 웃으면서 인사했다. "카리안네에게 연락하려고 했는데 전화를 받지 않네요. 그녀는 그런 면에서 꽤 철저해요. 근무가 끝나면 방해받고 싶어하지 않죠.”

미아는 카리안네가 요양원의 관리자일 거라고 혼자 추측했다.

“하지만 우리가 좀 봐도 괜찮지 않을까요?” 홀거가 물었다.

“그럼요. 왜 안 되겠어요. 기꺼이 도울게요.” 카렌이 웃었다.

미아는 아직 아무 말도 하지 않았다. 그녀는 사실 기록 조회가
다소 조심스러웠다. 이런 일엔 영장이 필요했고, 보통 시간이 걸렸
다. 다만 양로원 측에서 홀거를 알고 있기에 직원이 편의를 봐주는
거라고 짐작했다.

“정말 고마워요. 그럼 안으로 들어갈까요?” 홀거가 말했다.

그들은 카를리에를 앞세우고 요양원 사무실로 들어갔다. 카를리
에는 복도를 통과할 때 공작처럼 으스대며 좌우로 목례를 했다.

“이거예요.” 카렌이 테이블 위 컴퓨터를 가리켰다. 그녀는 잠시
주저하는 듯했다. “이 컴퓨터는 직원 공용이에요. 입주민 신상정보
를 보여주는 게 아니니까 괜찮겠죠? 당신들은 경찰이니까요?”

카렌이 홀거를 힐끔 쳐다보자 그는 안심시켜주듯 고개를 끄덕였
다. 미아는 애써 미소를 참았다.

“괜찮을 거예요, 카렌.” 뭉크가 머뭇거리며 그녀의 어깨를 두드
렸다. “내가 책임질 테니 걱정할 거 없어요.”

“알겠어요.” 카렌이 다시 웃었다. “카리안네는 가끔 엄격하게 굴
지만, 좋은 사람이에요. 훌륭한 상관이죠.” 그녀는 누군가를 험담
하는 사람으로 보이고 싶지 않은 듯 재빨리 몇 마디를 덧붙였다.

“아까 말했듯이 내가 책임질 거예요.” 뭉크가 웃으며 화면 앞의
다른 의자로 옮겨 앉은 뒤 카를리에를 그 의자에 앉게 했다.

"저도 여기 있어야 하나요?" 카렌이 물었다.

"네, 그게 좋겠어요. 뭐 물어볼 일이 생길 수도 있으니까."

"그러죠. 조금 있으면 점심시간이긴 한데, 아직은 괜찮아요."

"좋습니다." 홀거가 카를리에의 옆 의자에 앉아 대답했다.

그는 마우스를 쥐고 카렌이 찾아준 파일을 클릭했다.

"화면을 내릴까요?"

"화살표를 사용하면 돼요." 카렌이 키보드를 가리키며 웃었다.

홀거가 화살표 키를 누르자 첫 번째 사진이 나타났다. 사진 설명에 비르기트 룬다모라는 이름이 나와있었다.

"아니에요." 카를리에는 진지하게 역할에 임한다는 것을 보여주려는 듯 심각한 표정으로 말했다.

홀거가 다시 키를 누르자 구로 올센의 사진이 나타났다.

"아니에요." 카를리에가 단호하게 말했다.

"여기 몇 명이나 고용되어있죠?" 미아가 물었다.

"입주민은 58명이고 직원은 총 스물둘, 아니 스물셋이에요. 일부는 풀타임이고, 일부는 파트타임. 거기에다 병가를 신청한 직원이 생겼을 때 연락하는 임시직원 리스트도 있어요."

"그들에 관한 파일도 있나요?"

"그럼요. 한 명도 빠짐없이 정보가 있죠." 카렌이 미소지었다.

"아니에요." 카를리에가 말했다.

뭉크가 다시 키를 눌렀다. 이번에는 말린 스톨츠가 화면에 떴다.

"이 여자예요." 카를리에가 고개를 끄덕이며 소리쳤다.

"확실해요?" 미아가 물었다.

"확실해." 카를리에가 재차 확인했다.

"하지만 눈 색깔이 다르지 않은데요?"

"그녀가 틀림없어."

미아의 입에서 욕설이 흘러나왔다. 이 여자를 만난 적이 있었다. 칠흑같이 까만 긴 머리의 여자. 이곳에서 홀거를 기다리다 그녀와 처음 말을 나누었다.

"이 여자 알아요, 카렌?"

"그럼요." 카렌이 고개를 끄덕이며 처음으로 약간 상기된 표정을 지었다. "그녀가 무슨 짓을 했어요?"

"아직 단정하기에는 일러요." 홀거가 화면에 나온 주소를 적으며 대꾸했다.

"그녀에 대해 얼마나 알죠?" 미아가 물었다.

"잘 알죠." 카렌이 대답했다. "그래봤자 직장에서의 모습뿐이지만. 그녀는 성실하게 일해요. 모든 입주민이 그녀를 좋아하죠."

"그녀의 집에 가봤어요?"

"아니요. 가본 적 없어요. 그런데 왜 그녀를 찾는 거죠? 왠지 느낌이…, 그래요, 좀 섬뜩해요." 카렌이 뭉크를 보았다.

뭉크는 자리에서 일어나 그녀를 안심시켜주었다. "그냥 목격자일 뿐이에요, 카렌."

"으윽." 카렌이 진저리를 치며 고개를 저었다.

"말했잖아요. 그냥 목격자라고."

"그 여자의 주소 적었죠?" 미아가 물었다.

뭉크는 카렌의 어깨 너머로 미아를 보며 주소 적은 쪽지를 건넸다. 그러고는 카렌이 더 이상 힘들어하지 않도록 미아에게 밖에 나가서 전화를 걸라고 손짓했다.

카를리에는 다소 실망한 표정으로 의자에 앉아있었다.

"이게 다예요?"

"그래요." 뭉크가 고개를 끄덕였다. "다 됐어요, 카를리에."

"고마워요, 카를리에." 미아는 이렇게 인사하고 쿠리에게 전화를 걸기 위해 다급히 밖으로 나갔다.

"네?"

"쿠리, 이름과 주소를 알아냈어요." 미아가 말했다. 미아는 흥분을 감추기가 힘들었다. "말린 스톨츠. 1977년 출생. 검은 색의 긴 머리카락. 키는 170센티미터 정도. 몸무게 65킬로."

미아는 쪽지에 적힌 주소를 불러주었다.

"그 여자의 주소예요?" 쿠리가 물었다.

"그래요, 카를리에가 보자마자 확인해줬어요."

미아는 쿠리가 사무실 안 누군가에게 소리쳐 지시하는 것을 들었다. 이윽고 그가 다시 수화기를 들었다.

"우린 지금 그리로 갈 거예요. 나중에 거기에서 만나요."

미아는 전화를 끊고 주머니에서 캔디를 찾았다. 미아는 그녀와 대화를 나눴었다. 바로 옆에 서있었는데 눈치채지 못하다니. 그도 그럴 것이 여자의 눈은 양쪽 다 푸른색이었다. 아마 렌즈를 꼈을 것이다. 젠장, 네가 얼마나 멍청한 짓을 한 줄 알아?

그때 카를리에가 계단 밖으로 나왔고, 그 뒤를 뭉크와 카렌이 바짝 뒤따랐다. 카렌은 여전히 걱정스러운 얼굴이었다.

"연락할게요." 뭉크가 카렌의 손을 잡으며 말했다.

"도와줘서 고마워요, 카렌." 미아도 인사를 했다.

"천만에요. 무슨 그런 말씀을." 딸기색이 도는 금발 여인은 애써 미소를 지었지만 오래 가지 못했다.

"이게 단가요?" 카를리에가 다소 실망한 표정으로 다시 물었다.

"다 했어요, 카를리에." 미아가 대답했다.

뭉크는 다시 카렌에게 작별인사를 하고 재빨리 차로 걸어갔다.

"미아, 같이 가겠어?"

"네." 미아는 고개를 끄덕인 뒤 그를 따랐다.

"나는 어떡하라고?" 카를리에가 팔을 휘두르며 불평을 했다.

"경찰이 집까지 데려다줄 거예요." 미아가 자신과 카를리에를 여기까지 태워준 경찰을 가리켰다.

"커피 한 잔도 안 마시고?"

"다음에요!" 미아는 이렇게 소리치며 차에 올라탔다.

뭉크가 액셀러레이터를 밟았다. 타이어에서 삑 날카로운 소리를 내며 차는 재빨리 회비크바이엔을 빠져나갔다.

55장

　말린 스톨츠는 간밤에 잠을 설쳤다. 너무도 기괴한 꿈을 꾸었다.
천사가 자신을 데리러온 꿈이었다. 모든 것이 끝나는 꿈이었다. *이
제 이 짓도 그만할 수 있구나*, 자면서 혹은 꿈속에서 이런 생각을
했다. 무엇이 현실이고 현실이 아닌지 구분이 가지 않았다. 하지만
천사가 데리러온 것은 분명했다. 아름다운 순백색의 천사 소녀. 천
사는 그녀에게 손을 뻗으며 따라오라고 했다. 그녀는 이제야 이승
을 떠날 수 있게 되었다. 다시는 이런 것을 하지 않아도 되리라. 어
찌나 안심이 되고 기뻤는지 잠에서 깨어났을 때 다시 잠을 이룰 수
가 없었다. 오늘은 양쪽 눈 색깔이 달랐다. 한 쪽은 갈색, 한 쪽은
푸른 색. 이것이 본래의 그녀였다. 현실이었다. 말린 스톨츠는 어
렸을 때 눈 때문에 놀림을 많이 받았다. 사람들로부터 괴물이라든
지 별난 아이라고 불렸다. 오직 고양이만 눈 색깔이 다르기 때문에
멍청한 고양이 같다는 말도 들었다. 귀여운 고양이를 뜻하는 게 아
니라 길고양이였다. 병에 걸려 털이 듬성듬성 뭉텅이로 빠진 길고

양이. 주치의는 그게 흔한 증상은 아니라고 말했다. 병명은 이색
증. 절대 흔한 증상은 아니었지만 그렇다고 사람들이 생각하듯 비
정상적인 것도 아니었다. 의사는 유전적인 잘못 때문이라고 설명했
다. 아니, 잘못은 아니었다. 배아단계에서 유전자에 변이가 생겼을
때 파란 눈 유전자가 두 눈이 갈색이어야 할 유전자를 부분으로 지
배하여 돌연변이가 일어난 것이다. 돌연변이. 변종. 의사는 그녀를
변종이라고 불렀다. 그녀는 눈 색깔이 각각 다른 변종이었고, 그
것이 그녀가 왜 자신이 아닌지, 왜 다른 사람이 되어야 하는지, 그
이유를 설명해주었다. 의사는 그렇게 말했다. 아니 다른 어딘가에
서 읽었던가? 의사는 그런 말을 하지 않았다. 생각해보니 인터넷
에서 읽었다. 그리고 〈사이언스 일러스트레이티드〉(1984년에 덴마
크, 노르웨이, 스웨덴에서 동시 발간된 잡지—주)라는 잡지에서도 읽었
다. 그녀가 아이를 가져도 되는지 문의하러 갔을 때 의사는 진료실
에 있던 〈사이언스 일러스트레이티드〉 잡지를 꺼내어 보여주었다.
의사는 그녀가 변종이기 때문에 아이를 가질 수 없다고 말했다. 그
녀는 자신이 아닌 다른 누군가가 되어야 했다. 유명인사들 중에 눈
색깔이 다른 경우가 이따금 있었다. 댄 애크로이드, 데이비드 보
위, 제인 세이무어, 크리스토퍼 월켄. 하지만 그들은 이름은 바꿀
지언정 자신이 아닌 다른 사람이 되지는 않았다. 말린 스톨츠는 천
사가 데리러와서 다시는 이 짓을 할 필요가 없게 되는 꿈을 꾸었을
때 진심으로 기뻐하며 잠에서 깨어났다. 그러고 나서 다시 잠들 수
없었다. 그녀가 두어 시간 잠들었던 곳은 다름 아닌 욕실 거울 앞
이었다. 의사는 알약을 처방해주었다. 그녀에게 정상이 아니라고

했다. 알약을 복용해야 하는 변종이라고 했다. 말린은 약을 좋아하지 않았다. 가끔 머릿속에서 어떤 음성이 들릴 때만 먹었다. 아무리 정상이 되고 싶어도 너무 자주 먹지는 않았다.

말린은 조리기구 앞으로 갔다. 배가 고팠다. 오랫동안 먹지 않은 데다 잠도 설쳤다. 어제 장 볼 품목에 넣고도 계란 사는 걸 깜빡 잊었다. 말린 스톨츠는 위장의 명수였다. 자신이 아닌 다른 사람이 되는 데 능숙했다. 그녀가 다른 사람일 때는 아무 문제가 없었다. 그녀 자신이 아닐 때는 일자리 구하는 것도 쉬웠다. 이유도 없이 욕실에 갔던 그녀는 이제 부엌 냉장고를 열었다. 부엌 창문 옆 시계가 8시를 가리켰다. 간밤에 잠을 설친 터라 오늘 비번으로 일하러 가지 않아도 된다는 사실이 그렇게 고마울 수 없었다.

말린 스톨츠는 옷을 입고 장을 보러 나가기로 했다. 옷 입는 것을 잊지 않는 한 장보는 데는 별 문제가 없었다. 오늘은 가게 문을 일찍 열었다. 계란을 바구니에 넣고 돈을 지불하고 장바구니를 들고 집에 오는 것을 잊지 않는다면 계란 사는 일은 아무것도 아니었다. 말린 스톨츠는 옷을 입으러 침실로 갔다. 그런데 옷장 문을 열자 온통 유제품 천지였다. 우유, 버터, 크림. 그녀는 문을 닫으며 자신이 슈퍼마켓에 와있다는 것을 깨달았다. 그곳에서 시큼한 냄새가 났다. 너무 이른 시각인데다 잠을 잘 못 자서 그런 냄새가 나는 것 같았다. 말린 스톨츠는 천사가 데리러와 더 이상 이 땅에 있을 필요가 없다고 말하는 꿈을 꾸었지만 지금은 배가 고파 계란을 사기 위해 슈퍼마켓에 와있었다. 매일매일이 나쁘지만은 않았다. 기분 전환을 위해 스스로 할 수 있는 일은 있었다. 다른 사람인 척하기, 그렇게 하면 모든 게 더 잘 됐다. 원래의 자신이 될 때면 바로 오늘처럼 일이 잘 안 됐다. 하지만 지금은 자신이 되어야 했다. 왜냐하면 근무가 없는 날인데다 배가 고팠기 때문이다. 그녀는 오랫동안 일을 쉬어본 적이 없었다. 그녀는 능숙하고 열심히 일하는 말린 스톨츠였다. 친절하고 평범하며 두 눈 색깔이 똑같은 말린 스톨츠. 이제 곧 말린 스톨츠가 되는 것을 그만두고, 다른 사람이 될 것이다. 그녀는 그때가 어서 오기를 고대했다.

말린 스톨츠는 유제품 진열장 문을 닫았다. 드디어 계란이 있는 곳을 발견했다. 바구니에 계란 네 상자를 담았다. 바구니는 푸른색이었다. 만약 갈색 눈을 감으면 장바구니 색을 볼 수 있지만 푸른색 눈을 감으면 장바구니는 갈색이 된다. 그것은 사실이 아니었다. 하지만 그런 척하면 모든 게 가능했다. 계란 열두 개 곱하기 4를 하면 마흔여덟 개. 그녀는 장 볼 품목에 뭐가 또 있었는지 기억하려 애썼지만 실패했다. 그랬다, 빵. 빵 진열대로 가서 통밀빵을 골랐다. 가게 안은 여전히 시큼한 냄새가 나서 코를 싸쥐어야 했다. 한 손으로 계란과 바구니를 들려니 힘들었다. 계산대 뒤에 서있던 소년도 시큼한 냄새를 맡았다. 그 소년도 잠을 잘 못 잤을 거라고밖에는 설명이 안 됐다. 은행계좌에 돈이 있어서 컴퓨터 단말기에 '승인되었다'는 메시지가 떴다. 이제 본격적으로 가게에서 악취가 풍기기 시작했다. 그녀는 장바구니에 대충 계란을 넣고 가게 전체에 악취가 퍼지기 전에 밖으로 뛰쳐나왔다. 공기가 신선하게 느껴질 때까지 계단에 잠깐 앉아있다 오른손으로 장바구니를 들고 집을 향해 걷기 시작했다.

56장

뭉크가 아파트단지 출입구에서 멀지 않은 곳에 차를 세웠을 때 미아의 휴대전화 벨이 울렸다.

"네?"

"쿠리예요."

"그 여자, 집에 있어요?"

"아니요. 대답이 없어요. 당신을 기다리고 있는데, 여기 아파트 앞으로 올 수 있어요?"

미아는 도로 아래에 서있는 쿠리의 검정색 아우디를 발견했다. "알았어요."

"이제 어떻게 해야 하죠?"

미아가 뭉크를 바라보며 물었다. "들어갈까요?"

뭉크가 고개를 저었다. "이 여자가 무고할 수도 있다는 점을 잊어서는 안 돼. 우리가 아는 것은 그녀가 한때 로게르 바켄과 알고 지냈고, 베로니카 바케의 휴대전화를 사용했을지도 모른다는 것뿐이야. 이 정도 가지고 내 목을 걸 순 없어."

"아니요. 좀 더 기다려요." 미아가 전화기에 대고· 말했다. "거리마다 우리 대원들이 있죠?"

"그럼요."

"킴을 보내." 뭉크가 나지막이 지시했다.

"킴을 들여보내요." 미아가 전화기에 대고 전했다. "이웃들 중에 그를 들여보내줄 사람이 있는지 알아봐요."

"알았어요." 쿠리가 말했다.

잠시 후 또 다른 아우디 뒷문이 열리더니 킴이 아파트단지 출입문으로 들어가는 모습이 보였다. 그가 두세 번 초인종을 누른 후 출입문이 열렸고, 그는 안으로 사라졌다.

"킴이 들어갔어요." 쿠리가 전했다.

"알아요, 우리도 보고 있어요." 미아가 대답했다.

훈련과 실제에서 이런 일은 수없이 경험했다. 한 명 또는 두 명이 건물 안으로 들어가고 나머지는 차 안이나 그냥 밖에 서서 기다린다. 그때 미아 쪽 차창 두드리는 소리가 났다. 문을 열자 퀴레가 작은 봉투를 내밀고 다시 사라졌다. 미아는 봉투를 열어 중고이어폰 세트를 꺼내 뭉크에게 건넸다.

"작동시켰어요." 미아가 쿠리와의 전화를 끊으며 이어폰에 대고 말했다. "킴, 내 말 들려요?"

"네."

"안은 어때요?"

"지하실로 가는 문이 있어요. 승강기도 있고. 계단통도 보이고."

"계단을 통해 이층으로 올라가." 뭉크가 지시했다.

"네."

그들은 킴이 다시 연락해올 때까지 기다렸다.

"올라왔어요."

"오른쪽 문 보이지?"

"M. 스톨츠라는 문패가 있어요." 킴이 확인해줬다.

"초인종을 눌러."

그들은 몇 초쯤 기다렸다.

"대답이 없어요. 그냥 들어갈까요?"

미아와 뭉크는 서로 쳐다보았다.

"좋아." 마침내 뭉크가 대답했다.

미아는 아네트의 경고가 떠올랐다. 뭉크는 사건과 너무 밀착되어있는지도 모른다. 그가 제대로 판단을 내릴 수 있을까?

"들어왔습니다." 킴이 말했다.

"뭐가 보이나?"

잠시 침묵이 흘렀다.

"이런, 맙소사." 킴이 중얼거렸다.

"왜 그래?" 뭉크가 더 큰 소리로 물었다.

"이건…, 직접 와서 보셔야 해요."

"뭔데?"

뭉크가 고함을 질렀지만 킴은 대답이 없었다.

57장

　말린 스톨츠의 정신이 갑자기 돌아왔을 때 손에 비닐 장바구니가 들려있었다. 가게에 다녀온 게 틀림없었다. 하지만 밖으로 나온 기억조차 나지 않았다. 주변을 두리번거렸다. 바깥이었다. 그녀가 마지막으로 기억하는 것은 이상한 꿈이었다. 천사가 자신을 데리러왔다. 애초 계획한 대로라면 여기 이렇게 오래 있지 말아야 했다. 하지만 그후로 기억나는 게 별로 없었다. 그녀는 비닐봉투를 열고 안을 들여다보았다. 계란 네 상자와 빵 한 덩이. 오, 이런.

　이런 경험이 처음은 아니지만 언제나 겁이 덜컥 났다. 한 번은 전차 안에서 깨어났다. 또 한 번은 토엔바데 수영장에 가는 길에 깨어났다. 말린은 심호흡을 하고 벤치에 앉았다. 아무래도 다시 의사를 찾아가야 할 것 같았다.

　특히 일하러 가지 않는 날에는 졸도하는 횟수가 점점 잦아졌다. 직장에서 일할 때는 통제가 됐지만 집에 있을 때가 문제였다. 자신의 모습이 되려면 도대체 어디에 있어야 한단 말인가. 난감한 문제였다. 다만 이제 곧 모든 게 끝날 거라는 사실이 다행스러웠다. 이제 멀지 않았다.

이제 곧 쉴 수 있었다. 더 이상 말린 스톨츠가 되어야 할 필요가 없을 것이다. 아니 마리켄 스트로비크. 아니, 마리트 스톨텐베르그. 집으로 돌아가는 데만 집중하려고 하는데 자꾸 머릿속에 어떤 이미지가 떠올랐다. 그녀는 들고 있는 비닐 장바구니에 집중해 보았다. 손으로 비닐의 촉감을 느꼈다. 비닐은 쉽게 찢어진다. 그렇지 않나? 그게 여기 있지? 그래. 실제로 느껴졌다. 그녀는 자신을 내려다보았다. 신발의 짝이 맞았다. 아주 잘 맞았다. 바지도 최고였다. 티셔츠와 그 위에 입은 얇은 스웨터까지 아주 잘 갖춰입었다. 어쨌든 맨 몸으로 밖에 나오지 않았다. 혼자서 옷을 잘 찾아입었다. 약간 추웠지만 괜찮았다. 그래도 옷은 입었으니까. 그녀는 몸을 따뜻하게 하려고 손바닥으로 몸을 비비며 벤치부터 아파트로 돌아가는 방법을 머릿속에 떠올려보았다. 다시 가게를 보았다. 레마 슈퍼마켓이라고 쓰여있었다. 그녀는 레마에 갔던 것이다. 레마에서 집으로 가려면 피자집을 지나야 했다. 주위를 두리번거리다 길모퉁이에 있는 네온사인을 발견했다. 피제리아 밀라노. 거기에서 집까지 가는 길은 알고 있었다. 대충은.

그녀는 얼른 벤치에서 일어나 도로를 건넜다. 이제 한기가 느껴졌다. 되도록 빨리 집에 가고 싶었다. 감기에 걸리고 싶진 않았다. 감기에 걸리면 직장에 나갈 수 없었다. 그곳은 그런 것에 엄격했다. 노인들은 몸이 약하기 때문이다. 양로원에 감기균을 옮기는 것은 절대 금물이었다. 피자집에 이르러 잠깐 쉬는 동안 다음 이정표를 찾았다. 일방통행로였다. 달려오는 차들과 반대방향으로 걷기 시작했다. 흰색 막대에 빨간색 표지판이 세워진 거리로 내려갔다. 표지판을 향해 걷다 걸음을 멈추었다.

무언가 잘못되었다. 뭔가 맞지 않았다. 이웃집들이 달라 보였다. 평상시 아침에 보는 풍경과 달랐다. 공원에 사람들이 보이지 않았다. 차에 앉아 밖을 내다보는 사람들도 없었다. 천천히 생각났다. 아주 천천히. 그리고 깨달았다.

그녀는 레마 슈퍼마켓 비닐봉투를 도로에 떨어뜨리고 한 바퀴 돌아 반대편으로 달리기 시작했다.

58장

사라 키에세는 마리뵈스가테의 벽돌건물 밖에 서서 아네트라는 여자를 기다리고 있었다. 사라는 여러 번 전화를 걸었는데 번번이 통화 중이었다.

오슬로 경찰청 수사국입니다. 지금은 전화선이 통화중입니다. 잠깐만 기다려주십시오.

결국 사흘을 시도한 끝에 통화에 성공했다. 40분 넘게 전화기를 붙들고 있으면서 포기하지 않고 기다려 마침내 연락이 되었다. 전화받은 목소리가 기뻐할 거라고 기대했지만 그렇지 않았다. 상대방 여자는 몹시 짜증난 듯 다짜고짜, 용건이 뭐죠, 이렇게 물었다. 사라 키에세는 자신이 잘못하고 있다는 생각이 들기 시작했다. 상대방은 포상금 때문에 연락했을 거라고 여기는 듯했지만 그렇지 않았다. 그녀는 돈에 관심이 없었다. *이 사건에 대해 신빙성 있는 제보를 하는 분께는 백만 크로네를 사례합니다.* 문득 신문에서 읽은 포상금 관련 기사가 기억났다.

남편이 죽은 지도 일년이 되어갔다. 남편은 공사 중이던 빌딩에서 추락사했다. 사라 키에세는 그가 죽어서 기뻤다. 그는 형편없는 남편이었다. 그녀의 인생을 망쳤다고 해도 과언이 아니었다. 그래서 그와 관련된 것은 무엇이든 하고 싶지 않았다. 장례식에도 참석하지 않았다. 다른 여자의 냄새를 풍기며 집에 들러 그녀의 지갑은 물론 공과금을 내려고 냉장고 위 병에 모아둔 푼돈까지 들고 나간 남자였다. 이따금 집에 와도 딸과 놀아주기는커녕 말도 붙이지 않던 남자였다. 그럴 때면 딸은 실망한 표정이 역력했었다. 변호사가 전해준 메모리스틱에는 남편이 일하던 건물에 관한 흐릿한 영상이 담겨있었다. 지하실이었다. 하지만 그녀는 머릿속에서 그 기억을 지워버렸다. 까맣게 잊고 지냈다. 그녀에겐 자기만의 삶이 있었다. 새로운 아파트도 구입했다. 태어나서 처음으로 행복이란 것을 느꼈다. 그러다 문득 그 생각이 났다. 메모리스틱에 들어있던 동영상. 그녀가 기억에서 삭제했던 동영상. 사람들은 백만 크로네를 포상금으로 제시했다. 어쩌면 그녀는 수사본부의 무뚝뚝한 여자에게 거짓말을 했는지도 모른다. 마음 한편에서라도 포상금 때문에 전화를 걸었을지 모른다. 포상금 기사를 보고 그 기억을 떠올린 것은 분명하니까. 남편은 겁에 질려 보였다. 거친 남자였다. 그런 그가 떨리는 음성으로 경찰을 찾아가 자신에게 일어난 일을 말해달라고 부탁했다. 그는 어딘지 모르는 곳에 지하실을 만들었다고 했다. 승강기와 선풍기도 설치했다. 하지만 그녀는 그 동영상을 삭제해버렸다. 남편과 관련된 일은 아무것도 하고 싶지 않았다. 그에 대해 생각하는 것만으로도 기분 나쁠 정도로 피부가 끈끈해졌다. 구역질이 났다. 그녀는 남편이 자신의 생각 또는 삶 속에 있는 게 싫어 동영상을 삭제했고, 그렇게 함으로써 모든 것을 떨쳐버릴 수 있었다. 지난주에 뉴스를 보기 전까지만 해도 괜찮았다. 그런데 뉴스에서 사건에 결정적인 제보를 해주는 사람에게 백만 크로네를 후사한다고 했다. 파울리네, 요한네, 안드레아, 카롤리네. 그 순간 메모리스틱이 생각났다.

남편은 소녀들이 감금되어있던 그 방을 지었다.

사라 키에세는 핸드백에서 껌을 찾으며 주위를 두리번거렸다. 이 길에서 기다리고 있으라는 지시를 들었다. 그녀는 오슬로 경찰청이 그뢴란에 있는 줄 알았는데 그렇지 않은 모양이었다. 아니, 그 사실은 맞지만 별도로 사무실이 더 있는 것 같다. 그때 문이 열리며 금발에 주근깨가 많은 키 큰 여자가 다가왔다.

"사라 키에세?"

"네?"

"저는 아네트예요." 경찰이 신분증을 내밀며 말했다.

"더 일찍 연락하지 못해 죄송해요." 사라가 사과했다. "온종일 통화가 안 됐어요. 음, 남편과 저는 사이가 별로 좋지 않았어요."

"그 점은 걱정하지 말아요." 주근깨 여경이 말했다. "여기까지 와줘서 고마워요. 전화로 말씀하셨던 랩톱은 가져오셨나요?"

"네." 사라는 고개를 끄덕이며 가방을 보여주었다.

"좋아요. 함께 가실까요?"

아네트라는 여경은 노란 벽돌 건물의 문으로 가서 신분증을 스캐너에 갖다댔다.

이윽고 승강기가 내려올 때까지 조용히 기다렸다. 아네트는 전화상의 그 여직원보다 훨씬 친절했다. 사라는 적잖이 안심이 됐다. 사실은 오래 지난 지금에야 신고했다고 비난받을까봐 두려웠다. 그녀는 평생 비난을 받았다. 더 이상은 비난받고 싶지 않았다.

"이리로 오세요." 아네트가 웃으며 복도로 안내했다.

이윽고 어떤 문 앞에 도착했는데, 그 문은 잠겨있었다. 아네트가 다시 스캐너에 신분증을 갖다댔다. 문이 열리자 커다랗고 횅한 현대식 사무실이 나왔다. 그곳에는 분주한 움직임만 있었다. 사람들이 여기저기 뛰어다녔고, 전화벨은 거의 쉬지 않고 울려댔다.

"이리 오세요." 주근깨 많은 여경이 다시 웃으면서 유리벽 뒤편 방을 가리켰다.

짧고 헝클어진 머리의 젊은 남자가 그들을 등지고 여러 대의 컴퓨터 모니터 앞에 앉아있었다. 줄지어 있는 모니터 화면과 상자들, 케이블, 작게 반짝이는 불빛과 수많은 현대적인 기계들이 영화의 한 장면을 연상시켰다.

"이 사람은 가브리엘 뫼르크예요." 아네트가 말했다. "가브리엘, 사라 키에세예요."

젊은 남자는 일어서서 악수를 청했다. "어서 오세요, 사라."

"안녕하세요." 사라가 쭈뼛거리며 인사했다.

"앉으세요." 아네트가 이렇게 말하며 자신도 그 중 한 의자에 앉았다. "전화하신 이유를 다시 한 번 말씀해주시겠어요?"

"네." 사라가 목청을 가다듬었다.

그녀는 잠깐 자신의 처지에 대해 설명했다. 남편의 죽음. 변호

사. 메모리스틱. 동영상. 남편이 지은 건물. 남편이 얼마나 두려워 했는지에 대해. 그리고 뒤늦게 그것들이 소녀들과 관련이 있을지도 모른다는 생각이 들었다고 털어놓았다.

"컴퓨터에서 동영상을 삭제했다고요?" 젊은 남자가 물었다.

사라가 고개를 끄덕이며 반문했다. "뭐가 잘못되었나요?"

"갖고 있었으면 더 좋았겠지만 우리가 복구할 수 있을 거예요. 랩톱은 가지고 오셨죠?"

사라 키에세는 가방에서 랩톱을 꺼내 젊은 남자에게 건넸다.

"메모리스틱은 갖고 있지 않은 거죠?"

"네. 집에 있는 쓰레기통에 버렸어요."

"하하, 안타깝게도 그건 찾기 불가능할 것 같군요." 젊은 남자가 이렇게 말하며 사라에게 윙크를 했다.

사라는 그제야 웃었다. 여기 사람들은 매우 친절했다. 어깨에서 거대한 짐을 내려놓은 듯 느껴졌다. 그들이 전화상의 그 여자처럼 무뚝뚝하게 호통을 칠까봐 겁을 먹은 터였다.

"진술서를 작성하셔야 해요. 괜찮으시죠?"

"네." 사라가 고개를 끄덕였다.

"커피 한 잔 드실래요?"

"네, 고마워요."

주근깨 난 여경은 또다시 미소를 지으면서 방을 나갔다.

59장

아침기도가 끝난 후 시몬 목사는 루카스에게 오늘 하루 그와 단둘이서만 보내겠노라고 선언했다. 루카스는 자신의 귀를 의심했다. 단 둘이만? 그는 흥분해서 얼굴이 벌겋게 달아올랐다. 루카스는 시몬 목사 곁을 떠나는 법이 거의 없었지만 목사는 언제나 다른 일을 하거나 다른 사람들을 대하기에 바빴다. 목사는 보통 하나님과 대화를 나누거나 배교자들에게 하나님의 말씀을 전하느라 바빴다. 그동안 루카스는 다른 중요한 일, 예를 들면 마루를 닦거나 세탁을 하거나 시몬 목사의 침대보가 깨끗한지 살피는 일 따위를 했다. 몇 년 전 어느 날 저녁에 시몬 목사는 루카스에게 그가 자신의 가장 가까운 사람이며, 부사령관이라고 말했다. 그후로 루카스는 자부심을 가졌다. 늘 허리를 꼿꼿이 펴고 턱을 치켜든 채 목사의 옆을 지켰다. 하지만 그가 간절히 바라는 게 한 가지 있었다. 그는 과거를 불평하고 싶지는 않았다. 지금까지는 정말로, 한 번도 그런 생각을 하지 않았다. 다만 만약 어떤 소망이라도 가질 수 있게 허락해준다면 영적인 문제에 있어서 감히 목사와 함께 하는 것이었다.

오늘 시몬 목사가 암시한 게 바로 그것이었다. 루카스는 목사의 눈을 보고 알 수 있었다. *오늘은 너와 내가 함께 있을 것이다, 루카스, 너와 나 단 둘이.* 그것은 목사의 뜻이었다. 오늘, 자신은 입회하게 될 것이다. 오늘에야말로 비밀을 알고 하나님의 말씀을 듣게 될 것이다. 루카스는 확신했다. 사람들은 아침기도와 식사를 마친 뒤 농장 포르타 첼리를 떠났다. 농장에 있는 여자들은 요리를 잘 했다. 루카스는 그렇게 훌륭한 여자들을 선택한 목사가 자랑스러웠다. 하나님의 말씀에 복종하는 열다섯 명의 여자는 요리를 하고 집안을 치우고 세탁을 할 줄 알았다. 그들은 열심히 일했다. 그들이 천국에 갔을 때 꼭 필요한 종류의 여자들이었다. TV 앞에 누워 있거나 매춘부처럼 꾸미고 남자들을 마구 부려먹는, 자기밖에 모르는 쓸모없는 여자들이 아니었다.

루카스는 차에 시동을 걸고 대문을 통과했다. 하나님께서 이토록 아름다운 날씨를 주시다니. 태양은 하늘 높이 떠있었다. 루카스는 오늘이 바로 그날이 될 거라고 강하게 확신했다. 오늘 자신은 입회하게 되리라. 목사가 몇 번인가 암시를 주었고, 자신 또한 목사가 여러 번 신에게 아뢰는 말씀을 엿들었다. 엿듣는 것에 약간의 죄책감을 느꼈지만 어쩔 수 없었다. 목사는 자신의 방에서 종종 신과 대화를 나누었다. 목사가 그런 대화를 할 때마다 루카스는 언제나 밖에서 마루를 닦기로 했다. 그런 식으로 부적절한 짓을 하지 않으면서도 무릎을 꿇고 걸레질을 하는 동안 신의 말씀으로 자신을 채울 수 있었다. 루카스의 운전학원비를 대준 사람은 목사였다.

그뿐만 아니라 루카스가 갖고 있는 모든 것에 대한 비용을 대주었다. 특별행사 때 입는 검정색 정장과 기도모임에 입는 흰색 정장과 구두. 그리고 자전거. 음식은 당연히 주었고 교회 다락방도 내주었다. 목사는 부유했다. 하나님이 돈을 주셨기 때문이다. 시몬 목사는 돈을 배척하는 부류는 아니었다. 많은 목사들이 하나님을 믿으면 돈이 필요하지 않다고 설교했지만 시몬 목사는 그렇지 않았다. *다음 세상에서는 돈이 필요하지 않다. 그곳에 가면 주님의 보살핌을 받을 것이다. 하지만 이 세상에서는 다른 규칙이 적용된다.* 루카스는 신문도 읽지 않고 텔레비전도 보지 않았지만 그래도 이 세상이 돈을 기반으로 굴러간다는 사실은 알았다. 어떤 사람들은 가난하고, 어떤 사람들은 부유했다. 가난은 신이 내리는 흔한 징벌 중 하나였다. 사람들이 벌을 받는 이유는 많았다. 동성애, 마약중독, 간음, 신성모독. 부모를 험담하는 것. 신은 가끔 국가나 대륙에도 벌을 내렸다. 홍수나 기근, 혹은 전염병이 그런 것이지만 대개는 빈곤하게 만듦으로써 벌을 주었다. 하지만 부유한 사람들이 모두 신에게서 돈을 받은 것은 아니라는 사실을 루카스도 잘 알았다. 그 중에는 신의 돈을 훔친 사람들도 있었다. 그건 이해하기 어렵지 않았다. 돈은 모두 하나님의 것이기 때문에 지나치게 많이 가진 사람, 시몬 목사처럼 신으로부터 돈을 받는 것이 아닌 사람은 부정직하게 돈을 취한 것이므로 당연히 벌을 받아야 했다.

루카스는 시몬 목사의 지시대로 차를 몰았다. 그들은 교회로 돌아가는 게 아니었다. 대신 위쪽의 숲으로 깊이 들어가서 작은 호수에 이르렀다. 루카스는 차를 세우고 목사를 따라 호숫가 벤치로 갔다. 그는 목사를 힐끗 쳐다보았다. 목사의 커다랗고 허연 머리는 접시 안테나를 연상시켰다. 루카스는 종종 그런 생각을 했다. 신과 직접 교신을 할 수 있게 천사가 목사에게 심어놓은 일종의 안테나라고. 푸른 하늘 한가운데 떠있는 태양은 곧장 목사의 뒤통수를 비추었다. 루카스는 피부가 따끔거렸다. 손가락은 얼얼했다. 가만히 앉아있기 힘들었고 저절로 웃음이 귀에 걸렸다.

"저 물속의 악마가 보이느냐?" 목사가 호수를 가리키며 물었다.

루카스는 호수를 가로질러 살펴보았지만 아무것도 보이지 않았다. 물은 검고 조용했다. 수면에 한 줄기 물결도 일지 않았다. 주변 나무에서 새들의 지저귐 소리가 들려왔다. 악마의 흔적은 어디에도 없었다.

"어디요?" 루카스가 더욱 열심히 찾아보며 물었다.

문득 악마가 보이지 않는다고 말하면 바보처럼 보이지 않을까 걱정되었다. 어쩌면 이것은 자신이 입회할 준비가 되었는지 판단하는 시험일 수도 있었다.

"저기 말이다." 목사가 다시 가리키며 말했다.

루카스에게는 여전히 아무것도 보이지 않았다. 거짓말하기는 싫었지만 보이지 않는다고 말하기도 싫었다. 그래서 더욱 열심히 응시했다. 바라보고 또 바라보았다. 악마가 나타나기를 바라며 눈을 가늘게 뜨고 보았지만 아무 일도 일어나지 않았다.

"악마가 보이지 않는단 말이냐?" 목사가 다시 물었다.

"네." 루카스는 부끄러워 고개를 조아렸다.

"악마를 보고 싶지 않느냐?"

루카스는 열심히 쳐다보지 않았다고 호통을 들을 줄 알았다. 목사는 신과 충분히 가깝지 않은 사람들에게 가끔 그렇게 했다. 하지만 웬일인지 화는 내지 않고 재차 물었다.

"나는 너를 믿는다. 루카스." 목사가 인자하고 부드러운 음성으로 말했다. "하지만 악마를 보지 못하는 사람과는 함께 갈 수 없다. 악마를 보지 못하면 신도 보지 못하기 때문이다."

루카스는 더욱 고개를 조아리며 조용히 끄덕였다.

"천국에 가고 싶으냐?"

"그럼요. 물론입니다." 루카스가 중얼거렸다.

"그럼 내가 너에게 보여줘도 되겠느냐?" 목사가 웃었다.

"저에게 보여주시겠다고요?"

"그래, 악마를." 목사가 다시 웃었다.

루카스는 기쁘면서도 다소 두려웠다. 물론 목사가 보여주고, 볼 수 있게 도와준다면 더 바랄 나위가 없었다. 하지만 악마에 관해 수많은 이야기를 들어온 터라 악마를 대면할 각오가 되어있는지 스스로 확신이 서지 않았다.

"옷을 벗고 물속으로 들어가거라." 목사가 그에게 명령했다.

루카스는 멈칫했다. 따뜻한 날씨는 아니었다. 봄이 찾아왔고 주변 나무에 초록색 잎이 돋아나기 시작했지만 공기는 아직 찼다. 물은 보나마나 꽤 차가울 터였다.

"왜?" 목사가 찡그린 얼굴로 물었다.

루카스는 천천히 일어나 옷을 벗었다. 그는 목사 앞에서 알몸이 되었다. 깡마르고 창백한 몸뚱이가 차가운 공기 속에 덜덜 떨었다.

목사는 별 말 없이 그를 한참 쳐다보았다. 머리부터 발끝까지 찬찬히 훑어보았다. 루카스는 몸을 가리고 싶은 충동이 일었다. 정말로 쑥스러웠지만 이것이 틀림없이 입회 과정의 일부일 거라고 믿었다. 더 높은 단계에 오르려면 이 단계를 통과해야 했다. 그리고 이 어색함을 견뎌야만 했다.

"자, 이제 물로 들어가거라." 시몬 목사가 손짓을 했다.

루카스는 고개를 끄덕인 다음 물가로 걸어갔다. 발가락 하나를 물에 담갔다가 재빨리 꺼냈다. 물이 얼음장 같았다. 나무에서 커다란 새가 나와 구름을 향해 날아올랐다. 루카스는 손으로 몸을 감싸며 자신도 하늘로 날고 싶다는 생각을 했다. 곧장 하나님에게 날아가 영원히 그곳에 살고 싶었다. 노아의 방주에 타고 싶지 않은 것은 아니었다. 당연히 방주에 타고 싶었다. 그들이야말로 이승에서 하나님에게 선택받은 이들이니까. 그러나 날 수만 있다면 그곳에 가기 위해 이래야 할 필요도 없을 것이다. 목사는 벤치에 소금기둥처럼 앉아있었다. 루카스는 각오를 단단히 하고 차가운 물속으로 들어갔다. 고통스러웠다. 얼음 위에 서있는 것 같았다. 목사에게 어디까지 들어가야 하는지 묻고 싶었지만 목사는 아무 말이 없었다. 잠시 후 벤치에서 일어난 목사가 호숫가로 걸어왔다. 몇 미터밖에 떨어져 있지 않은 그의 거대한 흰 머리 주위로 햇빛이 후광처럼 비쳤다.

"이제 악마가 보이느냐?" 목사가 다시 물었다.

'아, 아, 안 보입니다." 루카스가 덜덜 떨었다.

루카스는 입 밖으로 내어서는 안 되는 부위까지 찬 물이 닿는 것을 느꼈지만 한 발 더 앞으로, 더 깊이 들어가야 했다. 이윽고 허리까지 물이 찼다.

"이제 보이느냐?" 목사가 물었다.

그 음성은 더 이상 아까처럼 부드럽지 않았다. 차갑고 호수만큼이나 싸늘했다. 루카스는 몸의 감각을 잃었다. 감각이 사라진 것 같았다. 그는 고개를 떨어뜨린 채 절레절레 흔들었다. 자신이 몹시도 하찮게 여겨졌다. 악마가 보이지 않았다. 아무것도 보이지 않았다. 아무래도 천국에 갈 자격이 되지 않는 것 같았다. 어쩌면 매춘부, 도적들과 함께 이 세상에 남게 될 수도 있었다. 그리하여 서서히 불타고 그을린 살은 뼈에서 녹아내릴 것이다. 반대로 다른 사람들은 하나님의 영원한 왕국에 올라가게 될까?

갑자기 목사가 움직이기 시작했다. 목사는 성큼성큼 물속으로 걸어 들어왔다. 어느 순간 루카스는 목덜미에 닿는 차갑고 강한 손길을 느꼈다. 저항하려고 했지만 목사는 너무도 완강했다. 머리를 내리누르는 힘에 루카스는 물속으로 들어갔다. 머리가 수면 아래 잠기자 숨을 쉴 수가 없었다. 루카스는 공포에 사로잡혀 두 팔을 허우적거렸다. 숨을 쉬고 싶었다. 하지만 목사는 잡은 손을 놓지 않았다. 그러기는커녕 루카스를 더욱 깊이 물속에 빠뜨렸다.

"이제 악마를 보았느냐?" 수면 위에서 목사의 외침이 들렸다.

루카스는 눈을 떴다. 몸이 완전히 기진맥진했다. 이제 죽을 것만 같았다. 죽는 게 바로 이런 느낌이었다. 이제 죽을 때가 되었다. 목사가 그를 숲으로, 이 호수로 데려온 이유도 그것 때문이었다. 입회시키려는 것이 아니라 죽이려는 것. 루카스는 목사의 손아귀에서 벗어나려고 마지막 안간힘을 썼지만 소용없었다. 목사는 뭔가에 홀린 것 같았다. 그의 손은 더 이상 인간의 손이 아니었다. 사자의 발톱처럼 무거웠다. 루카스는 눈이 뿌예지는 것을 느꼈다. 폐는 공기를 간절히 원했지만 목사의 손아귀를 벗어날 도리가 없었다. 그는 물속에 잠겨버렸다. 자신의 생사를 결정할 힘을 모두 빼앗겼다. 움직일 힘도 슬퍼할 힘도. 더 이상 물이 차게 느껴지지 않았다. 이제는 따뜻했다. 몸도 따뜻하게 느껴졌다. 조금 떨어진 거리에서 보이는 자신의 손가락에 경련이 일었다. 목사는 계속 고함을 질렀지만 루카스는 더 이상 듣지 못했다. 자신이 얼마나 물속에 있었는지 알 수 없었다. 시간은 더 이상 시간이 아니었다. 그저 영원이었다. 이제는 죽을 것이다. 이제 죽을 때가 왔다. 맞서봤자 소용없었다.

그 순간 어디선지 모르게 그의 머리를 물 위로 홱 잡아당기는 힘이 느껴졌다. 차가운 봄 공기가 확 끼쳐왔다. 루카스는 캑캑 기침을 하며 아침에 먹은 것을 토했다. 폐가 폭발할 것만 같았다. 목사의 손이 루카스의 목을 움켜쥐고 물가로 끌고 나왔다. 루카스는 숨을 헐떡이며 물가에 널브러졌다. 자신의 몸을 느낄 수가 없었다.

"악마를 보았느냐?" 목사가 미소지었다.

루카스는 고개를 끄덕였다. 어찌나 힘차게 끄덕였는지 목이 꺾일 것 같았다.

"좋다." 목사는 웃으면서 루카스의 뺨을 부드럽게 어루만졌다. "이제 넌 준비가 됐다."

60장

미아 크뤼거는 말린 스톨츠의 아파트에 있었다. 왜 킴이 그렇게 반응했는지 알 것 같았다.

"내 평생 이렇게 많은 거울은 처음 봐요. 여기 들어왔을 때 왜 제가 왜 펄쩍 뛰었는지 이해가 가죠?" 킴은 여전히 충격에서 벗어나지 못하고 있었다.

미아는 고개를 끄덕였다. 말린 스톨츠의 아파트는 흡사 유원지에 있는 거울의 방 같았다. 사방이 거울이었다. 1제곱센티의 틈도 없이 거울로 뒤덮여있었다. 방마다, 바닥부터 천장까지 온통 거울이었다.

그들은 한 시간쯤 밖에서 기다렸지만 아무도 나타나지 않았다. 마침내 뭉크는 안으로 들어가기로 결정했다. 미아는 내키지 않았지만 이의를 제기하지 않았다. 상대는 상관이었다. 미아는 차에서 조금 더 기다리고 싶었다. 그 편이 훨씬 나을 뻔했다. 이제 자신들의 존재가 알려지게 됐다. 뭉크는 전 대원에게 아파트를 수색하라고 명령했다. 경찰의 존재를 아파트 전체에 알린 것이다. 말린 스톨츠는 이제 절대 돌아오지 않을 것이다. 미아는 그 점을 알았고, 뭉크도 알고 있었다. 그런데도 뭉크는 아파트에 들어갔다. 결국 아네트의 말이 옳았던 것일까? 뭉크는 이 사건과 너무 밀착되어있는 게 아닐까? 미리암과 마리온은 프로그네르의 안가에 은신해있고 그의 어머니는 교회와 관련되었다.

"이런 것 본 적 있어요?" 킴이 물었다.

미아는 고개를 저었다. 난생 처음 보는 광경이었다. 심지어 비슷한 것도 보지 못했다. 어디로 가든 어디에서 방향을 틀든 거울에 자신의 모습이 비쳤다. 불안이 커져갔지만 눈을 쉴 데가 없었다. 도망갈 곳이 없었다. 거울에 비친 자신의 모습은 한없이 지쳐 보였다. 마치 딴 사람처럼 보였다. 알코올과 알약을 무분별하게 섭취한 흔적이 피부와 연푸른색 눈동자에 그대로 남아있었다. 허영심이 많은 편은 아니지만 지금 자신의 모습은 정말로 마음에 들지 않았다. 그런데다 말린 스톨츠를 체포할 기회까지 잃어버렸다.

뭉크는 사람들이 모여있는 부엌으로 들어갔다. 그는 유난히 심란해 보였다. 그는 거울이 붙어있는 냉장고 앞에 서서 한숨을 쉬었다. 뭉크는 거울 앞에서 많은 시간을 보내는 데 익숙하지 않은 듯했다. 미아는 거울에 자신을 비춰보는 뭉크를 보면서 무슨 생각을 하고 있을까 궁금해했다.

"신상정보를 공개했어." 얼마 후 뭉크가 말했다. "가르데르모엔 공항과 오슬로 중앙역, 토르프 공항 등등 전략지마다 경찰에게 잠복근무를 지시했고. 하지만 그 여자한테 또 당할 것 같은 예감이 들어."

뭉크는 수염을 잡아당기며 거울에 비친 자신의 얼굴을 흘끔 보다 물었다. "도대체 이거 뭐지?"

미아는 어깨를 으쓱했다. 모두가 자신이 이 질문에 대답해주기를 바란다는 것은 알지만 당장은 어떤 생각도 떠오르지 않았다. 거울로 뒤덮인 아파트? 하루 종일 거울에 자신을 비춰보고 싶은 걸까? 자신이 사라지는 게 두려운가? 자신이 존재한다는 것을 거울을 통해 확인하려는 걸까? 뭔가 한 지점으로 초점이 모아지기 시작했지만 또렷하게 떠오르지는 않았다. 미아는 너무나도 피곤했다. 하품이 나오려는 것을 겨우 참았다. 당장 잠을 좀 자야 할 것 같았다. 자신에게 얼마나 휴식이 필요한지 다각도에서 절감이 됐다.

이름이 생각나지 않는 50대 땅딸막한 수색팀 팀장이 문가에서 나타났다.

"뭐라도 있어?" 뭉크가 기대 섞인 음성으로 물었다.

"아니요." 키 작은 남자가 말했다.

"뭣 좀 발견했나?"

"아무것도 없어요. 여기에는 아무것도 없어요. 사진도 없고, 개인소지품도 없어요. 자필로 쓴 메모도 없고, 하다못해 신문도, 화분 한 개도 없어요. 옷장에 옷가지 몇 점이 있고, 욕실에 화장품은 꽤 많더라고요. 여기에 거의 살지 않는 것처럼 보여요."

미아는 문득 히트라에 있는 자신의 집이 떠올랐다. 자신도 비슷했다. 개인적인 물건은 거의 없었다. 단지 옷과 술, 알약과 커피머신뿐이었다. 그 시절이 지금은 아주 먼 옛날 같았다. 이 세상에서 사라질 준비를 하고 천국을 향해 마지막 축배를 들었던 때로부터 겨우 2주일밖에 지나지 않았는데도 오래된 기억 같았다.

어서 와, 미아, 어서 와.

"그 여자는 여기 살지 않아요." 미아가 말했다.

"뭐라고?" 뭉크가 물었다.

미아는 무척 피곤했지만 어떻게든 기운을 차리려고 노력했다.

"그녀는 여기에 살지 않는다고요. 말린 스톨츠는 여기 살지만 진짜 그 여자가 아니에요. 그 여자는 딴 데 살아요."

"무슨 뜻이에요?" 킴이 다그쳐 물었다. "말린 스톨츠가 그 여자가 아니라니?"

"말린 스톨츠이라는 이름은 어디에도 등록되어있지 않아. 그건 가짜 이름이야." 뭉크가 짜증스럽게 말했다.

"그럼 어디에 살죠?" 킴이 물었다.

"어딘가에 살겠지. 계속해!" 뭉크가 불쑥 끼어들었다.

그 역시 지친 게 분명했다.

"이곳에는 아이들을 감금할 만한 데가 없어요." 미아가 말했다.

미아는 테이블에 걸터앉았다. 너무 피곤해서 서있을 수가 없었다. 눈도 따끔거렸다. 거울에 비친 자신의 모습이 더 익숙해지기 전에 빨리 아파트를 나가야 한다는 생각이 간절했다.

"말린 스톨츠는 여기 살겠지요. 하지만 말린 스톨츠는 진짜가 아니에요. 그녀의 개인 물건은 다른 곳에 있어요. 본래의 그녀가 될 수 있는 곳. 그리고 거기에 소녀들도 숨겨두었을 거예요. 오두막이나 외딴집 같은 곳이겠죠. 가르데르모엔과 토르프 공항에 있는 경찰들에게 연락해요. 그녀는 이 나라를 떠나지 않아요."

"그걸 어떻게 알아?" 뭉크가 물었다.

"그녀는 집에 있는 것을 좋아해요." 미아가 한숨을 내쉬었다. "이유는 묻지 마세요."

"오늘 하루만 이대로 둘 거야." 뭉크가 말했다. "그리고 우린 양로원도 조사해야 해. 거기에 있는 사람들이 말린에 대해 뭔가를 알거야." 그러면서 킴을 돌아다보며 물었다. "자네가 약속 좀 잡아주겠나? 거기 전 직원을 면담할 수 있게."

킴이 고개를 끄덕였다.

"난 좀 자러 가야겠어요." 미아가 중얼거렸다.

"호텔로 가있어. 무슨 일이 있으면 내가 연락할 테니."

"반장님도 좀 주무셔야죠."

"난 괜찮아." 뭉크가 퉁명스럽게 대꾸했다.

"그럼 우리는 짐 싸서 철수할까?" 땅딸막한 남자가 물었다.

"아니요." 미아가 대답했다.

"왜?"

"빠뜨린 게 있어요. 그녀가 뭔가 숨겨둔 곳이 있을 거예요."

"이미 빈틈없이 수색했어." 땅딸막한 남자가 다소 짜증스럽게 대꾸했다. 자신들이 할 일은 다 알아서 했다는 투였다. 미아는 정중하게 배려할 여유가 없었다. 그러기에는 너무 피곤했다.

"렌즈요." 그녀가 설명을 했다.

"뭐?"

"그 여자의 렌즈요. 그 여자는 콘택트렌즈를 착용해요. 만약 그녀가 화장도 하지 않고 옷도 갖춰입지 않고 나갔다면 여기 어딘가에 렌즈가 있을 거예요."

"그 여자가 콘택트렌즈를 끼는지 어떻게 알아?" 땅딸막한 경찰이 물었다.

미아는 참을성이 슬슬 고갈되는 느낌이었다. "제가 그녀를 만났을 때 양쪽이 푸른 눈이었어요. 그녀를 아는 다른 사람들은 눈 색깔이 다르다고 했고. 틀림없이 여기 어딘가에 콘택트렌즈가 있을 거예요. 만약 숨겨놓았다면 찾을 수 있을 거예요."

"하지만 벌써 수색했는데……." 땅딸막한 남자가 툴툴거렸다.

"더 샅샅이 뒤져!" 뭉크가 고함을 질렀다.

"하지만 어디를?"

"콘택트렌즈는 시원한 곳에 보관해야 해요." 미아가 덧붙였다. "거울 주변을 찾아보세요."

"하지만…."

"욕실부터 시작하세요." 미아가 재차 부연했다. "사람들은 주로 그곳에 콘택트렌즈를 두지 않나요? 거울을 밀어보세요. 거울."

미아는 몸을 일으키다가 순간 눈앞이 깜깜해지는 것을 느꼈다. 다리가 후들거렸지만 쓰러지기 전에 다행히 킴의 부축을 받았다.

"미아?"

"미아, 괜찮아요?"

미아는 정신을 가다듬고 다시 몸을 일으켰다. 약하게 보이기 싫었다. 특히 동료들 앞에서는 더욱 그랬다. 빌어먹을.

"괜찮아요. 그냥 잠 좀 자고 잘 먹으면 괜찮아질 거예요. 연락주세요, 네?"

비틀거리며 문으로 걸어간 뒤 계단통에 이르자 조금 나아졌다. 거울로 뒤덮인 아파트. 천장부터 바닥까지 온 벽이 거울로 뒤덮인 아파트. 도대체 누가 저렇게 한 걸까?

미아는 비틀거리며 계단을 내려간 뒤 대기해있던 경관에게 집까지 데려다 달라고 부탁했다. '집'은 과장이었다. 집이 어디에 있단 말인가? 그건 집이 아니었다. 그녀에게는 집이 없었다. 그녀는 오슬로의 호텔에 묵고 있고, 짐은 창고에 보관되어있었다. 집은 히트라에 있었다. 이것이 지금 미아의 모습이었다. 아무도 아닌 존재. 거울에 비친 자신의 모습이 고통스러웠던 것도 그 때문이었다.

미아는 쓰러지듯 침대에 누워 옷을 입은 채 잠이 들었다.

61장

"엄마, 뭐해?"

마리온 뭉크는 창가 소파에 앉아있는 엄마를 바라보았다. 항상 커튼을 닫아두라는 당부를 들었지만 미리암은 더 이상 이런 고립을 참을 수 없었다. 그녀는 몰래 밖을 내다보며 바깥세상이 아직 존재하는 것에 안도했다.

"그냥 내다보고 있어. 넌 왜 아직 안 자니?"

마리온은 조용히 걸어와 엄마 무릎에 안겼다. "졸리지 않아요."

"그래도 잠을 자둬야 해." 미리암은 딸의 머리를 쓰다듬었다.

"알아. 하지만 잠이 자지지 않아서 잘 수가 없어." 아이는 고개를 약간 기울이며 말했다.

"잠이 오지 않는다고 해야지," 미리암이 웃으며 고쳐주었다.

딸은 요즘 들어 제 또래보다 조숙하고 따지기를 좋아했다. 그럴 때면 미리암은 어렸을 적 자신의 모습이 떠올랐다. 고집 세고 완강한데다 나이에 비해 조숙했다. 미리암은 한숨을 내쉬며 커튼을 닫았다. 그녀는 어린시절의 기억을 많이 지워버렸다. 부모님이 헤어진 후 그녀의 어린시절은 거짓이었기라도 한 듯 깨끗이 도려내어졌다. 부모님은 이혼을 했다. 미리암은 열다섯 살이 되었을 때 부모에 대한 의심이 싹트기 시작했다고 기억한다. 부모님이 그 전부터 자신에게 거짓말을 했을 거라고 생각하기 시작했다. 하지만 지금은 모두 과거의 일이었다. 그때는 화가 났었다. 화가 나서 미칠 지경이었다. 대부분 아버지에 대해서였다. *홀거 뭉크, 강력범죄 수사관.* 한때는 그런 아버지가 자랑스러웠다. *우리 아빠는 경찰이야. 너희 아빠가 나쁜 짓을 하면 우리 아빠가 감옥에 보낼 거야.* 하지만 아버지는 딸에게 상처를 주었다. 아버지는 어머니가 다른 남자의 팔에 안기게 했다. 미리암은 절대 알지도 못하는 남자. 그녀가 이만큼 나이를 먹었는데도 그 일을 떠올리면 여전히 괴로웠다. 딸과 아버지, 두 사람은 몹시도 가까운 사이였다. 그녀는 오래 전에 풀어야 했다. 아버지한테 가서 *죄송해요, 아버지, 아버지를 너무 힘들게 해서 죄송해요,* 말했어야 했다. 하지만 그러지 못했다. 고집 센 외골수였다. 미리암은 이제 때가 왔음을 느꼈다. 이제 곧, 아버지에게 그 말을 하리라.

"알았어. 하지만 엄마가 나한테 가르쳐줘야 해."

"좋아, 마리온. 침대로 가서 자, 할 수 있겠지?"

"아니, 자꾸만 집에 두고 온 드라큐로라랑 프랭키 스타인 생각이나." 금발의 어린 소녀는 고집을 피웠다. 아버지가 최근 마리온에게 사준 인형들이었다.

"걔네들은 잘 지내고 있어."

"엄마가 어떻게 알아?"

"엄마가 할아버지한테 여쭤봤더니 둘 다 잘 지낸대. 너한테 안부를 전해달라고 했대."

마리온은 의미심장한 표정을 지었다. "엄마가 거짓말하는 거 다 알아."

"내가, 거짓말을? 아니야. 왜 그렇게 말하니?" 미리암이 웃었다.

"인형은 말을 할 수 없어."

"너랑 놀 때는 말을 하잖아."

"아이, 엄마, 그건 내 목소리야. 그거 몰라?"

"그러니?" 미리암은 놀란 척했다. "네 목소리야? 엄만 그애들이 말을 할 줄 아는 줄 알았어."

마리온은 킥킥거렸다. "가끔 보면 엄마는 정말 잘 속아 넘어가."

"그래?"

"응."

"엄마를 속인 적 많아?"

"응. 아마 그럴 거야."

마리온은 소파 밑에 있는 담요를 끌어올려 제 몸을 감쌌다. 그리고 엄마 가슴에 머리를 묻었다. 미리암은 조그맣게 뛰는 아이의 심박동을 느낄 수 있었다.

"너는 언제 엄마를 속이니?"

"이 안 닦았으면서 닦았다고 할 때."

"그럼 너 이를 닦지 않았어?"

"아니. 하지만 제대로 닦지 않았어."

"그러니까 엄마가 제대로 닦았느냐고 물어봤을 때 그렇게 닦지 않았다는 말이지?"

"아니." 아이는 다시 킥킥 웃었다.

"그럼 어떻게 닦았는데?"

"아주 잘 닦았어."

미리암은 다시 웃으면서 딸의 금발을 쓰다듬었다.

"머리 좀 잘라야겠다."

"미용실에 가야 해?"

미리암은 고개를 끄덕였다.

"정말! 그럼 우리 내일 가는 거야?"

"아니, 내일은 안 되고. 집에 돌아가면."

"언제 집에 가는데?" 딸은 거의 애원하는 눈으로 엄마를 쳐다보았다.

"나도 몰라. 할아버지가 가라고 할 때."

"집으로 돌아갈 때 새 집으로 가는 거야?"

미리암은 딸을 의아하게 쳐다봤다. "무슨 말이니?"

"버스를 치워라!처럼."

"버스를 치워라? 도대체 무슨 말을 하는 거니, 마리온?"

"엄마 그것도 몰라? TV 보면 나쁜 집에 살고 있던 사람이 누군가 새 집을 지어주는 동안 다른 곳에 살잖아. 새 집을 다 지으면 그 집으로 돌아가는데, 집 밖에 서있는 사람들이 버스를 보며 '버스를 치워라!' 그렇게 소리치면 버스가 움직이면서 뒤로 멋진 새 집이 나타나. 그러면 사람들이 기뻐서 소리를 지르고, 우는 사람도 있어.

나도 공주침대가 있는 핑크색 방을 갖고 싶단 말이야. 나도 그런 방 갖게 되는 거지?"

"공주침대?"

"응?"

"그래, 기다려보자. 그런데 그런 건 언제 봤니?"

"할아버지랑."

"할아버지랑 '당신의 집을 고쳐드립니다' 프로그램을 봤다고?"

"제목은 나도 몰라."

미리암은 아버지에게 마리온을 맡길 때 특정한 프로그램만 보여주라고 신신당부를 했다. 하지만 귀머거리한테 말한 게 분명했다. 아버지가 정말로 그런 프로그램을 봤다고? 상상하기 어려웠다.

"할아버지랑 또 어떤 프로그램을 봤니?"

"아차, 엄마한테 말하면 안 되는데."

"왜?"

"콜라 마시는 거랑 텔레비전 본 거랑은 우리만의 비밀이야. 나랑 할아버지랑. 그러니까 엄마는 비밀을 알면 안 돼. 그건 법칙이야."

"그렇구나. 그럼 아무한테도 말하면 안 되지."

마리온이 엄마의 목에 얼굴을 부비며 눈을 꼭 감았다. 그러고는 엄지를 서서히 입으로 가져가는가 싶더니 스스로 멈추고 도로 내렸다. 착하지. 그들은 마리온의 엄지 빠는 버릇을 고쳐주려고 오랫동안 애를 썼다. 쉽지 않았지만 이제는 어느 정도 성공한 것처럼 보였다. 미리암은 딸에게 담요를 덮어주고 꼭 껴안았다.

"엄마?"

"잠든 줄 알았는데?"

"말을 할 때는 잠을 잘 수 없어." 마리온은 다시 한 번 조숙한 아이처럼 말했다.

"아니, 절대 그렇지 않아." 미리암이 웃었다.

웃은 것은 명백한 실수였다. 그저 아이를 격려해주기 위해서였지만, 솔직히 말해 그녀는 딸이 깨어있는 게 좋았다. 아이마저 잠들면 아파트는 더 적막하고 허전했다.

"엄마한테 뭐 물어보려고 했어?" 미리암이 나긋하게 말했다.

"아빠는 왜 여기 없어?"

미리암은 뭐라고 대답해야 할지 난감했다. 보안상의 이유로 요하네스는 모녀가 어디에 있는지 알지 못했다. 어린 소녀를 나무에 매달아 죽이는 살인자라면 얼마든지 그로부터도 모녀가 숨어있는 곳을 알아낼 수 있기 때문이었다. 미리암은 약혼자 생각을 하자 가슴이 따뜻해지는 듯했다. 아버지는 단호했다. 결혼식은 취소되었고, 비록 고집을 부리기는 했지만 그녀도 결국 아버지의 뜻에 따를 수밖에 없었다. 마음은 안 된다고 했지만 머리로는 이해가 갔다. 교회를 가족과 친구들로 채울 수는 없었다. 그것은 무책임한 짓이었다. 누구에게도 도움이 되지 않았다. 마리온이 다섯 번째 희생자가 되게 해서는 안 됐다.

똑딱. 어린 마리온이 다섯 번째야.

아버지는 미아에게 불같이 화를 냈지만 미리암은 알게 되어 고마웠다. 아무것도 모르고 지내는 쪽보다 그게 나았다.

"왜 아무 말도 안 해, 엄마?"

"아빠는 일하느라 바빠. 하지만 너를 얼마나 사랑하는데. 나한테 그렇게 전해달라고 하셨어."

"엄마가 아빠한테 전화했어?"

"응, 조금 전에."

"왜 나는 전화 바꿔주지 않았어?"

"넌 그때 자고 있었어."

"나 안 잤는데."

"난 네가 자는 줄 알았어."

"그거랑 그거랑은 달라. 다음번에는 꼭 확인해야 해. 꼭. 절대로 그러면 안 돼."

미리암은 다시 웃었다. "그럴게. 마리온. 꼭."

"알았어." 마리온이 선선히 대답했다. 그러더니 담요를 걷고 벌떡 일어났다. "이제 잠을 자러 가야겠어."

"잘 생각했어, 마리온. 엄마가 위층까지 데려다줄까?"

"난 더 이상 아기가 아니야." 마리온이 하품을 했다. "나 혼자서도 갈 수 있어."

미리암이 웃었다. "똑똑한 우리 딸. 엄마 잘 자라고 껴안아줘."

어린 소녀는 허리를 구부려 엄마를 오래 안아주었다.

"내 방 핑크색으로 바꾸고 공주침대 놔주는 거 잊지 마. 버스를 치워라!"

"내가 그 사람들한테 말해줄게." 미리암이 다시 웃으며 딸의 뺨에 입을 맞추었다. "잘 자라."

"안녕, 엄마."

마리온은 잠옷차림으로 마루를 폴짝폴짝 뛰어 계단을 올라갔다. 미리암은 소파에서 일어나 차 한 잔 마시려고 부엌으로 갔다. 그때 휴대전화 문자메시지 도착음이 울렸고, 그녀는 문자를 확인하러 다시 거실로 갔다.

미안해, 미리암. 오늘 밤 다시 옮겨야 해. 사정이 생겼는데, 설명은 나중에 해 줄게. 우리가 사람을 보낼 거야. 알았지? M.

맙소사, 지금? 마리온은 이제 겨우 잠을 자러 갔는데? 다행히도 딸은 안아서 옮기기 수월할 만큼 아직 가벼웠다. 사정이 생겼다니, 도대체 무슨 일일까? 그녀는 답장을 했다.

알았어요. ^^

그녀는 복도로 나가 가방을 찾았다. 처음부터 짐이 많지는 않았다. 자신과 딸이 갈아입을 옷가지 몇 점과 세면도구. 극히 기본적인 것들이었다. 짐을 다시 꾸리는 데는 10분밖에 걸리지 않았다. 그녀는 부엌에서 찻잔을 가져와 다시 소파에 앉았다. 이번에는 어디로 가게 될까 궁금했다. 첫 번째 아파트는 비좁고 텔레비전도 없는 한 칸짜리 방이었는데, 폐소공포증 때문에 다소 괴로웠다. 반대로 이번 집은 크고 호화스러웠다. 남에게 노출되기 꺼리는 VIP가 방문했을 때 사용하는 안가일 거라고 짐작했다. 익명성이 절대적으로 보장되는 곳. 시끄러운 기자들로부터 완벽하게 보호되어야 하는 인사를 위한 곳. 그녀도 그랬다. 내가 저널리즘 대학을 그만둔 이유도 그것 때문이었을까? 기자일이 별로 만족스럽지 않아서? 더 유용한 어떤 일을 하고 싶어서였을까? 사람들을 돕는 일? 아니었다, 그것은 아니었다. 기자가 되는 데 별 반감은 없었다. 어쩌다 그만둘 생각을 했는지 기억나지 않았다. 교사나 경찰에 여러 부류가 있는 것처럼 기자도 여러 부류가 있다. 어떤 기자는 유명인사의 신변잡기를 쓴다. 또 어떤 기자는 부조리를 파헤친다. 미리암이 원하는 기자 상은 후자였다. 뭔가를 위해 싸우는 기자. 어떤 유명인사가 크리스마스 때 무엇을 먹고, 누가 베스트드레서인지 등수를 매겨 독자들의 머리를 둔하게 만들기보다 자신의 두뇌를 이용해 사람들을 일깨우는 기자였다.

차를 다 마셨을 때쯤 초인종이 울렸다. 미리암은 벌떡 일어나 인터콤을 누르며 인사했다. "어서 오세요."

"준비됐어요?"

"준비됐어요. 그냥 올라오세요."

그녀는 복도에 놓아둔 재킷을 입었다. 부디 차를 타고 가는 동안 미리암이 깨어나지 않기를 바랐다. 그러면 짜증을 낼 테고, 다시 잠들기 어려울 것이다.

그때 가볍게 문을 두드리는 소리가 들렸다. 초인종은 따로 울리지 않았다. *배려심이 있는 경찰관이군요, 아이가 자고 있으니 조심해줘요.* 미리암은 이런 생각을 하며 문을 열러 갔다. 밖에 누군가 있었다. 마스크처럼 생긴 것을 쓰고 있었다. 그리고 가발도. 그녀가 어떻게 반응할 틈도 없었다. 상대방은 헝겊으로 미리암의 얼굴을 눌렀다. 어떤 말소리도 들렸다.

"굿 나잇"

미리암은 이내 의식을 잃었다.

62장

미아 크뤼거는 카페 브렌네리에 창가 테이블에 앉아 억지로 잠을 깨려고 애썼다. 그녀는 알람을 켜놓은 채 호텔방 침대에 기절해 있다가 세 시간 가까이 잠을 잔 것을 알고 죄책감을 느꼈지만 몸이 말을 듣지 않았다. 몸은 오로지 침대로 돌아갈 것을 원했다. 이불 속으로 기어 들어가 계속 꿈을 꾸고 싶어했다.

그녀는 하품을 참으며 킴 콜쇠에게 전화를 걸었다.

"미아?" 킴이 전화를 받았다.

"양로원에서 뭐 알아낸 거 있어요?"

"아니요." 그가 한숨을 쉬었다. "아무도 그녀를 잘 몰라요. 말린 스톨츠는 사람들과 거의 어울리지 않았던 걸로 보여요."

"아직 거기에 있어요?"

"아니요. 지금 시내로 가는 중이에요. 오늘 근무하지 않은 요양원 직원들에게도 연락해봐야 할 것 같아요. 그들한테 뭔가 알아낼 수 있는지 봐야죠."

"알아내면 연락해줘요."

"그럼요."

미아는 다시 하품을 참으며 커피를 주문하려고 일어섰다. 정신을 차릴 수 있는 방법은 커피뿐이었다. 그것도 진한 커피. 머리를 다시 작동시키려면 그 수밖에 없었다. 몸은 이제 깨어났다. 아까는 거울 미로에서 밖으로 나오는 길을 찾지 못해 헤매는 꿈을 꾸었다. 더없이 복잡한 함정에 깊숙이 빠진 느낌이었는데, 아직도 그 느낌이 무겁게 짓눌렀다. 미아는 주문한 더블 에스프레소를 가지고 창가 자리로 걸어갔다. 그때 카운터와 가까운 테이블에서 친구처럼 보이는 두 여자가 큰 소리로 대화를 나누는 모습을 발견했다.

미아는 그들이 나누는 대화를 엿듣지 않을 수가 없었다.

"우린 온갖 방법을 시도했지만 실패했어." 그 중 한 명이 말했다.

"안됐다. 너와 남편 중에 누구한테 문제가 있는 거야?" 다른 여자가 물었다.

"병원에서는 둘 다 문제가 없대." 첫 번째 여자가 대답했다.

"그랬구나. 딱하기도 해라." 두 번째 여자가 호응했다.

"아마 서포터즈 그룹이 없었으면 견디지 못했을 거야. 하지만 남편은 거기에 대해 말 꺼내는 것도 싫어해." 첫 번째 여자가 말했다.

"입양 생각은 없어?" 두 번째 여자가 물었다.

"난 정말 그러고 싶은데, 남편은 그럴 마음이 없는 것 같아. 남편한테 말도 못 꺼내겠어."

"어리석기는. 부모 없는 아이를 돕는 것은 모두에게 좋은 일 아냐? 윈윈하는 거지."

"내 말이 그 말이야. 하지만 남편은…."

"죄송해요." 미아가 그들에게 다가가 말을 걸었다. "방해할 뜻은 없는데, 어쩌다보니 두 분의 대화를 듣게 되었어요."

두 여자가 미아를 쳐다봤다.

"서포터즈 그룹이라고 하셨죠?" 미아가 물었다. "말씀하신 서포터즈 그룹은 어떤 성격인가요?"

첫 번째 여자가 다소 불쾌해하면서 대답해주었다. "아이를 가질 수 없는 여자들을 위로해주는 그룹이에요. 왜 알고 싶은 거죠?"

"제 친구가 있는데…." 미아가 말하려다 마음을 바꿨다. "실은 저도 아이를 갖지 못 해요, 슬프게도…."

"오, 안됐군요." 첫 번째 여자는 단번에 태도를 바꾸었다. 더 이상 공격적이지 않았다. 미아는 같은 처지의 친구였다. 동병상련을 겪는 같은 회원이었다.

"그 단체가 오슬로에 있나요?" 미아가 계속해서 물었다.

"네, 뵐러에 있어요." 그녀가 고개를 끄덕였다.

"주변에 그런 사람이 많나요?" 미아는 궁금했다.

"그럼요, 어디에나 있죠. 당신은 어디에 살죠?"

"정말 고마워요. 저도 찾아봐야겠어요." 미아가 말했다.

"반가워요. 당신도 입양 생각해본 적이 있어요?"

"지금 생각 중이에요." 미아가 카운터에서 커피잔을 들어올리며 말했다. "정말 고마워요."

"우리 한 번 뭉쳐요." 여자가 미아에게 윙크를 했다.

"네. 그러죠."

미아도 그녀에게 윙크를 한 다음 조심스럽게 커피잔을 들고 테이블로 왔다. 그때 휴대전화 벨이 울렸다.

"네." 미아가 대답했다.

"루드비야. 바빠?"

"아니요."

"뭔가 알아냈어. 교회에 관해."

"뭔데요?"

"우리가 몇 년 전에 조사했던 곳이야. 회네포스에 있는 흐벨벤 양로원에서 항의를 제기한 적이 있었지."

"계속하세요."

"그 교회가 전에도 그런 짓을 했던 걸로 보여. 노인들을 회유하여 교회에 돈을 갖다바치게 했어."

"회네포스에서도요?"

"응, 세 건이 있었어. 한 건도 법정까지는 가지 않았어. 중재로 해결했더군."

회네포스의 양로원과 회비크바이엔의 양로원. 거기에는 연결고리가 있었다.

"우리가 말하는 그 시기에 양로원 직원으로 일했던 사람들의 명단 좀 입수할 수 있을까요?"

"지금 하고 있어." 루드비가 대답했다.

"또 제가 부탁하는 것 좀 확인해줄 수 있으세요?"

"뭔데?"

"아기 실종 사건 당시 회네포스에 불임부부를 지원하는 단체가 있었는지 확인해봐 주시겠어요?"

"그러지. 내일 아침 가장 먼저 할게. 그쪽 업무가 시작될 때."

"좋아요. 말린 스톨츠에 대한 소식은 없어요?"

"아직 흔적도 없이 행방이 묘연한 상태야."

"우리가 찾아낼 거예요."

"그걸 할 수 있는 사람은 미아뿐이지." 루드비가 말했다.

"고마워요, 루드비."

"천만에."

"내일 봐요"

"응. 내일 봐."

미아는 전화를 끊고 커피를 한입에 들이켠 다음 가죽재킷을 걸치고 입가에 미소를 띤 채 카페를 나섰다.

63장

　차를 타고 뷜러에 있는 교회에 가는 동안 미아 크뤼거는 옆자리
에 앉은 홀거 뭉크가 가엾다는 생각이 들었다. 그동안 수없이 많은
사건을 함께 해결했지만 지금처럼 그가 부담스러워하는 모습을 본
기억이 없었다. 뭉크는 담배를 입에 문 채 체념한 표정으로 창문을
멍하니 응시하며 말 없이 운전만 했다. 좀처럼 냉정을 잃지 않는
수사관에게 압박감이 묵직한 망토처럼 드리워져 있었다. 이 사건은
그의 개인사 깊숙이 들어와 있었다. 그가 관련되었다. 손녀 마리온
에게 위협이 가해졌다. 말린 스톨츠는 홀거 뭉크가 제대로 사고할
수 없을 때까지 뒤흔들어 놓으려는 의도가 분명했다.

　"요양원에서는 아무 소식 없어요?" 미아가 담담한 목소리로 물
었다.

　뭉크는 침울하게 고개를 저었다.

　"말린 스톨츠는 두 개의 삶을 사는 것 같아." 그가 덧붙였다. "직
장에서 일 잘하는 그녀를 아는 사람은 있는데 직장 밖에서 그녀와

접촉한 사람은 없어."

"어머니와 말씀 나눠보셨어요?"

민감한 질문이라는 것은 알았지만 미아는 묻지 않을 수 없었다. 그들에게는 지금 무엇보다 우선해야 하는 문제였다.

뭉크가 고개를 끄덕였다. "교회의 우두머리라는 자가 시몬 목사라는 사기꾼이야."

미아는 뭉크가 목사의 이름을 가까스로 말하는 것을 눈치챘다. 목사한테 치가 떨리게 화가 나있는 것 같았다. 결국은 아네트의 말이 옳았다. 어쩌면 그는 이 사건에서 손을 뗐어야 했는지 모른다. 미아는 지금 그녀의 의견에 동의하는 쪽으로 기울었다.

"그게 다예요? 성은 없어요?"

뭉크는 한숨을 쉬며 고개를 저었다. "시몬 목사. 그게 다야. 가브리엘한테 더 알게 되면 말해달라고 해놨어."

"그럼 루카스 발네르는요? 어머니는 그가 누구인지 모르세요?"

뭉크가 고개를 끄덕였다. "내 생각에는 시몬 목사의 조수인 것 같아."

"두 사람 모두 보셨어요?" 미아는 뭉크가 이 질문을 듣기 싫어하는 줄 알았지만 묻지 않을 수 없었다.

"응, 멀찌감치 떨어져서." 뭉크는 짧게 대답하고 차창을 열었다.

그는 담배를 밖에 던지고 새 담배에 불을 붙였다. 차는 이제 막 흰색 교회에 도착했다. 미아가 애초 자신들이 어디로 가는지 몰랐다면 이 건물을 보고 자신들이 찾는 그곳이라고 생각하지 못했을 것이다. 밖에서 보면 예배를 드리는 곳이라는 분위기가 전혀 풍기지 않았다. 마치 스카우트 캠프나 별 특색 없는 공공시설물처럼 보였다. 대문을 통과하고 나서야 자신들이 제대로 찾았음을 알았다. 현관문 옆에 '므두셀라 교회"라는 푯말이 붙어있고 그 위에 작은 십자가도 있었다. 하지만 버려진 교회처럼 보였다. 문은 잠겨있고, 인기척도 없었다.

뭉크는 계단을 내려가서 자갈길을 따라 건물 뒤편으로 갔다. 미아도 뒤따라가려는데 휴대전화 벨이 울렸다. 잠깐 벨소리를 무시할까 생각했다. 지금 처한 상황으로 볼 때 뭉크를 잠깐이라도 시야에서 놓치면 안 될 것 같았다. 하지만 전 수사반이 경계상태라 그럴 수 없었다. 미아는 뭉크의 더플코트가 모퉁이에서 사라지는 것을 보며 초록색 버튼을 눌렀다.

"여보세요?"

"미아 크뤼거?"

낯선 목소리였다.

"그런데요. 전화하신 분은 누구죠?"

"기억하기 어려울 겁니다." 그 목소리가 한숨을 쉬었다.

"그래요? 누구신데요?" 미아가 재차 물었다.

"혹시 지금 전화받기 불편하다면, 죄송합니다. 계속 연락하려고 했는데, 그게 쉽지 않더군요." 전화선 저편의 남자가 말했다.

뭉크를 따라 모퉁이를 돈 미아는 그가 창문을 들여다보는 모습을 발견했다.

"무슨 일로 전화하셨죠?" 미아가 조바심이 나서 물었다.

"내 이름은 알베르트 볼드입니다." 남자가 계속해서 말했다. "보레 교회의 관리인이죠."

보레 교회.

그녀의 가족이 그 교회 공동묘지에 묻혀있었다.

"네. 말씀하세요." 미아가 말했다.

"혹시 전화받기 불편하시다면, 유감입니다." 관리인이 거듭 유감을 표했다.

"무슨 일이 있나요?"

뭉크가 창문에서 떨어져 흰색 교회의 주변을 걷기 시작했다.

"네. 일주일 전에 발견했는데, 모든 게 정말 이상합니다. 당신한테 연락하는 것 말고는 달리 방법을 모르겠군요."

"무슨 일인데요?"

"가족 한 명의 무덤이 훼손됐습니다."

"네? 어떻게요?"

"그게 정말 이상합니다. 훼손된 무덤이 여동생의 무덤으로 보입니다."

미아 크뤼거는 뭉크의 뒤를 좇기는커녕 주시하는 것도 까맣게 잊었다. "시그리요?"

"그런 것 같습니다." 관리인이 안타까운 목소리로 말했다. "우리가 아는 한 다른 무덤은 괜찮습니다."

"훼손되다니, 어떻게요?"

"뭐라고 말씀드려야 할지 모르겠군요." 남자가 주저하면서 말을 이었다. "처음부터 끝까지 정말 불쾌합니다. 누군가 당신 여동생의 이름을 지웠어요."

"지우다뇨? 무슨 말씀이세요?"

"깡통스프레이 페인트로. 처음에는 흔한 공공기물 파손자의 소행인 줄 알았어요. 주변의 분별없는 10대 아이들이 종종 그런 짓을 저지르거든요. 그런데 금세 다르다는 것을, 좀 이상하다는 것을 알아차렸죠."

미아는 뭉크를 찾으려 두리번거렸지만 어디에도 보이지 않았다.

"무슨 말씀이세요? 다르다뇨?"

"그 이름 대신 당신의 이름이 쓰여있었어요."

"뭐라고요?"

"누군가 시그리라는 이름 위에 페인트로 당신 이름을 썼어요."

불안감의 물결이 덮쳤을 때 건물 모퉁이에서 다시 뭉크가 나타났다. 그는 미아에게 차로 돌아가자고 손짓을 했다.

"여기로 와 주실 수 있습니까?" 관리인이 물었다.

뭉크는 손목시계를 툭툭 치며 아우디로 돌아가자고 초조하게 손을 흔들었다.

"제가 되도록 빨리 갈게요." 미아는 이렇게 말하고 전화를 끊었다.

"도대체 뭘 하고 있는 거야?" 뭉크가 소리쳤다. "이 교회는 버려진 것 같아. 루카스와 목사의 신상정보를 공개해야겠어."

"네?" 미아는 정신이 산만해져서 되물었다.

누군가 시그리의 무덤에 다녀갔다.

"신상정보를 언론에 공개해야겠다고." 뭉크가 짜증스러운 목소리로 다시 말했다. "이 머저리들을 찾아내 취조실로 기필코 끌고 가야겠어."

뭉크는 시동을 걸고 보게루드바이엔으로 차를 몰았다. 미아는 조금 전에 들은 내용을 뭉크에게 말해야 할지 말아야 할지 고민했다. 그때 뭉크의 전화 벨이 울렸다. 통화는 10초도 안 되어 끝났다. 전화를 끊은 그의 얼굴은 방금 전보다도 더 하얗게 질려있었다.

"왜 그래요?" 미아가 걱정스럽게 물었다.

뭉크는 말을 잇지 못했다. 입술 사이로 힘겹게 한 마디 한 마디 쥐어짜냈다.

"양로원이야. 어머니가 갑자기 악화되셨대. 지금 가봐야겠어."

"이런, 어떡해요." 미아가 소리쳐 말했다.

"시내에 내려줄게. 공개수배 건을 처리해줘."

"그럴게요." 미아가 고개를 끄덕였다. 그녀는 어떻게든 연민을 표현하고 싶었지만 방법을 찾지 못했다.

뭉크는 경광등 스위치를 켠 다음 액셀러레이터를 밟고 오슬로 시내를 향해 속도를 높였다.

5부

64장

에밀리에 이사크센은 링볼바이엔 도로를 달리고 있었다. 회네포스에서 지낸 지 열두 달도 안 되는 그녀에게 이 지역은 낯설었다. 문득 목적지에 도착하려면 하델란드바이엔으로 간 다음 옛 링볼바이엔으로 올라가는 게 더 빠를 거라는 생각이 스쳤다. 학교에서 노르웨이어를 가르치는 그녀의 제자 몇 명이 시내에서 2~3킬로미터 떨어진 이곳 근방에 살았다. 그녀는 기어를 2단으로 바꾼 뒤 예르문드보바이엔으로 방향을 틀었다.

에밀리에 이사크센은 식스폼 칼리지에 입학하는 첫날부터 교사가 되겠다는 꿈을 키웠다. 그후 교육대학을 졸업하자마자 일자리를 구했고, 교직 첫날부터 자신의 직업을 즐겁게 수행했다. 첫 출근 때 다른 교사들은 그녀에게 조언하며, 자신들은 이미 그렇게 하고 있다고 했다. 자신을 돌보고, 업무를 집에 가져가지 않으며, 학생들과 너무 가깝게 지내지 않는 것이 얼마나 중요한지를 강조했다. 하지만 그것은 에밀리에가 추구하는 방식이 아니었다. 그리고 지금 그녀가 차를 타고 가는 것도 그 때문이었다.

토비아스 이베르센.

그녀는 첫 수업 때 잘생긴 얼굴에 눈이 초롱초롱하고 멀쑥한 그 아이를 눈여겨보았다. 하지만 무언가 문제가 있어보였다. 딱 꼬집어 말할 수 없는 뭔가가 있었다. 그 아이는 친구들에게 인기가 많았기 때문에 교우관계는 문제가 되지 않았다. 처음에는 그녀도 문제를 파악하지 못했다. 오래가지 않아 알게 되었다. 아이의 엄마는 부모님 날 행사에 한 번도 온 적이 없었다. 양아버지도 마찬가지였다. 교사의 편지에 답장도 하지 않았다. 전화를 해도 받지 않았다. 간단히 말해 소년의 부모와 연락이 되지 않았다. 그후 아이에게서 멍이 발견되었다. 얼굴에도 손에도 있었다. 그녀는 체육을 가르치지 않기에 몸은 보지 못했지만 몸에도 멍이 있을 거라고 의심했다. 체육 선생님과 의논해보았지만 그는 옛 방식의 교사였다. 아이들은 넘어져서 다치기도 한다. 특히 7학년 남자아이들은 제멋대로다. 그녀가 무슨 암시를 받았겠는가? 토비아스에게 에둘러서 물어보았다. *괜찮니? 집에 무슨 일 있었어?* 토비아스는 좀처럼 입을 열지 않았지만 그녀는 아이의 눈을 보고 알 수 있었다. 뭔가 제대로 돌아가지 않는 게 분명했다. 집안 사정이니 뭐 그런 것들을 신성시하면서 관여하기 싫어하거나 무시하기로 마음먹은 교사들도 있지만 에밀리에 이사크센은 그런 교사가 아니었다.

토비아스가 일주일째 결석을 했다. 그녀는 집에 전화를 걸어보았지만 아무도 받지 않았다. 주변에 남 몰래 물어보니 토비아스의 동생도 학교에 나오지 않고 있었다. 그녀는 학생의 이름을 밝히지 않고, 학교지침도 요청하지 않은 채 상담교사에게 문의했다. 어떻게 해야 할까요? 어떤 조치를 취해야 하나요? 상담교사는 다소 모호하게 대답했다. 확실한 증거를 말하지 않는 한 누구도 정확한 해답을 알려주지 않았다. 그저 신중하게 행동할 필요가 있다고 조언했다. 에밀리에 이사크센은 전에도 이런 얘기를 들었지만 미루거나 회피하고 싶지 않았다. 학생 집을 방문한다고 해서 뭐가 해로울라고? 그녀는 단지 몇 가지 숙제를 해치우고 싶을 뿐이었다. 아이의 어머니와 잠깐 대화를 나누는 것. 아이의 부모와 만날 계획을 잡아볼까? 만약 토비아스의 어머니가 집을 비울 수 없다면 집에서 만나지 못할 이유가 없었다. 정통적인 방법은 아니지만 위험을 무릅쓸 가치가 있다고 판단했다. 학부모를 정중하게 대할 것이다. 무엇을 가지고 비난하지도 않을 것이다. 오로지 도우려고 노력할 것이다. 그럼 아무 문제없을 것이다. 어쩌면 그들은 학교에 통보하지 않은 채 아이들을 데리고 휴가여행을 떠났는지도 모른다. 형과 동생 모두 몸이 아플 수도 있었다. 그 무렵 학생과 교사들 사이에서 봄 감기가 유행했다. 이유는 얼마든지 있었다.

그녀는 옛 링볼바이엔을 달려서 마침내 그 주소지를 발견했다. '주소'라고 하는 것 자체가 과장된 표현이었다. 그저 오솔길을 따라 숲속으로 깊이 들어가자 길 아래쪽에 '이베르센 & 프랭크'라고 적힌 우편함이 나왔다. 에밀리에는 그곳에 차를 세워놓고 집까지 걸어가기로 했다. 붉은색 작은 집은 더 작은 집들에 둘러싸여 있었다. 오래 전에는 아담하고 말쑥한 오두막집이었을지 모르나 지금은 쓰레기장에 지나지 않았다. 주변에는 녹슨 고물차들이 여러 대

버려져 있고 군데군데 쓰레기더미가 널려있었다. 그녀는 현관으로 걸어가서 노크를 했다. 대답이 없었다. 다시 노크를 하자 집 안쪽에서 소리가 나더니 문이 열리며 작고 더러운 얼굴이 나타났다.

"누구세요?" 어린 소년이 말했다.

"안녕." 에밀리에는 소년을 내려다보지 않으려 무릎을 꿇고 눈높이를 맞췄다. "네가 토르벤이니?"

어린 소년은 고개를 끄덕였다. 입가에는 잼이 묻어있고 씻지 않은 손은 지저분했다.

"나는 에밀리에 선생님이란다. 토비아스의 선생님이야. 혹시 나에 대한 얘기 들어봤니?"

소녀는 다시 고개를 끄덕였다. "형이 선생님을 좋아해요." 토르벤이 머리를 긁적이며 대답했다.

"그랬구나. 나는 지금 토비아스를 찾고 있단다. 형 집에 있니?"

"아니요." 어린 소년이 말했다.

"엄마나 아빠는 집에 계시니?"

"아니요." 다시 소년이 다시 짧게 대답했다.

소년은 눈물을 글썽이며 조금 울먹였다.

"그럼 혼자 있는 거야?"

소년이 고개를 끄덕였다.

"이젠 먹을 것도 없어요." 소년은 애처롭게 말했다.

"집에 혼자 있은 지 얼마나 됐니?"

"몰라요."

"혼자서 몇 밤 잤어? 깜깜한 밤을 몇 번이나 지냈어?"

소년은 잠시 생각하는 듯했다. "여섯 밤 아니면 일곱 밤."

"형이 어디 갔는지 생각나는 곳 있니?"

소년이 고개를 끄덕였다. "형은 기독교인 여자애들한테 갔어요."

"거기가 어딘데?"

"숲이에요. 리티엔나 근처. 우리가 들소사냥을 하러 가는 곳이에요. 난 사냥을 엄청 잘해요."

"선생님이 보기에도 그럴 것 같다. 정말 재미있겠는걸. 형이 거기에 있는지 어떻게 아니?"

"형이 나한테 편지를 썼어요. 우리 비밀장소에 편지를 두었어요."

"너희 비밀장소도 있어?"

소년이 배시시 웃었다. "네. 우리끼리만 아는 곳이에요."

"와, 신나겠다. 선생님한테 그 편지 좀 보여줄래?"

"네. 집에 들어오실래요?"

에밀리에는 자신의 선택을 생각했다. 엄밀히 말하면 들어갈 수 없게 되어있었다. 허락 없이 누군가의 집에 들어갈 수 없었다. 그녀는 주위를 둘러보았다. 어디에도 어른은 보이지 않았다. 어린 소년은 거의 일주일째 혼자 집에 있었다. 게다가 먹을 것도 없었다. 얼마든지 들어가도 될 이유였다.

"그래." 에밀리에 이사크센은 웃으면서 소년을 따라 안으로 들어갔다.

65장

　홀거 뭉크는 회비크바이엔 양로원의 어머니 방 밖에 서서 생각을 정리하려 애쓰고 있었다. 최근에 너무 많은 일이 일어났다. 마리온에 대한 협박. 어쩔 수 없이 딸과 손녀를 안가에 은신시켰다. 말린 스톨츠의 집은 알아냈지만 당사자는 놓쳐버렸다. 미켈손은 수없이 전화를 걸어왔고, 뭉크는 아직 응답을 하지 못한 상태였다. 그는 의자에 앉아 다리를 쭉 뻗었다. 뭔가 기분 나쁜 조짐을 느끼다 그 공포가 자신에게서 나는 냄새 때문이라는 것을 깨달았다. 그동안 사무실에서 몇 시간 조는 걸로 잠을 때웠더니 옷을 갈아입을 시간이 없었다. 그는 얼굴을 비비며 눈을 뜨려고 했다. 내심 어머니를 이런 곳에서 지내게 할 만큼 여유가 있다는 사실에 감사한 마음이 들었다. 양로원에 의사가 대기하고 있어서 어머니는 방을 떠날 필요도 없었다. 어머니의 상태는 좋아졌다. 다행히 생각했던 것만큼 심각하지 않았다.

　다행히.

홀거 뭉크는 휴대전화를 찾아 미리암에게 전화를 걸었다. 웬일인지 전화를 받지 않았다. 고개를 갸우뚱하며 다시 시도했지만 마찬가지였다. 하기야 자주 있는 일이었다. 고집불통 같으니. 딸과 손녀에게 음식과 새옷, 특히 마리온에게 장난감을 가져다주겠다고 약속했는데. 그는 지금 여기 붙들려있었다. 대신 미아에게 연락을 바란다는 문자메시지를 보낸 다음 휴대전화를 다시 코트주머니에 넣었다. 복도는 따뜻하다 못해 공기가 답답하게 느껴졌다. 재킷을 벗고 싶었지만 몸에서 나는 냄새 때문에 망설여졌다. 대신 일어서서 화장실로 갔다. 입을 수도꼭지에 대고 물을 마셨다. 순간 거울에 비친 자신의 모습이 마음에 들지 않았다. 한마디로 끔찍했다. 말린 스톨츠의 아파트는 마루부터 천장까지 온통 거울로 뒤덮여있었다. 그런 광경은 난생 처음 보았다. 어떻게 그렇게 살 수 있을까? 자신은 5분도 견디기 힘들었다. 말린. 미리암. 마리온, 미켈손. 뭉크. 정말이지 M으로 시작하는 이름도 많았다. 참 많았다. 순간 미아가 생각났다. 그러고 보니 미아까지 오로지 M으로 시작하는 이름뿐이었다. 혹시 무슨 의미가 있는 걸까? 그는 복도로 돌아와 의자에 앉았다. 오로지 M으로 시작하는 이름만? 말도 안 됐다. 아무래도 미켈손이 옳았던 것은 아닐까? 자신은 한 발 물러서 있어야 했을까? 다른 사람에게 맡길 걸 그랬나. 생각이 더 이상 제대로 돌아가고 있지 않았다. 그는 인정하기 싫었다. 하지만 그 여자는 사실상 그들을 궁지로 몰아넣었다. 말린 스톨츠. 만약 그게 그녀의 진짜 이름이 맞는다면 말이다. 그녀는 그들의 가장 취약한 부분(사생활)에 타격을 가하여 겁을 주었다. *그 자식을 꼼짝 못하게*

만들어. 뭉크는 더 이상 냉철하게 사고하지 못했다. 감정과 이성을 구분하지 못했다. 마음 같아선 밖에 나가 담배를 한 대 피우고 싶었지만 목캔디로 대신했다. 소녀 네 명이 살해당하고, 자신의 가족은 피신해있었다. 그래도 이제는 최소한 용의자는 파악했다. 추가 실종 소녀들도 나오지 않았다. 그 점이 중요했다. 이 상황도 곧 끝날 거야, 뭉크는 의자에 몸을 기대며 생각했다. *우리는 그 여자를 찾아낼 거고, 그럼 다 끝나는 거야.* 의식하지 못하는 사이에 눈꺼풀이 감겼다. 문이 열리면서 카렌이 당직 의사와 함께 나타났을 때 뭉크는 자신이 잠깐 졸았음을 깨달았다. 카렌은 그에게 일찌감치 어머니 상태를 알려준 당사자였다.

뭉크가 의자에서 벌떡 일어났다.

"어머니는 좀 어떠세요?"

"괜찮으십니다." 의사가 말했다. "어디에서도 잘못된 신호는 찾지 못했고, 다만 피곤하셨던 것 같습니다. 혹시 침대에서 너무 급히 일어나는 바람에 그러지 않았을까 싶은데, 실제로 그런 경우가 많습니다만, 크게 걱정할 일은 아닙니다. 대체로 건강 상태가 좋으십니다."

뭉크는 안도의 한숨을 쉬었다. "어머니 좀 봐도 될까요?"

"좀 주무시게 했습니다. 휴식이 가장 좋습니다. 오늘 오후에는."

"고맙습니다." 뭉크는 의사와 악수를 나누며 고개를 끄덕였다.

"또 다른 환자는?" 의사가 카렌에게 물었다.

"토르켈 빈데 씨요." 카렌이 대답했다. "자꾸만 약에 대해 불평을 하세요. 그의 방은 복도 맨 끝이에요. 제가 안내해드릴게요."

카렌은 뭉크에게 살짝 웃어보인 뒤 의사를 따라 복도를 걸어갔다. 뭉크는 의자에서 일어나 밖으로 나왔다. 담배에 불을 붙이고 가브리엘 뫼르크에게 전화를 걸었다.

"네?"

"나야, 홀거."

"어디 계세요?"

"양로원. 개인적으로 처리할 일이 있어서. 그래, 일은 어떻게 되어가나?"

"사라 키에세가 주고간 랩톱에서 동영상을 찾아냈습니다. 조금 손상됐어요. 특히 사운드가. 제게 복원할 수 있는 친구가 있어요. 그 친구한테 부탁해도 될까요?"

"진행해."

"일단 전화해보고요." 가브리엘이 대답했다.

뭉크는 전화를 끊고 미아에게 전화를 걸었다. 그러나 받지 않았다. 다시 걸었지만 여전히 받지 않았다. 이 고집 센 여자한테 무슨 일이 있는 걸까? 이번에는 문자메시지를 보냈다.

나한테 연락 좀 해!

그는 루드비에게 전화를 걸었다. 그가 받았다.

"네?"

"뭉큰데. 뭣 좀 부탁해도 될까요?"

"그럼요."

"내 딸과 손녀에게 전해줄 물건이 있는데, 프로그네르에 있는 아파트에 사람 좀 보내주시겠어요?"

"그러죠. 그게 뭐죠?"

"문자로 리스트를 보내죠. 믿을 만한 사람에게 부탁해주세요."

"걱정 말아요." 루드비가 선선히 대답했다.

"좋아요. 그리고…."

"그리고 뭐?"

뭉크는 하려던 말이 전혀 생각나지 않았다. 눈을 비볐다. 이제 휴식을 취해야 할 것 같았다. 이대로는 무책임한 짓이었다.

"말린 스톨츠에 대해서 소식 없습니까?"

"아직 행방불명이에요. 보고된 내용도 없어요. 가르덴모엔 공항, 오슬로 중앙역도 마찬가지입니다. 철수시킬까요?"

뭉크는 미아의 말이 기억났다. 스톨츠는 도망치지 않을 거예요. 그러기는커녕 집으로 돌아가고 싶을 거예요. 거울이 가득한 아파트로. 그는 몸서리를 쳤다. 죽기보다 인정하기 싫었지만 이렇게 사소한 것조차도 소름이 끼쳤다.

"그래요. 철수시켜요. 미안하지만 대신 철수 명령 좀 내려주겠어요?"

"그러죠." 루드비가 대답했다.

"교회의 두 남자에 대한 신상정보는 공개했습니까?"

"이미 나갔습니다."

"잘 됐군요."

뭉크는 전화를 끊고 담배를 한쪽으로 던진 뒤 새 담배에 불을 붙이려고 했다. 그때 카렌이 계단에 나타났다.

"괜찮아요, 홀거?"

딸기색 도는 금발 여인은 그를 걱정스럽게 바라보았다.

"아, 카렌. 난 괜찮아요."

"아니에요. 괜찮아 보이지 않아요. 휴식이 필요하다고 생각하지 않으세요?"

그녀가 주차장에 있는 뭉크에게로 걸어왔다. 그리고 매우 가깝게 다가섰다. 그녀에게서 향수 냄새가 났다. 뭉크는 묘한 기분에 사로잡혔다. 그녀가 자신을 걱정하고 있었다. 자신을 돌봐주려고 했다. 누군가에게 이런 말을 듣는 것도 참으로 오랜만이었다. 그는 언제나 다른 사람을 돌봐주는 입장이었다.

"바쁘세요?" 카렌이 물었다.

"나야 항상 바쁘죠." 뭉크가 웃으면서 가볍게 기침을 했다.

"한 시간쯤 시간 돼요?"

"왜요?"

"이리 와봐요." 카렌이 그의 더플코트 소매를 잡아끌었다.

"어디 가는 거죠?"

"쉿!" 카렌이 말했다.

카렌은 그를 계단을 통해 양로원 건물로 데리고 간 뒤 한쪽 복도를 따라 빈 방으로 안내했다.

"난 이럴 시간 없는데." 뭉크의 말에 카렌이 그의 입술에 손가락을 갖다댔다.

"저기 침대 보이죠?"

그녀가 창문 아래 시트를 새로 깐 듯한 침대를 가리켰다. 뭉크가 고개를 끄덕였다.

"그리고 저기 문은?"

뭉크는 이번에도 고개를 끄덕였다.

"일단 샤워를 하세요. 그런 다음 저기 침대에 누워서 한잠 주무세요. 한 시간 후에 깨워줄게요. 여기에 있으면 아무도 방해하지 않을 거예요."

"아니, 난…."

"솔직히 두 가지 모두 심각하게 필요해요." 카렌이 코를 찡긋하며 말했다. "욕실에 수건 있어요." 그녀가 덧붙였다. "한 시간이면 되죠?"

사랑스러운 요양사는 뭉크를 가볍게 안아준 뒤 윙크를 하며 방을 나갔다.

한 시간의 낮잠. 그런다고 나쁠 것 없겠지? 뇌를 위해서는 좋은 일이었다. 몸을 위해서도 좋고. 모두를 위해서도 좋았다.

뭉크는 아파트에 있는 미리암과 마리온에게 필요한 것들을 루드비에게 문자메시지로 보낸 뒤 샤워는 생략하고 옷을 입은 채 고꾸라지듯 침대에 누워 눈을 감았다.

66장

마리온 뭉크는 어딘지 모르는 곳에서 잠을 깼다. 보통 때 같으면 집에서 잠을 깼지만 요 며칠은 달랐다. 낯선 장소 두 곳에서 잠을 깼다. 작은 아파트. 그 다음에는 큰 아파트. 그리고 지금은 또 다른 낯선 곳이었다.

"엄마?" 머뭇거리며 조그맣게 속삭였지만 대답이 없었다.

마리온은 침대에서 일어나앉아 사방을 두리번거렸다. 아주 멋진 방이었다. 틀림없이 아이의 방이었다. 다른 방은 어른을 위한 방이어서 장난감도 없고 어디에도 아이들을 위한 것은 없었다.

"엄마?" 마리온이 다시 큰 소리로 불렀다. 그리고 침대에서 내려와 방안을 둘러보기 시작했다.

벽 색깔은 흰색, 그것도 밝은 흰색으로 어쩌나 새하얀지 눈이 부셔서 손으로 눈을 가려야 했다. 방에 창문은 없었다. 마리온은 여기 사는 아이가 좀 안됐다는 생각이 들었다. 창문이 없다니, 집을 지은 사람이 정말 멍청한 것 같았다. 사게네에 있는 자신의 집 침실에는 창문이 있어서 온갖 멋진 풍경을 볼 수 있었다. 자동차, 사람, 기타 등등. 그러나 여기 사는 소녀는 아무것도 볼 수 없었다. 더 이상한 점은 침실에 문도 없다는 점이었다.

방 한쪽 구석에 책상이 있고, 그 위에 램프, 그리고 종이와 펜, 크레용이 놓여있었다. 엄마도 머잖아 학교에 들어가게 될 마리온에게 이런 책상을 사주겠다고 약속했다. 머잖아…. 어쨌든 이제 멀지 않았다. 벽에는 알파벳이 쓰인 작은 카드가 붙어있었다. 어떤 카드에는 A와 사과 그림이 있었다. 또 다른 카드에는 B와 바나나 그림이 그려져 있었다. 다음 글자는 무엇인지 기억나지 않았다. 아. 맞다, C. 마리온은 그제야 기억이 났고, 음료수 그림도 알아보았다. 엄마는 금지시켰지만 할아버지가 사주었던 음료, 콜라였다. 읽지는 못하지만 눈에 익은 단어도 몇 개 보였다. Cat. Ball. Car. 엄마는 글자에 관한 노래를 가르쳐주었다. ABC 노래. 재미도 있고 글자도 배울 수 있는 노래였다. 마리온은 글자를 알파벳이라고 부른다는 것도 알았다. 엄마는 언제나 읽기공부의 중요성을 강조했고, 마리온도 글자를 배우고 싶었다. 하지만 미리 배워서 학교에 들어가면 선생님이 뭐라고 하실까 궁금했다. 그러면 선생님은 가르칠 게 없어질 테고 어쩌면 자신도 학교가 따분해질지 모르기 때문이었다. 그래서 기다리는 편이 낫다고 생각했다. 대신 수영은 할 줄 알았다. 모든 아이들이 수영을 하는 것은 아니었다. 게다가 마리온은 보조기 없이 자전거를 탈 줄 알았다. 마리온이 알기로 그걸 할 줄 아는 아이는 자신뿐이었다. 한 번에 모든 것을 배우기를 기대해서는 안 된다, 안 그래?

마리온은 그때 입고 있는 옷이 자신의 것이 아니라는 사실을 깨달았다. 참 이상했다. 분명 하늘색 잠옷을 입고 있었는데? 엄마가 버리려고 했지만 자신이 절대로 버리지 못하게 한, 구멍난 잠옷이었다. 구멍에 손가락을 넣으면 손가락에 닿는 부드러운 감촉이 좋았다. 엄지를 빨지 않게 된 후 그렇게 하면 잠들기가 쉬웠다. 마리온은 엄지를 빠는 버릇이 있었지만 이제는 고쳤다. 처음에는 너무 힘들었다. 손가락을 어찌나 빨고 싶은지 몇 번인가 부모님에게 거짓말을 하고 몰래 빨기도 했다. 하지만 유치원 친구 크리스티안이 손가락 빠는 것은 아기나 하는 짓이라고 하는 말을 들은 후 빨지 않았다. 자신은 아기가 아니기 때문이었다. 아기가 어떻게 수영을 할 줄 알겠어, 안 그래? 솔직히 다른 아이들이 수영을 할 수 있어? 아니, 그애들은 못 했다. 어쩌면 놀라운 일도 아니었다. 자신처럼 퇴엔바데 수영장에서 엄마와 그렇게 많이 시간을 보내는 애들은 없었다. 정말이지 그곳에서 자신이 아는 아이들은 한 번도 만난 적이 없었다. 마리온은 자신의 모습을 내려다보자 웃음이 터져나왔다. 마치 가장무도회에 가는 옷차림 같았다. 유치원에서도 가장무도회를 연 적이 있었다. 마리온은 프랭키 스타인처럼 옷을 입었지만 엄마가 반대해서 카우보이 복장을 하고 갔다. 마리온이 두 번째로 선택한 것은 공주 옷이었지만 엄마에게는 여자애가 여자 옷을 입지 않는 게 중요한 것처럼 보였다. 하지만 엄마는 틀림없이 아빠한테 공주 옷이 성가시다고 말했을 것이다. 세수할 때나 돌아다닐 때 그리고 화장실 변기에 걸터앉을 때도. 엄마에게는 그 점이 중요한 것 같았다. 그래서 마리온은 수염이라든지 그외 온갖 치장을 하고 총을 든 채 카우보이 복장으로 유치원에 갔다. 그런대로 괜찮았다. 마음에 꼭 들지는 않았지만 괜찮았다. 지금은 큼직한 구식 드레스를 입고 있었는데 좀 뻣뻣해서 움직이기가 힘들었다.

선반에 놓여있는 인형들이 보였다. 인형 다섯 개가 발을 달랑거리며 앉아있었다. 새 인형도 아니고 드라큐로라처럼 멋지지도 않았다. 할머니가 다락방에 올려두었던 그런 인형처럼 얼굴이 딱딱하고 하얀, 구식 인형이었다. 그 중 하나는 심지어 마리온과 똑같은 옷을 입고 있었다. 레이스인지 뭔지 모를 온갖 장식품이 달린 새하얀 드레스였다. 마리온은 침대로 기어올라가 인형을 꺼냈다. 인형 목에 푯말이 붙어있었다. 눈에 익은 글자였다. '마리온'이라고 쓰여있었다. 자신의 이름이었다. 자신의 이름은 알아볼 수 있었다. 자신의 이름은 읽고 쓸 줄 알았다. 코트를 걸어두는 유치원의 이름표에도 그렇게 쓰여있었다. 마리온은 다른 인형들을 올려다봤다. 그것들도 드레스를 입고 목에 푯말을 걸고 있었다. 그 이름들은 읽을 수가 없었다. 아, 맞다, '요한네.' 마리온도 아는 이름이었다. 유치원에 그런 이름을 가진 아이가 있었다. 그애의 이름표는 마리온의 이름표 바로 옆이었다.

"엄마?" 이번에는 좀 더 크게 불렀다.

여전히 대답이 없었다. 엄마가 화장실에 가셨나? 마리온은 자신도 화장실에 가야 한다는 사실을 깨달았다. 이 집에는 화장실이 어디 있지? 마리온은 벽에 홈이 나서 문처럼 보이지만 손잡이는 없는 곳으로 갔다. 손으로 홈을 따라 만져보았지만 열리지 않았다.

"엄마?"

이제는 정말로 화장실에 가야 할 것 같았다. 진짜였다. 여기에 사는 아이가 마리온의 이름이 적힌 이름표를 갖고 있다니, 참 이상했다. 아주 착한 애라는 생각이 들었다. 여기에 잠깐 머무는 마리온에게 기꺼이 방을 빌려주고, 환영한다는 표시로 이름표를 만들어둔 것 같았다. 마치 이웃집의 도어 매트에 '웰컴'이라고 적혀있는 것처럼 말이다. 어서 와, 난 여기에 살아. 자, 원하면 그림도 그리고 알파벳 공부도 해.

마리온은 이제 오줌을 쌀 것 만 같았다.

"엄마?" 마리온이 목청껏 엄마를 불렀다.

마리온의 목소리가 방안에 울려퍼지다 메아리가 되어 돌아왔다.

안 돼, 마리온은 더 이상 참을 수가 없었다.

그때 별안간 벽에서 무슨 일이 일어났다. 쿵쿵 소리와 짝 소리, 그러고 나서 겨우 몇 초 조용했다 다시 시작되는 그 소리는 점점 가까이 들려왔다. 누군가 냄비 뚜껑 두 개를 맞부딪쳐 내는 소리 같았다. 유치원에서 흔히 보는 물건을 가지고 오케스트라 연주를 할 때 그렇게 한 적이 있었다.

마리온은 소리 나는 벽을 뚫어져라 쳐다봤다. 그제야 벽에서 손잡이가 보였다. 마리온은 손을 뻗어 손잡이를 잡았다. 열린 것은 해치문이었다. 해치문을 잡아당겨 연 순간 마리온은 그 뒤에 있는 것을 발견하고 놀라서 펄쩍 뛰었다. 온몸에 소름이 돋았다. 문 뒤에 있는 것은 작은 원숭이였다. 작은 금속원반을 두드려서 소리를 내는 태엽 장난감. 원숭이의 몸에 쪽지가 달려있었다. 마리온은 원숭이가 동작을 멈출 때까지 기다렸다가 몸통을 손으로 잡고 얼른 쪽지를 뗐다.

쪽지에 글자들이 적혀있었다. 어떤 글자는 한 번 이상 반복됐다.
E. 아는 글자였다. 유치원 선생님의 이름 엘자에 들어있는 글자였
다. 그리고 O. 그 글자는 확실히 알았다. 마리온은 이제 정말 오줌
이 마려웠다. 두 다리를 바짝 붙인 채 쪽지를 읽어야 했다.

Peek— a— Boo(까꿍이라는 뜻의 영어표현—주).

마리온은 그게 무슨 말인지 이해하지 못했다.

"엄마! 나 오줌 마려워!"

마리온은 더 크게 외쳤지만 여전히 대답이 없었다. 더 이상 참을
수가 없어서 성가신 드레스자락을 들어올렸다. 그 안에는 이상하
게 생긴, 정말로 커다란 속옷이 있었다. 얼른 방을 둘러보았다. 저
기, 책상 밑. 마리온은 커다란 속바지를 재빨리 내리고 쓰레기통에
오줌을 누었다.

67장

미아 크뤼거는 차를 세워놓고 교회로 이어지는 마지막 길을 걸
어서 갔다. 보레 교회. 햇빛에 빛나는 아름다운 흰색 벽돌 건물을
보자 심장이 고동쳤다. 한 교회에서 네 번의 장례식. 같은 묘지에
세 개의 비석. 미아는 그 모습을 어떻게 대해야 할지 자신이 없었
다. 지금까지 방문을 미뤘던 것도 그 때문이었다. 그런데 누군가
이곳에 다녀간 뒤 시그리의 묘비가 훼손되었다. 그래서 미아는 마
음의 준비를 하기도 전에 올 수밖에 없었다. 미아는 교회 관리인을
찾았다. 미리 약속을 했는데 어디에서도 그를 찾을 수 없었다. 미
아는 꺼림칙하고 무거운 발걸음으로 묘비로 갔다.

시그리 크뤼거.
몹시 사랑하고 그리워하는
여동생이며, 친구이자 딸
1979년 11월11일에 태어나 2002년 4월 18일 사망.

관리인이 말한 대로였다. 누군가 시그리의 이름을 스프레이로 지웠다. 그리고 대신 미아의 이름을 써놓았다.

미아는 더 이상 참지 못하고 풀썩 주저앉아 흐느끼기 시작했다. 이제야 온갖 서러움이 폭발했다. 안으로 꾹꾹 눌러왔던 감정이 터져나왔다. 오랫동안 울음을 참아왔다. 극한의 슬픔에 스스로 무너질까봐 두려웠기 때문이다. 미아는 눈물을 흘리며 한참을 그렇게 앉아있었다.

어서 와, 미아, 어서.

시그리, 사랑스럽고 예쁘고 다정했던 시그리. 그 쓰레기 놈팡이를 총으로 쏴죽였다고 해서 무엇이 달라졌을까? 달라진 게 아무것도 없었다. 비극만 더 짙어졌을 뿐이다. 슬퍼하는 사람들만 더 늘었고, 암울함만 더 커졌다. 정말 이러려고 총을 쏜 게 아니었다. 그래서 대가를 치르려 했다. 죽으려고 했다. 살아남은 자로서의 죄책감에 짓눌려온 지난 시간들. 말로 표현할 수 없었던 죄책감이 다시금 떠올랐다. 자신은 죄인이었다. 살아있기에 죄인이었다. 자신도 마땅히 가족과 함께 있어야 했다. 자신이 있어야 할 곳은 여기, 시그리의 옆이었다. 악과 이기주의가 이기는 이 빌어먹을 행성이 아니었다. 더 이상 그것과 싸우고, 이해하고, 도움이 되려고 애써도 소용없었다. 이 세상은 구제불능의 쓰레기더미였다. 사람들은 뼛속까지 썩었다. 미아는 더 이상 이 세상과 얽히고 싶지 않았다.

누군가 묘비에 미아의 이름을 썼다. 누가 나를 뒤쫓고 있는 걸까? 내 죽음을 원하는 걸까? 미아에게는 당연히 적이 있었다. 그 정도의 평판을 누리는 경찰관 치고 적 한두 명 만들지 않고 경력을 쌓는 경우는 없었다. 하지만 미아에게는 특별히 누구도 떠오르지 않았다. 비문에 적힌 자신의 이름을 보는 것은 찜찜했지만 그보다 시그리의 마지막 안식처를 훼손했다는 사실에 대한 분노가 더 컸다.

미아는 미지의 공격자에게 저주를 퍼부으며 일어나서 눈물을 닦았다. 나뭇잎과 잔가지를 치우고 꽃병에 꽃을 꽂고 계속해서 무덤가를 깨끗이 치웠다. 손가락으로 땅을 파서 흙을 뒤집어놓자 갓 만든 묘처럼 보였다. 이렇게 하자 한결 보기 좋았다. 물뿌리개를 가지고 왔던 곳으로 다시 가서 갈퀴를 찾아냈다. 가죽재킷과 스웨터를 벗었다. 스웨터 소매를 물통에 담가 적신 다음 묘비에 쓰인 자신의 이름을 지워보려고 애썼다. 스프레이 페인트는 지워지지 않았다. 진작 누군가에게 말해서 되도록 빨리 지웠어야 했다. 미아는 그게 거기에서 자신을 조롱하는 것 같아 기분이 나빴다. 관리인을 기다리는 동안 갈퀴로 낙엽을 긁어냈다. 빨리 왔어야 했다. 너무 늦었다. 미아는 꽉 다문 입술 사이로 "미안해, 시그리, 용서해줘." 라고 중얼거리며 자꾸 나오려는 눈물을 꾹 참았다.

그때 꽃병 뒤로 노란색의 작은 플라스틱 용기가 눈에 띄었다. 킨더 에그(이탈리아에서 제조된 캔디의 일종으로 계란껍질처럼 생긴 것을 깨면 그 안에 노란 용기가 들어있다—주) 속에 들어있는 용기와 비슷했다. 미아는 허리 굽혀 그것을 주운 다음 가까운 쓰레기통에 던졌다. 그리고 무덤으로 돌아오다 문득 걸음을 멈췄다.

혹시?

아니, 그럴 리가 없어.

미아는 몸을 홱 돌리더니 쓰레기통으로 가서 노란색 용기를 다시 꺼냈다. 그리고 뚜껑을 열었다.

그 안에 쪽지가 들어있었다.

미아는 떨리는 손으로 쪽지를 꺼냈다.

까꿍. 똑똑한 미아. 하지만 넌 네가 생각하는 것만큼 똑똑하지는 않아.

넌 이게 진짜 무덤인 줄 알지? 아니야. 나 보여? 지금 나 보여?

미아 크뤼거는 있는 힘껏 차로 달려가서 휴대전화를 찾았다. 그 동안 받지 않은 전화가 여러 통이었지만 모두 무시했다. 미아는 눈물을 닦으며 뭉크에게 전화를 걸었다.

68장

루드비 그뢴리에는 신선한 공기를 마시려고 뭉크의 테라스 흡연실로 나갔다. 깊게 숨을 내뱉으며 한껏 기지개를 켰다. 피곤했지만 불평할 마음은 없었다. 수사반의 다른 동료들은 자신보다 거의 두 배의 일을 했다. 루드비 그뢴리에는 60세가 가까운 나이였다. 비록 누구도 그런 말을 입밖으로 내지 않았지만 소문이 그랬다. 그는 오랜 세월 충성스럽게 복무했다. 그가 더 이상 하루에 23시간 근무하지 않는다고 해서 질책하는 사람은 없을 것이다. 하지만 견뎌야 하는 것이 신체적 압박감만은 아니었다. 정신력의 소진은 더욱 심했다. 평온함은 느끼기 힘들고 항상 무언가를 해야 했다. 연쇄살인범이 활개치고 다니는 이상 누구도 진정으로 쉬지 못했다.

그때 휴대전화 벨이 울렸다. 그는 화면에 뜬 이름을 확인하고 전화를 받았다.

"그뢴리에입니다." 루드비가 허리를 쭉 펴며 말했다.

"루드비? 저, 셸입니다."

"아, 셸, 그래 뭣 좀 알아냈나?"

셸 마르틴센은 루드비의 옛 동료였다. 오랫동안 오슬로에서 함께 근무했는데, 뭉크와 달리 마르틴센은 좌천되는 쪽을 선택했다. 사실 공정하지 못한 측면이 있었다. 하지만 셸은 마음 편히 생각하기로 했다. 당시 그에게는 만나던 여자가 있었다. 그는 링게리케 경찰서로 전근시켜달라고 요청했다. 옛 동료의 결정은 현명했다. 이제는 목소리도 편안하고 즐겁게 들렸다.

"네. 사실상, 알아냈습니다."

"불임부부를 위한 서포터즈 그룹?"

"그렇습니다." 그의 동료가 말했다. "그들은 '대화 테라피'라고 부르더군요. 헤이디가 링게리케 자원봉사단 일을 맡고 있어서 쉽게 찾을 수 있었습니다."

헤이디는 마르틴센이 이 도시를 떠나도록 만든 여인이었다. 루드비도 가끔 스트레스에 시달리는 대도시 생활을 접고 소도시에서 일자리를 찾아보면 어떨까 생각했다. 하지만 그런 일은 일어나지 않았고, 이제는 은퇴도 몇 년 남지 않았다.

"2005년부터 2007년까지 활동했더군요. 저한테 부탁한 게 그 시기였죠?"

"맞네. 그 당시 명단 입수했나?"

"그보다 더한 걸 드리죠. 전체 회원의 이름과 주소뿐만 아니라 사진도 입수했습니다."

"그거 잘 됐군. 정말 잘 됐어." 루드비가 책상으로 돌아가며 말했다. "팩스로 좀 보내주겠나?"

그는 자신의 말을 곧 후회했다.

"팩스로 보내라고요?" 그의 동료가 킬킬거렸다. "이메일 계정 없으세요?"

"아, 이메일로 보내주게. 실은 이메일로 보내달라는 말이었네."

"사람을 시켜 스캔 뜬 다음 준비되면 이메일로 보내겠습니다."

"그럼 되겠군, 셀. 정말 고맙네."

"그놈을 잡을 수 있을까요?" 동료의 목소리는 심각하게 들렸다. "여기 사람들이 말을 많이 하더군요. 걱정을 많이 합니다."

"그 여자, 반드시 잡고 말걸세." 루드비는 이렇게 말한 뒤 혹시 자신이 뭔가를 누설한 게 아닌가 걱정되었다.

"그 여자요? 스톨츠? 이쪽에 보내준 사진 속 그 여자 말인가요? 도대체 용의자가 누군데요?"

"아직 모르네." 루드비는 문득 어떤 생각이 떠올랐다. "참, 자네가 갖고 있는 사진에도 그녀가 포함돼 있나?"

"아마 그럴 거예요. 아직 그 사진은 보지 못했지만요. 헤이디가 그걸 가지러 자원봉사국으로 내려갔어요. 지금 이리로 오는 중입니다. 이봐, 루네, 스캐너 작업하고 있지?"

전화선 저편에서 누군가에게 외치는 소리가 들렸다. 긍정적인 대답이 들려왔다.

"만약 헤이디 말이 맞고 그걸 찾아내게 되면 오늘 중으로 받아보실 겁니다. 됐습니까?"

"좋아." 루드비가 말했다.

그가 막 전화를 끊었을 때 가브리엘 뫼르크가 방안으로 얼굴을 들이밀었다.

"반장님이나 미아에게서 무슨 소식 좀 들으셨어요?"

"조금 전 반장과 통화했는데. 하지만 미아는 전화를 받지 않는 군, 왜?"

"네, 오늘 중으로 정리된 동영상을 볼 수 있게 될 것 같다는 말을 전하려고요. 제가 친구한테 동영상의 잡음을 지워달라고 부탁했거 든요."

"잘 됐군." 루드비는 불현듯 뭉크의 부탁이 생각나서 말을 이었 다. "참, 자네 신선한 공기 좀 마시고 싶지 않나?"

"왜요?"

"반장님 따님에게 필요한 게 있어서. 지금 아파트에 있는데, 자 네가 그 일을 좀 처리해줄 수 있겠나?"

"좋습니다." 젊은이가 흔쾌히 응했다. "뭐가 필요하대요?"

"잠깐만." 루드비는 이렇게 대답한 뒤 뭉크가 보낸 문자메시지를 확인했다.

69장

허름한 집안으로 들어간 에밀리에 이사크센은 자신의 눈을 믿을 수가 없었다. 복도는 어두컴컴한데다 여기저기 쓰레기더미가 놓여 있어 돌아다니기도 어려웠다. 집안의 다른 곳이라고 해서 더 낫지 않았다. 썩은 음식부스러기, 재떨이, 처리하지 않은 쓰레기. 에밀리에는 코를 잡지 않으려고 노력했다. 애써 담담한 표정을 지었다. 어린아이에게 이미 겪은 것 외에 더한 것을 보여주고 싶지 않았다. 아이는 음식도 없고, 돌봐줄 사람도 없는 쓰레기더미 집에서 일주일 내내 혼자 지냈다. 에밀리에 이사크센은 분노했지만 웃음을 잃지 않으려고 했다.

"우리의 비밀장소 보실래요?" 토르벤이 그녀에게 말했다.

소년은 방문객이 몹시도 반가운 듯 보였다. 처음 문을 열어주었을 때는 겁먹은 표정에 놀란 듯 휘둥그래진 눈에 눈물이 글썽했는데 지금은 오히려 명랑했다.

"그래. 좋아." 에밀리에는 웃으면서 어린 소년을 따라 2층으로 올라갔다.

2층도 1층과 마찬가지로 엉망이었다. 에밀리에는 모든 것을 이해하려고 애를 썼다. 사실은 감당하기 힘들었다. 가난은 그렇다고쳐도 이것은? 하지만 두 소년의 침실이 분명해 보이는 곳에 도착하자 기분이 좀 나아졌다. 제법 집다운 분위기가 나기 시작했다. 방안은 청결한 냄새가 나고 깔끔하며 채광도 좋았다.

"친구가 오면 이런 것들을 매트리스 안에 감춰요." 토르벤이 침대 앞에 무릎 꿇고 앉으며 말했다.

소년은 얄팍한 매트리스 지퍼를 열어서 에밀리에에게 그 안을보여주었다.

"거기에 토비아스가 쓴 쪽지가 있니?" 에밀리에가 물었다.

"네" 토르벤이 열렬히 고개를 끄덕였다.

"좀 볼 수 있니?"

"그럼요."

소년은 지저분한 손으로 비밀장소에서 꺼낸 쪽지를 건네주었다.

기독교인 여자애들을 보러 갔다 올게. 금방 돌아올 거야.

토비아스.

"형이 언제 이걸 썼는지 아니?"

소년은 열심히 생각했다.

"아니요. 하지만 제가 집에 오기 전이 틀림없어요. 왜냐하면 제가 집에 돌아왔을 때 여기에 있었거든요."

에밀리에는 웃지 않을 수가 없었다.

"그렇겠구나. 그럼 넌 언제 집에 돌아왔니?"

"축구 경기 끝나고요."

"어떤 축구 경기인데? 기억나?"

"리버풀 대 노르치 경기요. 내 친구 클라스네 집에서 봤어요. 걔네 텔레비전에선 축구가 나와요. 노르웨이컵 결승전뿐만 아니라 모든 경기를 다 보여줘요. 클라스와 저는 리버풀 편이에요. 리버풀이 이겼어요."

"지난 토요일에 봤니?"

"아마 그럴걸요." 토르벤은 고개를 끄덕이며 머리를 긁적였다.

소년은 얼굴에 땟국이 흐르고 몸에서도 악취가 났다. 당장 목욕과 깨끗한 옷, 따뜻한 음식과 깨끗한 침대보가 필요해 보였다. 오늘이 금요일이니까 소년은 지난 토요일 저녁 이후로 일주일째 집에 혼자 있었다. 에밀리에는 소년의 침실 바닥에 앉은 채 어떻게 해야 할지 몰라 막막해했다. 이제 어떻게 해야 하지? 소년을 여기 혼자 둘 수는 없었다. 그렇다고 자신의 집으로 데려갈 수도 없었다. 아니 데리고 갈까?

"비밀장소에 감춰둔 다른 것도 보고 싶으세요?" 토르벤이 눈을 똘망이며 물었다.

소년은 여기에 온 목적을 이룬 그녀가 자신을 두고 떠날까봐 두려운 듯했다.

"그래, 보고 싶구나, 그런데 토르벤, 내 말 좀 들어볼래?"

"네?"

"그러니까 네가 이 쪽지를 발견한 후 토비아스가 집에 돌아오지 않았다는 말이지?"

"네. 아무도 오지 않았어요."

"전화한 사람도 없었어?"

소년이 고개를 끄덕였다. "전화기가 고장났어요. 수화기를 들어도 아무 소리도 안 나고 핸드폰은 너무 비싸요. 선생님도 아시죠?"

에밀리에는 고개를 끄덕이며 소년의 머리를 쓰다듬었다.

"그래 정말 비싸, 너한테는 필요 없어."

"맞아요, 형도 그랬어요."

"그런데 기독교인 소녀는 누구니?"

"우리도 잘 몰라요. 그냥 상상만 해요." 소년이 설명했다. "사람들이 그러는데 그들은 사람을 잡아먹는대요. 그렇지 않을 수도 있지만요. 하지만 우리가 다니는 학교에 다니지 않고 자기네들 학교에 다녀요."

에밀리에 이사크센도 숲에 새로 이주해온 사람들에 대해 말하는 얘기를 들어서 알고 있었다. 그것은 실제로 아무것도 아니었다. 교사들끼리 교직원실에서 얘기를 나누었는데 대부분 소문이었다. 어쨌든 그 아이들은 학교에 등록되지 않았기 때문에 자신들 책임이 아니었다.

"그러니까 형이 지난 토요일 거기에 갔고, 그후로는 형을 못 봤단 말이지?"

"형이 토요일에 갔는지는 몰라요. 리버풀은 3대0으로 이겼어요. 루이스 수아레즈가 해트트릭으로 득점을 했어요, 선생님은 그게 어떤 건지 아세요? 왜 아무 텔레비전에나 축구가 나오지 않는 거죠? 선생님, 저한테 먹을 것 좀 주시면 안 돼요? 정말 피자가 먹고 싶어요."

"피자 먹고 싶어?"

"네. 엄청." 토르벤이 말했다. "하지만 그 전에 이걸 보세요."

"좋아." 에밀리에가 웃었다.

"이건 달에서 떨어진 운석 조각이에요." 토르벤이 구멍 뚫린 까만 돌을 보여주었다. "외계인이 돌려달라고 할지 몰라서 여기에 보관해뒀어요. 그러면 일석이조예요. 외계인들은 달에 생긴 구멍을 고칠 수 있고, 우리는 거기에 사는 사람들을 보러갈 수 있으니까요. 멋지지 않아요?"

"그래, 정말 멋지구나." 에밀리에는 점점 초조해졌다.

토비아스 이베르센은 7일째 실종상태인데, 아무도 위급함을 알리지 않았다. 그녀는 지난 일년 간 많이 좋아하게 된 잘생긴 소년에게 무슨 일이 일어났을지 상상할 때마다 두려웠다.

"그리고 이건 형과 제가 아는 경찰 아저씨의 전화번호예요. 우리에게 필요한 게 있으면, 아니면 우리가 오슬로에 가면 그 아저씨에게 전화하래요. 우리는 영웅이니까요, 선생님도 그거 아시죠?"

"응. 그 얘기는 들었어." 에밀리에가 토르벤의 머리를 쓰다듬어주었다.

하지만 소년에게 정말로 필요한 것은 손으로 머리카락을 쓸어주는 게 아니라 목욕이었다. 그리고 약간의 음식과 특히 대화를 나눌 사람. 형제는 전 언론에서 떠들고 있는 잔혹한 어린이 연쇄살인 사건의 두 번째 희생자를 발견한 주인공들이었다. 그 일이 있은 후 학교에서는 회의가 소집되었다. 여러 명의 정신과의사도 참석하여

형제가 원할 경우 누군가와 그 사건에 대해 이야기하도록 권했다.

"이 아저씨는 킴이에요. 여기 그렇게 적혀있어요." 토르벤이 자랑스럽게 말했다. 소년은 명함을 건네며 다시 가리켰다. "K—i—m, 킴. 이거 맞죠?"

"잘 읽었다, 토르벤. 네가 글을 읽을 줄 아는지 몰랐는걸."

"아하. 저 읽을 줄 알아요." 소년이 웃었다.

에밀리에는 명함을 들여다보았다.

킴 콜쇠, 강력범죄반, 특별수사대.

"너도 뭣 좀 알고 있니? 토르벤." 에밀리에가 일어나며 말했다.

"아니요?"

"우리 그만 가서 피자 먹어야겠다."

"네!" 소년은 허공을 향해 주먹을 흔들었다.

"하지만 그 전에 샤워하고 깨끗한 옷으로 갈아입는 게 좋겠다. 너 혼자 씻을 수 있니? 아니면 선생님이 도와줄까?"

"푸하하. 저 혼자 할 수 있어요." 소년은 이렇게 대답하고 옷장으로 갔다.

"여기가 제 옷장이에요." 소년이 아래쪽 선반 세 개를 가리켰다.

"와, 대단하구나." 에밀리에가 웃었다. "필요한 옷을 찾아서 샤워하러 가렴. 그러고 나서 피자 먹으러 가자."

"좋아요." 토르벤은 이렇게 말한 뒤 옷장 앞에 무릎을 꿇고 앉아서 필요한 옷을 꺼냈다.

"선생님은 밖에 나가서 전화 좀 하고 올게. 괜찮지?"

"선생님 가시는 거 아니죠, 그렇죠?"

어린 소년이 걱정스러운 눈길로 쳐다봤다.

"아니, 절대로." 에밀리에가 웃으며 대답했다.

"약속해요?"

"약속할게, 토르벤." 그녀는 소년의 머리를 쓰다듬었다. "자, 이제 가서 샤워해, 알았지?"

"네." 토르벤은 씩씩하게 대답하고 나서 침실을 달려나가 욕실로 향했다.

에밀리에는 욕실의 상태가 어떤지 알고 싶지 않았다. 무엇보다 누구의 보살핌도 없이 이런 환경에서 살아야 했던 형제에 대한 애처로움을 누를 수가 없었다. 그녀는 샤워기 트는 소리가 날 때까지 기다렸다가 전화를 걸기 위해 계단을 내려가 밖으로 나갔다.

"링게리케 경찰서입니다"

"저는 에밀리에 이사크센이라고 합니다. 회네포스 초등학교의 교사죠. 실종 소년에 관해 드릴 말씀이 있습니다."

"잠깐만요." 그 목소리가 말했다. "담당자를 연결해드리지요."

에밀리에는 시스템을 통해 연결되는 동안 초조하게 기다렸다.

"홀름입니다."

에밀리에는 다시 자기소개를 하고 나서 상황을 설명했다.

"그 아이의 부모는 없나요?" 전화 속 남자가 물었다.

"모르겠어요. 저는 어린 동생 혼자 집에 있는 것을 발견했어요. 일주일 동안 혼자 지냈대요."

"지금 말씀하신 소년이 토비아스죠? 그 아이의 이름이?"

"이베르센, 토비아스 이베르센이에요."

"그 소년을 언제 마지막으로 봤대요?"

"잘 모르겠어요. 쪽지를 써놓고 집을 나갔는데, 그게 지난 토요일에 발견되었어요. 쪽지에는, 숲으로 뭘 찾으러 간다고 적혀있어요. 숲에 있는 낡은 재활시설을 사들인 종교집단인데, 혹시 그들에 대한 얘기를 들어보셨어요?"

"네," 경찰관이 대답했다.

그는 손으로 전화기 마이크를 가린 듯 잠시 말이 없었다. 어쩌면 자기 동료와 의논을 하는 중인지도 몰랐다.

"그러니까 말씀하시는 소년이 실종되었고, 그 아이의 부모도 사라졌다는 거죠? 그런 말씀이죠?"

에밀리에는 점점 그가 싫어지기 시작했다.

"맞아요. 그렇게 말씀드렸어요." 그녀가 쌀쌀맞게 대답했다.

"그렇다면 아이가 부모와 함께 있지 않다는 건 어떻게 아셨죠?"

"그건 저도 모르죠."

"그럼 그 아이가 부모와 함께 있을 수도 있지 않을까요?"

"아니요. 그 아이는 지금 숲에 있어요!"

"누가 그래요?" 그 목소리가 물었다.

"그 아이가 동생한테 쪽지를 남기고 집을 나갔다구요."

전화 속의 남자는 한숨을 내쉬었다.

"이것보세요." 에밀리에는 인내심을 잃기 시작했다. "전 일주일째 혼자 지내고 있는 일곱 살 아이와 여기 있어요. 그 아이의 형은 없어졌고요. 아이의 부모도 없어졌어요. 그러니까 지금 저한테 실종 접수를 못 받겠다고 하시는 거예요?"

그녀는 분노가 치밀어오르는 것을 느꼈다. 대화를 더 이어나가기 위해서 심호흡을 해야 했다.

"아니요. 할 수 없다는 게 아니고. 그 사실을 고지하고, 내일 조치할 수 있는 방법을 강구해보죠. 오늘 늦게 아무 때나 경찰서에 출두하실 수 있습니까?"

"내일이라고요?" 에밀리에가 소리쳤다. "일주일째 숲에 있는 아이를 하루 더 바깥에서 지내게 하시겠단 말이에요? 그 아이에게 무슨 일이 일어나면 어쩌려고요?"

"압니다. 하지만 무턱대고…, 그러니까 제 말은 부모가 휴가를 떠났는데 그 아이를 데리고 갔다면 어떻게 되는 거죠?"

"일곱 살 난 아이는 혼자 집에 두고요?"

"더 나쁜 일이 일어났을지도 모르죠. 일단 전화번호를 남겨주십시오. 이쪽에서 더 알아보고 나중에 사람을 시켜 전화드리죠."

"댁이 전화하세요." 에밀리에가 소리쳤다.

그녀는 전화번호를 알려준 뒤 전화를 끊었다.

70장

가브리엘 뫼르크는 환대는커녕 아파트 안으로 들어가지도 못한 채 프로그네르의 고급 아파트 밖에서 서성거리고 있었다. 자신을 이곳으로 보낸 루드비에게도 슬슬 화가 나기 시작했다. 설마 식료품이나 사다나르는 일을 하게 될 줄은 몰랐다. 물론 특수수사대의 고참 직원이 아니라는 것은 이해하지만(어쨌든 이제 막 들어온 신입이었다) 장을 보러 가다니? 다른 직원 같으면 그런 일을 할까? 그는 아파트를 올려다보며 다시 초인종을 눌렀다. 여전히 반응이 없었다. 그곳은 고급 주택가로 오슬로 서부에서 가장 살고 싶은 동네였다. 아파트마다 커다란 창문에 공원을 마주보는 테라스가 있었다. 문득 여자친구와 그녀의 뱃속에 든 아기 생각이 났다. 처음에는 걱정이 많았다. 어디에서 살아야 할까? 아이가 태어났을 때 병원비는 어떻게 할까? 사야 할 것도 한두 가지가 아니었다. 그는 자신의 무지함이 부끄러웠다. 정말이지 아빠가 된다는 것에 대해 한 번도 생각하지 않았다. 아기침대와 유모차는 시작에 불과했다. 하지만 이젠 달라졌다. 그는 일자리를 구했다. 갑작스럽기는 했지만 마음에 드는 일자리였다. 자신이 이런 세계를 보게 될 줄은 꿈에도 몰랐다. 경찰은…, 솔직히 말하면 지금까지 적으로 여겼다. 그가 알기로 모든 해커가 그렇게 생각했다. 하지만 그들은 경찰이 무슨 이야기를 나누는지 모를 것이다. 미아 크뤼거도 직접 만난 적이 없을 것이다. 홀거 뭉크도. 쿠리, 아네트, 퀴레, 루드비. 킴 그리고 다른 모든 경찰들도. 동료가 있다는 게 어떤 것인지 그들은 모를 것이다. 출근을 하고 미소 띤 얼굴로 아침인사를 나누고, 자신을 격려해주고, 자신이 이루어낸 성과를 존중해주는 조직의 일원이 된다는 게 어떤 것인지 모를 것이다. 가브리엘은 어쨌든 자신이 뉴스가 만들어지는 과정을 돕고 있다고 느꼈다. 예전에는 뉴스에 별로 신경을 쓰지 않았다. 얼마 전까지만 해도 그랬다. 하지만 그게 자신의 일이 된 지금은 완전히 달라졌다. 게다가 그뤼란의 기술자들이 제공해준 기기는 뛰어났다. 자신이 이런 기기를 사용하게 될 줄은 정말 몰랐다. 처음 며칠은 크리스마스 선물을 받은 어린아이처럼 신이 났다.

가브리엘은 다시 초인종을 누르며, 자신과 여자친구가 살게 될 집의 종류를 상상했다. 분명 이 지역의 집을 구할 형편은 안 됐다. 하지만 시내 어딘가에서 그런대로 쓸 만한 집을 구할 수 있지 않을까? 마당은 없어도 자신들만의 공간은 있을 것이다. 가브리엘은 자신이 얼마나 기대에 차있는지 새삼 느꼈다. 자신의 이름이 달린 문패가 있는 집. 우리 여기에 살고 있어요. 가브리엘과 토브 그리고, 음, 아기 이름은 아직 상의하지 않았다. 그가 다시 초인종을 누르려고 할 때였다. 마침 아파트 출입문이 열리며 어떤 할머니가 밖으로 나왔다. 그는 다정하게 웃어 보이며 그 틈을 타 미끄러지듯 안으로 들어갔다.

곧장 장바구니를 든 채 계단을 올라가 2층으로 향했다. 루드비는 복도 맨 끝에 그녀의 아파트가 있다고 말해주었다. 초인종을 누르려는데 문이 조금 열려있는 게 보였다.

"계십니까?" 그가 조그맣게 말했다. "아무도 안 계세요?"

그는 장바구니를 복도로 옮겼다.

"계세요? 홀거 뭉크 씨의 부탁을 받고 뭣 좀 사왔는데요."

그때 누군가의 몸뚱이가 눈에 들어왔다.

도대체 뭐지?

그는 장바구니를 집어던지고 112에 전화를 걸었다. 그리고 바닥에 쓰러져 있는 여인 옆에 무릎을 꿇고 앉았다.

71장

　미아 크뤼거는 제한속도를 위반했지만 개의치 않았다. 처음부터 잘못 생각했다. 자신의 오판이었다. 뭉크가 아니었다. 살인범은 홀거 뭉크를 뒤쫓는 게 아니었다. 자신이 표적이었다. 미아는 나지막이 욕설을 내뱉으며 연결식 탱크로리를 추월했다. 맞은편에서 달려오는 차에 닿기 전에 아슬아슬하게 우측 차선으로 들어갔다. 뒤에서 화가 난 탱크로리 운전수가 경적을 울려댔다. 미아는 액셀러레이터를 더욱 세게 밟았다. 뭉크가 아니었다. 홀거 뭉크가 아니었다. 에드바르 뭉크. 오스고르드스트란. 그곳은 자신의 고향이었다. 미아 크뤼거가 표적이었다. 홀거가 아니었다. 미아는 부끄러웠다. 내가 틀렸어. 젠장! 반장님은 왜 전화를 안 받는 거야? 미아는 다시 추월을 했다. 이번에는 캠핑용 밴이었다. 한 손으로 핸들을 돌려 아슬아슬하게 다시 안쪽 차선으로 들어왔다. 휴대전화를 뺨에 댄 상태에서 경찰 무전기를 사용할까 생각하다가 관두었다. 다른 사람이 엿듣게 하고 싶지 않았다. 자신이 하는 말을 남이 듣는 게 싫었다.

다시 뭉크에게 전화를 걸려는 순간 전화벨이 울렸다. 가브리엘이었다.

"반장님, 어디 계세요?" 미아가 물었다.

"당신은 어디예요?" 가브리엘이 급하게 되물었다.

"사무실로 가는 길이에요. 반장님은 어디 계세요?"

"아무도 몰라요. 도대체 전화를 받지 않아요."

미아는 순간 가브리엘이 흥분했다는 것을 깨달았다.

"무슨 일 있어요?"

"마리온이 없어졌어요."

"맙소사!"

"정말이에요." 신출내기 형사는 말을 더듬기까지 했다. "내가 뭣 좀 사가지고 아파트에 갔는데 그녀가 마루에 쓰러져 있었어요."

"누구요?"

"반장님 따님."

"미리암?"

"네."

말도 안 돼.

"그녀는 살았어요?"

미아는 다시 반대편 차선으로 들어갔다. 차 세 대를 앞질러 제 차선으로 돌아왔다.

"의식은 없지만 숨은 쉬어요."

미리암은 틀림없이 마약에 취한 거야, 미아는 생각했다. 자신이

말하지 않았더라도 하루 24시간, 일주일 내내 경찰을 배치시켜야
하는 게 아닌가?

"마리온은요?"

"흔적도 없이 사라졌어요." 가브리엘이 대답했다.

가브리엘은 거의 울먹거릴 정도였다.

"반장님 전화 추적해봤어요? 내가 마지막으로 통화했을 때는 양
로원으로 가고 계셨어요. 반장님 어머니가 위독하시다는 연락을
받고."

"어머니가요?" 가브리엘이 물었다.

"그건 걱정하지 말아요. 그나저나 나도 지금 당장 반장님한테 할
말이 있어요."

"전 지금 사무실에 있지 않아요. 프로그네르 있어요." 가브리엘
이 말했다.

"그럼 어서 사무실로 가요." 미아가 앞에서 차선을 독식하고 있
는 오토바이에 경적을 울려대며 말했다.

"지금…, 동영상…, 잡음을….."

"안 들려요. 다시 말해봐요." 미아가 소리쳤다.

마침내 미아는 오토바이를 따돌리고 다시 액셀러레이터를 힘껏
밟았다.

"지금 동영상 복원작업을 하고 있어요. 잡음을 지웠어요." 가브
리엘이 설명했다.

"잘 됐네요. 언제 볼 수 있죠?"

"준비되는 대로요."

"그러니까 그게 언젠데요?"

미아는 자신도 모르게 화를 내는 바람에 심호흡을 해야 했다. 가브리엘의 잘못이 아니었다. 그는 그대로 최선을 다했다.

"확실한 건 말씀드릴 수 없어요." 가브리엘이 대답했다.

"사무실로 가자마자 나한테 연락해요."

그녀는 전화를 끊고 루드비에게 전화를 걸었다.

"미아, 지금까지 어디에 있었어? 지금 여기는 모든 게 엉망이 되어버렸어. 소식 들었어?"

"네. 들었어요. 반장님은 어디 계세요?"

"모르겠어. 전화를 안 받아. 미아는 멀리 있어?"

"20분. 아니 30분이면 가요." 미아가 대답했다.

"제기랄. 이거 완전히 망했군."

틀림없는 사실이었다. 경찰이 보호하고 있던 마리온이 사라져버렸다.

미아는 전화를 끊고 전화번호 안내서비스에 전화를 걸었다. 비가 내리기 시작했다. 빗방울이 차장을 세게 때리는 바람에 시야가 흐려졌다. 미아는 와이퍼를 작동시키는 중에도 액셀러레이터에서 발을 떼지 않았다.

"전화번호 서비스죠?"

"회비크바이엔 양로원 좀 연결시켜주세요."

"전화번호를 알려드릴까요?"

"아니요, 제기랄, 그냥 연결해요." 미아는 성질을 내며 브레이크를 밟다가 문득 자신이 지금 위험한 지경에 이르렀음을 깨달았다.

한참 만에 누군가 전화를 받았다.

"회비크바이엔 양로원의 비르기트 요양사입니다."

"저는 미아 크뤼거라고 하는데, 거기 홀거 뭉크 씨 계신가요?"

"조금 전까지 여기 계셨는데." 그 목소리가 말했다.

"알아요. 그런데 지금 계시나요?"

"아니요. 못 봤어요."

빌어먹을.

"거기 카렌 있어요?"

"네. 카렌은 있어요. 잠깐만요."

수백만 초가 흘렀다. 미아는 전화기에 대고 비명을 지를 뻔했다. 창밖을 보기 위해 와이퍼를 최대한 빠르게 작동시켰다. 수백 만 초가 더 흐른 후 마침내 카렌이 전화를 받았다.

"네, 카렌인데요."

"안녕하세요, 카렌. 미아 크뤼거예요."

"어머, 미아. 목소리 들어서 반가워요."

"오늘 홀거 씨 보셨어요?"

"네. 조금 전까지 여기 계셨어요. 그의 어머니가 한바탕하셨지만 다행히 심각한 상태는 아니었어요. 의사가 주무시도록 조치를 취하고 지금은…."

"잘 됐네요." 미아가 얼른 그녀의 말을 끊었다. "그럼 지금 거기에 반장님은 안 계시나요?"

"네. 떠났어요."

"어디로 떠났는지 아세요?"

"아니 몰라요. 몹시 지쳐 보였어요. 그래서 내가…."

미아는 숨죽여 욕설을 중얼거렸다. 이럴 시간이 없었다.

"그래서 내가 한 시간 후에 깨워주겠다고 했죠. 여기를 떠날 때 정말 안색이 좋지 않았어요. 하지만…."

"어디로 갔는지 모르세요?."

"네. 전화를 받더니 문을 박차고 뛰어나갔어요. 작별인사도 하지 않고요." 카렌이 말했다.

"알았어요. 고마워요."

"잠깐만요." 미아가 전화를 끊으려는데 카렌이 뭔가 다급하게 말을 이었다.

"왜요?"

"이게 중요한지 모르겠지만 그녀의 차가 밖에 있어요."

"누구요?"

"말린요. 말린 스톨츠. 그녀의 차가 여기 있어요."

비가 어찌나 세차게 내리는지 미아는 속도를 늦출 수밖에 없었다. 빗방울이 우박처럼 차창을 때렸다. 앞서 달리는 차들도 연신 브레이크를 밟았다. 차창으로 빨간색 불빛들이 반짝거렸다. 미아는 액셀러레이터에서 발을 떼고 한숨을 쉬었다. 홀거가 누군가의 연락을 받았다. 누굴까? 누군가 그에게 전화를 했고, 그는 뛰쳐나갔다. 홀거는 좀처럼 뛰는 사람이 아니었다. 심지어 작별인사도 하지 않았다니. 그러고 뛰어나가? 대체 누가 뭉크를 뛰게 만들었을까?

살인범.

틀림없었다. 마리온이 납치당한 것이다. 살인범은 홀거에게 전화를 걸었다. 홀거는 팀원들 누구의 전화도 받지 않았다. 그가 작별인사도 하지 않고 뛰어나갔다면, 틀림없이 마리온 때문이었다. 그렇지 않고서는 절대 뛰는 사람이 아니었다.

"여보세요, 미아?"

"미안해요, 카렌. 뭐라고 했죠?"

"중요한 일이 아닐 수도 있어요. 바쁘면 나중에 얘기할게요."

"아니요. 뭐라고 하셨죠? 그녀의 차에 대해?"

"말린의 차가 지하주차창에 있어요. 그게 무엇을 의미하는지 저는 모르지만…."

"차종이 뭐예요?"

"흰색 시트로엥이에요."

흰색 시트로엥.

미아는 창밖을 내다보았다. 자신이 어디쯤 있는지 알고 싶었다. '슬레펜덴'이라고 적힌 푯말이 보였다. 양로원에서 멀지 않았다.

"제가 금방 그리로 갈게요. 차는 잠겨있나요?" 미아가 물었다.

"모르겠어요." 카렌이 대답했다. "하지만 직원라커룸에 여벌의 차 열쇠를 뒀을지도 몰라요. 정신이 없어서 두고 갔을 수도 있어요. 그녀가 그렇게 말하는 것을 들은…."

"좋아요. 카렌." 미아가 다시 그녀의 말을 가로챘다. "부탁인데 열쇠 좀 찾아봐주겠어요? 금방 그리로 갈게요. 알았죠?"

그녀는 전화를 끊고 아네트에게 전화를 걸었다.

"네. 아네트입니다."

"아네트, 나 미아예요."

"미아, 지금까지 어디에 있었어요?"

"오스고르드스트란에요. 혹시 반장님이 전화하셨어요?"

"아니요. 그런데 소식 들었어요?"

"네. 정말 끔찍해요."

"그러게 말이에요. 게다가 미켈손이 여기 와있어요. 그도 지금 제정신이 아니에요."

미아는 지금까지 미켈손의 존재는 안중에도 없었음을 깨달았다.

"지금 누가 지휘하고 있어요?" 미아가 출구를 찾으면서 물었다.

"미켈손요." 아네트가 대답했다.

"하지만 그는 뭐가 뭔지 모를 거예요, 아네트. 당신이 해요."

"내가 뭘 하라고요? 그건 그렇고, 당신은 지금 어디예요?"

"곧 회비크 양로원으로 갈 거예요. 스톨츠의 차를 찾았어요. 그녀 소식은 있어요?"

"아니, 없어요. 난 뭘 해야 하죠?"

"가브리엘을 만나서 동영상인지 뭔지 하는 데서 GPS 위치를 알아내요. 그리고 반장님이 어디에 있는지 위치추적을 해보라고 해요. 내 생각에 범인이 반장님에게 전화를 걸었고, 반장님이 그를 만나러 가는 듯해요."

"알았어요. 다른 건 또 없어요?" 아네트가 물었다.

"우리가 해야 할 건…."

미아는 회비크로 나가는 출구를 발견하고 방향을 틀었다. 억수같이 내리던 비도 그쳐서 가려는 방향이 제대로 보였다.

"뭘 해야 하죠?"

미아는 더 이상 생각이 나지 않았다.

"그냥 정리된 동영상을 받고 반장님의 위치를 추적해봐요."

"알았어요. 그리고 루드비가 전할 말이 있다고 했어요." 아네트가 덧붙였다.

"뭔데요?"

"사진요. 회네포스의 테라피 그룹."

이럴 수가. 미아의 직감이 적중했다.

"내 휴대폰으로 전송해달라고 전해주세요. 스톨츠의 행방은 아직이에요?"

"아직 몰라요."

"알았어요. 나도 이제 곧 도착해요. 그 차에 흥미로운 점이 있으면 연락할게요."

미아는 전화를 끊고 양로원으로 차를 몰았다.

72장

    루카스는 담요를 덮고 호숫가 벤치에 앉아있었다. 마른 옷으로 갈아입었지만 몸을 덥히려고 안간힘을 썼다. 시몬 복사는 그를 물속에 빠뜨렸다. 하마터면 익사할 뻔했다. 목사는 악마를 보았느냐고 물었지만 그의 눈에는 보이지 않았다. 그러자 목사는 그의 머리를 물속으로 밀어넣었다. 루카스는 혼란스러웠다. 목사는 처음에 그를 물에 빠뜨려 죽이려 하더니 나중에는 마른 옷을 갖다주었다. 목사의 차에 마른 옷과 담요가 준비되어있었다. 목사는 애초에 이럴 계획이었을까? 도대체 왜?

    시몬 목사가 차에서 도시락과 보온병을 가지고 돌아왔다. 그리고 피크닉테이블이 있는 벤치에 루카스와 마주보고 앉았다. 브라운치즈 샌드위치였다. 목사는 보온병 뚜껑을 열어 따뜻한 코코아를 컵에 따랐다.

    "마셔라." 목사가 권했다.

    코코아를 한 모금 마시자 목구멍을 타고 온기가 퍼져나갔다. 천천히 샌드위치도 먹었다. 그 사이에 목사는 루카스를 응시했다. 목사는 한 마디도 하지 않았다. 그저 두 손을 앞에 포갠 채 벤치에 앉아 인자하고 부드러운 눈으로 바라보기만 했다. 루카스는 아직도 겁이 났지만 아까보다는 한결 안심이 되었다. 목사는 잠시도 그에게서 눈길을 떼지 않았다. 평상시에는 루카스의 머리 위, 허공의 어디쯤을 응시하곤 했다. 어쨌든 루카스를 정면으로 바라보는 법은 없었고, 지금처럼 시선을 고정시키는 일도 없었다. 루카스의 몸이 천천히 따뜻해졌다. 목사와 시선을 마주치려고 노력했지만 어쩌다 성공할 뿐이었다. 샌드위치를 다 먹고 핫초콜릿을 세 잔 마셨을 때 목사가 입을 열었다.

"하나님은 세상의 악과 싸우기 위해 직접 독생자 예수 그리스도를 이 땅에 보내셨다." 목사가 말을 이었다. "사람들은 예수를 구할 기회가 있었지만 대신 도둑 바라바(그리스도 대신 석방된 도둑의 이름—주)를 선택했다."

루카스가 살며시 고개를 끄덕였다.

"이 이야기는 사람들이 어떻다는 뜻이냐?" 목사가 물었다.

루카스는 대답하지 않았다. 틀린 대답을 해서 다시 물속에 들어가고 싶지 않았다. 아직도 그 순간의 오싹한 공포가 남아있었다.

"사람들은 자신에게 무엇이 좋은지 모른다." 목사는 이야기를 계속했다. "따라서 스스로 결정하게 놔둬서는 안 된다. 알아들었느냐, 루카스?"

루카스는 고개를 끄덕였다. 목사는 전에도 이런 이야기를 했다. 사람들은 대체로 어리석다. 자신에게 무엇이 좋은지 모른다. 그렇기 때문에 하나님은 몇몇 특별한 사람들만 천국에 가도록 선택하셨다. 입회자들. 깨달은 자들. 40명의 교인과 그렇지 않은 소수의 사람들. 시간이 지나면 그들은 세상 저편에서 온 사람들을 만나게 될 것이다.

시몬 목사는 루카스를 정면으로 응시하며 손을 잡았다.

"나는 신이다." 목사가 말했다.

이 말에 루카스의 몸에 온기가 돌았다. 그 어느 때보다도 강렬하게 온몸이 화끈거리기 시작했다. 발끝부터 발목을 타고 허벅지, 배, 목구멍으로 올라가 얼굴이 달아올랐고, 지금은 귀까지 그랬다.

"나는 신이다. 그리고 너는 내 아들이다." 목사가 말했다.

루카스는 자신도 모르게 입이 벌어졌다. 목사는 신이었다. 이제 명백해졌다. 그래서 그랬던 것이다. 완벽히 이해가 됐다. 그러니까 목사가 집무실에서 신에게 드렸던 말은 자신에게 하는 말이었다. 목사는 신이었다. 그리고 자신은 신의 아들이었다.

"아버지." 루카스는 경외심에 고개를 들지 못했다.

"나의 아들아." 목사가 루카스의 머리에 손을 얹으며 대답했다.

루카스는 신의 손에서 자신의 머리로 번지는 온기를 느꼈다.

"너는 시험을 통과했다." 목사가 말했다. "너는 내 손에 생명을 맡겼다. 이제 나를 믿어라. 나는 너를 죽일 수도 있었지만 그러지 않았다. 우리가 집으로 돌아가기 전에 네가 해야 할 더 거룩한 일이 있기 때문이다."

"집 말입니까?" 루카스가 의아해서 물었다.

"천국 말이다." 목사가 미소지었다.

"그럼 제가 정말로 새로운 예수인가요?" 루카스가 더듬거렸다.

목사가 고개를 끄덕였다.

"27년 전 나는 너를 이 땅으로 보냈다."

루카스는 자신의 귀를 믿기 힘들었다. 그랬다. 모든 게 맞아떨어졌다! 자신에게 부모가 없는 이유도 설명이 되었다.

"그럼 저는 아버지 하나님을 다시 만난 거로군요." 루카스가 경건하게 고개를 끄덕거렸다.

"그렇다. 너는 나를 다시 만났다." 목사가 인자하게 웃었다.

"첫 번째 예수 그리스도는 위대한 일을 하셨는데, 저는 무엇을 하게 되나요?" 루카스가 물었다.

"곧 알게 될 것이다." 목사가 대답했다. "오늘."

"오늘요?" 루카스가 기대 섞인 목소리로 물었다.

목사는 웃으면서 다시 차로 갔다. 그러고는 작은 꾸러미를 가지고 돌아와 조심스럽게 벤치에 내려놓았다.

"저한테 주시는 겁니까?"

"열어보아라." 목사가 다시 웃음지었다.

루카스는 떨리는 손으로 꾸러미를 끌렀다. 안에 든 것을 확인한 그의 눈이 휘둥그레졌다.

"총이네요?"

목사가 고개를 끄덕였다.

"제가 어떻게 하길 바라십니까?"

목사는 허리를 굽혀 그의 손을 잡았다.

"지난주에 어떤 자가 빛의 집을 침범했다."

"누군입니까?"

"악마가 보낸 어떤 꼬마다."

루카스는 내면에서 폭발하는 분노를 느꼈다. 악마가 자신들의 여행을 훼방놓으려 꼬마를 보냈다. 그도 알고 있는 사실이었다. 목사와 닐스는 최근 들어 부쩍 말이 없어졌다.

"다행히도 내가 악마보다 힘에 세다." 목사가 다시 웃었다. "나는 그 녀석을 알고 있지만 그 녀석은 나를 모른다."

당연하겠죠, 루카스가 생각했다.

Deo sic per diabolum.

"신에게 이르는 길에는 악마가 있다."

악마를 구별할 줄 알아야 한다. 악마를 잘 알아야 한다. 이것이 목사가 늘 강조하는 말이었다.

"지금 그 녀석은 어디에 있습니까?"

"안가에 붙잡혀있다."

"그 소년을 어떻게 할 계획이십니까?"

"네가 죽여야 한다." 목사가 대답했다.

루카스는 앞에 놓인 총을 보며 조용히 고개를 끄덕였다.

"그런데 한 가지 작은 문제가 있다."

"그게 무엇입니까?"

"녀석이 라켈을 인질로 잡고 있다. 나의 라켈을."

"사악한 악마로군요." 루카스는 분개했다.

"그러니 조심해야 한다. 녀석을 죽이되 라켈에게 해를 끼쳐서는 안 된다. 나는 라켈을 천국에 데려갈 것이다."

"최선을 다하겠습니다."

루카스는 머리를 조아리며 목사의 손에 입을 맞췄다. 목사가 벤치에서 일어섰다. 루카스는 헝겊으로 권총을 도로 싼 다음 차에 갖다두었다.

"우리가 천국에 갈 때 너는 너만의 라켈을 데리고 갈 것이다."

"네?" 루카스가 물었다.

"약속하마. 나무에 매달려있던 어린 천사들 알고 있느냐?" 목사가 물었다.

"사람들이 말하는 그 소녀들 말인가요?"

"그렇다." 목사가 고개를 끄덕였다. "그 아이들도 천국에 가서 우리를 만날 것이다. 너는 그 중에 하나 고르면 된다."

나만의 소녀? 하지만 루카스는 소녀 따위는 필요치 않았다. 신만 있으면 충분했다. 세상에, 그렇게 어린 여자아이를 상대로 무엇을 한단 말인가? 루카스는 아무 대꾸도 하지 않았다. 목사와 언쟁하고 싶지 않았다. 루카스는 안전벨트를 채우고 시동을 건 다음 차분하게 농장으로 차를 몰았다

73장

킴 콜쇠는 비상상황실 뒤편에 앉아 모든 게 산산조각나는 소리
를 듣고 있었다. 자신이 아니라 뭉크와 미아였다. 두 사람 모두 그
곳에 없었다. 그들이 있었으면 미켈손의 질문에 답했을 것이다. 미
아는 하루 종일 보이지 않았지만 아네트한테 들어서 상황이 어떻게
돌아가고 있는지 알 거라 믿었다. 미아는 오스고르드스트란에 갔
다가 지금 돌아오는 중이었다. 하지만 뭉크한테서는 아무 소식도
없었다.

킴 콜쇠는 한숨을 내쉬며 손가락으로 테이블을 두드렸다. 미켈
손은 안경 위로 이맛살을 찌푸리고 뒷짐을 진 채 선생님처럼 칠판
앞을 왔다갔다 하고 있었다. 그들은 속수무책으로 혼나는 학생처
럼 보였다. 얼핏 쿠리를 보니 입 모양으로 '헛소리'라고 말하며 눈
알을 희번덕거렸다. 킴은 웃지 않으려고 시선을 딴 데로 돌렸다.
그도 전적으로 동의했다. 그들의 과도한 업무량은 사람을 이상하
게 만들었다. 어떤 멤버도 가만히 앉아있지 못했다. 은퇴가 가까운

루드비조차 번잡스러운 어린아이처럼 의자 끝에 엉덩이를 걸친 채 안절부절 못했다. 가브리엘 뫼르크는 이 상황에 정면으로 맞서려는 것처럼 보였다. 그는 친구와 채팅을 하면서 키에세의 동영상에서 잡음을 지우다가 여기로 끌려나온 터였다. 의자에 앉은 채 몸을 앞뒤로 구르고 있는 젊은이는 금방이라도 녹아내릴 것 같은 표정을 짓고 있었다.

"자, 모두 모였습니까?" 미켈손이 방안을 둘러보며 말했다.

아무도 대꾸하지 않았다. 만약 미켈손이 선생님이라면 그들은 선생님의 권위를 무시한 벌로 방과 후에 남아야 하는 버르장머리 없는 학생들이었다. 비상상황실은 일촉즉발의 상황이었다. 팽팽한 긴장감으로 공기가 무거웠다.

"누가 최근의 수사상황을 보고할 사람?"

미켈손이 콧잔등 위의 안경을 밀어올리며 다시 방안을 둘러보았다. 아무도 대답하지 않았다. 선생님에 대한 학생들의 반발은 계속되고 있었다. 어린애 같은 행동이었지만 분노는 현실이었다. 이 방에는 뭉크와 미아의 가장 충성스러운 친구이자 동료들이 모여있었다. 누구도 두 사람을 불신하는 모습이 흥미롭지 않았다.

"홀거 뭉크는 어디 있나? 미아 크뤼거는 또 어디 있고?" 미켈손이 물었다.

마침내 아네트가 자리에서 일어섰다. "반장님은 아무 소식도 없었어요." 그녀가 차분하게 대답했다. "미아와는 연락이 되었고요."

"상황은?"

"통화했을 때 미아는 오는 중이었어요."

"그럼 홀거 뭉크는?"

"반장님은 지금까지 연락이 되고 있지 않는데, 미아가 말하기로 짐작 가는 데가 있다고 하더군요." 아네트가 계속했다.

"그럴 줄 알았어." 대원들로부터 아무런 반응이 없는 상황에서 미켈손이 조롱하듯 말했다. "대체 그게 뭔데?"

"반장님이 살인범한테 전화를 받은 것 같다더군요." 아네트가 대답했다. "살인범이 단독으로 만나자고 제안해서 그리로 가고 있을 것 같대요."

"하지만 모든 전화는 감청당하고 있어. 그럴 거라고 추측할 만한 근거가 있는 건가?" 미켈손이 물었다.

"아뇨. 반장님이 전화기를 꺼놓기 전까지 특별히 포착된 건 없습니다." 가브리엘 뫼르크가 말했다.

"범인이 다른 방법으로 접촉할 수도 있지 않을까요?" 루드비 그뢴리에가 조심스럽게 말했다.

"무슨 뜻인가?" 미켈손이 물었다.

"잘은 모르지만 그의 개인적인 이메일 계정이 있을 겁니다. 넷이나 지메일, 기타 등등. 우리가 거기까진 알 수 없죠. 그렇지 않나, 가브리엘?"

그뢴리에는 의도적으로 가브리엘 뫼르크를 쳐다봤다. 자신이 경찰 내에서 뒤처진 세대에 속하는 것을 알기에 부디 실수가 없었기를 바랐다.

"가브리엘, 설마 온라인 활동도 감시당하는 것은 아니겠지? 그렇지 않기를 바라네." 쿠리가 끼어들자 몇몇 사람이 수군거렸다.

"아뇨. 거기까지는 접근하지 않습니다." 가브리엘이 대답했다.

"그렇다면 반장님이 그런 통로로 메시지를 받았을 수도 있겠네요." 아네트가 말했다. "만나는 장소에 혼자 나오게 하려고 그런 게 아닐까요?"

미켈손이 한숨을 내쉬었다. "이런 식으로 일하고 있나?"

여전히 원하는 반응을 얻지 못하자 미켈손이 모여있는 대원들을 불만스럽게 둘러보았다.

"이게 우리가 일하는 방식이냐고?" 그가 더 크게 다시 물었다. "아니. 이건 아니지. 우리는 팀이라고. 우린 개성 강한 열성분자들의 조직까지 지원할 여유는 없네. 우리는 수사의 진척상황에 대해 서로 정보를 주고받으며 함께 일하고 있어. 이제 보니 당신들이 아무 해결책도 내놓지 못하는 게 전혀 이상한 일이 아니군."

"실제로 우린 꽤 많은 것을 알아냈습니다." 루드비가 기침을 하며 자리에서 일어섰다.

킴은 루드비 그뢴리에를 진심으로 좋아했다. 그는 이 특수수사대에 소속되기 위해 필요한 덕목을 정확히 갖추고 있었다. 참으로 이상한 게 그동안 여러 명이 팀에 합류했지만 맞지 않는다는 이유로 금세 떠났다. 누구도 그게 무엇인지 딱 꼬집어 말하지 못했다. 능력과 나이, 배경, 전문성 그 이상의 것이 있었다, 소위 화학반응이라는 거였다. 어떤 것은 하고, 하지 말아야 하는지 말하지 않아도 서로 이해하는 것. 그는 팀에 들어왔다 적응하지 못하고 떠난 재능 있는 수사관들을 여러 명 보았다. 그들은 뭉크 밑에서 도저히 견디지 못하거나 미아 크뤼거가 또래의 수사관들보다 과대평가되었다고 여겼다. 킴은 오랜 시간 뭉크와 미아, 두 사람들을 도와 일했다. 그리고 다른 일을 하는 자신을 상상할 수 없었다.

루드비 그뢴리에가 미켈손에게 지금까지의 수사내용을 간략하게 설명했다. 말린 스톨츠. 거울로 뒤덮인 아파트. 회비크바이엔 양로원과 회네포스의 불임부부 서포터즈 그룹 간 연결고리. 키에세의 동영상은 미켈손이 대원들을 말썽쟁이 취급하며 여기 모아놓지 않았다면 스톨츠가 마리온 뭉크를 감금하고 있는 은신처 위치와 더불어 진작 그들에게 공개되었을 것이다.

"좋아. 좋아." 미켈손이 안경을 올려쓰며 말했다. "그럼 현재 어떤 상황인가?"

"이제 나가봐도 됩니까?"

그렇게 말한 사람은 가브리엘 뫼르크였다. 킴 콜쇠는 남몰래 씩 웃었다. 그는 이 젊은이가 마음에 들었다. 뭉크가 특별 채용한 가브리엘은 어느 날 갑자기 나타나 금세 이 팀의 중요한 멤버가 되었다. 뭉크는 미아 크뤼거도 같은 방법으로 채용했다. 당시 미아는 경찰학교에서 정규교육도 제대로 수료하지 않았다는 소문이 돌기도 했다.

"왜?" 미켈손이 얼굴을 찌푸리며 물었다.

"반장님이 범인을 만나러 갔다면 반장님의 위치를 파악하는 게 중요할 것 같아서입니다." 가브리엘이 대답했다. "지금 동영상의 잡음을 제거하는 중이었습니다. 그 분야에 뛰어난 친구가 있습니다. 이제 곧 GPS 좌표도 알아낼 계획입니다. 그걸 하는 게 여기에 앉아있는 것보다 훨씬 시급할 것 같습니다."

킴은 속으로 웃었다. 처음 길에서 만났을 때 가브리엘 뫼르크는 제 그림자만 봐도 놀랄 정도로 겁이 많아 보였다. 그랬던 그가 지금은 처음부터 이 팀의 일원이었던 것처럼 행동하고 있었다.

"자네 누구라고 했지?" 미켈손이 안경을 벗으며 물었다.

"가브리엘입니다" 뫼르크가 대답했다.

"경찰 경력 몇 년이라고 했지?"

"2주일이요." 뫼르크가 무표정하게 대답했다.

"난 20년이네." 미켈손이 다시 안경을 쓰며 이야기했다. "우리가 뭘 해야 하는지는 내가 판단해야 할 것 같은데, 그렇게 생각하지 않나?"

그의 빈정거림은 별 효과가 없었다. 킴은 쿠리가 가브리엘에게 윙크하고, 가브리엘이 그에 대한 보답으로 어깨를 으쓱하는 모습을 보았다.

"아네트?" 미켈손이 지원을 바라는 듯 아네트를 쳐다보았다.

"가브리엘 말이 맞아요." 아네트가 일어서며 말했다. "키에세 동영상은 중요하고, 가장 우선시해야 할 일이에요. 게다가 스톨츠가 최후통첩을 해서 반장님이 우리에게 알리지 못하는 거라면 충분히 이해가 가요. 반장님은 손녀를 무척 사랑해요. 저라도 똑같이 했을 거예요."

킴은 미켈손의 안색이 바뀌는 것을 보았다. 만약 미켈손이 아네트를 자기 편이라고 생각했다면 큰 착각이었다. 쿠리는 킴에게 윙크를 보냈고, 킴은 미소를 지었다.

"알겠네." 미켈손이 실망한 목소리로 대꾸한 뒤 테이블에 있는 서류를 뒤적였다. "그럼 이제 어떻게 할 거지?"

킴 콜쇠는 휴대전화의 알림 기능은 꺼두었지만 진동 끄는 것을 깜빡 잊었다. 갑자기 그의 휴대전화가 테이블 위에서 덜커덕거리며 화면에 모르는 번호가 떴다.

"뭔가?" 미켈손이 짜증난 목소리로 대꾸하며 노려보았다.

"전화 좀 받아야겠습니다." 킴이 일어서며 말했다.

"진심인가?" 미켈손이 노여워했다.

"네." 킴은 단호했다.

"그럼…." 미켈손은 말끝을 흐렸다.

방을 나가는 킴은 등뒤에서 들리는 소리에는 신경조차 쓰지 않았다. 그는 커피를 마실 겸 탕비실로 걸어가며 전화를 받았다.

"킴 콜쇠입니다."

발신자는 여자였다.

"저는 에밀리에 이사크센이라고 합니다."

"네, 무엇을 도와드릴까요?"

킴은 냉장고를 열어 우유팩을 꺼냈다. 만약 그와 미아 크뤼거가 통하는 게 있다면 커피머신에서 나오는 액체를 즐겨 마심으로써 건강을 위태롭게 한다는 점이었다.

"매트리스 안에서 형사님의 명함을 발견했어요." 여자가 말했다. "어떻게 해야 할지 모르겠어요. 저를 좀 도와주셨으면 좋겠어요."

"그러죠. 뭘 도와드릴까요?" 킴이 커피에 우유를 따르며 말했다.

74장

　토비아스는 라켈에게 담요를 건넨 뒤 손전등을 껐다. 지하실은 칠흑처럼 깜깜해졌지만 달리 방법이 없었다. 손전등 배터리를 아껴야 했다. 어쨌든 그들의 눈은 금방 적응이 됐다. 토비아스는 자신들이 이 지하실에 얼마나 갇혀있었는지 정확히 몰랐지만 4~5일쯤 되는 듯했다. 며칠 전 그는 해치문을 들어올린 다음 안을 들여다보았다. 그리고 울타리에서 보았던 소녀, 자신에게 도움을 청했던 소녀의 이름을 숨죽여 불렀다. 그때 등 뒤에서 누군가 나타나 그를 안으로 밀어넣었다. 토비아스는 깜짝 놀라면서도 스스로 바보 같다고 생각했다. 몸을 다치기도 했다. 그도 그럴 것이 사다리를 지나 한참을 추락해서 시커먼 구덩이의 딱딱한 콘크리트 바닥에 떨어졌다. 다행히 머리나 팔을 부딪치지 않고 몸이 옆으로 떨어졌다. 옆으로 떨어지는 게 완충작용을 했는지 엉덩이와 한 쪽 다리만 약간 얼얼했을 뿐 크게 고통스럽지는 않았다.

　"우리 해치문을 다시 한 번 열어볼까?" 라켈이 어둠 속에서 나지막이 속삭였다. 라켈이 그리 멀리 떨어져 앉지 않았는데도 토비아스에게는 잘 보이지가 않았다.

이미 여러 번 열어보려 했고, 몇 시간 전에도 시도했다. 사다리를 타고 올라가 어깨로 널빤지 해치문을 밀었지만 꿈쩍도 하지 않았다. 바깥에서 단단히 잠겨있는데다 자물쇠가 반대편에 붙어있어서 만능열쇠로도 소용이 없었다.

다행히 먹을 것은 넉넉했다. 담요와 손전등도 있었다. 다만 배터리가 충분하지 않아서 아끼기로 했다. 그들이 있는 곳은 안가였다. 라켈은 토비아스에게 자세히 설명해주었다. 자신은 여기 여러 번 내려왔다고 했다. 이곳은 말을 듣지 않은 아이들, 시키는 대로 하지 않는 아이들을 통상적으로 가두어두는 곳이었다. 보통은 오래 가두지 않았다. 아이들이 저지르는 잘못에 따라 기한이 달라졌다. 토비아스가 알게 된 바로는 이 농장에 다양한 벌이 있었다. 일주일 동안 말을 하지 않는 것도 그 중 하나였다. 라켈을 처음 만났을 때 쪽지에 용건을 적어서 울타리 너머로 내민 것도 그 때문이었다. 라켈은 말을 할 줄 알았다. 토비아스가 추측했던 것처럼 목소리를 잃어버린 게 아니었다. 그후에는 라켈이 《뻐꾸기 둥지 위로 날아간 새》에 나오는 브롬덴 추장처럼 일부러 말을 못하는 척하는 게 아닐까 의심했지만 그것도 아니었다. 라켈은 멀쩡하게 말을 할 줄 알았다. 누군가 토비아스를 자신이 갇혀있는 이 방으로 밀어서 떨어뜨린 후 그녀는 거의 쉬지 않고 말을 했다. 토비아스는 라켈의 목소리를 듣는 게 좋았다. 라켈은 자신이 아는 여자들과 달랐다. 학교에 있는 여자애들과는 전혀 딴판이었다. 그애들은 대부분 킥킥거리거나 바보 같은 말을 했지만 라켈은 거의 어른처럼 말했다. 게다가 이 안가에 대해서도 잘 알았다. 이곳에는 식품이 담긴 상자라든가 생수가 든 큰 깡통, 석유와 옷도 있었다. 배터리만 빼고 필요한 것은 모두 있었다. 토비아스는 배터리도 틀림없이 여기 어딘가에 있을 거라고 믿었다.

토비아스는 예전에 안전실에 들어가본 적이 있었다. 학교에 있는 안전실은 훈련과정의 일부로 만들어진 것이었다. 국민방위군이 경보를 울리면 학생들은 빠짐없이 한 줄로 서서 걸어야 했고, 전쟁이 일어난 것처럼 행동했다. 학교 안전실에는 낡은 운동 매트리스와 하키 스틱들 외에 아무것도 없었다. 처음 여기 들어왔을 때 며칠은 무서웠지만 그런 느낌은 조금씩 지워져갔다. 어쨌든 지금까지 나쁜 일이 일어나지 않았고, 그들도 적응이 되었다. 라켈은 사람들이 다시 꺼내줄 거라고, 결국은 내보내줄 거라고 위로했다. 가끔 시간이 좀 걸릴 뿐이었다. 토비아스는 자신보다 동생이 더 걱정스러웠다. 형이 집에 돌아오지 않고, 사라졌다고 생각하면 상심할 게 뻔했다. 미리 쪽지를 써서(적어도 그것은 했다) 침대 매트리스 속에 감춰두기는 했다. 지퍼 달린 매트리스는 형제의 비밀장소였다. '기독교인 소녀들을 보러 갔다 올게. 금방 돌아올 거야.' 그는 그렇게 적었다. 토비아스는 동생이 그 쪽지를 보고 조금이라도 안심하기를 바랐다.

"난 이제 신이 존재한다고 믿지 않아." 라켈이 그의 손을 더듬으며 말했다.

토비아스는 예전에도 여자애들의 손을 잡아봤지만 이번에는 좀 달랐다. 라켈은 오래 손잡는 것을 좋아했고, 토비아스도 그게 좋았다. 라켈의 손은 부드럽고 따뜻했으며, 라켈이 가까이 다가와 앉으면 온기가 느껴졌다. 아늑한 기분이었다. 오래 이렇게 둘이 앉아있어도 싫지 않을 것 같았다. 이 지하실에 갇혀있지만 않는다면 말이다.

"나도 신을 믿지 않아." 토비아스는 얼른 맞장구를 쳤지만 처음에는 그렇지 않았다.

그들은 오랫동안 이 문제에 대해 의견을 나눴다. 라켈에게는 신에 대해 얘기하는 것이 중요한 일 같았다. 가끔은 라켈이 혼자서 말하다시피 했지만 토비아스는 능력이 되는 한 대꾸하려고 노력했다.

"정말로 신이 있다면 끔찍하고 역겨운 짓을 하는 사람들을 내버려두지 않으실 거야, 그렇지 않니?"

라켈은 조금씩 다가와 앉아 토비아스의 손을 꼭 쥐었다. 그도 꼭 쥐었다. 그들은 가끔 이렇게 했다.

다 잘 될 거야. 우리는 함께 있으니까.

"내 생각도 그래." 토비아스는 신이 존재하든 말든 관심도 없었지만 그렇게 맞장구를 쳤다.

토비아스는 학교에서 여러 신이 있다고 배웠다. 세상 사람들은 저마다 다른 신을 믿는다. 하지만 종교는 별로 좋아하는 주제가 아닌데다 깊이 생각해본 적도 없었다.

"신을 믿지 않으면 넌 누구를 믿어?" 라켈이 궁금해했다.

"슈퍼맨?" 토비아스는 장난처럼 말했다. 동생이 슬퍼할 때 기분을 풀어주려고 가끔 이런 식으로 말했다.

"누구?" 라켈이 물었다.

그는 라켈이 세상에 대해 많이 알지 못한다는 사실을 자꾸만 잊었다.

"힘이 아주 세고 하늘을 날 수도 있는 남자야."

"사람이 어떻게 날아?" 라켈은 못 믿겠다는 듯이 물었다.

"음, 그는 날 수 있어. 하지만 그는 진짜 사람이 아니라 만화에 나오는 인물이야."

"우리도 예수님에 관한 만화책이 있어." 라켈이 이렇게 말한 후 침묵이 흘렀다.

토비아스는 라켈에게 미안한 생각이 들었다. 자신도 많은 것을 가진 편이 아니었다. 반 아이들 중에는 갖고 싶은 모든 것을 가진 아이들도 있었다. 컴퓨터와 아이패드, 아이폰 따위를 언제나 최신 상품으로 가졌다. 그에 비해 자신은 기껏해야 텔레비전과 만화책, 책뿐이었지만 라켈에겐 그런 것들조차 없었다.

"사람들이 언제 우리를 내보내줄 것 같아? 여기에 가장 오래 있었던 사람은 얼마나 머물렀어?"

"나도 잘 몰라. 사라라는 여자아이는 2주 동안 있었어. 하지만 내가 왔을 때 그애는 여기에 없었어."

"무슨 잘못을 했는데?"

"사람들 말이 도망치려고 했대."

"너처럼?"

"응."

방은 더욱 추워졌다. 아마도 밖이 밤이라서 그런 것 같았다. 토비아스는 담요자락을 끌어당겨 어깨를 덮었다. 라켈은 그에게 가까이 다가앉아 담요를 덮어주었다. 두 아이는 담요 속에 바짝 붙어서 손을 잡고 말 없이 앉아있었다. 어느새 라켈이 토비아스의 어깨에 머리를 기댔고, 잠시 후 라켈의 숨소리가 깊어졌다. 라켈은 잠이 들었다. 토비아스는 라켈을 깨울까봐 꼼짝 않고 앉아서 눈을 감았다. 그러다 그 역시 잠이 들었다. 침대처럼 편안했지만 곤히 잠들지는 못했다. 그저 잠깐 졸았다. 시끄러운 소리에 잠에서 깼을 때에야 잠든 사실을 알았다. 그는 놀라서 머리 위쪽의 해치문을 올려보았다. 문이 열리고 있었다.

손전등 불빛이 사다리를 비출 때 *드디어,*라고 생각하며 가슴을 쓸어내렸다.

토비아스는 주근깨가 연한 소녀를 깨운 뒤 바닥에서 일어섰다.

75장

미아가 회비크바이엔 양로원 밖에 차를 세웠을 때는 비가 그친 후였다. 차에서 내려 계단을 오르는데 오슬로 시내 쪽으로 흘러가는 먹구름이 보였다.

양로원에 들어서자 접수대 데스크 뒤에 서있는 카렌이 보였다. 미아가 벽에서 베로니카 바케의 카나스타 상패를 발견했을 때 말린 스톨츠가 서있던 바로 그 장소였다. 얼마나 멍청했던지 그때는 어떤 연관성도 의심하지 못했다. 두뇌가 제 기능을 하지 못하던 때라 그랬던 것 같았다. 하긴 스톨츠가 뒤쫓는 줄도 몰랐으니. 그랬다, 뭉크가 아니었다. 홀거 뭉크가 아니라 에드바르 뭉크였다. 그래서 이센그란 요새에서 시신이 발견된 것이다. *뭉크의 어머니들*이라는 이름의 동상이 설립될 그곳에. 미아 크뤼거는 회네포스 사건을 수사했다. 살인범은 그렇게 생각했을까? 내가 여자라서? 경찰이면서 여자라서. 더 확실하게 알았어야 했다. 내가 여자라서 아기를 꼭 찾아야 했을까? 미아는 더 이상 머리가 돌아가지 않았다. 무덤에 갔다 오느라 기력이 완전히 소진했다. 할머니는 세상을 떠났다. 아버지도 세상을 떠났다. 어머니도, 시그리도 이 세상 사람이 아니었다. 그녀만 혼자 남았다. 미아는 모든 것이 끝나기만 바랐다. 히트라에서 지낼 때 자신의 선택이 올바른지 의문이 들 때가 몇 번 있었다. 자살. 이 세상을 떠나기. 혹시 내 선택이 틀렸으면 어쩌지? 하지만 더 이상 의심하지 않을 것이다. 이제야 자신의 선택이 옳다는 것을 확실히 알았다. 절대 섬을 절대 떠나지 말았어야 했다. 테이블에 놓여있는 알약이 떠올랐다. 미아는 자신이 그것을 얼마나 간절히 바라고 있는지 깨달았다.

어서 와, 미아, 어서 와.

하지만 먼저 마리온을 찾아야 했다. 마지막 남은 힘을 다해 홀거 뭉크가 눈에 넣어도 아파하지 않는, 생글생글 웃음이 떠나지 않는 그의 사랑스러운 손녀를 찾으리라. 말린 스톨츠를 잡으리라. 문득 알 수 없는 전화를 받고 사라진 뭉크 생각이 났다. 미아는 그가 무사하기를 빌었다. 어쩌면 지금쯤 말린을 체포했을지도 모른다. 손녀도 찾았을지 모른다. 미아는 애써 웃었다. 부디 세상의 잔혹함을 더 확인하게 되지 않기를 바랐다.

"안녕하세요, 카렌?"

"어서 오세요, 미아."

"연락 줘서 고마워요. 잘 되면 모두 당신 덕분이에요. 제가 약간 퉁명스러웠다면 미안해요. 일이 바빠서요."

"무슨 일 있어요?" 카렌이 걱정스러운 표정을 지으며 물었다.

당신은 홀거를 걱정하고 있군요, 미아가 생각했다. 이제 확실히

알 것 같았다.

"아니요. 일상적인 압박감이죠." 미아는 거짓말을 했다. "열쇠는 찾았어요?"

"네. 여기 있어요." 카렌이 열쇠를 보여주며 설명했다. "웃옷주머니에서 찾아냈어요."

"차는 거기 오랫동안 주차되어 있었나요?"

"모르겠어요." 카렌이 미아를 문밖으로 안내하며 설명했다. 그녀는 계단을 내려가 지하주차장으로 향했다. "오늘 아침 쓰레기통을 비우러 갔다가 발견했어요. 제 담당은 아닌데, 바쁘면 네 일 내 일 가리지 않죠. 얼마나 거기 서있었는지 모르겠어요."

"그녀는 왜 집에 갈 때 차를 이용하지 않을까요?" 미아가 궁금해서 물었다.

"모르겠어요." 카렌은 앞장서서 주차장으로 가고 있었다.

미아, 무당벌레처럼 훨훨 날렴, 그걸 절대 잊지 마라.

할머니가 돌아가시기 전에 하신 말씀이었다. 미아는 더 이상 날 수 없을 것 같았다. 카렌은 미아와 비슷한 나이거나 조금 많아 보였지만 훨씬 건강한 모습이었다. 훨씬 젊고 유연했다. 주름 하나 없었다. 삶의 무게를 짊어지고 다니는 것처럼 보이지 않았다. 그녀는 양로원에서 일했다. 상처받기 쉽고 피곤에 찌든 수사관들과는 다른 세상에서 살고 있었다. 미아는 이제 끝난 것처럼 느껴졌다. 몸으로 느꼈다. 오랫동안 버티려고 안간힘을 썼다. 미아 문빔이 되기 위해서였다. 하지만 이 세상에 혼자 남았다. 묘지에 다녀온 후 다시금 그런 생각이 들었다. 이제 싸움을 그만둘 수 있겠다는 생각이. 미아는 정신을 가다듬고 친절한 여인에게 미소를 지어보였다. 뭉크와 카렌. 미아는 그들을 위해서라도 이 일이 잘 해결되기를 바랐다. 그들은 잘 어울리는 한 쌍이 될 것이다. 뭉크는 정말로 그런 행복을 누릴 만한 자격이 있었다.

"여기예요." 카렌이 웃으면서 구석에 주차된 흰색 시트로엥을 가리켰다. "그리고 여기 자동차 열쇠요." 그녀가 다시 웃었다.

미아는 차를 열고 안을 들여다보았다. 첫눈에도 연쇄살인범의 차라고 의심할 만한 점이 전혀 보이지 않았다. 맥도날드에서 선물로 받은 컵, 신문, 모든 게 평범했다. 차 안에 이어 트렁크를 열어보았다. 그곳에도 기대하는 것은 없었다. 경고용 삼각대와 부츠뿐이었다. 멍청하기는, 도대체 무엇을 기대했단 말인가? 설마 스톨츠가 소녀들의 물건이라도 남겨놓았을라고? 그런 점에 있어 범인은 영리했다. 냉소적이고 냉혹한 성격에 계획을 세우는 데만 몇 년이 걸렸다. 그런 범인이 차에 증거를 남길 리 없었다. 심지어 범인은 시그리의 무덤까지 다녀왔다. 그런 생각을 하자 분노가 치밀었다.

그때 주머니의 휴대전화가 진동했다. 루드비에게서 사진이 전송되었다. 적어도 두뇌의 일부는 작동하고 있었다. 미아는 자신의 추리가 옳았다는 생각에 기뻤다. 불임여성을 위한 서포터즈 그룹. 자신이 뭔가 기여했다는 생각에 기분이 좋아졌다. 휴대전화에서 루드비의 메시지를 열어보았다. 회네포스의 서포터즈 그룹. '2005년 크리스마스 모임.' 총 여섯 명의 여성이 크리스마스트리 앞에서 웃고 있는 사진이었다. 미아는 한눈에 그녀를 알아보았다. 말린 스톨츠. 눈 색깔이 다른 모습은 아니었다. 양쪽 다 푸른색이었다. 아마 렌즈를 꼈으리라.

사진을 약간 확대해보았다. 확실히 말린 스톨츠였다. 참 이상했다. 너무나 평범해 보였다. 아기를 원하지만 갖지 못한 평범한 여인처럼 보였다. 옆에 서있는 여자와 팔짱을 낀 채 웃고 있었다. 미아는 옆에 있는 여자를 자세히 보기 위해 사진을 확대했다.

이런, 맙소사.

미아는 홱 돌아섰지만 너무 늦었다. 사진 속의 여자. 등뒤에 서있던 여자. 알 수 없는 무언가가 목덜미를 찔렀다. 그러고 나서 열려있던 트렁크 금속에 뒤통수를 부딪쳤다.

"10부터 거꾸로 세." 카렌이 다시 웃었다. "사람들은 보통 그렇게 말하지. 10부터 거꾸로 세면 잠이 들 거라고. 재미있지 않아, 응? 10, 9, 8…."

미아 크뤼거는 '6'이라는 말을 듣기 전에 의식을 잃었다.

6부

76장

아네트 골리는 비상상황실의 분위기가 마음에 들지 않았다. 미켈손은 수사지휘권을 넘겨받았다. 그는 책임자가 되고 싶어했지만 팀원을 격려하고 일을 추진하기에는 사건에 대한 이해가 부족했다. 아네트는 좌절감을 느끼기 시작했다. 자신들은 지금, 그 어느 때보다 신속하게 움직일 필요가 있었다. 미켈손에게 상황을 이해시킬 시간이 없었다. 도대체 미아는 어디에 있는 거야? 아네트는 미아와 가까스로 전화통화를 했다. 그런데 뭉크는 왜 휴대전화를 꺼놓았을까? 살인범을 만나러 가는 길이라 그럴 수도 있지만 추적당하기 싫었을지도 모른다. 왜 자신을 추적하지 못하게 하려는 걸까? 아네트는 그런 생각에 잠겨있느라 방금 킴이 한 말을 놓쳤다.

"그걸 꼭 지금 해야 하나?" 미켈손이 다그쳤다. "더 중요한 일이 있을 텐데."

킴이 한숨을 쉬며 대꾸했다. "그렇지만 거기에 어떤 연결고리가 있을지 모릅니다."

"무슨 연결고리?" 미켈손이 물었다.

아네트는 미켈손이 다른 팀원들에게 끝내 앙갚음했던 사실을 떠올리며 하고 싶은 말을 꾹 참았다.

"토비아스 이베르센은 요한네의 시신을 발견한 소년입니다. 그런데 지금 실종상태입니다. 제가 조금 전에 소년의 선생님과 통화를 했습니다. 일주일째 아무도 그 아이를 본 사람이 없답니다. 동생한테 숲에 사는 종교 분파를 만나러 간다는 쪽지를 남기고 사라졌다고 합니다."

"그저 우연히 일어난 일일 수도 있어." 미켈손이 말했다.

아네트는 더 이상 침묵을 지킬 수 없었다.

"아니 중요할 수도 있어요." 그녀가 큰 소리로 말했다. "만약 그 종교 분파가 요한네의 시신이 발견된 곳에서 가까운 숲에 살고 있다면 충분히 확인할 가치가 있어요. 게다가 이 사건도 교회와 관련이 있어요. 어떻게 관련됐는지는 모르지만 의심할 만한 부분은 있어요."

미켈손은 상황을 저울질하며 그를 바라보았다.

"좋네." 미켈손이 뜸을 들인 끝에 대답했다. "하지만 거기에 많은 시간을 허비하지는 말게. 그리고 언제 자네가 필요할지 모르니 전화 잘 받고."

"그러죠." 킴이 고개를 끄덕였다.

킴은 미켈손에게 목례를 하고 방을 나갔다. 그리고 문을 닫으며 아네트에게 윙크를 보냈다. 아네트는 웃으면서 윙크로 화답했다. 그녀는 킴 콜쇠를 좋아했다. 사실 팀원들 모두를 좋아했다. 뭉크는 분명 약점이 있지만 사람을 보는 눈이 정확했다. 아네트는 이렇게 단합이 잘 되고 의욕 넘치는 팀과 일해본 적이 없었다. 그런데 지금은 동기 부여가 제대로 이루어지지 않고 있었다. 미켈손은 경찰청 관리직이면 모를까 수사관이나 팀의 리더에 어울리는 사람은 아니었다. 사회적 기술은 형편없고 안테나는 예민하지 않았다. 비상상황실만 아니라면 정상적으로 돌아가는 조직처럼 보였다. 당연했다. 해결할 일은 끝없이 몰려들고 초침은 째깍째깍 움직이고 있었다. 미리암과 마리온이 머물렀던 아파트 근처에서는 수상한 점을 발견하지 못했다. 마리온은 흔적도 없이 사라졌다. 아네트는 뭉크 생각을 했다. 어쩌면 그는 지금 마리온과 함께 있을지 모른다. 지원세력도 없이 치명적인 위험 속에 빠졌지만 적어도 손녀와 함께 있다. 만약 그렇다면, 정말로 그래야 하는데. 아네트는 다른 상황은 생각하고도 싶지 않았다.

"그럼 마리온은 어디에 있는 걸로 봐야 하나?" 상황실에서 미켈손이 물었을 때 마침 밖에 둔 아네트의 휴대전화가 울렸다.

미켈손이 그녀를 노려보았지만 아네트는 전화를 받기 위해 서둘러 방을 나갔다.

"네, 아네트라고 합니다."

"그뢴란의 힐데 마이어입니다, 잠깐만요. 여기 당신과 통화하고 싶어하는 사람이 있어요."

"나와 개인적으로요?"

"아니, 반드시 당신일 필요는 없는데, 반장과 미아에게 연락했지만 전화를 받지 않더군요."

미아가 전화를 받지 않아? 그녀는 어디에 있는 거지?

"지금 몹시 바빠요. 중요한 일인가요?."

"그럼요. 중요한 일이죠."

"그 사람이 누군데요?"

"말린 스톨츠."

아네트는 휴대전화를 떨어뜨릴 뻔했다.

"뭐라고 하셨죠?"

"말린 스톨츠라고요."

아네트는 허둥거리느라 할 말을 잃었다. 그녀는 전화를 들고 다
시 비상상황실로 달려갔다.

"스톨츠예요." 그녀가 소리쳤다.

"뭐라고?" 미켈손이 깜짝 놀라 물었다. "그럼 어떡해야 해?"

"그녀가 그뢴란에 와있대요. 쿠리. 나와 함께 가요."

"그러죠." 쿠리는 재빨리 재킷을 찾아 손에 들었다.

77장

홀거 뭉크는 침대에서 일어나 앉았다. 머리는 지끈거리고 입안은 바싹바싹 탔다. 멍한 정신으로 주변을 두리번거렸다. 간소한 방이었다. 보호시설이었다. 양로원. 그는 아직 회비크바이엔 양로원에 있었다.

도대체 어떻게 된 거지?

그는 벌떡 일어섰지만 다시 앉아야 했다. 방이 빙글빙글 도는 것처럼 느껴졌다. 창문을 보니 밖이 어두웠다. 저녁이었다. 하루 종일 잠을 잔 것이다. 회비크바이엔 양로원 침대에서 옷을 입은 채로. 주머니를 뒤져보았지만 전화기가 보이지 않았다. 도대체 어디로 갔지? 카렌은 어디에 있고? 그녀가 깨워주기로 하지 않았던가? 뭉크는 다시 일어나보았다. 이번에는 겨우 성공했다. 비틀거리며 문까지 걸어가 열어보려고 했지만 꿈쩍도 하지 않았다. 밖에서 잠근 듯했다. 안쪽에 잠금장치가 있나 더듬어보았지만 없었다. 누군가 자신을 이곳에 가둔 것이다. 미친 짓이었다. 어떤 일이 일어났는지 깨닫는 순간 홀거 뭉크는 공포심에 사로잡혔다.

제기랄.

그는 주먹으로 문을 치며 미친 듯이 고함을 질렀다.

"여보세요?"

더욱 필사적으로 주먹질을 하면서도 머리를 식히려고 그는 안간힘을 썼다.

"거기 아무도 없어요?"

다시 주머니를 뒤져보았다. 더플코트와 바지 여기저기를 손으로 더듬어보았다. 그러다 비틀거리며 다시 침대로 돌아와서 침대보를 잡아당기기 시작했다. 어디에도 휴대전화는 없었다.

그때 등뒤로 문이 열리더니 처음 보는 요양사가 빠끔 얼굴을 들이밀었다.

"누구세요? 여기에서 뭐하는 거죠?"

"오슬로 경찰, 강력반 뭉크라고 합니다." 뭉크는 억지로 그녀를 밀치고 지나가며 잠이 덜 깬 목소리로 물었다. "카렌 봤어요?"

"카렌요?" 요양사가 의아해하며 되물었다. "카렌은 근무시간 끝났어요. 왜 그러시죠?"

"전화 좀 쓸게요." 뭉크가 허둥지둥 접수대 데스크로 걸어가며 말했다.

"안 돼요. 잠깐만요. 쓰시면 안 돼요…."

"난 뭉크 반장이에요. 경찰관. 내 어머니는 여기에 거주해요." 뭉크는 웅얼거리며 수화기를 집어들었다.

그는 몸도 제대로 가누지 못하며 수화기를 손에 들었다. 그놈의

첨단기술이니 뭐니 하는 것 때문에 요즘 들어 통 전화번호를 외우지 못했다. 그는 전화안내서비스에 전화를 걸어 그뢴란 경찰청과 연결해달라고 부탁했다. 마침내 전화가 연결되자 다시 특수수사대를 연결해달라고 했다. 루드비가 전화를 받았다.

"그뢴리에입니다."

"나예요. 뭉크."

"홀거, 도대체 지금까지 어디에 있었어요?"

"지금 설명할 시간이 없어요, 루드비. 미아 있습니까?"

"아니. 사라졌어요."

"무슨 말입니까, '사라지다니?' 도대체 어디 있대요?"

"아무튼 여기에는 없어요." 루드비가 대답했다.

"도대체가⋯," 뭉크가 말끝을 흐렸다. "그럼 가브리엘은 있습니까?"

"뭉크⋯."

"가브리엘 바꿔주십쇼. 휴대전화로 위치를 추적할 수 있을 겁니다. 가브리엘 좀 바꿔주세요."

"뭉크!" 루드비가 다시 소리쳤다.

"제발, 루드비. 그냥 가브리엘 좀 바꿔줘요."

"당신 손녀가 실종됐어요." 루드비가 저편에서 말했다.

뭉크는 너무 충격을 받아 입도 뻥긋하지 못했다.

"마리온이 사라졌어요." 루드비가 다시 일러주었다. "누군가 아파트에 침입해서 납치해갔어요. 하지만 괜찮을 거요, 뭉크. 우리가 스톨츠를 데리고 있어요. 그녀가 자수했어요. 내 말 들려요? 말린 스톨츠를 데리고 있다고. 지금 아네트와 쿠리가 조사하고 있어요. 별일 없을 거예요."

뭉크는 마치 동면에서 깨어난 곰처럼 천천히 몸을 일으켰다.

"그 여자가 아니에요." 뭉크가 소리쳤다.

"무슨 말이에요, 뭉크?"

뭉크는 이제 온 세상이 빙글빙글 도는 것 같았다.

"차 좀 보내줘요."

"하지만 뭉크."

"빌어먹을, 나한테 차 좀 보내달라고요!" 그는 수화기에 대고 소리쳤다.

"도대체 자네가 있는 곳이 어딘데!" 루드비도 되받아쳤다.

"미안해요." 뭉크는 사시나무 떨듯 떨고 있는 자신을 깨달았다. "회비크바이엔 양로원이에요. 차 좀 보내줘요. 루드비. 난 운전할 형편이 아니에요. 차 좀 보내줘요."

그는 수화기를 테이블에 내려놓고 비틀거리며 땅거미 지는 밖으로 나갔다.

78장

그뤼란 경찰청 지하에 위치한 현대적인 취조실에는 긴장과 안도감이 동시에 흘렀다. 그들은 오랫동안 이 여자를 찾았다. 처음에는 정체 모를 투명인간 연쇄살인범이었다가 그 다음에는 거울로 뒤덮인 아파트에 사는, 눈 색깔이 다른 여인이었다. 그리고 지금은 1미터밖에 떨어지지 않은 곳에 그녀가 있었다. 쿠리가 물을 한 잔 더 따르는 동안 아네트는 말린 스톨츠를 슬쩍 쳐다봤다. 어떤 모습을 기대했는지 모르지만 적어도 이런 모습은 아니었다. 스톨츠는 가녀리고 섬세했다. 길고 검은 머리가 창백한 얼굴을 덮고 있었다. 그녀는 가느다란 손가락으로 겨우 물잔을 들어 메마른 입술에 갖다 댔다.

"고마워요." 말린 스톨츠가 다시 목례를 하며 조그맣게 말했다.

아네트는 그녀가 안쓰럽다는 생각이 들 정도였다.

"당신은 변호사를 선임할 권리가 있어요, 알고 있죠?" 쿠리가 앉으면서 알렸다.

말린 스톨츠는 희미하게 고개를 끄덕였다.

"변호사는 필요 없어요." 그녀가 나지막이 대답했다.

"잘 생각했어요." 아네트가 끼어들었다.

말린 스톨츠는 아네트를 올려다봤다. 한 쪽은 갈색, 한 쪽은 푸른색인 눈은 살아야겠다는 의지를 잃어버린 것처럼 보였다.

"변호사는 필요 없어요." 말린 스톨츠는 다시 반복해서 말한 뒤 야윈 손으로 검은 머리를 쓸어올렸다. "내가 알고 있는 것을 모두 말할게요."

"용의자는 변호인에 대한 권리를 포기했습니다." 쿠리가 테이블에 놓인 작은 마이크에 대고 말했다.

"진심이에요?" 아네트가 물었다.

말린 스톨츠는 여전히 신중하게 다시 한 번 고개를 끄덕였다. 그녀는 너무도 쇠약했다. 아네트는 너무 크게 말하거나 심지어 손가락을 퉁기기만 해도 그녀가 부러지지 않을까 걱정스러웠다.

"내가 알고 있는 걸 모두 말할게요." 스톨츠가 계속했다. "그 전에 사람 좀 불러주세요."

"그 사람이 누군데요?" 쿠리가 퉁명스럽게 물었다.

아네트는 그에게 잠자코 있으라는 신호를 보냈다. 공격적으로 나올 이유가 없었다. 말린 스톨츠는 이미 무너져 있었다.

"난 몸이 아파요." 말린이 말했다. "병에 걸렸어요. 의사를 불러주면 안 될까요?"

말린이 아네트를 쳐다보았다. 이번에는 애원하는 눈빛이었다.

"좋아요." 아네트가 고개를 끄덕였다. "전화번호가 뭐죠?"

"외우고 있어요."

쿠리가 테이블에 수첩과 펜을 내려놓았다. 그때 그의 휴대전화에서 삑, 하는 알림 소리가 났다. 말린이 전화번호를 적는 동안 쿠리는 메시지를 확인했다. 쿠리의 눈썹이 치켜 올라갔다. 쿠리는 아네트에게 휴대전화를 내밀었다. 루드비였다.

반장이 오는 중.

아네트는 웃으면서 전화기를 돌려주었다. 뭉크가 오고 있었다. 드디어. 아네트는 말린 스톨츠에게서 수첩을 받아 쿠리에게 전하며 부탁했다.

"전화 좀 걸어줄래요?"

쿠리는 고개를 끄덕인 뒤 취조실을 나갔다.

"물 좀 더 줄까요?" 둘만 남았을 때 아네트가 물었다.

"아뇨. 됐어요." 스톨츠가 다시 고개를 숙인 채 속삭이듯 말했다.

"어디가 아파요?"

"의사도 모른대요." 말린이 대답했다. "하지만 머리가 문제예요. 정신이 건강하지 못해요. 이따금 내가 누군지 모르겠어요. 하지만 의사도 고칠 수 없대요."

"마리온 뭉크는 어디에 있어요?" 아네트가 물었다.

"누구요?" 말린 스톨츠는 어리둥절한 표정을 지었다.

"마리온 뭉크. 그애를 아파트에서 데려갔잖아요. 그애를 어디에다 감춰놨어요?"

"누구요?" 스톨츠가 재차 물었다.

그녀는 정말로 의아해하는 것처럼 보였다.

"당신이 왜 여기에 왔는지 알고 있어요?"

"네." 말린이 고개를 끄덕였다.

"왜 여기에 있죠?"

"우린 노인들을 속였어요." 말린이 힘없이 말했다.

이번에는 아네트가 놀랄 차례였다. "무슨 뜻이에요?"

말린이 아네트를 올려다봤다.

"우린 노인들을 속였어요. 그럴 의도는 아니었어요. 그런데 결국은 그렇게 되었어요. 카렌과 나는 돈이 필요했어요. 나는 아이를 입양하려고 했죠. 하지만 결혼을 하지 않은데다 건강이 나빠서 어려웠어요. 아이를 입양하는 게 얼마나 힘들고 돈이 많이 드는지 알아요?"

아네트는 그녀가 무슨 말을 하는지 이해할 수가 없었다.

"지금, 이 순간에도 아파요, 말린?"

"네? 나요?"

말린 스톨츠가 갑자기 고개를 번쩍 들더니 주변을 둘러보았다.

"지금 자신이 누구인지 알아요, 말린?"

"내 이름은 말린이 아니에요." 스톨츠가 말했다.

"그럼 뭐죠?"

"내 진짜 이름은 마이켄 스토르베르게트예요." 말린 스톨츠가 대답했다.

"그럼 왜 자신을 말린이라고 부르는 거죠?"

"그건 카렌의 아이디어였어요." 야윈 여자가 대답했다.

마이켄 스토르베르게트. 아네트는 지금 대단히 혼란스러웠지만 상대방에게 그 사실을 들키지 않으려고 애썼다.

쿠리가 취조실로 돌아왔다.

"당신 주치의한테 연락했어요. 그가 당신 안부를 물으며 지금 오는 중이라고 전해달라더군요."

쿠리는 공격적인 태도를 완전히 지웠다. 그래야 할 필요가 없어졌다. 아네트는 앞에 앉아있는 여인을 보며 말린 스톨츠가 정말로 자신들이 찾는 용의자가 맞을까 의심하기 시작했다. 물론 그녀는 능란한 거짓말쟁이가 될 필요가 있었다. 하지만 어디까지나 가능성이었다. 그녀는 정신질환을 앓고 있다고 말했다. 언제나 온전한 정신이 아닌 것이다. 하지만 아네트는 지난 몇 년간 거짓말쟁이를 숱하게 보았다. 만약 말린 스톨츠가 그런 부류라면 그야말로 최고의 거짓말쟁이임에 틀림없었다. 아네트는 녹음기를 끄고 잠깐 양해를 구했다. 그러고는 말린 스톨츠만 취조실에 남겨두고 쿠리와 복도로 나갔다.

"의사가 뭐래요?"

"말린의 말이 사실이에요." 쿠리가 대답했다. "어렸을 때부터 보호시설을 드나들었대요. 만약 내가 통화한 상대가 진짜 의사라면 이 사건은 더 이상 무엇을 믿어야 할지 모를 만큼 괴상해요."

"그녀의 병명을 의사가 말해줘요?"

"아니요. 환자에 대한 비밀보호 의무 뭐 그런 거 있잖아요. 하지만 그녀가 미쳤다는 사실은 흔쾌히 확인해줬어요."

"쿠리…."

"알았어요, 정신질환. 제기랄, 아이들 넷을 죽였는데, 말조심을 해야 하는군."

"그가 진짜 의사인지 확인하고, 마이켄 스토르베르게트에 대해 조사해보라고 해요."

"누구요?"

아네트는 고갯짓으로 취조실을 가리켰다.

"스톨츠?"

"자기가 그렇게 말했어요. 해줄 거죠?"

"그야." 쿠리가 마지못해 동의했다.

아네트는 다시 취조실로 돌아간 뒤 녹음을 시작했다.

"2012년 5월 4일, 금요일. 시간은 22시 40분. 참석자는 검사 아네트 골리. 말린 스톨츠를 조사하고 있음."

"마이켄 스토르베르게트예요." 스톨츠가 고쳐 말했다. 하지만 그녀의 목소리는 부쩍 풀이 죽어있었다.

"내가 어떻게 불러주면 좋겠어요?" 아네트가 친절하게 물었다.

"마이켄이 좋겠어요." 말린이 대답했다.

"좋아요. 마이켄. 물 좀 줄까요, 마이켄?"

"아니, 됐어요. 이대로 좋아요."

"당신이 왜 여기에 있는지 알아요, 마이켄?"

"네, 카렌과 제가 노인들에게 사기를 쳤기 때문이에요. 정말 죄송해요."

"그건 당신이 여기에 와있는 이유가 아니에요, 마이켄."

"아니라뇨?"

말린 스톨츠로 알려져 있는 마이켄 스토르베르게트가 의아한 표정으로 쳐다보았다.

"정말로 변호사가 배석하는 것을 원치 않아요?"

"네, 그래요. 그런데 내가 왜 여기에 있죠?"

"당신은 여섯 살 난 소녀 넷을 살해하고, 마리온 뭉크라는 여섯 살 난 아이를 납치한 혐의를 받고 있어요."

"네? 아니에요, 난 아니에요, 절대로." 그녀가 벌떡 일어서며 부인했다.

"앉아요, 마이켄."

"아니에요. 난 아니에요. 난 절대로 그러지 않았어요. 그 사건과 관련해서 난 아무 짓도 안 했어요. 절대로 안 했어요."

아네트는 그녀의 수갑을 풀어준 것을 벌써 후회하고 있었다. 마이켄 스토르베르게트는 자해를 할 것만 같아보였다.

"앉아요, 마이켄."

"저는 그것과 관련해서 아무 짓도 하지 않았어요."

"앉아요, 마이켄, 제발."

"그건 비즈니스였어요. 난 절대로 그런 짓은 하지 않았어요. 난 아니에요. 자신 있게 말할 수 있어요."

"의자에 앉겠다고 약속하면 당신 말을 들어줄게요, 그건 어떻게 된 거죠?" 아네트는 최대한 차분하게 말하며 손가락으로 테이블 밑에 있는 버튼을 더듬었다. 사복경찰을 호출하려니 내키지 않았다. 그것은 최후의 수단이었다.

마이켄 스토르베르게트는 앉기 전에 잠깐 아네트를 쳐다봤다.

"마이켄?"

"네?"

"내가 지금까지 말한 것 다 잊어요. 알았죠?"

"좋아요." 마이켄은 어리둥절한 표정으로 눈물을 닦았다.

"아까 나한테 무슨 말을 하려고 했죠? 노인들이라고요?"

마이켄이 의자에서 몸을 꼿꼿하게 세우며 고개를 끄덕였다.

"어떤 노인들이죠?"

"요양원 노인들요." 마이켄이 담담하게 대답했다. "회네포스에서 처음 카렌을 만났어요. 아이를 갖지 못하는 사람들을 위한 모임이죠. 우리는 친구가 됐어요. 그건 그녀의 아이디어였어요. 그녀가 아는 사람이 있다고 했어요."

"누구요?"

"목사요. 처음에는 목사가 아니었어요. 차를 판다고 했던 것 같아요. 그런데 목사가 되더니 죽을 날이 멀지 않은 노인들로부터 돈을 뜯었어요."

"그들의 유산?"

언젠가 미아가 뭉크의 어머니 재산을 빼앗으려는 교회에 관해 팀원들한테 간단히 설명해준 적이 있었다.

마이켄 스토르베르게트가 고개를 끄덕였다. "우리는 한 명 성사시킬 때마다 돈을 받았어요, 한 사람당으로…."

"그들이 누구죠?"

"우리가 설득해서 하나님을 믿게 된 노인들이에요."

그녀는 수치스러워하는 게 역력했다. 무릎에 올려놓은 여윈 손을 연신 비틀었다.

"그 일을 얼마나 계속했죠?"

"오래 했어요. 꽤 오래. 우리는 많은 노인들을 속였어요."

문이 열리며 쿠리가 방안으로 들어왔다. 아네트가 마이크에 대고 말했다.

"지금 시각 22시 57분. 수사관 욘 라르센이 방금 들어옴. 말린 스톨츠, 즉 마이켄 스토르베르게트에 대한 조사는 계속됨."

아네트가 쿠리를 보며 고개를 끄덕였다.

"모두 사실이에요." 쿠리가 전했다.

"카렌은 누구예요?" 아네트가 물었다.

"카렌을 몰라요?" 마이켄이 반문했다.

"카렌이 누굽니까?" 쿠리가 다시 물었다.

"아니요. 우린 카렌을 몰라요." 아네트가 대답을 했다.

"나는 카렌을 알지." 뭉크의 음성이었다. 그는 갑자기 방안에 나타났다. 아네트는 문이 열리는 소리도 듣지 못했다.

"지금 시각 22시 59분. 강력범죄반 반장 홀거 뭉크 씨가 방금 취조실에 들어옴." 아네트가 마이크에 대고 말했다.

"카렌은 어디 있죠?" 뭉크가 테이블 상석에 앉으며 물었다.

마이켄 스토르베르게트는 뭉크의 등장에 당황한 표정이 역력했다. 그들은 서로 안면이 있었다. 마이켄은 뭉크의 가족을 꾀어 유산을 헌납하게 하는 역할을 했다.

"미안해요, 홀거 씨." 마이켄이 시선을 내리깐 채 웅얼거렸다. "전 그저 아기를 갖고 싶었어요. 다른 사람은 모두 갖는데 왜 난 가질 수 없죠?"

"괜찮아요, 말린." 뭉크가 그녀의 어깨에 손을 얹으며 차분하게 말했다. "카렌이 어디 있는지 그것만 말해요."

"마이켄이에요." 아네트가 고쳐 말했다.

"어?" 뭉크가 아네트를 돌아다보았다.

아네트에게 뭉크의 지친 모습이 처음은 아니었지만 그래도 지금과 같은 적은 없었다. 그는 고개만 겨우 들 수 있을 정도였다. 만약 그가 술을 입에도 대지 않는다는 사실을 몰랐다면 술에 취한 줄 알고 비난했을 것이다.

"마이켄 스토르베르게트예요." 쿠리가 뭉크를 안심시키려는 듯 고개를 끄덕여보였다.

"마이켄? 그래, 마이켄. 좋아요, 카렌은 어디 있죠?" 뭉크가 재차 물었다.

"아니에요, 난, 아니에요." 마이켄이 의자에서 몸을 앞뒤로 구르며 소리쳤다.

"반장님?" 아네트가 불렀지만 뭉크는 무시했다.

"난 카렌이 어디에 있는지만 알면 돼요, 알아요? 나는 그 여자가 어디에 있는지 당장 알아야 한다고요, 당장!"

뭉크는 허리를 구부려 여자의 어깨를 움켜쥐었다. 마이켄 스토르베르게트는 무의식중에 손으로 얼굴을 가렸다.

"아니에요, 난, 아니에요."

"반장님" 아네트의 목소리는 단호했다.

"카렌은 어딨느냐고?" 뭉크가 여자를 흔들며 소리쳤다.

"반장님!" 아네트의 목소리는 호통에 가까웠다.

"카렌 어디 있느냐고!"

뭉크는 여자를 더욱 격렬하게 흔들었다. 아네트가 일어서려고 하자 쿠리가 제지했다. 다부진 쿠리는 억센 팔로 뭉크를 감싸안고 취조실 밖으로 데리고 나갔다.

"괜찮아요, 마이켄?" 다시 둘만 남았을 때 아네트가 물었다.

수척한 여자는 겁에 질린 눈으로 희미하게 고개를 끄덕였다.

"저 두 사람과 할 얘기가 있어서요. 다시 돌아올게요, 괜찮죠?"

마이켄 스토르베르게트가 고개를 끄덕였다.

"그리고 저기." 아네트가 돌아보며 입을 열었다.

마이켄은 놀라서 아네트를 바라보았다. "네?"

"다 잘 될 거예요. 난 당신 말을 믿어요." 아네트의 위로에 마이켄은 눈물을 닦고는 희미하게 고개를 끄덕였다.

"정말 고마워요."

아네트는 웃으며 손으로 마이켄의 어깨를 툭 친 뒤 방을 나갔다.

"반장님이 무슨 짓을 한 줄 아세요?" 복도에서는 쿠리가 여전히 뭉크를 단단히 붙잡고 있었다.

"미안해." 뭉크가 횡설수설했다. "그 여자가 마리온을 납치해갔어. 카렌 말이야. 그 여자가 내 손녀를 데리고 있다고. 우리 사랑스러운 마리온을."

"진정하세요." 쿠리가 위로했다.

"마이켄이 머물 유치장 좀 찾아봐요." 아네트가 쿠리에게 차분하게 일렀다. "반장님은 내가 상대할 테니."

쿠리는 마지못해 고개를 끄덕인 뒤 뭉크의 옅은 갈색 더플코트

567

자락을 내려놓았다. 그는 취조실로 돌아가고, 두 사람만 복도에 남았다.

"괜찮으세요, 반장님?" 아네트가 홀거의 어깨에 손을 얹었다.

"카렌이 누구죠?" 아네트가 여전히 차분하게 물었다.

"요양원에서 일하는 여자야." 뭉크가 퉁명스럽게 받았다. "그 여자가 내 손녀를 데리고 있어. 내 손녀를."

"우리가 찾을 거예요." 아네트가 말할 때 휴대전화 벨이 울렸다.

"네, 아네트예요."

"반장님 좀 바꿔주세요." 가브리엘 뫼르크가 숨넘어갈 듯한 목소리로 말했다.

그녀는 뭉크에게 전화를 바꿔주었다.

"왜?"

뭉크는 짧게 통화를 마치고 전화를 끊었다.

"키에세 동영상에서 GPS 좌표를 찾았대. 쿠리를 데리고 가봐, 오케이?"

뭉크는 대답을 기다릴 새도 없이 복도를 달려나갔다.

79장

미아 크뤼거는 틀림없는 갈매기 소리에 잠을 깼다. 그녀는 섬으로 돌아와 있었다. 혼자 살기 위해 샀던 집, 사람들을 피하고, 자신으로부터 도망치기 위해 산 집이었다. 스스로 내린 극약처방이었다. 바다. 공기. 새들. 평온함. 미아는 시그리에게 가려 했다. 혼자 있기가 너무 힘들었다. 가족은 모두 죽어 이 세상에 없었다. 자신을 이해해줄 사람이 없다는 것은 힘들었다. 시그리는 언제나 미아를 이해해주었다. 사랑스럽고 예쁘고 착한 시그리. 미아는 아무 말도 할 필요가 없었다. *난 이해해, 미아.* 입을 열 필요도 없었다. 금빛 머리카락 아래 시그리의 사랑스럽고 따뜻한 눈길만 있으면.

이제 미아는 혼자였다. 위로도 없고, 평화도 없었다. 단지 이 집과 갈매기들뿐이었다. 대담하고 똑똑하며 백만 명에 하나 나올까 말까 할 만큼 특별한 미아 크뤼거, 미아 문빔, 반짝이는 푸른 눈의 아메리카 원주민, 노르웨이 최고의 강력범죄 수사관. 심신이 지쳐 이 외딴 섬에 들어온 기이한 괴짜.

미아는 입안이 바짝바짝 탔다. 눈을 뜨려고 애썼지만 눈꺼풀이 무거웠다. 음악이 들리면서 배경이 서서히 꿈에서 현실로 바뀌었다. 라디오에서 흘러나오는 소리였다. 이윽고 음악이 멈췄다. 미아는 다시 눈을 뜨려고 했지만 눈꺼풀이 들러붙은 것 같았다. 눈꺼풀만이 아니라 온몸이 그랬다. 꼼짝도 할 수 없었다. 미아는 다시 꿈속으로 돌아갔다. 히트라 섬의 부엌에서는 커피가 우려지고 김빠지는 소리가 났다.

"이봐, 미아?"

눈을 뜨자 앞에 서있는 카렌 닐룬이 보였다. 딸기빛 도는 금발 여인이 물잔을 든 채 웃고 있었다.

"마실 것 좀 줄까? 갈증이 심한 것 같은데."

미아는 그 순간 어떤 일이 있었는지 어렴풋이 기억났다. 그녀의 몸은 반사적으로 움찔하며 자유로워지려고 했다. 뭔가가 그녀의 입을 틀어막고 있었다. 손은 의자 뒤로 꺾여 테이프에 묶인 채였다. 팔도, 다리도 테이프로 묶여있었다. 움직임은 본능이었다. 머리가 아니라 공포에 질린 몸에서 나왔다. 하지만 소용없었다. 움직여지는 것은 고개뿐이었다.

"당신은 정말 사랑스러워, 진심이야." 카렌이 웃으면서 미아 앞에서 물잔을 흔들었다. "계속 그럴 거야? 보는 건 재미있으니까 내가 널 말리지 않게 해줘."

미아는 공포에 질렸지만 어떻게든 진정하려고, 공포심을 밀어내려고 안간힘을 썼다. 횡경막까지 깊이 숨을 불어넣은 뒤 경찰다운 시선으로 주변을 살펴보았다. 자신은 작은 집에 있었다. 오두막이

었다. 아니, 집이었다. 창틀이 하나 보였다. 시골이었다. 그녀는 시
골에 있었다. 유리창에 얇은 막처럼 생긴 것이 발라져 있었다. 안
에서는 밖을 볼 수 있지만 밖에서는 안이 들여다보이지 않는 막이
었다. 등 뒤쪽이 훈훈했고 빠지직하는 소리도 들렸다. 화덕인가 했
는데 벽난로였다. 소파도 있고 의자도 보였다. 1960년대 스타일이
었다. 마루에 깐 러그는 알록달록했다. 문은 왼쪽으로 나있었다.
오래된 냉장고가 보였다. 부엌 같았다. 또 다른 문이 보였다. 조금
열려있는데 그 틈으로 통로가 보였다. 흙 묻은 부츠 한 켤레와 스
웨터, 레인코트도 보였다.

"여기 좋지 않아?" 카렌이 물잔을 마루에 내려놓으며 물었다.
"내가 소개해줄까?"

미아는 뭐라고 대꾸하고 싶었지만 목구멍에서 가르릉 소리만 났
다. 테이프로 입이 막혀있었다. 입술 사이로 혀를 내밀어보았지만
접착제 맛만 느껴졌다.

"뭐 마시고 싶을 때 소리 지르지 마." 카렌이 말했다. "여긴 사람
들로부터 멀리 떨어져있어. 너를 도와줄 수가 없어. 게다가 난 아
기가 깨는 것은 원치 않아."

카렌 앞으로 텔레비전 화면이 보였다. 아니, 텔레비전이 아니었
다. 컴퓨터와 연결된 모니터. 그 옆으로 키보드와 마우스도 보였다.

카렌이 모니터를 켰다. "봐, 아기가 자고 있잖아. 조용히 해야
해. 쉿."

카렌은 웃으면서 자기 입술에 손가락을 갖다댔다. 모니터가 천
천히 켜지며 잠들어있는 여자아이의 모습이 나타났다. 마리온이었

다. 어딘가에 있는 흰색 방이었다. 위에서 내려다보는 각도인 것으로 보아 천장 구석에 화상카메라가 설치된 것 같았다.

"예쁘지?" 카렌이 키득거렸다. 그녀는 테이블 옆에 앉아 모니터를 부드럽게 쓰다듬었다. "곤히 자는 아기를 깨워선 안 돼."

카렌이 앞으로 한 걸음 다가오더니 재빨리 미아의 얼굴에 붙은 테이프를 뗐다. 미아는 숨죽여 기침을 했다. 구역질이 났다. 목덜미에 놓은 주사가 떠올랐다. 금방이라도 토할 것만 같았다.

"자, 물 좀 마셔." 카렌이 미아의 입에 물잔을 대주었다.

미아는 한 번에 최대한 많이 마셨다. 미처 삼키지 못한 물이 턱을 타고 흘러내려 점퍼를 적시고 무릎과 허벅지까지 적셨다.

"잘했어." 카렌은 미아의 턱과 입가를 손등으로 닦아주었다.

"당신, 저 아이를 해친 거야?" 미아가 씩씩거리며 물었다.

목소리가 쉰 것도 같고 이상하게 들렸다.

"그렇게 생각했어?" 카렌이 웃었다. "해치지 않았어. 왜냐면 저 아이를 죽일 거니까. 정말이야. 그러니 어떻게 해칠 수 있겠어?"

"당신은 악마야." 미아가 나지막이 쏘아붙인 후 침을 뱉었다.

카렌은 옆으로 살짝 피해 침에 맞는 것을 겨우 면했다.

"쯔쯧, 이봐! 다시 테이프를 붙이고 싶은 거야? 그게 아니면 예의바르게 행동해."

미아는 부글부글 끓어올랐지만 마지막 순간에 감정을 억제했다.

"미안해. 고분고분하게 굴게." 미아가 조용히 말했다.

"자, 자, 그래야지." 카렌이 다시 앉으며 웃었다.

"나한테 왜 이러는 거지?" 미아가 물었다.

"음, 본론으로 들어가기 전에, 이렇게 하면 어떨까? 좀 심심하지 않아?" 카렌이 큰 소리로 웃었다. "간단한 게임을 하면 어떨까? 난 게임을 좋아하거든. 게임 재미있지 않아? 게임 좋아하지 않아? 미아 문빔. 정말 멋진 이름이야. 포획된 아메리카 원주민 소녀. 얼마나 잘 어울려, 안 그래?"

미아는 아무 대꾸도 하지 않았다. 그저 눈을 감고 고개를 푹 숙였다. 카렌이 일어서서 그녀에게 걸어왔다.

"미아? 미아? 잠들면 안 돼, 우린 게임을 할 거야."

미아가 눈을 뜨며 카렌의 얼굴에 정면으로 침을 뱉었다.

미처 대비하지 못한 딸기빛 금발 여인의 표정이 순식간에 바뀌었다. 웃음기는 사라져버리고 눈이 이글이글 탔다.

"나쁜년!" 카렌 닐룬이 손을 들어 미아의 뺨을 때렸다.

충격이 만만치 않았다. 미아의 고개가 뒤로 홱 돌아갔다. 미아는 순간 눈앞이 캄캄해서 눈을 감았다.

다시 눈을 떴을 때 카렌은 기괴한 웃음을 짓고 있었다.

"케이크 좀 먹겠어?" 카렌이 고개를 기울이며 묘하게 웃었다. "널 위해 특별히 구웠지."

"젠장, 도대체 정체가 뭐야?"

"자, 욕은 하지 말고." 카렌이 말했다. "욕은 금지야, 그건 룰이야. 알았지? 게임의 룰이라고."

미아는 자세를 가다듬고 고개를 끄덕였다. 잠깐 경찰의 눈으로 주위를 살펴보았다. 자신은 여기에 갇혀있었다. 아무도 도와줄 사람 없이 혼자였다. 따라서 화를 자제해야 했다. 말로 상대를 설득

해야 했다. 그래야만 여기를 빠져나갈 희망이 있었다. 게임 상대가
되어줘야 했다.

"그거 바람직한 룰이군." 미아가 애써 웃으면서 나직이 말했다.

"좋아." 카렌이 손뼉을 쳤다. "누가 시작할까? 내가 먼저 할까?"

미아가 고개를 끄덕였다.

"나는 이 집에서 자랐어." 카렌이 이야기를 시작했다. "나와 엄
마, 여동생 그리고 말해선 안 되는 어떤 남자와."

"당신 아버지?" 미아가 물었다.

"그 남자 이름은 말하지 말자고." 카렌이 웃으면서 테이블 옆에
앉았다. "이제 네 차례야."

"나는 오스고르드스트란에서 자랐어." 미아가 말했다. "여동생,
부모님과 함께 살았어. 우리는 에드바르 뭉크의 집에서 멀지 않은
흰색 집에 살았지. 할머니는 이웃에 사셨고."

"따분해." 카렌이 웃었다. "흥이 깨지겠어. 우리가 다 아는 거잖
아. 뭔가 새로운 것, 우리가 모르는 것을 말해봐. 내가 말해볼까?"

미아가 다시 고개를 끄덕였다.

"우리 어머니는 하마르 병원에서 일하셨어. 나는 어머니를 따라
어머니가 일하는 병원에 가곤 했지. 어머니는 여기저기 구경시켜주
셨어. 어머니의 머릿결은 세상에서 가장 부드러웠지. 난 어머니 머
리를 빗겨드리곤 했어. 내 동생은 너무 어려서 그냥 보기만 했고.
그런데 어느 날 갑자기 어머니가 사라졌어. 모두가 어떻게 된 일인
지 알았지만 경찰은 아무 조치도 취하지 않았어. 이상하지 않아?
경찰이 아무 일도 하지 않는 시골에 살아서 그랬을까?"

카렌이 웃으며 머리카락을 귀 뒤로 넘겼다. 그러고 나서 천장을 흘끔 쳐다봤다. 마치 뭔가 불만스러운 표정이었다.

하마르 병원. 미아는 카렌의 가족이 하마르 근처에 살았을 거라고 추측했다. 카렌 닐룬의 아버지는 어머니를 살해했다. 그런데 경찰은 아무 조치도 취하지 않았다. 그녀가 경찰을 증오하는 이유가 짐작이 갔다.

"내가 뭣 좀 물어봐도 돼?" 미아가 물었다.

"뭐든지." 카렌이 웃었다. "이 게임에서는 뭐든지 가능해."

"욕하는 것만 빼고." 미아가 억지로 웃으면서 대꾸했다. 하지만 진심으로 웃는 것처럼 보이기를 바랐다.

"맞아." 카렌이 키득거렸다. "우린 욕하는 거 싫어해."

"그 아이를 뭐라고 불렀지?"

"누구?"

"산부인과 병동에서 데려온 아기."

카렌의 웃음이 멈췄다.

"마르그레테." 카렌이 대답했다.

"예쁜 이름이군." 미아가 맞장구쳤다.

"그래, 그렇지?"

"응, 아주 예쁜 이름이야. 저곳이 그 아이의 방인가?"

미아가 모니터 방향으로 고갯짓을 했다.

"응." 카렌이 쓸쓸하게 대답했다. "아니, 아니야. 저렇게 좋지는 않았어. 저 자리는 맞는데 새로 지었지. 예전 방을 보면 슬퍼져서."

"그 아기에게 무슨 일이 있었던 거야?"

"오, 이런, 내 차례, 내 차례지."

미아는 모니터에서 눈을 뗐다. 차마 볼 수가 없었다. 마리온이 레이스 달린 인형옷을 입고 침대에 누워있었다.

"그는 몸속 과다 출혈로 죽었어." 카렌이 미소를 지었다.

"누구?"

"우리가 절대 이름을 말해서는 안 되는 그 사람. 내가 음식에 독을 넣었지. 경찰로부터 어머니가 가출했다는 말을 들은 후 난 우리 세 사람을 위해 음식을 만들어야 했어. 그가 죽어가는 모습을 보는 것은 재미있었어. 나와 내 동생은 처음부터 그 모습을 지켜보았지. 그의 입과 몸 곳곳에서 피가 흘러나왔어. 정말 볼 만했어. 그날은 말하자면 기념일이라고 할 수 있지. 크리스마스처럼."

"그를 어디에다 묻었지?" 미아는 모니터를 보지 않으려고 애쓰면서 물었다.

집중해, 자, 미아, 집중해.

"옥외 화장실 바로 뒤편에." 카렌이 다시 웃었다. "악취 나고, 더럽기 짝이 없는 곳에. 그에게 딱 어울리는 곳이었어. 정말 케이크 좀 먹지 않겠어?"

"조금 있다가." 미아가 웃었다.

"좋아." 카렌은 고개를 끄덕인 뒤 자신만의 생각에 빠져들었다.

"말린 스톨츠." 미아가 불쑥 물었다.

"아, 마이켄 말이야?"

"두 눈 색깔이 다르던가? 말린이?"

"마이켄." 카렌이 고개를 끄덕였다. "불쌍한 마이켄. 정신이상자야, 그거 알아? 우린 함께 돈을 많이 모았지."

미아는 모든 것이 어떻게 연결되었는지 서서히 깨닫기 시작했다.

"교회를 이용해서?"

카렌 닐룬이 다시 웃으면서 손뼉을 쳤다. "잘 맞췄어. 미아는 역시 똑똑해. 자기들이 곧 죽을 거라고 생각하는 할망구들을 꾀어 예수님에게 돈을 바치라고 하는 게 얼마나 쉬운지 모를 거야." 카렌이 짧게 웃었다. "교회는 60퍼센트를 갖고, 우린 40퍼센트를 먹지. 그만하면 공정한 거래야. 액수도 꽤 많지. 얼마나 되는지 알아?"

"아니." 미아가 대답했다.

"엄청나." 카렌은 그녀에게 윙크했다. "이렇게 말하면 답이 될까? 이 집은 내 진짜 집이 아니야."

"그럼 그녀는 마르그레테라든지 다른 소녀들에게 대해 아무것도 모르겠군?"

"당연히 모르지." 카렌이 낄낄댔다. "마이켄은 제정신이 아니야. 그 점은 의문의 여지가 없어. 하지만 그런 짓을 하기엔 너무 심약해. 멍청한 친구 로게르 바켄은 적어도 이용할 가치가 있었지만 말이야. 그는 자기가 남자인지 여자인지 쉽게 결정을 내리지 못하더군. 참 이상해. 그런 사람들은 대체로 마음이 약해서 조종하기 쉽지."

"그거 대단한 사기군." 미아가 감탄했다. "교회와 손잡고 일하다니, 정말 기발해. 모두 승자가 되잖아."

"그래, 맞아, 그렇지?" 카렌이 자랑스럽게 말했다.

"그래서 아기는 어떻게 됐어?" 미아가 계속해서 물었다.

"누구?"

"마르그레테, 그 아기."

카렌은 머뭇거리다 입을 열었다. "난 교통사고를 당했어. 발과 팔에 골절상을 입었지." 그녀가 입술을 지그시 깨물었다. "병원에 입원할 수밖에 없었어."

"오래?"

카렌은 말 없이 고개를 끄덕였다.

"그들을 탓할 수도 없어." 그녀가 다시 키득대며 말했다. "노인네들 말이야. 그들은 돈을 기부한 것뿐이라고. 그들은 하루 종일 혼자 누워있어. 몸은 여기저기 고장나고. 삶을 뒤돌아보며 후회를 하지. 얼마나 후회하는지 모를 거야. 난 그런 노인들을 많이 봐. 그들의 얘기도 듣고. 열이면 열 다르게 살 걸 그랬다는 말만 하지. 다른 사람에 대한 걱정은 줄고 오로지 자기만 생각해. 더 멀리 가본 사람일수록, 더 많이 경험해본 사람일수록 즐거웠던 기억도 많은 법이야. 그들은 겁에 질려있어. 눈만 봐도 두려움을 알 수 있지. 극도의 두려움. 당신도 그걸 봤어야 하는데. 자신이 잘못 살았음을 깨닫고 허둥대며 다시 한 번 살아봤으면 하고 바라게 돼. 그래서 돈을 내고라도 두 번째 기회를 사고 싶어하지. 사실 그들을 탓할 수 없어. 머잖아 죽는다는 게 어떤 느낌이겠어?"

"나도 죽일 건가?" 미아가 물었다.

카렌은 이상하다는 듯 쳐다봤다. "당연하지. 그건 왜 묻지?"

"왜 나를?"

"아직 그걸 모르는 거야? 난 네가 아주 똑똑한 줄 알았는데."

"응, 아직 알아내지 못했어." 미아가 조용히 대답했다.

"그랬군. 알아내지 못했군. 그야 내가 당신보다 똑똑하니까." 카렌은 의기양양하게 웃으며 다시 어린아이처럼 손뼉을 쳤다. "난 개를 죽였어, 그거 알지? 우리 아이들이 함께 놀 친구를 만들어주려고. 잘했지?"

"난 몰랐어." 미아가 중얼거렸다.

"그러니까 당신이 멍청한 거야." 카렌 닐룬이 피식 웃었다.

"맞아, 당신은 나보다 똑똑해."

"맞아, 난 똑똑해."

"왜 날 죽이려는 거지?"

"그걸 모른단 말이야? 정말 몰라?" 딸기빛 도는 금발 여인이 웃었다.

"몰라."

"말해줄까?"

"응"

"너 때문에 내 여동생이 죽었기 때문이야." 카렌은 이렇게 말하고 부엌으로 사라졌다.

80장

리브 헤게 닐룬은 열세 살에 처음 하마르의 뒷골목에서 본드 냄새를 맡았다. 학교는 그보다 훨씬 전에 그만두었다. 학교가 싫었고 공부도 적성에 맞지 않을 뿐만 아니라 사람들도 싫었다. 하긴 그녀가 어디에 있든 관심을 갖는 사람도 없었다. 언니 카렌은 돌봐주는 데 익숙했다. 리브 헤게보다 열 살이 많은 카렌은 탕엔의 외딴 작은 집에서 자랄 때 늘 동생을 돌봐주었다. 자매의 아버지는 형편없는 깡패였다. 자매는 어린시절 신체적, 정신적 폭력을 일상처럼 겪었고 어머니는 끝내 이 세상에서 갑자기 사라졌다. 어린 리브 헤게에게는 몸과 마음으로 감당하기 힘든 경험이었다. 본드 묻은 옷만이 현실을 잊고 절대적으로 필요한 휴식을 누리게 해주었다. 그래도 언니 카렌이 제자리를 지켜주었을 때는 삶이 한결 쉬웠다. 학교에도 다니고 자신이 해야 할 일도 하고, 무엇보다 모든 게 잘 될 거라는 희망이 있었다. 하지만 부모님이 떠나자 카렌은 정말 이상해졌고, 성격도 변했다. 사소한 자극에도 성질을 냈다. 웃기지도 않은 일에 느닷없이 크게 소리내어 웃었다. 하루는 새 한 마리가 거실 유리창으로 날아와서 부딪쳤다. 리브 헤게는 새를 주워 집으로 데려온 다음 헝겊을 깐 작은 종이상자에 넣고 어떻게든 살려주려고 애를 썼다. 그런데 학교버스를 놓쳐 학교에 가지 못한 채 집으로 돌아온 어느 날 부엌에 있는 언니를 발견했다. 카렌은 화덕에 냄비를 올려놓고 물을 끓이고는 새를 산 채로 넣고 죽어가는 모습을 지켜보고 있었다. 리브 헤게를 돌아다보는 언니의 얼굴에는 웃음이 가득했다. 마치 새가 죽어가는 모습을 즐기는 듯했다. 어머니가 하마르 병원에서 일하던 때 카렌은 어머니를 따라 병원에 놀러가곤 했다. 카렌은 어머니 몰래 병원에서 약품을 훔쳤다. 그리고 동생과 단둘이 있을 때 다락방에서 동생에게 비밀상자를 보여주었다. 그 안에는 주사기와 물약병 그리고 이상한 이름의 각종 알약병이 들어있었다. 리브 헤게는 언니가 그것들을 어디에 쓰려는지 몰랐지만 왠지 누군가를 죽일 수도 있을 것 같았다. 카렌은 살해를 재미있어 했다.

리브 헤게는, 그러나 잊고만 싶었다. 본드에 전 옷은 여행의 시작일 뿐이었다. 목적지가 하나뿐인 여행. 처음 그녀는 탕엔에서 하마르까지 무임승차를 했지만 얼마 못 가 그만두고 더 이상 집에 들어가지 않았다. 돔키르케오덴에서 파트너와 본드 냄새를 맡다가 풀숲 아래에서 선잠을 자곤 했다. 흥분제나 심장약을 먹고 벤치나 계단통에서 잠이 들기도 했다. 음식은 훔쳐먹고 대부분 마약에 취해서 시간을 보냈다. 마약에 취하는 횟수가 잦아질수록 깨끗이 씻기는 힘들어졌다. 처음 몇 년간은 며칠에 한 번, 심하면 몇 주일에

한 번 씻었지만 나중에는 노상 마약에 취해 지냈다. 파괴적인 타락의 소용돌이를 피할 수 없었다. 리브 헤게는 어린시절에 겪은 트라우마로 만성적인 불안에 시달렸다. 그래서 다른 사람들처럼 현실을 직시하려는 마음이 없었다. 행복한 삶에 대한 기대도 없었다. 안정된 삶과 집, 일자리, 가정, 아이, 휴식에 대한 기대도 마찬가지였다. 모든 것이 그녀에게는 꿈꿀 수 없는 일이었다. 리브 헤게의 목표는 오직 하나였다. 다음번 마약. 그 다음번 마약. 그리고 그 다음번 마약. 남자친구가 있었지만 별로 중요하지 않았다. 그저 자신에게 잠자리와 마리화나를 제공해주고, 샤워시설을 빌려주고, 알코올을 주는 상대일 뿐이었다.

그때 마르쿠스 스코그를 만났다. 리브 헤게는 누군가의 차에서 잠들었다가 오슬로에서 깨어났다. 파트너는 스피드인지 뭔지 모를 어떤 꾸러미를 포장하고 있었다. 그리고 거기 그뢴란의 아파트에 그가 있었다. 리브 헤게는 그를 보자마자 사랑에 빠졌고 두 사람은 커플이 되었다. 리브 헤게는 마르쿠스 스코그에게서 헤로인을 배워 이제 두 가지 애호품을 갖게 되었다. 헤로인은 완벽한 마약이었다. 쓰레기가 생기고 불량품이 있는 본드보다 훨씬 좋았다. 본드를 흡입하면 의식이 몽롱해지지만 나머지 시간에는 아프거나 구역질이 났다. 헤로인은 완전히 달랐다. 마르쿠스 스코그는 어느 여름날 아케르 강가에서 처음으로 그녀에게 헤로인을 주사했다. 리브 헤게는 어떻게 이런 행복감을 느낄 수 있는지 믿어지지 않았다. 평생 긴장했던 몸이 비로소 이완된 것처럼 느껴졌다. 날카로운 미늘과 주사의 고통은 커다란 웃음으로 바뀌었다. 세상의 괴로움일랑 모르는 듯한, 영원한 아름다움을 지닌 크고 빛나며 사랑스러운 웃음. 사람들은 친절했다. 세상은 환상적이었다. 언제까지나 그럴 것 같았다. 그날 이후 둘은 절대로 떨어지지 않았다. 마르쿠스와 리브 헤게 그리고 헤로인은 완벽한 천상의 트라이앵글이었다. 그들은 여기, 저기, 아무데나 옮겨다니며 살았다. 마르쿠스는 아는 사람들이 많았다. 그런데다 마약 거래를 하면서 더 많은 사람들을 알게 되었다. 마약 거래상은, 늘 유명하지만 모호한 얼굴들에게 둘러싸여 있는 지하세계의 유명인사였다. 한낱 거리의 행상이지만 그들은 잘 살았다. 어느 가을날, 그들은 트뤼반의 캠핑용 밴에서 살고 있었다. 파티 분위기는 꽤 좋았다. 코카인과 스피드는 넉넉했고 헤로인만 조금 부족했다. 리브 헤게는 헤로인이 그리웠다. 헤로인을 맞을 수 있다면 행복할 것 같았다. 다시 한 번 제대로 취하고 싶었다. 다행히 파티 일당이 느지막이 시내로 돌아갔다. 드디어 밴에는 둘만 남았다. 마르쿠스와 리브 헤게, 그리고 곧 그녀의 혈관을 타고 들어갈 사랑스러운 액체금水金.

"제발, 나에게 주사 좀 놔주겠어?"

리브 헤게는 캠핑용 밴 안을 왔다갔다 하는 마르쿠스 스코그를 애원하는 눈길로 바라보았다. 그는 방금 스피드와 코카인을 두 줄로 동시에 흡입한 터라 흥분한 상태였다. 끊임없이 혼잣말을 늘어놓았고, 눈은 냄비만큼 커져있었다.

"마르쿠스?" 리브 헤게가 다시 애원했다. "나 주사 좀 놔줘, 응?"

리브 헤게는 스웨터 소매를 걷어올린 다음 작은 회색 플라스틱 테이블에 팔을 올려놓았다.

"젠장, 너 스스로 하라니까. 왜 내가 뭐든지 해줘야 하지?" 마르쿠스 스코그는 테이블 위의 많은 줄들을 자르며 투덜거렸다.

"네가 해주면 더 좋아." 리브 헤게가 애원했다. "제발?"

"진짜 성가시게 구는군. 왜 내가 너의 말라빠진 엉덩이를 참고 견뎌야 하는지 모르겠어. 말해봐, 리브 헤게. 내가 왜 그래야 하냐고? 네가 뭐라도 기여한 게 있으면 모를까, 안 그래?"

리브 헤게는 수치스러워서 바닥만 응시하며 스스로 팔에 고무줄을 묶었다. 마르쿠스는 허리를 굽혀 각 콧구멍에 두 줄을 하나씩 더 삽입했다.

"자, 간다. 이거야. 그래, 바로 이거야. 이제 떠난다."

그가 혼자 큰 소리로 웃으며 주먹으로 테이블을 내리쳤다. 리브 헤게가 놀라서 움찔하는 바람에 혈관을 잘못 찌를 뻔했지만 이내 제대로 주사했다. 드디어 온몸을 타고 온기가 퍼졌다. 핑크색 구름을 타고 끝없이 펼쳐진 해변을 날아다니는 기분에 젖었다. 리브 헤게가 바늘을 빼 바닥에 내려놓았을 때 누군가 밴을 두드리는 소리가 들렸다.

"거기, 아무도 없어요?" 여자의 목소리였다.

"뭐지?" 마르쿠스가 중얼거렸다.

그는 커튼 사이로 밖을 내다보려고 했다. 창문을 마분지로 가려놓아 지저분한 밴 밖을 볼 수 없다는 사실은 깜빡 잊었다.

"경찰이다." 이번에는 남자의 목소리였다.

"제기랄." 마르쿠스가 허둥지둥 테이블 위의 마약을 치우면서 중얼거렸다. "리브 헤게? 나 좀 도와줘, 응?"

그러나 리브 헤게는 뭐든 해야 할 이유를 알지 못했다. 그녀는 싱글싱글 웃으며 좋은 곳으로 떠나는 중이었다. 그때 어떤 일이 일어났는지 그녀는 기억하지 못했지만 갑자기 여자 경찰이 캠핑용 밴 안으로 뛰어들었다.

"강력범죄반의 미아 크뤼거다. 우리는 이 여자를 찾고 있다. 이 여자 본 적 있나?"

"히히, 피아네." 리브 헤게가 사진을 보더니 웃었다.

"입 닥쳐!" 마르쿠스가 소리쳤다.

"피아 맞잖아, 안 그래? 마르쿠스, 사진 안 보여?"

"입 닥치라고 했지!" 마르쿠스 스코그가 다시 소리쳤다.

"마르쿠스?" 여경이 놀라서 말했다. "마르쿠스 스코그?"

"왜 그래, 미아?" 밖에서 남자 경찰이 물었다.

"아, 미아 크뤼거, 이거 누군신가 했네." 마크루스가 싱긋 웃었다. "정말 오래만이군."

경찰이 유령을 본 듯한 표정을 짓고 있는 미아를 불렀지만 그녀는 대답하지 않았다.

"동생은 어떻게 지내?" 마르쿠스가 웃었다. 마지막에 두 줄로 동시 흡입한 마약이 이제 막 효과를 나타내고 있었다. 그는 치아가 듬성듬성 벌어진 큰 입으로 싱글거렸다.

"맞아. 죽었다고 했지, 그렇지? 그래, 죽었군. 압박감을 이겨내기 힘들었겠지. 하하. 번듯한 집안에서 자란 여자애들이 종종 그렇더라고. 그런 상황을 못 견디는 거지. 너무 편하게 살아서."

리브 헤게는 경찰이 총을 꺼내는 것을 보지 못했다. 작고 지저분한 캠핑용 밴 안이었지만 리브 헤게의 정신은 이미 밴을 떠나있었다. 그녀는 산꼭대기에 앉아 먼 곳을 바라보고 있었다. 날씨는 따뜻하고 아름다웠다. 머리칼 사이로 상쾌한 바람이 불어왔다.

그녀가 멀리 떠나있는 동안 마르쿠스는 테이블 위에 있던 주사기를 집어들었다. 입 주위에는 거품이 묻어있었다. 그가 갑자기 경찰에게 주사기를 휘두르며 미친 듯이 웃기 시작했다.

"미아, 너도 한 번 맞아볼 테야? 맛보고 싶지 않아? 네 동생은 마음껏 맞지도 못했지. 겁쟁이 같은 년. 불쌍한 시그리, 하하."

그 순간 아름다운 산꼭대기에 앉아있던 리브 헤게는 곧이어 일어난 일을 똑똑히 목격했다. 마치 영화의 한 장면 같았다. 마르쿠스는 가래를 한껏 끌어올려 여경에게 탁 하고 뱉었다. 이어서 주삿바늘로 그녀를 찌르려 했다. 하지만 여경은 재빨리 뒤로 몸을 피했고, 이어서 탕, 소리가 들렸다. 산꼭대기는 순식간에 화산으로 변했다. 산 밑에서는 우르릉 소리가 났다. 여경은 두 발이나 총을 발사했다. 동시에 마르쿠스 스코그는 차 뒤편으로 날아가고 바닥에는 피가 튀었다.

리브 헤게는 2주 후 낯선 방에서 깨어났다. 그리고 심각한 금단 증상을 겪고 있음을 깨달았다. 침대 옆에는 언니 카렌이 앉아있었다. 언니는 일주일 내내 동생 곁을 떠나지 않았다. 리브 헤게는 침대에 끈으로 묶여 난생 처음 끔찍한 고통을 겪었다. 그녀는 지옥에 있었다. 마치 지옥에서 세포 하나하나가 활짝 깨어나 비명을 지르는 것 같았다. 어마어마한 후유증이 찾아왔다. 몸에 악마가 사는 것처럼 무섭게 울부짖었다. 마약이 몸에서 완전히 빠져나갈 때까지 흰색 방에서 침대에 묶여있었다. 카렌은 한시도 동생 곁을 떠나지 않았다. 동생을 지켜보며 음식을 먹이고, 손을 붙잡아주며 진정시켰다. 떠났던 언니는 이제 동생 곁으로 돌아와 있었다.

마침내 리브 헤게는 침대에서 풀려났다. 혼자 화장실도 가고 테이블 위의 음식도 먹을 수 있게 되었다. 카렌은 결코 동생을 혼자 내버려두지 않았다. 시간이 지나면서 마당에 나가는 것이 허용되었다. 잔디밭에 앉는 것도, 태양을 바라보는 것도, 나무를 감상하는 것도 가능해졌다. 카렌은 그제야 웃었다. 동생이 해독되는 동안에는 결코 웃는 모습을 볼 수 없었는데 이제야 행복해했다.

하지만 리브 헤게가 삶의 의지를 잃어버린 사실까지는 알지 못했다. 리브 헤게는 모든 것을 잃었다. 사랑하는 두 가지, 마르쿠스 스코그와 헤로인. 이 세상이 그녀에게 줄 수 있는 것은 무엇이었을까? 아무것도 없었다.

일주일 후에는 혼자서 산책할 수도 있었다. 리브 헤게는 숲에서 자신이 오를 수 있는 가장 높은 가문비나무로 올라가 밧줄로 목을 맸다.

그리고 자유롭게 뛰어내렸다.

81장

"정말 미안하게 됐어." 미아가 사과했다.

"아니, 괜찮아. 네가 내 동생을 죽였으니 이제 네가 죽을 차례야. 그러면 피장파장, 깔끔해져, 안 그래?"

카렌이 웃으면서 미아의 손을 툭툭 쳤다. 그러더니 부엌으로 가서 초콜릿 케이크를 한 쪽 가지고 왔다.

"케이크 좀 먹겠어?" 미아가 고개를 저었지만 그녀는 계속해서 권했다. "하지만 뭣 좀 먹어야지. 진짜 맛있어. 장담해. 우리 어머니 레시피로 만들었거든."

미아는 테이블 위의 모니터를 곁눈질했다. 마리온 뭉크는 지하실 침대에 꼼짝 않고 누워있었다. 그때 아이가 몸을 뒤척였다. 오, 하느님, 감사합니다. 어린 소녀는 그저 잠들어있었던 것이다. 카렌 닐룬은 웃으면서 두 손가락으로 모니터를 옆으로 쓸었다.

"저 아이를 준비시킬 거야. 아이들은 무엇보다 깨끗한 게 중요하지, 안 그래?"

카렌은 미아를 향해 미소지었다. 미아는 슬슬 겁이 났다. 지금까지는 그런대로 침착했는데 서서히 공포감이 밀려왔다. 자신이 악마와 함께 앉아있다는 생각이 들었다. 저런 눈은 본 적이 없었다. 앞에 있는 여자는 자신이 무슨 말을 하고 행동하는지 의식하지만 공감능력이라든지 정상적인 인간의 감정 따위는 전혀 갖고 있지 않은 것 같았다.

"다음에는 어떤 일이 일어날지 알고 싶지 않아? 게임 계속할까?" 카렌이 웃으면서 일어났다.

"다른 게임을 할 순 없을까?" 미아가 물었다.

미아는 이제 시간을 벌기 위해 게임을 해야 했다. 자신, 아니 마리온을 위해서였다. 미아는 몸이 쿡쿡 쑤셨다. 뭉크 생각이 났다. 만약 마리온에게 불행한 일이 생기면 그는 어떻게 될까. 생각만 해도 견딜 수가 없었다. 아무리 생각해도 비현실적이었다.

"어떤 게임 하고 싶어? 카렌이 웃으며 물었다.

"아무 거나." 미아도 애써 웃으려고 했다. "마르그레테에 관한 얘기 어때?"

그 말에 카렌은 심각해졌다. 얼굴을 찌푸리고 팔짱을 꼈다. 미아 크뤼거는 상대의 약점을 찾기 위해 그녀의 머릿속에 무엇이 있는지, 그 여자가 어떻게 생각하는지 읽으려고 필사적으로 노력했지만 꿰뚫어보기가 불가능했다.

"마르그레테는 괜찮아." 카렌이 다시 웃으면서 짧고 경쾌하게 대답했다. "천국에서 학교에도 다니고, 친구도 네 명이나 있어. 이제 곧 다섯 번째 친구와 선생님도 만나게 될 거야."

"학교 친구?" 미아가 당혹스러워하며 물었다.

"맞아. 그 아이들은 곧 학교에 다니게 될 거야. 그것 몰랐어?"

마침내 미아의 머릿속에서 퍼즐 조각이 맞춰졌다. '나는 혼자 여행 중입니다.' 책가방. 교과서. 줄넘기. 카렌 닐룬은 천국에 학교를 만들고 미아를 교사로 보내겠다는 그릇된 계획을 갖고 있었다. 사이코패스의 머릿속에서는 그게 타당했다. 미아는 죄책감에 괴로웠다. 왜 더 빨리 알아내지 못했을까? 그랬더라면 마리온이 이 시골의 무시무시한 지하실에 갇히지 않았을 텐데.

"마르그레테한테는 개도 있어." 카렌이 계속했다. "귀여운 알사스 종이지. 그애는 개와 노는 것을 좋아하거든. 봐, 얼마나 기뻐하는지, 봐." 카렌은 천장을 가리키며 얼굴에 멋쩍은 웃음을 지었다. "엄마가 곧 갈게, 마르그레테. 얼마 남지 않았어."

카렌은 윙크를 하고 허공으로 키스를 보냈다.

"왜 드레스는 열 벌인데, 아이는 다섯 명이지?" 미아가 물었다.

"뭐라고?" 카렌이 반문했다.

"드레스는 열 벌을 주문했는데, 당신은 다섯 명만 데려왔잖아?"

"드레스를 한 벌만 입는 아이가 어디 있어, 안 그래? 당신은 옷이 한 벌뿐이야? 오스고르드스트란에서 살 때 어땠어? 시그리랑 놀 때 그랬어?"

미아는 시그리의 이름을 듣자 입술을 깨물었다. 다시 몸이 찢기는 듯한 분노를 느꼈지만 화를 누르려 애썼다.

"그럼 다섯 명에서 멈출 건가?" 미아가 웃었다.

"응." 카렌은 더 했어야 했나 고민하기라도 하듯 생각에 잠겨 고개를 끄덕였다. "사실 학급 크기는 작아야 좋아. 그래야 모두가 관심을 받고 이야기를 들어줄 기회를 얻지. 그게 중요해, 그렇지 않아? 학생 모두에게 관심을 주고 일일이 의견을 들어줘야 한다고. 아니, 열 명을 채울 걸 그랬나. 미아, 어떻게 생각해? 다섯 명이면 충분할까?"

"그럼, 충분하지." 미아가 고개를 끄덕였다. "잘했어. 내 생각에는 대단히 잘했어."

"진심이야?" 카렌이 인상을 썼다.

"그럼, 물론이지." 미아가 계속했다. "훌륭한 아이디어에 훌륭한 계획이야. 마르그레테는 혼자서 학교에 가지 않아도 될 거야. 내 말 맞지?"

"맞아." 카렌이 다시 테이블에 앉으면서 이야기했다. "그건 내가 해줄 수 있는 최소한이었어."

"치밀하게 계획을 세웠군. 게다가 훌륭하게 해냈고. 그에 비하면 우린 아주 멍청했지. 당신은 우리를 제대로 속였어, 당신은 정말로 영리해."

"그래, 맞아. 그렇지?" 카렌이 키득거리며 손뼉을 쳤다.

"당신은 내가 만나본 사람 중에서 가장 똑똑해." 미아가 고개를 끄덕였다.

"나는 아주 오랫동안 계획을 세웠어. 세세한 부분 하나하나까지. 하지만 결과적으로 보면 아주 쉬웠는데, 그래서 최악이었어. 너무너무 쉬웠는데, 당신들은 엉뚱한 사람을 짚었거든. 정말 재미있는 게임이었어, 안 그래?"

"맞아, 아주 재미있었어." 미아가 웃었다.

"그리고 이제 거의 끝났어. 그것도 잘 될 거야." 카렌이 한숨을 내쉬었다. "이제 우리 모두 죽는 일만 남았어. 그러면 다 끝나."

"그것도 잘 될 거야." 미아는 웃고 있었지만 머릿속에서는 생각이 바쁘게 돌아갔다. "카렌, 자, 말해봐. 이제 누가 죽을 차례지?"

"당신이 먼저. 그 다음 마리온. 잠깐만. 아직 결정하지 않았어."

"하하! 계획을 세웠다고 하지 않았어? 당신답지 않은데."

"나도 알아." 카렌은 킬킬거렸다. "하지만 모든 것을 결정할 순 없어. 어떤 것은 그때그때 달라져."

"그래? 말해주면 안 돼?"

"나를 도와주는 남자가 있었어." 카렌이 다시 앉으며 이야기했다. "남자들은 멍청해. 당신도 알지, 그렇지 않아?"

"정말 멍청하지." 미아가 웃었다.

"그래, 맞아. 말도 못하게 멍청해. 그런데, 이 남자는, 그 중에서도 최악이었어. 멍청해도 그렇게 멍청할 수가 없었어, 내 말이 무슨 뜻인지 알지?" 카렌이 실실 웃었다.

"그가 누군데?"

"그냥 남자야, 이름이 뭐냐고? 그래, 빌리암. 그래 맞아. 유부남인 주제에 나한테 추근댔어. 알잖아, 남자들은 원래 추접하지. 그가 그 방 새로 짓는 일을 도와주었어. 난 낡은 방이 싫었거든. 새 방을 갖고 싶었어."

"마르그레테가 거기에 살았기 때문에?"

"응. 그 방은 더 이상 마음에 들지 않았어."

"이해해."

"그래서 그 남자에게 부탁해 다시 지었는데, 그때 뭔가 재미있는 게 생각났지."

"그게 뭔데?"

카렌은 이제 거의 자신을 주체하지 못했다. 어린 여학생처럼 투덜거리기도 하고 키득거렸다.

"우린 동영상을 찍었어." 그녀가 킥킥거렸다.

"동영상?"

"응, 그의 휴대전화를 가지고. 나중에 얼마나 웃었는지 몰라."

키에세의 동영상. 그것은 속임수였다.

미아는 애써 아무렇지도 않은 표정을 지었다.

"무슨 동영상이었어?"

"그는 진짜 공포에 질린 척했어." 카렌이 깔깔 웃었다. "게다가 자신의 위치에 대해 엉터리 좌표값을 부여했지. 있잖아, 자동차에 설치되어있는 GPS 그런 것."

"그래?"

"그러니까 엉터리 좌표를 부여한 거야. 재미있지 않아?"

"재미있네." 미아는 더 이상 웃으려고 애쓰지 않았다. "그럼 당신이 부여한 건 어디 좌표값인데?" 미아가 헛기침을 했다.

"음, 그게 압권이야." 카렌이 키득거렸다. "길 아래쪽에 위치한 집의 좌표야. 멋지지 않아? 당신들 그 동영상 받았지?"

카렌이 미아에게 가까이 다가왔다. 불안정한 여인은 차가운 손으로 미아의 얼굴을 쓰다듬었다.

"잠깐이라도 내 눈을 속일 생각하지 마. 우리가 친구인 척 행동하는 거지? 내가 바보인 줄 알아?" 미아의 입과 입술에 그녀의 차가운 손이 닿았다. "그 동영상 받았지? 그놈 마누라한테서?"

미아는 희미하게 고개를 끄덕였다.

"미아, 난 바보가 아니야. 너도 알 거야. 넌 나를 이길 수 없어. 내가 묻는 말에 답해봐. 그 동영상을 손에 넣는데 왜 그렇게 시간이 걸렸지? 사실 난 오래 전에 입수했을 거라고 생각했는데."

미아는 소름이 돋았다. 카렌은 마치 눈 먼 사람이 상대의 생김새를 상상하려는 것처럼 차가운 손으로 미아의 얼굴을 더듬었다.

"어떻게 된 거지?"

미아는 침착하려고 애썼다. 마음 같아서는 지긋지긋한 여자의 손가락을 깨물고 싶었지만 참았다.

"그 남자의 아내가 귀찮아서 제때 동영상을 제출하지 않았대. 며칠 전에야 보여주더군." 미아가 차분하게 설명했다.

"그랬군." 카렌이 웃었다. "그 여자는 남편을 별로 좋아하지 않았군, 그렇지?"

미아는 대답하지 않았다.

"이해할 수 있어." 딸기빛 금발 여인이 웃었다. "그렇지 않아도 무척이나 우둔한 사내더군. 하지만 지금은 갖고 있겠지?"

미아는 마지못해 고개를 끄덕였다.

"좋아. 그럼 우리가 이제 해야 할 일은 펑 터질 때까지 기다리는 것뿐이군."

카렌이 웃으면서 다시 테이블에 앉았다.

"그 집이 여기에서 멀지 않나보군." 미아가 말했다.

"응, 굉장하지 않아? 이제 펑 하는 소리를 듣게 될 거야. 재미있는 구경도 하게 될 테고. 만약 우리에게 시간이 있다면."

의자에서 일어난 카렌이 어디론가 사라졌다. 잠시 후 미아는 등 뒤로 사악한 여자의 냉기를 느꼈다. 미아는 다시 모니터를 흘끔거리다 잠에서 깨어나려고 하는 마리온을 보고 충격에 휩싸였다.

안 돼, 안 돼, 마리온, 그냥 누워있어.

"하지만 당신은 아니야. 당신은 펑 소리를 듣지 못할 거야." 카렌이 미아의 귀에 대고 속삭였다. 카렌이 미아의 뺨을 톡톡 건드렸다. "넌 지금 죽게 될 거니까? 멋지지 않아?"

미아는 마지막으로 빠져나오기 위해 필사의 몸부림을 쳤지만 꼼짝할 수가 없었다. 더 이상 참을 수 없었다. 가슴 속에서 분노가 부글부글 끓어올랐다. 몸이 금방이라도 폭발할 것 같았.

"당신은 미쳤어!"

"자, 자자, 고운 말을 써야지, 미아." 카렌이 경고했다.

미아의 입에 다시 테이프가 붙여졌다. 혀에 접착제의 맛이 느껴졌다. 숨쉬기가 힘들었다. 공포가 엄습했다. *겁내지 마. 침착하게 코로 숨을 쉬어. 깨어나지 마, 마리온. 저 여자의 주의를 끌어선 안 돼. 가만히 누워있어. 반장님, 이건 함정이에요. 누구도 이 집으로 들여보내서는 안 돼요. 저 여자는 닥치는 대로 죽일 거예요. 제발 아무도 들여보내지 말아요. 여기로 들어오면 안 돼요. 킴이든 쿠리든 루드비든, 가브리엘이든 아네트든 여기로 보내지 말아요. 누구도 여기로 보내면 안 돼요. 누구도 잃어서는 안 돼요.*

그때 뭔가가 미아의 오른쪽 허벅지를 찔렀다. 아래를 내려다보니 카렌이 정맥주사를 찌르고 있었다. 이어서 딸기빛 도는 금발의 사이코패스가 뒤편에서 손으로 뭔가를 더듬는 소리가 들렸다. 잠시 후 스탠드에 작은 비닐봉지처럼 생긴 것이 걸리더니 미아의 몸속으로 무언가 주입되기 시작했다. 찌르르한 통증이 느껴졌다. 그리고 미아의 혈관을 차갑게 마비시켰다.

"이제 됐어." 카렌이 다시 테이블에 앉았다. "더 이상 게임을 할수 없다니 아쉽지만 넌 이제 죽는 게 낫겠어. 나는 마리온과 좀 더 시간을 보내야겠어. 떠나기 전에 마리온과 함께 지낼 시간이 필요해. 네가 주변에 얼쩡거리게 할 순 없지." 그녀가 킬킬거렸다. "사람들이 겨우 몇 집 건너 이곳에 죽어있는 너를 발견하면 재미있을 거야. 만약 그들이 살아있다면 말이야. 살아남는 사람들, 누가 살아남을 것 같아? 뭉크? 킴? 자기가 꽤 터프한 줄 아는 라르센 그 작자? 나중에 알게 되면 재미있을 것 같지 않아?"

미아는 테이프 속에서 웅얼거렸다. 딸기빛 도는 금발의 사이코패스는 정신이 왔다갔다 하는 것 같았다. 미아가 대답할 수 없다는 사실을 자꾸 잊어버렸다. 카렌은 손가락으로 테이블을 연신 두드려대고, 조그맣게 혀로 끌끌 차는 소리를 냈다. 자기 얼굴을 할퀴다 자리에서 일어서더니 시야 밖으로 사라졌다. 이윽고 돌아온 그녀의 손에 는 2연발 엽총이 쥐어져 있었다. 그녀는 권총을 열고 양쪽 총열에 탄약통이 들어있는지 확인했다. 그런 다음 총열을 닫고 옆 테이블에 내려놓았다.

"우리가 언급하지 않은 그 남자는 사냥을 좋아했지." 카렌이 다시 얼굴을 붉으며 말했다. "그게 우리의 공통점이야. 우리 둘 다 사람 죽이는 걸 좋아해. 뭔가 죽어가는 모습을 구경하는 것, 재미있을 것 같지 않아? 숨이 딱 끊어지는 모습, 드디어 떠나는 모습을 보는 것, 재미있을 것 같지 않아?"

카렌은 일어나서 복도로 나갔다. 문이 열렸다가 닫히는 소리가 들렸다. 한 줄기 신선한 공기가 방으로 들어오는가 싶더니 이내 사라졌다. 카렌이 다시 돌아왔다.

"혹시 그런 생각을 하는지 모르지만 난 너를 총으로 쏘지 않을 거야. 아이들은 얼굴 없는 선생님을 좋아하지 않을 테니까. 안 그래? 아니, 그러다간 누가 올지 모르기 때문이야. 아무리 조심해도 지나치지 않지, 안 그래, 미아?"

미아는 다시 손등을 찌르는 통증을 느꼈다. 금속성의 무언가가 혈관 속으로 들어왔다. 문득 사물이 똑똑히 보이지 않기 시작했다. 모니터를 열심히 들여다보았다. 마리온이 보이지 않았다. 마리온이 사라졌다. 카렌이 저기 내려갔다 온 걸까? 저 어린아이에게 무슨 짓을 했을까?

카렌은 고개를 저으며 희미하게 웃었다.

"나는 추락하는 사람을 보는 게 좋아. 동영상을 찍은 멍청이, 그 자도 사실 추락했지. 순간 나는 그가 하늘을 날지도 모른다고 생각했어. 로게르 바켄처럼. 로게르에겐 날개가 있었지. 정말 장관이었어. 미아, 당신도 그렇게 느꼈어? 사람을 죽였을 때?"

미아는 순간적으로 사라졌다. 이 지긋지긋한 방을 떠날 뻔했다. 하지만 갑자기 움찔하면서 정신이 돌아왔다. 카렌이 싸둔 가방이 보였다.

"난 당신이 알 거라고 확신했어. 당신이 이유를 알 거라고." 카렌이 다시 말했다.

미아의 눈에 시그리가 보였다. 시그리의 흰색 드레스. 시그리는 천천히 슬로모션으로 들판을 달렸다.

어서 와, 미아, 어서 와.

"마르쿠스 스코그." 카렌이 그 이름을 거명했다. "내 동생은 똑똑하지는 않지만 다정한 아이였어. 내 동생은 잘못이 없어. 그 자식이 나쁜 놈이지. 이봐, 남자들, 너희는 도대체 뭘 할 수 있지, 응? 논쟁할 가치도 없는 존재들, 안 그래? 당신이 그 자식을 총으로 쏜 후 내 동생은 자살을 했어. 약을 과다복용한 것도 아니고 스스로 목을 맸어. 차라리 마약을 했으면 더 나을 뻔했어, 안 그래? 시그리처럼. 장담하는데, 시그리는 죽을 때 기분은 좋았을 거야. 시그리는 목에 밧줄을 걸고 나무에서 뛰어내리지는 않았어." 카렌은 다시 자기 얼굴을 할퀴며 문을 흘끔거렸다. "음, 그건 당신에 대한 사랑이었을 거야. 내가 무엇을 알겠어?"

미아는 더 이상 눈을 뜰 수가 없었다. 팔다리의 감각도 없었다.

카렌이 의자에서 일어나 미아에게 오더니 미아의 **뺨**을 손으로 감쌌다.

"즐거운 여행이 되기를. 미아 문빔."

시그리가 들판을 가로질러 미아에게 달려왔다. 시그리는 장난기 어린 얼굴로 그녀 앞에서 걸음을 멈췄다. 그리고 손을 흔들었다.

어서 와, 미아, 어서 와!

갈게, 시그리. 기다려.

난 잠자는 숲속의 공주고, 넌 백설공주야!

그래, 시그리. 나는 그게 좋아.

어서 와, 미아, 어서 와!

가고 있어, 시그리. 지금 가고 있어!

미아는 풀려났다.

그리고 동생의 부풀어오른 흰색 드레스자락을 따라 황금빛 밀밭을 가로질러 달렸다.

82장

"델타 원, 나와라"

뭉크는 무전기의 전송 버튼을 누르고 응답을 기다렸다.

"델타 나인, 여긴 델타 원이다. 오버."

"여기는 델타 나인, 거기 위치가 어딘가, 오버?"

뭉크는 킴을 흘깃 보았다. 킴은 무릎에 글록 권총을 올려놓은 채 앉아있었다. 방탄조끼 차림의 그는 표정이 어두웠다. 뒷좌석에는 쿠리가 앉아있었다. 그 역시 방탄조끼 차림에 권총을 쥐고 있었다. 그들은 헤드라이트를 끄고 숲길을 달려왔다. 이곳에서는 그 집이 한 눈에 보였다. 그리 멀지 않은 거리였다.

"델타 나인, 여기는 델타 원. 40미터에서 장소를 주시하고 있다. 표적이 보이지 않는다, 오버."

"델타 원, 여기는 델타 나인, 대기하라. 명령할 때까지 발사하지 마라, 알았나, 오버?"

"델타 나인, 여기는 델타 원, 알았다, 오버, 끊는다."

"칠흑같이 깜깜한데요." 쿠리가 좌석 사이로 몸을 불쑥 내밀며 말했다.

뭉크는 야간용 쌍안경을 꺼내 전방에 허물어져가는 낡은 건물이 있는지 살폈다. 그곳에 사람이 살지 않는 오두막으로 추정되는 건물은 없었다. 그것은 아마도 의도였을 것이다. 동영상에서 얻은 GPS 좌표값에 의해 그들은 여기로 왔다. 뭉크는 친구의 도움을 받아 동영상 속 장소를 찾아내준 가브리엘 뫼르크가 고마웠다. 가브리엘은 참으로 쓸모 있는 인재였다. 뭉크가 다시 무전기를 켰다.

"델타 투, 나와라, 여기는 델타 나인."

"델타 나인, 여기는 델타 투다, 오버."

"위치는, 오버?"

"여기는 델타 투. 집 뒤편 동쪽에 두 명, 출입문 북서쪽에 세 명 배치시켰다. 15미터 위치다, 오버."

"델타 투, 여기는 델타 나인. 지시를 더 기다려라. 오버, 끊는다."

"빛도 보이지 않는데 이상하지 않습니까?" 뭉크의 야간용 쌍안경을 건네받은 킴 콜쇠가 말했다.

"저기에 없는 게 아닐까요?" 쿠리가 큰 소리로 말했다.

"지하실에 있을지도 몰라." 뭉크가 대답했다.

뭉크는 킴에게서 도로 건네받은 쌍안경으로 오두막을 살폈다. 이 작전에는 3개 조가 가담했다. 델타라는 무장한 대응부대 2개조(마크맨 그룹과 경찰특수기동대)와 뭉크와 킴, 쿠리였다. 뭉크는 다시 킴에게 쌍안경을 건네면서 자신들도 한사코 오겠다고 고집했던 루드비와 가브리엘을 생각하며 잠시 웃었다. 루드비는 그렇다 치고(어쨌든 그는 오랫동안 경찰로 복무했다) 가브리엘은? 그 젊은이는 기껏해야 폭죽이나 터뜨려봤을까? 하지만 그에게는 배짱이 있었다. 가브리엘은 팀을 위해 실로 대단한 활약을 했다. 뭉크는 그들에게 사무실을 지켜달라고 당부했다. 그에게는 지금의 경찰력으로도 충분했다.

"그 여자가 미아도 감금하고 있겠죠?" 킴이 물었다.

"잘 모르지만 그럴 가능성도 있어." 쿠리가 대답했다.

"미아의 자동차가 양로원 밖에서 발견되었어. 마지막 휴대전화 문자는 드람멘스바이엔 근방에서 전송되었고." 뭉크가 말했다.

"어쩌면 차창 밖으로 던졌을지도 몰라요." 쿠리가 투덜거렸다.

"그 소년에 관해 뭣 좀 알아냈나? 이베르센이던가?" 뭉크가 물었다.

킴은 이베르센에 관한 문제를 처리하고 나서 막판에 이곳으로 오는 팀에 합류했다.

"소년의 선생님인 에밀리에 이사크센과 얘기를 나눴는데, 사회의식이 대단히 투철한 현명한 분이더군요. 그녀 같은 선생님이 더 많아지면 좋을 텐데. 형이라는 소년도 사라지고 부모도 사라졌답니다. 그래서 선생님이 집에서 소년을 데리고 왔답니다. 소년은 일주일 동안 음식도 제대로 먹지 못했대요. 그녀에게 혼자서는 아무 것도 하지 말라고 조언했는데, 들을지 의문입니다. 어쩌면 지금쯤 토비아스를 찾으러 숲으로 들어갔는지도 모릅니다."

"루드비에게 전하게." 이야기를 들은 뭉크가 말했다. "회네포스 경찰에 말해서 수색대를 파견하라고."

"이미 조치해두었습니다." 킴이 대답했다.

뭉크는 긍정적으로 고개를 끄덕였다. 만약 뭉크에게 믿을 만한 부하를 꼽으라고 한다면 킴 콜쇠가 단연 첫 번째였다. 하지만 쿠리는 계속 주시할 필요가 있었다. 킴은 조수석에서 미동도 없이 앉아 있는 반면, 뒷좌석의 쿠리는 가만히 있지 못하고 연신 꼼지락댔다.

"이제 어떻게 해야 하죠?" 쿠리가 다시 앞으로 고개를 들이밀고 물었다.

"기다려야지." 뭉크가 말했다.

"대체 뭘 기다려야 합니까? 그 미친 여자가 미아를 저 안에 가두고 있어요. 그 여자가 미아한테 무슨 짓을 할지 누가 압니까? 왜 문을 발로 차고 들어가 그 여자를 끌어내지 못하는 겁니까?"

"쿠리." 킴이 그를 조용히 나무랐다.

"뭐가 중요한지 나도 알아." 뭉크가 차분한 목소리로 말했다. "내 손녀도 저 안에 있어."

뭉크는 그 말이 잘못 해석되지 않기를 바라며 쿠리를 쳐다봤다. 쿠리는 다소 미안해하며 자기 자리로 물러나 고개를 끄덕였다.

마리온이 저기에 있다.

뭉크는 냉정함을 되찾았다. 자신은 지금 할아버지의 역할을 맡을 수 없었다. 미켈손은 뭉크에게 사무실에 남고, 다른 사람에게 작전지휘권을 넘기라고 주장했다. 하지만 그 불도저도 뭉크를 제지할 수는 없었다. 뭉크는 다시 쌍안경을 눈에 대고 캄캄한 집을 살폈다.

"도대체 얼마나 기다려야 하죠?" 쿠리가 다시 뒤에서 조급하게 굴었다.

"쿠리." 킴이 다시 나무랐다.

"아니, 쿠리 말이 맞아." 뭉크가 무뚝뚝하게 말했다. "더 기다릴 이유가 없어."

뭉크가 다시 무전기 버튼을 눌렀다.

"여기는 델타 나인, 델타 투, 나와라."

"델타 나인, 여기는 델타 투다, 오버."

"델타 투, 여기는 델타 나인, 출입문 옆에 대기시켜라."

"델타 투, 알았다. 오버, 끊는다."

뭉크는 글록 권총의 안전장치가 풀려있는지 확인한 다음 두 명의 부하에게 고개를 끄덕여보였다.

"준비됐지?"

킴이 고개를 끄덕였다.

"네." 쿠리가 대답했다.

뭉크는 살며시 문을 열고 최대한 조용히 차에서 내렸다.

83장

마리온 뭉크는 입맛이 이상해서 잠에서 깨어났다. 아주 달콤한 꿈을 꾸던 중이었다. 자신이 집에 있고, 부모님도 거기에 계시고, 모든 게 정상으로 돌아가 있었다. 하지만 눈을 떴을 때 자신이 여전히 작고 추운 흰색 방에 갇혀있음을 알았다. 게다가 무겁고 우스꽝스러우며 성가신 드레스도 여전히 입은 채였다. 마리온은 얇은 이불 속에 웅크린 채로 누워서 훌쩍거리기 시작했다. 자신이 여기에 며칠이나 있었는지 헤아리기 어려웠다. 한 번도 전등을 끈 적이 없었다. 스위치를 찾아보았지만 창문도 문도 없는 차가운 벽뿐이었다. 그동안 얼마나 울었는지 눈물이 마를 지경이었다. 벽을 쿵쿵 치고 비명을 지르고 고함도 질러보았다. 아무도 오지 않았다. 처음에는 도무지 이해할 수가 없었다. 자신이 울 때면 언제나 사람들이 달려왔다. 부모님도 언제나 와주었다. 열이 난다든지 곰돌이 푸가 거대한 괴물로 변해 잡혀먹는 꿈을 꿀 때도 엄마는 즉시 달려와주셨다. 그런데 지금은 아무도 오지 않았다. 이 방으로 오지 않았다.

자신을 돌봐줄 사람이 아무도 없었다. 마리온은 혼자였다.

마리온 뭉크는 엄지를 입에 문 채 침대 위에 작은 공처럼 웅크렸
다. 손가락 빠는 버릇을 고친 지 얼마 되지 않아 다시 시작했다. 엄
지를 혓바닥에 대고 힘껏 누르면 마음이 놓이고 기분이 좋아졌다.
엄지를 빠는데 전과 달리 손톱이 꺼끌꺼끌하게 느껴졌다. 엄지를
빼서 손톱을 들여다보았다. 엄지손톱에 뭔가로 긁은 자국이 나있
었다. 홈이 파여있는 모습이 마치 글자 같았다. 유치원 친구인 비
비안 이름의 첫 글자 V처럼 생겼다. 그랬다, 엄지에 V자가 새겨져
있었다. 마리온은 다시 엄지를 입에 넣고 혀로 글자의 날카로운 가
장자리를 느꼈다.

처음에는 그림을 그렸다. 아니 그러려고 노력했지만 잘 되지 않
았다. 그림을 보여줄 상대가 없었다. 그곳에는 자신뿐이었다. 부모
님과 할아버지를 그렸다. 그리고 슈퍼히어로를 그렸다. 말을 걸 수
도 있고 자신을 보살펴줄 여자 영웅을 그리자 마음이 좀 편안해졌
다. 흰색 방에 있기 시작한 후부터 낮이 없는 것 같았다. 집에서는
아침도 있고 낮도, 밤도 있어서 언제 무슨 일이 일어났는지 알기 쉬
웠지만 여기에서는 그게 불가능했다. 하루 종일 불이 켜있고, 벽에
있는 조그만 해치문으로 음식이 도착할 때 말고는 아무 소리도 들
리지 않았다. 그럴 때면 벽 안에서 시끄러운 태엽원숭이 소리가 났
다. 음식은 괴상하고 더럽게 맛이 없었지만 배가 하도 고파서 남기
지 않고 먹어치웠다. 가끔 음료수가 병째 들어왔지만 대부분 그냥
물이었다. 그런데 먹고 마신 게 잘못이었다. 화장실에 가야 하기
때문이었다. 방에는 쓰레기통 외에는 볼일을 볼 데가 없어서 내내

악취를 풍겼다. 마리온은 스케치북을 한 장 뜯어 뚜껑처럼 덮어서 겨우 악취를 막았다. 그럼에도 뚜껑을 열고 쪼그려앉을 때마다 조마조마했다. 내용물이 점점 차오르는 만큼 냄새도 더욱 지독해졌기 때문이었다.

항상 전등이 켜져 있는데도 잠을 자는 게 어렵지 않다는 것을 마리온은 어느 순간 깨달았다. 정말로 이상했다. 언제나 똑같은 일이 반복되었다. 밥을 먹은 후에는 잠을 잤다. 전혀 피곤하지 않은데도 그랬다. 마치 음식 때문에 졸음이 오는 것 같았다. 음식이 마법이기라도 한 듯. 문득 《이상한 나라의 앨리스》가 생각났다. 앨리스는 무언가를 먹은 후에는 이상한 기분을 느꼈는데(처음에는 몸집이 커다래졌고, 그 나음에는 삭아셨다) 자기가 먹은 것도 어쩌면 마법의 음식이었을 것이다. 음식이 맛없는데도 마법을 부릴 수 있을까? 마리온이 혀끝으로 손톱에 파인 홈을 느끼고 있을 때 다시 벽에서 웅웅 소리가 들려왔다. 부르, 부르, 부르. 마법의 음식이 오는 중이었다. 벽을 통해 마리온에게 오고 있었다.

마리온은 일어나서 해치문으로 걸어갔다. 그리고 음식이 나오기를 기다렸다. 이제는 그 소리를 구분할 수 있었다. 부르, 부르, 부르, 그리고 철커덕. 그러고 나서 문을 열면 음식이 보였다. 대개의 경우 마리온이 좋아하지 않는 으깬 감자와 당근이었다. 컬리플라워. 아니, 브로콜리도 싫어했다. 피자나 소시지, 토마토스프처럼 좋아하는 음식은 없었다. 마리온은 엄지를 빨며 *철커덕* 소리를 기다렸다. 그런데 생각해보니 승강기가 위로 올라가는 소리는 듣지 못한 것 같았다. 승강기는 언제나 내려오기만 했다. 음식을 꺼내고, 먹고, 그 다음에 또 승강기가 내려왔다. 어쩌면 자신이 잠들었기 때문인지도 몰랐다. 아무래도 그런 것 같았다. 마법의 음식을 먹으면 잠이 들고, 잠이 든 사이 승강기는 벽을 타고 올라가는 것이다. 틀림없이 그랬다.

드디어 철커덕 소리가 들렸다. 마리온은 해치문을 열고 무슨 음식이 나왔는지 보았다. 이번에는 음료수 한 병 추가. 그것은 마음에 들었다. 하지만 음식은 역시 맛이 없었다. 감자로 만든 음식과 초록색을 띠는 무엇인가였다. 그랬다, 브로콜리. 마리온은 음식 접시와 음료수 병을 꺼내 책상 옆 의자에 앉았다. 함께 딸려온 포크로 음식을 찍었지만 식욕이 생기지 않았다. 무엇보다 울고 싶었다. 음식은 먹지 않고 그냥 울고 싶었다. 눈물이 터져나오려 했지만 이내 마음을 다잡았다.

울어봤자 소용없었다. 이 방에서는 소용없었다. 아무도 오지 않을 테니까. 아무리 눈물을 흘리며 울어도. 그러나, 아무리 그렇더라도 눈물을 참는 것은 마음대로 되지 않았다. 마리온은 포크를 든 채 접시에 떨어지는 눈물을 보았다.

만약 음식을 먹지 않으면 어떻게 될까? 어쩌다 그런 생각을 했는지 모르지만 갑자기 그런 생각이 들었다. 만약 음식을 먹지 않으면 어떻게 될까? 잠을 안 자고 깨어있게 될까? 승강기가 올라가는 소리를 들을 수 있을까? 마리온은 벽에 난 해치문을 흘끗 보았다. 어쩌다 그런 생각을 하게 되었을까? 아무 이유 없이 그냥 떠올랐다. 왜냐하면 그것이야말로 굉장한 아이디어이기 때문이었다. 그렇지 않은가?

만약 음식을 먹지 않아도 승강기는 올라갈까? 마리온은 재빨리 일어나 해치문으로 걸어갔다. 문을 열고 안을 들여다보았다. 내가 이 안에 들어가도 괜찮지 않을까? 그보다 더 작은 곳에 숨은 적도 있었다. 언젠가 숨바꼭질을 했는데, 냄비를 넣어두는 부엌 선반에 숨었지만 아무도 찾아내지 못했다. 그래서 결국 스스로 포기하고 나왔다. 그 선반은 정말로 비좁았다. 전혀 의심하지 못했던 사람들은 굉장히 놀라워했다.

마리온은 승강기를 이용해 속임수를 쓰기로 계획을 세웠다. 우선 음식을 먹은 척하고 쓰레기통에 버린 다음 접시를 구석에 놓아둔 뒤 침대에 누울 것이다. 마리온이 잠이 들면 승강기는 올라갔다. 아마 잠든 척해도 똑같이 그렇게 될 것이다, 마리온은 승강기를 등지고 앉아 테이블에서 접시를 들었다. 자신이 무엇을 하는지 리프트가 못 보게 하는 게 중요했다. 그러지 않으면 승강기가 마음을 바꿀 것이다. 마리온은 조심스럽게 종이뚜껑을 들고 재빠르게 음식을 쓰레기통에 버렸다. 그리고 얼른 다시 앉아서 벽에 있는 해치문을 쳐다봤다.

"아, 이제 배 부르다." 마리온은 큰 소리로 말하며 배를 몇 번 두드렸다.

승강기는 아무 기척이 없었다. 뭐가 잘못되었는지 눈치채지 못한 게 틀림없었다.

"아, 이제 피곤하네." 이렇게 중얼거리며 거짓 하품도 했다.

마리온은 접시를 다른 접시들 위에 올려놓고 침대로 갔다. 승강기를 바라보며 누워서 눈을 감았다. 엄지를 빨며 가만히 누워있었다. 가만히 누워있는 것은 자신 있었다. 예전에 부엌 선반에 숨었을 때도 엄마, 아빠가 이름을 부를 때까지 오랫동안 가만히 누워있었다. 마리온은 눈을 꼭 감은 채 승강기가 움직이기를 기다렸다. 아무 소리도 나지 않았다. 조금씩 초조해지는 것을 느꼈다. 밖에 누가 있다는 것을 알면서 부엌 선반에 누워있던 때와는 달랐다. 그때는 자신을 찾으면 기뻐해줄 누군가가 밖에 있었다. 하지만 이곳에는 아무도 없었다. 마리온은 다시 눈물이 글썽해지려고 했지만 참으려고 안간힘을 썼다. 만약 울게 되면 잠도 잘 수 없고, 그러면 승강기가 눈치챌 것이다. 그래서 엄지를 더욱 깊숙이 넣고 다른 생각을 하려고 애썼다. 부엌 선반에 웅크리고 숨어있을 때도 머릿속으로 이야기를 만들어냈다. 몬스터 하이(미국 마텔 사에서 나온 패션 아이돌로 애니메이션으로도 만들어짐—주)를 기반으로 한 이야기로 텔레비전에서 본 적이 없는 이야기를 스스로 지어냈다. 그러자 시간이 빨리 흘러갔다. 전혀 지루한 줄 몰랐다. 이번에는 드라큐로라가 되기로 했다. 드라큐로라가 깜빡 잊고 숙제를 하지 않은 채 학교에 갔다. 선생님이 너무 일찍 오셨기 때문에 그것은 큰 실수였다. 드라큐로라는 숙제를 하지 않았다고 말씀드려야 했지만 그러고 싶지 않았다. 드라큐로라는 거친 소녀처럼 보였지만 실은 학교에서 모범생이 되고 싶었다. 사람들은 그렇게 생각할지 모르지만 드라큐로라는 달랐다. 그런데 깜빡 잊고 숙제를 하지 않은 것이다. 일부러 그런 것은 아니고 그냥 잊어버렸다. 해야 할 일이 너무 많았기 때문이다.

마리온이 드라큐로라가 숙제를 하지 못한 이유를 생각해내려고 하는데, 갑자기 승강기 움직이려는 소리가 들렸다. 브루, 브루. 마리온은 충동적으로 침대에서 뛰어내려와 해치문으로 달려갔다. 그러고는 재빨리 문을 열고 벽에 난 구멍 속으로 기어 들어갔다. 승강기는 너무 작았다. 처음에는 발도 들어가지 않을 것처럼 보였다. 하지만 기합을 넣으면서 발을 안으로 들이밀자 순식간에 몸 전체가 들어갔다. 드디어 자신이 안에 있었다! 잠시 후 리프트가 올라가기 시작했다!

승강기가 덜커덩 삐걱 소리를 내며 벽을 타고 올라가는 동안 마리온은 그 안을 볼 수 없었다. 그저 조그만 공처럼 웅크리고 앉아 어둠을 겁내지 않으려고 애썼다. 심장은 작은 가슴 속에서 콩닥콩닥 뛰었고, 숨을 쉬지 못힐 정도로 긴장했다. 브루 브루. 승상기는 천천히 위로 올라가다가 어느 순간 철커덕 소리를 냈다. 승강기가 멈췄다. 마리온이 그 안에 탄 줄도 모르고 멈췄다. 마리온은 해치문을 살짝 밖으로 밀었다. 다행히도 열렸다. 마리온은 밖으로 기어 내려와 얼빠진 표정으로 바닥에 섰다.

그곳은 거실이었다. 집안은 처음 보았다. 여기에도 창문이 없었다. 아니, 있기는 한데 커튼이 드리워져 있었다. 방 한가운데 테이블 옆 의자에 웬 여자가 앉아있었다. 마리온은 두리번거리다 마지못해 그녀에게 걸어갔다. 그녀의 눈은 감겨있고, 입에는 회색 테이프가 붙여져 있었다. 그리고 주머니처럼 생긴 곳에서 물인지 뭔지 모르는 액체가 튜브를 타고 여자의 팔로 들어가고 있었다.

마리온 뭉크는 어떻게 해야 할지 몰라 주변을 미친 듯이 둘러보았다. 집에서와 같이 복도에 신발과 부츠가 놓여있었다. 그리고 문도 보였다. 현관문 같았다. 발끝을 세워 문으로 살살 걸어갔다. 우스꽝스러운 드레스 때문에 걷기도 힘들고 무엇보다 짜증나게 소리가 많이 났다. 문을 열까? 문 뒤에 뭐가 있을지 모르는데? 이 집안은 왜 모든 게 이렇게 이상할까?

"멈춰!"

등뒤에서 들려오는 날카로운 여자 목소리에 마리온은 화들짝 놀랐다.

"멈춰! 멈추라니까!"

마리온 뭉크는 손잡이를 돌려 문을 열었다. 그리고 작은 다리를 최대한 빠르게 움직여 어둠속으로 내달렸다.

84장

카리안네 콜스타는 복권 파는 일이 죽기보다 싫었다. 자신이 아는 최악의 일이 복권 팔기였다. 열네 살 소녀는 단지 그 지긋지긋한 복권 때문에 걸가이드Girl Guide(1909년에 시작된 걸스카우트와 비슷한 운동단체—주)를 그만둘까 고민한 적도 있었다. 농장에서 딸기를 따고 밭에서 자갈을 골라내는 따위의 기금모금 행사는 얼마든지 할 수 있지만 이 복권 파는 일은 견디기 힘들었다. 카리안네 콜스타는 수줍음이 많았다. 복권 파는 일을 싫어하는 것도 그 때문이었다. 남의 집 초인종을 누르고 말을 걸어야 하는 게 여간 힘들지 않았다.

카리안네 콜스타는 웃옷을 단단히 여민 다음 톰 라우리츠 라르센의 농장으로 향했다. 그의 집 문을 두드리는 것은 괜찮았다. 그가 좋은 사람이라는 걸 잘 알고 있었다. 성격은 다소 괴팍하지만 마음은 따뜻한 이 양돈업자와 전에도 말을 해본 적이 있었다. 최근에 방문했을 때는 티켓을 사주기도 했다. 카리안네는 오늘도 제발

운이 좋기를 빌었다. 어느덧 농장에 도착한 카리안네는 대문을 열고 농장 안으로 들어갔다.

톰 라우리츠 라르센은 돼지 참수사건 이후 마을에서 유명인사가 되었다. 지역신문 〈하마르 아르베이데르블라드〉도 그 사건을 여러 번 기사화했다. 처음은 돼지 머리가 사라졌을 때, 그리고 다시 나타났을 때였다. 머릿기사는 '이 지역의 돼지 머리가 아동실종 사건 현장의 말뚝 위에서 발견되다'였고, 농장 일꾼뿐만 아니라 라르센의 사진도 실렸다.

카리안네는 살해당한 소녀들에 관한 것은 빠짐 없이 알고 있었다. 신문에서 그 사건과 관련된 기사를 한 글자도 빠뜨리지 않고 읽었다. 학교와 걸가이드에서 집회가 열리고, 마을회관에서 열린 집회에도 주민들이 모두 모였다. 올 가을 학교에 입학하는 딸을 둔 부모들뿐만 아니라 사실상 마을 주민 모두가 참석했다. 그들은 죽거나 실종된 소녀들을 위해 촛불을 켜고, 아이들을 추모하거나 위로하는 페이스북 그룹을 시작했다. 페이스북 그룹을 만드는 일은 쉬웠다. 카리안네가 한 일은 컴퓨터 앞에 앉아있는 것뿐이었다. 온라인에서 사람들과 대화를 나눌 때는 지금과 달랐다.

어느 새 라르센의 집앞에 도착한 카리안네는 문을 노크했다. 이제 막 땅거미가 지기 시작했지만 부엌 창문으로 불빛이 보였다. 음악소리도 흘러나오는 게 그가 집에 있는 것 같았다. 카리안네는 다시 노크를 한 뒤 문을 열었다. 심호흡을 하고 허리를 꼿꼿이 편 다음 억지로 미소를 지었다.

"어서 와라." 라르센이 친절하게 웃어보이며 말했다. "또 복권을 팔러 왔니?"

휴, 하느님 감사합니다. 적어도 그에게 복권 사달라는 말을 할 필요는 없어졌다….

"네." 카리안네가 안도하며 고개를 끄덕였다.

"그러지 말고 들어오렴." 라르센은 소녀의 등뒤로 어둠을 흘끗 보며 말했다. "혼자서 이걸 팔려고 늦은 시각에 돌아다니는 거냐?" 카리안네가 부엌으로 들어왔을 때 그가 물었다.

"네." 카리안네는 수줍게 고개를 끄덕였다.

"이번에는 어떤 거냐?"

톰 라우리츠 라르센은 벌써 지갑을 가져와 손에 들고 있었다.

"우리 단체가 야영을 가게 되었어요. 스웨덴으로."

"오호, 그거 재미있겠구나."

"네. 그랬으면 좋겠어요." 카리안네가 공손하게 대답했다.

"난 당최 복권 운이 없어서 말이야." 라르센이 지갑에서 100크로네를 꺼내며 껄껄 웃었다. "하지만 청소년은 도와야지."

"고맙습니다." 카리안네가 대답했다. "복권은 한 장에 20크로네예요. 당첨되면 과일바구니와 커피를 받으실 거예요. 그리고 저희가 만든 물건도요."

"뭐라도 당첨될 것 같지는 않지만 몇 장 사야겠지." 라르센은 웃으면서 윙크를 보냈다. "불행하게도 100크로네밖에 없구나. 이게 전부다."

100크로네. 복권 다섯 장. 그것은 카리안네가 오늘 밤 계속해서 복권을 팔아야 한다는 의미였다. 카리안네는 마지막 순간까지 미루고 미뤄왔다. 팔지 못한 복권은 내일 단장에게 돌려줘야 하는데, 그녀에게는 아직도 팔아야 할 복권이 한 움큼 남아있었다.

"보아하니 기껏 개시한 것 같구나." 라르센은 100크로네 지폐를 건네고 복권을 받았다. "자 조심해라." 카리안네가 현관 밖 계단으로 나갔을 때 그가 걱정스러워하며 덧붙였다.

라르센은 어둠을 응시하며 코를 찡긋거렸다. 돼지 머리 사건 이후로 그에게 뭔가 생긴 게 분명했다. 지난번 카리안네가 찾아왔을 때는 오늘처럼 긴장되지 않았다.

카리안네 콜스타는 마당을 가로질러 대문을 빠져나왔다. 그리고 비크 다리로 걸어가는 동안 복권 파는 일은 까맣게 잊고 오로지 집으로 돌아가고 싶다는 생각만 했다. 그때 갑자기 눈앞에서 비현실적인 장면이 펼쳐졌다.

처음에는 자신의 눈을 믿을 수가 없었다. 세상에서 가장 따분한 곳, 아무 일도 일어나지 않는 이곳 탕엔에서는 도무지 볼 수 없는 장면이었다. 길 맞은편에 작은 집이 한 채 있었다. 누가 살 거라고 생각해본 적이 없는, 언제나 비어있다고 믿었던 곳이었다. 그곳을 오가는 사람을 봤다는 이도 없었다. 그런데 방금 그 집 현관문이 활짝 열리며 어린 소녀가 뛰어나왔다. 괴상한 옷차림의 소녀는 목청껏 비명을 질렀다. 카리안네는 그 아이를 단번에 알아보았다. 뉴스에서 본 적 있는 아이였다. 자신의 페이스북 페이지에도 그 아이의 사진을 올려놓았다. 다섯 번째 소녀였다. 마리온 뭉크.

카리안네는 입을 떡 벌린 채 얼어붙어 그 자리에서 한 발짝도 움직이지 못했다. 어린 소녀는 계단을 뛰어 내려오다 자갈에 발이 걸려 넘어졌다. 그 뒤로 어떤 여자가 뒤쫓아오고 있었다. 마리온은 다시 일어나 어깨 뒤를 힐끗 보더니 비명을 지르며 뛰기 시작했다. 뒤따라오는 여자의 걸음은 더 빨라졌고, 결국 소녀를 붙잡았다. 그러고는 손으로 소녀의 입을 틀어막고 다시 집안으로 끌고 들어가 문을 닫았다.

이윽고 사방이 적막해졌다.

카리안네 콜스타는 충격에 휩싸였다. 자신도 모르게 복권과 돈, 휴대전화를 바닥에 떨어뜨렸다.

잠시 후 정신을 차린 카리안네는 재빨리 휴대전화를 주워 떨리는 손으로 1—1—2를 눌렀다.

85장

　루카스는 총을 바닥에 내려놓고 자물쇠에 열쇠를 꽂았다. 이제
밖은 쌀쌀했다. 목덜미에 차가운 저녁 공기가 느껴졌다. 그는 자
물쇠를 열고 묵직한 나무 해치문을 들어올렸다. 어두운 실내로 손
전등을 비췄다. 기다란 사다리를 내리비춘 불빛이 더 아래쪽 콘크
리트 바닥 몇 미터쯤에 가닿았다. 그는 총을 바지허리춤에 넣은 뒤
사다리를 타고 내려갔다. 소년과 라켈은 담요를 두른 채 서있었다.
그는 아이들을 비춰본 뒤 손전등을 내렸다. 강렬한 불빛을 받은 아
이들은 손으로 두 눈을 가렸다.
　"나는 예수다." 루카스가 한껏 근엄한 목소리로 말했다. "겁내지
마라. 나는 너희를 해치러 온 게 아니다."
　그가 손전등으로 방안을 비추더니 자신이 찾고 있는 것을 발견
했다. 종이상자가 놓인 시렁 앞에 석유통이 있었다. 소년과 라켈은
콘크리트 바닥을 가로질러 머뭇머뭇 그에게 다가왔다.
　"지금 나갈 수 있는 건가요?" 소년이 주저하며 물었다.

"그렇다, 지금 나갈 수 있다." 루카스가 대답했다. "신이 함께 하실 것이다. 문은 열려있다."

루카스는 차가운 방에서 소년의 곁을 지나다가 그의 눈을 흘낏 보았다.

"고맙습니다." 토비아스가 루카스의 팔에 손을 가볍게 댔다.

"나는 예수다." 루카스가 웃으며 사다리까지 이어지는 길을 손전 등으로 비춰주었다.

그는 두 아이가 해치문을 빠져나갈 때까지 기다렸다가 다시 손 전등으로 선반을 비춰 석유통을 찾았다. 손전등을 겨드랑이에 낀 채 질질 끌다시피 해서 사다리 위로 석유통을 옮겼다. 이윽고 해치 문을 닫고 잠깐 별을 바라보며 서있었다. 이보다 아름다운 광경은 본 적이 없었다. 하늘 저편에 희망과 환희가 반짝거렸다. 그는 마 당을 가로질러 걸어가며 뿌듯한 미소를 지었다.

목사는 등을 돌린 채 교회 맨 끝 벽쪽에 설치한 재단에 서있었 다. 루카스가 들어오는 소리를 들은 목사가 돌아섰다.

"어떻게 됐느냐?" 목사가 두 팔 벌린 채 미소지으며 루카스에게 걸어왔다.

그러다가 루카스의 손에 들린 것을 보고는 흠칫 놀라며 회당 한 가운데에서 걸음을 멈추었다. 루카스는 바지에서 총을 꺼내 팔을 쭉 뻗더니 목사의 가슴에 총구를 겨누었다.

"루카스? 뭐하는 게냐?"

"목사님을 구원하려고요." 루카스가 웃으면서 흰 머리의 남자를 향해 천천히 걸어왔다.

"뭐하는 짓이냐, 아들아?" 목사가 이빨을 딱딱 부딪치며 말했다. "자, 자, 아들아. 그 총 이리 주렴. 너는 지금 무슨 짓을 하고 있는지 모른다."

그는 금발의 청년을 향해 두 팔을 벌렸다.

"쉿." 루카스가 속삭였다. 그의 눈이 반짝반짝 빛났다. "아직 모르셨어요?"

"뭐…, 뭘?" 목사가 더듬거렸다.

"목사님 안에 악마가 있다는 것을요."

"무슨 엉뚱한 소리냐, 아들아." 흰머리의 남자가 말을 더듬었다.

"아니요." 루카스는 진지했다. "악마가 방금 목사님의 마음에 자리잡았어요. 하지만 늦지 않았어요. 제가 목사님을 구원하기 위해 이 땅에 왔으니까요. 이건 저의 사명입니다."

"도대체 무슨 소리냐, 루카스." 목사가 더듬거렸다.

"모르셨어요?" 루카스가 고개를 끄덕거렸다. "목사님의 가슴 속에는 악마가 들어있어요. 악마가 지금 목사님의 입을 통해 말하고 있어요. 우리는 아이들을 그렇게 대하지 않아요. 우리는 사람을 그렇게 다루지 않아요. 우리는 그들을 도와요, 그들을 해치지 않아요. 그것은 주님의 뜻이 아니에요. 하지만 목사님 잘못은 아닙니다. 목사님은 무지해서 악마한테 속은 거예요. 악마가 목사님으로 하여금 악마를 불러들이게 했어요. 목사님의 영혼을 빼앗아갔어요. 목사님이 다른 사람들을 해치게 했어요. 이제 모두 잘 될 거예요. 목사님, 우리는 이제 떠날 수 있어요. 기다릴 필요가 없어요. 우린 함께 천국으로 갈 거예요."

"나한테 그 총 줘, 빌어먹을 너는…." 목사는 미친 듯이 고함을 질렀지만 너무 늦었다.

루카스는 방아쇠를 당겨 늙은 목사의 가슴에 두 발을 쏜 다음 교회 바닥에 총을 떨어뜨렸다. 목사는 강한 충격에 뒤로 나가떨어져 숨을 헐떡였다. 이윽고 석유통 뚜껑을 연 루카스는 벽을 따라가며 내용물을 쏟기 시작했다. 천천히. 서두르지 않았다. 작은 교회 안에 석유 냄새가 진동했다. 시몬 목사는 입을 반쯤 벌린 채 경련이 일고 굳어가는 손으로 가슴을 움켜쥐었다. 바닥에 누워 겁에 질린 눈으로 루카스를 쳐다보았다. *정말 아름답군.* 루카스는 목사의 몸에서 흘러나온 피가 얼마 전 새로 광을 낸 회당 바닥을 가로질러 작은 시내를 이루는 모습을 보며 생각했다. 그는 남은 석유를 제단 옆에 마저 쏟은 뒤 목사에게 돌아왔다. 목사는 목을 움켜쥐고 뭐라고 말하려고 했지만 목구멍에서 가르랑 소리만 나왔다.

"두려워하지 마세요." 루카스가 목사의 흰 머리카락을 쓰다듬으며 말했다.

그는 다시 일어나 주머니에서 라이터를 꺼냈다. 먼저 작동되는지 확인하려고 라이터를 켰다. 눈앞에서 작은 불꽃이 가물거렸다. 루카스는 한쪽 구석부터 시작했다. 석유에 불이 붙었다. 그는 반대쪽으로도 걸어가 바닥에 라이터를 대고 불을 붙였다. 흰색 교회 전체가 불길에 휩싸일 때까지 계속했다. 마침내 그는 라이터를 한쪽으로 던지고 목사에게 돌아와 무릎을 꿇은 다음 목사의 손을 잡았다. 커튼과 벽, 바닥과 제단까지 교회 전체가 불길에 휩싸였다. 루카스는 혼자서 미소지으며 찬송가를 부르기 시작했다. 그는 목사의 흰 머리털을 조심스럽게 쓰다듬었다.

"악마가 보이시죠? 이제 악마가 목사님을 떠날 거예요. 경이롭지 않아요?" 젊은이가 웃었다.

목사는 공포에 사로잡혀 그를 바라보았다. 목사의 몸이 덜덜 떨렸다. 가슴에 난 구멍에서는 피가 왈칵왈칵 쏟아졌다.

불길이 천장을 핥기 시작했다. 이제 건물 전체가 불타고 있었다.

"집에 가서 만나요, 목사님." 루카스가 웃었다.

그리고 스스로 눈을 감았다.

86장

홀거 뭉크는 뭔가 착오가 있음을 직감하며 낡은 오두막으로 살금살금 기어갔다. 창문에 빗장이 걸려있었다. 지붕에는 커다란 구멍이 나있었다. 사람이 살았던 흔적은 보이지 않았다. 금방이라도 무너질 것처럼 보였다. 정말 이런 곳에 카렌이 숨어있을까? 이건 폐가가 아닌가? 이상했다. 가까이 갈수록 뭔가 잘못되었다는 불길한 예감이 더해갔다.

"모든 델타 부대, 여기는 델타 나인이다." 그가 무전기에 대고 속삭이는데, 때마침 주머니에 넣어둔 휴대전화가 진동했다.

"뭐라도 보이나?"

"아니요." 무전기로 대답이 돌아왔다.

몇 미터 앞에 있는 쿠리가 발을 바꾸며 발사 준비를 하는 게 보였다. 쿠리는 '도대체 뭘 기다리는 거야.'라고 말하듯 어깨를 으쓱했다.

그 집은 정말로 사람이 살 수 없어 보였다. 혹시 집 아래에 사람이 살 수 있는 공간을 만들어놓은 것은 아닐까? 키에세의 동영상에서 본 방은 더 작았다. 그가 본 짧은 동영상에 의하면 사람이 살기에는 좁은 방이었다. 물론, 그런 방이 여러 개 붙어있을 수도 있지만 그 가능성은 낮았다.

뭉크는 다급한 마음에 결정을 내리려고 했다. 그들에겐 허비할 시간이 없었다. 그 여자는 마리온을 데리고 있었다. 미아도 그녀의 손아귀에 있었다. 그들은 뭔가 해야 했다. 어쩌면 너무 늦었을 수도 있었다.

이미 늦었는지도 모른다.

뭉크는 그게 사실일 경우에 대해서는 생각하고 싶지도 않았다. 미리암을 위해, 마리안네를 위해, 모두를 위해, 모든 부대원을 위해. 적어도 자신을 위해 그런 일이 일어나서는 안 됐다.

"델타 나인, 여기는 델타 원." 뭉크의 무전기로 소리가 들려왔다. "진입 준비를 마치고 대기 중이다. 들어가라는 신호가 분명한가? 오버."

쿠리는 이제 거의 간절히 바라며 다시 어깨를 으쓱했다. 그는 뭐라도 할 것처럼 보였고 뭉크가 빨리 명령을 내리지 않으면 혼자라도 쳐들어갈 기세였다.

뭉크는 오두막에서 그리 멀지 않은 풀밭에 한쪽 무릎을 세우고 웅크려앉아 상황을 더 정확히 파악하기 위해 시야를 확보하려 애쓰고 있었다. 주머니의 휴대전화가 두 번째 진동을 해도 아랑곳하지 않았다.

아니, 아무래도 이건 아니었다. 무언가 제대로 된 느낌이 아니었다. 아무리 지하에 밀폐된 방을 만들었다고 해도 이런 곳에서 실제로 살 수 있을까? 도대체 누가 그럴까? 허물어지지 않을 집의 지하실을 개조하는 게 훨씬 낫지 않을까?

"델타 나인." 뭉크의 무전기에서 다시 소리가 들렸다.

지금 초조해하는 사람은 쿠리만이 아니었다. 모든 대원의 신경이 날카로웠다.

뭉크의 휴대전화가 성난 말벌처럼 바지 속에서 또 붕붕거렸다. 대체 누구야?

뭉크는 휴대전화를 꺼내 화면의 빛이 밖으로 흘러나오지 않게 손으로 가린 채 화면을 흘끔 보았다.

받지 못한 루드비 그뢴리에의 전화가 두 통, 그리고 지금 그를 향해 반짝거리는 문자메시지.

장소가 틀렸어요! 마리온과 눈을 마주친 목격자가 있어요. 빨리 전화주세요!

"델타 부대원 전원, 델타 부대원 전원. 여기는 델타 나인이다." 뭉크는 재빨리 무전기에 대고 단호하게 외쳤다. "새로운 장소를 알았다. 다시 재편해서 명령을 기다려라. 반복한다. 진입금지. 새로운 장소를 알았다. 전열을 가다듬고 새 명령을 기다려라."

뭉크는 벌떡 일어나 차로 달려간 뒤 루드비에게 전화를 걸었다.

87장

에밀리에 이사크센은 운전석에 앉아 숲으로 가는 좁은 자갈길을 달리고 있었다. 그녀는 오랜 시간 장단점을 저울질해보았다. 토르벤에게 피자를 사주겠다고 약속했지만 소년은 그녀의 가방에 들어있던 초콜릿과 바나나만으로도 행복해했다. 왠지 시간이 절대적으로 중요할 것 같은 예감이 들었다. 토비아스는 일주일째 실종상태였다. 토르벤이 말한 대로라면 숲에 사는 광신도 집단의 기독교인 소녀를 만나러 갔다. 만약 토비아스가 거기에 있다면 도움이 절실할 것 같았다. 그런 생각에 그녀는 설령 헛발질이 될지라도 당장 뭐라도 해야 했다. 사실 그곳이 어딘지도 잘 몰랐다. 하지만 경찰의 심드렁한 반응에 실망해서 자신의 손으로 문제를 해결하리라 결심했다. 토르벤은 입가에 초콜릿을 묻힌 채 옆자리에 앉아 만족한 표정을 짓고 있었다.

이런 경우는 처음 보았다. 이 아이들에게는 새로운 가정이 필요했다. 그 점에 대해서는 의심의 여지가 없었다. 당신들이 아이들을 이런 식으로 대하는 것은 용서받을 수 없어. 에밀리에 이사크센은 너무나 화가 나서 주먹으로 운전대를 내리치고 싶었지만 어린 소년을 봐서 꾹 참았다. 그러나 한편으로 자신의 선택이 올바른지에 대해서는 일말의 의구심이 일었다. 지금 밖은 캄캄했다. 빛이라고는 희미한 헤드라이트 불빛이 전부였고, 길은 구불구불한데다 온통 숲에 둘러싸여 있었다. 갑자기 나무 사이에서 사슴이라도 튀어나오면 제때 차를 멈출 수도 없을 것이다. 그래서 천천히 차를 몰았다. 자갈길로 들어서자마자 그 전까지의 시야는 나쁜 축에도 끼지 못하게 굵은 빗방울이 차창을 때리기 시작했다. 에밀리에는 사회복지사들이 어떤 일을 하는지 잘 몰랐다. 그들은 아마 절차를 따르고, 편지를 쓰고, 부모를 호출해서 자초지종을 설명할 기회를 주고, 법적절차인 요식행위를 하느라 급급할 것이다. '아이들을 무조건 부모로부터 떼어놓을 수 없습니다.' 그렇다, 그것이 바람직한 방향일 터이다. 하지만, 이번 같은 경우 그들은 부모라는 사람들과 연락조차 했던가?

에밀리에의 친구 아그네트는 사회복지 기관에서 일했다. 에어로빅 클래스에서 만나 몇 번인가 함께 커피를 마신 친구였다. 에밀리에는 이 끔찍한 자갈길을 빠져나오며 그녀에게 연락해야겠다고 결심했다. 아그네트라면 어떻게 해야 할지 알 것 같았다.

빗방울이 더욱 굵어졌다. 창문으로 거의 아무것도 보이지 않았다. 농장까지 얼마나 남았는지 알 수 없었다. 무작정 찾아가는 게 무책임하게 느껴졌다. 어쨌든 차에 어린아이까지 태우고 있었다. 아무래도 방향을 돌려서 돌아가는 게 나을 듯했다. 자신이 토르벤을 돌보는 동안 경찰이 토비아스를 찾도록 하는 것이다. 토르벤에게 더 많은 음식과 따뜻한 잠자리를 주리라. 사회복지 기관에 연락해서 이 소년들에게 믿을 만하고 책임 있는 어른, 당연히 받아야 할 사랑을 줄 수 있는 좋은 위탁가정을 찾을 절차를 밟을 것이다.

에밀리에가 차를 돌릴 곳을 찾는데 갑자기 손을 잡은 두 사람처럼 보이는 물체가 길 한가운데 나타났다. 그들은 불빛이 눈부셔 차를 보지 못한 것 같았다.

토비아스였다!

에밀리에 이사크센은 어찌나 놀랐는지 심장이 목구멍에서 튀어나올 뻔했다. 겁에 질린 10대의 두 아이는 갑자기 사라졌다. 낯선 차를 발견하고 숲으로 뛰어 들어간 것이다. 그녀는 시동을 켜둔 채 브레이크를 걸어놓고 빗속으로 뛰어나갔다.

"토비아스!" 그녀가 소리쳤다.

아무 소리도 들리지 않았다. 굵은 빗방울만 자갈을 때리고 기분 나쁘게 보닛을 두드려댔다.

"토비아스!" 그녀가 얼굴에 비를 맞으며 다시 소리쳤다. "나야, 에밀리에 선생님이야. 겁내지 마. 이제 나와도 돼. 모든 게 잘 됐어. 내가 너를 데리러왔어. 토비아스? 거기에 있니?"

그 몇 초가 에밀리에에게는 영원처럼 느껴졌다. 얼마쯤 지났을까. 멀지 않은 곳의 나뭇가지가 흔들리더니 두 아이가 어리둥절한 표정으로 나타났다.

"에밀리에 선생님?" 토비아스가 천천히 걸어오며 주저하듯 인사했다.

"그래." 에밀리에가 웃었다. "괜찮니? 아무 일도 없었지?"

잘생긴 소년은 지치고 혼란스러워 보였지만 적어도 살아있었다. 그녀는 안도의 한숨을 쉬었다.

"얘는 라켈이에요." 토비아스가 뒤에 숨어있는 소녀를 가리키며 조심스럽게 말했다.

마치 딴 세상에서 온 것처럼 두꺼운 잿빛 울드레스에 흰색 보닛을 쓴 소녀는 자신을 드러내기가 두려운 듯 토이바스 뒤에 부들부들 떨며 서있었다.

"얘는 잠이 필요해요." 토비아스가 설명했다. 그제야 에밀리에는 소년이 얼마나 지쳤는지 깨달았다. 그의 눈은 머리 뒤로 말려 들어간 것처럼 퀭했고, 제 발로 서있기도 힘들어 보였다.

"어서 타." 에밀리에가 차 문을 열며 말했다.

"형!" 탈진한 형이 차에 올라타자 토르벤이 소리쳤다.

토르벤은 안전벨트를 풀고 뒷자리로 넘어가 형을 오래 힘껏 껴안았다.

어떻게 이런 일이 일어날 수 있지? 어떻게 이 아이들에게 이럴 수 있을까?

운전석에 앉은 에밀리에는 차를 돌릴 만한 곳을 찾았다.

"너희들 모두 괜찮니?" 길을 어느 정도 내려갔을 때 그녀가 다정하게 물었다.

그녀는 룸미러로 토비아스의 눈을 훔쳐보았다. 소년은 여전히 멍한 표정을 짓고 있지만 그동안 어떤 가혹한 일을 겪었든 이제는 안전하다는 사실을 서서히 믿기 시작한 것처럼 보였다.

"우린 괜찮아요." 소년이 떨리는 목소리로 말했다. "우리를 구하러 오신 거예요?"

그는 룸미러로 선생님을 바라보았다.

"그럼." 에밀리에가 고개를 끄덕였다. "이제 모든 게 다 잘 될 거야, 토비아스, 선생님이 약속할게."

에밀리에는 좁은 자갈길을 용기 내어 최대한 빨리 달렸다.

이윽고 마을이 보이기 시작했다.

88장

홀거 뭉크는 차에 앉아 한 시간도 안 되는 사이에 두 번째 진입을 준비하는 델타 부대를 쌍안경으로 살피고 있었다. 이번에는 제대로 된 위치에서 대기 중이었다. 틀림없이 제대로 된 위치였다. 그소녀는, 비록 다시 끌려 들어갔지만 이 집을 뛰쳐나오는 마리온을 목격했다고 했다. 카렌 닐룬에 의해서였다.

이 지역에 사는 소녀는 자신이 무슨 이야기를 하는지 알고 있었다. 소녀의 말에는 더 이상 의심의 여지가 없었다. 그들이 방금 떠나온, 허물어질 듯 낡은 오두막에 관한 것은 모두 틀렸고 이 집에 관한 증언은 모두 맞는 듯 느껴졌다. 이 붉은 집은 낡고 허름했지만 그래도 사람이 살 만해 보였다. 안을 들여다보지 못하게 필름을 붙인 듯한 창문 밖으로 희미하게 불빛도 새어나왔다. 지붕의 벽돌 굴뚝에서는 가느다란 연기가 피어올랐다. 시골에서 흔히 보는 한적한 농가였다. 적어도 겉으로 보면 그랬다. 하지만 그 안에는 또 다른 이야기가 있음이 분명했다.

카렌 닐룬은 안에 있었다. 그녀는 여섯 살 난 여자아이들을 살해했다. 무고한 부모들과 조부모, 가족, 친구, 이웃들의 삶을 망쳤다. 그들이 겪은 참혹한 고통은 결코 지워지지 않으리라. 게다가 뭉크를 속여서 그로 하여금 다시 사랑을 해보면 어떨까 생각하게 했다. 뭉크는 증오가 치밀어올랐다. 이마는 점점 뜨거워지고 손바닥에 땀이 뱄지만 냉정을 잃지 않으려고 애썼다. 직업인의 자세를 잃지 말아야 했다. 감정적으로 행동해서는 안 됐다. 그녀는 마리온을 감금했다. 마리온은 살아있었다. 적어도 한 시간 전까지는 그랬다. 홀거 뭉크는 미아가 저 안에 있고 미아에게 무슨 일이 일어났을지도 모른다는 생각은 차마 할 수 없었다.

신속하게 행동하는 것이 중요하지만 너무 서둘러서는 안 됐다. 상황을 전반적으로 파악할 필요가 있었다. 모든 대원을 적소에 배치했다. 뭉크는 길 아래쪽을 흘끗 보았다. 조금 전에 도착한 세 대의 앰뷸런스가 보였다. 주의를 끌지 않으려고 경광등을 끈 채였다. 뒷좌석에 앉은 쿠리는 초조하게 권총으로 허벅지를 툭툭 쳤다. 킴 콜쇠는 평소처럼 홀거 옆자리에 소금기둥처럼 앉아 자신들이 곧 열어젖히고 들어갈 문만 주시했다.

"여기는 델타 나인, 델타 원 나와라."

"델타 나인, 여기는 델타 원. 제 위치에 대기하고 있다, 오버."

"델타 투 나와라, 여기는 델타 나인."

"델타 나인, 여기는 델타 투, 몇 분만 더 달라. 오버."

"델타 투, 여기는 델타 나인. 알았다. 기다리겠다, 오버."

"도대체 어떻게 되어가는 겁니까?" 쿠리가 뒷좌석에서 조급하게 말했다.

"기다리고 있어." 뭉크가 짧게 지시했다.

"도대체 뭘 기다리는 겁니까? 맙소사. 미아가 저기에 있어요."

민머리 경찰관은 화가 나서 가만히 있지 못했다. 손가락이 드럼 채인 듯 허벅지를 두드리며 눈은 가늘게 떴다.

"델타 투가 위치를 잡을 때까지 기다리고 있어." 뭉크가 최대한 냉정을 유지하며 말했다.

"진정해, 쿠리." 킴은 앞자리에서 여전히 미동도 없이 말했다.

"빌어먹을." 뒷좌석에서 갑자기 욕설이 튀어나왔다.

모든 일이 어찌나 순식간에 일어났는지 뭉크는 반응할 시간도 없었다. 쿠리는 이미 뒷문을 열고 그 집을 향해 달려가고 있었다.

뭉크도 문을 열고 뛰어나가고, 킴도 차에서 내려 뒤따라갔다. 뭉크는 고함치고 싶었지만 카렌을 놀라게 하고 싶지 않았다.

젠장

뭉크는 육중한 몸으로 있는 힘껏 달려 자갈길을 지나고 대문을 통과해 판석을 깐 길을 가로질러 갔다. 그가 계단에 이르렀을 때 쿠리는 손잡이를 돌려 집안으로 뛰어 들어갔다.

그때부터 모든 일이 슬로모션으로 일어났다. 뭉크는 카렌이 그 소리에 놀라 움찔하는 모습을 얼핏 보았다. 그녀는 깜짝 놀랐다. 이런 일을 예상 못한 게 분명했다. 하지만 딸기빛 금발 여인에게 쿠리를 향해 산탄총의 총열을 돌릴 여유는 있었다. 총이 발사되는 순간 쿠리의 몸은 한쪽으로 날아갔다.

총에 맞았나?

쿠리, 멍청한 친구!

여전히 슬로모션으로 카렌은 돌아섰고 뭉크와 마주쳤다. 어찌나 무기를 단단히 쥐었는지 그녀의 관절이 하얗게 보였다. 손가락이 방아쇠를 당길 때 그녀의 입이 벌어지며 뭐라고 말하는 듯했지만 홀거는 슬로모션 영화를 감상할 여유가 없었다.

그는 총을 들어올려 두 발을 쐈다. 한 방은 그녀의 목을 향했고, 한 방은 그녀의 가슴을 관통했다. 카렌 닐룬이 몸을 비틀며 뒤로 쓰러졌다. 바닥에 쓰러져 생명이 빠져나가는 동안 가슴과 팔을 따라 천천히 피가 흘러내렸다.

뭉크가 미아를 발견한 것은 그때였다. 미아는 벽 근처 의자에 묶여있었다. 입에는 테이프가 붙여져 있었다. 그리고 스탠드에서 그녀의 손으로 주사액이 들어가고 있었다.

오, 맙소사.

이런, 안 돼, 안 돼.

홀거 뭉크는 의식이 없는 동료 앞에서 멍하니 서있었다. 다른 대원들이 모두 들어와 뒤에 서있는 것도 몰랐다. 킴. 델타 대원들. 의사. 구급요원. 구급요원들이 미아를 의자에서 끌어내려 대기해있던 앰뷸런스로 옮기는 동안에도 아무 말 못하며 그대로 서있었다. 바닥에서 일어난 쿠리가 팔을 움켜쥔 채 부축을 받으며 계단을 내려가는 모습도 보지 못했다. 홀거 뭉크가 망연자실한 채 서있을 때 킴이 바들바들 떠는 작은 아이를 팔에 안고 나타났다.

마리온.

마리온이 살아있었다.

애처로운 몰골이지만 숨을 쉬고 있었다.

"앰뷸런스 불러!" 홀거 뭉크는 이렇게 소리친 뒤 동료를 도와 아이를 안고 계단을 내려갔다.

"의사, 의사 불러!"

앰뷸런스는 이제 조심스럽게 움직이지 않았다. 구급차 행렬은 번쩍거리는 파란색 경광등을 켜고 사이렌을 울리며 집을 떠나 저녁 어스름을 뚫고 E6 도로를 향해 속력을 냈다.

7부

89장

울레발 병원의 집중치료실 밖 대기실은 초만원이었다. 간호사가 그들에게 다른 곳에서 기다릴 수는 없는지 물어보기 위해 여러 차례 들렀지만 뭉크는 매번 손사래를 치며 그 부탁을 일축했다.

방안의 분위기는 긴장이 팽팽했다. 모처럼 모니터에서 해방된 가브리엘 뫼르크는 무릎에 손을 올려놓고 의자에 앉아 멍하니 허공만 응시했다. 소파에 앉아있던 아네트와 루드비가 킴과 퀴레를 위해 앉을 공간을 만들어줬다. 팀원 전원이 작은 대기실에 모여있었다. 저마다 침울한 표정을 지으며 누구도 말을 하지 않았다.

아네트는 조금 전 미켈손에게 전화하러 밖에 나갔다 돌아와서는 뭉크에게 윙크를 했다. 뭉크는 고개를 끄덕이며 희미하게 웃어 보였지만 이내 방안은 다시 긴장이 감돌았다.

쿠리는 앉지도 않고 작고 다부진 몸을 편히 쉬지도 않으면서 방안을 왔다갔다 했다.

"이런, 빌어먹을." 그가 부상당하지 않은 손을 휘저으며 말했다.

"어떻게 되고 있는지 우린 알 자격도 없다는 겁니까?"

"앉아요." 아네트가 권했다. "확실하기 전까지는 아무 말도 듣지 못할 거예요. 그게 병원 수칙이에요."

"제기랄." 쿠리는 다시 욕설을 내뱉으며 푸른색 리놀륨 바닥을 왔다갔다 했다.

"누구 커피마실 사람?" 루드비가 일어서며 물었다.

경험 많은 경찰관은 어두운 표정이었지만 무거운 분위기를 바꿔 보려고 애를 썼다. 몇 명이 손을 들었다. 루드비는 고개를 끄덕인 뒤 복도로 사라졌다.

미리암이 도착했다. 뭉크는 딸을 맞으며 포옹을 했다.

"너는 괜찮니?"

딸은 고개를 끄덕이며 아버지의 손을 꼭 쥐었다. "저는 괜찮아요. 이제 아무렇지도 않아요."

미리암은 소파에 앉아있는 킴을 발견하고는 그에게 다가가 두 팔로 목을 끌어안았다.

"정말 고마워요." 그녀가 감사인사를 전하며 눈물을 닦았다.

"뭘요. 내가 할 일을 했을 뿐인데." 킴이 말했다.

"아니에요. 정말 고마워요." 미리암은 다시 한 번 목을 껴안은 뒤 쿠리에게도 똑같은 제스처를 취했다.

쿠리는 주목을 받자 다소 쑥스러워했다. 그는 미리암에게 고개를 끄덕인 뒤 그녀와 길게 포옹했다.

"마리온은 괜찮니?" 뭉크가 딸에게로 다가가며 물었다.

"괜찮아요." 미리암은 뺨에 흐르는 눈물을 닦았다. "제 아빠와 함께 있어요. 지쳤지만 놀라울 만큼 건강해요. 안 그래도 할아버지를 찾아요."

뭉크가 미소지었다.

"미아 소식은 없어요?" 미리암이 걱정스럽게 물었다.

"아직." 뭉크의 눈빛이 다시 어두워졌다.

그때 의사가 서류를 들고 복도에 나타났다.

"욘 라르센?" 의사가 사람들을 둘러보며 말했다.

"쿠리." 아네트가 의사를 보며 그를 가리켰다.

"왜?" 쿠리가 심드렁하게 대답했다.

"의사가 당신을 찾고 있어요."

쿠리가 돌아다보았다.

"욘 라르센 씨?" 의사가 다시 서류를 내려다보며 물었다.

"전데요." 쿠리가 손을 들고 대답했다.

다른 한 손은 가슴에 댄 채였다.

"상처 좀 볼까요?"

"아니, 아니요. 저는 괜찮습니다." 쿠리가 멀쩡한 손으로 거절을 표했다.

뭉크는 동료를 엄하게 노려봤다. 쿠리는 여전히 뭉크의 시선을 피하고 있었다. 쿠리의 충동적인 행동으로 인해 하마터면 작전 전체를 망치고 다른 사람들까지 위험에 빠뜨릴 뻔했지만, 그 문제는 나중에 다루기로 미뤄놓은 상태였다. 지금은 징계를 논할 때가 아니었다.

뭉크는 병실 문을 흘깃거렸지만 여전히 어떤 움직임도 없었다.

"아무리 그래도 상처를 봐야겠어요." 의사가 쿠리를 향해 미소를 지었다.

쿠리는 한숨을 쉬며 마지못해 의사를 따라 복도를 걸어갔다.

"진행상황을 나한테도 알려줘." 그가 멀쩡한 손가락으로 동료들을 찌르며 말했다.

"오늘 저녁에 보고해요?" 아네트가 뭉크를 보며 물었다.

"아니, 기다려봐." 뭉크가 손가락으로 수염을 빗어내리며 대답했다. 그때 문이 열리고 다른 의사가 나타났다.

"미아 크뤼거의 보호자 안 계십니까?"

즉시 여러 개의 손이 올라갔다.

"그녀는 좀 어떻습니까?" 뭉크가 의사에게 걸어가며 물었다.

"큰일 날 뻔했습니다. 하지만 괜찮아질 겁니다."

작은 방에 안도감이 만져질 듯 번져갔다. 가브리엘이 일어서서 아네트와 포옹했다. 킴은 귀가 입에 걸리도록 미소지었다.

"얼굴 좀 봐도 될까요?" 뭉크가 물었다.

"환자가 지쳐있어요. 하지만 한 분만 허용하죠. 짧게."

"제가 들어가 보죠." 뭉크가 나섰다.

그는 더플코트를 벗어 딸에게 맡긴 뒤 의사를 따라 들어갔다.

미아는 눈을 감고 누워있었다.

"잠깐만 면담하십시오." 의사가 단호하게 말한 뒤 사라졌다.

뭉크는 침대로 다가가 미아의 손을 잡았다. 미아가 천천히 눈을 뜨더니 그를 발견하고 웃었다.

"담배 피우셨어요?" 그녀가 속삭였다.

"한동안 못 피웠어." 뭉크가 웃었다.

"건강해졌겠네요." 미아가 다시 눈을 감으며 말했다.

뭉크는 그녀의 손을 가볍게 쥐었다.

"그 여자 잡았어요?" 미아가 희미하게 물었다.

"우리가 잡았어."

"마리온은?"

"마리온은 무사해." 뭉크가 안심시켰다.

미아는 다시 눈을 뜨고 힘겹게 웃었다. "정말요?"

"그럼." 뭉크가 말했다.

순간 뭉크는 미아의 몸에서 긴장이 빠져나가는 것을 보았다. 손은 축 늘어지고 머리는 베개 깊숙이 묻혔다.

"또 와주실 거죠?" 그녀가 조용히 물었다.

"히트라?"

미아가 희미하게 고개를 끄덕였다.

"아마 주말에." 뭉크가 대답했다. "하지만 미아는 여기에 있어야 해. 내 친구가 되어줄 누군가가 필요하거든."

"좋아요." 미아가 중얼거리며 눈을 감았다.

의사가 문 밖에서 얼굴을 빠끔 들이밀고 손을 흔들었다. 뭉크는 고개를 끄덕였다.

다시 돌아다보았을 때 미아는 벌써 잠이 들어있었다.

옮긴이 **이은정**

숙명여대 영어영문학과를 졸업한 뒤 전문번역가로 일하고 있다. 옮긴 책으로 《와일드
우드》《언더 와일드우드》《와일드우드 임페리움》《보드워크 엠파이어》《대부》《성채》
《허영의 불꽃》 등이 있다.

나는 혼자 여행 중입니다

첫판 1쇄 펴낸날 2016년 8월 5일
첫판 4쇄 펴낸날 2017년 8월 5일

지은이 | 사무엘 비외르크
옮긴이 | 이은정
펴낸이 | 지평님
본문 조판 | 성인기획 (010)2569-9616
종이 공급 | 화인페이퍼 (02)338-2074
인쇄 | 중앙P&L (031)904-3600
제본 | 서정바인텍 (031)942-6006

펴낸곳 | 황소자리 출판사
출판등록 | 2003년 7월 4일 제2003-123호
주소 | 서울시 영등포구 양평로 21길 26 선유도역 1차 IS비즈타워 706호 (150-105)
대표전화 | (02)720-7542   팩시밀리 | (02)723-5467
E-mail | candide1968@hanmail.net

ⓒ 황소자리, 2016

ISBN 979-11-85093-44-4 03850

* 이 도서의 국립중앙도서관 출판시도서목록(CIP)은 서지정보유통지원시스템 홈페이지
  (http://seoji.nl.go.kr)와 국가자료공동목록시스템(http://www.nl.go.kr/kolisnet)에서 이용
  하실 수 있습니다.(CIP제어번호: CIP2016016368)